LAURA GALLEGO

MEMORIAS DE IDHÚN

Laura Gallego nació en Valencia, España, en 1977. Comenzó a escribir a los 11 años y publicó su primer libro a la edad de 21 años, pero para entonces ya había escrito catorce novelas. Ha sido galardonada con el Premio El Barco de Vapor, otorgado por la Fundación SM, además de ser ganadora del Premio Cervantes Chico, y el Premio Nacional de Literatura Infantil y Juvenil en España. *Tríada* es el segundo de tres libros en la serie *Memorias de Idhún*, la cual sigue las aventuras de dos adolescentes, Jack y Victoria.

PRÓXIMAMENTE EN VINTAGE ESPAÑOL

Memorias de Idhún III: Panteón

MEMORIAS DE IDHÚN II
Tríada

MEMORIAS DE IDHÚN II

Tríada

LAURA GALLEGO

VINTAGE ESPAÑOL
Una división de Penguin Random House LLC
Nueva York

PRIMERA EDICIÓN VINTAGE ESPAÑOL, ABRIL 2021

Copyright © 2004 por Laura Gallego

Todos los derechos reservados. Publicado en los Estados Unidos
de América por Vintage Español, una división de Penguin Random
House LLC, Nueva York, y distribuido en Canadá por Penguin Random
House Canada Limited, Toronto. Originalmente publicado
en España por Ediciones SM, Madrid, en 2004.

Vintage es una marca registrada y Vintage Español
y su colofón son marcas de Penguin Random House LLC.

Información de catalogación de publicaciones
disponible en la Biblioteca del Congreso de los Estados Unidos.

Vintage Español ISBN en tapa blanda: 978-0-593-08266-9

Para venta exclusiva en EE.UU., Canadá, Puerto Rico y Filipinas.

www.vintageespanol.com

Impreso en los Estados Unidos de América
10   9   8   7   6   5   4   3   2   1

Para Marinella,
con todo mi cariño y agradecimiento
por haber creído y confiado en esta historia,
por acompañarme en este viaje a través de Idhún,
por hacer también suyo este proyecto,
que estoy encantada de compartir con ella.
El viaje continúa...

Entonces los ojos y el corazón del guerrero empiezan a acostumbrarse a la luz. Ya no lo asusta, y él pasa a aceptar su Leyenda, aunque eso signifique correr riesgos.

El guerrero estuvo dormido mucho tiempo. Es natural que vaya despertando poco a poco.

Todos los caminos del mundo llevan hasta el corazón del guerrero; él se zambulle sin pensar en el río de las pasiones que siempre corre por su vida.

El guerrero sabe que es libre para elegir lo que desee; sus decisiones son tomadas con valor, desprendimiento y –a veces– con una cierta dosis de locura.

El guerrero de la luz a veces actúa como el agua, y fluye entre los obstáculos que encuentra. En ciertos momentos, resistir significa ser destruido; entonces, él se adapta a las circunstancias.

En esto reside la fuerza del agua. Jamás puede ser quebrada por un martillo, ni herida por un cuchillo. La más poderosa espada del mundo es incapaz de dejar una cicatriz sobre su superficie.

PAULO COELHO, *Manual del guerrero de la luz*

PRÓLOGO

LA serpiente entornó sus ojos irisados, pero no hizo el menor movimiento ni denotó ninguna emoción especial cuando dijo telepáticamente:

«Ya están aquí».

–Lo sé –respondió en voz baja Ashran, el Nigromante, desde el otro extremo de la habitación. Estaba asomado al ventanal, como solía, contemplando la salida de la tercera de las lunas por el horizonte de su mundo.

La serpiente alzó la cabeza y desenroscó lentamente su largo cuerpo anillado. Era inmensa, y ni siquiera había desplegado las alas. Cada escama de su cuerpo irradiaba un poder misterioso y letal, un poder ante el que cualquier mortal temblaría de terror. Pero Ashran, el Nigromante, no era un hombre corriente.

Tampoco aquella era una serpiente corriente, ni siquiera entre las de su raza. Se trataba de Zeshak, el señor de los sheks, la más poderosa de las serpientes aladas.

«El dragón y el unicornio», enumeró. «Dos hechiceros: un humano y una feérica. Y un caballero de Nurgon, medio humano, medio bestia».

–Deben de formar un grupo singular –sonrió Ashran–. Tengo ganas de verlos en acción. Pero eso no es todo, ¿verdad? Hay una sexta persona.

Hubo un breve silencio.

«El traidor está con ellos», dijo Zeshak con helado desprecio. «Ese a quien llamabas tu hijo es ahora el sexto renegado de la Resistencia».

Ashran hizo caso omiso del tono irritado de su interlocutor. Desde que Kirtash los había traicionado, ningún shek había vuelto a pronunciar su nombre.

–Sé que quieres verlo muerto –dijo el Nigromante–. Y tendrás esa satisfacción. Pero el dragón y el unicornio son más importantes ahora.

Zeshak no dijo nada, pero Ashran percibió su escepticismo.

–La profecía se está cumpliendo –le espetó el hechicero–. ¿O es que crees poder luchar contra el destino?

«No existe el destino», replicó el shek. «Los dragones nos condenaron a vagar por los límites del mundo durante toda la eternidad, y míranos, estamos aquí. Somos dueños absolutos del planeta, y de nuestro propio destino. Y hemos acabado con todos los dragones».

–No con todos –le recordó Ashran.

En los ojos tornasolados del shek brilló un breve destello de ira.

«Y, a pesar de todo, los sheks deseamos más la muerte del traidor que la de ese dragón que se nos ha escapado».

–Pero, en cuanto os topéis con él, volveréis a sucumbir al odio –sonrió Ashran–. Como ha sido siempre. Un dragón, aunque sea uno solo, aunque sea el último, sigue siendo un enemigo peligroso.

El shek dejó escapar un airado siseo.

«¿Cómo es posible que consideres peligroso a un dragón que está tan contaminado de humanidad?».

–¿Cómo es posible que los subestimes, Zeshak? No son criaturas corrientes. Son parte de una profecía, y detrás de las profecías está la mano de los dioses.

«Entonces, no deberías haberlos dejado volver», opinó Zeshak.

Ashran se encogió de hombros.

–En la Tierra habrían quedado lejos de mi alcance. Además, hiciera lo que hiciese, mientras pudieran refugiarse en Limbhad estarían a salvo –alzó la cabeza para clavar en la serpiente la mirada de sus ojos plateados–. Ahora ya no lo están.

«Siempre pueden volver atrás».

–No –replicó Ashran–. Ya no pueden... pero todavía no lo saben.

Zeshak asintió lentamente.

«Ya veo», dijo. «Si es verdad que esa profecía puede cumplirse, si es cierto que pueden derrotarnos, no deberías enfrentarte a ellos. Ahora están aquí, en Idhún. Ahora nosotros, los sheks, podemos encargarnos de aplastar a la Resistencia».

Ashran meditó la propuesta. En virtud de un antiguo conjuro, hacía siglos que ni los sheks ni los dragones podían atravesar la Puerta interdimensional hacia la Tierra. Por eso los hechiceros renegados de la Torre de Kazlunn, aquellos que se oponían al poder del Nigromante, se habían visto obligados a enviar allí solo los espíritus del dragón y el unicornio de la profecía, para que se reencarnasen en cuerpos humanos. Por eso el propio Ashran había tenido que mandar tras ellos a Kirtash, una criatura híbrida, un shek camuflado en el cuerpo de un muchacho que, desgraciadamente para ellos, había conservado buena parte de sus emociones humanas y había acabado por unirse a sus enemigos.

Pero ahora, ellos estaban en Idhún, habían acudido allí a presentar batalla. Nada impedía a los sheks atacarlos en su propio terreno.

–¿Sabes dónde están? –preguntó.

Los ojos de la serpiente presentaron, por un momento, un cierto brillo siniestro.

«Sé dónde están. Un solo mensaje telepático mío, y mi gente atacará».

Ashran asintió.

–Quizá no podáis vencerlos –dijo sin embargo.

El shek se envaró, ofendido. No habló, pero dejó que Ashran notara su irritación.

–Hay una extraña fuerza en su interior. Mira esta torre, Zeshak. No era más que un edificio muerto y abandonado, y ahora rebosa poder por los cuatro costados. Y eso lo hizo la muchacha... ella sola. No es solo un unicornio. Es el último unicornio, toda la fuerza de su raza reside en ella.

Percibió el resentimiento de Zeshak, y supo lo que estaba pensando. El shek había sido partidario de acabar con la vida de la joven que se hacía llamar Victoria al hacerla prisionera, pero Ashran había optado por utilizar su poder... y aquella chica, cuyo cuerpo albergaba el espíritu del último unicornio, había acabado por escapar de ellos. Ahora ella y su compañero, el último dragón, eran lo único que amenazaba la estabilidad de su imperio.

–También el dragón será un adversario temible, en cuanto aprenda a emplear su poder.

«Entonces, debemos acabar con ellos antes de que eso suceda».

–Llevamos más de quince años intentando acabar con ellos, Zeshak. Y no lo hemos conseguido.

«¿Estás empezando a pensar que no podemos evitar el cumplimiento de la profecía?», siseó Zeshak en su mente.

11

–No; estoy empezando a pensar que no hemos seguido la estrategia adecuada.

La serpiente no dijo nada, pero clavó en el Nigromante sus hipnóticos ojos tornasolados, esperando una explicación.

–Desgraciadamente, Zeshak, no los conozco tanto como quisiera. Conozco bien a Kirtash, mucho mejor de lo que él mismo cree; empiezo a conocer a Victoria, porque tuve ocasión de tratar con ella, y creo que puede ser una pieza importante para mis planes futuros, aunque ella no lo sepa. Pero el muchacho, el dragón, sigue siendo un completo extraño para mí. Y eso no me gusta. Ahora que están aquí, en Idhún, voy a tener ocasión de observarlos, de estudiarlos, de conocerlos y comprenderlos... y de encontrar su punto débil.

Zeshak lo miró, con la boca entreabierta, dejando ver su larga lengua bífida. Casi parecía que se reía.

«Estrategia básica shek», comentó.

Ashran asintió.

–De todas formas, no me opongo a que vosotros ataquéis primero. Pocas cosas pueden escapar a la mirada de un shek, y sospecho que, vayan a donde vayan, terminaréis por encontrarlos. Quizá logréis acabar con ellos entonces, con uno solo de ellos, al menos, y entonces no habrá más que hablar. Pero, si fracasáis, al menos habré tenido la ocasión de estudiar a la Resistencia con más detalle, y puede que para entonces ya se hayan confirmado mis sospechas.

El shek entrecerró los ojos y aguardó a que el Nigromante siguiera hablando. Ashran lo miró y sonrió.

–Tal vez –dijo el hechicero con suavidad– la clave para su destrucción no esté en nosotros, sino en ellos mismos.

Zeshak comprendió. Lentamente, su rostro de reptil esbozó una sinuosa sonrisa.

I

LA TORRE DE KAZLUNN

CUANDO Victoria abrió los ojos, tardó un poco en recordar todo lo que había pasado. Imágenes confusas se entremezclaban en su mente, imágenes fantásticas que parecían producto de un hermoso sueño o de una extraña pesadilla.

Se incorporó un poco, y vio junto a ella un rostro familiar. Jack estaba tendido a su lado, con los ojos cerrados. A Victoria le dio un vuelco el corazón; sin embargo, se dio cuenta casi enseguida de que el muchacho estaba dormido o inconsciente, pero no herido. Su expresión era tranquila, y su respiración, regular. Victoria alzó la mano para acariciarle el rostro con cariño. El joven sonrió en sueños, pero no se despertó.

Se habían conocido tres años antes, cuando los sicarios enviados por Ashran, el Nigromante, habían asesinado a los padres de Jack. Entonces él no sabía nada de Idhún, nada de la Resistencia a la que Victoria pertenecía, y se había visto obligado, de la noche a la mañana, a asumir que, de alguna manera, estaba implicado en la guerra por la salvación de un mundo que no conocía. Se había unido a la Resistencia, que luchaba por liberar Idhún del dominio de Ashran y los sheks, las monstruosas serpientes aladas; había tenido que aprender a pelear, a defenderse, a sobrevivir.

Pero también había conocido a Victoria. La chica sonrió, evocando su primer encuentro. Entonces ellos eran unos niños todavía, pero ahora habían crecido, y la amistad que los unía se había convertido en algo más, en un sentimiento más intenso y más profundo, que se había afianzado cuando los dos habían averiguado, apenas unas semanas antes, que su destino estaba escrito incluso antes de su nacimiento, y que ellos dos eran los elegidos para derrotar al Nigromante y salvar a Idhún. Porque en su interior latían los espíritus de Yandrak y Lunnaris, el último dragón y el último unicornio, los únicos que, según la profecía de los Oráculos, serían capaces de acabar con el poder de Ashran.

Victoria se estremeció y alzó la mirada hacia las estrellas. No quería hacerlo, porque sabía lo que iba a encontrar en aquel hermoso cielo violáceo. Pero también sabía que habían dado un paso definitivo y que no había vuelta atrás.

Contempló con resignación, casi con odio, las tres lunas que brillaban en el firmamento. Las tres lunas de Idhún, el mundo al que acababan de llegar, un mundo que en teoría era el suyo, pero que ella, cuyo cuerpo humano había nacido y crecido en la Tierra, no recordaba ni había aprendido a amar. Era un espectáculo bellísimo, porque los tres astros presentaban sombras y tonalidades que harían palidecer de envidia al satélite terrestre, pero, aunque una parte de su corazón se sentía conmovida por tanta belleza, la otra era dolorosamente consciente de que habían ido allí a luchar... y tal vez a morir.

Las observó un momento más. Ninguna de las tres estaba llena; la mediana parecía decrecer, mientras que a la más pequeña le faltaba poco para el plenilunio, y la grande también estaba creciente. Victoria dedujo que cada una de ellas tenía un ciclo distinto; se preguntó si alguna vez coincidirían los tres plenilunios en la misma noche, y si ella llegaría a verlo.

Se sentó en el suelo y miró a su alrededor. Acababan de atravesar la Puerta interdimensional; en principio, deberían haber aparecido en la Torre de Kazlunn, el bastión de los hechiceros que se oponían a Ashran, pero se encontraban en el claro de un bosque. No parecía haber nada peligroso o amenazador en el paisaje y, sin embargo, Victoria se sintió inquieta. Los árboles eran inmensos y tenían formas extrañas, de raíces torcidas, y ramas que se entrelazaban entre ellas formando intrincados diseños; había arbustos que alcanzaban varios metros de altura y enormes y bellísimas flores cuyos pétalos se abrían en ángulos y siluetas inverosímiles, y que envolvían a Victoria en embriagadores perfumes. Todo era muy diferente a lo que ella conocía y, no obstante, no sentía nada anormal en aquel lugar. Era como si la naturaleza hubiera encontrado de pronto la inspiración y la fuerza necesarias para llevar a cabo sus más atrevidas quimeras. Y, teniendo en cuenta la enorme cantidad de energía que vibraba en el ambiente, Victoria se dijo a sí misma que no era de extrañar.

Buscó a sus amigos con la mirada. Vio a Shail, Allegra y Alexander, que, como Jack y como ella misma, habían quedado inconscientes durante el viaje interdimensional. Victoria frunció el ceño. No recordaba gran cosa de ese viaje, aparte de haber cruzado la brecha... una luz intensa... todo daba vueltas y, de pronto, perdió el sentido de la orientación, no sabía dónde estaba arriba y dónde abajo... se mareó... soltó sin quererlo la mano de Jack... y la mano de Christian.

Christian.

Victoria se puso en pie de un salto y miró a su alrededor, pero no vio la esbelta silueta del joven por ninguna parte. Y, sin embargo, presentía que él estaba cerca, lo cual la tranquilizó un poco. Cerró los ojos, se llevó a los labios la piedra de Shiskatchegg, el anillo mágico que él le había regalado, y se dejó guiar por su intuición. Sabía que no debía adentrarse sola en un bosque desconocido, pero nunca atendía a razones cuando se trataba de Christian.

Algo se movió entre las ramas más altas, y Victoria dio un respingo, sobresaltada. Pero solo resultó ser algún animal, probablemente un pájaro. La muchacha sonrió, nerviosa, y prosiguió su camino.

El claro no estaba muy lejos del límite del bosque. Los árboles se abrían un poco más allá y dejaban entrever las formas suaves de una llanura, iluminada por las tres lunas.

Y allí estaba Christian. Victoria descubrió su figura apostada en la última fila de árboles, en tensión, vigilando el horizonte. Como cada vez que lo veía, su corazón se debatió en un océano de sentimientos contradictorios.

Christian era Kirtash, un joven asesino enviado por Ashran a la Tierra para acabar con la Resistencia y con el dragón y el unicornio que amenazaban su imperio. Victoria había luchado contra él, lo había temido, lo había odiado... pero también se había sentido atraída por él casi desde el principio, y aquella atracción había aumentado más y más en cada encuentro, hasta transformarse en una emoción difícil de reprimir... y que, sorprendentemente, era correspondida. Victoria no había dejado de quererle al enterarse de que él era el hijo de Ashran el Nigromante, su enemigo..., tampoco al saber que Kirtash no era del todo humano, sino que albergaba en su interior el espíritu de un shek, una de las letales serpientes aladas que habían conquistado Idhún. Ni siquiera había sido capaz de odiarle cuando su parte más oscura había aflorado de nuevo, haciéndole daño de forma dolorosa y cruel. A cambio, Christian había acabado por traicionar a los suyos y se había unido a la Resistencia. Por ella. A pesar de que, como ambos sabían muy bien, Victoria jamás sería capaz de elegir entre Jack y Christian porque, de alguna manera, estaba enamorada de los dos.

La muchacha no sabía cómo iban a resolver aquello, pero sí tenía muy claro que tendría que esperar. Reprimió sus dudas y sus sentimientos al respecto y se obligó a sí misma a centrarse y a actuar no como una adolescente enamorada y confusa, sino como una guerrera de la Resistencia.

Se acercó a Christian sin hacer el más mínimo ruido. Pero él supo que ella estaba allí sin necesidad de verla ni oírla.

–¿Ya habéis despertado?

Victoria negó con la cabeza y se colocó junto a él.

–Solo yo –dijo–. Los otros siguen inconscientes. ¿Qué nos ha pasado?

–Chocamos con una barrera –explicó él a media voz–. Tuve que reorientar el destino de la Puerta sobre la marcha.

–¿Dónde estamos ahora?

–No muy lejos de nuestro destino. Mira.

Señaló un punto en el horizonte, y Victoria contuvo el aliento.

Contra el cielo nocturno se recortaba la alta figura cónica de una torre, una torre de sólidos cimientos, acabada, sin embargo, en un esbelto picacho que parecía pinchar la más grande de las tres lunas. Se encontraban demasiado lejos como para que Victoria pudiera apreciar los detalles de la estructura, pero a primera vista se le antojó hermosa... y siniestra. No obstante, había algo en ella, en su silueta, que le resultaba familiar.

–¿Eso es la Torre de Kazlunn? –preguntó en voz baja.

Christian asintió.

–No nos han dejado entrar. Por una parte, no es de extrañar, puesto que los magos protegen la torre con un conjuro muy poderoso, y en todos estos años, ni yo, ni mi padre, ni los sheks hemos conseguido conquistarla. Pero, por otro lado... os están esperando desde hace años como a los héroes de la profecía. Deberían haber detectado que procedíamos de Limbhad. Deberían haberos dejado pasar.

Victoria miró a Christian, insegura. Si él no sabía qué era lo que estaba pasando, nadie lo sabría. El shek solía ir por delante de todos a la hora de comprender las cosas.

–Puede ser que hayan detectado mi presencia –siguió diciendo Christian–. Quizá hayan pensado que se trata de una trampa. Pero...

–No hay luces en las ventanas –dijo Victoria de pronto–. Es como si dentro no hubiera nadie.

–Ya lo había notado –asintió Christian, tenso–. Aquí hay algo que no marcha bien.

Se llevó la mano atrás en un movimiento reflejo, pero la detuvo a medio camino, al recordar de pronto que ya no llevaba la vaina de Haiass, su espada, prendida a la espalda. Victoria vio que sus dedos se crispaban y lo miró, un poco preocupada.

–Deberíamos despertar a los demás. Tal vez mi abuela sepa lo que está pasando.

Christian asintió. Victoria dio media vuelta para regresar al claro, pero se detuvo en seco al ver que Christian no la seguía, sino que había comenzado a deslizarse con movimientos felinos en dirección a la torre. Victoria volvió sobre sus pasos para detenerlo.

–¿Adónde se supone que vas?

Él la miró un momento, entre molesto y divertido.

–A reconocer el terreno. Si hay algo raro en esa torre, desde aquí no puedo percibirlo.

–Ni hablar, Christian. No vas a ir solo, ¿me oyes? No quiero que te maten.

Christian no dijo nada, pero sostuvo su mirada. El corazón de Victoria empezó a latir desenfrenadamente, y la joven sintió que las tres lunas que brillaban sobre ellos alteraban sus sentidos y hacían que aquel momento pareciese aún más mágico de lo que era. Pero se sobrepuso y, cuando Christian se acercó más a ella, con intención de besarla, Victoria se separó de él con suavidad.

–Tenemos que despertar a los demás –le recordó.

Christian alzó la cabeza y vio entonces una sombra que los observaba un poco más lejos, y reconoció a Jack. Victoria fue a reunirse con él, con naturalidad, haciendo caso omiso del semblante sombrío de su amigo.

–Estamos cerca de la Torre de Kazlunn –le explicó–, pero Christian no sabe por qué la Puerta no nos ha llevado hasta el interior. ¿Se han despertado ya todos?

–Sí –respondió Jack; la retuvo por el brazo y dejó que Christian se adelantara hasta que quedaron los dos solos–. No vuelvas a hacerme esto –le susurró, irritado.

–¿El qué? –se rebeló ella–. No me digas que estás celoso; ya sabes que...

–Si lo estuviera, no te lo diría ni actuaría en consecuencia, Victoria –cortó Jack, un poco dolido–. Ya te dije una vez que jamás intentaré controlar tus sentimientos. No, me refiero a lo de desaparecer de repente y quedarte a solas con él. ¿Y si se vuelve loco, como la última vez? ¿Tienes la menor idea de lo que supone para mí despertarme y no verte por ninguna parte? ¿Después de lo que pasó entonces?

Victoria titubeó, entendiendo los sentimientos de su amigo.

–No va a hacerme daño, Jack –dijo en voz baja.

–Eso no puedo saberlo, Victoria. Y tú, tampoco.

–Estoy dispuesta a correr el riesgo.

Él la miró a los ojos, muy serio.

–Pero yo, no.

Victoria fue a replicar, pero no encontró las palabras apropiadas. Buscó su mano y la estrechó con fuerza, y así, cogidos de la mano, regresaron al claro.

Encontraron a sus compañeros ya despiertos, y escuchando con semblante grave lo que Christian les exponía clara y sucintamente.

–Deberían habernos dejado pasar –resumió Allegra los pensamientos de todos.

Victoria se dio cuenta de que, por lo visto, ella había decidido prescindir de su camuflaje mágico, porque ya no parecía una anciana humana, sino que mostraba su verdadero rostro, el rostro etéreo de un hada de edad incalculable, de cabellos de plata, rasgos exóticos y delicados y ojos completamente negros, todos pupila, que parecían contener toda la sabiduría del mundo. A la muchacha todavía le resultaba extraño pensar que aquella a quien había creído su abuela era en realidad una poderosa hechicera idhunita.

Shail, el otro mago del grupo, negó con la cabeza.

–No saben que logramos rescatar a Victoria de la Torre de Drackwen –dijo–. Si no me equivoco, el Nigromante consiguió lo que quería, y la torre vuelve a ser inexpugnable –miró a Christian, quien asintió, confirmando sus palabras–. Puede que los magos piensen que Victoria murió en la torre, y en tal caso habrán perdido toda esperanza.

–¡Pero no pueden dejarnos aquí! –dijo Alexander–. La Torre de Kazlunn es el único lugar seguro para nosotros. Aquí somos vulnerables...

–... por no mencionar el hecho de que lo más probable es que Ashran ya sepa que hemos llegado –añadió Christian.

Alexander soltó un juramento por lo bajo. Jack se irguió.

–Yo voto por acercarnos a la torre y averiguar qué está pasando.

–¿Y si es una trampa? –dijo Christian.

Shail lo miró.

–¿Una trampa de quién? Tu padre no controla la Torre de Kazlunn. Es imposible que la haya conquistado en el tiempo que ha pasado desde que me marché, y más teniendo en cuenta que no lo ha conseguido en quince años.

Christian no dijo nada, pero Victoria descubrió en su rostro una sombra de duda.

La Torre de Kazlunn se alzaba junto al mar, al fondo de una altiplanicie salpicada de pequeñas arboledas como la que acababan de abandonar. Había un largo camino que llevaba hasta la entrada, bordeando el acantilado.

El ascenso fue largo y penoso. Cuando el camino los acercó un poco al barranco, Jack quiso asomarse al borde, para ver qué había más allá, pero Christian lo retuvo.

–¿Estás loco? –le dijo en voz baja–. Está subiendo la marea.

–¿Y? –preguntó Jack, sin comprender–. No entiendo qué...

No había terminado de decirlo cuando una violenta ola se estrelló contra el borde del precipicio con un sonido atronador. Jack jadeó y retrocedió, empapado y sin aliento. Sus compañeros también se alejaron de la escollera, con prudencia.

–Habría jurado que era mucho más alto, unos quince metros como poco –murmuró el chico, perplejo.

–Lo es –repuso Shail, sonriendo.

Victoria cogió a Jack del brazo y le señaló el cielo en silencio. Jack comprendió lo que quería decir. Las tres lunas de Idhún tenían que provocar, por fuerza, unos movimientos oceánicos mayores que las mareas de la Tierra. Tragando saliva, se alejó aún más del acantilado, y no se sintió seguro hasta que ascendieron hasta los mismos pies de la torre.

La Resistencia se detuvo ante la puerta, que estaba cerrada a cal y canto. No se veía a nadie por los alrededores, ni tampoco percibieron actividad alguna en el edificio.

—Esto no me gusta —murmuró Shail—. Ya deberían habernos visto llegar.

—Nadie puede habernos visto llegar, Shail —dijo Allegra, sombría—, porque no queda nadie en la torre.

—¿Qué...?

—Abrid esa puerta —dijo Christian entonces—. Tenemos que entrar en la torre cuanto antes.

—¿Por qué? —preguntó Alexander, mirándolo con desconfianza.

—Porque Christian tenía razón —respondió Jack, escudriñando las sombras mientras desenvainaba su espada—. Es una trampa. ¿No lo notáis?

No había terminado de pronunciar aquellas palabras cuando docenas de pares de ojos brillantes se alzaron en las sombras. Enormes cuerpos ondulantes y alargados surgieron del fondo del acantilado chorreando agua, y se movieron sinuosamente, rodeándolos; y algunos de ellos extendieron sus alas, cubriendo de oscuridad el cielo nocturno. Victoria se estremeció de frío y se preguntó cómo no los habían detectado antes; pero los sheks eran criaturas astutas y muy inteligentes, y habían logrado ocultarse de ellos, esperando pacientemente hasta tenerlos acorralados contra el muro. Ahora los observaban con fijeza, a una prudente distancia, como evaluándolos, pero no cabía duda de que no tardarían en atacarlos, y que sería una lucha muy desigual en la que la Resistencia no podría vencer. La única posibilidad que tenían de escapar con vida era refugiándose en la torre, pero Victoria comprendió, antes de que Allegra y Shail unieran su magia para tratar de derribar la puerta, que no lo lograrían. Hubo un violento chispazo de luz y la magia que protegía la torre repelió el poder de los dos hechiceros con tanta fuerza que los lanzó hacia atrás.

Una de las serpientes siseó con furia, proyectando la cabeza hacia adelante, mostrando unos colmillos letales. Jack, Christian, Victoria y Alexander retrocedieron unos pasos, con las armas a punto, cubriendo a los magos sin dejar de vigilar a los sheks, buscando protección en el enorme y elegante pórtico que abrigaba la entrada.

—¡Abrid esa puerta o estaremos perdidos! —susurró Alexander con voz ronca.

—No reconozco esta magia —murmuró Allegra—. La puerta ha sido sellada con un poder distinto al de los hechiceros corrientes.

—Es la magia de mi padre —musitó Christian.

No dijo más, pero todos entendieron lo que ello implicaba.

La Torre de Kazlunn había caído. De alguna manera, Ashran había logrado conquistarla. En cuanto a qué había sido de los hechiceros que vivían allí... solo podían tratar de adivinarlo. Y las posibilidades no eran precisamente tranquilizadoras.

Entonces, los sheks atacaron.

Se abalanzaron sobre ellos, las fauces abiertas, los ojos reluciendo en la oscuridad, sus largos cuerpos anillados ondulando tan deprisa que apenas podían seguirse sus movimientos.

Jack tuvo que hacer frente a dos emociones tan intensas como terribles. Por una parte, el horror irracional que sentía hacia todo tipo de serpientes lo atenazó otra vez; por otra, un sentimiento nuevo y siniestro se adueñó de su alma: un odio tan oscuro y profundo como el corazón de un abismo. Tratando de reprimir su miedo y de controlar su odio, lanzó un grito y se enfrentó a la primera serpiente, enarbolando a Domivat, su espada legendaria, cuyo filo se inflamó enseguida con el fuego del dragón. El shek retrocedió un poco, siseando, enfurecido, y observó la espada con odio y desconfianza. Jack golpeó de nuevo, pero en esta ocasión la criatura se movió deprisa y se apartó con un ligero y elegante movimiento. Antes de que pudiera darse cuenta, la cabeza de la serpiente estaba casi encima de él. Jack interpuso la espada entre ambos, consciente de que el shek había reconocido el arma como obra de los dragones, los ancestrales enemigos de aquellas criaturas. Pero tuvo que retroceder de nuevo, incapaz de acertar a la serpiente, cuyo cuerpo se movía a la velocidad del pensamiento.

Sus compañeros también estaban teniendo problemas. Shail había creado un campo mágico de protección en torno a ellos, pero las serpientes estaban intentando traspasarlo, y Jack sabía que no tardarían en conseguirlo. Victoria y Alexander peleaban con sus propias armas. El báculo de la muchacha no solo resultaba más letal que de costumbre, puesto que podía canalizar mucha más energía en Idhún que en la Tierra, o incluso que en Limbhad, sino que también parecía más efectivo que cualquier espada, incluyendo la de Alexander. Porque, gracias al báculo, Victoria podía proyectar su magia a distancia y atacar a las serpientes sin necesidad de acercarse demasiado a ellas; pero Alexander se encontraba con los mismos problemas que Jack a la hora de luchar contra aquellas formidables criaturas. Sin embargo, el combate había despertado en él de nuevo la furia animal que lo poseía las noches de luna llena, pero también cuando se veía incapaz de controlarla. Los ojos del líder de la Resistencia relucían en la oscuridad, y Jack lo oía gruñir, y lo veía golpear con fiereza y saltar de un lado para otro con una agilidad sobrehumana.

Mientras, Allegra seguía intentando echar abajo la puerta, y su voz sonaba sobre ellos, serena y segura, recitando sus conjuros más poderosos. Pero la puerta resistía.

Jack percibió un movimiento sobre él y alzó la espada por instinto. Oyó un siseo furioso y olió la carne quemada cuando el filo de Domivat alcanzó el cuerpo escamoso de uno de los sheks. Lo vio retirarse un momento y sonrió, satisfecho, pero se le congeló la sonrisa en los labios al mirar hacia arriba.

Había docenas de sheks. Tal vez medio centenar. Sobrevolaban aquel lugar en círculos, como buitres, esperando simplemente que la Resistencia se rindiera o fuera destruida, preparados para descender hasta ellos en el improbable caso de que sus compañeros fueran derrotados. El terror invadió al muchacho cuando comprendió que no tenían ninguna posibilidad de vencer, y que la única salida era escapar... hacia el interior de la torre, cuyos muros los protegerían, o hacia cualquier otra parte... Jack se preguntó, desesperado, por qué Shail y Allegra no habían empleado todavía el hechizo de teletransportación. En cualquier caso, no había nada que pudiera hacer.

—¡Jack! —gritó entonces Christian.

Jack se volvió, como en un sueño, y lo vio allí, de pie, desarmado. Había perdido su espada tiempo atrás, y se había negado a empuñar otra. Pero no parecía asustado.

—¡Transfórmate, Jack! —le gritó Christian—. ¡Así no puedes luchar contra ellos!

Jack comprendió. En su interior albergaba el espíritu de Yandrak, el último dragón, y en teoría podía transformarse en él, si así lo deseaba. En teoría. Porque no lo había conseguido aún. Ni una sola vez.

Lanzó a Christian una mirada dubitativa.

—¡Hazlo, maldita sea! —insistió el shek—. ¡Te necesitamos!

Jack asintió. Vio cómo Christian le daba la espalda e iniciaba su propia transformación. Apenas un instante después, ya no había allí un chico de diecisiete años, sino una enorme serpiente alada. Christian lanzó un chillido de ira y libertad y alzó el vuelo para enfrentarse, como shek, a los que antes habían sido sus compañeros, su familia, su gente. Jack apretó los dientes y se esforzó por encontrar al dragón en su interior.

Victoria lo vio, y corrió hacia él para cubrirle mientras se concentraba. El campo de protección de Shail seguía allí, pero estaba empezando a fallar, y de vez en cuando algún shek lograba traspasarlo. Victoria y Alexander peleaban para hacerlos retroceder.

Mientras, en el aire, Christian tenía todas las de perder. Como shek era poderoso, pero se enfrentaba a muchos como él, y estaba en inferioridad de condiciones.

—¡No puedo! —exclamó entonces Jack, desalentado—. ¡No sé lo que he de hacer!

—¡No te distraigas, chico! —gritó Alexander—. ¡Pelea aunque sea con la espada!

Jack asintió, aliviado, y se dispuso a obedecer. Era cierto que, como dragón, habría tenido más posibilidades de derrotar a algún shek, pero lo de luchar con la espada al menos sabía hacerlo. Oyó la voz de Allegra, retumbando sobre ellos, pero la puerta seguía sin abrirse.

—¡Christian! —gritó entonces Victoria; Jack vio el largo cuerpo de azogue del shek ondulando sobre ellos; lo reconoció porque era el único que peleaba contra los demás—. ¡Vuelve! ¡Ven aquí!

Jack dudaba de que Christian pudiera haberla oído; pero, de alguna manera, lo hizo, puesto que realizó un quiebro en el aire y descendió en picado, esquivando a dos serpientes que se abalanzaron sobre él. Cuando se posó junto a Victoria, Jack apreció que estaba herido.

La muchacha corrió hacia él y trepó a su lomo.

—¡Victoria! —la llamó Jack, perplejo—. ¿Qué haces?

Ella no contestó. Jack vio, impotente, cómo Christian alzaba de nuevo el vuelo, llevando a Victoria sobre su lomo. La vio pelear desde el aire, con el extremo de su báculo iluminado como una estrella. Era una imagen hermosa, pero aterradora, la joven del báculo resplandeciente, como una heroína de leyenda a lomos de la serpiente alada. Christian y Victoria. Luchando juntos, volando juntos.

Jack percibió entonces lo sólido y real que era el vínculo que los unía a ambos, e intuyó lo mucho que debía de haberle costado al Nigromante forzar a Christian para que traicionara a Victoria. Seguro que había puesto en juego todo su poder; y, sin embargo, ahí estaba, el shek, el hijo de Ashran, luchando junto a la Resistencia... solo para proteger a Victoria.

Jack se sintió pequeño e insignificante comparado con ellos, y por primera vez deseó, ardientemente y de todo corazón, poder transformarse en un dragón.

Pero seguía sin conseguirlo.

Varios metros por encima de ellos, Victoria se sentía inmersa en un extraño sueño. Por un lado, la presencia de las serpientes aladas la aterrorizaba; por otro, volar sobre el lomo de Christian era una experiencia única, mágica, y lamentaba no poder disfrutar de ella.

Se dio cuenta de que algunos de los sheks habían abandonado la lucha contra los otros miembros de la Resistencia y volaban ahora tras ellos. Victoria percibió el intenso odio que alentaban los ojos de hielo de aquellas formidables criaturas, por lo general impasibles como rocas.

—¿Qué les pasa? —murmuró, alzando el báculo por encima de la cabeza—. ¿Por qué están tan furiosos?

Le bastó desearlo para que el extremo del artefacto dejase escapar un anillo de energía que alcanzó a varios sheks y los hizo retroceder, siseando de dolor y furia.

«Soy yo», respondió Christian telepáticamente. «Me consideran un traidor a nuestra raza, he cometido un crimen imperdonable para los sheks, y por ello están deseando acabar conmigo. No debería haber permitido que montaras sobre mi lomo. Estabas más segura con Jack y los demás».

—No se trata de mí —respondió ella casi con fiereza—. Tenemos que distraerlos todo lo que podamos para que Shail y mi abuela abran esa puerta.

«La puerta no se abrirá, Victoria, y lo sabes».

Victoria sintió un escalofrío y apretó los talones contra el cuerpo del shek, consciente de que tenía razón, de que se enfrentaban a un enemigo demasiado formidable y que, casi con toda seguridad, ambos morirían allí.

Pero, si había de morir, decidió, lo haría luchando. Para que, si existía la más mínima posibilidad de que sus amigos escaparan, pudieran tener la oportunidad de ponerse a salvo. Para que al menos Jack saliera con vida de aquella locura.

—No lograremos entrar —anunció entonces Allegra—. Es inútil: mi magia no puede, ni podrá, romper el sello de esta puerta.

Había hablado a media voz, pero Jack, que enarbolando a Domivat peleaba contra un shek que había traspasado la barrera, la oyó y sintió como si sus palabras fueran una sentencia de muerte.

—¡Entonces tenemos que marcharnos de aquí! —rugió Alexander, enseñando los colmillos; la pelea había desatado su fuerza animal, y estaba a mitad de transformación: su rostro se había alargado, como un hocico, y estaba casi completamente cubierto de vello. Sus manos como zarpas blandían a Sumlaris, su espada, como si fuera una pluma.

–Pero ¿cómo? –preguntó Shail, con esfuerzo; estaba empleando toda su energía para mantener el campo mágico de protección, pero se estaba quedando sin fuerzas–. Somos demasiados; si los teletransportamos a todos, no llegaremos muy lejos.

–Pero es la única salida –dijo Allegra.

Oyeron entonces un chillido agónico, y Jack alzó la mirada, justo para ver a Christian retorcerse de dolor en el aire, mientras Victoria intentaba mantenerse firme sobre su lomo. Nada estaba atacando al shek, al menos no en apariencia, y, sin embargo, la criatura parecía estar sufriendo una terrible agonía. Jack comprendió que los otros sheks habían logrado traspasar sus defensas mentales y lo estaban sometiendo a un ataque telepático.

–¡Christian, baja de ahí! –gritó Jack, temiendo sobre todo por la seguridad de Victoria; todavía no estaba seguro de apreciar lo bastante al shek como para llegar a lamentar su muerte, si esta llegara a producirse.

Christian lo intentó. Esquivó como pudo a las serpientes que se abalanzaban sobre él y descendió en un vuelo inestable. Victoria se esforzaba por mantener el equilibrio, pero no había abandonado la lucha. Jack vio cómo la punta del báculo que portaba se iluminaba de nuevo, y oyó el chillido de una de las serpientes, que había sido alcanzada por la energía generada por el artefacto.

Pero Christian no lograba mantener el vuelo. Jack lo vio precipitarse al mar, estrellarse contra la cresta de una ola, desaparecer bajo las aguas, y gritó:

–¡Victoria!

Algo se encendió en su interior, como un volcán en erupción, como una estrella a punto de estallar, y sintió que el dragón deseaba ser liberado, para luchar contra los sheks y rescatar a Victoria. Corrió hacia el borde del acantilado, pero tuvo que detenerse porque dos sheks le cortaron el paso. Jack alzó a Domivat, furioso, y lanzó una estocada que dejó escapar una violenta llamarada. No alcanzó a ninguna de las serpientes, pero las hizo retroceder un tanto.

Después, se sintió extrañamente vacío, y comprendió que había canalizado demasiada energía a través de la espada. Y supo que ya no tenía fuerzas para despertar al dragón en su interior.

En aquel momento, vio a Christian emergiendo del agua coronada de espuma, y desplegando de nuevo sus alas bajo las tres lunas. Victoria seguía sobre su lomo, parecía que estaba bien. Jack golpeó otra vez, hizo retroceder a los sheks un poco más y entonces vio que Alexander acudía a cubrirle la retirada. Los dos se replegaron hacia la torre.

Cuando, por fin, Christian aterrizó estrepitosamente junto a ellos, todavía con Victoria bien sujeta entre sus alas, Allegra ya estaba preparándose para teletransportarlos a todos lejos de allí, mientras Shail se esforzaba, más que nunca, por mantener activa la protección mágica.

La voz telepática de Christian se oyó en las mentes de todos.

«No podréis llevarnos a todos. Allegra, llévate a Jack y Victoria a un lugar seguro».

–¡No! –gritó Jack, volviéndose hacia él–. Nos vamos todos.

–El shek tiene razón –gruñó Alexander–. Si la magia no puede salvarnos a todos, es mejor que os vayáis vosotros dos. La profecía...

–¡Al diablo con la profecía! –gritó Jack–. ¡No voy a dejar atrás a mis amigos!

–¿Y vas a dejar morir a Victoria?

Jack se volvió para replicar a la pregunta de Christian, que se había transformado de nuevo en humano y lo miraba con seriedad. Pero no fue capaz de encontrar una respuesta a aquella cuestión.

–Nos vamos todos –declaró Victoria con firmeza, apartándose el pelo mojado de la frente.

Avanzó hasta situarse junto a Allegra y la tomó de la mano, mientras el extremo de su báculo palpitaba como un corazón henchido de energía. La maga comprendió, y absorbió la magia que Victoria le proporcionaba.

–¡Ahora! –gritó Shail–. ¡Daos prisa!

Jack y Alexander corrieron hacia Allegra y Victoria. Jack volvió sobre sus pasos para ayudar a Christian, que cojeaba. Las serpientes sisearon, furiosas, al comprender sus intenciones. Jack percibió en su mente los ataques desesperados de las criaturas, que sabían que sus presas estaban tratando de escapar, pero la barrera todavía los protegía. Sin embargo, el muchacho miró a Shail, solo ante los sheks, manteniendo la protección mágica hasta el final, e intuyó lo que iba a pasar, segundos antes de que el mago diera media vuelta y echara a correr hacia ellos con todas sus fuerzas.

La barrera se desmoronó, y los sheks se abalanzaron sobre él.

–¡SHAIL! –chilló Victoria, al ver que se había quedado atrás.

Allegra ya iniciaba el hechizo de teletransportación.

Todo fue muy rápido. Jack, Christian, Victoria y Alexander se habían aferrado a ella, pues debían estar en contacto físico con la maga para que el conjuro los transportase a ellos también. Pero no podían apartar la mirada del joven hechicero que corría hacia ellos, y vieron cómo la primera de las serpientes se lanzaba sobre él y lograba aprisionar su pierna entre sus letales colmillos. Shail gritó y cayó al suelo cuan largo era. Victoria se desasió del contacto de Allegra y trató de correr hacia él, pero Jack la retuvo cogiéndola del brazo cuando ya se alejaba de ellos, y Allegra atrapó la mano del chico en el último momento. Victoria no se rindió, y tendió el báculo hacia su compañero caído. Shail logró aferrar la vara justo cuando el shek ya retrocedía, arrastrándolo consigo.

En aquel momento, Allegra finalizó el conjuro, y la Resistencia desapareció de allí.

II
REFUGIO

JACK chocó contra el suelo con estrépito. Su instinto le dijo que había peligro, y se levantó de un salto, ignorando el sordo dolor de sus costillas.

El hechizo de Allegra los había llevado a todos lejos de la Torre de Kazlunn.

A todos. Incluyendo al shek que se había aferrado a la pierna de Shail, y que ahora había soltado a su presa para alzarse sobre ellos, amenazadoramente.

Jack no se anduvo por las ramas. Blandió a Domivat y, aprovechando que la serpiente tenía la vista fija en Christian, que la observaba con cautela, en tensión, descargó un golpe, con toda su rabia, sobre el cuerpo escamoso de la criatura, que chilló de dolor.

La Resistencia en pleno acudió a ayudar a Jack y, con una fuerza nacida de la desesperación, lograron acabar por fin con el enorme reptil. Todos suspiraron aliviados, y Jack cerró los ojos y sonrió para sí. Algo en su interior había disfrutado lo indecible con la muerte de aquel shek. Pero, por alguna razón, no le pareció correcto exteriorizar sus sentimientos al respecto. Una parte de él se horrorizaba de que la muerte de otro le produjera tanta satisfacción; aunque ese otro fuera un shek.

Christian había permanecido aparte, sin intervenir en la lucha; y, cuando el cuerpo muerto del shek cayó a sus pies, se quedó mirándolo, pensativo, con una expresión indescifrable.

Victoria intuyó qué era lo que pasaba por su mente. Se detuvo junto a él y colocó una mano sobre su hombro.

–Lo siento –susurró.

–Da igual –respondió él, encogiéndose de hombros–. Tengo que ir acostumbrándome a esto.

Pero había visto a Jack hundiendo su espada de fuego en el corazón del shek, y ambos sabían que, aunque Christian entendía y aprobaba aquella actitud, su instinto lo empujaba a enfrentarse al muchacho, el dragón, su enemigo, para defender a la serpiente. Y el instinto era algo muy difícil de reprimir.

Jack había notado también la mirada que le había dirigido Christian entonces. Al pasar junto a él, aún con la espada desenvainada, lo miró a los ojos, como retándolo a hacer algún comentario al respecto. Pero Christian no dijo nada, y Jack tampoco percibió odio en su mirada. Solo... una honda y sincera comprensión que no era propia de él, y que dejó a Jack sorprendido y confuso.

Victoria se había inclinado junto a Shail, preocupada por la herida de su pierna. El joven mago había perdido el conocimiento y deliraba, como atacado por una fiebre especialmente virulenta.

–Veneno shek –dijo Christian en tono neutro–. Tendrá suerte si sale con vida.

–Me sorprende que no sea un veneno de efecto instantáneo –dijo Jack, con un sarcasmo que pretendía enmascarar su rabia y su impotencia.

Christian le dirigió una breve mirada.

–Lo es –dijo–. La magia de Victoria lo ha protegido de una muerte inmediata, pero si no recibe tratamiento, no tardará en morir.

–¿Dónde estamos? –preguntó Victoria, angustiada, mirando en torno a sí, en busca de un refugio.

–En los límites de Shur-Ikail –respondió Alexander, con gesto torvo–. No muy lejos de la Torre de Kazlunn.

Señaló en una dirección determinada, y sus compañeros vieron, más allá de la amplia planicie de color púrpura a la que habían llegado, una fina aguja recortada a lo lejos, en el horizonte.

Allegra movió la cabeza, con un suspiro.

–No he podido llevaros más lejos. Lo siento.

–No importa –dijo Jack–. Por lo menos nos hemos alejado de ellos.

–No por mucho tiempo –intervino Christian, sombrío–. Habrán detectado ya la muerte de este shek. Saben dónde estamos y es cuestión de tiempo que nos alcancen.

–Poco tiempo –asintió Alexander, que iba, lentamente, recuperando su fisonomía humana–. No estamos en condiciones de avanzar muy deprisa.

—¿Avanzar hacia dónde? —dijo Victoria de pronto—. La Torre de Kazlunn ha sido conquistada por Ashran. Era el único refugio con el que podíamos contar —alzó la mirada y añadió—: ¿Por qué no volvemos atrás, a Limbhad?

Alexander iba a responder, pero Christian se le adelantó:

—No podemos. Ya lo he intentado, traté de abrir la Puerta interdimensional cuando nos rodearon los sheks al pie de la torre, pero no lo conseguí.

—¿Por qué? —preguntó Jack, inquieto ante la posibilidad de haberse quedado atrapado en aquel mundo.

—Porque Ashran ha bloqueado la Puerta, incluso para ti —intervino Allegra mirando a Christian—. ¿No es así?

El joven asintió, sombrío.

—Nos ha dejado volver porque sabe que, sin mí, no tiene ninguna posibilidad de acabar con la Resistencia en la Tierra. No puede enviar sheks a través de la Puerta, y tardaría años en crear a otro híbrido como yo. Pero ahora que estamos en Idhún, un mundo que él controla totalmente, no quiere dejarnos escapar.

—Entonces, no nos queda donde ir —murmuró Jack.

—Queda el bosque de Awa —dijo Christian a media voz.

Allegra asintió.

—El bosque de Awa resiste todavía —dijo cerrando los ojos un momento—. Puedo sentir que mi gente nos llama desde allí.

—El bosque de Awa está demasiado lejos —objetó Alexander, frunciendo el ceño.

—Ya lo sé. Pero ¿qué otra opción tenemos?

—Vanissar, el reino de mi padre, está mucho más cerca. Tal vez allí...

—Vanissar no es un lugar seguro para Victoria —cortó Christian rotundamente.

Para él, todo se reducía a aquello: proteger a Victoria. Jack pensó que Christian podría ver morir a todos y cada uno de los miembros de la Resistencia sin lamentarlo ni un ápice, mientras la muchacha estuviera a salvo.

Victoria, ajena a la discusión que mantenían sus compañeros, se esforzaba por emplear su magia curativa con Shail.

—No puedo —dijo por fin, desalentada—. He conseguido paralizar la acción del veneno, pero no he podido hacerlo desaparecer. Estoy demasiado cansada. No sé si Shail aguantará el viaje —añadió, con un nudo en la garganta.

Christian, Allegra y Alexander cruzaron una mirada de circunstancias. Jack se dio cuenta de que dudaban de que Shail fuera a sobrevivir a la terrible herida infligida por la serpiente, pero no querían decirlo en voz alta. Y, a pesar de lo cansado que estaba, algo se rebeló en su interior ante la idea de rendirse tan pronto.

–Tenemos que intentarlo –dijo–. Tenemos que luchar hasta el final. Cuanto antes nos pongamos en marcha, antes llegaremos... a Vanissar o al bosque de Awa, me da igual. Lo importante es alejarnos de aquí.

Alexander lo miró un momento, pero finalmente asintió.

Comenzaron a caminar hacia oriente, Jack y Alexander cargando con Shail, pero avanzaban muy lentos, y pronto incluso Jack comprendió que no lograrían escapar. Sobre todo porque, tras ellos, el horizonte comenzaba a cubrirse de largas siluetas amenazadoras.

Los sheks los perseguían, y no tardarían en alcanzarlos. Jack lo sabía, pero sencillamente no podía rendirse, no podía parar, a pesar de lo agotado que estaba, y esperar la muerte. De modo que seguía caminando, mientras las sombras del horizonte se hacían más grandes.

Christian y Victoria avanzaban tras ellos. Christian todavía cojeaba, y a veces tenía que apoyarse un poco en Victoria para poder andar. Jack evitaba volver la cabeza atrás para mirarlos. Intuía que la muchacha ya había elegido entre los dos y, por desgracia, no lo había elegido a él. Por eso se quedó sorprendido cuando Victoria apresuró el paso para colocarse junto a él, y le tomó la mano que tenía libre. Jack la miró, un poco perplejo. Victoria le devolvió la mirada, como intentando decirle algo importante, pero estaban rodeados de gente y aquel no parecía el momento más oportuno. Y, sin embargo, la sombra de las alas de los sheks cubría el horizonte, lo cual significaba que, probablemente, no habría otro momento para ellos. Nunca más.

Alexander echó una breve mirada atrás y dijo:

–No podemos seguir así. No tardarán en alcanzarnos. Tenemos que plantar cara y pelear, porque...

–... Es mejor que darles la espalda –completó Jack con una sonrisa.

Los miembros de la Resistencia cruzaron una mirada. Sabían lo que eso significaba. Si seguían caminando, los sheks los alcanzarían y los matarían. Si se detenían a luchar, los sheks acabarían por matarlos de todos modos. Hicieran lo que hiciesen, había llegado el fin para ellos.

–Es mejor que darles la espalda –repitió Victoria, alzando la cabeza con orgullo.

Los demás asintieron, sombríos. Sabían que aquella batalla sería la última, pero estaban dispuestos a librarla. De modo que prepararon las armas y esperaron a sus enemigos, y cuando los sheks se abatieron sobre ellos, las manos de Jack y Victoria se buscaron y se estrecharon, con fuerza, quizá por última vez.

Victoria alzó el báculo, lista para pelear. Sus ojos se detuvieron un momento en Christian, que aguardaba un poco más lejos, con la vista fija en los sheks que descendían sobre ellos. El joven percibió su mirada y se volvió hacia ella.

«Lo siento muchísimo, Christian», pensó Victoria. «Es culpa mía». Él captó aquel pensamiento y le dedicó una media sonrisa.

«Fui yo quien tomó la decisión de traicionar a los míos, Victoria», respondió telepáticamente. «Y estoy aquí porque así lo he querido».

A Victoria se le encogió el corazón. Por Jack, por Christian, por Shail, Allegra y Alexander, y por ella misma. Y alzó el báculo, dispuesta a morir luchando.

Pero entonces Christian entrecerró los ojos, alzó la cabeza, como escuchando algo que solo él pudiera oír, y se volvió hacia el este, donde aparecían las primeras luces del alba.

—¡Allí! —exclamó.

Sus compañeros miraron en la dirección que él señalaba, y vieron unas formas doradas que volaban hacia ellos. Los ojos de Allegra se llenaron de lágrimas.

—Estamos salvados —dijo solamente.

Los momentos siguientes fueron muy confusos. Victoria solo recordaría que la maga los había reunido a todos en torno a ella para realizar, una vez más, el hechizo de teletransportación. No llegarían muy lejos, y en otras circunstancias solo habría servido para retrasar unos minutos más el enfrentamiento contra los sheks; pero la salvación se acercaba desde la línea del alba, y si tenían una oportunidad de alcanzarla, debían aprovecharla.

Victoria hizo funcionar el báculo, forzándolo a extraer toda la magia posible del ambiente, y ella y Allegra combinaron su poder para arrastrar a la Resistencia lo más lejos posible, en dirección al este. La muchacha recordaría haberse mareado, haber sentido que las fuerzas la abandonaban, haberse materializado un poco más lejos, un kilómetro o dos, tal vez, y unas fuertes garras que la aferraron con fuerza y la levantaron en el aire. Victoria vio que el suelo se alejaba de ella... y perdió el sentido.

Cuando despertó, volaba a lomos de un enorme pájaro dorado. Tras ella montaba Jack, sujetándola entre sus brazos, lo que impidió que la muchacha se cayera del susto al verse en aquella situación. Tardó un poco en situarse; cuando lo hizo, se volvió para mirar a su amigo.

–¿Jack? ¿Qué ha pasado?

El muchacho la miró, sonriente a pesar del cansancio que se adivinaba en sus facciones. El viento revolvía su pelo rubio, y parecía claro que a Jack le encantaba aquella sensación.

–Volamos lejos de la torre. Han venido a rescatarnos, y hemos dejado atrás a los sheks. Mira.

Victoria miró a su alrededor. Había visto antes aquellos pájaros dorados, semanas atrás, cuando los magos idhunitas habían intentado rescatarla del Nigromante en la Torre de Drackwen. Ahora había cerca de una docena de aquellas aves, montadas por hechiceros de distintas razas. El pájaro que montaban Allegra y Alexander volaba cerca de ellos, y Victoria descubrió, un poco más allá, al ave sobre la que cabalgaba Christian, completamente solo.

–¿Dónde está Shail? –preguntó, inquieta, recordando que su amigo se debatía entre la vida y la muerte.

–Allí, míralo. Va montado en el pájaro que guía la bandada.

Victoria estiró el cuello para mirar hacia adelante, y Jack instó a su montura a volar un poco más rápido, para llegar más cerca del primer pájaro. Victoria vio entonces a Shail, mortalmente pálido, inconsciente, en brazos de la persona que guiaba al ave, y que vestía una túnica verde y plateada. El jinete detectó su presencia, porque se volvió para mirarlos, y Victoria vio que se trataba de una mujer de piel de un suave color azul celeste y cuyo cráneo, ligeramente alargado, carecía de cabello. Sus ojos, de un violeta intensísimo, se clavaron en Victoria un breve instante, y después descendieron hacia el rostro inerte de Shail. La joven no sabía quién era ella, pero sí supo, de alguna manera, que su amigo estaba en buenas manos.

Volvieron a quedar un poco más rezagados, y Jack respondió a la muda pregunta de Victoria:

–Ella ha guiado a los magos hasta aquí. Me imagino que es una hechicera importante.

–No, no es una hechicera –negó Victoria, que había estudiado las costumbres de los distintos pueblos idhunitas con más interés que

Jack–. Es una sacerdotisa, y por los colores de su túnica, creo que sirve a Wina, la diosa de la tierra.

–¡Una sacerdotisa celeste! Creía que el dios de los celestes era Yohavir, el Señor de los Vientos, ¿no?

–Sí, pero Yohavir pertenece a la tríada de dioses, y las mujeres no pueden entrar como sacerdotisas en la Iglesia de los Tres Soles.

Mientras hablaba, Victoria buscó de nuevo a Christian con la mirada. Lo vio un poco más allá. Detectó que el pájaro dorado que montaba no parecía muy satisfecho con el jinete que le había tocado en suerte, pero no se atrevía a desobedecerlo. La muchacha se estremeció; el ave había adivinado que cargaba con un shek, uno de sus enemigos. Y por primera vez se preguntó qué sucedería cuando los magos, y especialmente los sacerdotes de los seis dioses, descubrieran la verdadera naturaleza de Christian.

Jack se había dado cuenta de que Victoria estaba mirando a Christian y, una vez más, se sintió fuera de lugar. Recordó cómo había intentado transformarse en dragón, sin conseguirlo, y quiso comentarlo con Victoria, hablarle de sus dudas, de su miedo a no estar a la altura de lo que se esperaba de él y, sobre todo, de no merecerla. Pero no dijo nada. A pesar de que Victoria todavía parecía sentir algo muy intenso por él, en el fondo Jack estaba convencido de que era demasiado tarde; de que, no importaba cuánto se esforzara, Victoria terminaría marchándose con Christian, antes o después. Y era algo de lo que no quería hablar con ella porque, por mucho que le doliera, si tenía razón, no debía poner trabas en su camino, no debía retenerla a su lado contra su voluntad.

Desvió la mirada, incómodo. Victoria lo notó.

–Jack, ¿qué te pasa? ¿Estás bien?

–Sí –mintió él–. No es nada, solo estoy un poco cansado. En serio –insistió, al ver que ella no estaba convencida–. Relájate y disfruta del viaje –añadió con una sonrisa.

Victoria asintió, sonriendo a su vez. Se recostó contra Jack, cuyos brazos rodeaban su cintura, y echó un vistazo al cielo, donde relucían los tres soles de Idhún. Sus nombres eran Kalinor, Evanor e Imenor, tres esferas clavadas en el firmamento como joyas refulgentes. El más grande, Kalinor, era una enorme bola roja, casi el doble de grande que el sol que iluminaba la Tierra. Evanor e Imenor eran estrellas gemelas, blancas, y se situaban debajo del sol rojo, de manera que los tres formaban un triángulo en el cual Kalinor ocupaba el extremo superior.

–Da calor solo de mirarlos –opinó Victoria, sobrecogida–. ¿Cómo es que no nos achicharramos todos?

Jack contempló los soles, pensativo.

–No sé mucho de estas cosas –reconoció–, pero el sol más grande parece una estrella vieja. Leí en alguna parte que las estrellas se vuelven grandes y rojas cuando envejecen, y justamente por eso calientan menos. O puede que estén más lejos de lo que creemos, ¿quién sabe? O quizá es por la composición de la atmósfera. Tal vez protege el planeta de los rayos solares con más eficacia que la atmósfera de la Tierra.

–El aire es más... pesado –asintió Victoria–. No sé qué tiene. De todas formas... me gusta. No sé cómo explicarlo. Huele muy bien.

Jack sonrió.

–Se respira muy bien –admitió–. Es como si cada bocanada que dieras te «alimentara», como si te llenara por dentro. Es raro, ¿verdad?

–¿Piensas que Idhún gira en torno a uno de los tres soles? –preguntó Victoria–. ¿O alrededor de los tres a la vez?

–Si no fuera así, nunca se haría de noche, ¿no te parece?

Victoria alzó la cabeza hacia los astros, con aire soñador.

–Quizá no tenga sentido intentar aplicar a este lugar las leyes del universo que conocemos –comentó–. Tal vez, al atravesar la Puerta, llegamos no solamente a otro mundo, sino también a otra realidad, otro universo. ¿No crees?

Jack sonrió.

–Sinceramente, me intrigan más otras cosas, como el misterio de cómo un espíritu puede introducirse en un cuerpo que no es el suyo, y hacerlo cambiar físicamente para adaptarlo a su verdadera esencia. Por ejemplo, tu cuerpo humano puede transformarse en el cuerpo de un unicornio. ¿No contradice eso todas las leyes físicas?

–Supongo que sí –sonrió Victoria.

Segura entre los brazos de Jack, se atrevió a asomarse un poco para contemplar el paisaje.

Sobrevolaban una inmensa llanura encajonada entre dos sistemas montañosos. Al norte, una ciclópea cordillera gris cuyos altos picos nevados aparecían envueltos en turbulentas nubes violáceas. Al sur, una cadena de montañas pardas de caprichosas formas, que se elevaban hacia el cielo como los pináculos de un gigantesco palacio. Entre ambas discurría un río que regaba una tierra fértil salpicada de poblaciones, pequeños bosques y campos de cultivo.

–Nandelt –dijo Victoria, recordando los mapas que había visto en Limbhad–. La tierra de los humanos. ¿Vamos a Vanissar?

Jack se encogió de hombros, pero fue Victoria quien respondió a su propia pregunta:

–¡No, mira aquello! ¡Esto no puede ser Nandelt!

Jack miró en la dirección indicada y vio una gran masa verdosa en el horizonte, envuelta en una bruma misteriosa. Parecía un enorme bosque, y la bandada se dirigía hacia él.

–¿No puede ser eso el bosque de Awa? –preguntó, sin entender la extrañeza de su amiga.

Victoria negó con la cabeza.

–Si no recuerdo mal, el bosque de Awa está muy lejos de la Torre de Kazlunn. No podemos haber atravesado Nandelt tan deprisa. Incluso volando, se necesitarían varios días para alcanzarlo.

Jack sonrió ampliamente.

–Claro, no te has dado cuenta porque estabas dormida. Los hechiceros nos han hecho avanzar más deprisa gracias a la teletransportación. No han podido llevarnos hasta nuestro destino, pero sí han acortado el viaje. De lo contrario, no habríamos podido dejar atrás a los sheks.

Victoria asintió, pero no dijo nada. Ambos contemplaron, sobrecogidos, el paisaje del bosque, que se abría ante ellos, salvaje y magnífico. Pronto se dieron cuenta de que, aunque desde lejos se presentaba como una difusa línea verde, en realidad el bosque de Awa era una sorprendente explosión de colorido. Todo allí parecía enorme y, a la vez, delicado como el cristal. Había árboles cuyas copas adoptaban extrañas formas: árboles en punta, árboles en espiral, árboles entrelazados unos con otros como un brillante tejido multicolor, árboles de hojas tan inmensas que un dragón podría haberse posado en ellas. Y había muchísimas flores, flores del tamaño de árboles, flores más pequeñas que se agrupaban formando racimos que de lejos semejaban una única flor; flores que se abrían como sombrillas, flores que parecían erizos, flores esponjosas, flores de todos los colores, blancas, azules, rojas, violáceas, anaranjadas, jaspeadas e incluso flores transparentes como el agua. Había cascadas de plantas semejantes a enredaderas que caían desde los árboles más altos, y lechos de musgo tendidos entre las ramas umbrías. Había colonias de hongos del tamaño de hombres, tan extensas que se distinguían claramente desde el aire, y de tal variedad polícroma que mareaba a la vista. Y había torrentes de aguas cristalinas, cascadas que se adivinaban entre el exuberante follaje, y cuyo sonido llegaba hasta ellos como una refrescante promesa de vida nueva.

Los pájaros iniciaron la maniobra de descenso, y Jack y Victoria se sujetaron con fuerza a las plumas del ave para no caer. Jack llegó a ver algo que se elevaba desde los árboles como un surtidor de agua dorada, y se dio cuenta de que la bandada torcía el rumbo para dirigirse hacia allí, por lo que dedujo que se trataba de una especie de señal. Al acercarse más, vio que era en realidad un chorro de polvo dorado, polen tal vez, que se alzaba hacia las alturas. Pero sí era una señal, porque el primer pájaro, con un graznido, se zambulló entre las copas de los árboles, justo en el lugar indicado. «Por ahí es por donde tenemos que entrar», entendió Jack. Pronto, todas las aves siguieron a la primera, sumergiéndose en el bosque. A Jack y Victoria les pareció que bajaban durante mucho rato entre el follaje de los árboles, y en más de una ocasión tuvieron que apretarse contra el lomo del ave para no ser derribados por las ramas. Parecía imposible que la bandada encontrara huecos para atravesar aquel laberinto vegetal y, sin embargo, lo estaban haciendo con sorprendente facilidad. Minutos después, aterrizaron en un claro del bosque que se abría junto a un arroyo.

Jack bajó del lomo del pájaro de un salto, todavía sonriendo exultante tras el vuelo, y tendió la mano a Victoria para ayudarla a descender. Cuando ella lo hizo, y ambos miraron a su alrededor, se quedaron sin aliento.

Varias docenas de personas se habían reunido en torno a ellos y los miraban en un silencio sepulcral, casi con adoración. Había humanos entre ellos, pero también hadas, celestes, silfos, gnomos, duendes, varios yan, los habitantes del desierto, y dos varu, la raza anfibia, que los observaban desde el río, asomando únicamente sus cabezas escamosas fuera del agua. Muchos de ellos eran magos; vestían túnicas bordadas con símbolos místicos y se adornaban con diversos abalorios; pero algunos eran también sacerdotes, como la mujer celeste que había organizado su rescate, y había también un buen grupo de guerreros y mercenarios. Sin embargo, Jack vio a otros muchos que parecían, simplemente, refugiados: campesinos, granjeros, mercaderes o artesanos, que habían huido de sus tierras, temerosos de los sheks, para ir a ocultarse en el bosque de Awa.

Entonces, tres personajes se adelantaron y se detuvieron ante ellos: un hechicero humano y dos sacerdotes: un celeste y una varu. Ambos ceñían sus sienes con diademas doradas. Jack y Victoria detectaron enseguida que se trataba de gente importante, porque se movían con autoridad y cierta majestuosidad, y porque todo el mundo parecía estar conteniendo el aliento, a la espera de que hablaran. Jack se dio cuenta de que hasta Alexander, que en Idhún era el príncipe heredero de un gran reino, había bajado la cabeza ante ellos. Cambió el peso del cuerpo de una pierna a otra, incómodo. El mago los miraba fijamente; era de mediana edad, y llevaba el cabello, de un extraño color verde-azulado, recogido en una larga trenza detrás de la cabeza. Sus ojos oscuros parecían haber visto mucho, y los observaban con cierta suspicacia.

–¿Sois vosotros aquellos de quienes habla la profecía? –preguntó con algo de brusquedad.

Jack no supo qué decir. Victoria se adelantó unos pasos, sujetando el Báculo de Ayshel, y respondió con suavidad:

–Soy Lunnaris, el último unicornio.

Hubo murmullos entre los presentes. Jack respiró hondo antes de decir.

–Yo... soy Yandrak.

No añadió más. No hacía falta. Su auténtico nombre ya llevaba implícita su condición, su verdadera identidad.

Los murmullos aumentaron en intensidad. El mago asintió, pero no dijo nada. Fue la sacerdotisa varu quien tomó la palabra:

«Bienvenidos al bosque de Awa, Yandrak y Lunnaris», dijo en las mentes de todos; pues los varu, como los sheks, carecían de cuerdas vocales, y se comunicaban por telepatía. «Mi nombre es Gaedalu, Venerable Madre de la Iglesia de las Tres Lunas. Me acompañan Qaydar, el Archimago, y el Venerable Ha-Din, Padre de la Iglesia de los Tres Soles».

Victoria tragó saliva y cruzó una rápida mirada con Jack. La expresión de él le indicó que había comprendido lo que estaba sucediendo. La Orden Mágica y las dos Iglesias eran los tres poderes que habían gobernado Idhún, por encima de reyes, príncipes y nobles... hasta la llegada de Ashran y los sheks. Y sus líderes estaban allí, ante ellos. Jack y Victoria llegaban a Idhún como los salvadores anunciados por la profecía, y el hecho de que los recibieran Qaydar, Ha-Din y Gaedalu era una señal de hasta qué punto esperaban grandes cosas de ellos. Y no era un sentimiento agradable; al fin y al cabo, solo eran dos adolescentes, y solo hacía tres semanas que se les había revelado su verdadera identidad.

—¿Habéis venido a hacer cumplir la profecía? —quiso saber Qaydar.

Ha-Din posó suavemente una mano sobre el brazo de su compañero para tranquilizarlo.

—Calma, Archimago. Habrá tiempo para hablar de la profecía... después. Estos jóvenes acaban de llegar de un largo viaje y han escapado de la muerte hace apenas unas horas. Sin duda estarán cansados.

El Archimago pareció relajarse un tanto.

—Tienes razón, Padre Venerable —dijo—. Perdonad mi rudeza, muchachos. Solo hace cinco días que cayó la Torre de Kazlunn, y todavía no nos hemos recuperado del golpe que eso supuso para nosotros. Ya habíamos perdido toda esperanza.

—También hablaremos de ello más tarde. Debemos atender a nuestros invitados.

Sus ojos violáceos se posaron en el grupo de recién llegados... y, de pronto, su expresión apacible se congeló en un gesto severo que no parecía habitual en él.

—Tú —dijo solamente.

Victoria sabía a quién se refería incluso antes de volverse y encontrar la mirada de Ha-Din clavada en Christian. El joven no dijo nada, ni hizo el menor gesto. Se limitó a sostener su mirada, impasible.

—Eres un shek —concluyó el Padre a media voz.

Hubo nuevos murmullos entre la multitud y alguna exclamación ahogada. Varios guerreros avanzaron con la intención de atacar a Christian, pero Ha-Din alzó la mano, pidiendo silencio, y todos lo obedecieron.

—Soy un shek —admitió Christian. Pero no dijo nada más.

El Archimago se volvió hacia los recién llegados, irritado:

—¿Cómo os habéis atrevido a traer a una de estas criaturas al bosque de Awa?

—Él no... —empezó Victoria, pero el pensamiento de Gaedalu inundó las mentes de todos, y no admitía ser ignorado:

«¡Este era el último lugar seguro para nosotros! Ahora que los sheks han conseguido entrar en él, nada podrá salvarnos. Ni siquiera la profecía».

—¡No, esperad! —gritó Victoria, al ver que las palabras de Qaydar y Gaedalu empezaban a sublevar a la multitud—. Él no es como los demás. Nos ha ayudado a llegar hasta aquí. ¡Escuchadme todos! Christian es de los nuestros. Me ha... salvado la vida en varias ocasiones –concluyó en voz baja–. Los otros sheks lo consideran un traidor por eso.

Ha-Din avanzó hasta ella y la miró a los ojos. Victoria sostuvo su mirada, resuelta y serena, esperando tal vez un sondeo telepático, o algo parecido, porque no le cabía duda de que el celeste estaba intentando averiguar si decía la verdad. Pero no notó ninguna intrusión en su mente. Y, sin embargo, el Padre concluyó su examen anunciando en voz alta:

–Es cierto lo que dice. Y no debemos olvidar que la profecía hablaba también de un shek.

Gaedalu asintió, de mala gana. El Padre se aproximó entonces a Christian, que no se movió.

–¿Estás con nosotros, muchacho?

–Estoy con ella –respondió el joven señalando a Victoria con un gesto–. Si eso implica estar con vosotros, entonces, sí, lo estoy.

Hubo nuevos murmullos, algunos indignados e incluso escandalizados. Jack detectó enseguida lo que estaba sucediendo, y quiso advertir a Victoria, pero no tenía modo de hacerlo sin que lo oyesen Qaydar y Gaedalu, que seguían junto a ellos.

–A mí me basta con eso –anunció Ha-Din.

«A mí, no», dijo Gaedalu. «Nos has recordado la profecía, Ha-Din, y si es cierto que este joven es el shek de quien hablaron los Oráculos, entonces su papel ya se ha cumplido. Sería innoble por nuestra parte ejecutarlo, es verdad, pero también sería una locura acogerlo entre nosotros. Ya no lo necesitamos, y dudo que haya dejado de ser lo que es».

–El shek debe marcharse –concluyó el Archimago.

–¡Pero no puede marcharse! –gritó Victoria, para hacerse oír sobre el gentío–. ¡Si lo expulsamos de aquí, lo estamos condenando a muerte de todas formas! ¡Los otros sheks lo matarán!

Se oyeron exclamaciones que pedían la muerte para Christian. Gaedalu negó con la cabeza; el semblante de Qaydar seguía siendo de piedra. Victoria se volvió hacia sus amigos, buscando apoyo, pero ni Allegra ni Alexander parecían dispuestos a llevar la contraria a los líderes de su mundo.

–No puedo creerlo –murmuró la chica, exasperada.

–Victoria, espera –la llamó Jack, pero ella no lo escuchó. Se plantó delante de Christian, alzó la cabeza con orgullo y declaró:

–Si él se marcha, yo me voy también.

De pronto, reinó un silencio sepulcral en el claro.

–Eso no está bien, muchacha –murmuró el Padre moviendo la cabeza, apesadumbrado.

Victoria se mordió el labio inferior. Sabía que no podía pedir a aquella gente que confiara en un shek, cuando llevaban más de una década sometidos a aquellas criaturas. Y que tampoco debía amenazarlos con arrebatarles su única esperanza de salvación.

Pero no daría la espalda a Christian. No, después de todo lo que había pasado.

–Vaya donde vaya, yo iré con él –dijo con suavidad, pero con firmeza–. Y si lo enviáis a la muerte, yo lo acompañaré.

Ante su sorpresa, vio cómo algunos parecían decepcionados, horrorizados o incluso furiosos ante sus palabras.

La Madre avanzó hacia ella y le dirigió una fría mirada.

«Jamás pensé que un unicornio pudiera actuar de esta forma».

Jack cerró los ojos un momento, respiró hondo y dio un paso al frente.

–Y si ellos se van, yo también –declaró en voz alta.

Todos lo miraron, incrédulos, pero Jack se mantuvo firme. Victoria le echó una mirada de agradecimiento. «No lo estoy haciendo por él, lo estoy haciendo por ti», quiso decirle Jack. Aquella gente la había esperado como a la heroína de la profecía, la que los salvaría de Ashran y los sheks. Jamás aceptarían la simple posibilidad de que Lunnaris se hubiera enamorado de uno de ellos; es más, la sola idea les resultaría repugnante. Y Jack no quería ni imaginar cómo podrían reaccionar los más extremistas. Sin embargo, si él intervenía, si hablaba en favor de Christian... apartaría de ellos la sospecha de que existiera una relación especial entre Victoria y el shek. O, al menos, eso esperaba.

Pero tendría que explicárselo a Victoria más tarde, cuando estuvieran a solas.

–Hemos pasado quince años en el exilio –dijo el muchacho, en voz alta y clara–. Hemos sobrevivido en un mundo que no era el nuestro. Este shek –añadió señalando a Christian– traicionó a Ashran y a los suyos y fue duramente castigado por ello. Escapó de Ashran y se unió a nosotros. Nos permitió volver a Idhún cuando estábamos atrapados en la Tierra. Ha peleado a nuestro lado. Ha demostrado que es un miembro de la Resistencia.

»Hemos regresado a Idhún con la intención de desafiar a Ashran y hacer cumplir la profecía. Hemos llegado a este bosque esperando encontrar apoyo por vuestra parte. ¿Y qué es lo que hacéis? ¡Condenar a muerte a nuestro aliado!

Hubo nuevos murmullos. Pero Jack percibió que ya no miraban a Victoria con desconfianza.

—El shek se queda con nosotros —declaró el muchacho—. Si no estáis de acuerdo, nos marcharemos para situar nuestra base en otra parte.

—¡Pero es un shek! —exclamó alguien entre la multitud.

—Y yo soy un dragón —dijo Jack fríamente—. El último dragón. Y digo que él debe quedarse con nosotros.

Sintió la mirada de hielo de Christian clavándose en su nuca, y se preguntó qué pensaría él de todo aquello.

—¿Cómo sabemos que eres un dragón? —dijo alguien, y varios corearon la pregunta.

El Archimago alzó una mano para acallar las protestas.

—Es un dragón —dijo—. Es la criatura que enviamos a través de la Puerta hace quince años. Pero es más que eso, ¿no es cierto? También tienes un alma humana.

Jack no respondió, pero sostuvo la inquisitiva mirada del hechicero.

—Tampoco el shek es solo un shek —intervino Ha-Din con suavidad—. ¿Tengo razón?

—Soy humano en parte —admitió Christian. Pareció que iba a añadir algo más, pero lo pensó mejor y permaneció callado.

—Estamos cansados y heridos —añadió Jack—. Hemos escapado de la muerte por muy poco. Uno de nuestros amigos está vivo de milagro y necesita atención urgente. ¿Vais a acogernos... o tendremos que buscar otro lugar donde poder descansar?

El Archimago y los Venerables cruzaron una mirada. Qaydar dejó caer los hombros, derrotado. La Madre dejó escapar un leve suspiro. También ella parecía cansada, y Jack apreció que su piel escamosa comenzaba a cuartearse, seguramente por estar demasiado tiempo fuera del agua. Ha-Din clavó en Jack y Victoria la mirada de sus ojos azules y dijo:

—Bienvenidos al bosque de Awa —se volvió hacia Christian y añadió, con una sonrisa—: Todos vosotros.

El joven lo agradeció con una leve inclinación de cabeza. Victoria respiró hondo, aliviada.

«Han escapado», dijo Zeshak.

–No esperaba menos de ellos –sonrió Ashran–. Están destinados a enfrentarse a mí. Me decepcionaría mucho descubrir que son fáciles de matar.

«Se han refugiado en el bosque de Awa», informó el shek.

–No me sorprende. Es el único lugar en todo Idhún en el que estarían seguros. O, al menos, eso es lo que piensan –se volvió hacia el rey de las serpientes–. ¿Has hecho lo que te pedí?

Por toda respuesta, Zeshak entornó sus ojos irisados y volvió la cabeza lentamente hacia la puerta. Una breve orden mental bastó para que la criatura que aguardaba al otro lado entrase en la habitación. Se trataba de un szish, uno de los hombres-serpiente que constituían las tropas de tierra de Ashran, y portaba un objeto alargado que depositó, con una reverencia, a los pies del shek.

«Aquí la tienes», dijo Zeshak con indiferencia. «Completamente muerta. Como pediste».

El Nigromante se acercó para contemplar lo que había traído el szish.

–Haiass –murmuró–. Es una pena.

La magnífica espada mágica que había empuñado Kirtash, que encerraba todo el poder del hielo en su mortífero filo, ahora no era más que un vulgar acero. Aquel destello blanco-azulado que la había caracterizado, y que sugería la fuerza mística que atesoraba, se había apagado, tal vez para siempre.

Zeshak había enrollado su largo cuerpo y había apoyado la cabeza sobre sus anillos, y contemplaba a Ashran con gesto desinteresado.

«Jamás debería haber sido forjada», opinó. «Es un error entregar a un humano un arma que contiene el poder de los sheks y, por otro lado, tampoco nosotros necesitamos esas ridículas espadas humanas».

–Entonces no te pareció tan mala idea –le recordó Ashran.

Se volvió hacia una figura que había estado aguardando en silencio, en un rincón en sombras.

–Acércate –le dijo.

Ella lo hizo. Era un hada de belleza salvaje y turbadora, de ojos negros, y largo y suave cabello color aceituna. Ashran le entregó la espada, que ella aceptó con una inclinación de cabeza.

–Ya sabes lo que has de hacer con ella, Gerde.

El hada esbozó una aviesa sonrisa.

–No te fallaré, mi señor.

Zeshak contempló la escena sin mucho interés. Cuando Gerde abandonó la estancia, llevándose consigo a la inutilizada Haiass, comentó:

«Dudo mucho de que eso funcione».

–Esto no es más que el principio, amigo mío. La intervención de Gerde solo es la primera parte de mi plan. Por supuesto que no espero que caigan con la primera maniobra. Sería demasiado fácil. Pero olvidas un detalle muy importante, Zeshak.

«¿Cuál?».

–El hecho de que, por mucho que te pese, Kirtash todavía es un shek. Y ya sabes lo que eso significa.

Los refugiados del bosque de Awa habían construido, con el paso de los años, una población entera entre las raíces y las ramas más bajas de los enormes árboles que se alzaban en el corazón de la floresta. En un sector cercano había un grupo de curiosas viviendas redondeadas, hechas de un suave material, parecido a la seda; cuando las vio, Jack no pudo evitar pensar en los capullos en los que algunos gusanos se envolvían para transformarse en mariposas. Pero, en aquel caso, aquellas cabañas deberían haber sido construidas por orugas gigantescas, del tamaño de un ser humano.

A una de aquellas extrañas viviendas se habían llevado a Shail para curarlo, en cuanto los pájaros dorados aterrizaron en el claro del bosque donde habían recibido a la Resistencia. Victoria sabía que debía dejar trabajar a las hadas curanderas, pero le costaba estarse quieta en la cabaña que le habían asignado, de modo que salió a dar un paseo.

Encontró a Jack, Allegra y Alexander reunidos no lejos de allí. Qaydar y Ha-Din estaban con ellos. Gaedalu se había ido, sin duda, a tomar un baño.

–Los feéricos han tejido un fuerte conjuro de protección en torno al bosque –estaba diciendo el Padre–. Es un poder que ni siquiera Ashran puede contrarrestar. Aquí hemos estado a salvo durante quince años... y espero que sigamos estándolo en el futuro.

–¿Qué sucedió con la Torre de Kazlunn? –preguntó Allegra.

–Fue todo tan repentino que ni siquiera podría explicar cómo ocurrió –respondió el Archimago con amargura–. Nos atacaron los sheks, y nuestras defensas mágicas cayeron... Parecía que ya no tenían suficiente fuerza como para resistir al poder del Nigromante. Pero fue, sencillamente, que la magia de Ashran se hizo más fuerte. Sin duda la revitalización de la Torre de Drackwen tuvo mucho que ver con ello. Victoria desvió la mirada, incómoda. De alguna manera, era culpa suya. Ashran la había utilizado para renovar el poder de la torre, que hasta entonces había sido un bastión muerto y abandonado. Evocar aquella experiencia hizo que el estómago se le encogiera de angustia, y se esforzó por centrarse en el presente.

–Algunos hechiceros lograron escapar, pero la mayoría murió en el ataque. Sobre todo, aprendices. Eran los más vulnerables.

»Pensamos que destruirían la torre, tal y como habían destruido las demás. Pero la mantuvieron en pie. Respetaron cada piedra, y lo único que hicieron fue enviar a esos repugnantes hombres-serpiente a saquearla para depositar sus tesoros a los pies de Ashran.

–Nos tendieron una trampa –murmuró Alexander–. Por eso dejaron la torre intacta.

–¿Las otras dos han sido destruidas? –preguntó Allegra, aunque ya sospechaba la respuesta.

–La Torre de Awinor cayó la primera, como ya sabes. El mismo día de la conjunción astral. La Torre de Derbhad no tardó en correr la misma suerte –concluyó el Archimago tras una pausa.

Allegra entrecerró los ojos. Victoria comprendió cómo se sentía. La Torre de Derbhad había estado a su cargo tiempo atrás, pero ella la había abandonado poco después de la conjunción astral para acudir a la Tierra a buscar al dragón y al unicornio de la profecía.

–También los Oráculos –añadió Ha-Din–. Los sheks no dejaron piedra sobre piedra. Solo respetaron, por alguna razón que se me escapa, el Oráculo de la Clarividencia, que aún se yergue en lo alto de los acantilados de Gantadd.

–Sagrada Irial... –murmuró Alexander, y sus ojos despidieron un destello de ira.

–Por lo demás, los sheks no han causado demasiados destrozos –prosiguió el Padre–. Han dejado vivir en paz a la mayor parte de la población... de los reinos cuyos gobernantes les han jurado lealtad. Aquellos que se han rebelado contra ellos han recibido castigos ejemplares –miró a Alexander significativamente, y el joven se irguió, inquieto–. Hace mucho que nadie se opone a la voluntad de Ashran y los sheks. Se diría que la gente se está acostumbrando a su mandato. Como ya has visto, los refugiados de Awa no somos muchos.

–¿Y Vanissar? –preguntó Alexander de inmediato–. ¿Qué ha sucedido en el reino de mi padre?

Shail le había dicho que había caído bajo el gobierno de los sheks, pero no le había dado más detalles; Alexander había dado por supuesto que, o bien no sabía nada más, o bien las cosas no habían cambiado demasiado. De todas formas, enterarse de que en realidad habían transcurrido quince años desde su partida, en lugar de los cinco que él había contado, había supuesto para él un golpe que todavía estaba asimilando, y casi había preferido no preguntar más. Pero ahora consideraba que ya estaba preparado para saber.

–Muchos reyes acudieron a luchar contra los sheks después de la invasión, príncipe Alsan. El rey Brun fue uno de ellos –Ha-Din hizo una pausa antes de proseguir–. Por desgracia, murió en la batalla.

Alexander cerró los ojos un momento. Jack colocó la mano sobre el brazo de su amigo, ofreciéndole apoyo.

–A ti también te daban por desaparecido –continuó el Padre–, de modo que fue tu hermano menor, Amrin, quien subió al trono tras la muerte del rey Brun.

–Él no fue educado para gobernar –murmuró Alexander–. Tampoco estaba preparado para afrontar una crisis como esta.

–Lo primero que hizo fue rendirse a los sheks y aceptar sus condiciones.

El joven desvió la mirada.

–No se lo reprocho. Supongo que no podía hacer otra cosa, dadas las circunstancias.

–Sus súbditos sí se lo reprocharon al principio, pero ahora encontrarás a pocos que se quejen. Vanissar disfruta de paz gracias a esa alianza con los sheks.

–Pero ¿no se unirán a la Resistencia? Las cosas han cambiado; ahora que el dragón y el unicornio han regresado a Idhún, tenemos alguna posibilidad de vencer.

–Tendrás que hablarlo con tu hermano, muchacho. Nunca me ha parecido muy dispuesto a ir a la guerra.

–O tal vez no haga falta –intervino el Archimago–. Alsan, tú eres el legítimo heredero del reino. Cuando vuelvas a Vanissar, podrás reclamar el trono.

Alexander vaciló, y Jack comprendió su dilema. Ya no era la misma persona que había abandonado Idhún, años atrás. Un conjuro fallido lo había transformado en un ser semibestial, y su lado salvaje todavía afloraba en ocasiones. Hacía tiempo que el joven había abandonado la idea de ser rey de Vanissar algún día, simplemente porque no se veía digno de ello. No importaba cuánto le insistiera Jack en que él era digno de aquello y de mucho más, Alexander sentía que no podía presentarse como príncipe en aquel estado.

En aquel momento llegó volando un pequeño silfo. Se detuvo jadeando ante ellos, indeciso. Por un lado parecía que traía noticias urgentes; pero, por otro, temía interrumpir la conversación, y se sentía cohibido ante la presencia del Archimago, los Venerables, el príncipe de Vanissar y, por supuesto, los héroes de la profecía.

—Habla —dijo el Padre con amabilidad—. ¿A quién venías a buscar?

El silfo se posó en el suelo, todavía nervioso; sus alas aún vibraban cuando se inclinó ante Victoria con profundo respeto.

—Dama Lunnaris —dijo—. Me envía a buscarte Zaisei. Necesitan de tu magia para curar al joven hechicero.

—¿Shail? —exclamó Victoria, preocupada—. ¿No está bien?

—Las hadas temen por su vida, dama Lunnaris.

III
¿QUÉ DARÍAS A CAMBIO?

VICTORIA entró como una tromba en la cabaña y miró a su alrededor. Shail estaba tendido sobre un jergón, y junto a él se encontraba la sacerdotisa celeste que los había rescatado cerca de la Torre de Kazlunn. Tenía cogida la mano del joven mago, y con la otra refrescaba su frente con un paño húmedo. Cuando la mujer celeste alzó hacia ella sus profundos ojos violetas, Victoria tuvo la sensación de haber interrumpido algo muy íntimo, y reprimió el impulso de dar media vuelta y salir de allí.

–Dama Lunnaris –dijo la sacerdotisa, levantándose con ligereza. Era más alta que Victoria, y, a pesar de que carecía completamente de cabello, como todos los de su raza, sus rasgos suaves y armónicos poseían una delicada belleza–. Me llamo Zaisei, y soy una sacerdotisa al servicio de la diosa Wina.

–¿Qué le pasa a Shail? –preguntó Victoria, sin rodeos.

Zaisei levantó, sin una palabra, la sábana que cubría el cuerpo de Shail. Victoria lanzó una pequeña exclamación ahogada al ver que la pierna izquierda del mago se había vuelto completamente negra.

–Es veneno shek –dijo Zaisei–. Las hadas han conseguido evitar que el veneno se extienda al resto del cuerpo, pero me temo que su pierna ya está muerta.

Victoria la miró, horrorizada.

–No puedes estar hablando en serio.

Se apoyó contra la sedosa pared de la cabaña, sintiendo que le faltaban las fuerzas. Zaisei inclinó la cabeza. Parecía tan afectada como ella.

–Las hadas curanderas han ido a buscar lo necesario para la operación y volverán enseguida, pero, mientras tanto, necesitaremos que sigas transmitiéndole parte de tu magia.

–Claro –musitó Victoria, con el corazón encogido.

No cabían todos en el interior de la cabaña, de modo que Jack, Allegra y Alexander aguardaron fuera mientras Victoria entraba a ver a Shail. Ha-Din se acercó a Jack y le dijo en voz baja:

—Yandrak, ¿tienes un momento? Hay algo de lo que quiero hablar contigo.

—Pero Shail... —empezó Jack; se interrumpió, dándose cuenta de que él no podía hacer nada por su amigo, y aceptó—. Claro.

Ha-Din lo guió hasta un rincón más apartado. Jack, inquieto, cambiaba el peso de una pierna a otra, y volvía la mirada, casi sin darse cuenta, al lugar donde estaban los demás.

—No te entretendré mucho, Yandrak.

—Jack —corrigió el muchacho automáticamente—. Mis... mis amigos me llaman Jack —añadió al ver la expresión confusa de su interlocutor.

—Jack —repitió Ha-Din—. Solo quería decirte que sé lo de Lunnaris y ese shek.

Jack se quedó helado.

—También sé que ese muchacho no es una serpiente cualquiera. Es Kirtash, el hijo del Nigromante. ¿Me equivoco?

Jack se apoyó contra el tronco de un árbol y apretó los dientes. No dijo nada, pero Ha-Din leyó la verdad en su rostro.

—¿Por qué le proteges, hijo?

Jack llevaba tiempo haciéndose la misma pregunta, de modo que tenía varias respuestas preparadas. Aunque ninguna lo convenciera de verdad.

—Supongo... que porque lo ha dejado todo por unirse a nosotros. Supongo que... porque todos merecemos una segunda oportunidad —aventuró.

El Padre movió la cabeza, preocupado.

—Es un shek. No ha dejado de ser un asesino, y dudo de que se arrepienta de los crímenes que cometió. Él mismo afirmó que, si está con nosotros, es por Lunnaris. Solo por eso.

—Quizá sea esa la razón —murmuró Jack—. No puedo entender por qué hace todo lo que hace, no puedo ponerme en su lugar. Pero sí puedo comprender que sienta algo por ella.

Enseguida se arrepintió de haber dicho aquello, de estar abriendo su corazón a un perfecto desconocido.

50

Sin embargo, había algo en Ha-Din que inspiraba confianza; el celeste irradiaba una extraña paz que relajaba y reconfortaba a Jack profundamente.

–Lo sé –asintió el Padre–. He visto el lazo que une a Kirtash y Lunnaris, he visto también el vínculo que os une a ti y a ella. Una extraña alianza.

–A mí me lo van a contar –sonrió Jack.

–La profecía hablaba de esto –prosiguió el sacerdote–. No deberíamos sorprendernos.

Jack alzó la cabeza.

–Es verdad, Shail nos contó algo acerca de eso. Todos pensaban que la profecía se refería solo a un dragón y un unicornio, pero Shail nos dijo que también había un shek implicado. ¿Es eso verdad?

El Padre asintió, con un suspiro.

–Los Oráculos hablaron de un shek también. Yo era partidario de hacer pública la profecía completa, pero la Madre Venerable no estaba de acuerdo. Ya te habrás dado cuenta de que no confía en los sheks. Estaba convencida de que debía de tratarse de un error de interpretación, de que era imposible que un shek pudiera salvarnos. Al final accedí a mantener en secreto esa parte de la profecía, pero por razones muy diferentes. Si era cierto que los sheks volverían a invadirnos, si la profecía se cumplía, y un shek iba a estar implicado en ella, nuestros enemigos no debían saberlo. Nadie debía saberlo. Sería nuestra baza secreta en el caso de que llegara a suceder lo peor. Sería un elemento que golpearía a nuestros enemigos desde dentro.

Jack no dijo nada. Seguía con la mirada perdida en el vacío, serio, pero escuchando atentamente las palabras del Padre.

–Es él, ¿verdad, Jack? Kirtash, el hijo de Ashran, es el shek de la profecía.

–Supongo que sí.

–Pero no es por eso por lo que lo proteges.

–No –admitió Jack de mala gana–. Es que... una vez pensamos que él había muerto, y Victoria... quiero decir, Lunnaris... –se corrigió; dudó un momento antes de proseguir–. Lo pasó muy mal. Fue como si algo muriera dentro de ella. No quiero volver a verla así, nunca más. Yo... no sé, no entiendo muy bien qué pasa entre ellos, pero a veces... me da la sensación de que no soy quién para estropearlo.

Hubo un breve silencio.

–Te subestimas, Yandrak –dijo Ha-Din por fin, utilizando a propósito el nombre del dragón que dormía en el interior del muchacho–. Eres el otro extremo del triángulo, el tercer elemento de la tríada. Eres tan importante como ellos dos. El vínculo que te une a Lunnaris es igual de sólido e intenso que el que los une a ella y a Kirtash.

Jack desvió la mirada, incómodo. Estaba empezando a descubrir cuál era el secreto poder de Ha-Din. Tal vez no fuera capaz de leer en las mentes de las personas, como hacían los sheks o los varu más poderosos; pero sí podía leer en sus corazones. Jack se preguntó si eso era algo que solo podía hacer Ha-Din, como Padre de la Iglesia de los Tres Soles, o, por el contrario, era una capacidad que todos los celestes poseían.

–Sois tres –prosiguió Ha-Din–. Tres, como los soles, como las lunas, como los dioses y las diosas. En ese vínculo que hay entre vosotros está vuestra fuerza... pero también vuestra mayor debilidad.

–Yo soy el eslabón débil de la cadena –dijo Jack, sin poder quedarse callado por más tiempo–. Todavía no he sido capaz de transformarme en dragón. Es como si Yandrak no quisiera despertar en mi interior.

El Padre clavó su mirada violácea en los ojos verdes de Jack. El muchacho esperaba un reproche por su parte, y por eso su pregunta lo desconcertó:

–¿De qué tienes miedo, Yandrak?

–De quedarme solo –respondió Jack inmediatamente; una vez lo hubo dicho, ya no pudo parar–. De ser el único. El último. De no encontrar mi lugar en el mundo. De ser... el elemento que sobra...

–... en la vida de tu amiga –adivinó el celeste.

Jack le dio la espalda, mordiéndose el labio inferior, lamentando haber hablado más de la cuenta.

–¿Qué sabes de los dragones, muchacho? No gran cosa, ¿no es cierto?

–¿Y qué más da? –replicó Jack, con más amargura de la que pretendía–. Están todos muertos.

–Te equivocas. Tú eres el último, hijo, y eso significa que todos los dragones que han existido en el mundo viven ahora en ti. No vas a estar nunca solo, ¿comprendes?

No, Jack no lo comprendía. Pero no se sentía cómodo con aquella conversación, de modo que cambió de tema:

–Lo de Christian... –empezó, pero Ha-Din lo interrumpió con un gesto.

–No lo sabrá nadie por mí, no temas. Aunque es cuestión de tiempo que se descubra su verdadera identidad. Es una lástima... –añadió para sí mismo.

–¿El qué?

–Es paradójico –dijo el Padre–. Ese chico rebosa amor, Jack, y el amor, según tengo entendido, es una emoción que los sheks no pueden experimentar.

–Es por su parte humana. Él...

–Eso es lo que me preocupa. Está aquí gracias a su parte humana, pero, cuanto más intenso se hace ese amor, más deprisa agoniza el shek que hay en él. Los sentimientos humanos son veneno para esas criaturas.

–¿Agoniza? –repitió Jack, sorprendido–. ¿Qué significa eso?

–Significa que una parte muy importante de Christian está muriendo sin remedio, Jack. Y, cuando eso suceda, es muy posible que él muera con ella.

–Entiendo –murmuró Jack, aunque solo llegaba a intuir las implicaciones de las palabras del Padre–. Entonces, tal vez deberíamos decírselo, ¿no?

–No es necesario, hijo. Porque él ya lo sabe desde hace mucho tiempo.

Tres pequeñas hadas llegaron en aquel momento y aguardaron a la puerta de la cabaña de Shail. Zaisei y Victoria salieron para dejarlas entrar.

Fuera las esperaba el resto de la Resistencia, excepto Christian, a quien nadie había visto en varias horas. Victoria se volvió hacia la entrada de la vivienda, mordiéndose el labio inferior, preocupada. Estaba al tanto de lo que iban a hacer las hadas y una parte de ella deseaba impedirlo; pero en el fondo sabía que debía dejarlas hacer su trabajo, porque solo así salvaría la vida de su amigo.

Cerró los ojos, cansada de todo aquello, de aquella guerra. Shail no se merecía un sufrimiento así, pensó. Y, de pronto, recordó la pierna ennegrecida de su amigo, y recordó a Christian transformado en un shek, y que sus colmillos inoculaban el mismo veneno que había estado a punto de matar a Shail.

Sacudió la cabeza para apartar de su mente aquellos pensamientos, y se reunió con Jack. Su presencia siempre la hacía sentir mejor.

–¿Cómo está? –preguntó Alexander enseguida; Shail y él habían sido los líderes de la Resistencia en Limbhad, y, aunque al principio habían tenido sus diferencias, habían acabado por hacerse amigos.

–Saldrá de esta –murmuró Victoria–. Pero las hadas dicen que ha perdido la pierna derecha.

Sobrevino un breve silencio, solo interrumpido por una maldición que soltó Alexander por lo bajo.

–No es justo –resumió Jack los pensamientos de todos. Nadie añadió nada más. No había palabras que pudieran expresar lo que sentían.

Shail seguía sumido en un sueño profundo cuando las hadas curanderas entraron a hacer su trabajo. Pertenecían a una raza poco común dentro de la gran familia feérica. Eran tres, de baja estatura, cabellos como pelusa de diente de león y piel rugosa, como corteza de árbol, que las hacía parecer más viejas de lo que eran en realidad. Jamás habían salido del bosque de Awa, pero conocían las propiedades de cada semilla, cada árbol, cada hierba y cada hoja que crecía en él. Y sabían cómo utilizar las ramas de sinde, un árbol que crecía en lo más profundo del bosque, de ramas tan finas como los cabellos de un niño, que caían en torno a él formando una cascada hasta el suelo, ocultando el tronco. Pero aquellas ramas estaban dotadas también de una dureza extraordinaria; nada podía romperlas. Y, empleadas correctamente, podían segar casi cualquier superficie.

La mayor de las hadas sacó de su zurrón una de las ramas de sinde que había traído. Era tan tenue que había que mirarla a contraluz para poder verla. Rodeó con ella la pierna de Shail, un palmo por encima de la rodilla, un poco más arriba del lugar donde terminaba la zona de carne ennegrecida por el veneno del shek. Mientras, las otras dos entonaban cánticos a Wina, la diosa de la tierra. El hada aseguró el lazo y entregó un extremo a cada una de sus compañeras. Ellas aguardaron un momento, mientras la mayor preparaba la cataplasma de hierbas que iba a necesitar después.

Entonces, a su señal, las dos tiraron de los extremos, a la vez, con fuerza y seguridad. El hilo se hundió en la carne de Shail, cortándola con tanta facilidad como si fuera mantequilla, limpiamente. Un nuevo tirón más y la rama de sinde, más afilada que la hoja de cualquier cuchilla, segó también el hueso.

El mago no se despertó en todo el proceso. Las hadas siguieron trabajando, aplicando en la herida la cataplasma de hierbas para detener la hemorragia, sellándola con su propia energía feérica, mientras sus melódicas voces continuaban entonando himnos en honor de su diosa. No vacilaron en ningún momento, ni mostraron pena por el joven al que estaban mutilando. Porque era la única manera de mantenerlo con vida, y las hadas amaban la vida sobre todas las cosas.

Pronto, la herida se cerró. Shail se agitó en sueños, pero una de las hadas acercó a su rostro un puñado de flores anaranjadas, y el mago, tras aspirar su embriagador perfume, se sumió de nuevo en un profundo sopor.

Las hadas recogieron sus cosas y salieron en silencio de la cabaña. Sabían que haber perdido una pierna sería un duro golpe para el joven, pero ellas no estarían allí cuando despertara. Su labor ya había terminado.

–A los sheks no les gusta luchar en grupo –dijo Christian–. Normalmente cazan mejor en solitario, así que eso nos dice algo muy importante acerca de la emboscada que nos tendieron en la Torre de Kazlunn: o bien están desesperados, o nos consideran enemigos muy peligrosos. Yo me inclino más bien por la segunda opción.

Hizo una pausa, por si alguien quería comentar algo al respecto, pero nadie dijo nada.

Jack, Victoria y Alexander se habían reunido en torno a una cálida hoguera que sus anfitriones habían encendido junto al río. Allegra se había marchado hacía algunas horas, en busca de supervivientes de la Torre de Derbhad que se hubieran refugiado en el bosque tiempo atrás; o de alguien que pudiera informarle acerca de la gente que había estado a su cargo. Hacía quince años que no sabía nada de ellos.

Habían pasado el resto del día esperando a que Shail despertase de su sueño, poniéndose al corriente de la situación en Idhún, recuperándose de las emociones pasadas y haciendo planes para el futuro inmediato. Alexander había propuesto viajar a Vanissar para entrevistarse con su hermano; Allegra, en cambio, parecía reacia a abandonar el bosque tan pronto. Se la notaba inquieta por alguna razón, pero no compartió sus temores con sus compañeros, aunque Jack la había visto hablando en privado con Alexander, comunicándole algo que, a juzgar por el gesto serio de los dos, debía de ser muy grave.

Por fin habían optado por posponer aquella conversación hasta que Shail estuviese en condiciones de participar en ella y exponer su opinión.

Al caer la tarde, Christian había regresado al campamento de los refugiados, y después de la cena, compuesta por distintos tipos de frutas, bayas y raíces, Victoria había aprovechado para pedirle que les enseñara cómo enfrentarse a los sheks. Todos se esforzaban ahora por prestar atención a lo que el joven les estaba diciendo, pero sus pensamientos estaban lejos de allí... con Shail.

–Cabría pensar –prosiguió Christian– que, con lo grandes que son, prefieren atacar en lugares descubiertos. Pero, al contrario, se sienten más cómodos en lo más profundo del bosque, donde pueden camuflarse entre la espesura; o en las montañas, para ocultarse en las grietas, cuevas y quebradas, y atacar cuando su víctima está desprevenida.

–Ya sabíamos que son tramposos y traicioneros –gruñó Alexander–, y que prefieren atacar por la espalda a dar la cara y pelear con honor.

Christian se le quedó mirando un momento, pero no respondió a la provocación.

–No tienen garras ni nada que se le parezca –prosiguió–, y las alas les estorban a la hora de pelear en tierra. No están preparados para luchar contra humanos y similares, porque estos son pequeños en comparación con ellos y les cuesta clavarles los colmillos. De modo que son buenos en la lucha cuerpo a cuerpo, siempre y cuando esta se desarrolle en el aire, y contra adversarios de su tamaño, o incluso mayores.

–Los dragones, por ejemplo –dijo Jack a media voz.

–Exacto –asintió Christian con suavidad.

–¿Tienen algún punto débil? –quiso saber Alexander.

–Odian... odiamos el fuego –admitió Christian–. Y lo tememos. Es algo contrario a nuestra naturaleza, que no podemos controlar. Por eso los dragones –añadió mirando a Jack– pueden vencernos en ocasiones. Y por eso es importante que aprendas a usar tu fuego de dragón.

Jack desvió la mirada, entre incómodo y molesto. No le hizo gracia que Christian le recordara que como dragón no valía gran cosa. Victoria entendió lo que sentía y cambió de tema:

–¿Qué nos puedes contar acerca de los poderes telepáticos de los sheks? –preguntó; aquello siempre le había fascinado. Christian la miró con una media sonrisa, adivinando lo que pensaba.

–Que son peligrosos para otros seres telepáticos –respondió–. Las ondas telepáticas de los sheks solo pueden ser captadas por otros seres telépatas, con mentes lo bastante sensibles como para percibirlas.

–Pero tú puedes leer las mentes de las personas, ¿no es así? –preguntó Victoria, sin poderse contener–. Incluso puedes obligarlas a hacer cosas que no quieren hacer...

–... Mirándolas a los ojos –completó Christian, asintiendo–. Es lo que os iba a explicar a continuación. Los ojos son la puerta de la mente de las criaturas no telépatas. Un shek puede comunicarse con vosotros por telepatía, puede hacer sonar su voz en vuestra mente, pero no puede manipularla, a menos que os mire a los ojos. Con criaturas como los szish o los varu, más sensibles al poder mental, esto no es necesario.

–¿Y los propios sheks? –preguntó Jack–. ¿Puede un shek controlar a otro de esta manera?

–Nosotros conocemos maneras para proteger nuestra propia mente de las intrusiones –respondió Christian a media voz–. Aunque no nos hace falta protegernos contra los de nuestra especie... normalmente.

Jack comprendió lo que quería decir, y se abstuvo de añadir nada más. Su preocupación por el estado de salud de Shail le había impedido pensar en lo que Ha-Din le había dicho, pero ahora lo recordó, y observó a Christian con un nuevo interés. Era cierto que había en él algo diferente. Su mirada parecía más cálida que de costumbre, y Jack se preguntó si era debido a que él era cada vez más humano... o se trataba, simplemente, del reflejo del fuego de la hoguera en sus ojos.

Christian percibió su mirada y se volvió hacia él. Jack volvió a sentir que algo se estremecía en el ambiente. Ambos pertenecían a dos razas poderosas que se habían odiado desde el principio de los tiempos, y hasta entonces siempre les había costado mucho reprimir el instinto que los empujaba a luchar el uno contra el otro... hasta la muerte. Pero, en aquel momento, Jack descubrió que cada vez le resultaba más difícil odiarlo.

Christian pareció comprenderlo también. Jack creyó detectar en sus ojos un breve destello de tristeza.

Alexander volvía a la carga:

–Es decir, que los sheks matan con la mirada. Eso me resulta familiar.

Christian se volvió hacia él, con una expresión indescifrable. Todos entendieron enseguida a qué se refería Alexander. Christian había asesinado a mucha gente mediante Haiass, su espada mágica, pero otros muchos habían encontrado la muerte en sus ojos de hielo.

–También a mí –respondió sin alterarse.

Alexander lo miró un momento. Un salvaje fuego amarillo relucía en sus pupilas, y Jack temió que fuera a perder el control. Hacía rato que las tres lunas brillaban en el firmamento; aunque, en teoría, los cambios de Alexander seguían las fases del satélite de la Tierra, el muchacho no pudo evitar preguntarse hasta qué punto las lunas de Idhún podían tener poder sobre él. Por otro lado, el joven estaba furioso por lo de Shail, y tenía que descargar su frustración con alguien. Era lógico que atacase a Christian.

Pero Alexander logró controlarse. Sacudió la cabeza, se levantó y se alejó de ellos, sin una palabra.

Jack, Christian y Victoria se quedaron solos. Jack y Victoria estaban sentados el uno al lado del otro, muy juntos, y el brazo del muchacho rodeaba la cintura de ella. Los tres se dieron cuenta enseguida de que aquella situación era muy incómoda, pero fue Christian quien reaccionó primero. Se despidió de la pareja con una inclinación de cabeza... y desapareció entre las sombras.

Jack y Victoria cruzaron una mirada. Jack se preguntó si debía decirle a su amiga lo que Ha-Din le había contado acerca de Christian... pero no tuvo ocasión de hacerlo, porque en aquel momento llegó un hada con la noticia de que Shail había despertado de su sueño.

Cuando Shail abrió los ojos, solo Zaisei estaba junto a él. Le pareció que debía de ser un sueño; el rostro de la sacerdotisa desapareció un momento de su campo de visión, y la oyó decirle a alguien que fuera a avisar a sus amigos. Se esforzó por despejarse.

–¿Qué... dónde estoy?

–En el bosque de Awa –dijo la celeste con suavidad–. A salvo.

Shail intentó recordar lo que había sucedido. Las imágenes de la desesperada batalla junto a la Torre de Kazlunn le parecían confusas, y más propias de una pesadilla que de una experiencia real.

–¿Zai... sei? –murmuró al reconocerla.

Ella sonrió con cariño.

–Me alegro de volver a verte.

Shail le devolvió una cálida sonrisa. La había conocido al regresar a Idhún, dos años atrás; eran amigos desde entonces.

–También yo –confesó.

Los ojos de ella estaban llenos de emoción contenida, y Shail fue consciente de que él la estaba mirando de la misma forma. Incómodos, ambos desviaron la mirada.

–¿Están bien los demás? –dijo Shail entonces.

–Tus amigos están bien –respondió Zaisei–. Era por ti por quien temíamos.

La sonrisa de Shail se hizo más amplia.

–Estoy bien. Solo un poco cansado, pero creo que puedo levantarme.

Y antes de que Zaisei pudiera detenerlo, retiró las mantas que lo cubrían e hizo ademán de incorporarse.

El tiempo pareció congelarse durante un eterno segundo.

Jack y Victoria llegaron a la cabaña de Shail, siguiendo al hada, justo cuando salía Zaisei. El bello rostro de la sacerdotisa estaba dominado por la pena. Sus ojos estaban húmedos.

–No quiere ver a nadie –dijo en voz baja; le temblaba la voz.

–¿Qué? –se sorprendió Jack–. Nos habías mandado a buscar...

–Está... Quiere estar solo –simplificó Zaisei; no tenía sentido contarles la reacción de Shail, no serviría de nada preocuparlos más–. Ha sido un duro golpe para él.

Victoria sintió que se le encogía el corazón.

–Pero a nosotros puedes dejarnos pasar. Somos sus amigos...

–Marchaos, por favor –se oyó la voz de Shail, cansada y rota, desde el interior de la cabaña–. No quiero ver a nadie.

–Pero...

–Victoria, por favor. Dejadme solo.

Jack y Victoria cruzaron una mirada y, lentamente, dieron media vuelta. Jack pasó un brazo en torno a los hombros de Victoria, para reconfortarla.

–Es normal que esté así –le dijo–. Piensa en lo que le ha pasado. Necesita hacerse a la idea...

Pero ella, desolada, fue incapaz de hablar.

—Voy a buscar a Alexander —decidió Jack—. Tal vez Shail sí quiera verlo a él. ¿Vienes?

Victoria negó con la cabeza, todavía conmocionada.

—Tengo un mal presentimiento —dijo de pronto.

—¿Acerca de Shail?

—No, acerca de... Es igual —concluyó, desviando la mirada, incómoda.

Jack la miró y adivinó lo que pensaba. Estuvo a punto de decir algo, pero lo pensó mejor. Oprimió suavemente la mano de su amiga y le susurró al oído:

—Ten cuidado.

Después, dio media vuelta y se alejó hacia el arroyo, en busca de Alexander. Victoria lo vio marchar, suspiró y, tras dirigir una mirada apenada a la cabaña de Shail, se fue en dirección contraria, internándose en la espesura.

Christian se había alejado del poblado porque necesitaba estar solo. Se sentía cada vez más confuso, y no estaba acostumbrado a experimentar ese tipo de sensaciones.

Era la gente. No le gustaba estar rodeado de gente, pero, desde que se había unido a la Resistencia, encontraba difícil hallar un momento para estar a solas. Echaba de menos la soledad... No obstante, y esto era lo que más le preocupaba, al mismo tiempo la temía, cada vez más.

Encontró una roca solitaria sobre el río, y se sentó allí, para reflexionar.

Percibió entonces una presencia tras él, y se volvió a la velocidad del relámpago para acorralar al intruso contra un árbol. Apenas unas centésimas de segundo después, el filo de su daga rozaba la garganta de un hada de seductora belleza.

Christian la reconoció. No le sorprendió que hubiera logrado traspasar la principal defensa del bosque de Awa, un escudo invisible tejido por feéricos, que solo podía ser contrarrestado por ellos. A nadie le había parecido que eso pudiera ser un problema, dado que a ningún feérico se le habría ocurrido venderlos a Ashran.

Era obvio que nadie se había acordado de Gerde.

—¿Es así como recibes a los amigos, Kirtash? —preguntó ella con voz aterciopelada, sin parecer en absoluto preocupada por su situación de desventaja.

Christian ladeó la cabeza y la miró con un destello acerado brillando en sus ojos azules.

–Dame una sola razón por la que no deba matarte –siseó.

–En el pasado, Kirtash, no habrías detenido esa daga; me habrías matado sin vacilar. Si no lo has hecho es porque te recuerdo a lo que eras antes... esa parte de ti que esa chica te está robando poco a poco... y que, en el fondo de tu alma, añoras.

El filo del puñal se clavó un poco más en la suave piel de Gerde.

–¿Qué es lo que quieres?

–Te he traído un regalo.

Christian no dijo nada, pero tampoco retiró la daga.

–Sabes de qué se trata –prosiguió Gerde, con suavidad–. La dejaste abandonada en la Torre de Drackwen, cuando saliste huyendo... cuando nos traicionaste para protegerla a ella.

–Haiass –murmuró Christian.

–Es eso lo que has venido a buscar, ¿no es cierto? Porque, de lo contrario, no comprendo cómo te has atrevido a regresar a Idhún. Ashran ha puesto un precio muy alto a tu cabeza.

Christian retiró el puñal y se separó de ella.

–No lo dudo. Por eso me sorprendería que hubiera decidido devolverme mi espada. Sería todo un detalle por su parte... un detalle que no creo que esté dispuesto a tener conmigo, dadas las circunstancias.

–Y, sin embargo, aquí está. Mírala. La has echado de menos, ¿no es verdad?

Gerde alzó las manos, y entre ellas se materializó la esbelta forma de una espada que Christian conocía muy bien. A pesar de que la vaina protegía su filo, el joven la reconoció inmediatamente. Miró a Gerde con desconfianza.

–¿Qué me vas a pedir a cambio?

El hada dejó escapar una suave risa cantarina. Se acercó más a él, y el muchacho percibió su embriagador perfume.

–¿Qué estarías dispuesto a darme? –susurró.

Christian entrecerró los ojos.

–No voy a traicionar a Victoria. No la entregaré a Ashran otra vez.

Gerde rió de nuevo.

–Qué patético que no seas capaz de dejar de pensar en ella ni un solo momento, Kirtash. Estás perdiendo facultades. Tiempo atrás, habrías adivinado enseguida cuáles son mis intenciones.

–No pongas a prueba mi paciencia. Dime qué quieres a cambio de mi espada.

–Nada que no puedas darme –Gerde se acercó más a él y alzó la cabeza para mirarlo directamente a los ojos–. Bésame.

–¿Cómo has dicho?

–No es tan difícil de entender. Bésame, y la espada será tuya.

Christian enarcó una ceja.

–¿Solo eso? ¿Solo me pides un beso a cambio de Haiass?

–Ya te he dicho que estaba a tu alcance.

–¿Y dónde está el truco?

–Lo sabes muy bien –respondió ella, con una risa cruel. Christian se separó de ella con un suspiro exasperado.

–A estas alturas ya deberías haber aprendido que tus hechizos no pueden afectarme, Gerde.

–Entonces, ¿por qué dudas?

Él la cogió del brazo y la atrajo hacia sí, casi con violencia.

–Sé cuál es tu juego –le advirtió–. Conozco las reglas.

–Entonces deberías saber que no puedes perder –sonrió ella–. A no ser, claro... que hayas perdido ya.

Christian entornó los ojos. Entonces, sin previo aviso, se inclinó hacia ella y la besó, con rabia.

Gerde echó los brazos en torno al cuello del muchacho, pegó su cuerpo al de él, enredó sus dedos en su cabello castaño. Christian sintió el poder seductor que emanaba de ella. Lo conocía, lo había experimentado en otras ocasiones, aunque nunca se había dejado arrastrar por él.

Aquella vez, sin embargo, el contacto de Gerde lo volvió loco. Trató de resistirse, pero, cuando quiso darse cuenta, estaba bebiendo de aquel beso como si no existiera nada más en el mundo, había cerrado los ojos y se había rendido al deseo. Sus brazos rodearon la esbelta cintura del hada, sus manos acariciaron su cuerpo, con ansia, buscando fundirse con él.

Fue entonces cuando oyó una exclamación ahogada a sus espaldas, y se dio cuenta, de pronto, de lo que estaba sucediendo. Furioso porque, por primera vez, Gerde había conseguido envolverlo en su hechizo, Christian la apartó bruscamente de sí y se dio la vuelta, sabiendo de antemano a quién iba a encontrar allí.

Se topó con la mirada de Victoria, que los observaba, profundamente herida. Christian le devolvió una mirada indiferente.

La muchacha recuperó la compostura y se volvió hacia Gerde, con los ojos cargados de helada cólera.

–¿Qué estás haciendo tú aquí?

Gerde la obsequió con su risa cantarina.

–¿No es evidente?

Victoria miró a Christian, esperando ver algo parecido a culpa o arrepentimiento en su expresión, pero el rostro de él seguía siendo impasible. Intentó borrar de su mente la imagen de Christian besando a Gerde, acariciando su cuerpo...

Pero la imagen seguía allí, atormentándola. Y se entremezclaba con recuerdos que habría preferido olvidar, recuerdos que tenían que ver con una torre en la que ella estaba prisionera, con un hechicero que la había utilizado de forma salvaje y cruel, con Kirtash viéndola morir, impasible, mientras besaba a Gerde.

Se sintió enferma de pronto, solo de recordarlo. La angustia de lo que había sufrido entonces volvió a oprimir sus entrañas como una garra helada. Las náuseas la hicieron tambalearse y tuvo que apoyarse en el tronco de un árbol para no caerse. Cerró los ojos un momento y trató de sobreponerse. No era posible que él la hubiera traicionado otra vez. Tan pronto...

–Es una lástima que nos hayan interrumpido –comentó Gerde–. Pero en fin, has cumplido tu parte del trato, así que...

Victoria vio cómo Gerde depositaba la espada en manos de Christian, y entendió lo que había pasado.

–Lárgate –dijo Christian solamente.

Gerde se puso de puntillas para besarlo otra vez, pero Christian se apartó de ella y la miró con frialdad.

–No abuses de tu suerte.

–Eras mío, Kirtash, te guste o no –susurró Gerde, con una encantadora sonrisa–. No lo olvidarás fácilmente.

El hada desapareció entre las sombras. Victoria le dio la espalda a Christian, temblando, esperando una disculpa o, al menos, una explicación. Pero casi enseguida comprendió que él no iba a darle ninguna de las dos cosas, de modo que fue ella quien habló primero:

–Así que ha venido a devolverte la espada. ¿Gerde también venía en el lote?

–Lo que yo haga o deje de hacer es asunto mío, Victoria –replicó Christian.

Ella se volvió hacia él, furiosa.

–Al final va a resultar que Alexander tenía razón, y que no podemos confiar en ti. ¡Te pierdo de vista un segundo y te encuentro en pleno arrebato pasional con esa... furcia de pelo verde!

–Victoria...

–¡Por poco me mata, maldita sea! –gritó ella–. ¡Sabes lo que ella y Ashran me hicieron, lo viste con tus propios ojos, estabas allí mientras la... la besabas! ¡Y vuelves a hacerlo ahora! ¿Cómo quieres que me sienta después de esto? ¿Qué quieres que piense de ti? ¡Te importa más esa condenada espada que yo!

Le dio la espalda de nuevo para que él no la viera llorar. No pensaba darle esa satisfacción.

Sintió la presencia de Christian muy cerca de ella. Deseó por un momento que la abrazara, que la consolara, que le susurrara palabras de amor al oído, pero sabía, en el fondo, que no iba a hacerlo.

–No intentes controlarme, Victoria –le advirtió Christian con cierta dureza–. No pretendas ser la dueña de mi vida. No me digas qué es lo que he de hacer. Nunca.

Ella se esforzó por reprimir las lágrimas.

–Entonces, es verdad que los sheks no podéis amar –dijo a media voz.

–¿Eso es lo que crees?

La voz de él la sobresaltó, porque había sonado muy cerca de su oído. Victoria se apartó de él, molesta, pero todavía herida en lo más hondo.

–He renunciado a todo cuanto conozco –prosiguió Christian tras ella–. A todo el poder que me pertenecía por derecho. He dado la espalda a mi gente, a mi padre... incluso he renunciado a mi identidad... a mi nombre... por ti. Dime, ¿qué más he de hacer? Quizá cuando me veas caer a tus pies, muriendo por tu causa, seas capaz de comprender por fin hasta qué punto soy tuyo.

Había hablado con calma, sin levantar la voz, pero Victoria percibió la profunda amargura que se ocultaba tras sus palabras, y ya no pudo aguantarlo por más tiempo. Se volvió hacia él, queriendo decirle, con el corazón en la mano, lo mucho que significaba para ella... pero Christian ya se había marchado.

Gerde debería haberse ido tras entregar la espada a Kirtash, pero no pudo evitar la tentación de acercarse al poblado de los renegados.

No era la primera vez que entraba en el bosque de Awa a espiar para su señor. Aunque su poder no bastaba para hacer caer las defensas feéricas y franquear a los sheks la entrada en el bosque, sí le permitía penetrar en él sin problemas. Había comprendido que, después de su conversación con Kirtash, la Resistencia estaría advertida de aquello, y en lo sucesivo le sería mucho más difícil infiltrarse en el poblado. Por eso quería aprovechar al máximo aquella incursión, antes de que Victoria los pusiera a todos sobre aviso.

Pero sabía que tenía tiempo todavía. No dudaba que la chica le montaría a Kirtash una escena de celos, y eso convenía a sus planes. De momento, estaría demasiado trastornada como para alertar a la Resistencia.

Suspiró, exasperada. Había conseguido seducir a Kirtash, lo cual significaba que Ashran tenía razón, y su hijo se estaba volviendo cada vez más humano... y perdiendo poder. Si Victoria no hubiese intervenido, Gerde lo habría recuperado aquella noche, habría podido devolverlo a su padre... que se habría encargado de extirpar de él aquella molesta humanidad... para siempre.

Pero las cosas no habían ido mal del todo. Ahora, Gerde sabía que Kirtash era vulnerable... Ashran lo sabría también... y, sobre todo, el propio Kirtash se había dado cuenta de ello. No tardaría en adivinar por qué Ashran le había devuelto la espada... y, lo mejor de todo, sabría que no tenía más opción que hacer con ella lo que todos esperaban que hiciera.

Por no hablar del hecho de que Victoria no le perdonaría fácilmente lo que había visto aquella noche. Gerde frunció el ceño. Estúpida Victoria. No comprendería nunca lo que implicaba amar a alguien como Kirtash. No lo aceptaría jamás tal y como era. El hada se preguntó, una vez más, qué habría visto él en ella.

Se detuvo cuando el resplandor de la hoguera fue ya claramente visible entre los árboles. Se ocultó en la maleza, consciente de que nadie podría verla ni aunque mirasen fijamente al lugar donde se encontraba, porque en el bosque las hadas eran casi tan difíciles de sorprender como los unicornios. Echó un vistazo, con curiosidad, y entre los renegados que descansaban en torno a la hoguera descubrió a Jack.

Lo observó con interés. El muchacho contemplaba el fuego, sumido en profundas reflexiones. Gerde entrecerró los ojos para observar su aura, y descubrió que, a pesar de lo abatido que parecía, su poder se había incrementado mucho desde su último encuentro. Valía la pena recordarlo.

Dio media vuelta para marcharse... y se topó con unos ojos tan negros como los suyos propios, pero más viejos, sabios... y llenos de disgusto.

–¿Otra vez enredando, pequeña arpía?

Gerde retrocedió unos pasos.

–¡Aile! –pudo decir.

Allegra d'Ascoli avanzó hacia ella, muy enfadada.

–¿Qué andas tramando esta vez? Si te has atrevido a acercarte a mi protegida...

Gerde levantó la cabeza, serena y desafiante. Ya había alzado todas sus defensas mágicas en torno a ella y, aunque sabía que Allegra era una rival peligrosa, también intuía algo que ella había intentado mantener en secreto.

–¿Qué? –le espetó–. ¿Me matarás? ¿Te arriesgarás a enfrentarte a mí?

Allegra entrecerró los ojos.

–No lo dudes, Gerde.

–¿De verdad? –rió ella–. ¿Lucharás contra mí... en tu estado? Sé que esos quince años que has pasado en la Tierra han menguado tu poder, Aile. Y que aún tardarás mucho tiempo en recuperarlo.

Allegra vaciló; fue solo un breve instante, pero bastó para que Gerde adivinara que había acertado.

–Lo sabía –se rió el hada–. No puedes hacerme daño.

Pero entonces la mano de Allegra salió disparada y abofeteó la mejilla de Gerde, que chilló y retrocedió, furiosa.

–Puede que mi magia no sea la que era, pero mis reflejos siguen siendo excelentes, niña –le advirtió Allegra con frialdad.

–Te mataré por esto –susurró Gerde–. Y también a esa chica a la que tanto proteges.

–Eres una maga, Gerde –replicó Allegra, reprimiendo su ira–. Fue un unicornio quien te entregó el poder que tienes, quien te hizo como eres. ¿Cómo te atreves a levantar la mano contra el último de ellos?

Los bellos rasgos de Gerde se contrajeron en una mueca de odio.

–Porque, cuando la miro... no veo en ella a un unicornio.

–Entiendo. Ves en ella a la mujer que te ha robado a Kirtash. ¿Actúas así por celos... o solo por ambición? ¿Qué significa para ti ese muchacho? ¿Es para ti algo más que el hijo de tu señor, el que podría haber sido el futuro soberano de Idhún?

El hada dejó escapar una risa cantarina.

–Dejaré que te quedes con la duda, Aile.

Aún sonriendo, Gerde dio un paso atrás... y desapareció.

IV

HUMANIDAD

VICTORIA se dejó caer junto a Jack, sombría. El muchacho la miró.

–¿Qué te pasa?

–Nada –gruñó ella–. Que ha sido un día espantoso.

–Y que lo digas –suspiró Jack; hizo una pausa y añadió–: Parece que Shail sigue de mal humor. Alexander ha estado hablando con él. Le ha contado todo lo que ha pasado, creo que para distraerlo y darle otras cosas en qué pensar.

El corazón de Victoria dio un vuelco.

–Tengo que ir a verlo.

–Ahora no, Victoria. Está con Zaisei, parece que ella quería decirle algo importante.

Victoria apretó los puños.

–¿Y qué va a decirle? ¿Que es un héroe por haberse sacrificado por la Resistencia? ¡Maldita sea! Ninguno de nosotros quiere ser un héroe. Y él menos que nadie.

Jack se quedó mirándola, un poco sorprendido por la rabia que reflejaba su rostro. Intentó pasarle un brazo por los hombros, pero ella se apartó de él, volviendo la cabeza bruscamente y encogiéndose sobre sí misma. Jack se dio cuenta de que había estado llorando. Era evidente que había tratado de disimularlo, secándose los ojos y lavándose bien la cara con agua del río. Pero a Jack no podía engañarlo. Con un suspiro, la abrazó, venciendo la débil resistencia de ella.

–¿Qué te ha hecho esta vez? –le preguntó en voz baja.

Victoria parpadeó para retener las lágrimas, y Jack supo que había dado en el clavo. Se dio cuenta de que ella trataba de hablar, pero no podía porque tenía un nudo en la garganta.

–No quiero hablar de ello –logró decir.

–¿No confías en mí?

Ella bajó la cabeza. Seguía sin mirarlo. Jack sospechaba que, si sus ojos se encontraban, Victoria no sería capaz de retener las lágrimas. La abrazó con más fuerza, maldiciendo en silencio al shek por seguir haciendo daño a la muchacha.

–Claro que confío en ti –susurró ella–. Es solo que no quiero molestarte con estas cosas. No tienes... no tienes por qué aguantarlo. No es justo.

«No es justo que yo tenga que curar las heridas que él le causa», comprendió Jack.

–No me importa –dijo, atrayéndola hacia sí–. Llora, si es lo que necesitas.

–No quiero llorar.

Pero era tan evidente que tenía el corazón roto que Jack no le hizo caso, y guió el rostro de ella hacia su hombro. La sintió temblar un instante; luego, su cuerpo sufrió una pequeña sacudida... y Victoria comenzó a llorar, suavemente y en silencio, como si se sintiera avergonzada de su propio dolor. Jack la dejó desahogarse un rato, y luego le preguntó en voz baja:

–¿Es por algo que te ha dicho?

Sabía que no debía preguntar, pero no pudo evitarlo. Sentía una siniestra curiosidad por saber qué había motivado la caída de su rival.

Victoria titubeó. No podía contarle a Jack que había visto a Christian con Gerde. Porque, a pesar del dolor que eso le había causado, tenía la esperanza de que el joven no los hubiera traicionado, de que siguiera con la Resistencia... a su manera, claro. Pero tal vez Jack no lo entendiera como ella.

Comprendió entonces, de golpe, que no le había molestado tanto el hecho de ver a Christian con otra mujer, como el detalle de que esa otra fuera Gerde.

«Puedo entender que se vaya con otra», reflexionó, mientras la mano de Jack acariciaba su cabello con suavidad, calmándola. «Puedo asimilarlo y no tengo derecho a reprochárselo, puesto que yo sé, mejor que nadie, lo que significa amar a dos personas a la vez. Pero, ¿por qué Gerde?».

Gerde había tratado de matarla en varias ocasiones, y volvería a hacerlo, si se le presentaba la oportunidad. La había torturado brutalmente, había disfrutado viéndola sufrir.

Y no era la primera vez que Victoria veía a Christian besando a Gerde. La vez anterior había sabido que lo había perdido; que, independientemente de lo que el shek hiciera con su cuerpo, su corazón había dejado de pertenecerle. En cambio, ahora...

«Quizá seas capaz de comprender por fin hasta qué punto soy tuyo», había dicho él.

Victoria se estremeció. ¿Lo había dicho en serio? Si de verdad la quería, ¿por qué la había traicionado, por qué estaba tan a buenas con la aliada de Ashran?

Sacudió la cabeza, confusa.

—Odio que te haga daño —dijo entonces Jack, interrumpiendo sus pensamientos.

—No es culpa suya...

Jack dejó escapar un suspiro exasperado.

—¿Cuántas cosas más vas a perdonarle?

Victoria cerró los ojos y recostó la cabeza en su hombro.

—No lo sé, Jack. De veras, no lo sé. Quizá debería haber aprendido la lección hace ya mucho tiempo, debería haber sabido que somos muy diferentes y que lo nuestro no puede funcionar. Sí, me ha hecho daño, y soy tan estúpida que solo puedo pensar en que ya lo estoy echando de menos, en que tal vez lo haya perdido para siempre...

Se le quebró la voz.

—Debes de quererlo mucho —comentó Jack en voz baja.

—Sí, Jack. Lo siento.

Hubo un breve silencio.

—Vale —dijo Jack entonces—. Puedo asumirlo. Lo veía venir, de todas formas.

Victoria entendió de golpe lo que el chico le estaba diciendo, y se separó bruscamente de él.

—Pero...

—No, no digas nada. Está claro lo que sientes, está claro que es a él a quien quieres. Pero ojalá tuviera la certeza de que esa serpiente puede hacerte feliz; me quedaría mucho más tranquilo.

—Pero...

—Sigo sin entender cómo eres capaz de perdonarle tantas cosas, pero si puedes hacerlo, eso solo puede ser amor, de forma que no me queda más remedio que...

—¡Pero es que no lo entiendes! —casi gritó Victoria.

Cerca de la hoguera había un grupo de yan que jugaban a un extraño juego con piedras pintadas, hablando muy deprisa y gesticulando mucho, pero se callaron todos a una y se volvieron para clavar en ellos sus ojos brillantes como carbones encendidos. Victoria enrojeció.

–No lo entiendes –repitió, bajando la voz; los yan reanudaron su juego–. Te quiero a ti también. Con locura. No quiero que pienses ni por un segundo que no siento nada especial por ti, porque...

No fue capaz de seguir hablando. Bajó la mirada, confusa. Sintió que Jack le acariciaba el pelo, y se dejó llevar por su caricia. Antes de que pudiera darse cuenta, se estaban besando, con suavidad, con dulzura. Se separaron, respirando entrecortadamente, e intercambiaron una mirada llena de cariño y complicidad.

–No quiero hacerte daño –suspiró Victoria, apoyando la cabeza sobre su hombro.

Jack se había quedado sin habla, maravillado. Ninguna palabra, ninguna mirada podían revelarle tanto acerca del corazón de Victoria como aquel beso que habían compartido.

Ahora sabía que ella no fingía, no estaba jugando, iba en serio. Lo que sentía por él seguía estando ahí, era real y verdadero. Y muy intenso.

–Todavía me quieres –dijo, feliz.

–Y tanto –sonrió ella, ruborizándose un poco–. Todo sería mucho más sencillo si pudiera quererte solamente a ti, ¿verdad?

Jack calló, pensando, al mismo tiempo que la abrazaba con fuerza y acariciaba su cabello oscuro. El corazón le latía muy deprisa mientras terminaba de asimilar el hecho de que Victoria todavía lo amaba.

–Creo que aún no estás preparada para elegir –dijo por fin.

–¿Entonces...?

Jack dudó. Era su oportunidad, no debía dejarla escapar. Pero Victoria sufría por Christian, lo echaba de menos, lo quería de veras. Igual que él a ella. Suspiró para sus adentros. «Qué diablos», pensó.

–... Entonces, deberías ir a hacer las paces con Christian –concluyó–. Además... –titubeó un poco antes de seguir–, no está pasando por un buen momento.

Por la mente de Victoria cruzó de nuevo, fugaz, el recuerdo de Christian besando a Gerde. Frunció el ceño, preguntándose si aquella era la manera que tenía él de conjurar los malos momentos; pero Jack no había terminado de hablar.

–... No sé lo que ha pasado entre vosotros, pero lo único que sé acerca de Christian, lo único que comprendo... es que está loco por ti. Creo que eso no debes dudarlo jamás.

Victoria se quedó mirándolo un momento.

–Jack, ¿cómo...? –no le salieron las palabras, y probó otra vez–: ¿Por qué me dices esto? ¿Precisamente tú?

–Porque soy tu mejor amigo, y tengo que cuidar de ti –sonrió él.

Victoria sonrió otra vez. Lo abrazó con todas sus fuerzas, lo besó de nuevo, con cariño.

–Gracias, Jack –susurró.

Después, se levantó y se alejó hacia la espesura, en busca de Christian. Jack se quedó de nuevo solo junto a la hoguera, contemplando el lugar por donde se había marchado, preguntándose si había hecho bien, y sintiéndose tremendamente estúpido por haber dejado pasar la oportunidad.

Recordó lo que el Padre le había contado acerca de Christian. El shek tenía una forma muy particular de demostrar su amor... pero amaba intensa y dolorosamente a Victoria. Cada día que pasaba, Jack estaba más convencido de ello.

Los dos eran muy diferentes, y se habían hecho mucho daño el uno al otro. Y volverían a hacérselo, una y otra vez, aunque no lo quisieran. Pero nunca dejarían de amarse, por mucho dolor que pudiera causarles aquella relación. Jack suspiró, cansado. Sabía que Christian había herido a Victoria en varias ocasiones, pero sabía también lo mucho que el shek había sufrido por ella. Y, sin embargo, separarlos sería peor para ambos, mucho peor... Jack conocía lo bastante bien a Victoria como para saber esto, y la quería lo suficiente como para no desearle tanto sufrimiento.

«Quizá es ese mi problema», se dijo, abatido.

De camino, Victoria pasó junto a la cabaña de Shail, y se le ocurrió que, si Zaisei ya se había marchado, podría intentar hablar con su amigo. Se acercó en silencio, preguntándose qué podía decirle...

–... tienes que hablar con ella –dijo entonces una voz desde el interior–. Tienes que convencerla de que deje atrás al shek.

Victoria se detuvo en seco y se arrimó a la pared de la cabaña, ocultándose entre las sombras. Había reconocido aquella voz: era la suave voz de la sacerdotisa celeste. Y la chica estaba segura de que hablaban de Christian.

–Ese muchacho la ha protegido de Ashran mucho mejor que cualquiera de nosotros –respondió la voz de Shail, y Victoria detectó un tono amargo en sus palabras–. ¿De verdad crees que podéis sacarla de aquí, separarla de sus amigos, llevarla al Oráculo y pensar, siquiera por un instante, que estará más segura o será más feliz?

–El Oráculo está protegido por las diosas –replicó Zaisei, y su voz, habitualmente dulce, sonó ahora fría y severa–. Ellas lo han guardado de Ashran y los sheks para que fuera un refugio seguro para Lunnaris.

Shail resopló, malhumorado.

–No me hagas reír. Los dioses nos abandonaron hace mucho tiempo, y lo sabes. Si el Oráculo sigue en pie es porque los sheks tienen interés en que así sea.

–¿Cómo te atreves a dudar de los dioses? –le reprochó ella, sin levantar la voz–. Oh, los magos sois tan arrogantes... Creéis que vuestro poder superior os da derecho a cuestionar a los Seis. Y es vuestra ambición y descreimiento lo que ha amenazado tantas veces la paz de Idhún.

Shail suspiró, y Victoria adivinó que no era la primera vez que él y la sacerdotisa mantenían aquella discusión.

–¿Y qué hay de Jack? –preguntó el mago, cambiando de tema–. ¿También vais a separarla de él?

–El dragón vendrá con nosotras, por supuesto. Pero de ninguna manera podemos permitir que ese shek se acerque a Lunnaris, nunca más.

Victoria sintió como si un puñal de hielo le desgarrara el corazón. Comprendió que no soportaría que la apartaran de Christian, que la obligaran a romper su relación con él.

«¿Cuántas cosas más vas a perdonarle?», había dicho Jack.

Victoria sonrió con tristeza. «Al menos una más», pensó.

Prestó atención a la conversación de la cabaña, porque Shail seguía hablando.

–Sabes lo que Victoria siente por él. Sabes que él la corresponde. Lo sabes, Zaisei, lo has leído en su corazón. ¿Y aun así hablas de separarlos?

–Es una relación que solo les causará dolor a ambos... y a Yandrak.

Hubo un breve silencio. Victoria cerró los ojos.

Shail dijo entonces:

–Es un error. No podéis presentarlos en el Oráculo y esperar que los dioses hagan el resto. Tenemos que luchar, organizar una rebelión, desafiar a Ashran en una guerra abierta.

–¡Luchar! ¡Guerra! –repitió Zaisei, horrorizada–. Sin duda no será necesario nada de todo esto, ahora que Yandrak y Lunnaris han regresado, ¿verdad?

–No seas ingenua –replicó Shail con dureza–. ¿Por qué crees que Gaedalu quiere llevarse a Victoria al Oráculo? Los varu siempre se han sentido a salvo en sus ciudades submarinas, pero eso se ha acabado. ¿Crees que no lo sé? Los sheks han conquistado el continente, pero también pueden moverse bajo el agua y ahora quieren conquistar el mar. Atacaron Dagledu y paralizaron a todos sus habitantes con su poder telepático. Y otras ciudades del Reino Oceánico se están rindiendo también. El Oráculo de la Clarividencia está junto al mar, cerca de la capital de los varu.

–Eres retorcido, Shail –le echó en cara la sacerdotisa–. ¿Cómo puedes hablar así de la Madre? ¡Ella actúa por el bien de todo Idhún! Siempre estás pensando mal de todo el mundo.

–Y así es como la Resistencia ha logrado sobrevivir –respondió Shail con sequedad–. Vosotros lleváis quince años bajo el dominio de los sheks y os estáis acostumbrando a ellos... pero para nosotros ha pasado mucho menos tiempo y todavía tenemos fuerzas para luchar. Y eso es lo que haremos, ¿entiendes? Nuestra fuerza radica en que peleamos todos juntos. No debemos separarnos. Christian es de los nuestros; me salvó la vida en una ocasión, y sus sentimientos por Victoria son sinceros.

Victoria tembló un momento, recordando que acababa de ver juntos a Christian y Gerde. Intentó no pensar en ello.

–Es un shek, Shail –dijo Zaisei suavemente–. No, no dudo de sus sentimientos por Lunnaris, porque todos los celestes hemos podido percibirlos. Pero, dime, ¿cuánto tardará en aflorar de nuevo esa parte de su ser que rinde adoración al Séptimo? ¿Cuánto tardará en dejarse llevar por su instinto y atacar a Yandrak?

Shail guardó silencio, y Victoria no lo consideró una buena señal.

–Has hecho un gran trabajo, amigo mío –dijo ella con dulzura–. Los habéis traído de vuelta, sanos y salvos. Ahora, vuestra misión ha concluido. Dejad que otros más poderosos y más sabios cuiden de ellos en vuestro lugar.

–Quería estar a su lado cuando se enfrentase a Ashran –dijo Shail en voz baja.

–Son el último dragón y el último unicornio. ¿De verdad crees que es una buena idea enfrentarlos a Ashran, correr el riesgo de perderlos?

–Pero la profecía...

–La profecía se cumplirá de todas maneras, porque es la voluntad de los dioses. En el Oráculo, sin duda, se nos revelará cómo...

–¡Deja de hablar de los dioses! –casi gritó Shail–. ¡Los dioses no hicieron nada el día de la conjunción astral, no nos ayudaron a enviarlos a otro mundo, y tampoco nos pusieron las cosas fáciles para encontrarlos y traerlos de vuelta! Dime, Zaisei, si existen los dioses... ¿dónde estaban el día que Ashran exterminó a todos los dragones y todos los unicornios? ¿Por qué nos abandonaron?

Hubo un silencio tenso. Entonces, Victoria, conteniendo el aliento, oyó el suave murmullo de la túnica de la sacerdotisa, y se pegó aún más a la pared. La vio salir de la cabaña de Shail, y le pareció que había lágrimas brillando en sus bellos ojos violetas.

Esperó a que se perdiera de vista, y entonces entró ella en la vivienda. Se detuvo un momento en la puerta, indecisa.

Shail estaba tendido sobre el jergón; una suave manta le cubría hasta la cintura, por lo que Victoria no pudo ver los resultados de la intervención. Pero sí apreció el gesto de amargura de su amigo, y el brillo febril de sus ojos castaños, que destacaban en su pálido rostro.

–Hola, Vic –dijo él–. Pasa.

Ella lo hizo, llena de remordimientos por haber estado espiando.

–Qué cara traes –sonrió Shail–. ¿Por casualidad no estarías escuchando conversaciones ajenas?

Victoria se ruborizó.

–Yo... bueno, me pareció que, a pesar de ser una conversación ajena, me incumbía bastante.

–Y tenías razón –asintió Shail.

Victoria se sentó junto a él.

–Creo que has sido un poco duro con ella –opinó en voz baja.

La expresión del mago se suavizó un tanto.

–No puedo evitarlo –admitió–. A veces tengo la sensación de que los celestes no deberían existir en este mundo; es demasiado malvado para ellos.

–El Padre de la Iglesia de los Tres Soles es un celeste –le recordó Victoria.

–Sí, y lo ha pasado muy mal, pobre hombre. Ser Venerable no es más que otro puesto de poder, igual que tener a cargo una de las torres de hechicería, igual que ser rey de algún país. Ha-Din está en contra de todo tipo de violencia. Imagina lo que supone para él ser el líder de una Iglesia en tiempos de guerra.

—Me da la sensación de que Gaedalu le come terreno —opinó Victoria.

—Por supuesto que es así. Y no ayuda el hecho de que tanto el Oráculo de los Pensamientos, que pertenecía a la Iglesia de los Tres Soles, como el Gran Oráculo, que era un centro compartido por ambas Iglesias, hayan sido destruidos. El que queda en pie, el Oráculo de la Clarividencia, es la sede de la Iglesia de las Tres Lunas. Muchos fieles han interpretado que las diosas tienen más poder que los dioses, que ellas pueden protegerlos mucho mejor que la tríada solar. Gaedalu ha ganado mucho poder últimamente.

—Quiere llevarnos a Jack y a mí al Oráculo, ¿verdad? Quiere separarnos de vosotros.

—No es la única que tiene planes para vosotros. Alexander me ha contado que Allegra ha estado hablando con él acerca del Archimago. Por lo visto, está muy trastornado.

—¿Por qué?

—Es el último Archimago que queda. El último de los que se formaron en la Torre de Drackwen. Sabes lo que eso significa.

Victoria asintió. Conocía la historia. Las Iglesias tenían tres Oráculos, los magos tenían tres torres de hechicería, y así se mantenía el equilibrio entre el poder sagrado y el poder mágico. Pero tiempo atrás, la Orden Mágica había edificado una cuarta torre en el corazón de Alis Lithban, el bosque de los unicornios, el lugar más poderoso de Idhún. El equilibrio entre ambas fuerzas se había roto. Los hechiceros que habían recibido allí su educación sobresalían por encima de los magos de las otras torres; con el tiempo, se demostró que habían desarrollado su poder más allá del de los magos corrientes, y se les llamó Archimagos. Cuando, debido a la presión de los sacerdotes, la Orden Mágica accedió a clausurar la Torre de Drackwen, había ya cerca de una veintena de Archimagos en Idhún. Ninguno de ellos tenía especial interés en reabrir la escuela de la Torre de Drackwen; no les convenía que esta generara más Archimagos que pudieran disputarles el poder.

Así, con el tiempo, los Archimagos, a pesar de su extraordinaria longevidad, fueron desapareciendo poco a poco. En los tiempos de la conjunción astral, ya solo quedaban tres. Dos de ellos gobernaban la Torre de Kazlunn y la Torre de Awinor. El tercero era Qaydar.

–A Qaydar le ofrecieron el gobierno de la Torre de Derbhad –le explicó Shail–, pero lo rechazó porque no le interesaba la política, solo el estudio de la magia. Así que fue tu abuela quien se encargó por fin de la escuela.

»Pero las tres torres han caído, y Ashran ha resucitado la cuarta torre, aquella que jamás debería haber sido edificada. Hasta hace poco, los tres Archimagos dirigían lo que quedaba de la Orden Mágica desde la Torre de Kazlunn. Sabes que hace menos de una semana que Ashran la conquistó. Alexander me ha contado que los otros dos Archimagos murieron en el ataque, y que solo Qaydar sobrevivió.

–Entiendo –susurró Victoria, inquieta.

–La Orden Mágica está a punto de desaparecer, Victoria. Sus símbolos de poder han sido destruidos o conquistados por el enemigo. La responsabilidad de salvar la Orden ha caído sobre los hombros de Qaydar, el último Archimago... y me temo que se la va a tomar muy en serio. Parece ser que se le ha ocurrido la genial idea de organizar un ataque para recuperar la Torre de Kazlunn.

Victoria se quedó de piedra.

–¡Qué! –pudo decir.

–Está seguro de que, si vosotros lideráis esa batalla, nada puede salir mal –gruñó Shail–. Se han vuelto todos locos, Victoria. Os ven como los salvadores que liberarán Idhún, pero, como nadie tiene ni la menor idea de cómo ni cuándo sucederá eso, todos están convencidos de que, hagáis lo que hagáis, os va a salir bien, porque sois aquellos de los que hablaba la profecía.

–Pero eso es... absurdo –musitó ella–. Además, ¿por qué todo el mundo planea nuestro futuro sin consultárnoslo? ¿No tenemos bastante con ser parte de un destino que ninguno de nosotros ha elegido?

El semblante de Shail se endureció de pronto.

–No importa que haya o no un destino –dijo–. Todos los días tomamos decisiones sobre cosas que nos parecen banales... y que pueden cambiar nuestra vida para siempre. Por ejemplo, a mí hace unos años mis maestros me concedieron unos días de asueto. Pensé en ir al bosque de Alis Lithban a renovar mi magia. Pensé también en visitar a mis padres en Nanetten. Al final... fui a Alis Lithban.

Victoria entendió. La conjunción astral que había aniquilado a dragones y unicornios había sorprendido a Shail en Alis Lithban... donde había descubierto a una pequeña unicornio que, milagrosa-

76

mente, todavía sobrevivía a la destrucción. Y había optado por rescatarla. Y sus vidas habían quedado ligadas desde entonces, tal vez para siempre.

–Muchas veces –prosiguió Shail, como si estuviera pensando lo mismo que ella–, las decisiones que tomas, por muy correctas que te parezcan, te conducen directamente al desastre.

Hubo un breve y pesado silencio. Victoria cerró los ojos un momento, algo desconcertada por el brusco cambio de humor de su amigo, pero sintiéndose herida y muy, muy culpable.

–Lo siento mucho, Shail –susurró; el mago volvió hoscamente la cabeza–. Nunca te he dado las gracias por todo lo que has hecho por mí. Por haberme salvado el día de la conjunción astral, por haberme enseñado tanto... por haberte jugado la vida por mí tantas veces. Si pudiera...

–Pero eso ya pasó –cortó Shail–. Es obvio que no lo he hecho tan bien como se esperaba, así que probablemente lo mejor sea que te vayas con ellos, con la Madre, con el Archimago, con quien sea. Tienes donde elegir.

–¿Qué...?

–Tal vez tengan razón –prosiguió Shail, implacable–. Y deba dejar la Resistencia en manos de otras personas. Al fin y al cabo, me parece que ya he hecho bastante.

Victoria guardó silencio un momento, mordiéndose el labio inferior.

–Entiendo –dijo en voz baja–. Muchas gracias por todo, Shail. No volveré a causarte problemas.

No lo dijo con resentimiento ni con reproche. La misma Victoria se sentía incómoda con tanta gente dándolo todo por protegerla, y las palabras de Shail no hacían sino confirmar sus propios sentimientos al respecto. El mago tenía razón. Ya había perdido demasiado por su culpa.

–Buenas noches –susurró Victoria, y salió de la cabaña. Shail no contestó. Respiró hondo y cerró los ojos, arrepintiéndose enseguida de lo que le había dicho, pero demasiado cansado como para rectificar. Se sentía tan impotente y tan furioso consigo mismo que le costaba pensar con claridad, y ya hacía bastante rato que le dolía la cabeza. Había quedado inválido, pero todos se empeñaban en tratarlo como si nada hubiera sucedido. Sin embargo, por más que se esforzaran, Shail seguía leyendo la conmiseración en sus ojos, y eso lo ponía furioso. Y Zaisei...

Hundió el rostro en las sábanas. Había sido duro volver a verla, y más en aquellas circunstancias. Jamás olvidaría el pánico que había sentido al retirar la manta y descubrir que le faltaba una pierna, pero, sin duda, lo peor de todo había sido ver la lástima y la compasión en el rostro de la sacerdotisa.

Victoria encontró a Christian en el mismo lugar de su última conversación. El joven se había sentado en la enorme roca sobre el río, y examinaba su espada bajo la luz de las tres lunas. La chica se detuvo a unos metros de él y lo contempló en silencio, consciente de que, aunque no se hubiera vuelto para mirarla, Christian sabía muy bien que ella estaba allí. Respiró hondo y avanzó para sentarse junto a él. Después de la dolorosa conversación que había mantenido con Shail, se sentía más dispuesta que nunca a hacer las paces con Christian.

El chico no dijo nada, y tampoco la miró. Siguió con la vista fija en Haiass.

Victoria tragó saliva. No sabía por dónde empezar. No sabía si debía disculparse o era él quien tenía que hacerlo, pero sí tenía claro que debían arreglar las cosas cuanto antes. Lo miró un momento y sintió que el corazón se le aceleraba. Intentó controlar sus emociones. Sabía que lo quería, más que nunca. Pero no estaba segura de qué debía hacer, o decir, para recuperar su cariño, si es que lo había perdido.

—Has recobrado tu espada —dijo por fin, con suavidad.

Christian asintió en silencio. Victoria reprimió el impulso de preguntarle acerca del precio que había tenido que pagar por ella. Desvió la mirada hacia Haiass y fue entonces cuando se dio cuenta de que el suave brillo glacial de su filo se había extinguido.

—¿Qué le pasa? —preguntó—. ¿Por qué se ha apagado?

—Está muerta —respondió él en voz baja.

—No sabía que las espadas pudieran morir.

—Las espadas mágicas están vivas de alguna manera, y por eso sí pueden morir. Los sheks le han arrebatado a Haiass todo su poder. La han convertido en un metal corriente, sin vida.

—¿Por qué? —susurró Victoria.

—Es un mensaje. Una manera de decirme que ya no soy uno de ellos.

Victoria se estremeció.

–Es cruel –dijo.

Christian no respondió. Victoria se quedó mirándolo, y lo vio con la cabeza gacha, los hombros hundidos. Era como si hubiera envejecido varios años de golpe. Y no se debía solo a la espada, comprendió ella enseguida.

–Christian, ¿qué te pasa? Hace un tiempo que estás diferente. Estás... cambiando. ¿Te encuentras bien?

Por fin, el muchacho alzó la cabeza para mirarla a la cara. Y, a la luz de las tres lunas, Victoria vio que los ojos azules de él estaban húmedos, cargados de emoción y de sufrimiento. Sintió como si el corazón se le rompiera en mil pedazos.

–¿Qué te está pasando, Christian? No me gusta verte así. Si puedo hacer algo por ti...

Se interrumpió de pronto, recordando que poco antes habían discutido, que le había dicho cosas de las que luego se había arrepentido.

Y perdonó de nuevo. Perdonó el dolor que había sentido al verlo con Gerde, al recordar la horrible experiencia de la Torre de Drackwen, al evocar, sin quererlo, la helada impasibilidad de él mientras Ashran la torturaba. Lo abrazó con todas sus fuerzas, y el joven correspondió a su abrazo, de buena gana, lo cual tampoco era propio de él. Victoria acarició su suave cabello castaño.

–Lo siento, Christian –le susurró al oído–. Lo siento muchísimo. No te comprendo, no puedo entenderte... pero quiero hacerlo, de verdad. No quiero perderte.

Él no dijo nada, y Victoria pensó que estaba enfadado con ella.

–No es verdad lo que te he dicho antes –prosiguió–. Confío en ti. Sé que me quieres. Quiero... quiero estar contigo.

–Lo sé –respondió Christian, con suavidad.

Victoria se separó de él para mirarlo a los ojos. La conmovió el inmenso amor que veía en su mirada, pero también la inquietó, recordando que él no solía manifestar sus sentimientos de forma tan abierta.

–No pareces tú mismo. Es como si...

–... Como si me estuviera volviendo más humano –completó Christian, y Victoria contuvo el aliento, comprendiendo que eso era exactamente lo que le estaba pasando.

Christian se apartó un poco de ella y desvió la mirada.

–El shek que hay en mí está muriendo –explicó–. Repudiado por los de su especie, rodeado de personas, reprimiendo su instinto una y otra vez, superado por las emociones humanas que hay dentro de mí... agoniza cada vez más deprisa. Esto no es más que un aviso de lo que me va a suceder –añadió, señalando a Haiass.

Victoria calló un momento, asimilando sus palabras.

–Debería alegrarme –dijo por fin– de que tus sentimientos estén matando a la serpiente que hay en ti. Pero no puedo hacerlo. Detesto verte sufrir así.

–Me estoy volviendo más humano –sonrió Christian–. Pero tú no te enamoraste de un humano.

Victoria quiso decir algo, pero calló porque comprendió que tenía razón.

–Estoy sintiendo cosas que no había sentido nunca –prosiguió él–. No solo amor, sino también... dudas, angustia, miedo... dolor. Soledad. Me siento... cada vez más perdido, más confuso. Es como si estuviese enfermo. Estoy perdiendo poder, Victoria. Lo sospechaba, pero ha sido esta noche cuando me he dado cuenta de hasta qué punto soy vulnerable.

–Gerde –adivinó Victoria.

Christian asintió.

–Me ha pedido un beso a cambio de mi espada. Un beso es solo un beso, ¿entiendes? Solo tiene la importancia que tú quieras darle. Puede no significar nada... o puede cambiarlo todo.

La miró intensamente, y Victoria sintió que enrojecía, recordando el primer beso que ellos dos habían intercambiado.

Y lo mucho que había significado para ambos. Y cómo lo había cambiado todo.

–Era una manera de probarme –prosiguió Christian–. Ella sabe lo que me está pasando. Y yo sabía que, en mi estado, existía una posibilidad de que su magia pudiera afectarme.

–Y, sin embargo, la has besado –dijo Victoria en voz baja; pero no era un reproche.

Christian asintió.

–Si me hubiera negado, habría confirmado sus sospechas. Le habría demostrado que es verdad, que tiene poder sobre mí. No me ha dejado otra salida.

»Su hechizo nunca me ha afectado. Cuando he estado con ella, en todo momento he hecho exactamente lo que quería hacer, he controlado siempre la situación. Hoy he perdido el control, y eso significa que soy más humano de lo que pensaba. Si no hubieses llegado tú, Gerde me habría hechizado por completo. Y no sé lo que habría pasado después. No sé si habría tenido poder para matarme o para llevarme de vuelta a la Torre de Drackwen, para que hubiese sido Ashran quien hubiese acabado con mi vida.

Victoria respiró hondo, comprendiendo muchas cosas. Se acercó más a él, apoyó la cabeza en su hombro, le cogió la mano.

–¿Por qué has dejado que se fuera, entonces? Puede volver a hacerte daño.

Christian tardó un poco en contestar.

–Supongo que... porque me traía noticias de mi padre –respondió por fin en voz baja.

Victoria calló, asimilando aquella sorprendente declaración.

–Christian, ya sé... que es tu padre y todo eso... pero... después de todo el daño que te hizo... ¿todavía lo echas de menos?

–¿Tanto te extraña? Tú estás aquí, conmigo... después de todo el daño que te he hecho.

Victoria no supo qué responder.

–Es mucho más que eso –trató de explicarle Christian–. Verás, estoy aquí, a tu lado, porque así lo he querido. Pero este no es mi ambiente, y tu gente nunca me aceptará tal y como soy. En cambio, antes... –calló un momento, perdido en sus pensamientos, y prosiguió–. Antes lo tenía todo claro, antes me sentía parte de algo. Antes... de que empezara a manifestarse mi humanidad.

–Lo echas de menos –entendió Victoria–. Te gustaría volver a ser un shek.

Christian le dirigió una mirada penetrante.

–¿Dejarías tú morir a Lunnaris en tu interior?

–¡Claro que no! –respondió ella de inmediato, horrorizada–. Lunnaris es parte de mí, ella... –calló de pronto, comprendiendo lo que Christian quería decir.

–Si dejara morir al shek que hay en mí –prosiguió el joven–, sería para mí como si me arrancaran medio corazón. ¿Lo entiendes?

Victoria sintió un escalofrío. Comprendió de pronto lo que Christian le estaba diciendo: que, si se volvía del todo humano, acabaría por morir sin remedio. Que obligarlo a dejar de ser lo que había sido, un ser frío y despiadado, equivalía a condenarlo a muerte. Cerró los ojos. Era demasiado cruel.

–Lo he entendido –musitó–. ¿Qué vas a hacer, entonces?

–Me parece que sé por qué me han devuelto la espada. Si consigo resucitarla, devolverle su magia... revivirá también mi parte shek. Recuperaré mi poder...

–Pero puede que regreses con ellos entonces, ¿no?

–O, como mínimo, que me aleje de la Resistencia.

–Y puede incluso... que volvieras a ser... como entonces –susurró ella.

No especificó más, pero ambos sabían a qué se refería la muchacha. Los dos recordaron una trampa, un engaño, una traición. En el corazón de Victoria todavía ardía dolorosamente la fría mirada de Kirtash, de la cual había desaparecido todo rastro de emoción.

–Es un riesgo, sí –admitió Christian–. Pero no tengo otra opción.

Victoria se estremeció solo de pensarlo. Christian se miró las palmas de las manos, abatido.

–Me siento tan... frágil, tan vulnerable. Las emociones son cada vez más intensas, y no me dejan pensar con objetividad.

Victoria colocó una mano sobre el brazo del muchacho, intentando reconfortarlo.

–Te recuerdo como eras antes –le dijo con cariño–, con tu espada de hielo. Implacable, poderoso, invencible. Me dabas miedo. Llevabas la muerte en la mirada. Nada podía escapar de ti. Y no te arrepentías de segar vidas, estabas por encima de todo eso, del odio, del miedo, de la culpa o del perdón. Me dabas miedo –repitió–, y te odiaba, y pensaba que eras un monstruo. Y, sin embargo...

Desvió la mirada, confusa. No podía olvidar que había sido Kirtash, en su versión más fría e inhumana, quien la había entregado a Ashran. Con todo lo que ello había implicado. Cerró los ojos y maldijo a Gerde en silencio. Desde la llegada del hada al bosque de Awa estaban sucediendo demasiadas cosas que le recordaban aquella experiencia que estaba tratando desesperadamente de olvidar.

–Porque no te enamoraste de un humano –repitió Christian con una sonrisa.

Ella respiró hondo. «Al diablo», pensó. Tarde o temprano lo superaría, y al fin y al cabo, él tenía razón: humano o shek, lo amaba demasiado como para dejarlo morir.

–No me gusta verte así, Christian –declaró por fin, alzando la cabeza–. Si has de marcharte para recuperar lo que has perdido... no voy a intentar retenerte. No tengo derecho a pedirte que sigas con nosotros, no puedo quedarme sentada viendo cómo te mueres por dentro.

–No sé qué hacer –confesó él–. Mi instinto me pide que me marche, que me aleje de vosotros. Pero cada día que pasa... mi deseo de estar a tu lado se hace cada vez más intenso, más insoportable –la miró fijamente–. Eres todo lo que tengo ahora, ¿comprendes, Victoria? Eres todo lo que me queda.

Victoria, emocionada, lo abrazó con todas sus fuerzas. «No voy a darle la espalda», pensó. «A pesar de todo, no puedo darle la espalda».

–Lo has perdido todo por mi culpa –murmuró–, y yo no puedo corresponderte de igual manera. Es verdad; no tengo derecho a exigirte... fidelidad, ni nada que se le parezca.

Christian tardó un poco en contestar. Cuando habló, lo hizo en voz baja:

–Ya que hablamos de fidelidad, quiero explicarte algo... acerca de lo de esta noche.

–No es necesario –lo cortó ella–. Ya no me importa. Puedo asumirlo, es solo que justamente Gerde...

–Escúchame, Victoria, porque quiero dejar claras algunas cosas. ¿De acuerdo?

La voz de él sonaba severa, y Victoria guardó silencio.

–Nunca te he sido fiel –dijo Christian–. Mi idea del amor no tiene nada que ver con el compromiso, con las ataduras, con la fidelidad. Ha habido otras mujeres, ¿entiendes? Sin rostro, sin nombre. Para mí se trataba solamente de satisfacer una serie de necesidades físicas.

»Nunca te he sido fiel, ni lo seré en el futuro. Pero te soy leal. ¿Entiendes la diferencia? Lucharé por ti, a tu lado, por defender tu vida. Aunque esté lejos, pensaré en ti. Mataré y moriré por ti, si es necesario. ¿Me explico?

Victoria se había quedado sin aliento, tratando de asimilar todo lo que él le estaba diciendo, de modo que no respondió.

–No te dejes engañar por nada de lo que veas, por nada de lo que oigas, ¿me oyes? Mientras siga siendo Christian, mientras lleves mi anillo, seguiré siendo tuyo, por muy lejos que esté, por muchos besos que dé. ¿Me comprendes?

Victoria asintió, pero todavía se sentía muy confusa, y se apartó un poco de él, mientras esperaba a que los latidos de su corazón recuperasen su ritmo normal.

Christian no se lo permitió. La cogió por los hombros, la acercó a él, tanto que sus rostros casi se rozaban.

–¿Y tú? –le preguntó en voz baja–. ¿Envidias a Gerde? ¿Estarías dispuesta a darme lo que ella me ofrecía?

Victoria jadeó, comprendiendo lo que le estaba pidiendo, y trató de apartarse de Christian, pero sentía como si un poderoso imán la mantuviese pegada a él. Cerró los ojos un momento, intentando controlar sus emociones. Una parte de ella deseaba dejarse llevar, entregarse a él, a sus caricias, a sus besos... a lo que llegara después. Pero también tenía miedo, mucho miedo.

–Yo... –pudo decir, y se dio cuenta de que tenía la boca seca–. Creo que aún no estoy preparada –se sintió mejor cuando lo dijo, aunque, cuando él se separó un poco de ella, no pudo reprimir un leve suspiro de decepción–. Solo tengo quince años, Christian.

Temió que él se ofendiera, que le volviera la espalda, que se diera cuenta, por fin, de que Victoria no era más que una niña, y no la mujer que él esperaba encontrar en ella. Pero Christian sonreía.

–Sabía que dirías eso. No tengo prisa, criatura. Y nunca te obligaré a entregarme nada que no quieras darme.

–Pero puedo darte un beso –dijo ella, con una tímida sonrisa–. Si lo quieres, claro.

Calló, porque Christian se había acercado a ella de nuevo, y la miraba con una intensidad que la dejó sin aliento.

–¿Tienes idea de lo que sería capaz de dar por un beso tuyo?

Victoria quiso decir algo, pero no le salieron las palabras. Se sentía hechizada por la mirada de Christian y, aunque ya no vio el hielo que solía haber en sus ojos, todavía los encontraba fascinantes.

Le sonrió.

–¿Qué serías capaz de dar? –susurró–. Si te doy un beso... ¿qué me darías a cambio? –Christian fue a hablar, pero ella le selló los labios con los suyos, suavemente–. Como mínimo –concluyó, cuando se separaron–, podrías devolvérmelo.

Jack no podía dormir. Había arrastrado su jergón hasta la entrada de su cabaña, un redondo agujero abierto en aquel extraño material sedoso, y se había tumbado allí, contemplando las estrellas y las tres lunas a través de los resquicios que dejaba la bóveda vegetal del bosque de Awa. Se sentía como en una tienda de campaña, y añoró los campamentos de verano a los que solía acudir cuando vivía en Dinamarca.

Llevaba toda la noche dándole vueltas a una idea que había surgido en su mente, un plan descabellado, pero que, cuanto más perfilaba, más atractivo le parecía. Lo peor del proyecto era, sin embargo, que no podía compartirlo con Victoria, porque sabía que, si lo hacía, ella no le permitiría llevarlo a cabo.

Como un fantasma, la sombra de la muchacha apareció en la entrada de la cabaña. Jack se sobresaltó, como si sus pensamientos hubieran conjurado aquella presencia.

–¿Jack? –susurró la sombra, y Jack se dio cuenta de que era Victoria, la de verdad–. Hola, ¿puedo pasar?

–Claro. Entra –la invitó el chico, haciéndose a un lado para dejarle un poco de espacio. La cabaña no era muy amplia, lo justo para poder tenderse en el suelo y dormir, pero había sitio para los dos.

–Gracias –murmuró ella, echándose a su lado; titubeó antes de pedirle–: ¿Puedo pasar la noche aquí contigo?

Jack tardó un poco en contestar, y Victoria se apresuró a aclarar:

–Pasar la noche nada más. Charlar un poco y dormir.

–Lo había entendido a la primera –respondió Jack, azorado, agradeciendo que estuviera lo bastante oscuro como para que Victoria no viera que se había puesto colorado.

Victoria enrojeció también. Desde la insinuación de Christian, no había podido evitar pensar que Jack no tardaría en proponerle algo semejante, y eso la ponía nerviosa.

–Sí, bueno... He visto a Shail –dijo ella, cambiando de tema–. Está... distinto.

Su semblante se entristeció al recordar las duras palabras que él le había dirigido. Jack lo notó.

–Sigue de mal humor, ¿verdad? –dijo con suavidad–. ¿Qué te ha dicho?

Victoria abrió la boca, dispuesta a contarle que habían discutido, pero se lo pensó mejor. Le habló a Jack de la conversación que había oído a escondidas, y de lo que Shail le había contado acerca de los planes de la Madre Venerable y el Archimago.

–No me gusta –opinó Jack–. ¿Por qué no vienen a hablar directamente con nosotros? Me da mala espina. Y esa sacerdotisa... Qué pena, me parecía que su preocupación por Shail era sincera.

–Y lo es, seguro –sonrió Victoria–. Se conocían de antes, ¿verdad?

–Eso parece. En cualquier caso, me da la sensación de que, aunque se lleven bien, están en bandos distintos.

–Magos y sacerdotes –asintió Victoria–. Por lo que tengo entendido, siempre ha habido cierta rivalidad entre ellos. Pero creo que Shail y Zaisei se gustan.

–¿Se gustan? Pero si son de razas distintas. Él es humano, y ella es una celeste.

–¿Y?

Jack se detuvo un momento, sorprendido, asimilando aquella nueva perspectiva.

–No es tan raro que se formen parejas mixtas entre distintas razas –prosiguió Victoria–. Mira al Archimago. ¿Por qué crees que tiene el pelo de ese color tan raro?

–En un mundo donde hay tres soles y las serpientes vuelan, a mí no me pareció raro que alguien tuviera el pelo de color verde –opinó Jack, sonriendo.

–Creo que tiene algo de sangre feérica. Tal vez un abuelo, o una abuela.

«Mezcla de razas», pensó ella, inquieta, recordando que era medio unicornio, que Jack era medio dragón... Recordando que Christian, un híbrido de shek y humano, también podía sentirse atraído por un hada. Sacudió la cabeza para no pensar en ello.

Jack suspiró y se dio la vuelta hasta quedar tumbado boca arriba. La atrajo hacia sí, y Victoria se acomodó entre sus brazos y apoyó la cabeza en su pecho, con un suspiro.

–Creo que tardaré bastante en aprenderme las reglas de este lugar.

–Eso te pasa por no haber frecuentado más la biblioteca de Limbhad.

–Nunca pensé... que tuviera que quedarme aquí mucho tiempo –murmuró el chico–. Dime, Victoria... cuando todo esto acabe, ¿qué haremos?

Victoria calló un momento, pensativa. Luego dijo:

–No lo sé. Supongo que yo... tendré que quedarme aquí. El futuro de la magia en Idhún depende de mí. Soy la única que puede consagrar a más magos. Aún no sé cómo hacerlo, pero sospecho que no debe de ser muy diferente de curar. Quizá sea cuestión de canalizar más cantidad de energía.

–¿Y cómo vas a elegir a los futuros magos? ¿Les harás un examen, o algo así?

Victoria rió en voz baja, pero no contestó a la pregunta.

–Cuando vivía en Silkeborg –susurró el muchacho–, pensaba que de mayor sería médico, o biólogo, o quizá veterinario, como mi madre. Pero entonces llegaron ellos y mataron a mis padres, y Alexander me dijo que yo no debía volver a casa, porque en realidad habían ido a matarme a mí.

Victoria contuvo el aliento. Tras una breve pausa, Jack prosiguió:

–Y me robaron mi vida y mis sueños. Me lo quitaron todo. Nunca me gustó especialmente ir a la escuela, pero lo daría todo por volver a estudiar, por recuperar estos tres años que he perdido, por ir a la universidad y llevar una vida normal. En Silkeborg todavía me queda familia, ¿sabes? Mis tíos, mis abuelos... Hace tres años que no saben nada de mí, piensan que estoy muerto, igual que mis padres. Durante mi viaje por Europa, los llamé varias veces por teléfono. Me bastaba con oír la voz de alguien, saber que estaban bien. Marcaba y esperaba a que alguien contestara, pero no tenía valor para decir: «Soy yo, Jack, estoy aquí. Ahora he de ir a salvar un mundo oprimido por un malvado hechicero, pero volveré cuando todo esto pase...».

Se le quebró la voz. Victoria lo abrazó con más fuerza, y el chico concluyó, sobreponiéndose:

–... Así que colgaba enseguida, sin una palabra. Quiero creer que regresaré con ellos algún día. Sé que tú te quedarás aquí. Es lógico, nada te ata a la Tierra. Incluso tu abuela ha resultado ser idhunita. Pero yo... sabes, a veces pienso que es por eso por lo que no puedo transformarme en dragón. Tengo miedo de convertirme en Yandrak para siempre. Tengo miedo de no poder regresar a casa, simplemente como Jack. ¿Comprendes?

Victoria asintió en silencio. Jack agradeció su presencia, y le acarició el pelo con cariño. Quiso hablarle del sueño que lo había acosado en las últimas noches, pero no lo hizo, para no preocuparla.

En su sueño, él y Victoria se enfrentaban a Ashran en la batalla final. Soñaba que su amiga se transformaba en Lunnaris, hermosa pero temible, y que plantaba cara al Nigromante con su largo cuerno perlino temblando de ira como un relámpago en la noche. Pero no podía derrotar a Ashran sola. Y Jack se quedaba allí, paralizado, viendo cómo el Nigromante mataba a Victoria de cien maneras diferentes, mientras él seguía siendo incapaz de acudir en su ayuda bajo la forma de Yandrak, el dragón dorado.

Recordó entonces a Victoria peleando en la Torre de Kazlunn, montada sobre el lomo de Christian, que se había transformado en shek con insultante facilidad. Y cómo Jack había intentado despertar al dragón en su interior, sin éxito. Y la voz de Christian: «¡Transfórmate, Jack! ¡Así no puedes luchar contra ellos!».

En aquel momento, Jack había comprendido que sus pesadillas estaban muy cerca de hacerse realidad. Y había tenido la fugaz visión de Christian y Victoria enfrentándose juntos al Nigromante, derrotándolo, haciendo cumplir la profecía y sellando el destino que los uniría para siempre.

Lo cual contradecía no solo el vaticinio de los Oráculos, sino también las pesadillas de Jack, de alguna manera.

Porque, en ellas, el Nigromante tenía siempre la cara de Christian.

Trató de apartar aquellos pensamientos de su mente.

—Pero no hablemos del futuro —dijo, con una sonrisa forzada—. Todavía no sabemos ni qué es lo que haremos mañana, ¿no? Dime, ¿has arreglado las cosas con Christian?

—Sí —dijo Victoria, y Jack vio un brillo cálido en sus ojos—. Pero no quiero hablar de él, Jack. Esta noche, no. Quiero hablar de ti... de ti y de mí.

Se acercó más a él para besarlo con ternura; el gesto cogió a Jack un poco por sorpresa, pero no tardó en recuperarse, para disfrutar de aquel inesperado regalo. Cuando Victoria se separó de él, suavemente, Jack inspiró hondo y la contempló, tendida a su lado, iluminada por la luz de las tres lunas.

—Me encanta que vuelvas a ser cariñosa conmigo —dijo el chico, con franqueza.

Ella desvió la mirada.

—Siento haber estado tan fría últimamente. Es que... no quería daros celos. A ninguno de los dos. Pero es muy duro amar a alguien y no poder demostrárselo, así que... —calló un momento, y alzó la cabeza para mirarlo a los ojos—. Solo estoy intentando —susurró— actuar de acuerdo con mis sentimientos. Te quiero muchísimo, Jack. Y también quiero muchísimo a Christian. Estoy tratando de... repartirme entre los dos, de daros a ambos lo que queréis de mí. Antes he estado un rato con Christian... también he pasado toda la noche pensando en él, preocupada por lo que había pasado entre nosotros... y eso no es justo, no es justo para ti, así que ahora quiero dedicarte mucho tiempo solamente a ti, a estar contigo. Solo contigo. ¿Entiendes?

–Entiendo –dijo Jack; sonrió al ver el apuro de Victoria–. ¿Pero no es un poco complicado?

–Sí que lo es –confesó ella–. Pero siento que es lo que debo hacer.

Jack sonrió otra vez, y siguió mirándola en silencio. Le acarició el rostro, apartándole el pelo que le caía sobre los ojos. Se fijó en la esbelta figura de ella, recortada contra la suave semioscuridad de la cabaña.

–Te sienta bien esa ropa –comentó, haciendo referencia al atuendo idhunita que le habían proporcionado las hadas. La Resistencia había cruzado la Puerta con poco equipaje, contando con que en la Torre de Kazlunn les prestarían ropas que llamasen menos la atención. Por suerte, los refugiados del bosque de Awa habían encontrado ropa para todos, excepto para Christian, tal vez porque no tenían prendas de color negro.

–Gaedalu quería que me pusiera una túnica. ¡Una túnica! –resopló Victoria, indignada–. ¿Cómo iba a pelear con eso puesto?

Jack sonrió. Victoria había elegido por fin unos pantalones ajustados, pero cómodos y flexibles, unas suaves botas de piel y una amplia blusa blanca que se cruzaba bajo el pecho y le ceñía la cintura. El chico no pudo evitarlo. Se acercó a ella y la besó de nuevo, con intensidad, con pasión. Victoria jadeó, sorprendida, pero le dejó hacer y, cuando se encontró, temblando, en brazos de Jack, suspiró:

–El trato era... charlar y dormir, ¿te acuerdas?

–Has empezado tú –le recordó Jack, sonriendo–. De todas formas, querías hablar de lo nuestro, ¿no? De ti y de mí. Pues bien –añadió, atrayéndola más hacia sí, con intención de besarla otra vez–, a mí no se me ocurre una manera mejor de decirte que te quiero.

Victoria sonrió. Pero entonces, los dos se detuvieron a la vez, alerta.

–¿Has oído eso? –susurró ella.

Jack asintió, sin una palabra. Escucharon atentamente y oyeron con claridad pasos furtivos muy cerca de ellos.

–Viene de la cabaña de al lado –musitó Victoria.

–Es la de Christian –dijo Jack; habían instalado a Christian en una cabaña entre la de Jack y la de Alexander, seguramente porque suponían que así ellos lo mantendrían vigilado. Pero eso implicaba muchas cosas. Jack y Victoria cruzaron una mirada, y los dos entendieron que habían tenido la misma idea.

Christian era tan sigiloso como un fantasma. Nadie le oía nunca acercarse. Jack sabía que estaba en su cabaña, porque estaba despierto cuando él regresó del bosque, un poco antes que Victoria, y lo había visto llegar, apenas una sombra sutil deslizándose entre los árboles. Pero no lo había oído.

–Vamos a ver qué pasa –dijo Jack.

Victoria lo retuvo, indecisa; por un momento le había pasado por la cabeza la imagen de Christian besando a Gerde, y si por casualidad el hada había regresado para hacer más tratos con él, Victoria no tenía ganas de volver a sorprenderlos en mitad de una «transacción».

Pero se oyó entonces, con claridad, un gemido ahogado y un golpe, y los dos supieron inmediatamente que algo no marchaba bien.

V
DECISIONES

CHRISTIAN había oído llegar al asesino.

Pretendía moverse en silencio, pero, para el fino oído del shek, resultaba muy escandaloso. Sin embargo, el joven no se había movido. Había permanecido echado en su jergón, con los ojos cerrados, respirando con normalidad. Ni siquiera había permitido que se aceleraran los latidos de su corazón. Nada delataba que estaba despierto y alerta.

Oyó al intruso detenerse en la puerta de la cabaña. Oyó su respiración. Sabía perfectamente que no se trataba de Victoria. Y a nadie más le habría permitido entrar en su cabaña, de noche y en silencio. Fuera quien fuese, el intruso estaba muerto desde el mismo momento en que se atrevió a poner los pies allí. Pero aún no lo sabía.

Christian esperó a que el asesino se acercase más a él. Oyó cómo desenfundaba la daga, incluso dejó que la alzara sobre él, antes de levantarse de un salto, más rápido que el pensamiento, extraer su propio puñal y hundirlo en el cuerpo del intruso, que murió antes de saber siquiera qué era lo que lo había atacado.

Jack y Victoria llegaron a la cabaña de Christian justo cuando este salía de ella. Victoria, inquieta, percibió un brillo acerado en la mirada del shek.

–Christian, ¿qué...?

Él trató de apartarla para marcharse, pero Jack lo retuvo.

–¡Eh! –en aquel momento descubrió el bulto inmóvil que yacía al fondo de la cabaña–. ¡Por todos los...!

Entonces oyeron la voz de Alexander, que llegaba con una luz.

–¿Qué es lo que pasa?

La luz bañó el interior de la cabaña, y todos vieron la figura de un hombre, tendido de bruces sobre el suelo, con un puñal clavado en la espalda. Victoria reconoció al punto la daga de Christian, y lo miró, inquieta.

El rostro del muchacho permanecía impenetrable, y su voz sonó neutra cuando dijo:

–Ha intentado matarme.

Alexander lo observó un momento, serio. A la luz del farol, sus rasgos poseían un punto siniestro. Pero Christian sostuvo su mirada sin parpadear siquiera.

Jack había entrado en la cabaña para darle la vuelta al cuerpo. Descubrió entonces el puñal que había en el suelo, cerca de él, y comprendió que Christian decía la verdad. Al mirar la cara del asesino, reconoció en él a uno de los mercenarios humanos que habían pedido, aquella misma mañana, la muerte para el shek. Jack se imaginó enseguida la escena, el humano entrando en la cabaña de Christian, creyendo caminar con sigilo, creyendo dormida a su víctima... creyendo que tenía alguna oportunidad de sorprenderlo, o siquiera de salir de allí con vida. Jack no sabía si Christian llegaba a dormir alguna vez, pero lo que sí tenía claro era que lo había sentido acercarse mucho antes de que el mercenario viera su silueta en el fondo de la cabaña. Christian era rápido y letal cuando era necesario. Y tenía una sangre fría que habría hecho palidecer de envidia al más mortífero de los asesinos.

Jack alzó la cabeza y se topó con la mirada de Alexander. También él había visto la daga, había reconocido al muerto. Se volvieron hacia Christian, los dos a una. Su semblante seguía siendo indiferente, pero parecía más sombrío de lo habitual.

A su lado, Victoria se esforzaba por parecer resuelta, pero la palidez de su rostro delataba sus sentimientos. Por supuesto que sabía que Christian era un asesino, pero tal vez había logrado olvidarlo, o simplemente no pensar en ello cuando estaba con él. Ahora la evidencia la golpeaba con la fuerza de una maza, le recordaba que él era capaz de quitar una vida sin titubear, sin lamentarlo. Sobreponiéndose, tomó la mano de Christian... y Jack sorprendió al shek oprimiéndosela con suavidad, en un gesto tierno que no era propio de él.

Desvió la mirada hacia el cadáver, inquieto. No cabía duda de que Christian era cada vez más humano... pero en algunas cosas se notaba que no había dejado de ser un shek.

–Podrías haberlo inmovilizado sin esfuerzo –gruñó Alexander–. ¿Era necesario matarlo?

–Era una amenaza –dijo Christian.

–¡Sabes perfectamente que no era rival para ti!

–Alexander, ese hombre ha intentado asesinar a Christian –protestó Victoria.

–Y él trató de matarme a mí, y todavía no le he clavado a Sumlaris en las tripas, ¿verdad?

–Me gustaría verte intentándolo –respondió Christian sin alzar la voz.

Jack suspiró. Tampoco era normal que el shek, habitualmente tan frío, reaccionara de esa forma a las provocaciones de Alexander.

–Callaos los dos un momento, esto es serio –ordenó–. ¿Qué creéis que va a pasar cuando descubran lo que ha ocurrido?

–¿A qué te refieres? –inquirió Victoria, perpleja–. Christian ha actuado en defensa propia.

–Disculpad, ¿tenéis algún problema que podamos...? –se oyó la voz cantarina de una de las hadas menores–. ¡Sagrada Wina! –chilló el hada al descubrir el cuerpo en el interior de la cabaña.

En apenas unos minutos, la mitad del poblado de los refugiados de Awa se había reunido allí. Victoria no se había apartado de Christian ni un centímetro, y sostenía, inquieta pero desafiante, las miradas, cargadas de odio y desconfianza, que les dirigían algunos de los presentes.

–... es un shek, sabíamos que era un asesino –estaba diciendo el Archimago, de mal humor–. ¡He aquí la prueba!

–¡Él era el asesino! –dijo Victoria por enésima vez–. ¡Ha intentado matar a Christian a traición!

«Divina Neliam», se oyó la voz sin voz de Gaedalu, profunda y pausada, como el tañido de una campana, en el fondo de sus mentes. «Entonces, es verdad».

La vieron allí, todavía empapada, con las ropas chorreando, pegándosele al cuerpo cubierto de escamas. Las hadas habían ido a despertarla al río, donde dormía, como todos los varu refugiados, para que su piel no se resecase. Victoria se volvió hacia ella, inquieta. Sin darse cuenta, se había pegado mucho a Christian, que seguía allí, firme, sereno y, sobre todo, imperturbable, como si aquello no fuera con él. Victoria se dio cuenta de que Gaedalu los miraba a ambos con una mueca de disgusto, pero no entendió por qué. Christian, sin embargo, sí lo intuyó, porque entrecerró los ojos y observó a la Madre, alerta.

—Madre Venerable, ese hombre ha entrado en la cabaña de Christian, ha intentado matarlo —le explicó Victoria.

Pero Gaedalu no la escuchaba.

«Los rumores eran ciertos», dijo. «Sientes algo por ese shek».

La palabra «shek» sonó en sus mentes cargada de desprecio. Hubo algunas exclamaciones ahogadas, murmullos escandalizados. Christian se separó un poco de Victoria, tal vez para protegerla, pero ella estaba ya cansada de aquella farsa.

—Sí —dijo con orgullo—. ¿Algún problema?

Los ojos oceánicos de Gaedalu se estrecharon, su boca se torció en un gesto de desagrado.

«No seas impertinente, muchacha. No tienes ni idea de a qué estás jugando, porque se dice por ahí que Kirtash, el hijo del Nigromante, alberga el espíritu de una serpiente en su interior, y yo no conozco ningún otro shek que haya adoptado forma humana permanentemente».

Hubo más comentarios indignados, incluso alguna exclamación de horror. Victoria no dijo nada. Tanto Jack como Alexander desviaron la mirada.

Qaydar dio un paso atrás.

—¿Lo sabíais? ¿Sabíais que este shek es el hijo del Nigromante?

—Sí, lo sabíamos —suspiró Jack.

—No puedo creerlo —escupió el Archimago—. Un unicornio... y un shek —los miró a ambos con profunda repugnancia—. Lunnaris y el hijo de Ashran.

Victoria sacudió la cabeza, incapaz de soportarlo por más tiempo. Por un lado, se sentía incómoda con tanta gente comentando su relación con Christian, que era algo tan íntimo y especial para ella. Por otro, quería gritar a los cuatro vientos su amor por el shek, dar la cara por él, defender hasta la muerte sus sentimientos. Sintió que enrojecía levemente cuando alzó la cabeza para mirar a Qaydar y Gaedalu. Sin embargo, sus ojos seguían limpios y claros como estrellas, y su voz no tembló ni un ápice cuando anunció con firmeza:

—Estamos juntos, sí. Y seguiré con él, pase lo que pase.

Hubo un silencio incrédulo y sorprendido. Victoria se pegó todavía más a Christian, situándose ante él para protegerlo de la multitud, y desde allí les lanzó una mirada de advertencia. Fue un movimiento instintivo, pero a todos les quedó claro que su preciosa Lunnaris estaba dispuesta a luchar, y tal vez a matar y a morir, por el hijo de Ashran.

Gaedalu se había quedado sin habla. Qaydar entornó los ojos y siseó:

–La Resistencia aliada con el enemigo...

–... Un «enemigo» que desafió a su propio padre para unirse a nosotros –sonó entonces, clara y serena, la voz de Allegra–. Sabes muy bien que Kirtash es el shek de la profecía.

«¿Qué sabéis los magos de las profecías?», replicó Gaedalu. «Los Oráculos hablan el lenguaje de los dioses, un lenguaje que vosotros no entendéis. No eres quién para tratar de interpretar una profecía».

–¿Niegas acaso que ocultaste a los idhunitas una parte de la profecía? –la acusó Allegra–. ¿Esa parte de la profecía... que hablaba de la intervención de un shek en la caída de Ashran?

Hubo murmullos sorprendidos y escandalizados; sorprendidos por la revelación, y escandalizados por el tono con que Allegra había osado dirigirse a la Madre.

Gaedalu entornó los ojos.

«No sé cómo llegó hasta los magos esa información», dijo. Victoria pensó en Zaisei, y se preguntó si Shail había conocido la profecía a través de ella.

–Desde luego, no fue gracias a ti –intervino el Archimago con frialdad.

«No voy a discutir eso de nuevo, Qaydar. Ya habíamos hablado de ello. En cualquier caso, eso no cambia las cosas. La profecía dijo que un shek abriría la Puerta. Él ya lo hizo, ya cumplió su papel, y no lo necesitamos más. Lo que ha ocurrido esta noche nos ha demostrado hasta qué punto es peligroso conservarlo con nosotros. No hemos de olvidar... jamás hemos de olvidar... que no solo es un shek sino que, además, se trata del hijo del Nigromante».

–Él es de los nuestros –replicó Victoria, malhumorada–. Traicionó a su padre para unirse a nosotros, ¿cuántas veces he de decirlo? Shail fue testigo de cómo ambos se enfrentaron en un combate a muerte.

«¿Y fue Shail testigo de cómo logró escapar el shek?», preguntó Gaedalu. «Porque, que sepamos, ninguno de los dos murió en ese supuesto combate a muerte».

Todos callaron, incómodos. Christian había abierto la Puerta interdimensional en los alrededores de la Torre de Drackwen y se había quedado a cubrir la huida de Shail y Victoria, plantando cara a Ashran.

Horas después había aparecido en Limbhad, gravemente herido. Nadie sabía cómo había conseguido escapar de la ira del Nigromante.

–Sin duda, él nos lo contará –afirmó Allegra.

Victoria se volvió hacia Christian, esperando que hablara, pero descubrió, al igual que todos los presentes, que el shek se había esfumado.

–¡Cobarde! –masculló Alexander, y sus ojos relucieron con un brillo salvaje.

–Lo ha hecho para proteger a Victoria –le susurró Jack–. Para no meterla en más problemas.

–Hay que encontrarlo –declaró Qaydar–. Ahora que ha sido descubierto, acudirá a informar a Ashran de todo lo que ha visto aquí. Tenemos que capturarlo antes de que abandone el bosque.

Victoria dudaba de que tuvieran una mínima posibilidad de atrapar a Christian, ni aunque lo atacaran todos a la vez, pero no dijo nada. Todavía estaba conmocionada por la súbita desaparición del joven.

Sintió la fresca presencia de Gaedalu junto a ella, y su voz la sobresaltó.

«No temas, Lunnaris», le dijo la varu. «Estás confundida, y es natural. Nuestro enemigo ha nublado tu mente, te ha hecho creer que existía algo entre vosotros. Su poder mental es grande, es difícil resistirse a él. Lo comprendo. En el Oráculo podremos purificarte de esos pensamientos envenenados, y la tríada de diosas...».

–No –cortó Victoria, turbada–. No es cierto. Lo que sentimos el uno por el otro es real, no es un engaño.

Mientras hablaba, hizo girar en su dedo a Shiskatchegg, el Ojo de la Serpiente, hasta que la piedra mágica quedó hacia abajo, oculta por la palma de su mano. Ahora, a simple vista, no parecía más que un aro de plata adornando su dedo. Tenía que ocultarlo de Gaedalu, porque probablemente intentaría arrebatárselo si llegaba a descubrir lo que era.

«Niña», siguió diciendo la Madre. «Déjate guiar por los que somos más viejos y hemos visto más cosas. Ese shek no te ama, no puede amar a nadie. Mira qué rápido ha huido al verse descubierto, dejándote atrás. Solo te ha estado utilizando».

En los ojos oscuros de Victoria brilló una llama de cólera.

–Aquí los únicos que intentáis utilizarme sois vosotros –declaró, furiosa–. No tenéis derecho a decidir sobre mi vida ni mis sentimientos.

Y dio media vuelta y se alejó de ella, irritada y confusa, pero, sobre todo, preocupada por Christian, y preguntándose si él había decidido partir del bosque de Awa sin ellos, y si volvería a verlo.

Jack la vio marchar, resignado. Le había hecho mucha ilusión saber que iba a pasar la noche junto a ella, sobre todo porque al día siguiente, al rayar el alba, pensaba emprender el viaje que había estado planeando, y pensaba hacerlo solo. Suspiró. En fin, ahora ya no tenía sentido esperar al amanecer. Tal vez fuera mejor aprovechar el revuelo que había ocasionado aquel incidente para marcharse sin que nadie lo advirtiera.

Había visto a Victoria hablando con Gaedalu, pero había oído solamente las palabras de su amiga, no las de la Madre, que había enviado su pensamiento solo a la mente de la muchacha. No sabía, por tanto, qué era lo que le había dicho la varu para enfurecerla tanto, pero tenía una idea bastante aproximada.

También él había pensado, al enterarse de su relación con Christian, que el shek la había estado utilizando. Pero ahora sabía que no era así.

La reunión se había dispersado, y Jack se dispuso a volver a su cabaña. Alexander lo retuvo.

–¿Qué piensas? –le preguntó, señalando con un gesto al grupo de personas que se internaban por el bosque, persiguiendo a Christian.

–Que dudo mucho de que consigan darle caza –respondió el muchacho–. Creo que deberíamos ir a dormir y hablarlo mañana con más calma. Y con Shail –añadió, antes de que su amigo pudiera replicar.

Alexander quedó pensativo un momento y asintió. Pero Jack sintió los ojos negros de Allegra clavados en él, y tuvo la incómoda sensación de que sabía lo que estaba pensando.

Esperó en su cabaña a que todo estuviera más tranquilo. Y, cuando le pareció que nadie podía escucharlo, salió en silencio al claro del bosque, cargado con un morral en el que había guardado algunas cosas útiles. Sabía que no llevaba gran cosa como equipaje, pero no podía entretenerse más.

Se detuvo un momento ante la cabaña de Alexander, dudó, pero finalmente decidió no entrar, y deseó que él lo perdonara por marcharse sin despedirse. Se internó en el bosque, remontando el curso del arroyo. Sabía, si lo hacía, que tarde o temprano saldría del bosque. Pero no había caminado ni cinco minutos cuando una voz lo sobresaltó:

–¿Crees que es una buena idea?

Jack miró a su alrededor, entre aliviado y molesto.

—¡Christian! —susurró—. ¿Dónde estás?

Descubrió su silueta sobre una de las ramas bajas de un enorme árbol, observándolo como una pantera al acecho.

—Están todos buscándote —dijo Jack, algo inquieto.

—Lo sé. Por eso no voy a volver. Y contaba contigo para que cuidaras de Victoria.

Jack apoyó la espalda en el tronco del árbol, con un suspiro.

—No quiero que venga conmigo al lugar adonde voy. Es demasiado peligroso. ¿Y tú? —añadió, alzando la cabeza—. ¿No vas a llevártela contigo?

El shek tardó un poco en responder.

—No —dijo por fin.

—Es su amor lo que te está matando, Christian, no su presencia —le recordó Jack—. Vayas a donde vayas, seguirás queriéndola. No vas a ser menos humano porque la apartes de tu lado.

—Lo sé. Pero tampoco quiero que me acompañe al lugar adonde voy.

—¿También es peligroso?

—Seguramente.

Jack sonrió.

—Entonces, te deseo buena suerte —le dijo—. Pero, antes de que te vayas —añadió, repentinamente serio—, me gustaría preguntarte una cosa. He de hacerlo ahora, porque no sé qué pasará la próxima vez que nos encontremos. No sé... si seremos como ahora. No sé si seremos capaces... de hablar sin intentar matarnos el uno al otro.

—Entiendo. Habla, pues.

Jack respiró hondo. Luego preguntó, en voz baja:

—¿Mataste tú a mis padres?

Los segundos que Christian tardó en responder le parecieron eternos.

—Sabes que no. La muerte de tus padres fue obra de Elrion.

—¿Los... habrías matado, si no se te hubiera adelantado?

—Si hubieran sido idhunitas, sí. Pero no lo eran. Así que me habría limitado a sondear sus mentes y a dejarlos en paz. Al fin y al cabo, sus muertes no me habrían reportado ningún beneficio. En realidad... iba a por ti.

—Lo sé —dijo Jack en voz baja, evocando su primer encuentro, tres años atrás—. ¿Qué hiciste... qué hiciste con sus cuerpos? Nunca los encontraron.

–Los cuerpos de los renegados los enviaba todos a Ashran, como prueba de su muerte. También le llevé los de tus padres –añadió–, como prueba de la ineptitud de Elrion.

–¿Y después?

–Están enterrados junto a la Torre de Drackwen. Si algún día nos encontramos allí, en circunstancias más... favorables... puedo mostrarte el lugar, si quieres.

Jack asintió, con los ojos llenos de lágrimas. Agradeció que estuviera oscuro, para que el shek no lo viera llorar. Se aclaró la garganta antes de preguntar, cambiando de tema:

–¿Hacia dónde vas? Quizá llevemos el mismo camino.

–No lo creo. Yo voy hacia el norte, y tú hacia el sur. ¿Me equivoco?

–No –gruñó Jack–. ¿Cómo lo sabías?

–Es obvio. Solo hay un lugar en Idhún que pueda llamarte tanto la atención como para que decidas ir por tu cuenta y riesgo, sin decir nada a tus compañeros.

–Tal vez –suspiró Jack–. ¿Crees que... servirá de algo?

–Por vuestro propio bien, espero que sí. Te deseo... –pareció dudar antes de añadir–: Buena suerte a ti también.

Jack asintió y se separó del tronco del árbol, pensando que aquello era una despedida. Pero Christian no había terminado de hablar.

–Antes de marcharte... me gustaría pedirte un favor.

–¿Cuál?

–Un poco más allá, río arriba... está Victoria, sola. Está muy preocupada, y no me gustaría dejarla así.

–¿Por qué no vas a hablar con ella, entonces?

Hubo un breve silencio, y entonces la voz de Christian volvió a sonar en la oscuridad:

–Porque, si la miro a los ojos una vez más, ya no tendré valor para marcharme.

–¿Y qué te hace pensar que yo sí?

Pero Christian no respondió. Jack alzó la cabeza hacia la rama y descubrió que el shek se había marchado. Dudó un momento, pero después optó por esconder su macuto y avanzó un poco río arriba, como Christian le había dicho. Pronto oyó unos sollozos apagados, vio una figura acurrucada entre unos arbustos que tenían una textura que parecía tan suave como el diente de león. La chica se mecía entre ellos, dejando que la envolvieran en su cálido abrazo. Jack se acercó a ella.

Victoria alzó la cabeza al oírlo llegar y se secó rápidamente las lágrimas.

–No estaba llorando –le aseguró.

Jack llegó hasta ella y la estrechó entre sus brazos.

–Odio este sitio, Jack –le confió Victoria–. Todo ha ido de mal en peor desde que llegamos. Y no encuentro a Christian –añadió– por ninguna parte. Espero que no lo hayan cogido, porque no sé lo que le harán si...

–No podrán atraparlo –la tranquilizó él.

Respiró hondo. Allí, con Victoria entre sus brazos, la sola idea de marcharse y abandonarla se le hacía insoportable. Pero recordó a Christian y Victoria juntos, recordó las últimas palabras del shek, y supo que no era justo, que ellos dos no debían separarse.

Sabía lo que tenía que hacer.

–Victoria –le dijo, sintiendo que cada palabra que pronunciaba pesaba como una lápida–, he visto a Christian. Se marcha hacia el norte, lejos del bosque. No hace mucho que se ha ido, tal vez lo alcances.

Victoria se separó de él un momento y lo miró, llena de gratitud.

–Jack, esto es...

–Corre –la apremió él.

–Jack, esto nunca lo olvidaré.

Jack sonrió con tristeza.

–Lo sé. Y ahora, vete, o no lo alcanzarás.

Victoria lo miró intensamente. Lo besó con infinita dulzura, le sonrió y salió corriendo, río arriba. Jack la vio marchar, con el corazón roto en pedazos. Tardó un poco en sobreponerse y en dar la vuelta para ir, río abajo, en busca de su morral.

Christian se dio cuenta de que Victoria iba tras sus pasos. Se detuvo y la observó un momento desde la oscuridad, intentando contener las emociones que inundaban su pecho, y que amenazaban con desbordarse. La chica no se había percatado de su presencia, pero él sí la había descubierto a ella, y detectó que caminaba con decisión, con urgencia, completamente segura de que iba por el camino correcto. Lo estaba siguiendo a él, no cabía duda, y Christian comprendió muy bien por qué.

–Condenado dragón –suspiró para sí mismo. Podía dejar que Victoria pasara de largo, podría marcharse sin permitir que ella lo viese por última vez.

Pero no tuvo valor, y cuando salió de las sombras para mostrarse ante ella, sabía perfectamente que Jack había contado con ello.

–¿Me estás siguiendo, Victoria? –le preguntó.

Ella se detuvo y se volvió hacia él, alerta, con rapidez, como un cervatillo sorprendido en un claro del bosque. Cuando reconoció su voz y su silueta, se lanzó a sus brazos. Christian sonrió y la abrazó.

–Ibas a marcharte sin despedirte –le reprochó la muchacha.

–Me pareció que era lo mejor.

–¿Vas a intentar resucitar tu espada?

Christian asintió.

–Voy a llevársela a la persona que la forjó. Tal vez él pueda darme alguna pista, ya que también fue él quien la reparó la primera vez, cuando Jack la partió en dos.

Victoria contuvo el aliento, recordando cómo, apenas unas semanas antes, Jack y Christian habían luchado en un duelo a muerte, y el fuego de Domivat, la espada de Jack, había logrado quebrar a Haiass, que hasta ese momento había parecido indestructible. Parecía que había pasado una eternidad desde entonces.

El shek prosiguió:

–Lejos, en el norte, más allá de Nandelt, más allá de Kazlunn, está Nanhai, las Tierras del Hielo, un frío mundo de altas cordilleras y picos escarpados. Es allí donde viven los gigantes.

–Gigantes –repitió Victoria en voz baja.

–Son seres solitarios que rara vez salen de su patria. Pero uno de ellos forja espadas mágicas. Fue él quien creó a Haiass a petición de mi padre y de Zeshak, el rey de las serpientes.

–¿Vas a entrevistarte con un aliado de tu padre? –preguntó Victoria en voz baja–. ¿Y si es una trampa?

–Correré el riesgo. De todas formas, este gigante del que te hablo no es aliado de mi padre. No es aliado de nadie, en realidad. Ya te he dicho que los gigantes viven de espaldas al mundo. Les da igual quién gobierne en Idhún, les da igual la profecía. Así que él forjaría una espada para Ashran, pero también para Jack, o para ti, si se lo pidierais. Si acudo a hablar con él, no me delatará. No le interesan las guerras, los pactos ni las traiciones. Solo le interesan las espadas.

Victoria lo abrazó con más fuerza.

–Quiero ir contigo –le dijo.

—Sabía que me lo pedirías –respondió Christian con suavidad–. Por eso pensaba marcharme sin decirte nada. No ha funcionado, por lo que veo.

Victoria vaciló, y Christian adivinó que no quería revelarle que Jack lo había delatado. El joven sonrió, preguntándose si debía decirle que no era necesario, porque ya lo sabía. Decidió que no; además, conocía el modo de devolverle la jugada.

—Si vienes conmigo, tendrás que dejar atrás a Jack.

—Hablaré con él, le pediré que nos acompañe...

—No lo convencerás. Además, él tiene sus propios planes –hizo una pausa antes de añadir, con voz neutra–: Él también se marcha esta noche, en otra dirección.

Sintió que Victoria se ponía rígida entre sus brazos.

—¿No te lo ha dicho? –prosiguió Christian, sonriendo para sí–. Se dirige al sur, al confín del mundo. Para aprender a ser dragón, supongo.

—No lo estás diciendo en serio –susurró Victoria, aterrada.

—¿Vas a dejar que vaya solo? Si lo dejas marchar, puede que no vuelvas a verlo nunca más. Claro que también es posible que tú y yo no volvamos a vernos, pero tal vez eso sí puedas superarlo.

La muchacha se separó un poco de él.

—¿Por qué me dices esto? ¿Por qué lo haces más difícil?

Christian le dirigió una mirada penetrante.

—Porque tienes derecho a elegir –respondió solamente.

Victoria se volvió hacia el lugar por donde había venido, angustiada. Después miró de nuevo a Christian.

—Elegir... –repitió con suavidad–. Entonces, ¿es eso lo que me estás pidiendo?

Christian sacudió la cabeza.

—No, no me has entendido. Sé lo que hay entre tú y yo, y no pienso renunciar a ello. Pero también sé lo que sientes por Jack. Así que no puedo pedirte que elijas entre los dos. Solo te pido que decidas a quién acompañarás en esta ocasión..., hasta que volvamos a encontrarnos. Porque es obvio que no puedes acompañarnos a los dos; vamos en direcciones opuestas. También puedes quedarte aquí, con Alexander y los demás, pero no me hago ilusiones al respecto. Sé que preferirás ir con Jack, o conmigo, antes que quedarte a salvo con la Resistencia.

Victoria respiró hondo y se mordió el labio inferior.

—Estoy seguro de que remontará el río para llegar hasta las montañas —prosiguió Christian—. Si quieres alcanzarlo, tendrás que acortar cruzando el poblado. ¿Ves esa estrella de allí? —señaló un punto brillante en el cielo—. Atraviesa el poblado y, cuando salgas, justo desde detrás de nuestras cabañas, avanza dejándola siempre a tu derecha. Si sigues esa dirección, llegarás al límite del bosque más o menos a la vez que Jack.

Victoria se volvió hacia él, con los ojos brillantes.

—¿Qué te hace pensar que voy a ir con él, y no contigo?

Christian alzó una ceja, pero no dijo nada. Cruzaron una mirada intensa, profunda.

—¿Qué te hace pensar...? —repitió Victoria en voz baja, pero él la interrumpió.

—Se te rompe el corazón solo de pensar en separarte de él, Victoria —le dijo con suavidad—. ¿Crees que no me he dado cuenta?

—También se me rompe el corazón solo de pensar que vas a marcharte —susurró ella—. Y que tal vez no vuelva a verte nunca más.

—Dijiste que no intentarías retenerme.

—Y no voy a hacerlo. Quiero acompañarte. Pero también quiero ir con Jack. Christian, Christian, ojalá pudiera estar en dos sitios a la vez. ¿Cómo voy a quedarme quieta viendo cómo te marchas? ¿Y cómo voy a dejar que Jack se vaya solo?

—Confía en mí. Sabes que puedo cuidar de mí mismo. Aunque en el caso de Jack... no estaría tan seguro. Creo que él te necesita más que yo en estos momentos.

Victoria lo miró, con los ojos llenos de lágrimas, pero no fue capaz de pronunciar una sola palabra. Se besaron, entregando toda su alma en aquel beso, conscientes de que podía ser el último. Cuando se separaron, Christian le susurró al oído:

—Sé prudente. Y cuida de Jack. Os necesitáis el uno al otro... más de lo que ambos pensáis.

—Lo sé —sonrió Victoria—. Lo he sabido siempre.

—También yo. Pero tendrás que explicárselo con más claridad, porque parece que él no ha entendido todavía que es el hombre de tu vida.

La sonrisa de Victoria se hizo más amplia.

—¿Eso crees? ¿Y qué eres tú para mí, entonces?

Christian le devolvió una enigmática sonrisa.

–Soy el otro hombre de tu vida. ¿Todavía no te has dado cuenta?

Victoria sacudió la cabeza, perpleja, pero aún sonriendo.

–Cuídate –le dijo–. No te dejes engatusar por Gerde. Si se atreve a hacerte daño, le sacaré los ojos.

Christian sonrió de nuevo.

–Por lo que más quieras, regresa sano y salvo –le pidió Victoria.

–Por ti, Victoria, regresaré sano y salvo –le prometió él.

La chica hundió los dedos en el cabello castaño de Christian, acariciándolo con ternura. Sus dedos rozaron la mejilla de él.

–Estás... cálido –dijo ella con sorpresa; habitualmente, la piel del shek presentaba una suave frialdad que a Victoria, lejos de parecerle extraña, le había gustado desde el primer día.

Christian ladeó la cabeza.

–Es mi humanidad. Hasta en eso se parece a una enfermedad.

–Lo siento, Christian –dijo Victoria, con un nudo en la garganta–. Es culpa mía. Soy yo quien te está matando.

–Pero vale la pena –susurró él–. Te juro que, aunque salve mi parte shek, haré lo posible por no perder esto, Victoria, por no olvidarte. Guarda mi anillo. Mientras lo lleves puesto estaré cerca de ti. Y volveré a buscarte, no lo dudes ni un solo momento. No creas que voy a dejar las cosas así.

Christian tomó su mano, con delicadeza, y la alzó para depositar un beso en ella, sin dejar de mirarla a los ojos. Después, con una media sonrisa, retrocedió... y desapareció en la oscuridad, apenas una sombra deslizándose en la noche, con Haiass prendida a su espalda.

Y allí se quedó Victoria, un momento más, sintiendo que su corazón se partía en dos, y que cada una de las dos mitades tomaba un rumbo distinto, tal vez para no volver a encontrarse nunca más.

Allegra sabía que Christian había abandonado la Resistencia. Sabía que lo habría hecho tarde o temprano, de todos modos, pero no podía evitar sentirse molesta con Qaydar, Gaedalu y los demás por haber acelerado las cosas.

También sabía que Jack planeaba hacer algo, porque lo había visto sombrío y pensativo toda la noche, y le preocupaba que el muchacho se precipitara y tomara la decisión equivocada.

Hacía rato que había advertido, con inquietud, que Victoria no había regresado del bosque. Por eso se sintió muy aliviada cuando la vio volver y entrar en su cabaña, pero no tardó en darse cuenta, intranquila, de que volvía a salir con su báculo y un zurrón colgado al hombro, y se internaba de nuevo en el bosque. La siguió.

Victoria estaba tan preocupada por alcanzar a Jack que no vio a su abuela hasta que casi topó con ella. La muchacha soltó una exclamación alarmada, dio un salto atrás y se relajó cuando las lunas le mostraron los rasgos feéricos de Allegra.

–Un poco tarde para pasear, ¿no?

A Victoria se le cayó el alma a los pies.

–Abuela... tengo que irme, déjame pasar –imploró–. Se va a marchar sin mí. Tengo que alcanzarlo.

–¿Vas detrás de Christian?

Victoria vaciló, y Allegra entendió lo que estaba sucediendo.

–¿Jack? ¿Jack se ha ido?

Victoria no contestó. Allegra la cogió por los hombros y la obligó a mirarla a los ojos.

–Dime dónde se ha ido, Victoria. No podemos dejarlo marchar solo.

–Yo voy con él –respondió Victoria con suavidad–. Nos vamos juntos.

Alzó la cabeza, resuelta y desafiante, y Allegra vio que sus ojos brillaban con la claridad de una estrella, y recordó que ella era Lunnaris, el último unicornio. La soltó.

–La Madre quiere llevaros al Oráculo –dijo a media voz.

–No podemos ir, abuela. Tienes que comprenderlo. Y tampoco podemos... atacar la Torre de Kazlunn, como quiere el Archimago.

–¿También sabes eso? –sonrió Allegra, entre divertida y preocupada–. Entonces sabrás que yo tengo que quedarme –añadió, más seria– para vigilar a Qaydar. Quiere resucitar la Orden Mágica, pero ya no quedan muchos magos en Idhún. Y tú eres la única que puede consagrar más, ¿entiendes? Sin ti, sin el último unicornio, la Orden Mágica está perdida. Qaydar no quiere perderte de vista. No, si puede utilizarte para crear más hechiceros.

Victoria se quedó sin aliento.

–Pero no puedo hacer eso –dijo, horrorizada–. Abuela, no puedo entregar la magia así, sin más. Eso es algo demasiado...

–... íntimo –adivinó Allegra, sonriendo–. Lo sé. Lo he hablado con Alexander, habíamos decidido alejaros a Jack y a ti del Archimago. Por otra parte, aunque Gaedalu y las sacerdotisas de la tríada lunar confíen en la protección de las diosas, yo sé que tampoco estaríais seguros en el Oráculo. Así que habíamos pensado dirigirnos a Vanissar, donde reina el hermano de Alexander.

–¿Todos juntos?

–Salvo yo, naturalmente. Si la Orden Mágica resurge de sus cenizas, con Qaydar al frente, debo estar allí porque soy la única que puede llegar a plantarle cara. Algunos dicen –añadió bajando la voz– que la tragedia de la Torre de Kazlunn lo ha trastornado. No sé cómo reaccionará cuando se entere de que estás fuera de su alcance.

Victoria guardó silencio un momento. Luego dijo en voz baja:

–Abuela, ahora estoy todavía más convencida de que Jack y yo tenemos que marcharnos lejos de esta gente. Por lo menos hasta que asimilen quiénes somos y para qué hemos venido. Si es que llegan a hacerlo alguna vez.

»Vosotros tenéis cosas que hacer aquí, y, por otra parte, no sé qué es lo que pretende Jack, pero creo que es algo que debe hacer solo... o, como mucho, con mi ayuda. ¿Entiendes?

Allegra miró a su protegida y la vio mayor, más sabia y madura, y respiró hondo, abatida, porque comprendió que Victoria estaba a punto de volar sola, y que no podría retenerla.

–Lo entiendo, Victoria. Y si es lo que realmente quieres, os dejaré marchar. Pero dime solo que no vais al encuentro de Ashran.

Victoria titubeó.

–Creo que no –dijo por fin–, porque la Torre de Drackwen queda al oeste, y Christian dijo que Jack se dirige al sur. Hacia los confines del mundo.

–Awinor –adivinó Allegra–. Va a visitar la tierra de los dragones.

Victoria se quedó sin aliento. Su abuela la miró con gravedad.

–Antes fue una tierra rica y fértil, pero ahora no es más que un inmenso y macabro cementerio. Está más allá de Derbhad, más allá de la Cordillera Cambiante, atravesando el desierto de Kash-Tar. En los confines del mundo, como dijo Christian. ¿Aún quieres ir?

–Más que nunca –dijo Victoria–. No quiero separarme de él –añadió en voz más baja.

Allegra no dijo nada, pero se acercó a ella y la abrazó con fuerza.

–No puedes detenerme –dijo la muchacha suavemente.

—Lo sé —los negros ojos del hada brillaban bajo la luz de las tres lunas, y Victoria vio que estaban húmedos—. Pero deja que te haga un regalo... de abuela, de madrina, de amiga... como quieras llamarlo.

Colocó las manos sobre la cabeza de Victoria, y la chica sintió de repente como si algo muy cálido la envolviera en un manto de protección. Pero, en cuanto el manto se cerró sobre ella, Victoria jadeó, sorprendida, y respiró hondo, porque sentía que se asfixiaba.

—No he terminado —dijo Allegra, y repitió la operación. De nuevo, Victoria tuvo aquella contradictora sensación de seguridad y opresión. Y vio que cubría su cuerpo una ligera capa marrón, muy suave al tacto, pero que a simple vista parecía pesada, burda y vulgar.

—Es un manto de banalidad —le explicó Allegra—. Mientras lo lleves puesto, reducirás la posibilidad de que alguien se fije en ti. No te vuelve invisible, pero hace que no le llames la atención a nadie.

—Me agobia —dijo Victoria—, aunque no pese nada.

—Es porque reprime todo lo extraordinario que hay en ti. Que no es poco —sonrió Allegra—. Por eso no debes abusar de él. No lo lleves puesto en lugares despoblados; solo en aquellos sitios donde realmente creas que pueden descubrir quién eres.

—Pero Jack...

—Te he puesto dos capas, una encima de la otra. Una de ellas es para él.

Victoria la abrazó de nuevo.

—Gracias, abuela.

Allegra sacó entonces un rollo de la bolsa que llevaba colgada al cinto.

—Toma; esto es un mapa de Idhún, bastante detallado. Os será útil y... —vaciló de pronto, y abrazó a Victoria una vez más—. Que los Seis os protejan, niña.

Victoria le devolvió el abrazo y se separó de ella. La miró solo un momento antes de desaparecer entre las sombras, y fue una mirada llena de emoción, pero también inteligente, serena y segura. Allegra la vio marchar y supo que su misión había terminado, que Victoria, Lunnaris, ya no era responsabilidad suya; pero, por alguna razón, no se sintió mejor.

Jack había remontado el curso de uno de los afluentes del río que cruzaba el bosque. Había sido difícil, muy difícil, avanzar a través de él; en ocasiones, la vegetación era tan cerrada que no había tenido más remedio que penetrar en el arroyo y marchar aguas arriba, luchando contra la corriente. Pero incluso en los lugares en que el bosque le dejaba suficiente espacio para avanzar, no había sido una marcha cómoda. Los sonidos, los olores y las oscuras formas de la floresta lo inquietaban; y, por otra parte, tenía la impresión, completamente irracional, de que todo el bosque lo estaba observando...

Por fin alcanzó sus límites cuando estaba ya a punto de amanecer. Se detuvo, jadeante. Había caminado a buen ritmo, porque temía que Alexander y los demás fueran en su busca en cuanto descubrieran que se había marchado, y quería alejarse todo lo posible... para que no lo alcanzaran, pero, también, para acabar con toda tentación de regresar. Pensó en Christian y Victoria, y que aquello era lo mejor para todos. Además, con ellos dos viajando hacia el norte, Alexander y los demás en Vanissar, la Madre en el Oráculo, el Archimago organizando la reconquista de la Torre de Kazlunn y él mismo de camino hacia el sur, hacia Awinor, Ashran tendría muchos frentes que atender y le costaría un tiempo localizarlos.

Respiró hondo. No tenía muy claro qué era lo que iba a encontrar en Awinor, pero quería saber más cosas de los dragones, quería ver el lugar donde habían vivido y donde Alexander lo había encontrado quince años atrás, salvándolo de una muerte segura bajo la mortífera conjunción astral. Quería ver si de verdad se habían extinguido todos los dragones del mundo. Pero, sobre todo, esperaba que el contacto con Awinor despertara al dragón que había en él.

Estaba cansado, muy cansado, porque apenas había dormido, pero decidió seguir adelante de todas formas.

Y entonces, en la última fila de árboles, vio una figura que lo aguardaba envuelta en las primeras luces del alba. Jack contuvo la respiración. La habría reconocido en cualquier parte.

Por un momento pensó que era un sueño, un fantasma, una quimera. Pero, cuando ella le sonrió, entre tímida y afectuosa, Jack se dio cuenta de que era real.

–Victoria... ¿qué haces aquí?

–Voy contigo. Adondequiera que vayas.

Jack no supo qué responder al principio.

–Pero... ¿no estabas con Christian?

–Fui a despedirme de él. Me dijo que te habías marchado. Me dijo cómo alcanzarte.

—Maldita serpiente —gruñó Jack, comprendiendo la jugada del shek; sonrió, a su pesar.

Victoria lo cogió de la mano y lo miró a los ojos.

—Me dijiste que no volverías a marcharte. Que estarías siempre conmigo, ¿recuerdas? No podía perderte otra vez.

Jack la miró, confuso y emocionado. Aquello no podía ser real.

—Pero, Victoria... voy muy lejos. A Awinor. Eso está...

—... en el confín del mundo —lo cortó ella—. Sí lo sé, pero me da igual: quiero ir contigo. Más allá del confín del mundo, si es necesario. Ya no quiero volver a separarme de ti nunca más.

Jack la abrazó con todas sus fuerzas.

—Tampoco yo —reconoció con voz ronca—, pero ¿qué iba a hacer, si no?

—Confiar en mí —susurró ella—. Creer que soy una digna compañera de camino, que soy sincera cuando te digo que te quiero, que de verdad quería pasar la noche contigo.

Jack sonrió, pero no pudo contestar porque la emoción lo había dejado sin palabras.

VI
El comienzo de un viaje

H A sido culpa mía –dijo Shail, lleno de remordimientos–. Por todo lo que le dije. Le hice pensar que era una carga para mí, y... no era verdad. Maldita sea...

Se habían reunido junto al río, lejos de oídos indiscretos. Sabían que no tardaría en llegar al Archimago y los Venerables la noticia de que Jack y Victoria se habían marchado; y entonces ellos, lo que quedaba de la Resistencia, tendrían que contestar a muchas preguntas. Tal vez no tuvieran otra oportunidad para hablar entre ellos y decidir lo que debían hacer.

–No es culpa tuya, Shail –murmuró Allegra–. Por mucho que nos cueste aceptarlo, creo que han tomado la decisión correcta.

–Entonces, Victoria se ha ido con Jack –dijo Alexander para asegurarse–. No con Christian.

Allegra asintió. Shail todavía parecía confuso, pero su compañero sonrió, satisfecho.

–Jack cuidará de ella –aseguró–. Sabe arreglárselas bien.

Shail negó con la cabeza, apoyándose torpemente en el bastón que le habían proporcionado, y que aún no manejaba con soltura.

–No es lo mismo. Este no es su mundo, Alexander. Aunque ellos dos proceden de Idhún, nunca han vivido aquí, no conocen este lugar. Para Jack y Victoria es un mundo nuevo, igual que lo fue la Tierra para nosotros, cuando llegamos allí. Pero nosotros teníamos Limbhad, y ellos no tienen nada. Por no hablar del hecho de que, en cuanto Ashran sepa que han abandonado el bosque de Awa, removerá cielo, tierra y mar para encontrarlos.

–¿Creéis que puede llegar a adivinar adónde van?

–Ashran debe de saber hacia dónde se dirige Christian –dijo Allegra–. Estoy empezando a pensar que Gaedalu tenía razón, y ese muchacho no escapó de la Torre de Drackwen por casualidad. Puede que su padre todavía tenga planes para él, así que alejarse de nosotros es lo más inteligente que ha podido hacer, si de verdad quiere proteger a Victoria. En cuanto a ellos...

–Todos esperan que Jack y Victoria lideren la rebelión contra el Nigromante –reflexionó Alexander–, no que se escondan en el más remoto lugar del mundo, donde nadie puede acogerlos ni apoyarlos en su lucha.

–¿Qué debemos hacer, pues?

–Debemos hacerles creer que van a hacer lo que se espera de ellos –decidió Alexander–. Ir a Vanissar, iniciar una rebelión, apoyar al Archimago en su absurda cruzada si es necesario... todos deben saber que el dragón y el unicornio no están lejos de nosotros y que llegarán para luchar a nuestro lado en el momento oportuno. Que la Resistencia sigue unida, y que todo el mundo sepa exactamente dónde está. Para que Ashran se centre en nosotros a la hora de buscar a Jack y a Victoria.

–¿Crees que caerá en la trampa?

–No lo sé, pero debemos intentarlo. Y, aunque no fuera así, si le ponemos las cosas difíciles, no tendrá más remedio que prestarnos atención.

–De acuerdo –aceptó Allegra–. Sigamos con el plan y vayamos a Vanissar. ¿Shail?

El mago la miró, dubitativo.

–Eso implica ir en la dirección contraria a la que ellos han tomado –dijo.

–Lo sabemos. ¿Querrías haber ido con ellos? –preguntó Allegra con suavidad.

–Los habría retrasado –admitió Shail a regañadientes, echando un vistazo al lugar donde antes había tenido la pierna izquierda–. Aun así... hay otra cosa que me preocupa, y es esa dichosa profecía –alzó sus ojos castaños para mirar fijamente a sus amigos–. Hemos tardado años en saber que un shek estaba también implicado en ella. Me pregunto qué más cosas nos ocultan los sacerdotes... y si hay algo más en esa profecía que debamos saber.

Allegra y Alexander asintieron, sombríos.

Fue un día muy complicado para la Resistencia. En cuanto las hadas informaron de que, junto con el shek, también habían desaparecido Yandrak y Lunnaris, tanto la Madre como el Archimago pensaron que Kirtash les había tendido una trampa y se las había arreglado para acabar con ellos. Pero sus amigos, aunque parecían preocupados, no se mostraban en absoluto tristes o desesperados, por lo que Gaedalu no tardó en darse cuenta de que ellos sabían más de lo que querían admitir. Cuando les preguntó al respecto, fue Alexander quien tomó la palabra:

—Kirtash no tiene nada que ver con esto —declaró—. Jack y Victoria se han ido por voluntad propia.

—¿Ellos solos? —dijo Qaydar, entornando los ojos.

Alexander lo miró un momento. No confiaba en el Archimago, y su obsesión por reconquistar la Torre de Kazlunn no mejoraba las cosas. Pero tendría que convencerlo, al menos a él, para que apoyara a la Resistencia. De modo que dijo, escogiendo con cuidado las palabras:

—Se han ido solos porque aquí estaban en peligro. Ashran sabía dónde se ocultaban, y es cuestión de tiempo que el bosque de Awa caiga en sus manos, como cayó la Torre de Kazlunn.

El rostro del Archimago se contrajo en una mueca de odio. Pero calló, y esperó a que Alexander siguiera hablando.

—Tenemos que organizar una rebelión —prosiguió el joven—. Tenemos que reunir un ejército para luchar contra Ashran. Y, cuando estemos preparados, Yandrak y Lunnaris volverán con nosotros, para liderar el ataque, para... para reconquistar la Torre de Kazlunn si es necesario —añadió—. Pero no ahora. Todavía no somos fuertes, aún no estamos organizados. Si Ashran nos ataca, es mejor que el dragón y el unicornio no se encuentren con nosotros, porque hay muchas posibilidades de que logre acabar con ellos.

«Ashran no podrá acabar con ellos», dijo Gaedalu. «Son los héroes de la profecía».

—Incluso los héroes pueden morir —replicó Alexander con frialdad—. Yo he visto crecer a esos chicos, los he visto enfrentarse a situaciones difíciles y salir triunfantes; pero también sé que son vulnerables. Si Yandrak y Lunnaris son la única esperanza que nos queda, debemos protegerlos hasta que estén preparados, no lanzarlos a las garras de Ashran a la primera oportunidad. Hoy por hoy, nuestro enemigo es aún más fuerte que nosotros.

«Habrían estado seguros en el Oráculo...».

—... El primer lugar donde Ashran los buscaría —intervino Allegra.

Los ojos oceánicos de Gaedalu se centraron en ellos.

«¿Acaso sabéis adónde han ido?», preguntó.

Alexander alzó la cabeza y la miró fijamente, y no titubeó cuando dijo:

–No.

Shail se esforzó por reprimir su perplejidad. Alexander jamás mentía. Era algo que estaba prohibido por el código de honor de la orden de caballería a la que pertenecía. El mago se obligó a sí mismo a recordar que en los dos años que había pasado alejado de la Resistencia habían cambiado muchas cosas... y que su amigo ya no era el príncipe Alsan que había conocido.

Gaedalu entrecerró los ojos, intentando sondear sus pensamientos. Pero se topó con una barrera impenetrable. Tal vez un shek habría podido leer la verdad en la mente de Alexander, pero los poderes mentales de los varu eran limitados, y Alexander tenía una voluntad de hierro.

Ha-Din, sin embargo, desvió la mirada, turbado. Sabía perfectamente que Alexander estaba mintiendo, y el joven se preguntó si los delataría. Pero el Padre permaneció callado.

–¿Por qué deberíamos creer en ti? –intervino el Archimago–. Eres un príncipe sin reino. Y ya no eres el caballero que partió al otro mundo. Recuerdo cómo eras entonces. No tenías el cabello de color gris, y tus ojos eran diferentes. Detecto en ti una huella de magia negra.

–Los esbirros de Ashran hicieron de mí lo que soy ahora –admitió Alexander; pero no dio detalles–. No les estoy agradecido por ello. Ardo en deseos de hacérselo pagar.

Venganza. Aquel era el lenguaje que Qaydar entendía. Asintió; pero todavía lo miraba con desconfianza. Allegra dio un paso al frente.

–Yo estoy con él, Qaydar. Si no puedes confiar en un no iniciado, al menos escúchame a mí. Es cierto que no soy Archimaga, pero tuve a mi cargo una torre de hechicería, y sé lo que es perderla. Deseo recuperar lo que Ashran nos ha arrebatado. Yo voy con el príncipe Alsan al norte, a Vanissar, para iniciar una rebelión desde allí.

Gaedalu los miró con resentimiento.

«Magos», dijo. «Siempre pensando en vuestros propios intereses. No os apoyaré en vuestra locura. Regresaré al Oráculo y rezaré a los dioses para que Yandrak y Lunnaris recobren la cordura y acudan a nosotros».

Shail alzó la cabeza bruscamente para mirar a Zaisei, que estaba de pie tras Gaedalu, junto con el resto de sacerdotisas de su séquito. La joven celeste sostuvo su mirada un momento, pero después volvió la cabeza hacia otro lado. Shail sabía que Zaisei no los acompañaría a Vanissar, pues su lugar estaba en el Oráculo, con sus superiores. Eso significaba que tendrían que separarse, apenas dos días después de haberse reencontrado. Una vez más, el mago percibió el alto muro que los separaba.

Gaedalu dio media vuelta y se alejó en dirección al río, seguida de las sacerdotisas. Zaisei no volvió la cabeza ni una sola vez, pero Shail no apartó la mirada de ella hasta que el grupo se perdió en las sombras de la floresta.

—No deberíais haber dejado marchar a Lunnaris —les reprochó entonces el Archimago, con un brillo de cólera palpitando en sus ojos—. Ella podría haber otorgado la magia a más gente, podría haber sido un arma muy valiosa para nuestra lucha...

—No está preparada —cortó Allegra, con rotundidad—. Todavía no sabe cómo entregar la magia como hacen los unicornios, Qaydar. Precipitar las cosas habría supuesto perderla para siempre. Lo sabes tan bien como yo.

El Archimago la miró un momento, sombrío. Entonces dijo con sequedad:

—Reuniré a los magos para comunicarles lo que ha sucedido.

Miró a Allegra, esperando que replicara o que exigiera ser ella misma la portavoz de la Orden. Aunque Qaydar era un Archimago, y su poder era mayor que el de ella, Allegra había estado al mando de una escuela de hechicería, y era, por tanto, superior a él en rango, según las jerarquías de la Orden Mágica. Pero Allegra sonrió e inclinó la cabeza en señal de conformidad, aceptando así a Qaydar como líder de lo que quedaba de la comunidad de magos. El Archimago la miró un momento, suspicaz, preguntándose tal vez si Allegra trataría de arrebatarle el mando más adelante. En cualquier caso, ahora no parecía tener interés en enemistarse con él, de manera que asintió y se alejó del grupo, en dirección opuesta a la que habían tomado Gaedalu y sus acompañantes.

Allegra lo vio marchar y suspiró, preocupada. No veía a Qaydar capacitado para liderar la Orden Mágica; pero su larga estancia en la Tierra había menguado mucho su poder, y por el momento no estaba en condiciones de enfrentarse a él.

—Acabamos de reunirnos y ya estamos divididos —sonó una voz suave tras ellos, sobresaltándolos—. Mala cosa.

Shail, Allegra y Alexander se dieron cuenta entonces de que Ha-Din, el Padre de la Iglesia de los Tres Soles, seguía estando allí.

—¿Y vos, Padre? —preguntó Alexander, inquieto—. ¿Acompañaréis a la Madre hasta el Oráculo?

Ha-Din negó con la cabeza.

—Estamos construyendo un nuevo templo en el corazón del bosque —explicó—. Los trabajos avanzan lento, porque hemos de respetar el deseo de los feéricos de no destruir ni un solo árbol, pero, en cualquier caso, debo estar aquí para dirigirlo todo. La Iglesia de los Tres Soles necesita un nuevo Oráculo.

—Tal vez haya llegado el momento de volver a reunir a las dos Iglesias en una sola —dijo Allegra con suavidad.

Ha-Din rió apaciblemente.

—Me temo que no lo verán mis ojos, hechicera. Tal vez si el Gran Oráculo continuase en pie, habría alguna posibilidad de que eso sucediera. Pero la Madre tiene miedo, mucho miedo, y se encerrará en sí misma y en su templo, sin fuerzas para tratar de cambiar las cosas...

—... esperando que Jack y Victoria hagan todo el trabajo —cortó Shail con brusquedad.

Ha-Din le dirigió una mirada de honda comprensión.

—Sí; y me temo que esos dos chicos tienen una ingente tarea por delante. Esperemos que Jack encuentre en Awinor lo que anda buscando, porque si no lo hace... nadie más podrá plantarle cara a Ashran, ni ahora ni nunca.

Shail y Alexander lo miraron, perplejos. Allegra sonrió.

—Vuestra fama no os hace justicia, Padre —dijo—. Es cierto que leéis en el corazón de las personas como en un libro abierto. Apenas habéis hablado un par de veces con Jack, y ya conocéis las dudas que alberga su corazón.

Ha-Din sonrió con dulzura.

—Pobres chicos. A veces es difícil aceptar los designios de los dioses. Y el camino que han trazado para ellos haría vacilar a personas más poderosas, mayores y sabias.

—Padre —dijo entonces Shail, respirando hondo—. Necesitamos saberlo. ¿Qué dice exactamente la profecía?

Hubo un breve silencio.

–Nadie lo sabe –dijo entonces el celeste–. Los Oráculos hablan, y nosotros escuchamos. Entendemos algunas cosas... nunca todo lo que dicen. Cuando los Oráculos hablaron acerca de Ashran, sí comprendimos lo esencial del mensaje: que una nueva Era Oscura llegaría a Idhún, y que solo la magia de un unicornio y el poder de un dragón combinados lograrían hacerle frente... Y que sería un shek quien les mostraría el camino.

–¿... les abriría la Puerta?

–Tal vez. Los Oráculos no hablan como nosotros, muchacho. Podemos interpretar sus palabras de muchas maneras.

»Meses antes de la conjunción astral, las voces de los Oráculos solicitaron la comparecencia de los superiores de ambas Iglesias. Y cuando estuvimos allí, reunidos bajo la cúpula del Gran Oráculo, los dioses hablaron de nuevo.

»Solo seis personas escuchamos la profecía de los Oráculos, Shail. De esas seis personas, tres están muertas. La cuarta era alguien cercano a Gaedalu, y a quien yo solo conocía de vista. Las otras dos, somos la Madre y yo. Y cada uno de nosotros tres te recitaría la profecía con distintas palabras... aunque estemos de acuerdo en lo esencial.

–Eso no me basta –dijo Shail–. Necesito saber qué va a pasar exactamente y cuál es el papel de Victoria en todo esto. Si le sucede algo, será responsabilidad mía... por haberla sacado de su mundo para traerla hasta aquí, por haberla obligado a participar en una guerra que no es la suya.

Hubo un breve silencio.

–Esa alma humana que late en ellos... –suspiró Ha-Din–. Puede ser su salvación, o su desgracia.

–¿Hay alguna manera de volver a escuchar la profecía de los Oráculos? –preguntó Alexander.

–Como solo queda un Oráculo en pie, y ese pertenece a la Iglesia de las Tres Lunas, tendríais que hablarlo con la Madre. De todas formas, en quince años las voces de los Oráculos solo han vuelto a mencionar la profecía en una ocasión.

–¿Nadie registró aquellas primeras palabras por escrito? –quiso saber Shail.

–Sí, hubo alguien que lo hizo... El Gran Oráculo fue destruido tiempo después, pero conseguimos salvar ese registro, que se halla en el Oráculo de Gantadd, junto con la transcripción de lo que llamamos la Segunda Profecía.

–¿La Segunda Profecía? –repitieron Shail y Alexander, a la vez.

Ha-Din asintió, con una serena sonrisa.

–¿Aún no lo habéis comprendido? La primera vez que los Oráculos hablaron, mencionaron solo a un dragón y un unicornio. Lo he comentado muchas veces con Gaedalu, hemos consultado los registros de la profecía en muchas ocasiones, y parece evidente que los Oráculos no hablaron del shek en ningún momento.

»Fue mucho tiempo después, cuando la conjunción astral ya se había producido, cuando los dragones y los unicornios habían sido casi completamente exterminados, cuando Yandrak y Lunnaris ya habitaban en otro mundo... Entonces, las voces de los Oráculos hablaron de nuevo. Repitieron la profecía que ya conocíamos... y añadieron la intervención del shek. En esa ocasión, solo tres personas la escuchamos: Gaedalu, una sacerdotisa de Irial y yo. Esa sacerdotisa también había estado presente en la primera profecía. Por lo que sé, falleció hace un par de años. Así que solo quedamos Gaedalu y yo, y el registro que se hizo por escrito de aquellas palabras, y que permanece en el Oráculo de Gantadd. Puede que esas anotaciones sean más fiables que nuestra memoria, dado que fueron realizadas por alguien acostumbrado a escuchar la voz de los dioses. No lo sé.

Hubo un breve silencio, mientras todos meditaban acerca de aquellas palabras.

Allegra miró a Shail.

–Alguien tendría que acompañar a las sacerdotisas de vuelta al Oráculo –dijo significativamente.

Shail entendió lo que quería decir. Se volvió hacia Ha-Din y Alexander, y vio que ambos lo miraban también. Enrojeció.

–¿Por qué yo? –preguntó, aunque sabía cuál iba a ser la respuesta.

Ha-Din lo miró con una chispa de risa en sus enormes ojos azules.

–Lunnaris también viaja hacia el sur –dijo–. Tendrás posibilidades de encontrarte con ella si te unes al séquito de la Madre.

Pero no era esa la única razón por la cual era Shail quien debía acompañarlas, y todos lo sabían. El corazón se le aceleró.

–¿Me lo permitirá?

–Lo hará, porque yo se lo pediré –respondió el Padre–. Me lo debe; al fin y al cabo, aunque los Oráculos de la tríada solar hayan sido destruidos, los tres dioses todavía existen, y yo sigo siendo el Padre de su Iglesia.

Jack y Victoria tardaron todo el día en alcanzar las estribaciones de la Cordillera Cambiante. Se habían cubierto con las capas de banalidad y habían caminado río arriba, todo lo deprisa que podían, sin apenas detenerse a descansar. Tenían la sensación de que estaban huyendo... y no precisamente de Ashran. No se sintieron a salvo hasta que encontraron refugio bajo una gran roca al pie de la cordillera. Entonces, se dejaron caer sobre el suelo, jadeantes, y se quitaron las capas enseguida.

–Detesto esta cosa –dijo Jack–. Me agobia muchísimo; parece mentira que pese tan poco.

Victoria no dijo nada. Estaba demasiado cansada. Jack la miró con cariño.

–Todavía estás a tiempo de volver atrás.

–No te librarás de mí tan fácilmente –sonrió ella.

Sacó de su bolsa el mapa que su abuela le había dado y lo extendió en el suelo, frente a ellos, mientras Jack rebuscaba en su propio zurrón hasta encontrar un par de grandes frutas de color azulado. Le tendió una a Victoria, que la aceptó, agradecida.

–Esto es Awinor –dijo ella, señalando el extremo sur de la tierra representada sobre el mapa–. Nosotros estamos aquí –señaló otro punto, una enorme mancha verde en el noreste.

Los dos contemplaron en silencio la distancia que separaba ambos puntos. Era más de medio continente.

–Tardaremos semanas en llegar –dijo Jack, abatido–. Ojalá pudiera transformarme en dragón; entonces podría llevarte volando.

–Y atraerías la atención de todas las serpientes de Idhún –hizo notar Victoria juiciosamente–. No me parece buena idea. Aunque sea un largo camino... yo estoy dispuesta a recorrerlo contigo –lo miró un momento, seria–. Lo sabes, ¿verdad?

–Todavía me cuesta un poco asimilarlo –reconoció Jack, sonriendo.

Se centraron de nuevo en el mapa. Sabían que podían seguir dos rutas hasta Awinor; una de ellas atravesaba la Llanura Celeste y el desierto de Kash-Tar, y la otra suponía recorrer, de norte a sur, todo Derbhad, la tierra de los feéricos. A simple vista, esta opción parecía la más segura, pero a Victoria la preocupaba que pudieran encontrarlos con más facilidad en un lugar más poblado y que, por lo que ella sabía, estaba muy vigilado por los sheks. No en vano, los feéricos se negaban a reconocer a Ashran como señor, y por consiguiente su imperio los tachaba de renegados. Por otra parte, el desierto, aunque fuera más peligroso, parecía el mejor lugar para perderse.

Finalmente optaron por una solución intermedia. Seguirían la Cordillera Cambiante hacia el sur, sin alejarse de ella y, por tanto, sin adentrarse en Derbhad, caminando, pues, por la frontera entre el país de los feéricos, al este del continente, y Celestia, la gran región central. Además, dijo Jack, a los pies de la cordillera había rocas y cuevas donde esconderse, y multitud de arroyos que descendían por entre las piedras, y que les proporcionarían agua en abundancia y, seguramente, también comida.

Cuando volvieron a guardar el mapa, ya se había hecho de noche, y las tres lunas brillaban sobre ellos. Ayea, la más pequeña, un astro de un suave color rojizo, acababa de emerger tras el horizonte. Jack tendió su capa sobre el lecho de musgo y se tumbó sobre ella, a una prudente distancia de Victoria, para dejarle intimidad. Pero la muchacha se acurrucó junto a él, buscando su calor, y apoyó la cabeza en su pecho. Sonriendo, Jack la abrazó.

–¿Estás cómoda así?

–Mucho –suspiró ella, ya medio dormida.

La sonrisa de Jack se ensanchó.

–Descansa; mañana tenemos un largo camino por recorrer...

«A lo largo de la Cordillera Cambiante», recordó. Pensó de pronto que aquel era un nombre extraño.

–Victoria, ¿por qué la llaman «la Cordillera Cambiante»?

–No lo sé –bostezó ella–. Se lo preguntaré a Shail la próxima vez que lo vea.

Jack vio cómo, antes de cerrar los ojos definitivamente, Victoria besaba con cariño la piedra del anillo que llevaba puesto, el anillo que Christian le había regalado. Pero, por una vez, no sintió celos. Sabía que era su manera de darle las buenas noches al amigo ausente. Alguien de quien se había separado para acompañarlo a él, a Jack, en un largo e incierto viaje.

«Cuidaré de ella, Christian», pensó. «Igual que habrías hecho tú».

Christian no había tenido muchos problemas a la hora de atravesar el bosque de Awa, pese a toda la gente que lo estaba buscando. Se había deslizado por entre los árboles como una sombra y no había tardado en alcanzar el límite de la floresta.

Una vez allí, se había transformado en shek.

Sabía que era arriesgado, pues los otros sheks lo descubrirían más fácilmente que si avanzase por tierra, bajo su aspecto humano. Pero sentía la urgente necesidad de transformarse, de volar, de olvidar, por unos instantes, aquella dolorosa humanidad.

Fue como si algo estallara en su interior. La serpiente que había en él chilló de júbilo pero, sobre todo, de alivio. Los últimos días habían estado plagados de emociones, emociones que habían afianzado el dominio de su alma humana, y el shek se había sentido ahogado por ella. Y, batiendo sus poderosas alas, se hundió en el inmenso cielo violáceo, bañado en la luz de las tres lunas, en dirección a Nanhai, la tierra de hielo, el país de los gigantes.

Por si acaso, decidió desviarse hacia el mar y seguir la línea de la costa. Era un camino un poco más largo, pero sabía que tenía menos posibilidades de encontrarse con otros sheks si sobrevolaba el océano que si atravesaba los cielos del país de los humanos.

Incluso así, transformado en shek, no pudo evitar acordarse de Victoria. Cerró los ojos un momento para percibir las emociones que le transmitía Shiskatchegg, el anillo que brillaba en el dedo de la muchacha. Sintió calma, serenidad, descanso... felicidad.

Christian asintió para sí. Así debía ser. Victoria estaba a salvo con Jack, él cuidaría de ella. Aquel irritante dragón no podía ni imaginar que el único motivo por el cual seguía vivo, la única razón por la que Christian no lo había matado cuando tuvo ocasión, eran aquellos sentimientos que provocaba en Victoria. Jack le daría a la joven compañía, amistad, confianza, seguridad... todo aquello que Christian no podría ofrecerle jamás.

«Pero, si le pasa algo a Victoria», se prometió a sí mismo, sombrío, «juro que seré yo mismo el encargado de matarte».

Gaedalu y sus sacerdotisas se pusieron en marcha al anochecer, y Shail se unió a su grupo. Montaban todos a lomos de paskes, enormes animales de pelaje rayado y tres cuernos en la frente, sorprendentemente cómodos y rápidos. Claro que ninguna montura sería lo bastante veloz para ellos si los sheks los descubrían, pero en aquel sentido la presencia de Shail pronto demostró ser útil al grupo; a pesar de que todavía se sentía muy débil, efectuó un hechizo de camuflaje que los hizo mimetizarse contra el suelo sobre el que se movían. De cerca, un observador atento podría ver a la comitiva; pero, desde el cielo y por la noche, podría pasar inadvertida a los ojos irisados de un shek.

Zaisei no dijo nada cuando vio que Shail se unía a ellas. El mago tampoco intentó acercársele. Sabía que estaba molesta con él por haber dejado que Jack y Victoria abandonaran el grupo. Zaisei estaba convencida de que Gaedalu tenía razón, y que el lugar más seguro para ellos era el Oráculo de Gantadd, que se suponía protegido por las tres diosas.

Shail no podía culparla por ello. La fe de Zaisei en los dioses era sincera y profunda, y él no era quien para tratar de arrebatársela. Al fin y al cabo, pensó con amargura, era mejor creer en algo, en cualquier cosa, que no creer en nada.

Y él ya estaba dejando de creer en la profecía.

Cuando Victoria abrió los ojos aquella mañana, se encontró todavía en brazos de Jack. Tardó un momento en recordar dónde estaba y todo lo que había pasado. Se sintió inquieta, pero la presencia de Jack la reconfortó. Alzó la cabeza y vio que él la estaba mirando.

–Buenos días –sonrió el chico.

Victoria parpadeó y se frotó un ojo, sonriendo a su vez.

–Buenos días. ¿Cuánto tiempo llevas despierto?

–Un rato. ¿Qué tal has dormido?

Victoria se recostó contra él y respiró profundamente. Parecía mentira. Estaba perdida en un mundo extraño, con un poderoso nigromante y toda una raza de serpientes aladas queriendo matarla y, sin embargo, sentía que aquella mañana era la más feliz de su vida.

–De fábula –dijo ella con sinceridad; tenía la vaga sensación de que había hecho frío, pero la cálida presencia de Jack la había resguardado del relente de la noche–. Ahora solo necesito... un cuarto de baño –bromeó.

–Ahora mismo voy a buscarte uno –respondió Jack sonriendo.

Se separó de ella para ponerse en pie de un salto, y Victoria lamentó que el momento hubiera acabado. Se obligó a sí misma a recordarse que no estaban de vacaciones, y que tenían un largo viaje por delante.

Jack parecía radiante. Sonreía de oreja a oreja mientras sacudía la capa para quitarle los restos de tierra y ramas. Victoria pensó que nunca lo había visto tan feliz.

Lo miró salir del refugio, silbando por lo bajo. Sonrió de nuevo. A pesar de todo lo que había pasado, sentía que no podía parar de sonreír.

Entonces, de pronto, Jack dejó de silbar y lanzó una exclamación de sorpresa. A Victoria se le congeló la sonrisa en los labios. Se levantó de un salto, cogió su báculo y salió corriendo para reunirse con él.

Pero su amigo no estaba en peligro, o, al menos, no lo parecía. Se había quedado de pie, unos metros más allá, y miraba a su alrededor, atónito. Victoria se reunió con él.

—Jack, ¿qué...?

Las palabras murieron en sus labios.

Estaban rodeados de montañas. Por todas partes. Altos y escarpados picos parecían haberse comido la suave llanura que habían atravesado la tarde anterior. Aquel paisaje no se parecía en nada al que ellos recordaban. Los dos a una volvieron la cabeza para mirar a la roca que les había servido de refugio. Estaba allí, seguía siendo la misma. No, ellos no se habían movido; era la cordillera entera la que había cambiado de sitio durante la noche.

—Ya sabemos por qué la llaman «la Cordillera Cambiante» —pudo decir Victoria.

A Jack le entró la risa floja. Victoria lo miró, desconcertada.

—¿Qué te hace tanta gracia?

El chico intentó serenarse.

—Perdona, es que todo esto es muy raro. Si me lo tomo en serio, terminaré por volverme loco.

Victoria acabó por echarse a reír también. Cuando los dos se calmaron, la muchacha trató de pensar con objetividad.

—Pero, si va a seguir cambiando, ¿cómo vamos a orientarnos?

—Por la posición de los soles. Salen por el este, igual que el sol de la Tierra. La buena noticia —añadió, sonriendo de nuevo— es que las montañas han traído el cuarto de baño que buscabas. Mira, ese arroyo no estaba allí anoche. Por lo menos podremos lavarnos un poco.

Victoria sonrió. El buen humor de Jack resultaba contagioso. Ni siquiera aquel desconcertante lugar conseguía empañar su felicidad. «Está contento porque estamos los dos juntos, solos», pensó, conmovida. También ella se sentía feliz de estar con él. Pensó entonces en Christian, y se preguntó si estaría bien. Se dio cuenta enseguida de que sí. «Si le pasara algo malo, yo lo sabría inmediatamente», se dijo, acariciando con un dedo el Ojo de la Serpiente. Sintió una oleada de nostalgia, cerró los ojos y evocó la mirada de los ojos azules de Christian. El dolor de su ausencia la atravesó como una afilada daga, pero se esforzó por sobreponerse. «Christian está bien», se recordó a sí misma. «Sabe cuidar de sí mismo. Y está conmigo. De alguna manera». Volvió a besar el anillo, y se sintió un poco mejor.

Sonriendo, siguió a Jack hacia el arroyo.

Al cabo de varios días de viajar a través de la Cordillera Cambiante, Jack y Victoria perdieron la noción del tiempo.

A lo largo de los días, veían moverse las montañas. O, mejor dicho, no las veían, pero sí percibían los cambios. Un picacho que habían tenido a la derecha toda la mañana, de repente aparecía tras ellos; una montaña les cerraba de pronto el paso, obligándolos a desviarse para buscar otro camino; los arroyos se sucedían, y algunos se repetían, y debían cruzarlos varias veces. Aquí y allá, las montañas se juntaban, cerrando caminos; en otros casos, se separaban abriendo valles y cañadas.

Al principio, Victoria no podía evitar preguntar a menudo:

–¿Nos habremos perdido?

Pero Jack negaba con la cabeza.

–No te dejes engañar. Fíjate en los soles.

Pero incluso eso era desconcertante, pensaba Victoria, contemplando cómo los tres astros proyectaban no una, sino tres sombras de todo aquello que bañaban con su luz.

En el fondo, Jack no tenía modo de saber hasta qué punto habían avanzado. En la Cordillera Cambiante, el mapa que llevaban no les servía de mucho. Pero no quería preocupar a Victoria. Las montañas seguían cambiando, moviéndose de sitio, apareciendo y desapareciendo, y él seguía avanzando, infatigable, hacia el sur, guiándose por la situación de los tres soles, a lo largo de unas jornadas que parecían eternas, de días y noches más largos que los de la Tierra.

Pronto aprendieron a moverse por allí. Ya no rodeaban los obstáculos; cuando una montaña les cerraba el paso, se limitaban a acampar al pie y esperar, simplemente, a que se retirara. Por lo general, cuando se despertaban al día siguiente, ya tenían el camino despejado. Y seguían avanzando.

Pero aquel extraño paisaje parecía no terminarse nunca.

Jack enseñó a Victoria a pescar y a cazar; era especialmente diestro en lanzar piedras, y tenía tanta puntería que podía alcanzar a un blanco en movimiento a más de veinte metros de distancia. Detestaba hacerlo, le contó a Victoria; su madre había sido veterinaria y le había enseñado a cuidar de los animales, no a matarlos. Pero durante su largo viaje por Europa había atravesado zonas agrestes como aquella, y había tenido que aprender a sobrevivir, y a cazar y pescar de vez en cuando para poder comer.

Era cierto que los animales de allí eran diferentes a los que conocían. Había, por ejemplo, una clase de mamífero de piel jaspeada, finas patas, cuello largo y morro achatado que saltaba por las rocas con la agilidad de una cabra montesa. Pero jamás lograron aproximarse a ninguno de ellos. Aparecían y desaparecían de forma sorprendente, y no importaba cuánto se acercaran los chicos, aquellas criaturas siempre parecían estar un poco más lejos. Había también una raza de animalillos peludos, de enormes ojos redondos y larga cola de león, que eran fáciles de cazar porque no corrían mucho sobre sus cortas patas. Pero eran difíciles de localizar. Su pelo poseía una curiosa capacidad mimética, y cuando se quedaban quietos resultaba muy difícil distinguirlos del fondo en el que se encontraban. Sin embargo, a lo largo de su viaje, Jack y Victoria lograron cazar dos o tres. Asados, tenían un sabor parecido al del conejo, con un curioso regusto picante.

En los arroyos encontraron una especie de peces rosáceos, muy sabrosos a la brasa, y otros verdosos llenos de espinas que, como pronto descubrieron, resultaban incomibles.

Al principio, todo les parecía nuevo y extraño. Pero con el tiempo se acostumbraron a ver siempre la misma vegetación, los mismos animales, las mismas montañas. Solo avanzaban y avanzaban, como en un sueño... hasta que una tarde sucedió algo que los sacó de su sopor.

Fue cuando atravesaban una estrecha garganta entre dos picos que habían sobrepasado al menos cinco veces cada uno desde el comienzo de su viaje. Jack se detuvo de pronto, con un escalofrío. Victoria se paró junto a él y abrió la boca para preguntar algo; pero percibió el peligro antes de que las palabras salieran de sus labios.

Los dos chicos cruzaron una mirada. Jack estaba sombrío, y sus ojos mostraban un brillo extraño, como si detrás de sus pupilas llamease un furioso fuego. Victoria entendió enseguida lo que estaba pasando y detuvo la mano de Jack sobre la empuñadura de Domivat. Miró a su amigo a los ojos y negó en silencio, muy seria. Jack trató de sobreponerse.

Buscaron un refugio en una grieta entre las rocas. Jack entró primero, gateando, para comprobar que era un lugar seguro. Hizo una seña a Victoria, que entró tras él, sin hacer ruido. Una vez dentro, se acurrucaron en el agujero y se cubrieron con las capas de banalidad.

Enseguida lo vieron a través de la grieta, su cuerpo serpenteando sobre las rocas, las alas plegadas, la lengua bífida produciendo un aterrador siseo, sus ojos irisados escrutando las oquedades entre las piedras. Jack miró a Victoria, que espiaba por un resquicio de la grieta. Ella parecía asustada, por lo que el muchacho dedujo que aquel shek no era Christian. A él le parecían todos iguales, pero Victoria habría sido capaz de distinguir a su amigo de entre todos los sheks del mundo.

Jack y Victoria no sabían de dónde había salido aquel; tal vez descansaba en alguna cueva de los alrededores, tal vez había descendido desde las alturas, tal vez había llegado hasta allí buscándolos a ellos. No lo sabían, pero lo que sí parecía claro era que había captado su presencia de alguna manera.

Jack oyó el sonido del cuerpo anillado de la criatura deslizándose entre las rocas, cada vez más cerca; cerró los dedos en torno a la empuñadura de Domivat y la oprimió hasta hacerse daño, esforzándose por reprimir su instinto, que lo empujaba a salir fuera, desprenderse de aquella agobiante capa y pelear a muerte contra aquel shek. Luchó por dominarse, pero la presencia del shek alentaba el fuego que ardía en su interior, y Jack sintió que Yandrak exigía ser liberado.

Victoria se dio cuenta entonces de lo que estaba pasando, y lo miró, preocupada. Jack había estado reprimiendo su instinto durante demasiado tiempo. Ahora que Christian ya no estaba cerca, ahora que tenía a otro shek en las inmediaciones, un shek contra el que podía luchar, el muchacho parecía desear que el dragón que dormía en él tomase las riendas. Victoria dudó. Eso era lo que todos querían, que Jack aprendiese a transformarse en dragón; y, a juzgar por el fuego que ardía en su mirada, y por la temperatura de su refugio, que subía alarmantemente, lo estaba consiguiendo. Pero la muchacha no estaba segura de que aquel fuera el momento oportuno. El shek los descubriría y, aunque era posible que entre los dos lograran derrotarlo, eso alertaría a Ashran acerca de su posición, ya que todos los sheks estaban unidos entre sí por fuertes vínculos telepáticos. No, si Jack se transformaba, debía ser lejos de cualquier shek, al menos hasta que estuvieran preparados para enfrentarse al Nigromante.

Victoria oyó el siseo de la lengua bífida de la serpiente muy cerca de ellos. El poder de Jack se estaba desbocando, y la capa de banalidad ya no era capaz de contenerlo. El shek no tardaría en percibir su presencia.

El rostro de Jack se había contraído en una mueca de odio, y sus ojos verdes ardían de furia. Victoria supo que tenía que hacer algo, y pronto.

Justo cuando Jack estaba a punto de retirar la capa para lanzarse fuera del refugio, Victoria detuvo su mano y se echó sobre él. Jack intentó apartarla, todavía con la sangre hirviendo de ira, pero entonces la muchacha le cogió el rostro con las manos y lo besó con pasión. Jack ahogó un jadeo, sorprendido. De pronto, se olvidó del shek, se olvidó de su furia, del dragón que latía en su interior. Cerró los ojos, abrazó a Victoria y correspondió a su beso, y para él ya no existió nada más que la presencia de la chica a la que amaba. Victoria se pegó más a él y cubrió las cabezas de ambos con las capas de banalidad, de manera que ninguna parte de su cuerpo quedaba fuera de la tela. Jack ni siquiera se dio cuenta del gesto. Volvió a besar a Victoria casi con desesperación, la atrajo más hacia sí, enredó los dedos en su cabello oscuro. Cuando se separaron, jadeantes y con las mejillas encendidas, el shek se había marchado.

No comentaron el episodio en todo el día, pero por la noche, cuando se detuvieron a descansar al abrigo de una loma, los labios de Jack volvieron a buscar los de Victoria, y ella se abrazó a él de buena gana.

En todos aquellos días, Jack había sido muy respetuoso con Victoria. Sabía que estaban solos, sabía que su presencia lo alteraba muchísimo, y no quería perder el control y hacer algo de lo que luego pudiera arrepentirse. Pero el beso de aquella tarde había estimulado todos sus sentidos, y el muchacho se dio cuenta de que quería más. Muchos más.

También Victoria. Cada día que pasaba estaba más enamorada de Jack, se sentía cada vez más a gusto en su presencia y notaba que necesitaba tenerlo cerca de ella; cuanto más cerca, mejor. También para ella, aquel beso había sido una especie de liberación.

De modo que los dos siguieron besándose y acariciándose un rato a la luz de las tres lunas, bebiendo del amor que sentían, disfrutando de la presencia del otro; y cuando Victoria, alarmada, trató de encontrar la manera de parar aquello, fue el propio Jack quien se apartó de ella, jadeante, con el pelo revuelto.

—Espera, espera –dijo con esfuerzo–. ¿Tú estás segura de que quieres seguir?

Victoria lo miró, agradecida. También ella respiraba entrecortadamente, y le latía el corazón a mil por hora.

—En realidad... creo que todavía no... –enrojeció; no hacía mucho que había vivido con Christian una escena similar, y trató de recordar qué palabras había utilizado entonces–. No sé si estoy preparada.

Jack asintió. Se separó un poco de ella, cerró los ojos y respiró hondo. Hubo un silencio, que los dos aprovecharon para calmarse. Entonces, Victoria preguntó:

—¿No te importa?

Jack negó con la cabeza.

—Eres mi primera chica –le dijo sonriendo–. Quiero hacer las cosas bien.

Victoria sonrió y se acercó de nuevo a él para apoyar la cabeza en su hombro. Jack la rodeó con el brazo, y los dos contemplaron durante unos momentos el hermoso cielo idhunita. Aquella noche, Ayea estaba llena, y su luz rojiza bañaba la cordillera con su suave resplandor. Ilea, la luna mediana, era apenas una fina sonrisa verde suspendida sobre el disco argénteo de la luna mayor, Erea, que estaba creciendo; Victoria se preguntó cuántas noches tardarían en verla llena.

—A veces pienso –dijo Jack, rompiendo el silencio– que me gustaría hacer lo que hacen todas las parejas en la Tierra. Llevarte al cine, invitarte a cenar en un restaurante bonito, regalarte rosas el día de los enamorados. Cosas tan simples, tan tontas... que no hemos hecho nunca y, probablemente, no haremos jamás.

—Empiezas a aceptarlo –dijo Victoria a media voz.

—¿Que nunca volveremos a la Tierra, que nunca llevaremos una vida normal? ¿Te refieres a eso? –Victoria asintió; Jack sacudió la cabeza–. Este es un mundo increíble, lleno de cosas nuevas, y me encantaría explorarlo a fondo. Pero para mí sigue siendo un mundo hostil. Un mundo que no me permite llevar a mi chica a cenar a la luz de las velas. Un mundo en el que todo lo que puedo ofrecerle es un viaje incómodo y muy peligroso hasta una tierra muerta.

Habló con amargura, y Victoria lo abrazó con fuerza, con el corazón encogido. Jack parecía mucho más maduro, más adulto, que hacía apenas unos días, cuando cruzaron la Puerta interdimensional, camino de Idhún.

–Me llevas a explorar un mundo mágico lleno de sorpresas y aventuras emocionantes –susurró con cariño–. ¿Qué otro chico podría haberme ofrecido eso?

Jack sonrió y la abrazó con fuerza.

–Se me ocurre un nombre –comentó–, pero me temo que se encontraría con los mismos problemas que yo si quisiera llevarte al cine.

Por un momento, ambos imaginaron a Christian en el cine, rodeado de humanos terráqueos que comían palomitas, y compartieron una alegre carcajada. En el corazón de Victoria, sin embargo, latía aún el dolor por la ausencia de Christian, a quien seguía echando mucho de menos. Pero se esforzaba por disimularlo, porque a la vez se sentía feliz de estar con Jack, y no quería estropearlo. Se acurrucó junto a él con un suspiro. Sospechaba que, si fuera al contrario, si fuera Christian quien estuviera a su lado aquella noche, ella echaría de menos a Jack. Sonrió de nuevo. Sabía exactamente qué era lo que sentía, estaba aprendiendo a asimilarlo, y sabía que Christian lo tenía asumido también; eso la tranquilizaba un poco. Sin embargo, no podía dejar de preguntarse si Jack lo entendería de la misma manera.

No tardaron en dormirse, aún con la sonrisa en los labios. Pero no habían olvidado al shek con el que se habían topado por la tarde, de manera que, por primera vez, aquella noche durmieron acurrucados bajo sus capas de banalidad.

Ninguno de los dos durmió bien.

Alexander y sus compañeros sabían que la mejor manera de no llamar la atención de los sheks era no hacer ningún despliegue de magia, por lo que habían decidido viajar a caballo, provistos también de capas de banalidad. Los tres eran personajes importantes en aquel mundo, y Ashran había puesto un precio muy alto a sus cabezas.

Llevaban varios días viajando a través de Nandelt, en dirección a Vanissar, y hasta aquel momento no habían tenido ningún problema.

Aquella noche, sin embargo, Alexander tuvo que enfrentarse a una situación imprevista.

Ayea, la más pequeña de las lunas, estaba llena.

En principio, aquello no tenía por qué haberle afectado, ya que sus cambios estaban sujetos al satélite de la Tierra. Pero aquella luna se encontraba demasiado lejos, y Alexander sintió que la esencia del lobo que latía en su interior se dejaba llevar por el influjo del astro idhunita.

Por fortuna, Ayea era demasiado pequeña, y la transformación no llegó a consumarse. Pero Alexander tuvo que recurrir a toda su fuerza de voluntad y autocontrol para impedir que el lobo despertase en su interior.

Durante toda la noche estuvo de mal humor, sus ojos brillaron de una forma extraña y su voz sonó más ronca de lo habitual. También sus sentidos se habían alterado. Alexander se vio a sí mismo reprimiendo el instinto que lo llevaba a aullar a las tres lunas, y al volver la mirada hacia Allegra descubrió que los sabios ojos del hada estaban clavados en él. «Se ha dado cuenta», pensó. Le habría gustado compartir con ella sus dudas y temores, pero el Archimago lo había mirado con desconfianza desde el principio, y no quería que supiera lo que le estaba pasando y darle más motivos para dudar de él.

Sin embargo, había otros problemas que lo preocupaban más que caerle bien a Qaydar, y uno de ellos era el nuevo ciclo de sus transformaciones. Si el plenilunio de Ayea lo había afectado, ¿qué sucedería cuando Erea estuviese llena? La luna plateada entraba en fase de plenilunio una vez cada setenta y siete días. Era un ciclo más largo que el de la luna de la Tierra, pero su influjo era mucho más poderoso. Si Ayea había estado a punto de despertar al lobo, Erea lo haría sin duda. Quedaba por ver si Ilea, la luna mediana, la luna verde, tenía tanta fuerza como para obligarlo a transformarse.

Los plenilunios de Ayea marcaban el final de cada uno de los once meses del calendario idhunita. Aquel era el plenilunio del séptimo mes. Alexander calculó en silencio los días que faltaban para el siguiente plenilunio, y maldijo en silencio cuando comprobó que en apenas seis días Erea estaría llena. Y cuatro meses después, Idhún asistiría al Triple Plenilunio que, como cada doscientos treinta y un días, señalaría el final de un año y el comienzo del siguiente. ¿Qué sucedería esa noche con su alma de lobo?

Lejos de allí, en las almenas de un imponente castillo, un rey contemplaba también el brillo de las tres lunas. Cada una de ellas se asociaba, según la tradición, a una de las tres diosas. Erea, la mayor, era la luna de Irial, la diosa de la luz, la divinidad de los humanos que, como él, contemplaban las estrellas y alzaban la mirada hacia lo alto, siempre queriendo llegar más lejos, siempre huyendo de la oscuridad. Ilea, la luna mediana, tenía tintes verdosos, y era la luna favorita de Wina, la diosa de la tierra, a la que rendían culto los feéricos, cuyos grandes ojos rasgados siempre miraban en torno a sí, a sus árboles y a sus bosques, cuidando del suelo que pisaban, sin preocuparse por el cielo que se alzaba sobre ellos.

Y, por último, en el vértice inferior del triángulo, estaba Ayea, la luna más pequeña, o, como la llamaban, la «Luna de las Lágrimas». Era la luna que representaba a Neliam, soberana de las profundidades oceánicas, diosa madre de los varu.

También había tres soles, uno por cada uno de los dioses. El rey no pudo evitar preguntarse si existiría también un séptimo astro dedicado a aquel dios de nombre desconocido que era origen de todo lo malvado y de la forma más oscura de la magia. Se preguntó también si, a aquellas alturas, él mismo había comenzado a servir a los propósitos del Séptimo; y, en caso de que así fuera, cuándo había cruzado la línea que separaba ambos lados de la realidad.

—Majestad —dijo una fría voz a sus espaldas.

El rey se estremeció. No lo había oído llegar y, sin embargo, tenía la sensación de que debería haberlo percibido, porque parecía que la temperatura del ambiente había descendido de pronto.

Se dio la vuelta. Ante él había un hombre, aparentemente uno de los caballeros de su guardia; pero solo en apariencia.

Sus ojos eran una pared de hielo; su gesto, severo y frío como el de una estatua de alabastro. Y había algo en él que inspiraba terror. El rey se esforzó por dejar de temblar, por reprimir el impulso que lo llevaba a dar la vuelta y salir corriendo, precipitándose al vacío desde las almenas, si era necesario, con tal de escapar de allí.

Lo único que aquella criatura tenía de humano era el aspecto.

—Eissesh —dijo el rey con la boca seca, pronunciando el nombre del shek.

Inclinó la cabeza ante él, en señal de sumisión. Eissesh era el lugarteniente de Ashran en su reino, el que le informaba de los posibles focos de rebelión y se aseguraba de que allí se gobernaba conforme a los dictados de los sheks. Eissesh y su ejército de hombres-serpiente llevaban años instalados en el reino; en general no cometían injusticias y, aunque eran muy severos con los renegados, solían dejar en paz a la gente que simplemente se ocupaba de sus asuntos. Pero el monarca no terminaba de acostumbrase a ellos.

La presencia de Eissesh aquella noche en las almenas le dio mala espina. No porque él hubiera acudido a verlo por sorpresa, sino porque se hubiera disfrazado con aquella apariencia humana. En todos los años que hacía que lo conocía, el rey solo lo había visto recurrir a aquella ilusión un par de veces. Eissesh detestaba rebajarse a mostrarse como humano.

Pero estaba claro que aquella noche quería ser discreto.

—Tenemos instrucciones para ti —dijo con una voz helada, carente de emoción.

Eissesh jamás había empleado el tratamiento mayestático a la hora de hablar con el rey, ni había seguido ningún tipo de protocolo. Para el shek, aquel no era más que un humano, por muy soberano que se considerase.

—Vuestros deseos son órdenes para mí —murmuró el rey, recordándose a sí mismo, una vez más, que gracias a aquella humillación todavía seguían vivos y disfrutando de una relativa paz.

—Recibirás visita —prosiguió Eissesh—. Un grupo de renegados muy peligrosos. Debes acogerlos en tu reino y fingir que los apoyas. Estaremos observando, y cuando llegue el momento te diremos lo que has de hacer.

El rey tembló ante las palabras del shek. Con todo, no le pareció nada tan complicado. Había traicionado a muchos renegados. Sus soldados estaban a la avanzadilla de la búsqueda y captura de los Nuevos Dragones, el grupo rebelde de Nandelt que más quebraderos de cabeza había dado a Ashran y los sheks.

Pero, a cambio, sus gentes vivían en paz. Tenía que seguir recordándolo.

—¿Cómo los reconoceré?

—Los reconocerás. Ahora tienes la oportunidad de demostrar hasta qué punto nos eres fiel. No nos falles... Te estaremos obser...

«... vando...».

La última palabra no sonó en sus oídos, sino en su mente. El rey alzó la cabeza y se dio cuenta de que la figura humana ya no estaba allí. En su lugar, algo semejante a un relámpago plateado cruzaba el cielo, envuelto en la luz sangrienta de Ayea, en dirección a las montañas.

Gerde pasó un dedo por la mesa presidencial, con suavidad. Se sentó en el asiento que había pertenecido a Zimanen, el Archimago que había gobernado aquel lugar y que había muerto apenas dos semanas antes, en el asedio de los sheks.

—Señora de la Torre de Kazlunn —ronroneó, entornando sus enormes ojos negros—. Qué bien suena eso.

Miró a su alrededor con un suspiro de satisfacción. Aquel era el salón de reuniones de la Torre de Kazlunn, el lugar donde los magos de mayor categoría solían discutir asuntos de diversa índole concernientes a la Orden Mágica. Gerde era aún joven, pero había llegado muy lejos en su carrera como maga, y no había tardado en asegurarse un asiento en aquella mesa. Una mesa siempre presidida por Zimanen, Señor de la Torre de Kazlunn.

Gerde recordaba bien la reunión que había tenido lugar en aquella misma sala el día de la conjunción astral. Los magos habían decidido salvar a un dragón y a un unicornio, pero el hada tenía la sensación de que todo era inútil, de que estaban en el bando de los perdedores. Se retiró a un segundo plano y se limitó a observar los esfuerzos de los hechiceros. Fue testigo del viaje de Yandrak y Lunnaris a otro mundo. También sabía que, inmediatamente después, antes incluso de que los magos enviaran tras ellos a Alsan y Shail, la hechicera Aile Alhenai, Señora de la Torre de Derbhad, conocida más tarde por el nombre terráqueo de Allegra d'Ascoli, había cruzado la Puerta en secreto, en nombre de los feéricos de la Orden Mágica. Gerde no se había ofrecido voluntaria. ¿Para qué? Dudaba mucho de que aquella alocada empresa fuera a tener éxito, aunque lo sentía especialmente por el unicornio, la pequeña Lunnaris. Le recordaba al unicornio que le había entregado la magia cuando era niña.

Había sentido lástima por Lunnaris, sí. Pero entonces no conocía a Kirtash. Entonces, Lunnaris no tenía un cuerpo humano ni un alma que pudiera atraer al hijo del Nigromante. Frunció el ceño. A pesar de todo, le costaba creer que aquella irritante Victoria fuera el mismo unicornio al que los magos habían salvado tiempo atrás.

La Torre de Kazlunn había resistido a Ashran quince años después de aquello. Pero el resto del continente, a excepción del bosque de Awa, había caído bajo el poder de los sheks.

Y Zimanen seguía esperando a Yandrak y Lunnaris, con fe inquebrantable. Pero hacía tiempo que Gerde se había cansado de esperar. La torre caería y, con ella, el resto de Idhún.

Decidió unirse a los vencedores. Abandonó la torre y acudió a hablar con Ashran.

Entonces no había imaginado que él la recompensaría de aquella manera por su fidelidad. Su propio hijo lo había abandonado ahora, pero Gerde seguía allí, a su lado. Zimanen estaba muerto y la Torre de Kazlunn había caído. Ashran podía haberla destruido, como ya hiciera con la Torre de Awinor y la Torre de Derbhad; no obstante, había preferido entregarla a Gerde intacta y crear así un nuevo cuartel para su imperio.

Gerde no se hacía ilusiones. Sabía que a Ashran le convenía tenerla allí. Ambos estaban al tanto de la obsesión de Qaydar, el último Archimago, por recuperar la Torre de Kazlunn. Mientras lo que quedaba de la Orden Mágica se centrase en aquella empresa, olvidarían por un tiempo la Torre de Drackwen, verdadero foco de poder del imperio de los sheks. Por otro lado, Kazlunn estaba cerca de Nandelt, donde se habían originado varios episodios de rebelión a lo largo de aquellos años; aquella torre era el lugar ideal para establecer la base desde la cual se coordinaría la lucha contra todos los grupos rebeldes, desde la Resistencia hasta los Nuevos Dragones.

Pero, entretanto, ella era ama y señora de aquel lugar. Se arrellanó en el asiento, sonriendo. Nunca le había caído bien Zimanen. No lamentaba su muerte, y tampoco la masacre de la Torre de Kazlunn. Se lo tenían merecido por no haberla escuchado, por no haberla creído cuando les advirtió de que no se podía luchar contra los sheks. Ahora, Zimanen estaba muerto, y ella ocupaba su puesto.

Entonces, un soplo helado sacudió la habitación y Gerde vio, de pronto, una imagen en sombras de Ashran, su señor, flotando junto a la ventana.

—¿Estás cómoda? —sonrió el Nigromante al verla en aquella silla.

Gerde se levantó de un salto para inclinarse ante él.

—Los sheks han detectado algo extraño en la Cordillera Cambiante —dijo Ashran sin rodeos—. Uno de los rastreadores que envió Zeshak dice haber percibido una presencia que le resultó muy desagradable... algo que, según sus propias palabras, «apestaba a dragón». Pero fue solo un instante, y enseguida le perdió la pista. Si se trataba del dragón que estamos buscando, es extraño que lograra ocultarse a su percepción.

—Esa bruja de Aile los protege —murmuró Gerde, recordando su encuentro con Allegra en el bosque de Awa—. Los feéricos podemos esconder lo extraordinario a la sensibilidad de cualquier criatura, incluidos los sheks. Y Aile es poderosa. Estoy segura de que podría ocultar también algo así.

—Es lo que pensaba —asintió el Nigromante—. Si los informes son ciertos, entonces el dragón y el unicornio se dirigen hacia el sur.

—Hacia el Oráculo de Gantadd —comprendió Gerde.

—O hacia Awinor —señaló el Nigromante—. Y si esa es la ruta que van a seguir, quiero que hagas algo al respecto.

Ella se estremeció.

—No puedo seguirlos hasta allí, a través del desierto... —protestó; las hadas no sobrevivían mucho tiempo lejos de sus amados bosques.

—No será necesario. Es muy posible que crucen Trask-Ban para llegar a su objetivo.

Gerde asintió, pensativa. Trask-Ban era el bosque de los trasgos, la rama más desagradable de la familia feérica, y la mayor parte de aquellas traicioneras criaturas servían a la nueva Señora de la Torre de Kazlunn.

—Los hechiceros de la Torre de Derbhad abrieron hace tiempo un paso seguro a través de la Cordillera Cambiante —dijo, sin embargo—. ¿Qué sucederá si el dragón y el unicornio encuentran ese paso?

—Eso depende de ti, Gerde —dijo el Nigromante con suavidad.

El hada comprendió. Sus ojos negros relucieron con un brillo sombrío.

—El Paso es un lugar perfecto para una emboscada. Si cruzan Trask-Ban, mis trasgos los detendrán. Y si atraviesan la cordillera a través del Paso, encontrarán una desagradable sorpresa al otro lado. Pero... ¿qué ocurrirá si su destino es el Oráculo?

—Los sheks se ocuparán de esa parte.

Gerde inclinó la cabeza.

—Se hará como deseas, mi señor.

Ashran asintió, y su imagen se desvaneció en el aire.

Los trasgos llegaron al sitio indicado cuando el último de los soles se ponía ya por el horizonte. Examinaron el lugar: había un estrecho sendero que atravesaba las montañas y desembocaba en un pequeño valle. Más allá, las tierras empezaban a ser secas y yermas: los límites del desierto de Awinor.

Los trasgos se situaron a la entrada del valle, y entonces uno de ellos extrajo un objeto de su bolsa andrajosa. Parecía una pelota blanda y mohosa, que temblaba en la mano del trasgo como si tuviera vida propia. Otro de los trasgos escarbó en la tierra hasta abrir un agujero de tamaño considerable. Entonces, el primer trasgo dejó caer la extraña semilla en su interior.

Volvieron a tapar el hoyo, mientras entonaban con sus voces susurrantes el canto que guiaría su magia telúrica —aquella que todos los feéricos, incluso ellos, poseían de manera innata– hasta la semilla y la haría germinar.

Contemplaron cómo la planta crecía trémula bajo la luz del crepúsculo. Cuando dejaron de cantar, la semilla se había convertido en un árbol joven cuyas ramas blancas flotaban en torno a él como si fueran los tentáculos de una medusa.

Uno de los trasgos soltó una carcajada burlona. Los otros lo imitaron.

VII
YDEON, EL FABRICANTE DE ESPADAS

CHRISTIAN tardó dos días en divisar a lo lejos las altas cumbres del Anillo de Hielo, la gran cadena montañosa que rodeaba Nanhai y lo separaba de Nandelt. Se sentía más seguro volando de noche, y así debía de ser, puesto que no encontró problemas ni contratiempos en el camino. Tan solo una vez se cruzó con una hembra shek cuando sobrevolaba la populosa ciudad de Puerto Esmeralda. La shek lo detectó antes de que él pudiera percibir su presencia, lo cual era otra prueba más de que estaba perdiendo facultades. Se acercó a él, tal vez con la intención de pedirle noticias. Cuando Christian quiso retroceder, ya era demasiado tarde; de modo que la aguardó, para no despertar sospechas.

Era una hembra vieja; quizá por eso no se enfrentó a él cuando lo reconoció como el renegado que los había traicionado. Se limitó a lanzarle un siseo furioso, enseñando sus letales colmillos. Christian le dirigió una larga mirada, pero siguió su camino sin pelear. Sintió sobre él los ojos de la criatura hasta que estuvo bien lejos de ella.

Ahora, los sheks conocían ya su posición. Christian estuvo alerta, esperando que le salieran al encuentro, pero nadie lo interceptó. Sonrió para sí. Cada vez tenía más claro que estaba haciendo lo que Ashran quería que hiciera, y que por eso nadie lo molestaría en su viaje. El porqué el Nigromante deseaba que Christian resucitase su espada, cuando había sido él mismo quien le había arrebatado su poder, resultaba todavía un misterio para el muchacho. No obstante, tenía una sospecha al respecto.

No le gustaba la idea de estar cumpliendo las expectativas de Ashran, de estar sirviendo a sus propósitos, pero no tenía más remedio. De todas formas, se prometió a sí mismo que haría lo posible por averiguar cuáles eran exactamente las intenciones de su padre... para no hacer nada de lo que luego pudiera arrepentirse.

El Anillo de Hielo estaba siempre envuelto en turbulentas tormentas de nieve. Christian sabía que era una locura tratar de cruzarlo volando, por lo que buscó un paso para atravesarlo por tierra. Aun así, no se transformó en humano, todavía no. Su espíritu shek no habría soportado regresar tan pronto a su prisión. De manera que se aventuró por los estrechos desfiladeros de la cordillera con las alas replegadas y su largo cuerpo ondulante reptando sobre la nieve.

Los sheks aguantaban bien todo tipo de temperaturas extremas. En climas cálidos, los soles calentaban su cuerpo de sangre fría. En lugares más inhóspitos, su dura piel escamosa los aislaba a la perfección del frío y la humedad. Ellos mismos eran capaces de crear hielo a su alrededor, por lo que aquel era un elemento que no podía dañarlos.

Pese a ello, Christian comprendió enseguida por qué los sheks nunca habían estado interesados en conquistar Nanhai. Aquel era un desolado mundo de hielos eternos y escarpadas agujas que hacían las montañas imposibles de escalar. Además era difícil acceder a él, porque sus cielos turbulentos no podían cruzarse volando, y porque, por tierra, los pasos que se abrían ocasionalmente no tardaban en ser invadidos por los aludes de nieve y los glaciares. Con todo, Christian se dejó llevar por su instinto, y encontró grietas en las paredes de hielo, estrechas gargantas entre montañas y laberínticas cavernas que atravesaban los macizos de parte a parte.

Pronto, sin embargo, comenzó a acuciarle el hambre.

Los sheks eran capaces de pasar varios días sin comer, porque sus movimientos, medidos y calculados a la perfección, sin un solo gesto innecesario, los ayudaban a ahorrar energías. Pero en aquel mundo de hielo no parecía haber nada vivo, y Christian empezó a dudar que pudiera llegar a sobrevivir a aquel viaje.

Cuando ya estaba a punto de perder la esperanza, las montañas se abrieron para dar paso a la alta meseta de Nanhai.

También allí había montañas, pero estaban más separadas unas de otras, y las tormentas de nieve no eran tan frecuentes. En aquel mismo momento, incluso se adivinaban los tres soles a través de la helada neblina que cubría el cielo. En los valles y en la cara de las montañas donde llegaban los rayos solares con más facilidad se había desarrollado vegetación, y varias especies de animales que se habían adaptado a aquel desolado lugar. Christian respiró profundamente, sabiéndose ya cerca de su objetivo.

Tuvo que hacer un esfuerzo para levantar el vuelo, pero lo hizo, y agradeció poder despegarse del suelo de nuevo.

Tardó un buen rato en divisar a un gigante un poco más allá, al pie de una montaña, y lo descubrió porque se estaba moviendo; de lo contrario, le habría pasado desapercibido. Desde la distancia, parecía una roca más de la cordillera.

El gigante no pareció muy sorprendido cuando vio al shek descender ante él. Lo miró impasible y se limitó a esperar a que hablara.

«Busco a Ydeon», dijo Christian solamente.

El gigante asintió, sin una palabra. Entonces alzó el brazo, un brazo enorme como un tronco y áspero y duro como una roca, y señaló un pico lejano.

A Christian le bastó con eso. No dio las gracias por la información; el gigante tampoco las esperaba, de todas formas. Alzó el vuelo y se zambulló de nuevo en el gélido viento de Nanhai.

Erea, la luna blanca, ya asomaba por el horizonte cuando alcanzó el hogar de Ydeon. No le costó localizar la abertura en la roca, una gran caverna orlada de agujas de hielo. Titubeó antes de volver a adoptar forma humana.

Se sintió extraño. Llevaba varios días transformado en shek, y tuvo la sensación de que su cuerpo humano era insoportablemente débil y pequeño. Se controló y estiró los brazos y las piernas para volver a acostumbrarse a su otra forma. Después, se introdujo por el túnel.

No habría sabido decir cuánto rato estuvo descendiendo en la oscuridad. Sus sentidos de shek lo ayudaban a orientarse en las entrañas de aquella montaña, pero, aun así, más de una vez estuvo a punto de resbalar en el hielo.

Pronto descubrió que aquello era un laberinto de túneles. La galería que seguía se ramificaba a derecha e izquierda, y algunos de los nuevos conductos tenían un aspecto más cómodo que el del corredor que estaba siguiendo, pero no se desvió de su camino. Percibía algo cálido más allá.

Al cabo de un rato, empezó a escuchar golpes rítmicos que parecían proceder del corazón del mundo. El eco los hacía retumbar por todos los túneles, de modo que no podía detectarse el lugar del que surgían. Pero el shek tenía una idea bastante aproximada. Poco después, el túnel se iluminó con una suave luz rojiza, y Christian supo que estaba ya muy cerca. La temperatura del ambiente fue aumentando y pasó de una agradable calidez a un pesado bochorno. También la luz rojiza se hizo más intensa, y los golpes, más fuertes.

Finalmente, Christian torció por un recodo y llegó hasta una enorme arcada. Los golpes cesaron de súbito. El joven avanzó con precaución y vio que la arcada daba paso a una gran caverna iluminada por un resplandor anaranjado. Se quedó allí, en el umbral, recorriendo la estancia con la mirada.

Era un espectáculo extraño. La caverna entera estaba cubierta de hielo, y montones de nieve se acumulaban contra las paredes. Y era extraño porque más allá resbalaba lentamente un pequeño río de lava, tórrido, burbujeante; era como si ambos elementos, fuego y hielo, no se afectasen el uno al otro, como si algo mantuviera separadas ambas esencias que, como Christian sabía muy bien, tendían a destruirse mutuamente. El calor emergente del río de lava debería haber fundido el hielo tiempo atrás, pero no lo había hecho; y tampoco el intenso frío del glaciar había logrado petrificar aquella lengua de fuego que se deslizaba a través de él.

Christian decidió que ya resolvería aquel misterio más adelante. Porque junto al río de lava se alzaba una enorme roca plana, negra como el azabache.

Y junto a la roca estaba Ydeon.

Alcanzaría los tres metros de altura; su piel era gris, dura y rugosa como la roca de las montañas; sus ojos, redondos y completamente rojos, parecían brillar con luz propia. Su cabeza, desprovista de cabello, se alzaba sobre un cuello corto pero ancho, asentado entre sus poderosos hombros. Vestía ropas de piel que dejaban al descubierto sus pétreos brazos y sus grandes manazas; con una de ellas sujetaba la empuñadura de una espada cuyo filo, a medio templar, reposaba al rojo vivo sobre la piedra negra. Christian se preguntó dónde estaba la maza que había estado utilizando el gigante para templar el arma.

—Bienvenido, príncipe Kirtash —dijo Ydeon, el fabricante de espadas; su voz retumbó como un alud de rocas que se precipitara por la ladera de una montaña—. Te esperaba.

Christian no se movió. Sus ojos estudiaron al gigante con calma.

—¿Me conocías? —preguntó después, con suavidad.

—Pocos humanos serían capaces de llegar hasta mí —repuso Ydeon—. Pero tú no eres un humano corriente.

Christian no vio la necesidad de responder. El gigante alzó entonces su manaza con el puño cerrado y lo descargó contra el metal al rojo. Christian lo observó con interés mientras Ydeon daba forma a la espada sin más herramientas que su poderoso puño. Conocía, desde luego, la extraordinaria fuerza de los gigantes, pero dudaba de que muchos fueran capaces de hacer lo que el fabricante de espadas estaba haciendo en aquel momento. Esperó con calma hasta que Ydeon terminó, alzó el arma y la hundió en un montón de nieve para enfriarla. El ambiente se llenó de vapor de agua.

Ydeon se volvió hacia Christian, en un gesto que le indicaba que ya estaba en disposición de atenderlo.

—Vengo a causa de Haiass —dijo el muchacho a media voz—. Lo sabías, ¿verdad?

Ydeon asintió sin una palabra. Christian desenvainó su espada y la mostró al gigante.

—¿Fuiste tú quien le arrebató su poder? —preguntó.

—No puedo arrebatarle un poder que nunca le otorgué —repuso el gigante—. Me limito a forjar espadas... espadas que aúnan la máxima dureza con la máxima sensibilidad, lo cual les permite absorber y asimilar la magia que les da la vida. Pero insuflarles esa magia es labor de los hechiceros... y de criaturas semidivinas, como los dragones, los unicornios o los sheks.

No había amargura en sus palabras cuando mencionó a los dragones y los unicornios, casi extintos a causa de Ashran y las serpientes aladas. Probablemente, Ydeon lamentara más la muerte de Haiass, una espada legendaria, que la de toda una raza de criaturas inteligentes.

—Entonces, ¿no hay manera de repararla? ¿No se la puede despertar de nuevo?

La roja mirada de Ydeon se encontró con los fríos ojos azules de Christian.

—Eso deberías decírmelo tú. Al fin y al cabo, eres un shek.

—Así que lo sabes... Pensaba que a Nanhai apenas llegaban noticias del resto del mundo.

—Yo lo supe desde el principio. Hace poco más de quince años, Ashran y Zeshak acudieron a verme para pedirme que forjara una espada que pudiera contener todo el poder de los sheks —los ojos de Ydeon seguían clavados en él—. La espada era para ti, muchacho.

Y ningún humano habría podido blandir un arma como esa. Tenías que ser uno de ellos, a la fuerza.

»Siempre he sentido curiosidad por ti. No porque seas el hijo de Ashran. No porque estuvieras destinado a gobernar Idhún. Simplemente, porque una de mis más poderosas espadas te pertenecía, te había aceptado como dueño.

»Hace unos días dejé de oír la canción de hielo de Haiass en mi alma. Supe que había muerto. También supe que no tardarías en aparecer por aquí, y que podría conocerte en persona. Debo decir que no me pareces tan impresionante como había imaginado.

Christian sonrió, sin sentirse ofendido en absoluto.

—He perdido gran parte de mi poder —reconoció—. Tal vez eso esté relacionado con la muerte de mi espada. No estoy seguro.

Ydeon extendió la mano hacia él, y el muchacho supo enseguida qué era lo que le pedía. Titubeó apenas un segundo antes de tenderle a Haiass.

El gigante alzó la espada con tanta facilidad como si fuera una pluma y examinó su filo a la luz anaranjada del río de lava.

—No esperaba que regresara tan pronto a mí —murmuró—. No hace ni un mes que la reparé —se volvió hacia Christian, con un extraño fuego llameando en sus ojos—. Necesito saberlo: ¿qué fue lo que la rompió entonces?

—¿Mi padre no te lo dijo?

Enseguida se dio cuenta de lo absurdo de su pregunta. Por supuesto que Ashran se habría guardado muy bien de comentar con nadie que existía alguien capaz de derrotar a su hijo.

—Pocas cosas podrían quebrar a Haiass —dijo el fabricante de espadas—. Imagino que pocas personas serían capaces de vencerte a ti.

Los ojos rojos del gigante seguían fijos en él, expectantes. Christian pronunció la palabra que Ydeon estaba deseando escuchar.

—Domivat —dijo a media voz.

El enorme cuerpo de piedra del gigante se estremeció.

—Domivat, la espada de fuego —repitió—. Hace varios días, noté su presencia en algún lugar de Idhún. Llevaba siglos sin saber nada de ella. Pensé que mi percepción me estaba engañando, pero... ahora comprendo que no fue así. Alguien la ha encontrado y la ha traído de vuelta. Y puede empuñarla... sin abrasarse.

—¿También forjaste a Domivat? —preguntó Christian, aunque hacía tiempo que lo sospechaba.

—Hace más de trescientos años –asintió Ydeon–. Tu espada es muy joven comparada con esa. Y, sin embargo... Haiass tiene más experiencia. Le has hecho probar la sangre de mucha gente. En cambio, desde aquí puedo percibir que Domivat apenas ha sido utilizada en todo este tiempo.

—Tu percepción es correcta, fabricante de espadas.

—¿Quién es él, Kirtash? ¿Quién ha domado a la espada de fuego?

Christian reprimió un suspiro de cansancio. Se sentó sobre una roca y apoyó la espalda en la helada pared de la caverna.

«Es un hombre muerto», le había dicho a su padre no mucho tiempo atrás.

Ahora, en cambio, lo veía desde una perspectiva diferente.

—Es el hombre que algún día me matará –murmuró.

Cuánto podían cambiar las cosas en poco tiempo. Recordó de nuevo los luminosos ojos de Victoria, y se preguntó hasta qué punto era ella consciente de lo antinatural que resultaba intentar que un shek y un dragón fueran amigos.

«No más que luchar por mantener vivo un sentimiento que jamás debería haber nacido en mí», pensó de pronto.

Ydeon lo miraba con gravedad.

—Eres un shek extraño.

Christian no respondió. «No te imaginas hasta qué punto», pensó.

Ydeon movió la cabeza, pesaroso.

—No tengo poder para resucitar tu espada. Pero tal vez haya un modo de conseguirlo. ¿Estás dispuesto a averiguarlo?

Christian alzó la cabeza y le dirigió una mirada indescifrable.

—Estoy aquí, ¿no?

—Has llegado hasta aquí –asintió Ydeon–, pero no basta con eso. No basta con llegar; tienes que quedarte.

—¿Por cuánto tiempo?

—Hasta que descubramos la manera de revivir a Haiass.

Vanissar prosperaba.

Alexander lo advirtió de inmediato. Mientras atravesaban el reino que antaño había sido su hogar, el joven descubrió aquí y allá restos de los estragos que la guerra contra los sheks había causado en el pasado: casas destruidas, algún bosque muerto bajo la escarcha... pero aquellos tiempos parecían ya olvidados. Los cultivos crecían altos y vigorosos, y la gente, a pesar de sus semblantes graves, tenía aspecto de vivir razonablemente bien.

–Los sheks son criaturas inteligentes –murmuró Allegra ante la muda pregunta de Alexander–. Saben que no tiene sentido conquistar un mundo para luego dejarlo morir.

Habían pasado cinco años para el joven, pero habían sido quince para el pueblo de Vanissar. Se preguntó si lo reconocerían. Apenas había envejecido, aunque su cabello se hubiera vuelto gris. Por si acaso, tanto él como sus compañeros evitaban las poblaciones y avanzaban con el rostro oculto bajo la capucha de la capa.

Un par de días después, llegaron a Vanis, la capital del reino. Alexander sonrió, emocionado al volver a ver los edificios de ladrillos bicolores típicos de Vanissar, las cúpulas rojas del palacio real, los arcos que conducían a la plaza del mercado, los balcones adornados con las flores violetas que tanto gustaban a las mujeres de la ciudad. Se dejó arrastrar por la multitud, por sus sonidos, por sus olores, encantado de estar de nuevo en casa, aunque una parte de él se sintiera un extraño.

El dominio shek era allí más evidente que en las zonas rurales. Soldados szish controlaban las calles y la plaza del mercado, observándolo todo con sus ojos negros y redondos como botones. Alexander se dio cuenta de que la gente parecía haberse acostumbrado a su presencia, y vio que algunos incluso aclamaron a un par de hombres-serpiente que atraparon a un ladrón.

Alexander movió la cabeza, asombrado.

–A las serpientes les interesa que todo funcione bien –susurró Qaydar–. Dejan en paz a la gente honrada que se ocupa de sus asuntos y trabaja para que el reino prospere. Incluso los favorecen y les ponen las cosas fáciles. Por el contrario, el trato que dispensan a los criminales y a los rebeldes es duro y despiadado.

–¿Cómo vamos a llegar al castillo? –preguntó Allegra en voz baja.

Qaydar respondió algo, pero Alexander no lo escuchó.

Se había quedado mirando a una anciana que trenzaba canastas en un puesto del mercado. Le llamó la atención porque las canastas estaban hechas de una clase de junco de tono azulado, muy resistente, que solo crecía en los márgenes del río Raisar, que separaba los reinos de Vanissar y Raheld. Hacía mucho tiempo que no veía objetos fabricados con aquel material, y un sentimiento de nostalgia inundó su corazón.

Entonces, la anciana tejedora alzó la cabeza hacia él y sonrió. Su piel arrugada mostraba listas de color pardo, señal de que la mujer procedía de Shur-Ikail, donde habitaba una raza de bárbaros humanos de piel listada.

—¿Deseáis comprar un canasto, señor? No los encontraréis mejores en ninguno de los cinco reinos...

Alexander sonrió; iba a declinar la oferta cuando la mujer se fijó en su rostro y palideció como si acabara de ver un fantasma.

—¡Alteza! —exclamó.

Alexander retrocedió, moviendo la cabeza.

—Te has equivocado de persona.

—¡Príncipe Alsan! —insistió la mujer; cayó de rodillas ante él y trató de besarle las manos, pero Alexander no se lo permitió—. ¡Habéis regresado!

—Te repito que me confundes con otro.

El comportamiento de la tejedora atrajo la atención de algunos curiosos, entre ellos un niño de mirada pensativa, que estudió a Alexander de arriba abajo, asintió para sí mismo y después se perdió entre la multitud. Allegra tiró de su amigo y se lo llevó lejos de allí. Alexander pudo ver cómo dos szish se llevaban a rastras a la anciana, que lloraba de alegría mientras seguía pronunciando el nombre del príncipe Alsan. Y supo que nadie más volvería a verla con vida.

Allegra y Alexander se reunieron con Qaydar, cuyos ojos relampagueaban de ira.

—¿Es que quieres que nos maten? —siseó, furioso.

Los ojos de Alexander relucieron con un salvaje brillo amarillo.

—No me hables en ese tono, Archimago —le advirtió—. Te encuentras en Vanissar, el reino que me pertenece por derecho. Aquí, más que en ningún otro lugar, exigiré que me trates con el respeto que se le debe al heredero al trono.

—Basta —dijo Allegra con suavidad—. Seamos prácticos: han reconocido a Alexander; no tardarán en venir a buscarnos.

Buscaron refugio en un callejón, desde donde escudriñaron la calle principal. Pero no descubrieron una actividad anormal en los guardias szish.

—Parece que no la han creído —murmuró Allegra, exhalando un suspiro de alivio.

Pero Qaydar negó con la cabeza.

—Esas criaturas no dejan nada al azar. Si alguien cree haber visto al príncipe, lo investigarán, no te quepa duda. Pero no lo harán abiertamente, sino bajo mano, sin que nadie se entere. No permitirán que la gente crea que han dado crédito a algo así. Si actúan como si no tuviera importancia, todos se convencerán de que no la tiene, de que solo ha sido el desvarío de una vieja loca —movió la cabeza, irritado—. Llevo tiempo estudiando a los szish. Son tan taimados como los monstruos a los que sirven.

—¿Qué sugieres que hagamos, pues?

—Acompañarnos al castillo, si os place, señora —dijo de pronto una voz a sus espaldas, sobresaltándolos—. El rey Amrin os está esperando.

Junto a ellos había un hombre de unos treinta y cinco años. Su piel presentaba un ligero tinte azulado; su cabello crecía muy fino y escaso, y era tan rubio que parecía casi blanco. Sonreía, y su rostro era agradable y jovial.

«Un semiceleste», pensó Alexander. Inmediatamente se acordó de Shail y Zaisei, y se preguntó si el grupo de la Venerable Gaedalu habría llegado ya al Oráculo.

—Me llamo Mah-Kip, y trabajo para su majestad —se presentó—. Los szish os están buscando. Me han enviado para guiaros hasta el castillo sanos y salvos.

Los tres cruzaron una mirada. Mah-Kip era un semiceleste, su mirada era limpia y pura como la de todos los hijos de Yohavir; no los engañaría ni traicionaría.

Lo siguieron a través de un laberinto de calles, hasta una vieja posada que parecía abandonada. Mah-Kip los hizo descender al sótano, y allí descubrió un túnel que se abría tras una pesada alacena que tuvieron que apartar entre todos.

—Este túnel es completamente seguro —dijo Mah-Kip—, y lleva hasta el palacio. Lo descubrí hace unos meses y se lo comuniqué a su majestad, pero él no quiso que le revelara el lugar exacto de su ubicación. Así se aseguraba de que ni Eissesh ni los szish averigüen su paradero.

—¿Eissesh? —repitió Alexander en voz baja.

—El gobernador de Vanissar —gruñó Qaydar—. El shek que dirige el reino en nombre de Ashran y el señor de las serpientes. En realidad, Amrin es rey solo de nombre. Es Eissesh quien mueve los hilos aquí.

—Su majestad hace lo que puede —suspiró Mah-Kip—. Si organizase una rebelión, Eissesh lo sabría inmediatamente. No tiene más que leer sus pensamientos, como solo saben hacer los sheks. Esa es la razón por la cual los rebeldes actúan a espaldas de nuestro soberano. Él no quiere saber nada del asunto, para no comprometerlos.

–Entonces, ¿mi hermano apoya la rebelión? –preguntó Alexander.

Mah-Kip sonrió.

–¿Acaso no está protegiendo a tres renegados buscados por todo Nandelt? –preguntó con suavidad.

Alexander sonrió también, atisbando, por fin, un rayo de esperanza en la oscuridad. Pero Allegra se mordió el labio inferior, pensativa.

Por fin llegaron al término del túnel. Subieron por unas escaleras talladas en la roca y aparecieron tras un enorme tapiz que cubría toda una pared. Alexander miró a su alrededor, bebiendo con los ojos todos los detalles del lugar donde se había criado. Había añorado mucho Vanissar y se sentía feliz de estar en casa de nuevo; y, sin embargo, una parte de él seguía sin encontrarse cómoda.

Mah-Kip los guió hasta un enorme salón donde los aguardaba una figura que se hallaba de pie junto a la ventana. Alexander reprimió una exclamación de sorpresa.

Era su hermano, pero no el muchacho que él recordaba. Solo se llevaban dos años; Amrin era un chico no mucho mayor que Jack cuando Alexander lo había visto por última vez. Pero ahora era un hombre que rondaba los treinta, no muy alto, de cabello castaño ensortijado y los mismos ojos oscuros de Alexander. Para el rey de Vanissar habían pasado quince largos años, mientras que el desajuste temporal del viaje a través de la Puerta había congelado a Alexander durante diez años, de manera que todo aquel tiempo solo había sido un lustro para él. Antes era el príncipe Alsan, el heredero del trono. Ahora era Alexander, tenía veintitrés años y, sorprendentemente, era más joven que su hermano menor.

–Me alegro de volver a verte, Alsan –dijo el rey–. Por una parte has cambiado, pero, por otra, el tiempo parece no haber pasado por ti. Una extraña forma de conservarse.

Alexander se encogió de hombros.

–Los viajes interdimensionales pueden jugarte malas pasadas a veces.

Los dos hermanos se estudiaron un momento, con cautela y cierta desconfianza. Alexander sabía que, a pesar de la nueva diferencia de edad, él había nacido antes que Amrin. El trono de Vanissar le pertenecía por derecho.

Y Amrin lo sabía también. Ahora que llevaba tantos años siendo rey de Vanissar, ¿cómo reaccionaría ante el regreso del legítimo heredero del rey Brun?

Sin embargo, al cabo de unos instantes, Amrin sonrió ampliamente.

—Bienvenido a casa, hermano —dijo.

Jack se recostó sobre la hierba, junto al arroyo. Estaba en apariencia tranquilo, pero sus ojos verdes recorrían el paisaje, alerta.

A lo largo de su viaje a través de la Cordillera Cambiante, había aprendido a estar siempre vigilante. Eran demasiadas las cosas que no conocía o no comprendía de aquel lugar.

Victoria se había quedado un poco más lejos, río arriba. Había encontrado una pequeña cascada que caía sobre un remanso tranquilo, y estaba aprovechando para bañarse. Jack se había retirado un poco para dejarle intimidad... y, de paso, vigilar que no la sorprendiera ningún visitante indeseado.

Contempló cómo se movían las montañas, sin mucho interés. Era un fenómeno que ya le parecía perfectamente normal.

Sin embargo, algo le llamó la atención y le hizo enderezarse, sorprendido.

Una de las montañas desaparecía poco a poco. Y tras ella... no había más montañas, sino una amplia extensión de bosque. Se puso en pie de un salto para estudiar la posición de los soles. Estaban justo encima de aquel bosque. Por el este.

Respiró hondo. Aquello solo podía ser Derbhad. Qué mala suerte. Para una vez que las montañas se abrían lo bastante como para dejar ver lo que había más allá, era por el lado contrario por el que querían salir. En cualquier caso, pensó, tal vez había llegado la hora de abandonar la cordillera y seguir avanzando por un lugar menos desconcertante.

Dio media vuelta y se dirigió a la cascada para contárselo a Victoria.

Los dos se pusieron en marcha enseguida. Cuando el bosque fue claramente visible en el horizonte, ambos apretaron el paso. Tenían que alcanzarlo antes de que desapareciera de su vista, antes de que las montañas volvieran a cerrarse ante ellos.

Por suerte, no lo hicieron. Llegaron a la sombra fresca de la floresta un poco antes del mediodía, y se dejaron caer bajo los árboles, cansados y hambrientos. Contemplaron la amenazadora silueta de aquella extraña Cordillera Cambiante de la que habían escapado. Jack no pudo evitar preguntarse cuánto habían avanzado en todo aquel tiempo que llevaban de marcha.

–Tenemos que decidir qué hacer ahora –dijo–. Podemos seguir por Derbhad hacia el sur, o tratar de cruzar la cordillera para llegar hasta el desierto.

–No sé si quiero volver ahí –dijo Victoria–. A veces tengo la sensación de que es como un laberinto del que no podremos escapar.

–Y tal vez sea así –dijo de pronto una voz sobre ellos, sobresaltándolos–. Los bosques cambian, pero las montañas no deberían cambiar. No es natural.

Los dos chicos descubrieron entonces a un silfo observándolos desde una rama.

Los silfos eran el equivalente masculino de las hadas. La mayoría de ellos tenían alas y solían encontrarse en las copas de los árboles. A pesar de servir a Wina, la diosa de la tierra, también se sentían, en parte, criaturas del aire.

Aquel en concreto tenía la piel aceitunada y el cabello parecido a un manto de hojas secas. Sus ojos negros, enormes y rasgados, los contemplaban con curiosidad.

–Hace mucho tiempo, cuando el mundo era aún muy joven –dijo el silfo, antes de que los chicos pudieran hablar–, los primeros magos vinieron a estas tierras. Hablaron a todo el mundo con entusiasmo acerca de su nuevo don, el que otorgaba el unicornio, una criatura de la que nadie antes había oído hablar. Los sacerdotes los escucharon con desconfianza. No había más poder que el de los dioses, dijeron. Otros pidieron a aquellos primeros magos que les mostraran hasta dónde podía llegar aquel nuevo invento llamado magia. Ellos dijeron que podrían mover las montañas de sitio.

El silfo calló. Su mirada había quedado prendida en el horizonte, donde se veían las altas paredes de la Cordillera Cambiante. Tanto Jack como Victoria intuían cuál había sido el final de la historia.

–Entonces la magia también era joven –prosiguió el silfo–. Los magos cambiaron las montañas de lugar, pero no calcularon el alcance de su poder. Hoy día, las montañas siguen cambiando. Por eso los magos dicen a menudo que «la magia mueve montañas».

–No conocía esta historia –dijo Victoria, fascinada–. Gracias por contárnosla.

El silfo respondió con una inclinación de cabeza. Victoria se puso en pie.

–Hemos pasado muchos días en la Cordillera Cambiante, y me temo que estamos perdidos. ¿Podrías indicarnos el camino?

–Eso depende de adónde queráis ir.

–Vamos hacia el sur –intervino Jack–. Hace tiempo que partimos del bosque de Awa, pero no sabemos si lo hemos dejado atrás.

–Muy atrás –confirmó el silfo–. Si seguís hacia el sur, pronto llegaréis a Gantadd.

Jack sonrió. Eso eran buenas noticias; significaba que sí habían avanzado mucho a pesar de todo.

–¿Hay alguna manera de cruzar las montañas? –preguntó–. No nos gustaría tener que atravesar el bosque de los trasgos.

El silfo rió suavemente.

–Oh, sí, la hay. Los magos crearon un paso seguro a través de la cordillera. Una senda que nunca cambia. Las montañas se mueven a su alrededor, pero no la bloquean nunca, ni pueden cambiarla de lugar.

Los Ojos de Neliam era el nombre del conjunto de lagos cristalinos que formaban los afluentes del río Mailin en pleno corazón de Derbhad. Aquellos lagos eran el hogar de náyades, ondinas, silfos acuáticos y demás hadas de los ríos y los manantiales. Pero en los más grandes también habitaban algunas tribus de varu que siglos atrás se habían adaptado al agua dulce, y ellos habían llamado «los Ojos de Neliam» a aquel lugar en honor a su diosa.

Era una tierra agradable, fácil de recorrer, porque la vegetación era fresca sin ser tupida, y el terreno era blando sin ser fangoso. Además, Gaedalu necesitaba entrar en el agua regularmente, por lo que agradecía la presencia de los lagos y los arroyos.

La Madre y su escolta no encontraron grandes problemas a lo largo de su viaje. En cierta ocasión estuvieron a punto de ser descubiertos por un shek que se bañaba en uno de los lagos, pero las náyades los ayudaron guiándolos a un sector de la orilla donde la vegetación era lo bastante espesa como para poder ocultarlos.

Shail todavía no había hablado con Zaisei. Los primeros días estuvo más preocupado por mantener activo el hechizo que los mimetizaba con el suelo que pisaban, y también por guardar el equilibrio sobre su paske. Aunque las hadas habían improvisado un arnés que lo mantenía sujeto a la silla, resultaba difícil montar con una pierna menos.

Tampoco Gaedalu le daba conversación. Solo hablaba con él cuando era estrictamente necesario, y el resto del tiempo lo ignoraba, como si no estuviera allí.

Por esta razón, el joven mago se mostró sorprendido cuando, una noche, la Madre hizo retroceder a su montura hasta situarla junto a la de él.

–Venerable Gaedalu –murmuró Shail.

La varu respondió al saludo con una inclinación de cabeza. Por un momento, no dijo nada. Ambos siguieron cabalgando bajo la clara luz de las tres lunas.

«Tú has estado al otro lado», dijo entonces Gaedalu.

Shail tardó un poco en comprender a qué se refería.

–¿En la Tierra?

Gaedalu asintió.

«Muchos magos viajaron a la Tierra antes que vosotros. Ninguno ha regresado».

Shail se mordió el labio inferior, preguntándose adónde quería ir a parar.

–Idhún no era un lugar seguro para ellos –dijo–. Muchos se integraron en la vida de la Tierra, se hicieron pasar por humanos terrestres. Resultaba muy difícil localizarlos, incluso para nosotros, que contábamos con la ayuda del Alma de Limbhad.

«¿Pero encontrasteis a algunos de ellos?».

–A algunos de ellos, sí. Desgraciadamente... –se interrumpió.

«Desgraciadamente, Kirtash los encontró primero», concluyó la Madre con frialdad. «¿Era eso lo que ibas a decir?».

–Sí –murmuró Shail.

Los ojos de la Madre se estrecharon en un gesto de ira.

«Mi hija es una hechicera de alto rango», dijo. «Vivía en la Torre de Derbhad y huyó a la Tierra antes de que los sheks la destruyeran, hace quince años. No he vuelto a saber de ella».

Shail no encontró palabras para responderle.

«Tal vez mi hija esté ahora muerta», prosiguió Gaedalu, «asesinada por esa criatura a la que vosotros, la Resistencia, protegéis».

–O tal vez esté segura al otro lado –objetó Shail–. La Tierra posee inmensos océanos, mayor superficie de agua que de suelo firme. De todos los idhunitas exiliados, los varu eran los que más posibilidades tenían de pasar inadvertidos.

Gaedalu guardó silencio durante unos instantes. Después dijo:

«Si es cierto que ese shek protege a Lunnaris, puedo entender que hayáis pactado una alianza temporal con él. Pero ¿qué sucederá cuando se cumpla la profecía? ¿Seguiréis apoyándolo? ¿O permitiréis que pague por los crímenes que ha cometido?».

Shail desvió la mirada, incómodo.

«Me encargaré de que sea juzgado entonces», dijo Gaedalu. «Y si mi hija Deeva halló la muerte a sus manos... te aseguro que ni siquiera Lunnaris podrá salvarlo».

Tampoco respondió Shail en esta ocasión. Una parte de él le daba la razón a la Madre.

Aún tardaron un día más en recorrer la garganta.

Con las indicaciones del silfo, la habían encontrado fácilmente: un estrecho desfiladero que se abría como una brecha entre las montañas, que se agolpaban a ambos lados como si quisieran invadir aquel espacio.

Jack se dio cuenta enseguida de que era un camino peligroso. Si las montañas se movían, podrían aplastarlos, porque no tendrían ningún lugar donde refugiarse. Pero, si el silfo había dicho la verdad, las montañas no traspasarían los límites del camino.

Decidieron arriesgarse.

Fue agradable poder seguir un camino que permaneciera estable, y quizá eso los animó a continuar con ganas, a pesar de que en todo aquel día no encontraron una gota de agua, y la que llevaban en los odres se acabó pronto. Por suerte, cuando por fin el desfiladero se abrió un poco más, descubrieron un pequeño arroyo que resbalaba sobre las piedras. Se pararon a descansar, agotados pero triunfantes. Más allá había una pequeña arboleda y, tras ella, una tierra amplia y yerma. Sin montañas.

—¿Eso es Kash-Tar? —preguntó Victoria después de saciar su sed.

—Debe de serlo —respondió Jack, enjugándose la cara—. ¿Quieres que nos acerquemos a ver?

Por toda respuesta, Victoria avanzó hacia los árboles.

Serían cerca de una docena. Sus troncos eran de color claro, casi blancos, y sus ramas flotaban en torno a ellos mecidas por la brisa. Victoria se internó por la arboleda y notó enseguida cómo las ramas le acariciaban la cabeza y los hombros. Soltó una risita y las apartó.

Pero una de las ramas se enredó en su muñeca. Victoria retiró la mano y dio un salto atrás, con el corazón latiéndole con fuerza. Las ramas se movieron hacia ella, buscándola.

No las movía la brisa. Se movían solas.

–Jack...

–Lo he visto –dijo él–. Vámonos de aquí.

Victoria sintió otra rama acariciándole la mejilla. Retrocedió... pero las ramas de otro árbol la envolvieron en su abrazo. Victoria gritó.

Jack corrió hacia ella, dispuesto a ayudarla. Pero se detuvo, perplejo.

Las ramas no hacían daño a Victoria. La palpaban, la acariciaban con curiosidad, como queriendo averiguar qué clase de extraño ser era ella. La chica acabó por sonreír.

–Parece que solo quieren jugar –comentó.

Jack sintió que las ramas de otro árbol lo tanteaban a él también. Alzó un brazo. Una de las ramas se enrolló en torno a él para comprobar su forma y textura. Luego lo soltó y jugueteó con sus dedos. Jack reprimió una carcajada.

–No sabía que los árboles pudieran ser tan curiosos –comentó.

Siguieron avanzando, dejándose inspeccionar por los árboles. Parecía incluso que se quedaban tristes cuando ellos se alejaban, dejando caer las ramas con aspecto abatido.

–Son como niños –comentó Victoria, sorprendida.

Por fin llegaron al final de la arboleda. Ante ellos se abría una amplia tierra plana y despoblada. La contemplaron durante unos instantes.

–No tenemos que seguir ahora mismo –dijo entonces Jack, sentándose en una roca blanca–. Podemos descansar aquí esta noche y prepararnos para el viaje.

–No estoy segura de que vaya a dormir tranquila con esos árboles ahí –opinó Victoria.

–¿Por qué no? Como tú misma has dicho, son como niños que solo quieren... –calló de pronto. Habría jurado que la roca sobre la que se apoyaba se había estremecido. Se preguntó si habría sido algún tipo de movimiento sísmico.

–¡Jack! –gritó entonces Victoria, mirando hacia arriba.

Jack siguió la dirección de su mirada y lo vio.

La roca blanca no era una roca, sino parte de la raíz de un enorme árbol que se alzaba sobre ellos. Era igual que los arbolillos curiosos que acababan de conocer... pero mucho, mucho más grande.

—Debe de ser la madre —susurró Victoria—. Jack... apártate de ahí.

Jack se movió con lentitud, alejándose del árbol, deseando no haber atraído su atención. Había algo en él que no le inspiraba confianza. Sus ramas flotaban como las serpientes de la cabeza de la Gorgona, como los tentáculos de una medusa.

Victoria chilló de pronto. Jack vio cómo una de las ramas, que se le había acercado por detrás, la agarraba de la cintura y la alzaba en el aire.

—¡Victoria! —gritó desenvainando a Domivat.

Pareció que las ramas se apartaban un poco al percibir el fuego de la espada. Victoria pataleaba, tratando de soltarse.

—¡Jack, me aprieta, me aprieta, me va a partir en dos...!

Se quedó sin aliento y no pudo seguir hablando. Jack miró a su alrededor, buscando una manera de sacarla de ahí. Vio entonces algo en lo que no había reparado antes: en torno a las raíces del árbol, había varios cadáveres de animales, y todos ellos aparecían quebrados y, en ocasiones, partidos en trozos. Se estremeció. ¿Y si aquellos árboles habían optado por «alimentarse» por sí solos? ¿Y si aquel gigantesco árbol, que tenía toda una docena de arbolitos para alimentar, había decidido que Victoria enriquecería la tierra de todos ellos?

Con un grito de furia, Jack se abalanzó sobre el árbol e hincó su espada en el tronco. Las ramas temblaron, pero no liberaron a Victoria. Jack arremetió de nuevo contra el tronco, tratando de partirlo en dos. Abrió un profundo tajo en la madera, que empezó a arder.

Las ramas soltaron a Victoria por fin. La muchacha cayó sobre Jack, jadeando y tosiendo, y tanteó a su alrededor en busca de su báculo. Un poco más lejos, los árboles pequeños agitaban las ramas, asustados.

Jack se incorporó e intentó arrastrar a Victoria lejos de allí. Pero las ramas se abatieron otra vez sobre ellos.

El árbol estaba ardiendo y pronto moriría. Se sentía furioso, furioso con aquellas criaturas que tanto daño le habían hecho, e intentó capturarlas para arrojarlas al mismo fuego que lo devoraba.

Jack y Victoria sintieron que las ramas los apresaban de nuevo. Jack, desesperado, lanzó un golpe con la espada, intentando cortarlas. Algunas se desprendieron, pero otras no.

Victoria, por su parte, había cogido el báculo y trataba de disparar un rayo mágico al tronco. Ambos sentían que las ramas los asfixiaban, o tal vez no fuera eso, sino las llamas a las que los estaba arrastrando el árbol.

Jack pensó que aquello era absurdo. No era posible que lo hubiera vencido un árbol.

Vio a Victoria junto a él, debatiéndose, desesperada, la estrella de su frente brillando intensamente. No podía dejarla morir ahora, no de aquella manera.

Algo estalló en su interior. Y después...

Todo fue muy confuso. Se vio de pronto elevándose en el cielo, arrastrando a Victoria consigo, lejos del árbol. Se vio cayendo en picado para aterrizar con estrépito sobre el suelo polvoriento. Se vio a sí mismo alargando una garra... no, una mano hacia Victoria, para ver si estaba bien. Pero la muchacha, tendida de bruces sobre el suelo, aún aferrada a su báculo, había perdido el sentido.

A lo lejos, una columna de humo señalaba el lugar donde la madre árbol ardía hasta sus raíces.

Jack se desmayó.

Zeshak se estremeció y abrió los ojos.

«¿Lo has sentido?», preguntó.

Ashran asintió.

–El último dragón ha despertado –dijo solamente.

«Eso nos traerá problemas», opinó el shek.

–O tal vez no –sonrió el Nigromante–. También implica que a Kirtash le será más sencillo matarlo.

VIII
NUEVOS DRAGONES

ALEXANDER se volvió sobre la grupa de su caballo para olisquear el camino que dejaban atrás. Agachó las orejas y gruñó con suavidad.

Amrin lo observaba, intranquilo, pero Allegra actuaba como si no sucediera nada anormal.

—¿Qué es, Alexander? ¿Qué has percibido?

—Nos siguen —gruñó el joven—. Creo que no deberíamos seguir adelante.

—¿No confías en mí, hermano? —preguntó Amrin, muy serio.

Alexander se volvió hacia él y lo miró fijamente. Sus ojos relucían con un brillo amarillento en la semioscuridad.

—¿Y tú? —preguntó a su vez—. ¿Confías en mí..., hermano?

El rey no fue capaz de contestar a aquella pregunta. Desvió la mirada, incómodo.

Alexander asintió, como si se hubiera esperado aquella reacción.

—Los rebeldes llevan ya rato observándonos —dijo el rey, encogiéndose de hombros—. Es lógico, estamos en su territorio. Pero no tardarán en mostrarse ante nosotros.

Alexander frunció el ceño, pero no dijo nada. Alzó la cabeza hacia el cielo nocturno, intranquilo. Ayea estaba ya emergiendo por el horizonte. Al verla había recordado de pronto qué día era. Aquella noche, Erea debía salir llena. Todavía no estaba seguro de si su influjo lo llevaría a transformarse, pero ya comenzaba a notar sus efectos. Aunque, si no había calculado mal y aquella noche había un plenilunio, debería haber cambiado ya la noche anterior. En la Tierra, la luna llena lo obligaba a transformarse tres noches seguidas. Con un poco de suerte...

Maldijo en silencio su descuido. Debería haberse quedado aislado hasta la salida de los soles...

Tuvo que reconocer, a regañadientes, que no había tenido otra opción.

Amrin se había ofrecido a ponerlos en contacto con los rebeldes que se ocultaban en las montañas. Con ellos, les dijo, estarían más seguros que en la capital, y además, si unían sus fuerzas, podrían obtener mejores resultados. Después de pasar un par de días ocultos en las dependencias secretas del castillo real, el rey les anunció que tenían cita con el líder de los Nuevos Dragones para aquella misma noche. De modo que habían salido del castillo a hurtadillas después del tercer atardecer, y ahora recorrían los fríos senderos de las montañas, montados en unos caballos que parecían cada vez más nerviosos.

Aquello no era una buena señal, pensó Alexander. En Idhún, solo los humanos de Nandelt domaban caballos; los conocían a la perfección, y él no era una excepción. Los caballos idhunitas eran un poco más pequeños que los de la Tierra, pero mucho más inteligentes. Su nerviosismo no obedecía a un terror ciego, sino a un instinto parecido al de los perros, y alzaban las orejas y volvían sus enormes y sagaces ojos a las sombras, sin hacer el más mínimo ruido que pudiera delatarlos. No se habrían comportado así si solo fueran humanos los que acechaban en la oscuridad; de hecho, aquella noche ni siquiera se habían sentido inquietos ante la presencia de Alexander, aunque lo habían observado con cautela, y seguramente serían los primeros en salir huyendo si llegara a transformarse por completo. Pero comprendían que, de momento, el humano no suponía un peligro para ellos, e incluso la yegua que montaba el propio Alexander, un ejemplar de fuertes patas y espeso pelo azulado, había parecido conforme con el jinete que la guiaba, y solo ahora mostraba signos de preocupación.

Cruzó una mirada con Allegra y leyó la duda en sus grandes ojos negros. Movió la cabeza, sin embargo. A pesar de todos los indicios, le costaba creer que su hermano pudiera haberlos traicionado. La hechicera titubeó, comprendiendo su dilema. Pero Qaydar no fue tan comprensivo.

—Esto no me gusta —declaró—. Debemos volver a la ciudad enseguida. Todo este asunto me huele a emboscada.

—Tal vez deberíamos... —empezó Allegra, pero calló de pronto. Alexander quiso volverse enseguida hacia ella para ver qué la había interrumpido, pero no fue capaz. Se dio cuenta, entonces, de que algo lo había paralizado.

La yegua relinchó con suavidad, aterrada. La bestia que había en Alexander rugió, furiosa, pero no se manifestó. Su cuerpo estaba completamente inmóvil, y por el rabillo del ojo descubrió que otro tanto sucedía con el Archimago.

En cambio, el rey desmontó sin problemas y se volvió hacia un rincón en sombras. Alexander le vio inclinar la cabeza en señal de sumisión.

«Buen trabajo, Amrin», susurró en sus mentes una voz helada. Alexander sintió que se le ponía la piel de gallina.

Un shek. Habían intuido su presencia todo el tiempo, pero aquellas criaturas eran muy astutas, y no era fácil detectarlas si ellas no lo permitían. Alexander supo entonces con certeza que su hermano los había conducido directamente a una trampa, los había entregado a sus enemigos. Llevaba tiempo sospechándolo, pero no había querido creerlo.

Al fin y al cabo, y por mucho que ambos hubieran cambiado, seguían siendo hermanos.

O, al menos, eso había pensado hasta entonces.

El shek se dejó ver, deslizándose desde las sombras, permitiendo que la luz rojiza de Ayea bañara su imponente figura. Ni Alexander ni los magos hicieron el menor movimiento. No podían, y eso no era una buena señal. El joven recordó todo lo que Christian les había contado acerca de los sheks. Podían paralizar a sus víctimas si las miraban a los ojos, pero los sheks más poderosos eran capaces de hacerlo sin necesidad de contacto visual. Reprimió un escalofrío. Estaba claro que aquella no era una serpiente cualquiera. Debía de ser Eissesh, el gobernador de Vanissar.

En cualquier caso, estaban perdidos.

De las sombras surgieron también cerca de una veintena de szish, los hombres-serpiente, que los rodearon, cortándoles la retirada. «Una emboscada en toda regla», pensó Alexander con amargura.

El shek reptó hacia ellos, con movimientos calmosos, estudiados. Los observó con cierta curiosidad.

«¿Qué me has traído, Amrin?», preguntó.

–Los líderes de la Resistencia, señor –respondió el rey–. La maga Aile, el Archimago Qaydar y... un ser que se hace llamar Alexander, y que dice ser mi hermano.

Alexander sintió que la ira lo inundaba por dentro, y logró liberarse del control del shek lo bastante como para poder gritar, furioso:

–¡Soy tu hermano, traidor! ¡No mereces ser el rey de Vanissar, no mereces llamarte hijo de tu padre!

Amrin se volvió hacia él.

–Mi hermano murió hace quince años –dijo con frialdad–. No estuvo a nuestro lado cuando peleamos contra los sheks, no vio morir a nuestro padre ni vio agonizar a nuestro pueblo. Se fue a otro mundo en busca de una quimera y jamás regresó. Tú te pareces a él, pero no eres más que un demonio.

«Silencio», intervino Eissesh, aburrido. Se alzó un poco más, ocultando las lunas nacientes tras sus enormes alas. Tanto el rey como los szish retrocedieron un poco, dejándole espacio para examinar a los prisioneros. La serpiente siseó y dejó entrever sus colmillos envenenados. Un breve movimiento y todo habría acabado para ellos.

Pero el shek se detuvo un momento para observar a Alexander.

«¿Qué clase de ser eres tú?», preguntó. «Tienes dos espíritus».

El joven no respondió. La serpiente entornó los ojos y le dirigió una mirada pensativa.

«Contigo ya son cuatro las criaturas con dos espíritus de las que tengo noticia», prosiguió Eissesh. «Renegados todos ellos. Es evidente que los híbridos no traéis más que problemas. No obstante...».

Bajó un poco la cabeza para observarlo con más atención. El cuerpo escamoso de la criatura vibró con una risa baja.

«... no, ya veo. Tu alma humana no comparte el cuerpo con un espíritu superior, sino con la esencia de una bestia. No eres exactamente como los otros tres. ¿Quién haría semejante chapuza contigo?».

Alexander sintió que la conciencia del shek invadía la suya, y se esforzó por pensar en cosas banales. Pero pronto se dio cuenta de que Eissesh parecía más interesado en los recuerdos sobre su origen que en averiguar cosas sobre Jack y Victoria. Se preguntó por qué. Sabía que a los sheks les llamaba la atención todo lo que no conocían o comprendían, pero... ¿era su curiosidad superior al deseo de acabar con aquellos de quienes hablaba la profecía?

Alexander percibió que la conciencia del shek se retiraba de pronto de su mente. La criatura alzó la cabeza hacia las estrellas con un siseo peligroso.

Tras las montañas se elevó la figura de un dragón, que se recortó contra el cielo nocturno y descendió con rapidez hacia ellos. Alexander sintió que el corazón se le aceleraba. No era posible...

Hubo murmullos de desconcierto entre los szish.

«¡Silencio!», ordenó Eissesh. «Solo es una de las ilusiones creadas por los renegados. Ya las conocéis».

El dragón siguió descendiendo, y pareció que se detenía a tomar aliento. Alexander supo lo que iba a suceder y gritó:

–¡Cuidado!

Pero los caballos ya habían echado a correr, sin preocuparse por el shek, cuyos ojos irisados reflejaron el chorro de fuego que expulsó la boca del dragón. Los szish retrocedieron, aterrorizados, siseando, y Eissesh pudo alzar el vuelo en el último momento, antes de que el fuego se estrellara en el suelo, muy cerca de él.

Todos sintieron su calor. No era una ilusión, era fuego de verdad.

«Es imposible, no puede ser Jack», pensó Alexander, confuso. «Está muy lejos de aquí».

Pero, por otro lado... no existían más dragones en el mundo. ¿O sí?

En otras circunstancias, Eissesh habría actuado con más frialdad, habría esperado a comprender qué estaba sucediendo antes de alzar el vuelo y arremeter contra el dragón. Pero los sheks se volvían locos de odio cuando se trataba de dragones. Y, por lo que Alexander sabía de los dragones, el sentimiento era mutuo.

Con un chillido de ira, la serpiente se elevó en el aire, olvidando a sus prisioneros, y voló directamente hacia el dragón, que lo recibió con un rugido.

–¡Alexander, aquí! –gritó la voz de Allegra.

El joven se volvió y la vio un poco más allá, junto al Archimago, defendiéndose de los szish que los atacaban. El efecto hipnótico del shek se había roto, y ambos eran ya capaces de moverse y de utilizar su poder. Alexander desenvainó su espada e instó a su yegua a reunirse con ellos. Por el camino, la hoja de Sumlaris atravesó los cuerpos de varios hombres-serpiente que le salieron al paso.

Pero entonces el disco plateado de Erea asomó por fin tras las montañas. Alexander notó, de pronto, que algo se revolvía en su interior, despertando de un sueño profundo. Soltó las riendas de su montura para llevarse las manos a la cabeza, gritó...

La yegua se encabritó y lo lanzó al suelo. Alexander rodó por tierra, pero no se hizo el menor daño. Su cuerpo no era del todo humano. Alzó la cabeza, aterrado; la argéntea luz de Erea bañó sus rasgos...

Y la transformación fue rápida y brutal. Erea era casi dos veces más grande que la luna de la Tierra, y reclamó como suyo el espíritu de la bestia. Antes de que Alexander se diera cuenta de lo que estaba sucediendo, ya se había metamorfoseado en un enorme y salvaje lobo. Se estremeció un momento y después se alzó sobre sus patas traseras, disfrutando de su nueva fuerza y poder. Aulló a las lunas, ebrio de libertad.

Allegra lo había visto venir a lo largo de toda la tarde, y estaba preparada. Sin embargo, para el Archimago fue una desagradable sorpresa.

—Por todos los dioses... ¿qué es eso?

La criatura lo miró un momento y esbozó una terrorífica sonrisa llena de dientes. En la Tierra, Alexander había sido un lobo corriente; un poco más grande de lo habitual, y muy peligroso, pero no más que un animal, de todas formas.

Allí, en Idhún, donde la magia fluía en el aire, en la tierra, en el agua... el espíritu de la bestia halló más fuerza para ser lo que debería haber sido desde el principio, lo que el mago Elrion había soñado hacer de él, aquello en lo que le había dicho a Alexander que lo convertiría: uno de los hombres más poderosos de ambos mundos.

Porque el ser que se alzaba aquellos momentos bajo las tres lunas tenía rasgos de lobo, pero era incluso más grande que un hombre, más robusto, más fuerte y más letal.

Y estaba henchido de odio.

En el cielo, el shek y el dragón seguían con su batalla y no le prestaron atención. Pero el resto de combatientes, incluidos los szish, se quedaron un momento mirándolo, aterrados y perplejos. El rey avanzó un par de pasos hacia él, incrédulo.

—¿Her... mano? —preguntó, inseguro.

La bestia lo miró con aquel fuego salvaje reluciendo en sus ojos amarillos. Amrin se dio cuenta de que no lo había reconocido. El lobo gruñó, enseñando sus letales colmillos, y saltó sobre él...

El rey gritó y se cubrió con los brazos. Pero algo retuvo a la bestia en el aire y la hizo caer al suelo con estrépito. La criatura se revolvió, aulló, tratando de sacarse de encima el hechizo.

Amrin alzó la cabeza y miró a su alrededor en busca de su salvador. Descubrió a Allegra, que seguía aún con las manos alzadas, iluminadas levemente en la semioscuridad, concentrándose por mantener activa la magia que retenía a lo que momentos antes había sido Alexander.

Pero no tuvo ocasión de decir nada, porque en aquel instante el Archimago le señaló al hada la cumbre de un monte cercano, donde una figura agitaba una bandera que relucía en la oscuridad.

Una bandera que mostraba el símbolo de un dragón con las alas extendidas.

Todo fue muy rápido. El rey aún pudo ver cómo el dragón que había rescatado a los renegados caía herido sobre las montañas, y pudo escuchar el chillido de triunfo de Eissesh, antes de que el hechizo de teletransportación de los dos magos los llevara a los tres lejos de allí.

Shail despertó de un sueño inquieto y plagado de pesadillas cuando una de las sacerdotisas le sacudió el brazo con suavidad.

–Hechicero, despierta; hemos llegado.

El joven sacudió la cabeza para despejarse y comprendió, sorprendido, que se había quedado dormido encima de su montura. Por fortuna, el arnés lo había mantenido sujeto a la silla, y por otro lado el paske se había limitado a seguir a sus compañeros, sin desviarse de la ruta, a pesar de carecer de guía.

–¿Hemos llegado? –murmuró Shail, aún algo aturdido. Levantó la cabeza y vio ante él la sombra de las cúpulas del Oráculo, alzándose sobre un alto acantilado contra el que rompían enormes olas coronadas de espuma. La comitiva, sin embargo, se había detenido, con Gaedalu a la cabeza.

Shail buscó con la mirada a Zaisei y la vio junto a él. Pero los ojos de ella estaban vueltos en otra dirección, hacia el Oráculo. Su rostro estaba serio y sus delicados hombros se habían contraído en un gesto tenso.

–¿Qué sucede? –preguntó Shail en un susurro.

–Mira con atención hacia el Oráculo, mago –respondió la otra sacerdotisa.

Shail lo hizo. Y justo entonces descubrió una sombra sinuosa que se deslizaba en torno al edificio, casi envolviéndolo con su largo cuerpo. La luz de las tres lunas arrancaba destellos argentinos de las escamas de la criatura.

–¡Un shek! –murmuró Shail, aterrado–. ¿Han atacado el Oráculo?

Fue Zaisei quien respondió.

–No. Las hermanas sacerdotisas que nos aguardan en el interior siguen ilesas, aunque están muy asustadas. Yo diría que el shek nos aguarda a nosotros.

Una punzada de angustia atravesó el corazón de Shail.

«Busca a Jack y Victoria», pensó. «Nos espera porque sospecha que puedan estar con nosotros».

Lo cual significaba que el viaje de la Madre no había pasado inadvertido a Ashran y sus aliados. La buena noticia era que, por lo visto, no conocían con seguridad el paradero de Jack y Victoria, y por ello se habían visto obligados a apostar vigilantes en los lugares en los que consideraban que era más probable que pudieran ocultarse. Eso quería decir que tal vez hubiera gente de Ashran también en Vanissar, espías que estuvieran al tanto de la desaparición del dragón y el unicornio y los buscaran por allí. Shail deseó que a nadie se le hubiera ocurrido pensar en Awinor... e inmediatamente se dio cuenta de que, si aquel shek lo capturaba, podría obligarle a revelar cuanto sabía sobre Jack y Victoria.

–Tenemos que huir –le dijo a Zaisei en voz baja.

La sacerdotisa negó con la cabeza.

–Nos alcanzaría –respondió en el mismo tono–. Ya nos ha visto; lo único que podemos hacer es parlamentar con él. Los sheks nos dejarán pasar si quieren que sigamos manteniendo el Oráculo; y, si no fuera así, lo habrían destruido hace ya tiempo.

Shail sacudió la cabeza.

–No lo entiendes, Zaisei. No debe interrogarnos. Si lo hace...

–Si lo hace, ¿qué? No hay nada de nosotras que los sheks no sepan ya. No tenemos nada que ocultar... –se interrumpió de pronto y miró al mago, atemorizada al leer la inquietud y la culpabilidad en sus ojos–. ¡Tú lo sabes! –comprendió–. ¡Sabes adónde han ido Yandrak y Lunnaris!

Shail respiró hondo.

–Tengo que irme, Zaisei. Ha sido un error venir con vosotras. Os he puesto en peligro.

La celeste desvió la mirada. No dijo nada cuando el joven tiró de las riendas del paske para obligarlo a retroceder.

El shek había avanzado hasta la comitiva y ahora se alzaba ante Gaedalu, haciendo vibrar ligeramente su cuerpo de serpiente. Sus ojos estaban fijos en el rostro de la Madre, y ella también lo miraba a él. Parecía como si ambos estuvieran manteniendo una conversación telepática que nadie más podía oír. Gaedalu se alzaba sobre su montura, serena y majestuosa como una reina, en apariencia muy segura de sí misma. Pero el shek había entornado los ojos y la miraba como si estuviera decidiendo si iba a matarla o no.

Sin embargo, la maniobra de Shail no le pasó inadvertida. Alzó la cabeza con brusquedad y, con un movimiento de sus inmensas alas, se elevó por encima del grupo para ir a posarse un poco más lejos, cortándole la retirada a Shail.

El mago tiró de las riendas y trató de tranquilizar a su montura. Buscó con la mirada una vía de escape, pero no la encontró. Se preguntó si debía teletransportarse lejos de allí, y enseguida comprendió que no se atrevería a hacerlo, que no dejaría atrás a Zaisei y las demás sacerdotisas, a merced de un shek que podría castigarlas a ellas si Shail osaba huir.

«Te conozco», dijo entonces el shek en su mente. «Eres el mago de la Resistencia, el que vino del otro mundo».

Si Shail tenía alguna esperanza de pasar inadvertido, aquella afirmación le hizo ver la dura realidad. El shek movió su cola como si fuera un látigo y lo tiró de su montura, que bramó, aterrada, y salió huyendo. Shail cayó al suelo con estrépito.

–¡Shail! –gritó Zaisei; se cubrió la boca con las manos, consciente de pronto de haber cometido un error, pero ya era demasiado tarde. El shek la observó de soslayo, sonriendo levemente mientras apuntaba en su memoria aquel nuevo dato.

Shail no la miró, y tampoco trató de levantarse. Sabía que no lo conseguiría sin la magia, y quería reservar su poder para cosas más útiles, por si acaso se le ocurría algún descabellado plan para escapar de aquella situación.

«Has quedado lisiado», observó el shek. «No serás muy útil a los renegados a partir de ahora, así que no te servirá de nada hacerte el héroe. ¿Dónde están el dragón y el unicornio?».

–No pienso decírtelo –murmuró Shail.

«Lo sabré de todos modos», dijo el shek. «Mírame a los ojos».

El mago se sentía paralizado por la letal presencia de la criatura, pero sacó fuerzas para volver la cabeza con brusquedad y mirar hacia otro lado.

Entonces, la cola del shek reptó hacia las sacerdotisas, que trataron de huir, aterradas, y se enroscó en torno a la esbelta cintura de Zaisei. La joven gritó y pataleó, pero la serpiente la arrastró lejos de su montura y la alzó en el aire, ante Shail.

«Ella te importa, ¿no es cierto?», dijo el shek. «¿Te importa más que Lunnaris? ¿Traicionarías al unicornio para salvarle la vida? Levanta la cabeza y deja que explore tu mente, mago. Deja que tus recuerdos me hablen del dragón y el unicornio. Hazlo, y la sacerdotisa vivirá. De lo contrario...».

Sus anillos apretaron con más fuerza el talle de Zaisei, que gritó de dolor. Shail apretó los dientes.

Entonces, de pronto, el shek alzó la cabeza como si estuviera escuchando alguna lejana llamada. Sus ojos relucieron en la oscuridad y arrojó al suelo a Zaisei, como si de repente hubiera perdido todo su valor. Ni siquiera prestó atención a Shail cuando trató de arrastrarse hacia ella.

Con un chillido de triunfo, la criatura alzó el vuelo, sin volver a preocuparse por el mago y las sacerdotisas, y se alejó en la noche, hacia el oeste.

Zaisei logró ponerse en pie y llegar hasta Shail. Los dos se fundieron en un abrazo, y por un momento todas las barreras que los habían separado desaparecieron por completo.

–Lo siento, Zaisei –le dijo él al oído–. No quería...

–Lo sé –susurró ella–. Sé lo importante que es Lunnaris para todos. También para ti.

–No de la misma manera que tú –respondió Shail con calor–. Zaisei, yo...

La voz de la Madre inundando sus mentes lo interrumpió:

«Se ha marchado. ¿Qué es lo que ha llamado su atención?».

Shail se incorporó, apoyado en Zaisei.

–Ese shek sabía que yo podía revelarle dónde se ocultan Jack y Victoria –dijo–. Solo se me ocurre un motivo por el que haya decidido abandonar el interrogatorio con tantas prisas.

Zaisei se estremeció, pero fue Gaedalu quien habló:

«¿Insinúas que, de alguna manera, le han comunicado dónde están?».

–Eso me temo –murmuró Shail–. Y espero estar equivocado, por el bien de todos. No pueden haberlos descubierto ya... Es demasiado pronto.

Alexander despertó cuando el primero de los soles ya emergía por el horizonte. No lo vio, puesto que se hallaba encerrado en una especie de cámara subterránea, encadenado a la pared. Pero supo que el día había llegado, porque volvía a ser él.

Se miró a sí mismo y descubrió que tenía las ropas hechas jirones. Cerró los ojos un momento, agotado. Otra vez se había transformado.

–¿Por qué no quisiste hablar conmigo? –le reprochó una voz desde las sombras.

Alexander alzó la cabeza y vio a Allegra, que lo contemplaba con seriedad. Desvió la mirada.

–No lo sé –murmuró–. Supongo que pensaba que podría arreglármelas. O tal vez no quería involucrar a nadie más.

Allegra suspiró. Hizo un gesto, y las cadenas que retenían al joven se desvanecieron en el aire. Alexander dejó caer los hombros, derrotado.

–No has llegado a hacer daño a nadie –le informó el hada con suavidad–. Y el próximo plenilunio de Erea no es hasta dentro de cuatro meses y medio. En todo ese tiempo pueden pasar muchas cosas.

–Supongo que sí –suspiró Alexander–. Pero...

No terminó la frase. Recordaba vagamente que el Archimago y su hermano Amrin estaban presentes en el momento de su transformación. Poco le importaba lo que Qaydar pensara de él, pero Amrin...

Amrin los había traicionado a los sheks.

Alexander se incorporó, rememorando lo que había sucedido con Eissesh.

–¡Había un dragón! –exclamó de pronto–. ¿Cómo es posible?

–Denyal contestará a todas tus preguntas –respondió Allegra–. Pero ahora vístete. Te esperamos fuera –añadió, saliendo de la habitación y cerrando la puerta tras de sí.

Alexander descubrió que habían dejado prendas para él, y se apresuró a quitarse los jirones de sus ropas y a vestirse con las nuevas. Cuando salió de la estancia, fue a parar a un pasillo donde lo esperaban Qaydar y Allegra.

El Archimago le dirigió una mirada de profunda repugnancia.

–Aile me ha contado ya qué clase de criatura eres tú –le dijo.

–Entonces sabrás también que fueron los esbirros de Ashran quienes hicieron de mí lo que soy ahora –replicó él con frialdad–. Y entenderás por qué ansío vengarme. A pesar de lo que hayas visto esta noche, o justamente por eso, soy más fiel a la Resistencia de lo que lo he sido jamás.

El odio también llameaba en los ojos de Qaydar. Sin embargo, el mago se permitió reprocharle:

–Por eso has aceptado a Kirtash entre los tuyos. Porque es como tú.

Sus palabras dejaron sin habla a Alexander, y reflexionó sobre ellas. Nunca antes se lo había planteado.

Recordó la mirada pensativa que le había dirigido el joven shek poco antes de que Elrion comenzara a experimentar con él. «No me gustaría estar en tu pellejo», había comentado. Y poco antes le había dicho a Elrion: «Nunca sale bien». Sabía que Ashran había hecho con Christian algo parecido a lo que él mismo había sufrido a manos de Elrion.

Pensó también en Jack y Victoria. Ellos eran híbridos por naturaleza, habían nacido así. Sus cuerpos habían aceptado un segundo espíritu cuando aún estaban en el vientre materno. No obstante, tanto Alexander como Kirtash habían sido «fabricados» con magia negra... de forma artificial.

¿Realmente eran tan diferentes?

–No –dijo al fin–. No, no es como yo. Él está orgulloso de ser lo que es. Yo, no. Y no he perdido la esperanza de librarme algún día del alma de la bestia que late en mi interior.

Qaydar no hizo ningún comentario. Alexander prosiguió:

–Acepté a Kirtash entre nosotros porque era un aliado valioso. Nada más.

–Y porque yo se lo pedí –añadió Allegra con una enigmática sonrisa–. Sabrás, Qaydar, que he cuidado de Lunnaris desde que era niña. Kirtash no lucha por la Resistencia. Lucha por ella. Por salvarla. Para mí, es uno de nosotros.

El Archimago los miró a ambos con desagrado.

–Estáis locos, los dos –declaró–. El viaje al otro mundo os ha trastornado.

Alexander no tuvo ocasión de replicar, porque en aquel momento llegó hasta ellos un hombre moreno de aspecto resuelto y mirada inteligente. Llevaba barba de varios días y no vestía como un caballero ni como un noble, pero se movía con la actitud de un líder.

–Veo que ya os encontráis en situación de atenderme, alteza –le dijo a Alexander, con una cansada sonrisa–. Me llamo Denyal, y estoy al mando del grupo rebelde conocido como los Nuevos Dragones.

–Sí –asintió Qaydar–. Había oído hablar de vosotros. Un grupo de campesinos que se ocultan en las montañas y que molestan a las serpientes de vez en cuando.

Denyal no pareció ofendido.

—Somos algo más que eso —respondió con sencillez.

Alexander lo cogió del brazo.

—El dragón —dijo con urgencia—. ¿Qué ha pasado con el dragón?

El rostro de Denyal se ensombreció.

—Una gran pérdida —murmuró—. Pero la nuestra es una empresa arriesgada, y los que se unen a nosotros lo hacen sabiendo que cada batalla puede ser la última.

—¿Te has vuelto loco? —rugió Alexander—. ¡Estamos hablando de dragones! ¡Nada vale tanto como la vida de un dragón!

El rebelde retrocedió unos pasos y lo miró con cierta desconfianza.

—Ya he comprobado por mí mismo lo mucho que habéis cambiado, alteza —dijo con suavidad—. Pero la dama Aile me ha asegurado que podemos confiar en vos, a pesar de las apariencias. ¿Es eso cierto?

Alexander se relajó un poco, y el brillo de sus ojos se apagó.

—Lo es —dijo—. Lo siento. Pero los dragones...

—Os lo explicaré si tenéis la bondad de acompañarme. Tengo algo que mostraros.

Lo siguieron a través de un laberinto de túneles y estancias interconectadas. Denyal les explicó que se hallaban en el interior de la montaña, y que todas las salidas habían sido hábilmente escondidas y selladas con la magia. Mientras seguían a su anfitrión a través del corredor, Alexander se preguntó cuánto tiempo llevaban los rebeldes ocultándose en aquel lugar, y cuánto tardarían los sheks en llegar hasta ellos.

Llegaron por fin hasta una amplia sala de techos altísimos, donde los tres visitantes contemplaron un espectáculo sorprendente.

Era un inmenso taller. En él, docenas de artesanos aserraban, claveteaban o montaban tablones de madera. Otros cubrían enormes armazones con lienzos que parecían hechos de escamas, y otros montaban grandes alas hechas del mismo material.

Alexander y los magos tardaron un poco en darse cuenta de lo que se estaba fabricando allí.

—¡Construís dragones! —exclamó el joven, sorprendido—. ¡Dragones de madera!

Denyal sonrió.

—Ingenioso, ¿eh? Debo confesar que la idea no fue mía, sino de Rown, mi cuñado. Él es quien dirige a los artesanos.

—¿Estás intentando decirme que esas cosas vuelan?

–Al principio no lo hacían –dijo una voz a sus espaldas–. Tardamos mucho tiempo en conseguir levantarlos del suelo, y perdimos varios prototipos que se estrellaron en las montañas. Pero ahora podemos decir con orgullo que sí, vuelan, y lo hacen muy bien.

Un hombre se acercó a ellos, sonriente. Llevaba la cara cubierta de hollín y parecía muy satisfecho de sí mismo.

–Rown, el ingeniero que ha hecho posibles nuestros prodigiosos dragones –lo presentó Denyal.

Alexander, que había visto en la Tierra aviones gigantescos volar mucho más alto y mucho más lejos sin la ayuda de la magia, descubrió que encontraba toscos y primitivos aquellos artefactos; pero tuvo que reconocer que, en cierto modo, Denyal tenía razón: nunca se había visto nada parecido en Idhún.

El hombre carraspeó. Se había puesto muy serio de pronto.

–Rown, hemos perdido a Garin esta noche –murmuró.

El fabricante de dragones palideció.

–¡Garin! No es posible... ¿El azul ha caído?

Rown asintió, pesaroso.

–Eissesh lo abatió en las montañas.

Rown suspiró.

–Maldita sea... Pobre chico. ¿Cómo voy a decírselo a su madre?

Rown colocó una mano sobre su hombro, intentando darle ánimos. Se volvió hacia Qaydar, Allegra y Alexander, que asistían a la escena sin entender lo que estaba sucediendo.

–Nuestros dragones de madera van pilotados –explicó–. Cada vez que cae uno, cae un hombre o una mujer valiente. Podemos construir más dragones, pero no podemos devolver la vida a aquellos que mueren con ellos. Garin era uno de los mejores pilotos de dragones que hemos tenido nunca. Y solo tenía veinte años.

Alexander inclinó la cabeza.

–Ahora comprendo. Lamentamos vuestra pérdida. Sobre todo teniendo en cuenta que ese dragón cayó tratando de salvarnos. Cuando lo vi... –frunció el ceño, desconcertado–. Cuando lo vi, me pareció un dragón de verdad. ¿Cómo conseguís que parezcan tan reales?

–La respuesta a esa pregunta puede dárosla mi hermana Tanawe –respondió Denyal; se volvió hacia todos lados, buscándola con la mirada.

–¡Atención, fuego! –gritó entonces una voz femenina, que parecía proceder del interior de la panza de uno de los dragones artificiales.

—Más vale que os apartéis –dijo Rown, preocupado.

Denyal los empujó a un lado sin ceremonias. De las fauces del dragón surgió entonces un chorro de fuego que se estrelló contra una de las paredes de roca de la caverna.

Oyeron la voz de la mujer lanzando un grito de triunfo, e inmediatamente su rostro asomó por una compuerta abierta en el lomo del dragón. Era de mediana edad, cabello corto y revuelto y expresivos ojos azules. Llevaba la cara cubierta de hollín, igual que Rown, pero eso no parecía importarle. Bajó de un salto del dragón artificial y corrió hacia ellos.

—¿Has visto, Denyal? ¡Ya casi sale solo! Pronto todos los modelos podrán echar fuego por la boca. Y a todo esto, ¿dónde está Garin? Todavía no ha traído a revisar su...

Se interrumpió al ver a Qaydar, Allegra y Alexander.

—Tanawe... –murmuró Rown, atrayéndola hacia sí.

Le susurró algo al oído; inmediatamente, la expresión de la mujer cambió, y sus ojos se empañaron.

—Oh, no, Garin –musitó.

Enterró el rostro en el pecho de su marido y sus hombros se convulsionaron en un sollozo silencioso. Denyal la cogió del brazo.

—Tanawe, tenemos visita –le dijo con suavidad–. Es importante.

—No, déjala... –empezó Allegra, pero Tanawe alzó la cabeza y, aunque sus ojos aún brillaban, se separó de Rown y avanzó un paso hacia ellos, con serenidad.

—Disculpad mi descortesía –dijo; trató de sonreír–. Me llamo Tanawe, y soy una maga de tercer nivel de... –se interrumpió de pronto al reconocer al Archimago–. ¡Vos...!

—Qaydar, Archimago, jefe supremo de la Orden Mágica –se presentó el hechicero.

—Yo soy Aile Alhenai –dijo Allegra–. Fui la última Señora de la Torre de Derbhad.

—Y yo me llamo Alexander.

—... príncipe Alsan de Vanissar –lo corrigió Denyal–. Eran... huéspedes del rey Amrin... que obviamente les tendió una trampa para entregárselos a Eissesh. Acabamos de rescatarlos en las montañas.

—Ese miserable traidor –siseó Tanawe; se interrumpió de pronto y dirigió una mirada de disculpa a Alexander–. Quiero decir...

–... Que es un miserable traidor –la tranquilizó él, con una sonrisa–. Lo sé. En su favor solo puedo decir que me parece que hace lo que considera más correcto.

–¿Entregando a su propio hermano? –Denyal movió la cabeza con desaprobación.

–¿Eres una hechicera? –preguntó entonces Allegra, cambiando de tema. La mujer rebelde no vestía las túnicas propias de los magos, sino que llevaba pantalones holgados y una camisa larga, ropa de hombre demasiado grande para ella, pero que parecía resultarle cómoda para moverse por aquel lugar.

–Recibí mi formación en la Torre de Awinor –respondió Tanawe–. Me pasaba horas mirando el cielo para ver a los dragones. Los estudié todo lo que pude. Los encontraba fascinantes, y lamenté muchísimo que se extinguieran.

–Y ahora, los dos construimos los dragones de los rebeldes –dijo Rown, rodeando con el brazo los hombros de su esposa–. Es la magia de Tanawe y sus aprendices lo que les da ese aspecto tan real. Es solo una ilusión, pero hay algo sólido detrás. Por eso funciona tan bien.

–Pero ¿cómo lográis engañar a los sheks? –quiso saber Alexander–. Su instinto debería decirles que no son dragones reales.

–Lo sabemos –asintió Tanawe–. Cuando vivía en Awinor, coleccionaba las escamas de dragones que encontraba por el suelo. Fue una buena idea traérmelas de vuelta a casa, porque con ellas fabrico un ungüento con el que unto la piel artificial de mis pequeñines. Los sheks perciben el olor del dragón, y eso los vuelve locos. Es precisamente su instinto asesino lo que hace que estas cosas funcionen.

–Pero nunca habíamos logrado engañar a Eissesh, hasta ayer –intervino Denyal–. Es demasiado listo y...

–¿Eissesh cayó en la trampa? –interrumpió Tanawe–. ¿Con el Escupefuego azul?

Denyal asintió.

–Y fue Eissesh quien abatió a Garin.

Tanawe bajó la cabeza. Denyal siguió hablando, a media voz.

–Eissesh nunca había visto a uno de nuestros dragones echando fuego por la boca, y eso fue lo que lo engañó. La próxima vez no se dejará engatusar.

–Lo del fuego es una mejora muy reciente –explicó Tanawe, sobreponiéndose–. Lo intentamos desde el principio, pero todos los hechizos de fuego que les incorporábamos siempre acababan calcinando al propio dragón.

–Ahora usamos un tipo de madera resistente al fuego –añadió Rown–. Es difícil de conseguir porque el árbol del que se saca solo crece en Nanhai, y los túneles que llevan hasta allí no son nada seguros. Por eso la mayoría de nuestros dragones siguen sin echar fuego por la boca. De momento solo tenemos tres con esa capacidad. Los llamamos Escupefuegos. Contábamos con un cuarto Escupefuego, el que pilotaba Garin. El que os rescató anoche.

Los recién llegados seguían perplejos.

–Sabíamos que solo los dragones podían plantar cara a los sheks –les explicó Denyal–. Pero los dragones se han extinguido, así que esta fue la única posibilidad...

–No todos los dragones se han extinguido –cortó Alexander.

Hubo un pesado silencio.

–¿Es cierta la leyenda, entonces? –preguntó Tanawe con timidez–. ¿La que habla del dragón que regresará para salvarnos?

Alexander asintió.

–Se llama Yandrak, y no es un dragón corriente. Ahora mismo está en algún lugar de Idhún, oculto en un cuerpo humano. Si los sheks no lo descubren, pronto regresará para unirse a nosotros.

–¿Un dragón de verdad? –dijo entonces una voz infantil–. ¿De carne y hueso?

Descubrieron entonces a un niño de unos ocho años que los escuchaba atentamente. Nadie había reparado antes en su presencia. Alexander recordó entonces haberlo visto en la plaza del mercado de Vanissar, durante el incidente con la anciana tejedora.

–Nuestro hijo Rawel –dijo Rown–. Nació años después de la conjunción astral, y jamás ha visto un dragón vivo, pero está obsesionado con ellos... igual que su madre.

Alexander observó la cara expectante de Rawel y asintió, sonriendo.

–Si todo va bien, no tardarás en ver volar a un dragón de verdad, un magnífico dragón dorado.

–¿Matará a Eissesh? –preguntó el niño–. ¿Lo hará, príncipe Alsan?

Alexander recordó el escaso interés que el shek había mostrado por la situación de Jack y Victoria. Llevaba un rato pensando en ello, y había llegado a la alarmante conclusión de que tal vez ya supiera dónde encontrarlos. No era una idea tranquilizadora, pero en aquel momento decidió que se guardaría sus sospechas para sí, que no las compartiría con aquella gente.

Porque ellos necesitaban esperanza, la esperanza simbolizada en la figura del dragón que llegaría para salvarlos a todos, la esperanza que aquellas personas habían tratado de construir sobre un armazón de madera y escamas de dragón, la esperanza que se reflejaba en los ojos de aquel niño.

Tal vez Amrin había salvado la vida de los habitantes de Vanissar, pero los rebeldes habían conservado su espíritu. Sonrió.

—Claro que sí, chico —le dijo—. Yandrak derrotará a Eissesh. Y ha venido con una doncella unicornio que lo ayudará también a matar a Ashran, el Nigromante.

Rawel lanzó una exclamación de sorpresa.

—¿De verdad?

—Así lo predijeron los Oráculos, muchacho. Pero no es por eso por lo que estoy seguro. La verdadera razón de que confíe en ellos es porque los conozco a ambos. Sé que son valientes. Y sé que están preparados para guiarnos en la batalla.

Victoria despertó cuando el primero de los soles ya emergía por el horizonte. Parpadeó y sacudió la cabeza, confusa. ¿Qué había pasado?

Cerró los ojos y trató de recordar. Su mente evocó imágenes de un árbol monstruoso, y se preguntó si había sido una pesadilla. Se incorporó y miró a su alrededor. Descubrió a Jack, tendido junto a ella sobre el suelo polvoriento. Más allá vio una lejana columna de humo, al pie de las montañas, y supo que eran los restos del árbol, y que no había sido un sueño. Sintió un escalofrío.

Sacudió a Jack con suavidad, pero el muchacho no despertó. Una garra helada atenazó el corazón de Victoria, que no latió de nuevo hasta que, al darle la vuelta, descubrió que el chico aún respiraba. Suspiró, aliviada.

Parecía profundamente dormido. Intentó despertarlo de nuevo, sin éxito. «Tal vez esté enfermo», se dijo la joven. Colocó las manos sobre él y le transfirió parte de su magia, para intentar curarlo. Pero se encontró con que Jack no necesitaba más energía. De hecho, Victoria detectó en él una extraña y nueva vitalidad que ardía en su interior como si de un sol se tratase. Entonces, ¿por qué no despertaba?

Un poco más tranquila, la muchacha miró a su alrededor con más atención. Seguían no lejos de las estribaciones de la Cordillera Cambiante. Al oeste se extendía la yerma tierra de Kash-Tar.

Victoria sabía que no era buena idea adentrarse en aquel lugar.

Aguardó un buen rato, para ver si Jack despertaba, pero no tuvo suerte. Finalmente, cuando el segundo de los soles ya asomaba tras las montañas, la chica tomó una decisión.

Con un suspiro de resignación, se incorporó y recogió sus cosas. Se ajustó el báculo a la espalda, y solo entonces alzó a Jack y se pasó su brazo por los hombros. El chico no reaccionó. Tras asegurarse de que Domivat seguía en su vaina, a la espalda de Jack, Victoria inició la marcha hacia el sur.

Los primeros pasos fueron complicados. Jack pesaba mucho, y le resultaba muy difícil arrastrarlo. Pero hizo acopio de fuerzas, respiró hondo y así, poco a poco, se fueron alejando del árbol blanco y sus retoños.

Los días eran muy largos en Idhún, pero aquel se le hizo eterno a Victoria. Siguió cargando con Jack, caminando en dirección al sur, sin alejarse de la cordillera, sin atreverse a internarse en Kash-Tar. Tuvo que detenerse muchas veces para recuperar el aliento; al mediodía hizo una pausa más larga junto a un arroyo, y aprovechó para beber. No encontró nada que comer, sin embargo, pero eso no la detuvo. Y, a pesar de que estaba hambrienta, en cuanto hubo descansado un poco, continuó su camino.

Kalinor empezaba ya a declinar cuando la joven no pudo más, y cayó al suelo cuan larga era, arrastrando con ella a Jack. «Solo descansaré un poco», se dijo, agotada. Pero cerró los ojos y se durmió sin darse cuenta.

Cuando los abrió de nuevo, el tercero de los soles no era ya más que una uña blanca en el horizonte. Victoria oyó unas voces, pero no reconoció la lengua en la que hablaban. Distinguió unas figuras oscuras, altas y esbeltas a su alrededor, pero no tuvo fuerzas para levantarse. No obstante, rodeó con un brazo el cuerpo de Jack, intentando protegerlo de toda amenaza.

–¿Me estás diciendo que traicionaste a tu padre y a tu gente por una mujer? ¿Una mujer que, además, tienes que compartir con un dragón?

Christian sonrió. Dicho así, sonaba mucho más absurdo incluso que cuando se paraba a pensarlo.

–Ella no es una mujer cualquiera –replicó–. Es única en todo el mundo. Es el último unicornio, ¿entiendes? Un unicornio encarnado en un cuerpo humano.

–Entonces, es parecida a ti en ese sentido. Y a ese dragón.

–No hay nadie como nosotros tres. Por eso hay algo invisible que nos une a los tres y nos obliga a estar juntos. Aunque eso, a la larga, signifique nuestra propia destrucción.

Ydeon inclinó la cabeza, pensativo.

Habían salido a cazar aquella mañana, y ahora descansaban sobre una helada roca desde la que se dominaba parte del valle y la montaña en la que el gigante tenía su morada. Junto a ellos reposaba el enorme cuerpo de un barjab, una bestia de piel blanca, cuernos curvados y afilados, y poderosas zarpas, cuya carne resultaba todo un manjar para los gigantes, cocinada a la brasa. Christian no solía comer mucho, pero no le preocupaba la idea de que fuera a sobrar carne. Estaba convencido de que Ydeon acabaría con todo el almuerzo.

Llevaba ya varios días en Nanhai. Se sentía en paz y a gusto, y a veces, cuando cerraba los ojos y dejaba que el frío de aquella tierra acariciara su cuerpo, perdía la noción del tiempo. Aquel retiro voluntario iba poco a poco curándolo por dentro y reviviendo al shek que había en él.

Y estaba Ydeon.

Christian nunca había tenido nada parecido a un amigo, y no sabía si podía considerar al gigante como tal. Ydeon le preguntaba a menudo sobre su pasado, su vida y sus sentimientos humanos. Al principio, el muchacho se había sentido reacio a responder, puesto que interpretaba aquellas preguntas como una invasión de su intimidad. Nunca había dicho a nadie lo que pensaba o lo que sentía. A excepción de Victoria, y tampoco habían pasado tanto tiempo juntos como para llegar a conocerse bien.

Sin embargo, poco a poco Ydeon iba aprendiendo cosas de aquel extraordinario joven, e iba resolviendo el rompecabezas de su existencia.

Christian sabía que el gigante no se interesaba por su vida porque se preocupase por él. Simplemente estaba intentando encontrar en ella la clave que le permitiera descubrir el modo de resucitar a Haiass.

176

Aquella mañana, Christian había tenido ganas de hablar de Victoria.

–¿Donde está ella ahora? –quiso saber Ydeon.

–Con Jack –respondió Christian. «A salvo, por el momento», pensó.

La tarde anterior había sentido, a través de Shiskatchegg, que Victoria estaba en peligro de muerte. Se había levantado de un salto y había estado a punto de echar a volar hacia el sur, cruzar más de medio continente si era necesario, para salvarla. Pero comprendió que no llegaría a tiempo, y se había obligado a sí mismo a esperar y confiar.

Apenas un rato después, su percepción le indicó, a través del anillo, que Victoria estaba a salvo. Inconsciente y agotada, pero a salvo. Y la esencia del dragón que era Jack latía a su lado con más fuerza que nunca.

Desde la distancia, y a través de Shiskatchegg, Christian podía incluso percibir que el amor de Victoria por Jack se había hecho más sólido y más intenso, pero eso no le importaba.

–¿Has renunciado a ella? ¿Después de todo lo que has hecho por su causa?

–No, no he renunciado a ella. No necesito estar a su lado para... para quererla –admitió con esfuerzo–. Tampoco dudo de sus sentimientos por mí. Por eso no me preocupa que ame también a otra persona.

»Tenía que separarme de ella para venir aquí, y sabía que estaría mejor con Jack que sola, o conmigo. Pero tengo intención de ir a buscarla cuando todo esto acabe.

–¿Qué pasará entonces? ¿Te pelearás con ese dragón por ella?

–Pelearía por defenderla, hasta la muerte si es preciso, pero no por tenerla, como si fuera un objeto, una posesión mía. Esa es una actitud muy humana; y yo tendré un alma humana, pero aún no he caído tan bajo. No, Ydeon. Si lucho contra Jack, será porque es un dragón. Nada más.

–Mmm –reflexionó el gigante–. ¿Y qué siente hacia ella tu parte shek?

–Respeto –dijo Christian sin dudar–. Respeto, fascinación... no amor. Eso es cosa de mi parte humana.

–Lo había supuesto.

El gigante se levantó y se quedó un momento allí, de pie, sobre la roca, meditando.

–Ese amor está fortaleciendo tu parte humana y debilitando tu parte shek –dijo–, eso es evidente. Pero debería haber una manera de revitalizar ese instinto shek que estás reprimiendo. Si la serpiente que hay en ti no tiene nada en contra de esa muchacha, dudo mucho que sean tus sentimientos por ella los que la han hecho enfermar.

Christian lo miró, sorprendido.

–¿Estás seguro de lo que dices?

–Respeto –Ydeon clavó en él sus ojos rojos–. Eso no está reñido con el amor. ¿Hay otra cosa que hayas tenido que hacer últimamente, algo que haya repugnado a tu parte shek hasta el punto de haberse sentido traicionada en su misma esencia?

–Muchas cosas –sonrió Christian–. Soportar la presencia constante de humanos a mi alrededor... o pelear contra los míos, por ejemplo.

Pero había sido en defensa propia, recordó de pronto. Y también los sheks habían luchado contra él. Y no estaban muriendo. Pero él sí.

Tenía que ser otra cosa.

«Por favor», sonó la voz de Victoria en su mente, traída por los vientos del recuerdo. «Por favor, no mates a Jack esta noche».

Su gesto se crispó en una instintiva mueca de odio. Y lo comprendió.

Desde aquella noche en que había accedido al ruego de Victoria, nada había vuelto a ser igual. Aquella había sido la primera vez que se había traicionado a sí mismo... algo que tiempo atrás había jurado no hacer jamás.

Entonces no conocía la verdadera identidad de Jack, aunque ya sentía un profundo odio hacia él. Pero después había habido más ocasiones, podría haber acabado con la vida del último dragón, porque su naturaleza shek así se lo exigía. Pero no lo había hecho, porque sabía lo importante que era Jack para Victoria, e intuía lo que podría llegar a pasar si él moría.

–Es ese dragón –dijo entonces–. Se ha convertido en mi aliado. Mi parte shek no soporta la idea de estar cerca de un dragón y no matarlo.

–Y has reprimido ese instinto una y otra vez, mientras ibas alentando tus sentimientos humanos. Has desequilibrado la balanza, Kirtash. ¿Sabes lo que eso significa?

–Que debería haber matado a ese condenado dragón cuando tuve la oportunidad.

–Pero entonces la habrías perdido a ella.

Christian no respondió, pero Ydeon leyó la verdad en su rostro, habitualmente impasible.

–Volvamos a casa –dijo de pronto–. Quiero hacer una prueba.

Christian lo siguió de nuevo hasta la cueva, intrigado. Ydeon guardó el cadáver del barjab en una helada cámara, donde sabía que el frío lo conservaría en buenas condiciones hasta la hora de la comida, y entonces guió a su invitado por el laberinto de túneles hasta una grandiosa caverna cuyo techo estaba acribillado de enormes carámbanos de hielo que temblaban con cada paso del gigante. Christian miró hacia arriba, calculando los movimientos que tendría que realizar para ponerse a salvo en el caso de que alguna de aquellas letales agujas se desprendiera del techo, pero a Ydeon no parecía preocuparle. Lo llevó hasta un montón de hielo de unos dos metros y medio de altura, que se alzaba al fondo de la caverna. Cuando Christian lo miró mejor, vio que se trataba de una estatua de piedra cubierta de escarcha. Sus rasgos eran imprecisos. Parecía humanoide, o tal vez representara a un gigante. No tenía rostro.

Ydeon golpeó la estatua con el canto de la mano, y el hielo se desprendió. Ahora podía verse con mayor claridad, pero Christian descubrió que sus primeras apreciaciones habían sido correctas. La estatua no representaba a nadie. Ladeó la cabeza y frunció el ceño, alerta. Aquella cosa rezumaba magia, podía percibirlo. Se preguntó quién habría encantado una estatua de piedra, y para qué.

–Despierta –dijo Ydeon entonces, y la estatua se irguió y dio un paso al frente.

Christian retrocedió y la miró con desconfianza.

–Es un gólem –explicó Ydeon–. Solo los magos gigantes saben cómo fabricarlos, puesto que nacen de la piedra, que es nuestro elemento. También pueden hacerse a partir del barro, pero los feéricos, que son quienes mejor dominan la tierra, los encuentran desagradables; aunque se dice que algunos magos humanos lograron animar gólems de barro en tiempos remotos –Ydeon se encogió de hombros–. Este en concreto lo encontré aquí hace un par de siglos, olvidado por su creador por alguna razón que desconozco. Y tiene una curiosa propiedad. Acércate.

Christian tardó unos segundos en avanzar. Todavía miraba al gólem con recelo.

–Tócalo –dijo Ydeon– y piensa en tu enemigo.

Christian alzó una ceja.

–¿Qué es lo que pretendes?

179

—¿Quieres recuperar tu espada, sí o no?

Por toda respuesta, el muchacho colocó la mano sobre la fría superficie del brazo del gólem. Quiso pensar en Gerde, en Zeshak e incluso en su padre, pero la imagen de Jack no se le iba de la cabeza.

Su enemigo, ahora convertido en su aliado.

Pero Jack no había dejado de ser un dragón. Y, por tanto, no había dejado de ser su enemigo.

Entonces, sin previo aviso, el gólem bramó y descargó el puño contra Christian. El joven saltó hacia atrás con la ligereza de una pantera y esquivó el golpe. Extrajo a Haiass de la vaina. A pesar de que ahora no era más que un acero normal, nunca se separaba de ella. El gólem rugió de nuevo y trató de golpear a Christian. Este, olvidando por un momento que Haiass ya no poseía la gélida fuerza de antaño, interpuso su espada entre ambos.

Y, para su sorpresa, no fue el brazo de piedra del gólem lo que halló, sino el filo de Domivat, la espada de fuego de Jack. Y el gólem ya no era un gólem, sino el joven humano que ocultaba tras sus rasgos el espíritu de Yandrak, el último dragón.

Aunque la parte racional de Christian entendió al punto que no era más que una ilusión y que aquella era la «curiosa propiedad» a la que había aludido Ydeon, el instinto del shek se desató como un torrente de aguas desbordadas. Y pronto el muchacho se vio peleando contra aquel Jack que se asemejaba tanto al original que podía reconocer sus movimientos, sus técnicas, sus golpes, tan parecidos a los de Alexander, que no en vano había sido su maestro. Aunque sabía que era una pérdida de tiempo, Christian se dejó llevar por el odio y el ardor de la pelea, porque se dio cuenta enseguida de que le sentaba bien, de que se sentía más vivo que nunca luchando a muerte contra aquel falso Jack. Y no tardó en olvidar incluso que era falso.

La ira del shek latía en su alma como un aliento gélido. Christian dejó que la serpiente tomara posesión de su cuerpo, y se transformó para abalanzarse, con un grito salvaje, contra su enemigo.

Pero ya no lo esperaba un muchacho. Christian comprobó, con sorpresa y secreto placer, que el falso Jack se había metamorfoseado en un joven y soberbio dragón dorado. La serpiente siseó con ira, pero también con alegría. Era mucho más gratificante matar a un verdadero dragón que a uno que se ocultaba bajo un débil cuerpo humano.

Las dos formidables criaturas se enzarzaron en una lucha que hizo temblar el suelo y las paredes de la caverna. Algunos carámbanos de hielo cayeron, y Christian retorció su largo cuerpo de serpiente para esquivarlos. Uno de ellos, sin embargo, perforó el ala izquierda del dragón, que bramó de dolor. Christian aprovechó para hincar sus letales colmillos en su hombro.

Con un aullido, el dragón se transformó de nuevo en Jack. Christian recuperó también su forma humana. Las dos espadas se encontraron solo una vez más. Jack estaba herido, y Christian, con un salvaje grito de triunfo, hundió a Haiass en el corazón de su enemigo.

La serpiente chilló en su interior, celebrando la muerte del último de los dragones.

Christian tardó un poco en volver a la realidad. Jadeando, vio cómo el falso Jack se transformaba de nuevo, poco a poco, en el gólem de piedra. Haiass estaba clavada en el pecho de la criatura.

Y palpitaba con un débil brillo blanco-azulado.

–Es lo que pensaba –asintió Ydeon–. Tu poder de shek ha resucitado a Haiass.

Christian retiró la espada del cuerpo del gólem y examinó su filo.

–Su luz es muy débil –dijo.

–No has logrado engañarla del todo. Esta cosa de piedra es un pobre sustituto de lo que necesita en realidad.

–¿Y lo que necesita es...? –preguntó Christian, aunque conocía la respuesta.

–Sangre de dragón. Dale a probar la sangre del dragón y la espada recuperará toda su fuerza. Y tú recobrarás el poder que tuviste entonces. A pesar de lo que sientes por esa chica.

Ydeon parecía muy satisfecho consigo mismo por haber resuelto el problema. Christian recordó cómo se había sentido peleando contra el gólem. Cerró los ojos para tratar de recuperar aquella sensación.

Si mataba a Jack, salvaría su vida y recuperaría su poder. Parecía tan sencillo...

Contempló por unos instantes el gólem de piedra, caído sobre el suelo helado de la caverna. Ydeon lo estaba poniendo en pie de nuevo. No parecía haber sufrido muchos desperfectos. Christian pensó, con amargura, que si Haiass hubiera estado en perfectas condiciones, su última estocada habría hecho estallar al gólem en mil pedazos.

Ydeon advirtió su mirada.

–No solo puede transformarse en tu peor enemigo –dijo–. También puede adoptar la forma de la chica a la que amas.

Christian contempló el rostro sin rasgos del gólem.

–Es repugnante –opinó.

Le dio la espalda y salió de la caverna. Haiass todavía palpitaba con un resplandor tan tenue como la luz de una vela bajo el viento.

Sangre de dragón. Parecía tan simple, tan obvio...

Jack abrió lentamente los ojos. Oía la voz de Victoria un poco más lejos, pero no entendía lo que decía. Consiguió levantar la cabeza y mirar a su alrededor. Descubrió que se encontraba en el interior de una tienda de pieles de color rojizo que despedía un olor particular, penetrante pero ligeramente balsámico, que resultaba un poco desconcertante. Jack se preguntó a qué animal pertenecerían las pieles, y se dio cuenta entonces de que, a pesar del calor, su cuerpo estaba cubierto con una de ellas. La apartó de un tirón y gateó hasta la entrada en busca de Victoria.

Lo primero que vio fue un par de poderosas piernas de piel oscura, asentadas sobre unos pies descalzos cuyos tobillos estaban cercados por diversos abalorios de metal. Al alzar la mirada, vio que las piernas pertenecían a un hombre muy alto, de tez de azabache y sorprendente melena de mechones blancos y rojos, que vestía una túnica de rayas y le dedicaba una sonrisa llena de dientes blanquísimos.

Jack dio un respingo y trató de retroceder, pero se quedó sentado sobre la arena, una extraña arena rosácea.

Fue entonces cuando vio que Victoria estaba junto a aquel hombre. Sonreía, por lo que el muchacho supuso que no corrían ningún peligro. La chica intercambió unas palabras con el hombre, que le sonrió a ella también y después se alejó con paso tranquilo. Jack miró a su alrededor, con curiosidad, y descubrió más tiendas como la suya, y más hombres y mujeres de la misma raza que aquel que había visto. Todos eran altos y de piel oscura, llevaban ropa de rayas e iban descalzos, y sus cabellos mostraban dos colores, siempre blanco mezclado con mechones rojos, azules, negros o verdes. Jack se preguntó si aquellas gentes se teñirían el pelo, pero enseguida comprendió que no, que era una característica de su raza.

–Son los limyati –le explicó Victoria, sentándose junto a él–. El Pueblo del Margen.

–¿Del margen de qué?

–Del desierto. Son una raza de humanos que viven en los límites de Kash-Tar. No se internan en el desierto, porque ese es territorio de los yan, pero viajan por sus márgenes, buscando las tierras más benignas de la zona.

–¿Y cómo hemos llegado hasta aquí? –preguntó Jack, confuso; lo último que recordaba era una pesadilla que tenía que ver con árboles.

Victoria lo miró con una sonrisa llena de cariño.

–Abandonamos la Cordillera Cambiante. ¿Eso lo recuerdas?

Jack frunció el ceño.

–Más o menos.

–Nos atacó un árbol gigante. No sé cómo logramos escapar con vida, porque me desmayé o algo parecido. Cuando desperté, estábamos juntos, a salvo, tú habías perdido el sentido y el árbol había ardido por completo.

–Entonces no era un sueño –murmuró Jack–. Es verdad que casi nos mata un árbol –sacudió la cabeza–. Me parecía demasiado absurdo para ser real.

–No creo que esos árboles estuvieran allí por casualidad. Estoy casi segura de que fue una trampa que nos tendieron.

Jack no la escuchaba. Había algo que lo desconcertaba, algo acerca de los recuerdos que guardaba de aquella batalla. Pero solo eran imágenes confusas, y por fin se rindió, pensando que si lo que había olvidado era algo importante, no tardaría en recordarlo de nuevo.

–¿Qué pasó después?

Victoria se lo contó.

–Por fin nos encontraron los limyati –concluyó–, y nos acogieron en su campamento, donde llevamos desde ayer por la tarde.

Jack alzó la cabeza recordando algo, pero antes de que preguntara, Victoria se le adelantó:

–No saben quiénes somos –dijo en voz baja–. No se lo he contado.

–¿No confías en ellos? –preguntó Jack con sorpresa; le habían parecido buena gente.

Victoria negó con la cabeza.

–No es eso. Viajan hacia el norte, ¿sabes? Porque Ashran está concentrando tropas en el sur de Kash-Tar.

–Sabe hacia dónde vamos y quiere interceptarnos –comprendió Jack, con un escalofrío.

Victoria asintió.

–No quiero causarles problemas. Es mejor que no sepan quiénes somos, por si las serpientes los interrogan. Si llegan a saber que nos acogieron conociendo nuestra identidad, los matarán.

–Pero nos han acogido de todas formas, aunque no supieran quiénes éramos. ¿Crees que las serpientes tendrán eso en cuenta?

–Si actuaron por ignorancia, los dejarán marchar. Solo les harán daño si sospechan que son cómplices voluntarios de la Resistencia.

–¿Cómo estás tan segura?

Ella vaciló un momento antes de responder en voz baja:

–Porque es lo que haría Christian.

Jack estuvo a punto de preguntarle si conocía tan bien a Christian como para poder prever cómo actuaría él en una situación semejante; pero decidió que era mejor cambiar de tema.

–De todas formas, si viajan hacia el norte, tendremos que separarnos de ellos.

–Ya se lo he dicho. Me han ofrecido un explorador para guiarnos hasta Awinor.

–¿En serio? –dijo Jack, animado–. Qué gente tan amable.

–Espera, el explorador todavía no ha dicho que sí. Lleva varios días fuera, pero me han asegurado que volverá esta tarde; entonces le preguntarán si está dispuesto a acompañarnos a través de Kash-Tar.

Jack la miró sonriendo.

–¿Cómo te las has arreglado para hablar con ellos? Yo no entiendo lo que dicen.

–Eso es porque el dialecto que utilizan es muy arcaico. De todas maneras... –se llevó la mano al cuello y le mostró un amuleto que pendía de él, un amuleto con forma de hexágono–. Espero que no te importe que te lo haya cogido.

Jack se llevó la mano al cuello y descubrió que el colgante de Victoria era su propio amuleto de comunicación, el que ella misma le había dado la noche en que se conocieron. Sonrió de nuevo.

–Para nada –dijo.

Se levantó y se estiró bajo la luz crepuscular. Se sentía más fuerte, más despierto y con más energía que nunca. Se miró las palmas de las manos, preguntándose a qué venía aquella sensación.

–¿Te encuentras ya bien? –le preguntó Victoria.

–Mejor que nunca –sonrió el muchacho.

Ella sonrió a su vez y se acercó más a él, con intención de besarlo. Jack la correspondió de buena gana.

Algo llamó entonces su atención. El jefe de la tribu se aproximaba a través del campamento, hablando con alguien que, por lo visto, acababa de llegar. Estaban demasiado lejos para oír lo que decían, pero a Victoria le pareció que el desconocido hablaba muy rápido y que su voz era suave y femenina. Lo miró con curiosidad, preguntándose si se trataría de una mujer, pero resultaba difícil decirlo, puesto que llevaba una prenda que le cubría la cabeza y parte del rostro.

–¿Ese es el explorador? –preguntó Jack.

Victoria se encogió de hombros, pero ambos vieron cómo el jefe los señalaba a ellos en un par de ocasiones durante la conversación. El otro movía la cabeza en señal de desacuerdo.

–Sospecho que tendremos que viajar solos hasta Awinor –murmuró Victoria.

Los dos limyati se acercaron entonces a la entrada de la tienda donde se encontraban los chicos. Victoria observó con atención al explorador, y se dio cuenta de que el viento pegaba sus holgadas ropas a su cuerpo, revelando formas femeninas debajo. Pero su andar era rápido y enérgico, muy diferente a los elegantes y delicados movimientos de las mujeres limyati. Se adelantó para tratar con el jefe de la tribu.

–No queremos molestar –dijo–. Mi amigo ya se encuentra bien, de manera que partiremos al amanecer... aunque sea sin guía.

El jefe movió la cabeza, preocupado.

–Es peligroso, muchacha. Desistid; tenéis muy pocas posibilidades de llegar con vida al otro lado del desierto.

–No tienen ninguna posibilidad –respondió rápidamente el explorador, y Victoria supo entonces, sin lugar a dudas, que era una mujer.

La miró con curiosidad. Esperaba ver en ella los ojos oscuros de los limyati, pero se llevó una sorpresa, puesto que sus iris eran rojizos y brillaban como alimentados por algún extraño fuego interior. Tratando de que no se le notara el desconcierto que sentía, para no parecer descortés, Victoria dijo:

–Aun así, tenemos que seguir adelante. Comprendemos que sería una molestia para ti acompañarnos, y no vamos a insistir. Pero, de todas formas, partiremos al amanecer.

–No voy a acompañaros –reiteró la mujer; hablaba muy deprisa y gesticulaba mucho, y Victoria se preguntó, por primera vez, si no sería una yan, aunque era mucho más alta que todos los yan que ella había conocido–. Tengo cosas mejores que hacer que acompañar a dos chicos extraños a través de un nido de serpientes...

Se interrumpió de pronto y sus ojos se estrecharon un momento al mirar algo que había tras Victoria. La chica se volvió, intrigada, y vio a Jack, que se había reunido con ella y asistía a la escena con interés, tratando de averiguar qué estaba pasando exactamente.

La exploradora dirigió al muchacho una mirada larga, intensa, y entonces se retiró el paño de la cara, con lentitud. Las luces del crepúsculo iluminaron un rostro humano, pero de rasgos extraños. Sus ojos eran grandes y rojizos, como ya había notado Victoria, y su piel morena parecía tener la textura de la arena del desierto. Su espeso cabello, blanco con mechones azules, no caía suelto por su espalda, como el de los limyati, sino que lo llevaba recogido en multitud de pequeñas trenzas, al estilo yan.

Con todo, era joven y hermosa, a su manera. También Jack se había quedado mirándola fijamente. Nunca había visto a nadie como aquella chica tan exótica.

–Soy Kimara, la semiyan –dijo la exploradora, con sus ojos de fuego todavía fijos en Jack–. He cambiado de idea: os acompañaré.

IX

HIJA DEL DESIERTO

A L tercer día de caminar por el desierto. Victoria tropezó y cayó. Y ya no volvió a levantarse.

Jack corrió junto a ella, llamándola por su nombre. La alzó en brazos y trató de hacerla reaccionar.

Kimara, la exploradora semiyan, los observaba con curiosidad.

–No esperaba que aguantara tan poco –comentó.

Jack sacudió la cabeza.

–No, ella es fuerte –explicó–. Es este lugar, le falta... le falta vida, ¿entiendes? Victoria necesita estar en sitios con energía porque... –se interrumpió al ver que Kimara no lo entendía–. Es parecida a los feéricos en ese aspecto. Las hadas no pueden alejarse de los bosques.

–Ah –dijo entonces Kimara, comprendiendo–. ¿Crees que resistirá un rato más? Hay un oasis no lejos de aquí.

–Eso espero –murmuró Jack, preocupado.

Hacía un par de días que lo veía venir. Al principio, Victoria había aguantado bien. Sin embargo, pronto había empezado a sentirse débil y, a pesar de que se arriesgaba a ser descubierta por sus enemigos, utilizó el báculo para recoger energía del ambiente, aquella energía que ella, como canalizadora, necesitaba para sobrevivir. Pero aquello era un desierto, y la energía solar que el báculo podía captar no la alimentaba de la misma manera que la energía de la vida que flotaba en un ambiente con más vegetación.

Deberían haber previsto que sucedería algo así, se dijo Jack mientras cargaba con ella. Kimara los había guiado hacia el corazón del desierto, evitando los márgenes, que era donde se concentraban más patrullas de szish. No le preocupaba que los sheks pudieran localizarlos si sobrevolaban aquella zona, completamente llana y sin apenas lugares para esconderse, porque llevaba un manto del mismo color que la arena rosácea que pisaban, y había proporcionado a Jack y Victoria prendas semejantes. Cuando se echaban a tierra cubiertos con aquellas ropas, eran casi invisibles desde el aire. Y aunque Jack no lo había comentado con su guía, ellos dos contaban también con las capas de banalidad que disimulaban su condición a la aguda percepción de los sheks.

Kimara se movía por el desierto como si estuviera en su elemento. Jack se había sorprendido a sí mismo más de una vez observando sus rápidos y ágiles movimientos sobre las dunas, sus ojos rojizos escudriñando el horizonte, abiertos de par en par, sin que la hiriente luz de los soles la molestase lo más mínimo, su cabello blanco y azulado sacudido por el viento del desierto, sus pies descalzos avanzando por la arena sin quemarse, con tanta facilidad como si se tratase de suelo sólido. La encontraba fascinante, y pronto había advertido que el sentimiento era mutuo. Kimara lo miraba a menudo, y en aquellas miradas que ambos cruzaban, Jack descubría que algo se agitaba en su interior, como si los dos compartieran un secreto, una misma esencia.

Y quería librarse de aquella atracción que la semiyan ejercía sobre él, porque deseaba de corazón ser fiel a Victoria, pero por otro lado quería también averiguar qué había en Kimara que lo alteraba tanto.

Victoria era consciente de aquellas miradas, de que la voz de Kimara se suavizaba cuando se dirigía a Jack, de que ella hacía lo posible por caminar cerca de él, y de que el muchacho la aceptaba a su lado de buena gana. Pero no comentó nada al respecto, y Jack no sabía si agradecérselo o sentirse herido porque a su amiga no pareciera importarle que él se fijara en otra mujer.

Era el desierto, quiso creer Jack. Los hacía a todos comportarse de una manera extraña.

De todas formas, en aquel momento no podía pensar en otra persona que no fuera Victoria. Kimara avanzaba ante ellos, dirigiéndolos hacia el oasis que renovaría la magia de la chica y salvaría su vida, y Jack tenía la vista fija en su guía, pero por una vez sus pensamientos no podían apartarse de Victoria.

Apenas un rato más tarde, Kimara se detuvo.

–¿Hemos llegado? –preguntó Jack, pero la semiyan le indicó con un gesto que guardara silencio.

–¡Al suelo! –dijo entonces.

Jack obedeció sin rechistar. En aquellos días había aprendido que Kimara nunca pronunciaba aquellas palabras sin una buena razón. Cubrió a Victoria con la capa de banalidad, y por encima le echó el manto de color arena que le había dado su guía. Solo entonces se preocupó de ocultar su propio cuerpo.

Con la cara pegada a la arena y un brazo en torno a Victoria, en un gesto protector, Jack siguió con la mirada la dirección en que se encontraba aquello que había llamado la atención de Kimara.

Y vio a lo lejos una especie de nube rojiza, informe, que se movía hacia ellos flotando sobre las dunas. Kimara se cubrió aún más con el manto. Jack la imitó, teniendo buen cuidado de tapar bien a Victoria.

La nube se acercó más, y Jack descubrió, sorprendido, que eran insectos.

Todo un enjambre de insectos de alas rojas que zumbaban furiosamente y recorrían el desierto... ¿buscando algo? Jack contuvo la respiración, y no se sintió tranquilo hasta que la nube se perdió de vista por el horizonte y Kimara retiró su manto de arena.

–¿Qué era eso? –preguntó Jack, poniéndose en pie.

–Los llamamos kayasin, «espías» –explicó Kimara–. Por sí solos son inofensivos, puesto que se alimentan de carroña y no matan a las presas vivas. Pero avisan a los swanit de la presencia de viajeros solitarios. Y nada ni nadie puede escapar de un swanit. Son muy voraces... aunque siempre dejan algo para el enjambre de kayasin que los ha guiado hasta la presa. Por eso su alianza funciona tan bien.

Jack no se atrevió a preguntar qué diablos era un swanit. Intuyó que no le gustaría saberlo. Pero se alegró de que Victoria no estuviera consciente para escuchar aquellas palabras.

Al caer la tarde llegaron al oasis, un grupo de árboles con forma de paraguas que daban una sombra deliciosa. Jack agradeció el cambio. No aguantaba bien el calor; en aquello, pensó, no se parecía a Kimara.

No había nadie por los alrededores. Jack depositó con cuidado a Victoria al pie de un árbol, en el lugar que más frondoso le pareció, y se quedó junto a ella. Kimara desapareció entre los árboles y regresó al cabo de un rato con un odre lleno de agua. Jack mojó las sienes de Victoria, derramó un poco de agua sobre sus labios resecos y después bebió de buena gana. Cuando bajó el odre, se encontró con los ojos de fuego de Kimara fijos en él. Sonrió, incómodo, y le tendió el odre, pero ella lo rechazó. Se movió para sentarse junto a él, muy cerca.

–Sé quién eres –dijo entonces la semiyan, con suavidad.

Jack dio un respingo.

—¿Qué quieres decir?

—El fuego arde en tu interior como si tuvieras un sol en el corazón —dijo ella—. Puedo verlo en tus ojos. Aunque no sea una yan completa, el fuego es mi elemento. Sé de qué estoy hablando. Lo reconozco cuando lo tengo ante mí.

»Otros quizá no te reconozcan porque esperaban verte con otra forma, pero a mí no has podido engañarme: eres un dragón.

Jack abrió la boca para desmentirlo, pero se dio cuenta de que era absurdo. No tenía sentido negarlo.

—¿Cuánto hace que lo sabes, Kimara?

—Desde la primera vez que te vi —se acercó más a él y volvió a dedicarle una de sus intensas miradas—. Eres medio dragón, medio humano. También yo soy medio humana. Y mi otra parte, mi parte yan, es hija del fuego, como los dragones.

—Tenemos mucho en común, entonces —sonrió Jack, todavía un poco desconcertado, pero comprendiendo por fin por qué se había sentido tan atraído por ella.

—No tanto como piensas. Nunca podré estar a tu altura. Eres un dragón, pero por la forma en que tratas a los humanos, se diría que no entiendes lo que significa eso.

—¿Y qué significa?

—Significa que estás muy por encima de todos nosotros. Los dragones son el escalón intermedio entre las razas mortales y los dioses. Me siento... extraña hablándote de esto precisamente a ti —añadió, ruborizándose un poco.

Jack la miró un momento, intentando entender lo que le estaba diciendo. Bajó entonces la cabeza para mirar a Victoria.

—¿Sabes quién es ella? —preguntó.

Kimara negó con la cabeza.

—No. No encuentro nada especial en ella. No veo fuego en su mirada.

—Pero hay luz —dijo Jack—. Es verdad, entonces, que solo los feéricos, los sheks y los dragones podemos ver la luz de los ojos de una criatura como Victoria.

Kimara esperó que Jack explicara algo más acerca de la muchacha, pero él no lo hizo. La semiyan le dedicó una sonrisa sesgada.

—Lo único que sé de ella es que tú eres suyo —dijo—. ¿Te merece?

Jack la miró, sorprendido por la pregunta. La mirada de fuego de Kimara seguía clavada en él. La joven estaba tan cerca que Jack pudo sentir su olor, salvaje y almizclado. Se esforzó por concentrarse en la respuesta que debía darle.

–Si no fuera así, no estaría con ella –contestó.

Le parecía una respuesta un poco arrogante, pero tenía la sensación de que era lo que Kimara estaba esperando escuchar y, por otro lado, no quería revelar la identidad de Victoria dando demasiados detalles sobre ella.

La semiyan se apartó un poco de él.

–Claro. Es verdad –dijo.

Se levantó y dio unos pasos en dirección al corazón del oasis. Se volvió un momento hacia él. Pareció que vacilaba, pero su voz no tembló cuando le dijo a Jack, mirándolo a los ojos:

–No aspiro a obtener tu amor porque sé que no soy digna de él. Solo soy una semiyan, mientras que por tus venas corre el auténtico fuego de los señores de Awinor. Pero si alguna vez deseas una compañía diferente a la de ella... sería para mí un orgullo y un placer pasar la noche contigo.

Jack se quedó sin aliento. Quiso hablar, pero tenía la boca seca. Para cuando recuperó la voz, Kimara ya se alejaba de él, y Victoria gimió débilmente antes de abrir los ojos, aún algo aturdida.

En el oasis había una pequeña laguna de la que manaba un agua tibia y de un azul intenso, casi violáceo. Jack y Victoria agradecieron poder tomar un baño y quitarse de encima la arena del desierto.

–¿Cómo es posible que haya un manantial aquí? –preguntó Jack aquella noche, mientras estaban los tres reunidos en torno a la hoguera.

–Es magia, ¿verdad? –dijo Victoria–. Puedo percibirlo. Esta laguna no es natural.

–Es obra de los magos yan –dijo Kimara–. No hay muchos hechiceros entre la gente del desierto, porque a los unicornios no les gustan los desiertos, o al menos eso se dice –Jack y Victoria desviaron la mirada, pero Kimara seguía hablando deprisa y no lo notó–. Por eso no existen muchos oasis como este en el desierto. Son muy difíciles de crear y, por otro lado, a los sacerdotes yan no les gusta que alteremos nuestra tierra.

–¿Por qué no? –quiso saber Jack–. Si tenéis el poder de crear oasis, podríais hacer del desierto un lugar mejor para vivir.

Kimara sonrió.

—Nunca le digas eso a un yan de sangre pura —dijo—. Es poco menos que una blasfemia. Va en contra de nuestras creencias.

»Se dice que, cuando los dioses llegaron a Idhún, la diosa Wina se enamoró tanto de este mundo que descendió a él y lo cubrió por completo con un manto de vegetación. Todos los dioses colaboraron con ella: Irial condujo hasta el mundo la luz de las estrellas, Karevan hizo crecer las montañas, Neliam pobló los océanos de criaturas acuáticas y utilizó el poder de las lunas para crear las mareas. Yohavir hizo el aire que respiramos, las nubes, los vientos, los olores y los sonidos hermosos. Aldun alimentó los tres soles, pero no se conformó con ver Idhún desde los cielos, y decidió descender para ver por sí mismo el resultado de la creación.

Kimara hizo una pausa. Sus ojos de rubí recorrieron las silenciosas dunas que se extendían más allá del oasis.

—Fue aquí donde aterrizó. En lo que hoy es el desierto de Kash-Tar.

»Su cuerpo de fuego abrasó una gran extensión de tierra, destruyendo toda la obra de los otros cinco dioses. No lo hizo a propósito, pero Wina nunca se lo perdonó.

Victoria desvió la mirada hacia las estrellas, hacia las lunas. Se dio cuenta de que Erea ya empezaba a menguar. En cambio, según apreció, Ilea pronto estaría llena. Victoria recordó que, según las leyendas, aquella era la luna favorita de Wina, tal vez por ser tan verde como los bosques que ella protegía. Suspiró. Decían que Wina era una diosa alegre, despreocupada y caprichosa; sin embargo, cuando se trataba de castigar a aquellos que destruían los bosques, su ira no conocía límites.

—Tiempo más tarde —prosiguió Kimara—, cuando los dioses crearon a sus hijos, todos estuvieron de acuerdo en que las tierras que habían ardido por culpa de Aldun serían el hogar de la raza que él había creado: los yan, los hijos del fuego y, desde entonces, hijos del desierto.

»Por eso no se nos permite abandonar el desierto ni convertirlo en algo que no es. Esta es la tierra que creó Aldun, es el legado que nos dejó. Y hemos hecho de ella nuestro hogar, y hemos aprendido a amarlo.

—Es una historia muy bonita —dijo Victoria.

Jack no dijo nada. Los ojos de Kimara estaban fijos en los suyos, y el muchacho contemplaba, hipnotizado, el reflejo de las llamas en los iris rojizos de la joven. Victoria los miró un momento, pero no hizo ningún comentario.

–Descansad –dijo entonces Kimara–. Mañana nos espera una larga jornada.

–Esto es lo que quería mostraros, príncipe Alsan –dijo Mah-Kip en voz baja.

Alexander contempló la vista que se dominaba desde lo alto del cerro al que acababan de subir. Junto a él, Denyal se mostraba inquieto y miraba al semiceleste con desconfianza.

Habían cabalgado dos días, siguiendo las estribaciones de las montañas, para llegar hasta allí, y solo porque, de alguna manera, Mah-Kip, uno de los consejeros del rey Amrin, se las había arreglado para llegar hasta los rebeldes diciendo que tenía algo importante que hablar con Alexander.

Denyal se había dado cuenta de que era una trampa. Tenía que serlo, ya que Mah-Kip era uno de los hombres de confianza del rey, y este trabajaba para los sheks. Y, sin embargo, Alexander había accedido a entrevistarse con Mah-Kip, había decidido acompañarlo para ver lo que él tenía que enseñarle. El líder de los Nuevos Dragones estaba empezando a pensar que el príncipe en el que había depositado sus esperanzas no era gran cosa como estratega ni tenía el mínimo de sensatez que habría sido deseable en alguien que, como él, aspiraba a recuperar algún día el trono de Vanissar. Pero, por si acaso, había decidido acompañarlo. Si era una trampa, desde luego no iba a permitir que cayera en ella.

Habían cruzado el río hacía un rato y se habían internado en el reino de Shia. Alexander recordaba Shia, una tierra floreciente cuyos habitantes valoraban la cultura y las artes. El rey de Shia había poseído una de las bibliotecas mejor surtidas de Idhún, solo por detrás de las bibliotecas de la Torre de Kazlunn y la Torre de Derbhad, y la de Rhyrr, la Ciudad Celeste.

Pero el paisaje que Mah-Kip le mostraba ahora no se parecía en nada a la Shia que Alexander recordaba. Los verdes pastos y los fértiles campos eran ahora oscuras tierras yermas. Las casas, granjas y chozas que habían salpicado las riberas de los caminos se habían convertido en simples montones de cenizas y tristes ruinas. No se veía nada vivo.

–¿Qué ha pasado aquí? –preguntó Alexander, consternado.

Mah-Kip suspiró.

–Sospechaba que no lo sabíais –dijo.

—Shia fue el primer reino en rebelarse contra Ashran y los sheks —explicó Denyal—. Antes de que nosotros pudiéramos reaccionar siquiera, antes de que el rey Brun pudiera organizar su ejército, los shianos ya habían acudido a luchar contra los hombres-serpiente que nos invadían. Por supuesto, fueron los primeros en ser castigados.

—No se rindieron —prosiguió Mah-Kip en voz baja—. Ni siquiera contemplaron la posibilidad de pactar con Ashran. ¿Sabéis por qué? Por la sencilla razón de que el rey de Shia había oído hablar de la profecía. Había rumores que hablaban de un dragón y un unicornio que se salvaron de la destrucción y que regresarían para acabar con el Nigromante, y él los creyó. En el nombre del dragón y el unicornio se enfrentaron a las serpientes, con fe inquebrantable, esperando verlos aparecer en cualquier momento. Pero ellos no llegaron, y los sheks fueron especialmente severos con los shianos. Como veis, ya nada queda de Shia ni de aquellos que creyeron en la palabra de los Oráculos.

—¡Precisamente por ellos no debemos rendirnos! —exclamó Denyal—. Si lo hiciéramos, el sacrificio de Shia habría sido en vano. Los Nuevos Dragones seguiremos luchando... con o sin el apoyo del rey Amrin.

Mah-Kip suspiró de nuevo y se volvió hacia Alexander.

—El rey no sabe que estoy aquí —dijo—. Tampoco yo sabía que él tenía intención de entregaros a Eissesh. Y no apruebo su manera de actuar... pero la comprendo. Si no se hubiera rendido a los sheks tras la muerte de vuestro padre, si no hubiera aceptado el gobierno de Eissesh... esto es lo que habríais encontrado al regresar a Vanissar —concluyó, señalando el paisaje desolado de Shia con un amplio gesto de su mano.

Hubo un largo, pesado silencio.

—Sé que mi presencia aquí pone en peligro todo lo que mi hermano ha intentado proteger todos estos años —asintió finalmente Alexander—. Pero tampoco yo voy a renunciar a aquello en lo que creo, aquello por lo que llevo luchando tanto tiempo. Si he de enfrentarme a mi hermano... que así sea.

Dio media vuelta para marcharse, y Denyal lo siguió. Mah-Kip se quedó un momento quieto sobre la colina. Después, echó a correr tras Alexander.

—¡Príncipe Alsan! —lo llamó; Alexander se volvió para mirarlo, y Mah-Kip tragó saliva antes de decir—: Yo... necesito saberlo. ¿Es verdad que hay un dragón y un unicornio? ¿Es cierto que han regresado a Idhún?

194

Alexander sostuvo su mirada un momento. Después se dio la vuelta y siguió caminando hacia su caballo, sin responder a la pregunta.

Cuando se levantaron, al día siguiente, descubrieron que el oasis bullía de actividad. Acababa de llegar una caravana procedente de Kosh, y había gente descansando bajo los árboles y bebiendo y bañándose en la laguna. Jack no vio a Kimara por ninguna parte; estuvo a punto de ir en su busca, cuando vio algo que le congeló la sangre en las venas.

Las personas que viajaban en la caravana eran, sobre todo, humanos y yan. Pero había también un grupo de szish, los hombres-serpiente que servían a Ashran, y lo observaban todo con sus sagaces ojos negros. Jack y Victoria se cubrieron con las capas de banalidad y aguardaron a Kimara en el campamento. Los szish pasaron junto a ellos. Victoria sintió cómo el cuerpo de Jack se ponía rígido. «Serpientes», pensó la chica. Jack siempre había tenido una curiosa fobia a las serpientes, pero en aquel momento no era asco ni miedo lo que se leía en su rostro, sino... odio. Victoria se dio cuenta de que la tensión de su amigo no se debía al miedo, sino al hecho de que se estaba conteniendo para no desenvainar su espada y saltar sobre los szish. «Qué raro», pensó Victoria. Lo miró, preocupada. Jack llevaba unos días comportándose de una forma un poco extraña.

Uno de los szish había vuelto hacia ellos su cabeza de ofidio. Victoria pudo oír con toda claridad el siseo que producía su lengua bífida. Jack lo miraba con expresión desafiante.

–Jack, no los mires –susurró Victoria.

El muchacho se esforzó por desviar la mirada. Victoria tiró de la capa de banalidad de él para cubrirlo todavía más.

«No te fijes en nosotros, no te fijes en nosotros...», deseó ella con todas sus fuerzas.

Por fin, los szish se alejaron hacia la laguna. Y casi enseguida regresó Kimara.

–He tenido que regatear un poco –dijo–, pero he conseguido dos torkas que parecen fuertes y sanos.

Jack quiso preguntar qué era un torka, pero supuso que lo descubriría muy pronto y, de hecho, así fue. Se trataba de grandes lagartos rojos, parecidos a las iguanas. Los chicos los miraron con desconfianza cuando Kimara saltó al lomo de uno de ellos, enjaezado con una silla de montar y unas riendas que se ceñían al cuerno que le crecía a la criatura sobre la nariz.

–Subid en el otro, vamos –los apremió la semiyan–. Lo siento, no he podido conseguir una tercera montura, pero esta hembra es fuerte y podrá con los dos.

Jack acarició con cautela la piel del reptil, sintió su pesada respiración debajo de las escamas, de un color rojo desvaído, como polvoriento. El torka se volvió para mirarlo con sus ojos saltones. No pareció encontrarlo interesante, porque cerró los ojos, indolentemente, y bostezó, con un curioso sonido gutural. Jack dejó escapar una carcajada. Oyó la suave risa de Victoria a su lado y la miró, aún sonriente.

–Qué, ¿te atreves? –lo desafió ella.

Por toda respuesta, Jack subió de un salto y, para su sorpresa, el torka no se movió apenas. Ayudó a Victoria a montar tras él y cogió las riendas.

Pronto descubrieron que era muy sencillo montar en torka, una vez se acostumbraba uno a los movimientos ondulantes de los cuerpos de aquellos curiosos reptiles. Según les explicó Kimara, los torkas eran los animales que mejor resistían el calor del desierto. Además, eran muy fáciles de domar.

–Si no fueran tan perezosos –suspiró la semiyan, impaciente, mientras fustigaba a su montura para que caminara más deprisa.

No tardaron en dejar atrás el oasis, y con él, el peligro inmediato de la patrulla szish.

Ydeon, el fabricante de espadas, estaba dando forma a una poderosa hacha de guerra cuando Ashran el Nigromante se materializó en su cueva.

El gigante percibió su presencia y lo saludó con un gesto, pero no dejó de trabajar. Ashran estaba acostumbrado a que todos se arrojaran al suelo en su presencia, en señal de sumisión, pero no le molestó la indiferencia de Ydeon. Así eran los gigantes. No reconocían señores ni amos, y tampoco comprendían los lazos emocionales que podían unir a las personas. Conceptos como la amistad, el odio, el amor o la lealtad no tenían el mismo sentido para ellos que para el resto de personas, desde el momento en que implicaban estar atado a otros seres. Podían entender la unión que aquellos sentimientos provocaban en gente de otras razas, la conocían, y les inspiraba cierta curiosidad; pero no la comprendían, porque no podían experimentar nada parecido. Sí, tenían emociones y sentimientos, pero no sentían la necesidad de estar unidos a las personas que los inspiraban. No existía gente más independiente y amante de la soledad que los gigantes. Los sheks, al menos, poseían una clara conciencia de raza, y estaban unidos entre sí por fuertes lazos telepáticos. Esa era la razón por la cual disfrutaban tanto de la soledad; no necesitaban estar físicamente juntos para saberse parte de algo.

Esto no ocurría con los gigantes; no tenían espíritu de grupo, y no lo echaban de menos. Por tanto, no tenía sentido exigirle a Ydeon que rindiera pleitesía a Ashran y a los sheks. Tomar partido en una guerra implicaba estar unido a un bando, a un grupo, y eso era algo que el gigante no lograría hacer jamás. Simplemente porque no entraba en su naturaleza.

–He venido a ver a mi hijo –dijo Ashran.

Ydeon señaló un túnel lateral que se hundía en la oscuridad. El Nigromante asintió en silencio y se internó por él.

Ydeon siguió trabajando, impasible. En ningún momento se le ocurrió pensar que tal vez Christian no tuviera ganas de encontrarse con su padre. Y aunque se le hubiera ocurrido, no era asunto suyo.

Ashran llegó a la cámara del gólem y se encontró con una escena curiosa.

Christian estaba enzarzado en una pelea a muerte contra un magnífico dragón dorado. No se había transformado en shek, pero daba la sensación de que no lo necesitaba. El filo de Haiass centelleaba en la penumbra buscando la carne del dragón, abriendo heridas en su piel escamosa, haciéndolo sangrar una y otra vez. El joven se movía con rapidez y agilidad, pero golpeaba con contundencia y lanzaba salvajes gritos de furia, y sus ojos estaban llenos de helado odio. Ashran contempló con interés cómo el dragón dorado, herido de muerte, se transformaba en el muchacho llamado Jack. Vio a Christian lanzar un grito de triunfo cuando, asestando un último mandoble, cortó limpiamente la cabeza de su contrincante.

El Nigromante entornó los ojos, interesado. Nunca había visto a Christian cortar cabezas. Era una forma de matar demasiado tosca, demasiado cruenta y desagradable para él. El muchacho solía ser mucho más discreto y elegante a la hora de segar vidas. Se preguntó qué podía significar aquello. Era evidente que su odio hacia Jack se había intensificado hasta aquel punto, y eso era bueno. Pero también podía suponer que se había vuelto lo bastante humano como para dejarse llevar por la ira, y eso no era bueno.

El cuerpo decapitado de Jack cayó al suelo, y se transformó en un enorme ser de piedra. El brillo del filo de Haiass titiló un momento y después se debilitó visiblemente, como si la espada se sintiera agotada después del combate y, sobre todo, decepcionada porque el adversario no había sido un auténtico dragón.

Christian respiró hondo y se irguió, tratando de recuperar la calma. Fue entonces cuando percibió tras él la presencia de Ashran.

—¿Disfrutas destrozando esa cosa? —preguntó él con suavidad.

El joven se volvió sobre sus talones con agilidad felina. No dijo nada. Se limitó a observar a su padre con desconfianza.

—Puedes guardar esa espada —dijo Ashran—. Si hubiera querido matarte, lo habría hecho hace ya mucho tiempo. Y si hubiera cambiado de idea al respecto, de todas formas no podrías hacer nada para evitarlo.

Christian no se movió, ni apartó la mirada de él. Tampoco envainó la espada.

—¿Qué es lo que quieres?

Ashran señaló al gólem.

—Que hagas exactamente lo que estabas haciendo hace un momento. Pero con un dragón de verdad.

Christian se relajó solo un poco. Hacía tiempo que imaginaba que le propondría algo así. Ya había ensayado la respuesta que iba a darle.

—No voy a servir a tus intereses. Creía que estaba claro, ¿no?

—Sí, eso pensaba yo —sonrió Ashran—. Pero da la casualidad de que mis intereses son también los tuyos. De lo contrario, no pasarías el tiempo asesinando una y otra vez al hombre al que quiero que mates. ¿Qué problema hay en hacer lo mismo con el auténtico? Lo estás deseando. Lo sabes.

Christian respiró hondo, envainó la espada y se sentó sobre el suelo de piedra. Apoyó la espalda en la pared y cerró los ojos, tratando de calmarse, intentando mitigar el odio que seguía latiendo en su interior y que podía llevarlo a aceptar la propuesta de Ashran. El hechicero se dio cuenta de ello.

—¿Sigues reprimiendo tu instinto? Eso acabará por matarte, hijo. ¿Por qué no quieres asumir que eres un shek? ¿Por qué no actúas en consecuencia?

Christian tampoco respondió esta vez, ni abrió los ojos. Hacía ya días que sabía cuál era el juego de Ashran, y comprendía que, a la larga, no tendría más remedio que hacer lo que él esperaba que hiciera.

Había perdido la cuenta de las veces que había «asesinado» al gólem bajo la forma de Jack, o del dragón, daba igual. Cuantas más veces lo hacía, más intenso latía el odio en su interior. Pero cada vez que luchaba se sentía mucho mejor, más libre, más poderoso, más seguro de sí mismo, y por eso no dejaba de hacerlo.

Además, era lo único que podía hacer allí.

Ydeon y él no pasaban mucho tiempo juntos. Cada uno hacía su vida, sin dar explicaciones al otro, sin avisar de si iba a salir, adónde iba ni cuándo volvería. Ahora que habían resuelto el misterio de la espada, sus conversaciones se habían hecho cada vez más breves y escasas. Y Christian sabía que, si Ydeon lo toleraba en su casa, era porque el shek no lo estorbaba. Ambos eran seres solitarios e independientes; se respetaban el uno al otro y no se molestaban.

También Christian agradecía aquella actitud. A veces salía a explorar el helado mundo de Nanhai y no regresaba en uno o dos días. Al volver se encontraba con que Ydeon no lo había echado de menos; probablemente ni siquiera había advertido su ausencia. De hecho, el joven estaba convencido de que, si abandonaba Nanhai sin decírselo para no volver jamás, el gigante no se sorprendería por su ausencia. Se limitaría a preguntarse adónde se habría llevado Christian su preciada Haiass, y si volvería a ver aquella prodigiosa espada alguna vez.

Su parte shek lo prefería así. Libertad, soledad, independencia.

Pero a veces su parte humana echaba de menos a alguien con quien hablar. Nada lo retenía ya en Nanhai, y en el fondo deseaba abandonar aquel lugar para ir al encuentro de Victoria, ayudarla en su empresa, estar a su lado para protegerla.

Pero con Victoria estaba Jack, y Christian sabía muy bien qué podía suceder si ambos volvían a encontrarse. Especialmente si, como sospechaba, su esencia de dragón ya había salido a la luz.

Por eso se obligaba a sí mismo a permanecer en aquella especie de retiro voluntario. Y mientras tanto descargaba su cólera y su frustración contra el gólem, para mantener despierta su parte shek y la frágil vida de su espada, que seguía herida y enferma, hambrienta de víctimas de verdad.

—Quiero mantenerme al margen —dijo con calma—. Eso es todo.

—Puedo entender que sigas queriendo proteger a la chica —dijo Ashran—. Fue un error por mi parte tratar de forzarte a traicionarla. Pero nada te impide matar al dragón, ¿no es cierto?

Christian no respondió.

—Si muere el dragón, impediremos que se cumpla la profecía de todas formas. Sin necesidad de hacer daño a la chica.

—Ya lo sé —repuso Christian—. Es lo que quise proponerte desde el principio.

—Entonces no quise correr riesgos. Ese fue mi error, tal vez. Subestimé hasta dónde podían llegar tus sentimientos por ella, pero estoy dispuesto a concederte otra oportunidad. Si matas al último dragón, Kirtash, volverás a ser uno de los nuestros. Incluso los sheks perdonarán tu traición. Y te garantizo que la muchacha saldrá ilesa. Daré orden de que nadie le haga daño. Además, ¿quién sabe?, tal vez no sea mala idea conservar con vida al último unicornio del mundo.

En los ojos de Christian se encendió un brillo de nostalgia.

—Hace tiempo soñé que era posible —murmuró—. Imaginé un mundo gobernado por nosotros. Sin dragones, sin profecías que amenazaran nuestro futuro. Jack muerto, y Victoria a mi lado. Para siempre.

«... a mi lado, serás mi emperatriz», le había dicho dos años atrás a una niña aterrada que no sospechaba todavía el increíble poder que atesoraba en su interior. «Juntos gobernaremos Idhún».

Evocó el momento en que ella había cogido su mano. Habría dado lo que fuera por volver a aquel instante, luchar por que nadie lo estropeara, llevarse a Victoria consigo antes de que los interrumpieran...

Pero el momento había pasado, y Victoria había soltado su mano. En aquel instante, Christian debería haber sabido que no volvería a cogerla nunca más, que el lazo que la unía a Jack era demasiado fuerte como para que él pudiera romperlo. Por muy intensos que fueran los sentimientos de Victoria hacia el hijo del Nigromante.

—¿Qué te hace pensar que no es posible? —preguntó Ashran con suavidad.

Christian sonrió.

—Lo sé. La muerte de Jack no arreglaría las cosas, padre. Victoria no me lo perdonaría jamás. Además, yo... —vaciló.

—... no quieres hacerla sufrir. Kirtash, Kirtash, a veces me sorprende lo ingenuo que puedes llegar a ser. Cuando el dragón muera, el shek revivirá con más fuerza en tu interior. Entonces no te importará que ella sufra. Además, se le pasará, acabará por volver contigo.

Christian esbozó una sonrisa escéptica.

–¿No me crees? –sonrió Ashran–. Piensa en quién es ella. Imagínala sin el dragón a su lado. Su vida ya no tendrá ningún sentido. Terminará por acudir a ti, porque eres el único que puede comprenderla, el único a quien puede entregar su amor. Porque los unicornios necesitan amar, hijo. Y no existe nadie que pueda compararse a ella, nadie excepto vosotros dos. Sepárala para siempre de ese dragón, y será tuya. Por mucho que te odie entonces, serás su única opción, y lo sabe. Y tú también.

–No sería su única opción. No conoces a Victoria.

–Tú crees que la conoces, pero olvidas que es un unicornio. El último unicornio. Jamás se dejaría morir voluntariamente. Tampoco soportaría la idea de estar sola el resto de su vida.

Christian respiró hondo.

–¿Y por qué no esperar a que sea otro quien mate a Jack? –preguntó–. ¿Por qué voy a volver a implicarme en una guerra que ya no me interesa?

–Podría enviar a otro a acabar con su vida –admitió Ashran–. Pero sé que tú tienes más posibilidades, porque ellos confían en ti. Tus sentimientos por esa chica son tu mejor arma para acercarte a la Resistencia, porque son sinceros, y ellos lo saben.

Christian no dijo nada. Le dio la espalda, dando a entender que no tenía ganas de seguir con aquella conversación.

–Piénsalo, Kirtash –concluyó Ashran–. Mira en lo que te has convertido, mira todo lo que has perdido. Y piensa en todo lo que puedes ganar si acabas con el último dragón. Recuperarías tu lugar entre nosotros y garantizarías la seguridad de esa muchacha que tanto te importa.

–No quiero volver a ser una marioneta a tus órdenes, padre –dijo Christian con suavidad–. No lamentaré la muerte del último dragón, pero no seré yo quien acabe con su vida. Estoy cansado de ser solo un peón en tu juego de poder.

–¿Eso crees? Ahora mismo eres una amenaza, Kirtash, y, como a tal, debería matarte sin dudarlo. Tengo otros servidores más fieles que no me dan tantos problemas como tú. Y sin embargo aquí estoy, ofreciéndote otra oportunidad. ¿Quieres saber por qué? Porque sé que te estás muriendo, hijo. Por eso quiero que seas tú quien acabe con ese dragón. Sabes... igual que yo... que eso te salvará la vida.

»Y, a pesar de lo mucho que me has decepcionado, a pesar de esos sentimientos humanos que te hacen tan débil y que tanto me disgustan... en el fondo, no has dejado de ser mi hijo.

Christian se incorporó, sorprendido, y alzó la mirada hacia el Nigromante.

Pero Ashran había desaparecido.

Aún viajaron dos días más a través del desierto. Victoria aguantó bastante bien, en parte debido a que montar en torka la agotaba menos que caminar sobre las dunas. Pero no hablaba mucho, y Jack no sabía cómo interpretar su extraño silencio.

Kimara no había vuelto a insinuársele. Había sido muy clara y sincera en el oasis, cosa que Jack agradecía, pero sospechaba que no volvería a insistir en el tema para no incomodarlo. También él trató de olvidar lo que habían hablado. Pero seguía sintiendo una fuerte atracción por aquella fascinante joven, y no sabía muy bien cómo actuar.

Además, estaba seguro de que Victoria lo había notado. Tal vez por eso estaba tan fría y callada con él. Pero, si eso la molestaba, ¿por qué no le había dicho nada al respecto? ¿Por qué no intentaba impedir que se acercara a Kimara, por qué se mostraba tan indiferente, como si no le importara lo que pudiera pasar entre ellos? A veces, Jack no podía evitar sentirse dolido por su actitud. Otras veces se reprochaba a sí mismo el sentirse culpable por pensar en Kimara. ¿Acaso no mantenía Victoria una relación con un shek? ¿Victoria, que se suponía que estaba con él, con Jack? ¿Por qué razón debía él rechazar a Kimara, entonces?

Jack atravesaba un estado de gran confusión, y no ayudaba en nada el hecho de que llevaba unos días notando que algo extraño le pasaba por dentro. Algo que no tenía nada que ver con mujeres.

Se encontraba más fuerte, más resistente, más seguro de sí mismo. Se sorprendía mirando a menudo al cielo e imaginando que desplegaba las alas y echaba a volar, en un gesto que, de pronto, le parecía extrañamente familiar. Y, sobre todo... había desaparecido su miedo a las serpientes. Ahora las odiaba, sin más.

Al atardecer del segundo día desde que abandonaron el oasis, llegaron a un campamento yan. Kimara condujo a su torka hacia allí, y la montura de Jack y Victoria lo siguió sin vacilar.

Sin embargo, ellos no se sentían cómodos. El único yan al que habían conocido, un tal Kopt, que vivía exiliado en la Tierra, había resultado ser un traidor. No estaban seguros de querer conocer a más.

Kimara desmontó y se echó en brazos del yan que salió a recibirla. Hablaron muy deprisa, y ni Jack ni Victoria consiguieron entender lo que decían. Pero cuando Kimara se acercó a ellos, seguida por el yan, Victoria intuyó que estaban en un lugar seguro.

—Os presento a mi padre, Kust —dijo ella con una sonrisa.

El yan los miró con detenimiento. Se había retirado de la cara el velo que solían llevar todos los yan, y que ocultaba sus rasgos a excepción de los ojos rojizos de los de su raza. Y Jack y Victoria vieron por primera vez el rostro de un yan.

Tenía un aspecto aún más humano de lo que ambos habían imaginado. Su piel era áspera y rugosa, de color pardo-rojizo, y su nariz achatada parecía aún más pequeña bajo los enormes ojos redondos y ardientes como brasas que presidían sus facciones. Llevaba el cabello gris peinado en multitud de pequeñas trenzas que le caían sobre los hombros.

A Victoria le recordó vagamente a una especie de duende. Tal vez también tenía que ver con eso el hecho de que los yan en general eran gente de baja estatura.

De todas formas, no tuvieron mucho tiempo para observarlo, porque Kust no paraba de moverse, y pronto se cansó de esperar a que hablaran los extranjeros.

—BienvenidosaHadikah —dijo, con una extraña sonrisa—, queen nuestroidiomasignifica«refugio».

Hadikah no era un lugar, o, al menos, no un lugar estable. Hadikah estaba allá donde la tribu instalase el campamento y plantase sus tiendas, en cualquier lugar del desierto porque, como les contó Kimara, todo Kash-Tar era el hogar de los yan.

Aquella noche bailaron unas danzas salvajes en torno al fuego, en honor de los invitados. Los yan eran gente extraña y misteriosa, pero hospitalarios cuando querían. Victoria no pudo evitar preguntarse, sin embargo, si los habrían acogido de la misma manera de no haberse presentado allí con Kimara.

La joven no quiso bailar al principio, aunque las mujeres yan le insistieron, dando a entender que, a pesar de su sangre mestiza, Kimara sabía bailar aquellas danzas tan bien como cualquier muchacha yan. Pero la exploradora se limitó a contemplar los bailes junto a la hoguera, sola y en silencio.

De vez en cuando, sin embargo, ella y Jack cruzaban miradas llenas de significado.

Al cabo de un rato se inició una nueva danza. Solo habían quedado dos mujeres, y llamaron por gestos a Kimara. Por fin, ella accedió a levantarse. Se despojó de la camisa, quedando vestida como las otras bailarinas: con sus holgados pantalones y una especie de sostén que se anudaba a la espalda mediante una serie de finas tiras de tela, dejando al descubierto su vientre y sus hombros. Y, con un salvaje grito de alegría, se unió a la danza.

Las tres empezaron a girar sobre sí mismas al compás de la música de los tambores, en torno al fuego, como planetas que rotaran alrededor de un sol, con los brazos extendidos a los lados y las trenzas flotando en el aire, con los pies descalzos golpeando la arena rítmicamente.

Entonces se acercó un varón yan, bailando al ritmo de los tambores, haciendo malabarismos con seis antorchas encendidas. Pasó junto a las mujeres, que seguían girando, y fue entregándoles las antorchas. Cuando cada una de ellas sostenía ya una en cada mano, empezaron a moverse todavía más deprisa, agitando las antorchas en torno a sus cuerpos, el fuego casi rozándoles la piel. Y siguieron girando y girando, casi envueltas en llamas.

Jack observó a Kimara, embelesado. Parecían brotar chispas de sus pies. Toda ella parecía una centella bailando en torno a la hoguera.

Alguien lo empujó de pronto y lo obligó a ponerse en pie. Cuando quiso darse cuenta, estaba en mitad del baile de las antorchas, junto a Kimara y las otras dos mujeres, y dos varones yan que se habían unido también. Se quedó parado, sin saber qué hacer. Pero enseguida vio a Kimara frente a él, haciendo vibrar las antorchas en torno a su cuerpo, trazando arcos de fuego en el aire, sobre los dos. Jack sonrió y se dejó llevar. Sabía que se movía con torpeza, pero aun así trató de seguir los pasos del baile, imitando a los otros dos hombres.

Y bailaron alrededor de la hoguera, al compás de los tambores, una vuelta, y otra más, cada vez más deprisa, mientras el fuego de las antorchas enlazaba figuras sorprendentes en torno a ellos, como relámpagos entrecruzándose en el cielo. Jack siguió los movimientos del cuerpo de arena de Kimara, atreviéndose, con ella, a moverse entre los arcos de fuego, cada vez más rápido, cada vez más cerca, sintiendo que los ojos de la semiyan quemaban igual que el fuego de la hoguera, hundiéndose en ellos sin temor a verse consumido por las llamas.

Cuando por fin, mareado, tropezó con sus propios pies, se apartó de la hoguera riendo a carcajadas. Kimara le dirigió una mirada burlona y siguió bailando, sola. Jack ladeó la cabeza y se quedó mirándola. Él estaba ya agotado, pero daba la sensación de que la vitalidad de la semiyan no conocía límites.

Sintió la presencia de Victoria junto a él.

—Tengo sueño —dijo ella suavemente—. Me parece que me voy a dormir.

Jack volvió a la realidad. La miró y se sintió muy culpable de pronto.

—Voy contigo —dijo, pero ella sonrió con dulzura.

—No hace falta, sé que lo estás pasando bien. No pareces tener sueño.

Jack se quedó perplejo. «No puede ser que no nos haya visto», se dijo. «No es posible que no se dé cuenta de nada. Entonces, ¿es que no le importa?».

Se sintió dolido y furioso de pronto. Se merecía lo que pudiera suceder, pensó con rencor.

—Bueno, pues que descanses —dijo con cierta frialdad—. Buenas noches.

Victoria lo miró un momento, y un destello de tristeza brilló en sus ojos oscuros. Pero él tenía la vista fija en la hoguera y no se dio cuenta, así que la muchacha se puso en pie y se alejó en dirección a la tienda que les habían asignado a ella y a Jack.

El chico respiró hondo, sintiéndose cada vez más confuso.

La danza terminó, con un último retumbar de tambores. Las tres yan arrojaron las antorchas a la hoguera, cuyas llamas se alzaron aún más alto.

Entonces, Kimara se volvió hacia Jack.

No le dijo nada. Simplemente lo miró una vez más con sus ojos de fuego, y Jack entendió sin necesidad de palabras. Cuando Kimara desapareció en el interior de su tienda, Jack se levantó de un salto para seguirla.

Victoria se había acurrucado en un rincón de su tienda. Sabía perfectamente que iba a dormir sola aquella noche, se había hecho a la idea y lo comprendía, pero no podía evitar sentirse celosa y muy triste.

«No seas estúpida», se dijo a sí misma. «Sabes de sobra que Jack tiene todo el derecho del mundo a fijarse en otra chica. Se gustan, quieren estar juntos y tú no eres quién para estorbarlos».

Recordó lo que Christian le había contado en el bosque de Awa acerca de las «necesidades físicas». Él ya le había dejado claro lo que pensaba con respecto a la fidelidad en las relaciones. Si ella era capaz de aceptar aquello en el caso de Christian, debía poder tratar a Jack de la misma manera. Además... qué diablos..., ¿no había aceptado Jack su relación con el shek?

Al pensar en Christian, la nostalgia la invadió de nuevo, y su corazón se estremeció, echándolo de menos, como tantas otras veces. Se preguntó si él dormiría solo aquella noche. Por alguna razón, eso le dio fuerzas. Tal vez Christian estaba en aquellos momentos junto a otra mujer, aunque su corazón perteneciera solo a Victoria. Y ella entendía y aceptaba esto, porque Christian entendía y aceptaba que la joven amara a dos personas a la vez. De modo que no era tan extraño ni tan terrible que Jack hiciera lo mismo.

Y si Christian no tenía compañía... Victoria sonrió con suavidad. No dudaba de que él la quería con locura. Y, sin embargo, había tenido que pasar solo muchas noches, noches en las que ella había dormido junto a Jack. «Ahora me toca a mí estar sola, como haces tú, Christian», pensó. «Me has enseñado muchas cosas, y una de ellas es que el amor no implica posesión. No te pertenezco, me dijiste una vez. Solo te pertenece lo que siento por ti... que no es poco. Y cuánta razón tenías. Tampoco Jack y tú me pertenecéis. Solo es mío lo que los dos sentís hacia mí».

De modo que... si Jack sentía algo hacia Kimara... ¿no era también un poco de ella?

«Se lo debo», pensó. «Se lo debo por todas las veces que me ha visto marcharme con Christian, por todo lo que ha tenido que sufrir por mi causa».

Dolía mucho, era cierto. Pero estaba decidida a no interponerse entre Jack y Kimara. Si Jack sentía algo por la semiyan, si la necesitaba a su lado, Victoria estaba dispuesta a aceptarlo.

«Es una buena chica», se repitió a sí misma por enésima vez. «No es como Gerde. De verdad siente algo por Jack, es guapa, lista, valiente y...».

«... Y es mayor que yo», pensó. «Más... mujer».

No sabía qué edad tenía Kimara, pero aparentaba cerca de veinte.

«Todo está bien», se dijo. «Es lo justo. Es lo justo».

Sintió que se le humedecían los ojos, y los cerró, mordiéndose el labio inferior. Pasara lo que pasase, no debía llorar. A través de la lona de la tienda, cualquiera podría oírla, y ese cualquiera podría ser Jack. Y Victoria tenía que ser invisible aquella noche. Porque Jack necesitaba olvidarse de ella.

Entonces alguien abrió la tienda con violencia y se quedó plantado un momento en la entrada. Victoria dio un respingo y se incorporó. La sombra recortada contra la luz de fuera era la de Jack.

—¡Jack! —exclamó ella, secándose los ojos con precipitación—. ¿Qué...?

Él se dejó caer junto a ella, temblando. La atrajo hacia sí y le cogió el rostro con las manos. La miró en la penumbra. Victoria rogó por que no notara que tenía los ojos húmedos. Pero él estaba demasiado alterado como para darse cuenta. Sus ojos relucían de manera extraña en la oscuridad, como alimentados por un poderoso fuego interior.

—Jack, ¿qué te pasa? —susurró ella, un poco asustada.

El muchacho no dijo nada, pero la besó de pronto, intensamente. Victoria se quedó sin aliento. Había algo en su actitud que le daba miedo.

Jack la abrazó con fuerza y enredó sus dedos en el cabello castaño de su amiga.

—No puedo, Victoria —le dijo al oído con voz ronca—. No la quiero a ella, ¿entiendes? Es a ti a quien quiero. Solo a ti.

Victoria jadeó, emocionada, sintiendo cómo el amor que sentía por él estallaba en su interior inundando todo su ser. Quiso pronunciar su nombre, pero no le salieron las palabras.

Jack la besó de nuevo, con urgencia, con pasión. Victoria cerró los ojos y se dejó llevar, comprendiendo que aquella noche y en aquel momento sería capaz de rendirse a él. Porque daba la sensación de que era eso lo que él quería. De modo que dejó que la besara, que bebiera de ella; se estremeció cuando el chico la tumbó sobre las mantas y se echó sobre ella, pero no lo alejó de sí.

Sin embargo, Jack se limitó a apoyar la cabeza en su pecho y a rodearle la cintura con los brazos, temblando. Y se quedó así, en esa posición, como si hubiese encontrado un lugar para el reposo después de un día agotador.

—Te quiero —susurró.

Victoria respiró hondo y cerró los ojos, intentando controlar los sentimientos que amenazaban con desbordarse en su pecho. Fue entonces más consciente que nunca de que ella también lo quería con locura. Le acarició el pelo con cariño, y entonces se dio cuenta de que la piel de él estaba muy caliente. Mucho más caliente de lo habitual.

–Jack, estás ardiendo –dijo, preocupada–. ¿Estás bien?

El muchacho no respondió. Se había quedado dormido.

Victoria suspiró y lo abrazó, acercándolo más a ella. Le pareció notar que algo latía en el interior de Jack, algo caliente, pulsante, que amenazaba con estallar en cualquier momento.

«No es el mismo», pensó, inquieta. «Le está pasando algo raro».

Cerró los ojos y se acurrucó junto a él. Su calor la agobiaba, pero no le importó.

–Pase lo que pase –le susurró–, ya no voy a abandonarte. No quiero separarme de ti nunca más, Jack. Nunca más.

X

CEMENTERIO DE DRAGONES

LGUIEN sacó a Jack de un sueño pesado y profundo.

—¡Despertad, deprisa! —susurró una voz en su oído.

El muchacho abrió los ojos, parpadeando. Sintió algo suave y cálido rozándole el cuello, y vio que se trataba de la mejilla de Victoria, que descansaba entre sus brazos, muy pegada a él. También ella estaba despertando de su sueño.

Alzó la cabeza y descubrió la mirada de fuego de Kimara fija en él. Sacudió la cabeza, mareado, recordando de pronto lo que había pasado la noche anterior. ¿No había sido un sueño? Había entrado en la tienda de Kimara y después...

Tras un breve momento de pánico recordó, aliviado, que había salido enseguida para regresar con Victoria. Por eso ella estaba a su lado, por eso habían despertado juntos, como todas las mañanas desde que habían partido del bosque de Awa; y eso era algo, comprendió, que no quería cambiar, por nada del mundo. Respiró hondo. ¿Qué hacía entonces Kimara en su tienda?

La semiyan lo sacudió de nuevo y lo despejó del todo.

—¡Levantaos, rápido! —susurró con urgencia—. Tenemos que salir de aquí.

Victoria se incorporó, luchando por despejarse.

—¿Todavía es de noche?

—Los exploradores dicen que los szish están registrando todas las poblaciones yan —explicó Kimara en rápidos susurros—. Al amanecer llegarán a Hadikah.

Jack se levantó inmediatamente.

—¿Cuánto tiempo tenemos?

—Muy poco. Y hemos de salir en silencio, porque si los yan os descubren, os entregarán a las serpientes.

–¿Por qué? –preguntó Victoria–. ¡Pensaba que estaban de nuestra parte!

–Los yan hacen siempre lo que mejor conviene a sus intereses, Victoria. Si os encubren, se meterán en muchos problemas. Lo entiendes, ¿verdad? Mi padre nos ha advertido de la llegada de los szish; es todo lo que pueden hacer por vosotros, y es mucho, créeme.

Jack ya había recogido las cosas y estaba en pie, listo para marcharse. Recuperaron sus torkas, que estaban atados cerca de allí, y abandonaron Hadikah en silencio. El primer amanecer los encontró lejos de la población yan.

Ninguno de los tres pronunció palabra durante un buen rato. Jack no podía evitar preguntarse, preocupado, cuánto tiempo más podrían esquivar a los szish que peinaban el desierto en su busca. Y entonces se dio cuenta de que Kimara seguía con ellos, a pesar de todo.

–Sabías que nos buscaban a nosotros –le dijo de pronto.

Ella asintió.

–Lo sé desde hace días.

–¿Y sabes por qué? ¿Has... has oído hablar de la profecía?

–No sé nada de profecías. Solo sé que hace quince años que murieron todos los dragones, y que tú, por alguna razón, has regresado. No sé si hay más dragones como tú, pero está claro que a los sheks no les gustas.

Victoria miró a Jack, desconcertada.

–Yo no se lo he dicho –aclaró el chico con rapidez–. Se dio cuenta ella sola.

Victoria asintió, comprendiendo, pero no hizo ningún comentario.

–Pero, si lo sabes –insistió Jack–, ¿por qué sigues con nosotros? Corres un grave peligro. ¿Por qué nos acompañas a pesar de todo?

Kimara clavó en él una mirada con la que se lo dijo todo. Después volvió la cabeza hacia otro lado; pero Jack había visto que su piel arenácea se había ruborizado levemente.

–Déjalo, Jack –murmuró Victoria con suavidad–. No insistas.

Jack no insistió. Solo llegaba a intuir lo que Victoria entendía con claridad meridiana: que Kimara se había enamorado de Jack, hasta el punto de arriesgar su vida por él, de implicarse en aquella locura, contraviniendo la costumbre yan de cuidar solo de sí misma y de los suyos. Y todo ello a pesar de saber que él no la correspondía.

Victoria reprimió un suspiro. Por un momento imaginó lo que había pasado entre ellos dos la noche anterior. Imaginó el dolor de Kimara al ser rechazada por Jack, al darse cuenta de que él no iba a pasar la noche con ella, porque su corazón pertenecía a otra persona. Y, a pesar de todo, la semiyan no la había mirado con odio ni rencor en ningún momento; había aceptado la situación con naturalidad, por mucho daño que eso le causase. Victoria se sintió de pronto muy unida a ella. Comprendía perfectamente que sintiera algo tan intenso por Jack, porque a ella le pasaba lo mismo. Cerró los ojos un momento, notando los brazos de Jack en torno a su cintura, su presencia tras ella, sobre el lomo del torka que ambos compartían, y se sintió muy feliz de que él la correspondiera. Pero no pudo evitar entristecerse por Kimara, la independiente e intrépida Kimara, sufriendo por alguien que no podía quererla de la misma manera.

De todas formas, la semiyan se comportó en todo momento como si nada hubiera sucedido, tratando a Jack y a Victoria con naturalidad y confianza; pero Victoria podía leer el dolor en el fondo de sus ojos de rubí, y la admiró aún más por su fuerza interior.

La actitud de Jack hacia Kimara, por el contrario, sí cambió. Victoria se dio cuenta de que aquella atracción que él parecía sentir hacia ella había desaparecido, que ya no la miraba de esa forma tan intensa, que ya no se mostraba fascinado por ella. Sin embargo, la trataba con cariño y confianza, como a una hermana. Victoria sabía que Kimara agradecía que Jack no la apartara de su lado, agradecía su presencia, y podía comprenderlo: la compañía de Jack, la suavidad de su voz, su amistad sincera... podían curar cualquier herida. Victoria lo sabía por experiencia.

Shail esperó con paciencia sobre su paske mientras, unos metros más allá, Zaisei dialogaba con dos cazadores ganti. Los ganti hablaban una lengua extraña que, a pesar de parecer una amalgama de todos los dialectos conocidos de idhunaico, tenía un tono propio y singular, y resultaba muy difícil de comprender. Sin embargo, Zaisei conversaba con ellos sin problemas. Los celestes eran hijos de Yohavir, el Señor de los Vientos, que era también el dios de la comunicación y la empatía. Quizá por eso eran incapaces de hacer daño a nadie, reflexionó Shail. Comprendían demasiado bien a todo el mundo, no podían evitar ponerse en el lugar de las otras personas y, por tanto, no podían odiarlas.

Tal vez por eso, a pesar de todo, Zaisei había decidido acompañar a Shail en su viaje.

Después del ataque del shek, a la Venerable Gaedalu le había quedado claro que Shail era un peligro para la seguridad de las sacerdotisas, y, pese a lo que había convenido con el Padre Ha-Din, le había prohibido terminantemente la entrada en el Oráculo. Si las serpientes buscaban a Shail, decidió Gaedalu, no lo encontrarían allí. Las Iglesias no podían permitirse el lujo de perder su último Oráculo, y la Madre no quería dar a los sheks motivos para destruirlo igual que habían hecho con los demás.

Para entonces, a Shail ya no le importaba la profecía. Sabía que ese no era el plan que habían trazado, pero estaba muy preocupado por Jack y Victoria y se reprochaba una y otra vez el haberlos dejado marchar. Le dijo a Zaisei que iría a buscarlos, hasta Awinor si era preciso.

–Pero, Shail, no puedes andar –le había respondido ella, preocupada.

El mago había replicado de malas maneras. Detestaba que le recordaran que había quedado lisiado, casi tanto como que insinuaran que había dejado de ser útil a la Resistencia, y Zaisei había hecho ambas cosas, aun sin pretenderlo. Shail no recordaba exactamente qué le había dicho, pero sí sabía que le había dirigido palabras hirientes, y que por poco la había hecho llorar. Se odiaba a sí mismo por ello. Se estaba portando fatal con ella, a pesar de que la sacerdotisa solo le había dado cariño y comprensión desde que la conocía. Había esperado que ella gritara, que lo insultara por ser tan ruin, que discutieran; probablemente hasta se habría sentido mejor. Pero Zaisei había desviado la mirada en silencio.

«Condenados celestes», había pensado Shail, entre furioso y conmovido. Zaisei lo comprendía, sabía por qué se comportaba así, y no le guardaba rencor. Lo conocía mejor de lo que él se conocía a sí mismo.

«Me he vuelto un auténtico canalla», pensó el joven. «¿Qué me pasa? Antes, yo no era así. Ahora no hago más que decir cosas que no siento y hacer daño a la gente a la que quiero».

Le había pedido perdón a Zaisei. Pero no había cambiado de idea con respecto a su búsqueda. Y, para su sorpresa, la joven había pedido permiso a Gaedalu para abandonar el Oráculo y acompañarlo hasta Awinor.

Ahora atravesaban las Colinas de Gantadd, el país de los ganti, los mestizos.

Eran gente extraña. Se decía que muchos siglos atrás, en el amanecer de los tiempos, cuando las seis razas habían empezado a conocerse y a relacionarse entre ellas, habían nacido los primeros mestizos. Al principio, todo fue bien, pero pronto surgió un movimiento que defendía la pureza de las razas: humanos, feéricos, gigantes, celestes, varu y yan no debían mezclarse entre ellos. Los mestizos habían sido expulsados de casi todas las tribus y se habían concentrado en Gantadd, donde se habían asentado, formando una curiosa comunidad. Ahora eran ellos los que no querían tratos con aquellos de sangre pura. Tras siglos de mezclarse entre ellos, el resultado era un grupo de individuos que en algunos casos tenían características de todas las razas, y en otros no se parecían a ninguna. Por lo general eran amables con los viajeros, siempre que solo estuvieran de paso y no tuvieran intención de establecerse entre ellos. Y, sin embargo, la gente prefería evitar sus tierras, incluso los nuevos mestizos que habían nacido en el seno de otras sociedades, y que ahora eran aceptados en todas partes.

Los dos cazadores con los que estaba hablando Zaisei eran una muestra de la mezcla de sangres de los ganti. Uno de ellos tenía los enormes ojos, negros y almendrados, de los feéricos. Pero tenía aspecto humano, a pesar de su gran tamaño, que sugería algo de sangre gigante en sus venas. El otro, una mujer, exhibía el nerviosismo y la rapidez de movimientos y de palabra propios de los yan. También tenía antepasados feéricos, como mostraba su largo cabello aceitunado; pero su piel tenía tintes azulados, como la de los celestes.

Zaisei inclinó finalmente su cabeza lampiña y, con una delicada sonrisa, se despidió de ellos. Regresó hasta donde estaba Shail y subió a su montura con un ágil movimiento.

–No han pasado por aquí –informó–. Nadie los ha visto en Gantadd. Los cazadores sugieren que, si se dirigían a Awinor, es muy probable que hayan atravesado la Cordillera Cambiante por el Paso.

–Han elegido el camino del desierto –comprendió Shail, inquieto–. Pero Victoria no debe internarse en un sitio así. Necesita magia a su alrededor, ella...

Se dio cuenta de que había empezado otra vez con lo mismo, y se obligó a callarse. Últimamente se estaba volviendo muy cargante, preocupándose a todas horas por la seguridad de Victoria. Él mismo era consciente de eso, pero no podía evitarlo.

Zaisei le sonrió. Por lo visto, a ella no le molestaba.

—Estará bien —dijo—. Jack está con ella.

En otras circunstancias, esto le habría bastado. Pero Shail sabía que lo que le sucedía, en el fondo, era que se sentía culpable... por tantas cosas...

Por no haber permanecido junto a Victoria todo aquel tiempo, por haberse perdido aquel misterioso viaje durante el cual ella había dejado de ser una niña para convertirse en una mujer. Por no haber estado a su lado para aconsejarla, para guiarla, para mostrarle los secretos de su naturaleza de unicornio, para ayudarla a descifrar los confusos sentimientos que inundaban su alma. Y, sobre todo..., por haberla echado de su lado y haberle dicho cosas que no sentía aquella noche tan extraña en la que ella y Jack se habían alejado de la Resistencia. Entonces no sabía que no iba a volver a verla. Pero eso no era excusa.

—Puedo llamar a los pájaros haai —dijo entonces Zaisei—. Viajaremos más deprisa.

Shail entendió a qué se refería.

Los celestes conocían un cántico misterioso que, entonado por ellos, atraía a las aves doradas que les servían para desplazarse por el aire.

Los llamaban haai, «amigos», y no sin motivo. Los pájaros haai vivían solo en Celestia, donde, de cuando en cuando, unas estilizadas agujas de piedra rompían el suave paisaje de la llanura. En lo alto de aquellas formaciones rocosas, los haai hacían sus nidos, tan arriba que nadie podía alcanzarlos. Solo los celestes, que nacían con el don de la levitación, eran capaces de flotar hasta ellos; con el tiempo, habían aprendido su lenguaje, su melodioso canto, y los haai acudían gustosos cuando los celestes los llamaban. A cambio, estos cuidaban de las hermosas aves, les llevaban manjares deliciosos y las curaban cuando enfermaban.

El mago acarició por un momento la idea de volar hasta Awinor, pero se obligó a sí mismo a ser sensato: si los sheks sabían ya adónde se dirigían Jack y Victoria, patrullarían sin descanso los cielos sobre Awinor. Sin duda llamarían menos la atención si viajaban por tierra.

Negó con la cabeza.

–No, Zaisei. Es más seguro seguir viajando a lomos de los paskes. Los alcanzaremos de todas formas. Ellos van a pie, y...

Se interrumpió, angustiado.

–No pienses en ello –le dijo Zaisei, entendiéndolo; se inclinó hacia él y lo besó en la mejilla, con suavidad.

El joven se quedó sorprendido. Era la primera vez que ella hacía eso. Los dos eran conscientes de lo que sentían el uno por el otro, sobre todo Zaisei, tan hábil para leer en los corazones de los demás. Pero ambos sabían también que eran demasiadas las cosas que los separaban y, por otro lado, Shail tenía una misión que cumplir, estaba involucrado en la Resistencia hasta la médula, y no quería implicarla a ella; era demasiado peligroso.

Sin embargo, en aquel momento se dio cuenta de que estaban viajando juntos y que ella ya había elegido implicarse. Y la miró a los ojos, aquellos límpidos ojos violetas, y sintió, por primera vez en mucho tiempo, que un rayo de esperanza iluminaba su corazón.

Los últimos días de trayecto transcurrieron sin contratiempos. Tardaron un poco más de lo previsto en llegar a los límites del desierto, porque Kimara tuvo que dar un rodeo para incluir en la ruta todos los oasis cercanos. Victoria precisaba renovar su magia a menudo y, aunque la semiyan no había hecho preguntas al respecto, sí había asumido aquella necesidad de su compañera de viaje y actuaba en consecuencia.

Gracias a la experiencia de su guía, el grupo sorteó todas las trampas que el desierto podía tender al viajero incauto. También los sheks vigilaban desde los cielos, pero, por suerte para ellos, Jack podía percibirlos desde la distancia; se le ponía la piel de gallina cuando uno de ellos se acercaba, y el fuego que ardía en su interior parecía avivarse de pronto. Y él y sus compañeras tenían siempre tiempo de sobra para camuflarse entre las dunas antes de que llegaran las serpientes aladas. Pero Jack tenía la sensación de que las capas de banalidad cada vez funcionaban peor, porque a veces los sheks sobrevolaban varias veces la zona donde se hallaban escondidos, como si pudieran intuir que había algo allí, aunque no supieran exactamente qué ni dónde. Cuando se lo comentó a Victoria, ella movió la cabeza, preocupada.

—No son las capas, Jack; eres tú. Hace un tiempo que tu energía se ha vuelto tan intensa que a la capa le cuesta cada vez más ocultarla.

Jack se quedó sorprendido, pero le habló entonces de las cosas extrañas que le habían venido sucediendo desde que se adentraran en el desierto.

—¿Será porque nos acercamos cada vez más a Awinor?

—Tal vez —respondió ella tras una breve vacilación—. Pero creo que hay algo más.

—¿El qué?

Pero Victoria sacudió la cabeza. Era solo una intuición y no podía explicarlo.

Por fin, una tarde divisaron a lo lejos las montañas que erizaban la piel arrasada de Awinor, el reino de los dragones. Kimara les señaló un punto que parecía una arista retorcida.

—¿Veis eso? —susurró—. Son las ruinas de la Torre de Awinor, una de las sedes de la Orden Mágica. Cuando los dragones vivían, a ningún mortal le estaba permitido ir más allá. Los yan llamaban a esa torre Wenawinor, las Puertas de Awinor. Pero ahora... en fin, lleva en ruinas más de una década. Yo era muy niña cuando fue destruida. No la recuerdo en pie.

Jack se quedó contemplando el horizonte un momento.

—Awinor —dijo simplemente—. Yo nací allí... Una parte de mí nació allí —se corrigió.

Espoleó al torka para hacerlo avanzar, pero Kimara retuvo al animal por las riendas.

—Espera.

Saltó de su montura y se acuclilló sobre el suelo. Hundió las manos en la duna y las sacó llenas de arena, aquella fina arena de color salmón que cubría la superficie de Kash-Tar. Jack y Victoria la vieron trepar a lo alto de la duna, alzar las manos y soltar la arena al viento, que la recogió y la llevó en dirección a Awinor.

Kimara bajó los brazos y esperó. Jack quiso preguntar qué estaba haciendo, pero Victoria aguardaba en un silencio respetuoso, como si no quisiera romper la concentración de la semiyan, y Jack la imitó.

Pasó un largo rato antes de que el viento soplara de nuevo, revolviendo su pelo y sus ropas. Kimara no se había movido del sitio, pero en aquel momento levantó las manos otra vez.

Y Jack y Victoria vieron cómo el viento traía consigo granos de arena, y los dejaba caer sobre ella. La semiyan cerró los ojos y dejó que aquella arena acariciara su rostro y las palmas de sus manos. Después, el viento volvió a calmarse. Kimara abrió los ojos y dijo:

–Nos esperan en la frontera con Awinor. Cerca de un centenar de szish. Varios sheks. Está claro que saben que nos acercamos, y quieren cortarnos el paso.

Victoria lanzó una exclamación ahogada. Jack preguntó, confuso:

–¿Cómo sabes eso?

–Me lo ha dicho el desierto –dijo Kimara simplemente.

Jack decidió que no valía la pena preguntar más, y optó por creer sin dudar lo que ella les decía. Se llevó una mano a la sien, notando que algo palpitaba en su interior, un impulso asesino que lo llevaba a acicatear a su torka para que lo llevara directamente hasta las serpientes, para luchar contra ellas, para matar...

Se esforzó por controlarse. No podía lanzarse a ciegas de aquella manera, y menos en aquellas circunstancias. Tenía que cuidar de Victoria y de Kimara, no debía ponerlas en peligro.

–Muy bien –dijo, luchando por mantener la cabeza fría–. ¿Cómo podemos pasar sin que nos vean?

–No podemos –respondió Kimara, negando con la cabeza–. Tendremos que pelear.

–¿Contra un centenar de szish y varios sheks? ¿Nosotros tres? –Jack movió la cabeza, perplejo.

Kimara clavó en él su mirada de fuego.

–Pero tú eres un dragón –dijo con fervor y una fe inquebrantable–. Puedes enfrentarte a todos ellos.

Jack reprimió una carcajada sarcástica.

–Podría enfrentarme a un shek cada vez –le explicó–. Pero no a seis o siete al mismo tiempo. Los sheks no son inferiores a los dragones, son sus iguales, ¿entiendes? Solo un shek puede derrotar a un dragón.

–¿Y un dragón podría vencer a un solo shek?

Por la mente de Jack cruzó, como un relámpago, el recuerdo del sonido de Haiass al ser quebrada por su propia espada, el rostro de Kirtash, su expresión de odio y turbación al saberse derrotado...

–¿Adónde quieres ir a parar?

–Conozco un desfiladero –dijo Kimara–. Es un paso muy estrecho, y seguro que también lo tienen vigilado, pero no hay espacio para mucha gente. Como mucho un shek, o dos, y una patrulla de szish. Si atacamos por sorpresa, tendremos alguna posibilidad de pasar.

–Aunque lo consiguiéramos, pronto se nos echarán todos encima.

–En Awinor, no. Si logramos entrar en la tierra de los dragones, ellos no nos seguirán.

–¿Por qué estás tan segura?

–Porque nadie entra en la tierra de los dragones, Jack –dijo Kimara con suavidad–. Ni siquiera los sheks.

Jack frunció el ceño, desconcertado. Le costaba trabajo imaginarse que hubiera algún lugar en el que los sheks no se atrevieran a aventurarse. Pero decidió, una vez más, confiar en Kimara. Miró a Victoria.

–¿Tú qué piensas?

Ella asintió, decidida. Jack recordó que Victoria podría estar en aquellos momentos junto a Christian, o simplemente a salvo en el bosque de Awa, y sin embargo había optado por acompañarlo, y ahora lo apoyaba sin reservas. Y la quiso todavía más que antes. Sonrió y le acarició la mejilla con cariño.

–Muy bien –dijo entonces, alzando la mirada hacia Kimara–. Lo intentaremos por el desfiladero.

Shissen no se encontraba cómoda en aquel lugar.

El sitio era perfecto para una emboscada, eso no podía negarlo. Estrecho y lleno de recovecos donde ocultarse y aguardar a la presa. Todo el tiempo que hiciera falta, eso no era problema. La paciencia era una de las grandes virtudes de los sheks.

Pero, aun así, el lugar le provocaba una honda inquietud.

Porque a sus espaldas, más allá del recodo, el desfiladero se abría y daba paso a un inmenso y macabro cementerio.

Como todos los sheks, Shissen celebraba la extinción de los dragones, y al fin y al cabo el paisaje de Awinor era un símbolo más de la rotunda victoria de las serpientes aladas. Pero había algo en aquellos blancos esqueletos que la estremecía y despertaba una extraña nostalgia en su interior. Quizá porque la naturaleza de los sheks exigía que odiasen a los dragones y luchasen contra ellos. Y ahora que ya no quedaban dragones que matar, la balanza se había desequilibrado, era como si una parte de la vida de los sheks, un aspecto de su misma esencia, ya no tuviera ningún sentido.

Entornó los ojos y se centró en la situación. Según le habían informado, un dragón, el último dragón, iba camino de Awinor. Shissen deseó que pasase por su desfiladero. Como la mayoría de los sheks, nunca había luchado contra un dragón. Y ansiaba hacerlo.

Se deslizó por entre las rocas para comprobar que los szish de la patrulla seguían en sus puestos. Sabía de antemano que así era, pero decidió hacerlo de todos modos.

Levantó la cabeza de pronto y entornó los ojos. ¿Qué era aquello? Sentía una fuerza extraña ocultándose entre las rocas un poco más lejos, algo... cálido. Se alzó un poco más, desplegando un tanto las alas para mantener el equilibrio. Calor.

Demasiado calor para tratarse de un mamífero cualquiera. Siseó de nuevo, furiosa.

Los szish habían percibido la tensión de Shissen, pero no se movieron, esperando instrucciones. Ella les transmitió una serie de órdenes telepáticas: debían estar alerta, sin abandonar sus posiciones. Podía ser una trampa.

La fuente de calor palpitaba cada vez con más fuerza. Intensa, muy intensa, pero pertenecía a un cuerpo demasiado pequeño para tratarse de un dragón. Recordó que le habían dicho que el dragón que estaban esperando andaba por ahí camuflado en un cuerpo humano.

Se acercó todavía más, con sus hipnóticos ojos clavados en las rocas. Lo había descubierto, y el dragón debía de saberlo. No tendría más remedio que dejarse ver y defenderse. Y luchar. El cuerpo escamoso de Shissen se estremeció solo de pensarlo.

Entonces sintió la energía tras ella brotando como un chorro desbordado y se volvió con la rapidez del relámpago, pero era demasiado tarde.

Desde el otro lado del desfiladero surgió una especie de rayo de luz que buscó su cuerpo. Shissen se echó a un lado, furiosa, pero el chorro le acertó en un ala, perforándola. La shek chilló de dolor y de ira, buscando con la mirada aquello que se había atrevido a atacarla. Y fue entonces cuando el dragón salió de su escondite y se enfrentó a ella, con un grito salvaje y todo el fuego del mundo brillando en sus ojos verdes. Shissen contempló un instante, aturdida, la espada de fuego que se cernía sobre ella. Pero reaccionó enseguida y se irguió, con los ojos llenos de helada ira, para enfrentarse al muchacho que olía a dragón, mientras ordenaba mentalmente a los szish que se encargaran de la otra amenaza.

Oyó un grito parecido al ulular de una lechuza, el grito de guerra de los yan, pero apenas le prestó atención. Solo el dragón era importante.

Un poco más lejos, los szish se enfrentaban a una muchacha que portaba un extraño báculo luminoso, y a una sombra veloz que saltaba de roca en roca, disparando dardos parecidos a arpones, que lanzaba desde una pequeña ballesta con notable puntería.

Solo eran dos mujeres, y del chico de la espada de fuego se encargaría Shissen; y, sin embargo, los szish no se confiaron, porque eran seres inteligentes y sabían que alguien que podía sorprenderlos de la manera en que aquellos tres lo habían hecho era un rival a tener en cuenta.

La chica del báculo se había parapetado en un lugar en el que solo podían acercarse a ella de dos en dos, y la hembra yan era prácticamente inalcanzable porque se movía por la parte alta del desfiladero, disparando sus mortíferos dardos desde allí. Los szish pronto aprendieron a mantenerse alejados del báculo, pero no podían hacer nada ante las poderosas centellas que lanzaba contra ellos.

Jack sintió la furia del dragón palpitando en sus sienes, notó que su cuerpo emitía más calor del habitual, y dejó que su fuego se canalizara a través de su espada. El cuerpo ondulante del shek lo rodeaba por todas partes, envolviéndolo, confundiéndolo, pero el muchacho lo mantenía alejado con el filo de Domivat. La serpiente chilló y se lanzó sobre él, como un relámpago letal; Jack descargó una estocada y la obligó a retroceder.

Parecía desconcertada, y Jack entendió de pronto por qué. Notó los esfuerzos del shek por paralizarlo con su poder hipnótico que, por alguna razón, no le afectaba. El chico recordó cómo, no hacía mucho, la fuerza mental de Kirtash lo había mantenido inmóvil como una estatua, atrapado como un insecto en la red de una araña. Entonces, solo la intervención de Victoria lo había salvado de la ira del shek. Pero habían pasado muchas cosas desde aquella noche; Jack había cambiado, se sentía más fuerte y poderoso que nunca. Y ya no volvería a temer a las serpientes, porque sabía que no era inferior a ellas, que estaban en plano de igualdad. Por tanto, ellas no podían infundir en él el terror paralizante que inspiraban a otras víctimas.

Con un grito salvaje, Jack se abalanzó sobre la criatura y consiguió sajar su largo cuerpo ondulante. El shek chilló de dolor y retorció la cola para apagar las llamas. Jack notó que el dragón exigía ser liberado.

–¡Jack! –la voz de Victoria lo trajo de vuelta a la realidad. Percibió que ella y Kimara se habían abierto paso entre los szish y corrían por el desfiladero, hacia el interior de Awinor. Se esforzó por controlarse y echó a correr tras ellas.

No debió darle la espalda al shek. Jack sintió cómo la serpiente se alzaba tras él, oyó su inconfundible siseo y se dio la vuelta para hacerle frente...

... pero algo se interpuso entre ambos, y un rayo luminoso acertó al shek en plena cara. La serpiente siseó, enfurecida, y retrocedió. Clavó su mirada en Victoria, que aún alzaba el báculo en alto, y la observó con cautela, a una prudente distancia.

–No te atrevas a tocarlo –le advirtió la muchacha, muy seria. Jack pensó que seguirían luchando, y una parte de él se estremeció de alegría. Deseaba con toda su alma matar a aquel shek, dar rienda suelta al odio irracional que aquellas criaturas le inspiraban.

Pero Victoria dio media vuelta y echó a correr, tirando de él y obligándolo a ponerse en marcha.

Y los dos corrieron hacia el corazón de Awinor, dejando atrás a las serpientes.

Shissen los vio marchar. Se pasó la lengua bífida por la cara para lamerse la herida que le había producido la magia del báculo. También tenía lesiones en la cola y en el ala derecha. Nunca nadie la había herido de aquella manera.

–¿Los perseguimos? –preguntó el capitán de los szish.

Shissen paseó la mirada por lo que quedaba de su tropa. Siete hombres-serpiente, dos de ellos heridos.

«No», dijo por fin. «Daremos la alarma y pediremos refuerzos. Han logrado entrar, pero no conseguirán salir vivos de ahí».

Sus ojos tornasolados relucieron un instante, recordando el fuego de aquella espada detestable. Con un poco de suerte, sus superiores le permitirían volver a enfrentarse a aquel dragón. Quería ser ella quien tuviera el placer de matarlo.

Kimara se acurrucó junto a una roca, temblando.

–Yo no voy a seguir más allá –dijo.

Jack se inclinó junto a ella.

–Pero no puedes quedarte aquí. Es peligroso.

Ella negó con la cabeza.

–No puedo, Jack. ¿No lo entiendes? Los yan admiramos y respetamos a los dragones como a hermanos mayores, pero también como a seres superiores a nosotros. Awinor era un lugar sagrado, y ahora que es todo lo que queda de los dragones... más aún. Ningún yan se atrevería a profanarlo con su presencia. No me obligues a hacerlo.

Jack asintió, aunque no del todo convencido.

–¿Nos esperarás, pues?

Kimara lo miró con intensidad.

–Te esperaré –le prometió.

Jack sonrió y le oprimió la mano con cariño.

–No tardaremos. Ten cuidado, ¿vale?

Se reunió con Victoria un poco más allá, y juntos prosiguieron su camino hacia el corazón de Awinor.

El paisaje que los recibió resultaba desolador. El suelo era gris y polvoriento, cubierto aún por las cenizas provocadas por el fuego que quince años atrás había hecho arder aquella tierra por los cuatro costados. El cielo estaba velado por una neblina siniestra que no dejaba ver los soles. De cuando en cuando, alguna ráfaga de viento levantaba remolinos de polvo que se les enredaban en los tobillos.

Pronto vieron el primer dragón, o lo que quedaba de él, apenas un enorme esqueleto blanquecino semienterrado en la ceniza. La mano de Jack buscó la de Victoria y la oprimió con fuerza. La muchacha tenía el corazón encogido, y miró a su amigo, preocupada.

–¿Estás seguro de que quieres seguir, Jack? –le preguntó con suavidad.

Jack apretó los dientes y asintió con firmeza.

Caminaron todo el día sobre el polvo gris, entre esqueletos de dragones. Algunos estaban destrozados, señal de que habían caído desde el cielo bajo la mortífera luz de la conjunción. Otros aún tenían las fauces abiertas, en un mudo grito de terror, o de auxilio, o, simplemente, de muerte.

Jack no dijo una palabra durante todo el trayecto. Se limitaba a caminar como un autómata, pero Victoria vio que tenía los ojos húmedos, y no le soltó la mano en todo aquel tiempo. Era el único consuelo que podía ofrecerle, porque sentía que no había palabras que pudieran calmar la amargura, el desconcierto y la impotencia del muchacho ante aquel espectáculo desolador. Comprendió entonces por qué Christian le había dicho, al despedirse de ella, que Jack la necesitaba más que nunca en aquellos momentos. Y aunque seguía añorando muchísimo al shek, se alegró de haber ido con Jack, y supo que era allí, en Awinor, donde debía estar.

Se dio cuenta entonces de que Jack caminaba en una dirección determinada. Y era extraño, porque daba la sensación de que el chico no sabía muy bien adónde iba; al menos, no de manera consciente. Finalmente, cuando la neblina se había tornado rojiza bajo la luz del último atardecer, Jack se detuvo ante un cerro y lo contempló, con emoción contenida.

–Es aquí –dijo solamente.

Victoria alzó la mirada y vio una cueva que se abría en lo alto.

Habían visto muchas como aquella horadando las montañas, nidos de dragones, de los que toda vida había huido tiempo atrás, y, sin embargo, Jack no les había prestado atención. Victoria tragó saliva, comprendiendo por qué aquella era especial, y miró a Jack, inquieta, sorprendida de que su instinto fuera tan certero.

Jack llegó hasta la base del cerro y comenzó a trepar por los riscos. Victoria dudó. Sabía que aquel era un momento muy importante para él y no estaba segura de si debía esperarlo fuera, para dejarle intimidad, o bien acompañarlo y estar a su lado para ofrecerle su apoyo. Por fin, optó por seguirlo.

Para cuando consiguió alcanzar la entrada de la cueva, Jack ya se internaba por ella. Desenvainó a Domivat para que su fuego iluminase el interior, como una antorcha. Victoria reprimió un pequeño grito de horror.

Restos de huevos, pequeños esqueletos de dragones en miniatura... aquello era como una versión reducida de lo que habían contemplado fuera, pero peor, mucho peor. Al fin y al cabo, los dragones eran seres poderosos, y ver sus restos inspiraba tristeza y respeto. Pero aquellas criaturas, muertas nada más salir del huevo, no habían llegado a ver la luz de los tres soles. Era espeluznante, y tan injusto que a Victoria se le llenaron los ojos de lágrimas.

Se reunió con Jack al fondo de la caverna. El muchacho se había arrodillado junto a los restos polvorientos de un huevo de dragón, grande y moteado, igual que los demás. Pero para Jack no era un huevo más.

–¿Es este? –susurró Victoria, acuclillándose junto a él.

Jack asintió en silencio. Tenía los ojos húmedos y, cuando los cerró, las lágrimas recorrieron sus mejillas. Victoria lo abrazó con todas sus fuerzas.

–Nací de este huevo –dijo Jack, entre entristecido, maravillado y perplejo–. Lo sé, estoy tan seguro como si llevara escrito mi nombre en la cáscara.

Victoria lo meció entre sus brazos, acariciándole el pelo con cariño.

–Pero también... nací de una mujer humana –prosiguió Jack, confuso–. En un hospital, como tantos otros bebés humanos de nuestro mundo. Es muy... extraño.

Victoria no pudo evitar pensar en ella misma. No había conocido a sus padres humanos; si viajase a Alis Lithban, no encontraría tampoco evidencias de su nacimiento como unicornio, nada parecido a las cáscaras de un huevo.

Apartó de su mente aquellos pensamientos. No quería plantearse dudas sobre sus orígenes, era demasiado descorazonador. Decidió centrarse en el presente... y en el futuro, y en ambos veía el rostro de Jack. También el de Christian... Pero, en aquellos momentos, era con Jack con quien debía estar.

Esta vez fue ella quien buscó la mano de él para estrecharla con fuerza. Juntos, salieron del nido del dragón y descendieron por la falda de la montaña.

Entonces, una ráfaga de viento levantó la neblina a su alrededor, y vieron allí cerca los restos de otro dragón. Habían visto tantos esqueletos ya que a Victoria no le llamó la atención, pero Jack se detuvo en seco y se le quedó mirando. Entonces soltó la mano de Victoria y echó a correr hacia allí. La muchacha lo siguió, con el corazón encogido.

Lo encontró de rodillas sobre las cenizas, junto al enorme cráneo del dragón, una calavera que exhibía unos poderosos dientes y dos cuernos que se proyectaban hacia atrás desde su frente. Era algo tétrico y amenazador y, sin embargo, Jack lo acariciaba como si fuera lo más hermoso del mundo. Alzó hacia Victoria sus ojos verdes, inundados de lágrimas.

–Es... es mi madre, Victoria.

Ella se llevó una mano a los labios, conmovida.

–Jack... –susurró.

El chico sacudió la cabeza, y sus hombros se convulsionaron en un sollozo.

–He tenido cuatro padres, padres humanos, padres dragones, y los cuatro están muertos –miró a Victoria–. Tú sabes de qué estoy hablando, a ti te ha pasado igual. ¿No los echas de menos?

–Nunca los conocí –respondió ella con sencillez–. No sé qué es lo que he perdido.

Jack se levantó, su rostro congestionado con una mueca de rabia y de dolor, y miró a su alrededor. Casi pudo oír los susurros de los espíritus de los dragones que habían poblado aquella tierra, antaño hermosa, ahora un siniestro cementerio. Apretó los puños y lanzó un grito desde el fondo de su ser, un grito henchido de tristeza y de impotencia, un grito que se alzó hacia el cielo neblinoso y que sonó como el lamento de todos los dragones del mundo.

Sintió los latidos de su corazón, lentos, pero que sonaban con tanta fuerza que atronaban en sus oídos como el ritmo de un tambor. Sintió que la sangre le hervía y que el fuego se desparramaba desde su corazón, inflamándolo por dentro. Dejó que el dragón se apoderara de su cuerpo y fluyera a través de sus venas, de dentro afuera, regenerándolo, reviviéndolo. Volvió a gritar, y esta vez fue un rugido de libertad.

Cuando abrió los ojos otra vez, supo que ya no era un ser humano. Su respiración era mucho más pesada, su cuerpo más grande, y algo ardía en su interior como el núcleo de una estrella. Estiró las alas y dejó escapar un curioso sonido, parecido a un gañido. Vio a Victoria próxima a él. Le pareció más pequeña y más lejana, e inclinó la cabeza para verla más de cerca.

La muchacha lo contemplaba, maravillada y emocionada. Jack vio reflejado su rostro de dragón en los grandes ojos castaños de ella. Se sintió un poco avergonzado, sin saber por qué. Pero Victoria alzó la mano y acarició su piel escamosa, una piel que brillaba, incluso bajo aquella luz desvaída, con una suave aureola dorada. Sus dedos rozaron su largo cuello, la membrana de sus alas, sus cuernos, su cresta. Y la voz de ella rebosaba amor y ternura cuando susurró su nombre:

–Yandrak...

Lejos, muy lejos de allí, en el norte, un joven luchaba una vez más contra una representación de su enemigo. El odio latía en su interior con más fuerza que nunca y, con un salvaje grito, el muchacho descargó su espada contra el dragón, con todas sus fuerzas.

La imagen del dragón parpadeó un breve instante.

Y entonces, el gólem se partió en mil pedazos.

Christian se quedó contemplándolo, con expresión indescifrable. Haiass palpitaba, ansiosa, sedienta de sangre, sangre de dragón.

–Sí, Haiass –murmuró el shek, sombrío–. Lo sé. Yo también lo he notado.

En sus ojos de hielo brillaba el frío aliento de la muerte.

XI
LO MÁS PRECIADO QUE PUEDE ENTREGAR
UN UNICORNIO

KIMARA no se había movido del lugar donde la habían dejado. Estaba encogida sobre sí misma, al pie de la roca, muy quieta, y eso no era habitual en ella, siempre tan activa y nerviosa. Alzó la cabeza al verlos aparecer entre las brumas.

Se quedó sin aliento. Victoria avanzaba hacia ella, seria y serena. Y junto a ella, caminando en silencio, despacio...

La semiyan se dejó caer de rodillas sobre el polvo, con los ojos llenos de lágrimas. Cuando la joven y el dragón llegaron frente a ella, bajó la cabeza, temblando, con reverencia.

–Kimara –dijo el dragón, con una voz profunda y cadenciosa que, sin embargo, tenía la suavidad y el cariño de la voz de Jack–, por favor, no hagas eso. Levántate.

Kimara tardó un poco en alzar la cabeza. Pero siguió de rodillas ante él. Lágrimas de emoción surcaban sus mejillas.

–Sabía que eras tú –murmuró–. El dragón que volaba sobre las montañas. Pensé que lo había soñado, pero no, lo vi de verdad. Y cuando te vi con los limyati... supe que eras tú, aunque ya no parecieses un dragón. Me lo dijo el corazón.

Victoria la miró, extrañada.

–¿Qué quieres decir con que volaba sobre las montañas?

El dragón estiró el cuello y dejó escapar un suave sonido gutural. Entonces cerró los ojos y volvió a transformarse en Jack.

Fue sencillo, al menos al principio; pero, cuando regresó a su cuerpo humano, se vio preso de una extraña debilidad, se le doblaron las piernas y tuvo que apoyarse un momento en Victoria. Y se sintió oprimido, como si estuviese encarcelado en una celda demasiado pequeña. Respiró hondo y, poco a poco, aquella angustiosa sensación fue disipándose.

–Vi a un dragón volando sobre las montañas –estaba explicando Kimara–, un par de días antes de conoceros a vosotros.

Jack y Victoria cruzaron una mirada.

–Pero eso es imposible –dijo Victoria–. Jack nunca se había transformado en dragón, esta es la primera vez... y no quedan más dragones en Idhún. Seguramente te confundiste con otra cosa, tal vez un shek.

–No, no, no –negó Kimara, moviendo la cabeza con nerviosismo–. Era un dragón. Lo sé. Era... era Jack –concluyó, mirándolo con cierta timidez.

Victoria iba a responder, cuando Jack dijo de pronto:

–Sí. Sí, es verdad, era yo –se volvió hacia Victoria, un poco desconcertado–. Era eso lo que no recordaba, Victoria. Así fue como escapamos del árbol. Me transformé en dragón y te llevé volando... y luego... luego perdí el sentido.

–¿Y lo olvidaste todo? –Victoria ladeó la cabeza, perpleja–. ¿Me estás diciendo que hace diez días que te transformaste en dragón por primera vez, y no lo recordaste? Y tú –añadió, volviéndose hacia Kimara–, ¿por qué no nos lo dijiste?

–¿Cómo iba a saber que Jack nunca se había transformado?

Victoria no sabía si reír, llorar o enfadarse.

–Podríamos habernos ahorrado todo el viaje a través del desierto.

–Pero yo debía venir aquí, Victoria –dijo Jack entonces–. No me arrepiento de haber conocido el lugar donde nací.

Ella lo miró y sonrió, comprendiendo.

Buscaron refugio en las ruinas de la Torre de Awinor, debajo de los elegantes arcos que habían presidido la entrada. La mayoría se habían derrumbado ya hacía tiempo, pero las grandes piedras les proporcionaron cobijo en aquella tierra de hueso y ceniza.

Jack sabía que no sería fácil salir de allí; las gentes de Ashran los aguardarían en cada camino y cada senda que saliese de la tierra de los dragones, pero no quiso tocar el tema aquella noche: los tres necesitaban descansar. Al día siguiente decidirían qué hacer.

Le costó conciliar el sueño, sin embargo. Incluso cuando ya hacía rato que Victoria se había dormido entre sus brazos, como todas las noches, él seguía contemplando las pavesas de la hoguera, con gesto preocupado.

Tampoco Kimara se había dormido.

–¿Te encuentras bien? –le preguntó ella.

Jack sacudió la cabeza.

–No, es este lugar. Me recuerda constantemente que todos los dragones están muertos. Que soy el último de mi raza. Es... –intentó encontrar palabras para expresarlo– como si todo Awinor me susurrase que nuestro tiempo ya pasó, que yo estoy fuera de lugar, que no debería existir. Que debería ir... con todos los demás dragones, donde quiera que estén. En el cielo de los dragones, si es que existe algo así.

Kimara asintió, aunque no había entendido del todo sus últimas palabras.

–Yo tengo un mal presentimiento –dijo–. Los vientos se mueven, las arenas cambian. Debemos estar alerta.

Jack la miró, interrogante, pero ella no dijo nada más.

Terminó por dormirse, sintiendo junto a él la cálida presencia de Victoria. Kimara, en cambio, permaneció despierta toda la noche, vigilante.

Se despertó de golpe horas más tarde, con el corazón latiéndole con fuerza, y miró a su alrededor, alerta. Todavía era de noche, pero una fina línea rosa empezaba a pintar el horizonte.

Se levantó de un salto, despertando a Victoria. Kimara estaba cerca; había trepado a una de las gigantescas losas que habían formado los arcos y desde allí, en cuclillas, escudriñaba el horizonte, escuchando con atención. Jack se reunió con ella.

–¿Oyes algo? –susurró.

–No, y tampoco veo nada. En apariencia no hay nada que temer, pero...

–Shek –cortó Jack, sombrío–. Hay un shek por aquí cerca, lo noto.

–Pero los sheks no se atreven a entrar en Awinor.

–Yo conozco a uno que se atreve a eso y a mucho más –masculló el chico.

–No es él –replicó Victoria, rozando su anillo con la yema del dedo–. Christian está muy lejos de aquí.

Por toda respuesta, Jack desenfundó su espada y se volvió hacia todos lados, ceñudo.

–Huele a serpiente –insistió–. ¿No notáis el frío?

Victoria asintió. Lo percibía; quizá no con tanta claridad como Jack, pero sí sentía la presencia de un shek, como habría sentido la presencia de Christian sin necesidad de verlo.

Kimara no, y por eso, tal vez, en lugar de mirar hacia todos lados, como hacían sus compañeros, clavó sus ojos en Jack, indecisa.

El muchacho había abandonado los restos del pórtico y caminaba al aire libre. Quizá tiempo atrás habría ido con más cuidado, habría intentado ocultarse; pero ahora era un dragón y lo que sentía hacia los sheks no era miedo, sino odio. Estaba deseando que la serpiente saliese de su escondite y plantara cara, para pelear y matarla, tal y como su instinto le exigía.

No contó con que un shek no atacaría de frente, sino por detrás. Y así, no vio a la serpiente que se agazapaba sobre la bóveda, encima de él, y a la que acababa de dar la espalda.

Shissen se había cansado de esperar a que el dragón volviese a salir de Awinor. Sentía su presencia cerca, muy cerca, y deseaba hacerle pagar las heridas que había recibido. El odio y la sed de venganza habían sido más fuertes que el respeto hacia el cementerio de los enemigos ancestrales, de modo que había abandonado su puesto de vigilancia y se había deslizado hasta las ruinas de la torre, donde su instinto le decía que se escondía el dragón.

Lo vio salir de su refugio. Llevaba desenvainada aquella abominable espada de fuego, pero estaba de espaldas a ella, y Shissen no quería desaprovechar la oportunidad.

Se lanzó sobre él desde lo alto, silenciosa y letal, con las fauces abiertas, dispuesta a triturar aquel ridículo cuerpo humano que ocultaba al último dragón.

Kimara vio la sombra del shek recortándose sobre la ceniza que cubría el suelo; supo lo que iba a pasar. Sin pensar en lo que hacía, gritó el nombre de Jack y echó a correr hacia él.

Jack se volvió, con la espada en alto, y vio la serpiente abalanzándose sobre él. Se dispuso a luchar, aun sabiendo que lo habían cogido por sorpresa, pero una veloz sombra se interpuso entre él y su atacante, en un intento desesperado por protegerlo. Aterrado, Jack vio cómo las fauces del shek se cerraban sobre el cuerpo de Kimara, cómo la criatura alzaba la cabeza y escupía a su presa a un lado, con desprecio, al darse cuenta de que no era el dragón que buscaba. Jack oyó a Victoria chillar el nombre de Kimara, percibió que echaba a correr hacia ella, pero de sus propios labios no salió ni una sola palabra. Temblando de cólera, de odio, de rabia y desesperación, el muchacho arrojó la espada a un lado. Shissen se lanzó sobre él, con un chillido de ira; Jack rugió, sintiendo que la fuerza del dragón se apoderaba de su cuerpo, y se abandonó a él, de buena gana.

Shissen se encontró de pronto luchando contra un furioso dragón dorado. La sorpresa duró solo unos segundos; enseguida, la hembra shek enrolló su largo cuerpo anillado en torno al de su enemigo, intentando asfixiarlo con su abrazo, mientras sus letales colmillos buscaban un lugar donde clavarse entre las escamas doradas.

Jack estaba loco de rabia. No sabía si Kimara seguía viva o no, pero la simple posibilidad de que la valiente semiyan hubiera muerto por culpa de aquella serpiente, que ni siquiera la buscaba a ella, lo enfurecía hasta hacerle perder el control. Notó sus colmillos hincándose en su hombro; sabía que su veneno era mortal, pero no le importó. Hundió una garra en una de las alas de Shissen, desgarrándola. Sus ojos se encontraron un momento, y Jack sufrió un agudo y salvaje aguijonazo en el cerebro que le hizo rugir de dolor. Volvió la cabeza, sintiendo que le iba a estallar, y exhaló una violenta llamarada a la cara de la serpiente, que chilló agónicamente.

El shek aflojó un momento su presa. Jack no lo dudó: abrió las fauces y mordió con furia el esbelto cuello de su enemigo. Le oyó chillar, pero eso solo le hizo cerrar las mandíbulas con más fuerza. Sacudió la cabeza con furia. Notó que le rompía el cuello...

... Y la presión cedió de pronto. Jadeando, Jack se desembarazó del cuerpo del shek. Estaba agotado, y el veneno que la criatura le había inoculado se extendía por su cuerpo, agarrotándolo. Pero se sentía maravillosamente bien... porque había matado a un shek.

Si se paraba a pensarlo, resultaba espeluznante.

Pero no lo hizo. Se arrastró como pudo hasta el lugar donde Victoria trataba de curar a Kimara. La muchacha alzó hacia él sus ojos llenos de lágrimas.

–Se va a morir, Jack.

Jack se dejó caer sobre el suelo, sin fuerzas, pero batió la cola con furia.

–¡No! Victoria, cúrala, haz algo, no la dejes... No puedes dejarla morir. ¡No es justo!

Victoria contempló el rostro de la semiyan, su cuerpo roto por culpa de los colmillos de la serpiente, y sintió un nudo en la garganta.

Apreciaba de veras a Kimara, y, además, ahora se sentía en deuda con ella. Y supo cómo podía ayudarla y qué era lo que debía hacer.

–Apártate un poco, Jack –dijo–. Déjanos solas.

Jack la miró y abrió la boca para replicar, pero había algo en sus ojos que le hizo cambiar de idea. Asintió y se arrastró un poco más lejos, con el corazón encogido. El veneno del shek recorría sus venas; pero los dragones llevaban siglos luchando contra los sheks, y su cuerpo estaba preparado para soportar aquello, al menos durante unos minutos más.

Él tenía esos minutos; Kimara, probablemente, no. De modo que Jack dejó caer la cabeza entre las zarpas y esperó.

Victoria acunó a Kimara entre sus brazos. Algo en su frente lucía como una estrella cuando empezó a hablarle al oído:

–Lo has dado todo por nosotros, Kimara. Has perdido a Jack, y a pesar de ello has seguido a nuestro lado y le has salvado la vida. No te imaginas lo mucho que te debo. Podría curarte, podría devolverte la vida, pero eso no saldaría la deuda que tengo contigo, porque él es para mí mucho más importante que mi propia vida. Por eso quiero darte algo más, lo más valioso que puedo ofrecerte, lo más preciado que puede entregar un unicornio.

Cuando terminó de hablar, ya no era una muchacha de quince años, sino un unicornio de color perla, y sus largas crines acariciaban el rostro de la semiyan. Sintió que la vida se escapaba rápidamente de su cuerpo, pero también percibió que Kimara seguía peleando por cada gota de energía, por cada segundo de existencia, con valentía, con tesón. El unicornio sonrió e inclinó la cabeza sobre ella. La rozó con suavidad, deslizando su cuerno espiralado sobre la piel de ella. La energía fluyó a través del unicornio, a través de su cuerno, pura, limpia y vivaz como un arroyo de las altas montañas, llenando a Kimara por dentro, expulsando el veneno del shek y curando las heridas de la joven. Victoria cerró los ojos, aún sonriendo. Era hermoso, era una experiencia maravillosa la que estaban compartiendo las dos, y supo que en aquel momento se había creado un vínculo entre ambas que nada podría romper.

Se sentía agotada, porque aquel lugar estaba muerto y había tenido que poner en juego todo su poder para extraer el máximo de energía del aire, los restos de magia que flotaban en el ambiente, desprendidos de las ruinas de la torre, que no en vano había sido uno de los núcleos de poder de la Orden Mágica. Pero no quiso transformarse en humana de nuevo, aún no. Aguardó con paciencia hasta que Kimara abrió los ojos y la vio.

Los ojos de la semiyan se agrandaron de la sorpresa. Después, su mirada se dulcificó, y dos lágrimas de alegría rodaron por sus mejillas. Alzó la mano, vacilante, para acariciar el cuello del unicornio, pero se detuvo a medio camino. Se miró los dedos, asombrada. Había algo chispeante en ellos, algo nuevo, vibrante. Alzó la cabeza al darse cuenta de que ese cosquilleo la llenaba por dentro, haciéndola sentir maravillosamente viva.

–¿Qué... qué me pasa?

–Es la magia –dijo su compañera con suavidad–. Eres una maga, Kimara.

Ella se volvió para mirarla, pero el unicornio había desaparecido. A su lado, solo estaba Victoria.

Los ojos de las dos se encontraron. Y Kimara comprendió muchas cosas.

–Gracias –dijo simplemente.

–Gracias a ti –respondió Victoria con sencillez.

Algo se abalanzó sobre ellas, abrazándolas, y por un momento tuvieron la sensación de que se asfixiaban. Pero solo era Jack, de nuevo transformado en humano, que las estrechaba, loco de alegría.

Victoria curó a Jack con sus últimas fuerzas y después durmió muchas horas seguidas. Jack la sostuvo todo aquel tiempo, mientras ella iba, lentamente, recuperando la energía que había perdido. Kimara se sentía todavía perpleja por todo lo que había sucedido.

–Soy una maga –dijo, maravillada–. Y ahora, ¿qué he de hacer?

–Lo poco que sé de los magos es que perfeccionan su arte en las torres de hechicería –dijo Jack, mientras descansaban todavía en el pórtico en ruinas, y Victoria dormía profundamente entre sus brazos–. Como esta en la que nos encontramos ahora. Pero ya no quedan torres. Todas las que había fueron destruidas o conquistadas por Ashran.

Kimara contempló en silencio los restos de la Torre de Awinor.

–Algún día –se prometió a sí misma– reconstruiré esta torre. Para que vuelva a ser la puerta al reino de los dragones.

–La magia puede resucitar en el mundo –dijo Jack, contemplando a Victoria con cariño–, pero los dragones no, me temo.

–Tú puedes tener hijos –replicó Kimara con desenfado. Jack enrojeció hasta la raíz del cabello. Pensó inmediatamente en Victoria, y por primera vez se preguntó qué clase de bebés nacerían de una pareja formada por un dragón y un unicornio. Sacudió la cabeza para rechazar aquellos pensamientos.

No pudo evitar pensar, con inquietud, que ya había empezado, que Victoria ya estaba consagrando a más magos en Idhún. Kimara era solo la primera de una nueva generación de hechiceros en un mundo que no había visto nacer a ninguno en quince años, y que en el futuro solo contaría con aquellos a los que Victoria entregara su don. Se preguntó si no sería demasiada responsabilidad para ella. De momento había elegido bien, pensó. Kimara se merecía el don de la magia. Pero en el fondo sabía que Victoria no la había escogido con la cabeza, sino con el corazón. Y el corazón muchas veces es ciego en sus elecciones.

Como el instinto.

Los ojos de Jack se detuvieron un momento en la sombra del cuerpo del shek al que había matado... y se le ocurrió una idea, una idea descabellada pero que, si tenía éxito, podría sacarlos de allí a los tres.

El puente de Namre, tendido sobre el gran río Adir, que vertebraba la tierra de Nandelt, solía estar siempre vigilado. No solo porque unía dos reinos importantes, como lo eran Dingra y Raheld, sino también porque era el único puente lo bastante amplio como para dejar pasar los grandes carromatos cargados de las armas que fabricaban los artesanos de Thalis para los estudiantes de la academia de Nurgon.

La fortaleza de Nurgon había sido destruida tiempo atrás por los sheks, pero los carros aún seguían cruzando el puente de cuando en cuando, abasteciendo el gran ejército del rey Kevanion.

Aquella noche estaba previsto el paso de un nuevo cargamento. Pese a ello, la vigilancia en el puente era la habitual... al menos en apariencia. Porque, a pesar de que los guardias eran los de siempre, tres szish y dos humanos, en el agua se agazapaba un shek, enviado por Ziessel, la gobernante de Dingra, para controlar que las armas cruzaban la frontera sin contratiempos.

En el pasado habían tenido problemas con bandidos, ladrones y rebeldes. Los sheks no se sentían amenazados por ellos; pero, por si acaso, mantenían en secreto las fechas de entrega de las armas, y enviaban a uno de los suyos a vigilar el puente la noche en que cruzaba el carromato... también en secreto, puesto que su presencia habría puesto sobre aviso a los rebeldes.

De modo que allí estaba Kessh, agazapado bajo el puente, las alas replegadas en torno a su cuerpo de reptil, aguardando la llegada del cargamento. Los guardias humanos no lo habían detectado; los szish sí sabían que él estaba allí, pero no lo habían dejado traslucir.

El cargamento llegó a la hora prevista. Kessh oyó las ruedas en el camino mucho antes de que torcieran el recodo y la luz de los faroles del puente iluminara el carromato. Escuchó cómo la capitana, una hembra szish, pedía los datos del carro. Oyó al conductor, medio dormido, explicar que su destino era el palacio real de Aren.

El registro fue breve y rutinario. Kessh seguía en silencio bajo el puente, estudiando la escena con atención.

–¡Barcaza viene! –anunció entonces el vigía.

Kessh alzó la cabeza y siseó por lo bajo. La capitana también siseó, sorprendida y molesta. Las barcazas que recorrían el río estaban siempre amarradas por la noche.

El shek la vio enseguida. Era ciertamente grande, y parecía pesada, a juzgar por la forma en que se hundía en el agua. Tenía todo el aspecto de ser uno de los barcos que transportaban mercancías desde las ciudades gemelas de Les y Kes hasta Puerto Esmeralda, el centro portuario más importante de Nandelt.

Desconfió inmediatamente.

La capitana corrió al centro del puente.

–¡Esssstad atentosss! –ordenó a su guardia.

Todos prepararon las armas y permanecieron alerta, mientras la barcaza se deslizaba río abajo indolentemente. La vieron aproximarse y esperaron a que se detuviera. Si ellos no alzaban el puente, la barcaza no podría pasar.

–¿Quién va? –exigió saber el vigía.

Todos aguardaron a que el capitán de la embarcación, o algún otro oficial, saliera a la cubierta para dar explicaciones. Pero nadie dijo nada.

–No se para –avisó uno de los guardias humanos, inquieto.

–Puede ser que se haya soltado de su amarre y vaya a la deriva –dijo otro.

–¡Ssssilencio! –ordenó la capitana.

Kessh percibió en su mente que ella estaba esperando instrucciones. Los szish eran muy capaces de arreglárselas solos, pero estaban acostumbrados a obedecer ciegamente las órdenes del shek que tuvieran más cerca.

Y eso fue lo que perdió aquella noche a la guarnición del puente de Namre.

Porque Kessh no estaba en condiciones de asumir el mando.

Había alzado un poco la cabeza sobre las aguas y seguía con la vista clavada en la barcaza. Sabía que no era un barco a la deriva. Había gente dentro, percibía el calor de sus cuerpos. Pero había algo más, algo grande, que también emitía calor y que despertaba en él un sentimiento difícil de controlar.

Kessh trató de reprimir el odio ancestral que palpitaba en su interior, intentó pensar con claridad, pero no fue capaz. Aquello que se ocultaba en la barcaza lo volvía loco de ira, necesitaba ver qué era, necesitaba matarlo. Y, abandonando toda precaución, salió del agua con un furioso siseo y se lanzó contra la embarcación, dispuesto a triturarla entre sus anillos.

Antes de que se diera cuenta, se había abierto una compuerta en la cubierta de la nave, y una bola de fuego salía disparada de ella. Kessh siseó, aterrado, y quiso retroceder, pero era demasiado tarde. El fuego le dio de lleno, y el shek cayó pesadamente al agua, en una nube de vapor. Aún pudo alzar la cabeza hacia la barcaza antes de que un grupo de humanos salieran a cubierta, armados hasta los dientes, y empezaran a atacarlos. Lo último que pudo hacer, antes de que un hombre que olía como una bestia hundiese en su cráneo una espada que relucía con el brillo de un arma legendaria, fue enviar un aviso telepático a Ziessel, alertándola de que un dragón viajaba río abajo oculto en una barcaza mercante.

La capitana szish contempló la muerte del shek sin dar crédito a sus ojos, pero reaccionó rápido.

—¡Rebeldesss! —gritó—. ¡Defended el puente!

«Y las armas», pensó. Pero en ningún momento se volvieron sus ojos hacia el carromato que había de cruzar el puente aquella noche. Sabía que los dos soldados humanos sí lo habían hecho, pero estaba acostumbrada a lidiar con su estupidez.

Los rebeldes estaban ya en la cubierta de la barcaza. Eran cinco, como ellos, pero los lideraba un hombre de aspecto extraño, cuyos ojos relucían como los de una bestia. Ilea, la luna mediana, estaba llena aquella noche, y la capitana pudo ver, bajo su pálida luz verdosa, que sus rasgos no parecían del todo humanos. Sus orejas eran más grandes, su rostro parecía más peludo de lo que era habitual entre los varones de su raza, incluso entre aquellos que llevaban barba, y unos colmillos animalescos asomaban de su boca, que gruñía con fiereza. Aquel era el hombre (si es que se trababa de un hombre) que había matado a Kessh, y la szish supo que debía tener cuidado con él.

Pero había otra cosa más urgente: la embarcación no se había detenido, y la corriente la arrastraba hacia ellos.

–¡Subid el puente! –gritó alguien–. ¡Van a chocar contra nosotros!

–¡No! –ordenó ella–. ¡Dejad el puente como esssstá!

Si no se detenían, chocarían contra ellos y los daños serían considerables; pero entonces serían suyos. Se cargó la ballesta al hombro y disparó. Los otros dos szish la imitaron. Los humanos fueron un poco más lentos.

Una lluvia de proyectiles cayó sobre la barcaza. Los rebeldes se protegieron bajo sus escudos. Después, algunos de ellos respondieron con flechas.

–¡Preparad losss ganchosss! ¡Vamosss a abordar!

Sintió entonces una vibración en el suelo. Oyó el ruido de la polea. Se volvió con rapidez.

–¡Dejad essso, por la sssombra del Sssséptimo! –gritó, furiosa–. ¡He dicho que no sssubáisss el...!

Se interrumpió al ver que no eran sus hombres los que habían activado el mecanismo. Había alguien allí, una feérica, y junto a ella se encontraba uno de los rebeldes, empujando la enorme manivela que movía la polea. Habían matado al operario encargado de subir y bajar el puente.

«Una maga», comprendió la capitana al instante.

El suelo sufrió una nueva sacudida, y la szish estuvo a punto de perder el equilibrio. Saltó al pretil del puente y desde allí, desenvainando la espada, lanzó un grito para que sus hombres la siguieran.

Se impulsó con fuerza y saltó a la cubierta de la barcaza. Solo la siguieron un soldado szish y uno humano. Los otros dos estaban muertos, uno abatido por una flecha y el otro por la magia de la hechicera feérica.

Los tres aterrizaron sobre la cubierta y se lanzaron a un ataque desesperado. Quedaban cuatro rebeldes en la barcaza, y uno de ellos era el hombre bestia. La capitana comprendió que, si no lo derrotaban, no tendrían ninguna posibilidad. Con un furioso siseo, se lanzó sobre él.

Las estocadas de la szish eran rápidas, pero pronto se dio cuenta de que aquel hombre era mucho más de lo que parecía. Había dado por supuesto que su manejo de la espada se basaría en la fuerza bruta; y, sin embargo, el humano semibestial luchaba con una técnica extraordinaria, una técnica que solo habría podido aprender en Nurgon. Pero hacía quince años que la Academia había sido destruida, y aquel humano, o lo que fuera, no aparentaba tener más de veinticinco.

No se entretuvo en resolver aquel misterio. Siguió embistiendo, poniendo en juego toda su velocidad y su rapidez de pensamiento. Tuvo que agacharse en una ocasión porque la espada de su contrincante estuvo a punto de cortarle la cabeza.

—No passaréisss essste puente —siseó la szish, furiosa.

Llegó a ver, por el rabillo del ojo, cómo caía su soldado humano, pero no se rindió. Veloz como un relámpago, extrajo una daga del cinto y la lanzó contra su enemigo. El rebelde aulló cuando el puñal se hundió en su carne, y la capitana giró sobre sí misma para dar una última estocada.

Para su desgracia, en aquel momento la barcaza pasaba bajo el puente, que no se había retirado por completo. El casco rozó la estructura y se bamboleó peligrosamente.

La szish perdió el equilibrio un momento.

Apenas lo había recuperado cuando la espada de su enemigo se hundió en su corazón.

Habían conquistado el puente de Namre.

Alexander estaba herido y agotado, pero eufórico. Extrajo a Sumlaris del cuerpo de la szish y corrió hasta la proa, que ya asomaba por el otro lado del puente.

—¡Daos prisa! —gritó a Allegra y a Denyal, que, tras izar el puente, se habían apoderado del carromato de las armas—. ¡Pronto tendremos aquí a media ciudad!

Ayudados por la magia de Allegra, no tardaron en cargar en la barcaza el contenido del carro. Aún tuvieron que librar otra pequeña escaramuza un poco más abajo, pero momentos después ya dejaban atrás Namre.

—Un shek —masculló Denyal—. ¡Maldita sea, un shek! ¿Quién iba a decirnos que habría uno de esos monstruos guardando el puente? ¡Por poco nos mata!

Alexander no dijo nada. Se había aplicado un paño a la herida sangrante. Denyal lo miró, inquieto. Aunque el joven los había advertido de los cambios que se operarían en él aquella noche, aún le costaba ver al príncipe Alsan bajo aquellos rasgos bestiales.

Sin embargo, no cabía duda de que su transformación le había ayudado a pelear mejor en el puente; lo había visto matar nada menos que a un shek, y no podía evitar mirarlo ahora con un profundo respeto.

Suspiró. Pese a todo, aquella empresa seguía pareciéndole una locura.

Habían salido de las montañas varios días atrás, descendiendo en aquella barcaza a lo largo del río Raisar, primero, y por el Adir, después. Llevaban en la bodega de la embarcación uno de los dragones de madera, un Escupefuego. A la vez que ellos, otras dos barcazas habían partido de la base rebelde, desde puntos diferentes, cada una con un dragón en su interior. Una de ellas descendía por el río Estehin. La otra bajaría por el mismo río Adir, entre Les y Kes, las ciudades gemelas, y acabaría por llegar también a Namre. Tenían que reunirse las tres más o menos a la altura de Even, donde tres grandes ríos se juntaban. Al principio, Denyal había dado por supuesto que Alexander llevaba los dragones al bosque de Awa, la morada de los feéricos, que todavía resistía al imperio de los sheks. Sin embargo, las intenciones de Alexander eran otras.

–¡Nurgon! –había gritado al enterarse el líder de los Nuevos Dragones–. ¿Quieres llevar mis dragones a Nurgon?

–Quiero que la fortaleza de Nurgon sea nuestra base, sí –había replicado Alexander con calma.

–¡Nurgon ya no es una fortaleza! Antaño fue un gran castillo, sí, pero hoy día solo es un montón de ruinas. ¡Y además, en tierra enemiga!

Kevanion de Dingra había sido el único rey de Nandelt que se había aliado con los sheks sin reservas. Se decía incluso que había ido a rendir pleitesía al mismo Ashran a la Torre de Drackwen. No era, como Amrin de Vanissar, un vasallo por obligación. Tampoco era un vasallo por miedo, como la reina Erive de Raheld. Era leal a las serpientes hasta el punto de haberse negado a apoyar a los caballeros de Nurgon en los primeros días de la rebelión... con el resultado de que la Fortaleza había sido destruida, y la Orden de Nurgon podía darse por desaparecida.

–Nurgon puede ser reconstruida –repuso Alexander–. Y está muy cerca del bosque de Awa. Estableciendo allí nuestra base, toda la Resistencia estará unida en un solo sector. No tiene sentido que estemos divididos.

Denyal había acabado por confiar en él, una vez más. Pero no podía evitar sentirse inquieto. Los Nuevos Dragones nunca habían salido de las montañas, y aquella arriesgada excursión por el río los dejaba mucho más al descubierto de lo que él habría deseado.

Una figura salió a cubierta, pero no se reunió con ellos, sino que se quedó junto a la borda, adusta. Se trataba de una joven de poco más de veinte años, de cabello negro ensortijado, que llevaba siempre recogido. Vestía ropas oscuras, cómodas, que se colocaba de cualquier manera, como si su aspecto físico no le importara en absoluto. Tampoco parecía sentir un especial interés por caer bien a los demás. En aquellos momentos estaba seria y fruncía levemente el ceño, como si se sintiera molesta por algo; pero los que la conocían sabían que aquella era su expresión habitual. Era muy raro verla sonreír.

Denyal la miró.

–¿Está bien el Escupefuego, Kestra?

–Ningún desperfecto –dijo ella con voz neutra–. Pero ese maldito shek estuvo a punto de alcanzarlo.

Dirigió a Alexander una mirada llena de antipatía. Él no se inmutó.

Kestra era una joven extraña, solitaria y a veces huraña. Pero también era la mejor piloto de dragones con que contaban los rebeldes. Estaba a cargo de aquel Escupefuego, al que había bautizado como Fagnor, «Centella», y lo quería casi como a una persona.

Sin embargo, había chocado con Alexander prácticamente desde el principio. No solo había cuestionado que estuviera al mando junto con Denyal, sino que se las había arreglado para demostrar, desde el primer momento, que por alguna razón que solo ella conocía, el líder de la Resistencia no le caía bien. Y la transformación a medias que él había sufrido aquella noche, bajo el plenilunio de Ilea, no había contribuido a mejorar las cosas.

Alexander sentía curiosidad hacia Kestra. Estaba seguro de que no la conocía de nada. Y, no obstante, había algo en ella que le resultaba familiar.

Había preguntado a Denyal al respecto. Pero de los orígenes de Kestra nadie sabía nada. Solo se sabía que se había unido a los rebeldes varios años atrás, que no tenía familia, y que en sus ojos ardía un odio hacia el imperio de Ashran tan intenso y profundo como su orgullo. No le gustaba hablar de sí misma, pero se rumoreaba que era shiana. Solo los shianos, cuyo reino había sido totalmente devastado por los sheks, eran capaces de acumular tanto odio hacia ellos.

Alexander tampoco sabía qué edad tenía Kestra. Pero le calculaba poco más de veinte, lo cual significaba que era apenas una niña de no más de siete cuando Shail y él habían abandonado Idhún para viajar a la Tierra. No podía conocerla de entonces, y sin embargo...

La joven alzó la cabeza y encontró los ojos de Alexander fijos en ella.

–¿Qué estás mirando? –le espetó.

–Háblale con más respeto, Kestra –intervino Denyal, muy serio–. Es el príncipe Alsan de Vanissar.

–Vanissar –escupió Kestra–. Pueblo de traidores.

–¡Kestra!

Ella dirigió a Denyal una breve mirada, y después clavó sus ojos, repletos de desprecio, en Alexander.

«La conozco», pensó él, de nuevo. «Pero ¿de qué?».

La joven no dijo más. Desapareció en el interior del barco, en dirección a la bodega donde dormía Fagnor, el dragón artificial.

Jack tardó todo el día en aprender a volar.

Al principio, incluso dudó que pudiera elevarse en el aire. A pesar de que sus alas eran inmensas cuando las extendía del todo, su flexible cuerpo escamoso era demasiado grande como para poder alzarse del suelo. O, al menos, eso le parecía. Porque pronto descubrió que era algo muy fácil en realidad. Le bastaba con batir las alas para que sus garras se despegasen a un metro del suelo; era como si algo en su interior fuera tan ligero como una pluma, como si su propio espíritu, que deseaba volar hasta las nubes, tirara de su cuerpo. Y se elevaba, se elevaba como las llamas de una hoguera, con tanta facilidad como si hubiera nacido para ello.

Mantenerse en el aire y maniobrar una vez en lo alto ya era algo más complicado. Tuvo que sufrir varias caídas, algunas muy dolorosas; pero cuando el tercero de los soles empezó a declinar, anunció que ya estaba preparado para reemprender el viaje... por el aire.

Cuando expuso sus intenciones, Victoria y Kimara cruzaron una mirada dubitativa.

—Estoy segura de que podrías llevarnos por el aire sin dejarnos caer —dijo Victoria—, pero ¿qué me dices de los sheks? Nos esperan fuera, en la frontera. Se abalanzarán sobre nosotros en cuanto te vean en el cielo.

—Ya he pensado en eso —repuso el dragón—. Me las arreglaré para que no me vean ni me perciban... Al menos, no directamente.

Era descabellado. Era una locura, pensaron los tres mientras discutían el plan de Jack. Pero era la única posibilidad que tenían.

Las tres lunas ya estaban altas en el cielo cuando Victoria y Kimara subieron al lomo de Jack... o Yandrak (Victoria no estaba muy segura de cómo debía llamarlo cuando presentaba aquel aspecto). El dragón se aseguró de que las dos estaban bien sujetas entre sus alas, y entonces avanzó hasta el cadáver del shek hembra que había matado aquella mañana. Bajó la cabeza y la pasó por debajo del cuerpo de la serpiente, colgándoselo en torno al cuello. Lo aferró entre sus garras y enrolló su cola con la del shek.

Victoria alargó la mano para rozar la piel escamosa de la serpiente. La notó muy fría al tacto, y desvió la mirada con tristeza. Aquella hembra shek había estado a punto de matar a Jack y a Kimara y, sin embargo, la muchacha no podía dejar de lamentar su muerte. Porque le recordaba a alguien a quien quería mucho, y por un momento, al contemplar el cadáver de la shek, había tenido una breve visión de Christian corriendo la misma suerte. Trató de no pensar en ello.

—¿Podrás cargar con ella? —preguntó—. Es muy grande.

—Me las arreglaré —dijo Jack, aunque no estaba muy seguro.

Batió las alas y se elevó en el aire, con un poderoso impulso. Como Victoria se temía, el peso del shek que cargaba lo desequilibró un poco. Cayeron de nuevo a tierra, pero el dragón volvió a mover las alas, y se elevaron otra vez. Avanzaron por el aire, en un vuelo inestable, hasta que, poco a poco, Jack consiguió equilibrarse. Tenía que hacer un gran esfuerzo para volar cargando con los tres: con Kimara, con Victoria y con aquel shek, cuyo contacto además le provocaba una profunda repugnancia. Pero se esforzó por seguir adelante.

Victoria contenía la respiración. Vio que el suelo quedaba abajo, cada vez más lejos, y se aferró con fuerza al lomo del dragón. Kimara, en cambio, temblaba de miedo. No sabía lo que era volar.

—Tranquila —susurró Victoria, tratando de calmarla—. No tengas miedo. Jack no nos dejará caer.

—Victoria, nos acercamos a la frontera —avisó entonces él.

Ella asintió, comprendiendo. Alzó el báculo y dejó que su magia fluyera a través de los cuerpos de todos para esconderlos bajo el camuflaje mágico.

La idea de Jack no era del todo mala. Tanto Victoria como Kimara se habían cubierto con las capas de banalidad, con lo que era muy posible que las serpientes no detectaran su presencia. Los sheks percibirían entonces a un dragón y a un shek. Pero, gracias al hechizo que Victoria había aplicado sobre ambos, el dragón presentaba ahora la apariencia de un shek, y el shek, la de un dragón... de manera que, desde tierra, lo que se veía era una serpiente alada cargando con el cuerpo inerte de un dragón.

Era muy posible que los otros sheks acudieran a felicitar a su compañera por haber capturado al último dragón; también era posible que trataran de establecer contacto telepático con ella y solo recibieran el silencio por respuesta, lo cual los pondría sobre aviso. Tal vez incluso ya hubieran percibido su muerte aquella misma mañana.

Pero Victoria lo dudaba. Aquella hembra shek no actuaba como los demás, se había adentrado en la tierra de los dragones cuando ninguna otra serpiente lo había hecho. Tal vez había desobedecido órdenes directas, órdenes que la obligaban a permanecer en la frontera.

Por tanto, habría sido ella la primera en romper el vínculo telepático. De haber seguido en contacto con sus compañeros, ellos no le habrían permitido acudir sola a luchar contra el dragón.

Y ahora la dejarían que se enfrentase sola al juicio de sus superiores. Había desobedecido, pero, aparentemente y contra todo pronóstico, había tenido éxito en su empresa. Los sheks dejarían que fuera su señor quien juzgase si debía ser castigada o recompensada.

Victoria deseaba haber comprendido lo bastante de las costumbres de los sheks como para poder prever su comportamiento. Si no...

Sobrevolaron las últimas montañas de Awinor, aquellas montañas rojizas de los límites del desierto que de lejos parecían envueltas en sangre. Los tres vieron desde lo alto las tropas que Ashran había concentrado en la frontera. Patrullas de szish vigilaban todos los pasos. Los sinuosos cuerpos de los sheks se deslizaban entre ellas, trazando ondas sobre la arena. Todos ellos alzaron la cabeza al verlos pasar. Victoria casi pudo oír sus siseos al reconocer al dragón y a la hembra shek. Aferró su báculo, en tensión, esperando que las serpientes levantaran el vuelo en cualquier momento para ir tras ellos. Junto a ella, Kimara temblaba, pero se las arreglaba para mantener una expresión resuelta. Jack hervía de odio al sentir a los sheks tan cerca. Victoria acarició su cuello escamoso, tratando de calmarlo.

–Piensa en otra cosa –le dijo–. Por lo que más quieras, piensa en otra cosa.

Poco a poco fueron avanzando hacia el norte, y la frontera quedó atrás. Pero sintieron los ojos de los sheks clavados en ellos durante todo aquel tiempo.

Victoria respiró profundamente, sin terminar de creerse que aquello hubiera funcionado.

Pero entonces, Kimara dio la voz de alarma:

–¡Nos siguen!

Victoria se volvió sobre el lomo del dragón, y se le congeló la sangre en las venas al comprobar que algunos sheks habían alzado el vuelo y los seguían a cierta distancia.

–¡Más rápido, Jack!

–¡No puedo! ¡Esta condenada serpiente pesa demasiado!

Las serpientes estaban cada vez más cerca, y no cabía duda de que no tardarían en alcanzarlos. La chica se preguntó si valía la pena deshacerse del cadáver del shek para que así Jack pudiera volar más ligero, y desbaratar el engaño, para aprovechar la ventaja que llevaban para huir de los sheks... o arriesgarse y seguir fingiendo un poco más, con la esperanza de que sus perseguidores se limitaran a escoltarlos desde lejos.

Jack decidió por ella. Abrió las garras, bajó la cabeza y dejó caer el cuerpo del shek.

Victoria ahogó una exclamación al ver el cadáver de la serpiente precipitarse hacia el suelo. El engaño se había roto, los sheks sabían ya lo que había sucedido. No tardó en oírlos chillar de ira a sus espaldas.

Pero Jack volaba ahora con mucha más facilidad, y se dirigía, raudo, hacia el norte. Victoria miró a su alrededor, en busca de un lugar donde ocultarse de sus perseguidores. Pero ante ellos solo se abría el eterno desierto de Kash-Tar.

–¡Allí! –dijo Kimara entonces, señalando hacia el oeste.

Jack y Victoria lo vieron también: un pequeño macizo rocoso que se alzaba a lo lejos en medio del desierto. No era gran cosa, pero si tenían que descender en alguna parte, mejor que fuera en un lugar donde pudieran guarecerse. Jack viró con cierta torpeza en aquella dirección.

Los sheks estaban cada vez más cerca. Victoria podía sentir el aliento helado que su presencia provocaba en el ambiente, y se encogió sobre el lomo del dragón, preocupada.

–¡Se acercan! –dijo Kimara.

Victoria vio los cuerpos de los sheks ondulando en el aire, reluciendo bajo las lunas como relámpagos de metal líquido, las alas membranosas batiendo el aire, sus hipnóticos ojos clavados en ellos, centelleando de ira. Trató de liberarse de la fascinación que producían en ella y alzó el báculo, cuyo extremo había empezado a palpitar tenuemente. Una de las serpientes silbó, furiosa. Victoria dejó escapar una centella de energía hacia los sheks más adelantados, pero ellos esquivaron el ataque con elegancia, rizando sus cuerpos anillados. Retrocedieron un tanto y estudiaron el báculo con cautela, evaluando el poder de aquel nuevo contratiempo.

No tardaron en lanzarse de nuevo hacia ellos, sin embargo. El dragón volaba con desesperación hacia las montañas, que aún parecían muy lejanas. Los sheks los seguían a una prudente distancia, y cada vez que se acercaban un poco más, Victoria los hacía recular con la magia que generaba su báculo.

Pero si llegó a pensar en algún momento que lograrían escapar de las serpientes, se equivocaba de medio a medio.

Jack empezaba a descender hacia las montañas, cuando Kimara dijo:

–Ya solo nos siguen tres; ¿dónde están los demás?

Victoria miró a su alrededor, inquieta. Y entonces vio que el grupo de serpientes se había dividido, y que, sin que ella supiera muy bien cómo, había logrado rodearlos. Había cuatro sheks a su derecha y otros tres a su izquierda, y todos se lanzaban sobre ellos, conscientes de que el dragón no podía luchar contra tantos adversarios a la vez. Victoria hizo funcionar su báculo y consiguió herir en un ala al más adelantado, pero eso no arredró a los demás.

–¡Jack! –exclamó la muchacha.

El dragón no pudo contestarle. De pronto, un shek lo atacó desde abajo, arremetiendo contra él con las fauces abiertas, y Jack se detuvo bruscamente para recibirlo con las garras por delante y un rugido de ira. Victoria y Kimara estuvieron a punto de perder el equilibrio y gritaron, asustadas. Jack recuperó su posición horizontal, habiendo desgarrado la piel escamosa del shek; pero se había detenido, y en ese breve instante, el grupo que lo perseguía lo alcanzó.

El dragón se volvió hacia ellos, furioso, y vomitó una violenta llamarada que alcanzó a las dos primeras serpientes. Victoria vio, turbada, cómo los sheks chillaban mientras sus cuerpos eran devorados por las llamas.

El fuego atemorizó a las serpientes al principio, pero también inflamó su odio hacia el dragón. Jack se vio rodeado por todas partes de sheks que, suspendidos en el aire, hacían vibrar sus cuerpos ondulantes, siseando de furia. Victoria alzó el báculo y lanzó un nuevo ataque, en dirección al oeste. La barrera de sheks se abrió por allí para esquivar su magia ofensiva, y Jack no desaprovechó la oportunidad; voló con desesperación hacia la brecha abierta por Victoria. Aún sintieron el frío contacto de la cola de uno de los sheks, que había llegado a rozarlos.

La persecución se prolongó durante un buen rato más. Los sheks acosaron al dragón, rodeándolo por todas partes, sin lograr acercarse a él lo bastante como para abatirlo, pero consiguiendo herirlo más de una vez, e impidiéndole descender. Cuando el primero de los soles ya asomaba por el horizonte, Victoria empezó a ver con claridad cuál sería el resultado de aquella carrera; porque las montañas habían quedado atrás, Jack estaba agotado y los sheks eran unos perseguidores implacables.

Uno de ellos logró burlar la vigilancia de Victoria y lanzó la cabeza hacia adelante, en un movimiento rapidísimo. La muchacha dio la voz de alarma, pero era demasiado tarde: los colmillos de la serpiente se habían cerrado sobre una de las patas traseras del dragón.

Jack rugió de dolor, y aunque Victoria consiguió hacer retroceder al shek, el dragón había perdido el equilibrio y, herido y exhausto, se precipitó a tierra.

Kimara gritó, aterrada. Los sheks chillaron, triunfantes, y persiguieron a su víctima, dispuestos a abatirla del todo.

–¡Jack, delante de ti! –le gritó entonces Victoria–. ¡Jack, un esfuerzo más!

Jack alzó la mirada y vio una mancha azul y brillante ante él. «Agua», pensó con sus últimas fuerzas. Batió las alas un poco más. Aquello era un lago inmenso, tal vez un mar interior, y si lograba llegar hasta allí y caer al agua, tal vez tuvieran alguna posibilidad de salvarse.

Los sheks se percataron de sus intenciones y trataron de alejarlo de aquella dirección. Pero Victoria consiguió mantenerlos a distancia.

Aquel trayecto fue para Jack el más largo y difícil de su vida. Cuando su cuerpo de dragón se precipitó sobre la superficie del agua, produciendo un violento chapoteo, sus últimos pensamientos, antes de perder el sentido, fueron para Victoria.

Shail y Zaisei llegaron a los límites de Awinor aquella misma mañana. Habían rodeado el bosque de los trasgos, atravesando para ello una incómoda región pantanosa, pero ahora las rojizas montañas que rodeaban la tierra de los dragones se alzaban ante ellos, en el horizonte.

Los pájaros le contaron a Zaisei que las serpientes habían acordonado Awinor, pero que la noche anterior habían partido en persecución de un shek que había salido volando por encima de las montañas, que había atrapado a algo igualmente grande y con alas, pero que no era un shek. Los pájaros no eran muy fiables como informadores porque, si bien recordaban con bastante detalle todo lo que veían, no entendían la mitad de su significado. Además, vivían demasiado poco tiempo como para haber conocido a los dragones, y por tanto no podían asegurar que aquella inmensa criatura a la que habían visto fuera uno de ellos. Pero, por la descripción, ambos supieron enseguida que los pájaros estaban hablando de un dragón.

El corazón de Shail dio un vuelco. ¿Significaba eso que los sheks habían capturado a Jack? No, no podía ser cierto. No quería creerlo.

Siguieron avanzando de todas formas, bordeando la tierra de los dragones, eludiendo a los grupos de hombres-serpiente que todavía patrullaban por los márgenes. Conforme se iban acercando al desierto, resultaba cada vez más difícil obtener información, porque ni siquiera los pájaros sobrevolaban Kash-Tar.

Un par de días después, se encontraron con un explorador limyati. Este les contó que, por lo visto, el dragón que había sobrevolado aquellas tierras seguía vivo. Una tribu de yan lo había visto volar días atrás en dirección a Kosh, acosado por un grupo de sheks. Decían que le habían visto precipitarse en las aguas del mar de Raden; pero debía de habérselas arreglado para salir de allí, puesto que los szish estaban registrando todas las caravanas que salían de la ciudad.

—Como si un dragón pudiera ocultarse en una caravana —concluyó el limyati, sonriendo ampliamente—. Además, todo el mundo sabe que ya no quedan dragones. En mi opinión, todos esos rumores son falsos, y lo que sobrevoló el sur de Kash-Tar hace tres días no fue sino otra de esas espantosas serpientes.

Shail y Zaisei no dijeron nada, pero intercambiaron una mirada llena de entendimiento.

–Tenemos que llegar a Kosh cuanto antes –dijo el mago cuando se alejaron del explorador–. Cada día estoy más convencido de que no debimos dejarlos marchar solos.

La sacerdotisa trató de calmarlo colocando la mano sobre su brazo, con suavidad.

–Ten fe –dijo solamente.

Jack se despertó en un sótano oscuro, tendido sobre una especie de lona de un material muy grueso y basto al tacto. Tardó un poco en recordar qué había sucedido, pero eso no hizo más que sumirlo en un mar de confusión. Se acordaba de la persecución de los sheks, recordaba haber caído al agua, ¿y después, qué? Alzó una mano y la contempló un momento. Volvía a ser humano, y Victoria...

Victoria.

Se levantó de un salto. Se mareó, pero no le importó. Miró a su alrededor y no vio a la muchacha en ninguna parte. Sí que descubrió en un rincón, doblado de cualquier manera, el manto color arena de Kimara.

La propia semiyan entró en aquel momento en la estancia. Traía un cuenco con algo que olía a hierbas, y algo en el subconsciente de Jack encontró aquel olor ligeramente familiar. «¿Cuánto tiempo llevo aquí?», se preguntó.

Kimara le dedicó una radiante sonrisa.

–Ya has despertado –dijo–. Temía que no sobrevivieras al veneno del shek, pero no en vano eres un dragón. Tu cuerpo se cura muy rápido.

–¿Dónde está Victoria? –preguntó Jack enseguida.

–Ten, tómate el caldo –le dijo Kimara–. Te sentará bien.

–¿Dónde está Victoria? –repitió Jack, esta vez en voz más alta.

Kimara lo miró un momento y depositó el cuenco en una repisa.

–Caímos en el mar de Raden –dijo–, hace tres días. Cuando escapábamos de los sheks. ¿Te acuerdas de eso? Bien, pues... recuperaste tu forma humana nada más caer al agua, lo cual fue una suerte, porque así los sheks no consiguieron localizarnos. Gracias, también, a dos varu que nos vieron caer y nos remolcaron hasta la orilla. A nosotros dos nada más. De Victoria no sabían nada –Jack fue a decir algo, pero Kimara alzó una mano para indicarle que no había terminado de hablar–. Ahora estamos en la ciudad de Kosh, en casa de un amigo mío. Por el momento estamos a salvo, pero los szish están peinando toda la ciudad en vuestra busca. Bueno..., en realidad te buscan a ti nada más. Todos piensan que Victoria está muerta.

»Pero hoy he averiguado que no es así. He hablado con un pescador que dice que hace tres días vio cómo subían a una joven inconsciente a la barcaza de Brajdu.

–¿Brajdu? –repitió Jack.

–Es el dueño de más de media ciudad –explicó Kimara a media voz–. Era un estafador de tres al cuarto hace poco más de una década, pero en este tiempo se ha hecho rico traficando con restos de dragones.

Jack se quedó de una pieza.

–¿Qué?

Kimara temblaba de rabia.

–Es un ser sucio y rastrero. Jamás ha respetado la tierra de Awinor, y fue el primero en adentrarse allí para saquearla tras la tragedia de la conjunción astral. Colmillos, cuernos, escamas, huesos, cáscaras de huevo... siempre se han pagado muy caros, pero después de la extinción de los dragones, todavía más. Él no tuvo ningún reparo en profanar la tumba de los dragones para enriquecerse a su costa. Así fue amasando su fortuna, y ahora gran parte de Kosh le pertenece. Tiene a sus órdenes a los mejores guerreros y mercenarios de este lado del continente, y todo el mundo sabe que no conviene desafiarlo.

–¿Está aliado con las serpientes?

–A veces sí, y a veces no. Si Brajdu cayera, la economía de Kosh caería también, porque controla todo el negocio caravanero. A los sheks les conviene que siga en el poder. Así que Sussh, el shek que gobierna Awinor en nombre de Ashran, lo tolera mientras le sea útil.

»Pero ni siquiera Brajdu podrá ocultar por mucho tiempo que tiene prisionera a Victoria. Las serpientes no tardarán en averiguarlo.

Jack se levantó de un salto.

–Llévame a hablar con él.

–Jack, no sabes lo que dices. Brajdu no es un tipo con el que se pueda bromear.

–Me da igual. No voy a permitir que nadie le ponga las manos encima a Victoria, ¿me oyes? Ni las serpientes ni esa rata de Brajdu.

Kosh era una populosa ciudad fronteriza, de donde partían todas las caravanas que cruzaban el desierto, pero también aquellas que se adentraban en Drackwen, la gran región que ocupaba toda la parte oeste del continente.

Con todo, a Jack le pareció sucia, polvorienta y muy poco recomendable. Las casas eran todas del color de aquella arena rosácea de Kash-Tar, o quizá un poco más oscuro, y tenían forma cilíndrica, con tejados en cúpula que las hacía asemejarse a extraños hongos gigantes. Las calles no estaban empedradas, o tal vez lo estuvieron tiempo atrás, pensó Jack, pero ahora habían quedado sepultadas bajo una capa de arena.

De todas formas, no pasaron mucho tiempo en la calle. Kimara guió a Jack a una tienda de comestibles cuya dueña, una mujer yan, era también amiga suya. En la trastienda había un sótano muy parecido al que acababan de abandonar, y Jack comprobó, con sorpresa, que comunicaba con el sótano de la casa de al lado por una puerta oculta... y lo mismo sucedía con la mayoría de los sótanos de las casas de Kosh. Así, las viviendas de la ciudad estaban unidas por una red subterránea que, según le contó Kimara, nadie conocía en profundidad. Porque aquel acceso que la mujer yan les acababa de mostrar era, seguramente, uno de los dos o tres con que contaba su sótano. Y al menos la mitad de aquellas puertas eran secretas.

—Es la naturaleza de los yan —dijo Kimara—. Son desconfiados y les gusta tener siempre una puerta trasera por donde escapar, y un agujero donde ocultar las cosas de valor, o bien a ellos mismos, en momentos de peligro.

A través de los sótanos llegaron a las afueras de la ciudad, y no tardaron en divisar a lo lejos el palacio de Brajdu.

Jack sintió un ramalazo de nostalgia cuando lo vio. La arquitectura de suaves cúpulas, como un conglomerado de medias burbujas blancas, le recordó a la casa de Limbhad. Solo que aquel palacio había sido reforzado con murallas y torretas de vigilancia que eran, a todas luces, un añadido posterior.

—¿Quién levantó el palacio de Brajdu? —le preguntó a Kimara.

—Es una antigua construcción celeste —respondió ella—. Antiguamente, en Kosh había varias comunidades celestes, pero fueron poco a poco abandonando la ciudad. Al fin y al cabo, esto se está convirtiendo en un nido de ladrones, asesinos y estafadores —suspiró—. No es un lugar apropiado para los celestes.

Para sorpresa de Jack, los dejaron pasar enseguida. Incluso le permitieron conservar su espada. Estaba empezando a pensar que Kimara había exagerado con respecto a Brajdu, cuando los guardias les abrieron la puerta de la sala donde los esperaba el cacique local.

No había allí nada parecido a una corte, que era, tal vez, lo que Jack había esperado encontrar. El ambiente era tenso, y el camino que llevaba hasta Brajdu, sentado al fondo de la sala, estaba bordeado de guardias armados.

Jack avanzó sin dudarlo. Hasta el momento había conseguido mantener la cabeza fría, pero ahora estaba furioso. Aquel era el individuo que tenía prisionera a Victoria. Si le había hecho daño, lo pagaría muy, muy caro.

Nadie le impidió llegar hasta el fondo de la sala. Se detuvo a pocos pasos del lugar donde lo esperaba Brajdu y lo miró, ceñudo.

Brajdu era un humano de piel morena, surcada de cicatrices, y constitución fuerte. Vestía ropas caras, cubiertas de joyas, y ocupaba una especie de trono alzado sobre tres escalones. Había varios guardias en torno a él, y a su lado se erguía también un hombre de cabello cano que vestía la túnica de los magos.

Brajdu estudió a Jack con atención, esbozando una taimada sonrisa.

—Me preguntaba cuánto tardarías en aparecer por aquí —comentó.

—¿Dónde está Victoria? —demandó Jack.

Los ojos de Brajdu brillaron de manera extraña.

—Ah, la chica. Entonces no me he equivocado con respecto a ti. Eres el dragón del que todos hablan.

Jack llevó la mano a la empuñadura de Domivat, dispuesto a desenvainarla, pero Brajdu añadió con calma:

—Ella no está aquí. Está prisionera en una cámara subterránea en el desierto, un lugar al que ni yo mismo sé llegar sin mi guía yan... que, por cierto, no se encuentra tampoco en el palacio en estos momentos. Si a mí me sucede algo, jamás volverás a verla.

—¿Una cámara subterránea? —repitió Jack, aterrado—. ¿En pleno desierto? ¡Pero eso la matará!

—Sí, ya he notado que no le está sentando muy bien.

Jack apretó los dientes, furioso.

—¿Qué es lo que quieres de ella? ¿Vas a entregarla a los sheks?

—Tal vez lo haga —sonrió Brajdu—. Sussh se ha vuelto muy insistente. Hasta el momento he conseguido eludirlo, pero tarde o temprano averiguará lo que tú has descubierto tan pronto, y entonces, lo quiera o no, tendré que entregarle a la muchacha. Y no es algo que me apetezca, créeme. Es una prisionera muy valiosa. Sé quién es en realidad: la única criatura en el mundo capaz de otorgar el don de la magia. Un don que ahora se ha vuelto muy escaso... y muy codiciado.

Jack se quedó sin respiración.

–¡Bastardo! ¡Como te hayas atrevido a ponerle la mano encima...!

–Sé que eres poderoso... si es cierto lo que he oído decir de ti –sonrió Brajdu–. Pero eso no te servirá de nada aquí, no mientras quieras mantener con vida a la chica.

Jack cerró los ojos un momento, agotado y loco de rabia e impotencia.

–¿Qué es lo que pretendes? –preguntó–. Sabes quién soy, me has dejado llegar hasta aquí. ¿Por qué? ¿Vas a delatarme a los sheks?

Brajdu se rascó la barbilla, pensativo.

–¿Sabes, muchacho? Podría hacerlo, y estoy seguro de que me reportaría grandes beneficios. Pero, verás, la chica no está muy dispuesta a colaborar, y he pensado que quizá podamos llegar a un acuerdo. Si me traes algo que me interese más que lo que ella puede ofrecerme, podemos hacer un intercambio.

Jack lo miró con desconfianza.

–Yo en tu lugar no me lo pensaría mucho –sonrió Brajdu–. La chica agoniza en algún lugar del desierto, y los sheks la están buscando. No tienes mucho tiempo.

Jack respiró hondo. Sospechaba que se estaba metiendo en una trampa, pero no veía el modo de solucionar aquello sin abandonar a Victoria a su suerte.

–¿De qué estamos hablando exactamente?

–De un caparazón de swanit.

El semblante de Jack permaneció inexpresivo, pero Kimara lanzó una pequeña exclamación de horror.

–Oh, no sabes lo que es un swanit –comprendió Brajdu–. Tu amiga mestiza te lo explicará con detalle; de momento te adelantaré que son los señores del desierto, venerados por los yan desde el principio de los tiempos. Pero a mí lo que más me interesa de ellos son sus caparazones. Nada puede atravesarlos; puedes imaginar, por tanto, lo eficaces que son las armaduras y las corazas fabricadas con las placas del caparazón de un swanit. Además, corren rumores de que se prepara una guerra en el norte; es buena época para comerciar con armas. La mala noticia es que los caparazones de los swanit se reblandecen con la edad, por lo que no sirve de nada esperar a que mueran de viejos; hay que matarlos cuando aún son jóvenes. Y, como supongo que ya habrás adivinado, son muy difíciles de matar. Por eso un caparazón de swanit es algo tan valioso... tanto, que yo lo intercambiaría por la vida de tu amiga.

Jack lo miró un momento, temblando de rabia. Después, sin una palabra, dio media vuelta y echó a andar en dirección a la salida. Se detuvo un momento en la puerta.

—Tendrás ese caparazón, Brajdu —dijo con gesto torvo—. Pero si le ha pasado algo a Victoria, te juro que te arrancaré la piel a tiras.

Brajdu lo vio salir, con una sonrisa en los labios.

—Lo has enviado a la muerte —dijo el mago.

—Lo sé —respondió Brajdu—. Y pronto la chica lo sabrá también. Seguro que entonces se mostrará mucho más razonable.

—¿Te has vuelto loco? —estalló Kimara—. ¡Es un suicidio!

Jack no le hizo caso. Siguió preparando su macuto con gesto torvo, seleccionando las cosas que necesitaría para internarse de nuevo en el desierto.

—¡Jack, escúchame! —insistió la semiyan—. Brajdu te ha engañado. Se ha aprovechado de que eres forastero y no conoces a los habitantes del desierto. Te ha enviado a una muerte segura: ¡no se puede matar a un swanit!

—También me dijeron, no hace mucho, que no se podía matar a un shek —respondió Jack con calma—. Y yo lo he hecho.

—No es lo mismo —los ojos rojizos de Kimara estaban llenos de lágrimas—. Jack, Jack, no lo entiendes. Nadie ha cazado nunca un swanit. Jamás.

Jack titubeó solo un breve instante. Kimara le había descrito a los swanits, insectos gigantescos y espantosamente voraces que resultaban indestructibles debajo de sus caparazones coriáceos. Pero pensó en Victoria, pensó en lo mucho que le dolía el alma desde que se había separado de ella, y comprendió que no tenía otra salida.

—Me da igual —dijo—. Voy a ir a buscar a esa cosa, y volveré con el caparazón.

Kimara desvió la mirada.

—No sé mucho de unicornios —dijo ella con suavidad—. Pero sí creo que lo que ella y yo compartimos, aquello que me entregó, jamás debe ser arrebatado por la fuerza. Y es lo que Brajdu pretende.

—Comprenderás ahora que no debo permitir que la toque —respondió él, muy serio—. Tanto si obtiene lo que quiere de Victoria como si no lo hace... será terrible para ella. Pero —añadió, mirándola con cariño— no quiero que tú vengas conmigo. Ya te has arriesgado demasiado por mi causa.

Kimara lo miró, comida por la angustia.

—Pero no puedo dejarte solo —gimió—. Quiero... quiero ayudarte.

—Hay algo que puedes hacer por mí, si de verdad quieres ayudarme: vete al norte, a Vanissar, y busca a Alexander. Cuéntale lo que ha pasado, todo lo que has visto a mi lado. Dile... dile que ya puedo volar, y que Victoria ya sabe cómo entregar la magia. Se sentirá muy contento y orgulloso, y así, pase lo que pase..., por lo menos sabrá que valió la pena el esfuerzo.

Kimara asintió, aun sin comprender del todo sus palabras.

—Con Alexander —prosiguió Jack— está la maga Aile. Ella te enseñará a usar tu poder. Si no vuelvo —añadió—, Victoria morirá, y entonces su magia se habrá perdido con ella. Por eso... por eso es importante que aproveches el don que te ha regalado, que lo desarrolles para que ella siga viva en ti. Porque no tiene sentido que mueras conmigo, ¿entiendes?

Kimara se lanzó a sus brazos y lo estrechó con fuerza.

—No quiero perderte —le dijo al oído.

—¿Qué harías tú si fuera yo el que estuviera en poder de Brajdu?

—Yo... —Kimara se separó un poco de él para mirarlo a los ojos—. ¿Morirías por ella? —dijo, sin contestar a la pregunta.

—Sin dudarlo un momento —respondió Jack, muy serio. Kimara asintió en silencio. Entonces se puso de puntillas y le dio un suave beso de despedida en los labios; fue apenas un roce, pero Jack sintió el sabor embriagador del desierto, y todo el poder del fuego que ambos compartían.

Dio unos pasos atrás, echándose la bolsa al hombro. Se miraron, quizá por última vez.

—Vuelve vivo, Jack —dijo ella—. Quiero verte volar otra vez.

—Descuida —dijo el muchacho sonriendo, y le guiñó un ojo con cariño.

Y después dio media vuelta, salió de la casa y se alejó en busca del corazón del desierto.

Christian ya sobrevolaba Nandelt cuando sintió que Victoria estaba en peligro. Se detuvo un momento, suspendido en el aire, y trató de descifrar la información que le llegaba a través de Shiskatchegg. Percibió cómo la vida se escapaba de la joven, gota a gota, como los granos de un reloj de arena. Estaba herida, o tal vez enferma, o quizá se estaba quedando sin energía.

En cualquier caso, no resistiría mucho tiempo.

El shek entornó los ojos y siguió su camino hacia el sur.

Hacía tres días que había abandonado Nanhai, y dejado atrás a Ydeon, el fabricante de espadas. La despedida había sido breve y sin emoción. Ambos tenían cosas que hacer y sabían que el tiempo de Christian en Nanhai ya había terminado.

Ahora viajaba hacia el sur para reunirse con Victoria... o para matar a Jack. No estaba muy seguro de cuáles eran sus verdaderas motivaciones. Ambas posibilidades lo atraían por igual, aunque por razones bien diferentes. A veces se preguntaba si no sería mejor abandonar y dejar que ellos dos se las arreglaran solos. Jack cuidaría de Victoria, y si él mismo se mantenía alejado, no se enfrentaría al dragón, como Ashran y su instinto le exigían.

Pero en aquel momento supo que continuaría con su viaje, hasta el final, con todas sus consecuencias, y que debía llegar hasta la muchacha cuanto antes. No sabía dónde andaba Jack ni por qué Victoria se estaba muriendo; pero, si existía la más mínima posibilidad de llegar a tiempo para salvarla, debía hacerlo.

XII

«SI NO PUEDES DARME LA MAGIA A MÍ...»

B RAJDU acudió a verla de nuevo cuando cayó la tarde. Victoria yacía en un rincón, sin fuerzas para moverse. La cámara en la que la habían encerrado era amplia, pero no tenía ventanas, y la luz de la lámpara era débil y enfermiza.

Al principio, la muchacha había tratado de escapar, pero pronto se había dado cuenta de que sin el báculo estaba indefensa. No le preocupaba que el objeto hubiera caído en manos de aquel canalla de Brajdu; sabía que él jamás lograría utilizarlo, y tampoco Feinar, el mago que trabajaba para él. Además, pronto descubrió, alarmada, que tenía cosas más urgentes en qué pensar.

Todo a su alrededor estaba muerto. No sabía qué había más allá de las paredes de piedra, pero desde luego no era nada que pudiera alimentarla de la energía que necesitaba para subsistir.

En Idhún, su magia funcionaba muchísimo mejor que en la Tierra, y ella se sentía más fuerte y despejada, porque la energía flotaba en el ambiente, chispeante, electrizante. Aunque no pudiera verla, Victoria la sentía, la percibía con tanta claridad como podía sentir el viento acariciando su piel. Pero en aquella horrible habitación en la que la habían encerrado, el aire estaba silencioso y muerto.

La primera vez que Brajdu la había visitado, Victoria aún había tenido fuerzas para pelear, y se había abalanzado sobre él hecha una furia. Tal vez no esperara que ella se defendiera, tal vez no vio venir sus veloces patadas, asestadas con una fuerza y rapidez aprendidas en sus entrenamientos de taekwondo. El caso es que ella lo golpeó varias veces antes de que Brajdu y sus guardias pudieran reducirla.

Después le había dicho lo que quería que hiciera a cambio de su libertad... y de su vida.

Victoria lo había escuchado, horrorizada. Se había negado en redondo.

Así que Brajdu la había dejado allí, encerrada, dejando que se consumiera lentamente. Todas las mañanas acudía a verla e insistía en su demanda. Victoria seguía negándose, aunque ya no tenía fuerzas para moverse.

La tercera vez había tratado de explicárselo:

–No es algo que pueda decidir. Es algo que surge de dentro, del corazón. Solo si lo deseas de verdad. Si hay algún lazo que te una a esa persona.

–Los unicornios nunca se han sentido unidos a nadie –había replicado Feinar, el mago–. No se mezclan con los mortales.

–Porque su naturaleza les exige que no se dejen ver. Si todo el mundo pudiera verlos y tocarlos, todos serían magos o semimagos. Y debe haber un equilibrio en el mundo; de lo contrario, la magia se desbordaría, y el caos que provoca acabaría por destruir el mundo. Es una gran responsabilidad. El don de los unicornios es también su condena a la soledad perpetua. Pero ellos observan a los mortales desde las sombras, desde cada rincón de la espesura, añorando su compañía y deseando poder conocerlos, compartir sus vidas con ellos...

Feinar ladeó la cabeza y en sus ojos pareció brillar por un momento un destello de comprensión. Pero las palabras de Victoria no hicieron mella en Brajdu.

–No te preocupes –dijo, con una sonrisa socarrona–. Después de un par de días más aquí, desearás de todo corazón entregarme la magia. Estoy seguro de ello.

Victoria llegó a pensar que tenía razón. Pero en su siguiente visita descubrió que la sola idea de entregarle la magia a aquel hombre le producía tal rechazo que prefería morir antes que otorgar su don por la fuerza. Y así se lo dijo.

–Mañana volveré –dijo Brajdu–. Si sigues viva, me convertirás en un mago. Porque, si no lo haces... no volverás a ver la luz de los soles nunca más. Los sheks te están buscando, niña, y te quieren muerta. De modo que también obtendré beneficios si les entrego tu cadáver.

Victoria cerró los ojos y se quedó allí, inerte, tendida en su rincón. No lo dijo, pero dudaba que pudiera resistir hasta el día siguiente.

No obstante, Brajdu se presentó de nuevo en su prisión antes de lo previsto, nada más caer el último de los soles. Victoria aguardó a que él le formulara la petición que estaba acostumbrada a oír. Sin embargo, las palabras del hombre fueron diferentes esta vez:

–Jack ha venido a buscarte.

Victoria abrió los ojos; el corazón se le aceleró de pronto y trató de levantarse, pero no tuvo fuerzas.

–Por supuesto, se ha ido con las manos vacías –prosiguió Brajdu con indiferencia.

Procedió a relatarle, con todo lujo de detalles, su encuentro con el joven dragón. Con cada palabra que pronunciaba, a Victoria le quedaba cada vez más claro que él no estaba mintiendo. La descripción que hizo de Jack y de la semiyan que lo acompañaba era correcta y muy detallada.

–Así que ya ves –concluyó Brajdu–. Lo he enviado a una muerte segura. No sé si has oído hablar de los swanit, preciosa, pero creo que debería bastarte con saber que hasta los sheks procuran no cruzarse en el camino de esas criaturas.

Victoria respiró hondo. Quiso hablar, pero no tenía fuerzas.

–Todavía puedes salvarlo –sonrió Brajdu–. No hace mucho que se fue. Entrégame la magia y te dejaré libre para que vayas a su encuentro. Con un poco de suerte, llegarás a tiempo de evitar que cometa una locura. Porque ese chico está un poco loco, ¿sabes? Haría cualquier cosa por ti, incluso dejarse triturar por las mandíbulas de un swanit... algo que no es muy agradable, y que en realidad no deseo ni a mis peores enemigos.

Victoria cerró los ojos, que se le habían llenado de lágrimas. Sí, no dudaba de que Jack sería capaz de eso y de mucho más.

–¿Cómo sé que no me mientes? –pudo decir entonces, con esfuerzo–. ¿Cómo sé que Jack sigue vivo, que no lo has entregado a los sheks?

–Buena pregunta –admitió Brajdu–. La respuesta es simple: no lo he entregado porque entonces los sheks sabrían que te tengo prisionera. A Sussh le faltaría tiempo para venir a reclamarte. Y es demasiado pronto, ¿me entiendes? Todavía no he obtenido lo que quiero de ti.

–¿Y... cómo sé que me dejarás marchar después? –logró decir Victoria–. ¿Cómo sé que no me traicionarás?

–No puedes saberlo –sonrió Brajdu–. Pero míralo de otro modo: ¿qué otra opción tienes?

–Puedo negarme...

–... y, mientras lo haces, tu amigo el dragón se acerca cada vez más a una muerte segura.

Victoria apretó los dientes, pero no dijo nada.

Brajdu sonrió y dio media vuelta para marcharse.

—¡Espera! —lo llamó entonces Victoria—. Lo haré.

Brajdu se volvió de nuevo hacia ella, aún sonriente.

—Buena chica.

A un gesto suyo, Feinar la ayudó a incorporarse. El contacto con el mago la hizo sentirse un poco mejor. Como todos los hechiceros, el cuerpo de Feinar emitía un suave halo de energía mágica, limpia, vibrante, que no podía verse con los ojos, pero que Victoria podía percibir con claridad... Una magia que le había sido entregada por un unicornio, muchos años atrás. Victoria dejó que parte de la energía del mago la recorriese por dentro, renovándola.

Pero no era suficiente. Y mucho menos si tenía la intención de convertir a Brajdu en un hechicero.

—Aquí no puedo hacerlo —dijo—. Necesito que me llevéis a un lugar con vida, un oasis tal vez...

Pero Brajdu negó con la cabeza.

—No, preciosa. No vas a salir de aquí hasta que me conviertas en un verdadero mago... y en uno poderoso.

Victoria se volvió hacia Feinar, desesperada.

—¡Aquí no puedo hacer nada! ¡Díselo!

—Lo sabemos —dijo el mago—, pero está todo previsto.

Extrajo algo brillante de uno de los bolsillos de su túnica. Victoria lo miró con cautela. Era una gema parecida a un huevo de estrías rojizas, que, según pudo percibir, emanaba una gran cantidad de energía.

—Un canalizador artificial —explicó Feinar—. Actúa de modo similar a como lo hacen los unicornios, aunque no es capaz de convertir en mago a nadie, lástima. Cada una de estas maravillas tiene una piedra gemela fabricada con el mismo material. Si dejas una de ellas en un lugar con mucha energía, esa energía se transmitirá a su piedra gemela, no importa lo lejos que esta esté. ¿Lo entiendes?

Victoria rozó el huevo con la punta del dedo y percibió la gran cantidad de magia que atesoraba.

—Su piedra gemela está en pleno corazón del oasis más grande de Kash-Tar —prosiguió el hechicero—. Recogerá la energía de allí y la transmitirá a esta gema que tengo en las manos... de manera que, si la coges, será como si estuvieras allí.

»Los magos emplean estos canalizadores como reserva de magia, por si tienen que realizar muchos hechizos en poco tiempo. Pero, claro... los magos pueden emplear la magia para hacer hechizos. Tú no, ¿me equivoco? Para eso necesitas ese báculo que llevabas prendido a la espalda cuando te recogimos. Así que lo único que podrías hacer con este canalizador es recoger la energía que transmite y transferirla a otra persona, ya sea para curarla o... para convertirla en un mago.

Victoria se estremeció.

–Cada segundo que pierdes –intervino Brajdu–, Jack está un poco más cerca de la muerte.

Victoria tragó saliva. Podía conceder la magia a aquel hombre, pero nada le impedía entregarla después a los sheks e incluso esperar a que regresara Jack con el caparazón de swanit... si es que regresaba. En cualquier caso, Brajdu siempre saldría ganando.

Pero cabía la posibilidad, por mínima que fuera... de que él cumpliera su parte del trato.

Alzó la cabeza.

–De acuerdo –dijo.

Feinar le pasó el canalizador. Victoria lo sostuvo en sus manos y cerró los ojos, sintiendo que la energía la recorría por dentro, llenándola, renovándola. De verdad era como si se encontrara en un lugar repleto de vida.

Permaneció así unos minutos más. Habría necesitado horas para recobrarse por completo, pero no disponía de tanto tiempo. Debía acudir al encuentro de Jack y evitar que cometiese una locura.

Abrió los ojos, todavía sosteniendo la gema entre sus manos.

–Estoy lista –dijo; miró al mago–. Déjanos solos.

Debía transformarse en unicornio para entregar la magia, y se sentía incómoda si había más gente mirando. Ya era bastante horrible que tuviera que hacerlo para Brajdu.

Feinar miró a Brajdu, indeciso. Este asintió, llevándose una mano significativamente a la empuñadura del sable que pendía de su cinto. El hechicero se levantó y abandonó la cámara, cerrando la puerta tras de sí.

Victoria respiró hondo varias veces. La energía seguía recorriéndola por dentro, y por un momento tuvo la sensación de hallarse en medio de un bosque. Añoraba los bosques.

Se esforzó por centrarse. Buscó a Lunnaris en su interior y dejó que la esencia del unicornio fluyera hacia fuera para transformarla.

Sin embargo, y ante el desconcierto de Victoria, Lunnaris se negó a salir a la luz y se quedó agazapada en un rincón de su alma, temblando.

Victoria, desesperada, llamó con más insistencia a su parte unicornio, lloró interiormente, suplicó, la amenazó... Pero la transformación no tuvo lugar.

Victoria abrió los ojos. Brajdu la observaba con expectación.

—¿Y bien?

—Lo estoy intentando —murmuró la joven—. Por lo general no tengo problemas para transformarme, pero hoy...

Se interrumpió porque Brajdu la había cogido por el cuello y la miraba fijamente, con un brillo amenazador en los ojos.

—Pues más vale que lo hagas, preciosa, porque, de lo contrario, tú y tu amigo moriréis muy pronto, ¿me he explicado bien?

Victoria asintió. Brajdu la soltó, y ella respiró hondo y lo intentó de nuevo. «Tengo que hacerlo», se dijo. «No es tan difícil entregar la magia por la fuerza. Ya lo hice una vez».

Se le revolvieron las tripas al evocar cómo la había utilizado el Nigromante en la Torre de Drackwen. Se sintió enferma solo de recordarlo, pero apretó los dientes y se dijo a sí misma que por Jack estaba dispuesta a volver a pasar por eso... y por mucho más.

Entonces comprendió que no podría hacerlo por voluntad propia, de la misma manera que no podía detener los latidos de su corazón solo con desearlo. Por más que habría sido capaz de hundir una daga en él si con ello pudiera salvar la vida de Jack. Pero, por muy intensamente que lo deseara, era necesario que le arrebataran la magia por la fuerza si no sentía aquella llamada, aquella extraña empatía que había sentido hacia Kimara y que la había llevado a entregarle su don. Echó de menos aquel horrible artefacto que Ashran había empleado tiempo atrás para robarle su poder. Lo echó de menos porque entendió que sin él no podría hacer lo que Brajdu le había pedido. Porque, a pesar de lo muchísimo que la había hecho sufrir aquella cosa, con él habría tenido alguna oportunidad de salvar a Jack.

Tenía un nudo en la garganta cuando confesó en voz baja:

—Es inútil. No siento ninguna clase de empatía hacia ti. El unicornio jamás se manifestará para ti, Brajdu.

El hombre no dijo nada. Le arrebató el canalizador, y Victoria notó cómo se quedaba sin energía de nuevo. Brajdu se levantó y la miró desde arriba, serio.

—Acabas de firmar tu sentencia de muerte —dijo—. Si no puedes darme la magia a mí, no se la darás a nadie.

Cuando cerró la puerta con estrépito, Victoria supo que acababa de enterrarla en vida y que no sobreviviría a aquella noche.

Pero solo podía pensar en Jack, en el peligro que corría, en que no podía llegar hasta él. Se acordó también de Christian. Había pensado mucho en él, al igual que en Jack, durante sus días de encierro. Sentía su presencia a través del anillo, sabía que él seguía allí, al otro lado, en alguna parte... demasiado lejos como para salvar a Jack...

Jack vio la nube rojiza que se acercaba por el horizonte. La última vez que había visto algo semejante, Kimara le había instado a ocultarse entre las dunas para no ser descubierto, y Jack había obedecido sin cuestionarla. Pero en esta ocasión se situó bien a la vista, en lo alto de un montículo de arena, y esperó.

El enjambre de insectos, que Kimara había llamado *kayasin*, «espías», no tardó en llegar hasta él. Jack dejó que lo rodearan, no demostró ninguna inquietud ante sus furiosos zumbidos ni se movió cuando algunos de ellos se posaron sobre su piel y lo palparon con sus largas antenas vibrantes.

Cuando la nube de insectos se alejó, Jack se sentó tranquilamente en la duna y siguió esperando.

Sabía que los kayasin no tardarían en informar a alguien mucho más grande y peligroso de su presencia en aquel lugar.

Tuvo que aguardar hasta la caída de la noche. Entonces divisó por fin al swanit acercándose por el horizonte, bajo la luz de las lunas, y le pareció muy grande.

Cuando la criatura llegó hasta él, se dio cuenta de que era gigantesco.

Se trataba de un enorme insecto fusiforme que se arrastraba por las dunas sobre una docena de patas, tanteando el suelo y el aire ante él con un par de largas antenas que no parecían, sin embargo, tan aterradoras como los múltiples apéndices bucales que buscaban alimento. Su cuerpo estaba cubierto por placas córneas que lo protegían como si de una armadura se tratase. Jack trató de olvidarse del estremecedor aspecto del swanit y de mantener la cabeza fría. Aquellas placas, que formaban el caparazón del insecto, eran su objetivo, las necesitaba para salvar a Victoria. Se esforzó por recordarlo en todo momento.

Tuvo tiempo de observar al swanit mientras este se acercaba. Se preguntó si podría ensartar su espada en alguna de las líneas de unión existentes entre las placas del escudo, pero desechó la idea. Aquel ser era demasiado grande. Incluso la herida de una espada legendaria como Domivat no sería para él más peligrosa que la picadura de un mosquito para un ser humano.

Jack comprendió que no tenía ninguna posibilidad de vencerlo de aquella manera. De forma que clavó la vaina de Domivat en la arena y se transformó en dragón.

Con un rugido, alzó el vuelo, y la cabeza ciega del swanit se alzó también; sus apéndices se agitaron en el aire, buscándolo. Jack estaba ahora lo bastante cerca como para apreciar cómo se movían sus cuatro pinzas bucales, capaces de triturarlo al instante. Voló un poco más alto, para ponerse lejos de su alcance. Pareció que el swanit lo buscaba incluso con más entusiasmo que antes, y Jack creyó comprender por qué: aquellas criaturas vivían en un desierto y eran demasiado grandes para el resto de seres que habitaban en él. Por más animales, humanos o yan que lograran cazar, para ellos no eran sino un pobre aperitivo. Por eso los swanit siempre estaban hambrientos.

Pero un dragón era otra cosa.

Jack batió las alas con energía y exhaló una bocanada de fuego. Quedó decepcionado al ver que el caparazón del swanit lo había protegido de sus llamas. No le quedaba más remedio que luchar cuerpo a cuerpo.

Se lanzó sobre él, con las garras por delante. Intentó clavarlas en el cuerpo del insecto, pero sus uñas resbalaron sobre el caparazón sin lograr hacerle un solo rasguño. Jack remontó el vuelo antes de que los apéndices bucales del swanit se cerraran sobre él.

Dio un par de vueltas en el aire, pensando. Empezaba a comprender por qué Brajdu tenía tanto interés en aquel caparazón. El fuego no lo afectaba, y era tan duro como el diamante, o tal vez más. No tenía sentido tratar de morderlo. Se le estaban acabando las opciones.

Pero tenía que matar a aquella criatura. Por Victoria.

El swanit se alzó sobre sus patas traseras y trató de alcanzarlo en el aire, pero no lo consiguió. Jack lo esquivó, mientras seguía trazando su plan.

Al descender sobre la criatura, había visto más de cerca las placas del caparazón. Tal vez podría hundir sus garras en el espacio que había entre las placas. Con eso no lo heriría, pero quizá podría engancharlo y tirar de él hasta volcarlo patas arriba. Si aquel insecto era lo que parecía ser, una especie de cochinilla gigante, tal vez por debajo estuviera desprotegido. Era bastante probable, de hecho. El swanit se arrastraba prácticamente sobre la arena, sus patas apenas lo elevaban por encima del suelo. Era lógico que hubiera desarrollado el caparazón solo por la parte que quedaba al descubierto.

Descendió en picado sobre el insecto e hincó las garras sobre su espalda. No consiguió enganchar la juntura, pero el swanit se movió con rapidez y alzó varias de sus patas hacia él.

Jack comprobó, con horror, que eran pegajosas. Los extremos de dos de las patas se adhirieron a su flanco, arrastrándolo hacia el suelo... y hacia la boca del swanit... mientras él batía las alas con desesperación, tratando de elevarse de nuevo.

Se volvió y escupió una llamarada a la boca del swanit. Esto pareció sorprenderlo, porque lo soltó. Pero acto seguido se lanzó otra vez sobre el dragón y cerró sus apéndices bucales en torno a su cola.

Jack rugió de dolor. Se debatió furiosamente y consiguió liberarse, pero las mandíbulas del swanit desgarraron su piel escamosa. Jadeando, Jack se elevó un poco más para ponerse lejos de su alcance.

Y volvió a descender, esta vez desde detrás, para tratar de enganchar sus garras al caparazón del swanit. Tampoco lo consiguió en esta ocasión, pero el insecto no logró atraparlo.

A la tercera vez sintió que sus uñas rozaban la juntura. Pero no fue capaz de clavarlas en la carne de la criatura. No tuvo tiempo de alegrarse por sus progresos, porque el swanit se retorció sobre sí mismo y se lanzó sobre él. Jack retrocedió en el aire... y las patas traseras del swanit lo atraparon y lo volcaron sobre el suelo.

Jack se revolvió, furioso y desesperado, batiendo la cola contra las dunas y luchando con garras, dientes, cuernos y fuego. Pero nada de aquello parecía hacer mella a la inmensa criatura. Además descubrió que la cara interna de las patas del swanit estaba aserrada, y sus puntas se clavaban en su cuerpo, desgarrando dolorosamente su piel dorada. Volvió a vomitar fuego a la cara de la criatura, pero esta no lo soltó. Cuando vio las mandíbulas del swanit cerniéndose sobre él, Jack supo que no sobreviviría a aquella batalla.

Victoria sentía una horrible angustia en su interior, y no se trataba solo del hecho de que ella estuviera muriendo. Tenía la espantosa sensación de que Jack estaba en grave peligro. Se levantó y, tambaleándose, llegó hasta la puerta. Arremetió contra ella, tratando de derribarla, con sus últimas fuerzas. Golpeó y golpeó, una y otra vez, aunque sabía que era inútil.

Pero se negaba a quedarse allí encerrada mientras Jack estaba muriendo. Y seguiría golpeándose contra la puerta, sin parar, hasta que la venciera el agotamiento o hasta que lograra echarla abajo. Cuando ya no pudo más, cayó desvanecida junto a la puerta, con los ojos llenos de lágrimas.

Y allí la encontró la persona que entró, un rato después, para rescatarla.

Por Victoria.

Jack se retorció por última vez entre las patas pegajosas del swanit; sus puntas se hundieron profundamente en su piel, pero no le importó. Dio un furioso coletazo y echó fuego de nuevo a la cara de la criatura. No le hizo daño, pero confundió sus sentidos un momento, permitiéndole escapar.

Jack se elevó en el aire todo lo que pudo, pero su vuelo era inestable: tenía un ala desgarrada. Respiró hondo un par de veces y trató de ver al swanit en medio de la polvareda que había alzado al despegar. Lo vio, apenas una sombra difusa entre la arena.

Y volvió a bajar. Sabía que aquel intento bien podía ser el último, pero evocó la mirada de Victoria, se recordó a sí mismo que ella estaba presa de aquel miserable de Brajdu, y ya no le pareció un sacrificio tan grande arriesgar su vida si con ello lograba salvarla.

De alguna manera, sus garras se hundieron, esta vez sí, en la fina línea de separación entre dos placas del caparazón. Se enganchó en él y batió las alas con fuerza.

Tiró y tiró. Tuvo que parar un momento para esquivar una nueva arremetida; pero el swanit se había alzado sobre sus patas traseras para alcanzarlo, y Jack dio un brusco tirón. Logró desequilibrarlo. Tiró de nuevo, con todas sus fuerzas.

Y el swanit volcó sobre la arena rosácea, agitando sus patas en el aire. Jack, agotado, sintió que lo inundaba un acceso de alegría y lanzó un rugido de triunfo: como había sospechado, la parte inferior del swanit no estaba protegida por el caparazón. Se arrojó sobre él y sintió un profundo alivio cuando sus garras se hundieron en la carne de la criatura.

Momentos después, el swanit yacía sobre la arena, muerto, y el dragón se había dejado caer a su lado, gravemente herido y sin fuerzas para moverse.

Victoria abrió los ojos cuando sintió que la llevaban a rastras.

Luz... Alguien la estaba sacando de su encierro, comprendió enseguida. El corazón le dio un vuelco. ¿Jack? No, no era Jack. Tampoco era Christian.

Lanzó una pequeña exclamación de angustia cuando lo reconoció. Era Feinar, el mago que trabajaba para Brajdu.

—Silencio —dijo él en voz baja—. Los centinelas duermen bajo un hechizo de sueño, pero no queremos que se despierten, ¿verdad?

Victoria, aturdida, no dijo nada. No entendía qué estaba pasando, pero Feinar la había sacado de su prisión, y ella no pensaba discutir ninguna acción que la acercara más a Jack. De modo que se dejó llevar por los pasillos de aquella fortaleza subterránea, hasta que ambos salieron al aire libre. Feinar la soltó entonces, y Victoria, aún muy débil, cayó sobre la arena bañada por la luz de las tres lunas. Le tendió el Báculo de Ayshel, que aún seguía en su funda, y Victoria lo recogió, confusa.

—Vete —dijo el mago solamente.

—¿Por qué...? —pudo preguntar Victoria.

Feinar tardó un poco en contestar, pero no la miró a la cara cuando lo hizo:

—Porque yo vi un unicornio hace muchos años, cuando era joven. Y aún no he podido olvidar sus ojos, esos ojos que me visitan en mis sueños más hermosos.

Victoria lo miró, sorprendida, pero el mago le dio la espalda con brusquedad y volvió a entrar por la puerta. Ella no se detuvo a analizar su comportamiento. Se levantó a duras penas y, con ciega obstinación, se arrastró hacia el corazón del desierto, apoyándose en el báculo, en busca de Jack.

La mañana sorprendió a Jack todavía junto al cadáver del swanit. Debía de haber perdido el conocimiento, comprendió. Se maldijo a sí mismo por haberlo hecho. Tal vez a Victoria ya no le quedaba mucho tiempo, y por otro lado, ahora tendría que arrastrar el cuerpo de la criatura bajo la luz abrasadora de los tres soles.

No había tiempo que perder. Recogió su espada con una de sus garras delanteras y su zurrón con la otra, y enrolló la cola en una de las patas del swanit. Y tiró.

Al principio no consiguió nada, no logró moverlo. Pero insistió y, lentamente, fue arrastrando sobre la arena el cuerpo de la enorme criatura. No se planteó ni por un momento que le sería imposible regresar a Kosh con semejante carga; tenía que hacerlo, y punto.

Arrastró al swanit durante varias horas a través del desierto. No logró avanzar mucho, pero era mejor que nada, y, además, sabía que cada paso que daba lo acercaba más a Victoria.

A mediodía, cuando el más grande de los soles estaba en su cenit, Jack distinguió a lo lejos una solitaria figura que se acercaba a él por entre las dunas. Se detuvo un momento, parpadeando, preguntándose si sería un espejismo. Debía de serlo, pensó; porque se trataba de una muchacha que avanzaba a duras penas, apoyándose en un bastón.

O en un báculo.

«Es un espejismo», se dijo Jack.

Pero caminó hacia ella, olvidando el cadáver del swanit tras él, y mientras caminaba volvió a transformarse en un muchacho humano. Y cuando ella, acalorada, sucia y exhausta, se dejó caer en sus brazos, Jack la abrazó, pensando por un momento que habían muerto los dos y estaban en el cielo. Y tenerla entre sus brazos le sentó tan bien como si le hubieran echado un cubo de agua fresca por la cabeza. Cerró los ojos, bendiciendo aquel momento, sin poder creer que estuvieran juntos de nuevo. Pero la sed y el calor le habían secado la garganta, y ni siquiera fue capaz de pronunciar su nombre, ni de decirle lo muchísimo que la había echado de menos.

Ella se apoyó en él, jadeando, pero con una sonrisa en los labios, resecos y agrietados. Jack se dio cuenta de que no tenía fuerzas para seguir caminando, de modo que la llevó junto al cadáver del swanit y la depositó allí, sobre la arena. Victoria sonrió de nuevo, agradeciendo la sombra que daba el enorme cuerpo de la criatura. Jack la estrechó entre sus brazos, tratando de transmitirle parte de su energía.

Sin embargo, pese a que el fuego interior de los dragones era inagotable, en aquel momento sus reservas estaban muy bajas, y aún necesitaría descansar durante mucho tiempo para recuperarse. Pero él, a diferencia de Victoria, sí podía descansar en un desierto.

«Tengo que sacarla de aquí», pensó. Se dio cuenta, no obstante, de que estaba exhausto. Ahora que la tenía junto a él, gran parte de la tensión que lo había mantenido en pie había desaparecido. «Más tarde», se dijo. «Ahora debemos descansar». Y, casi sin darse cuenta, se sumió en un profundo sueño, junto a Victoria, tendidos los dos sobre la arena, a la sombra del cuerpo del swanit.

Cuando las tres barcazas alcanzaron Nurgon, días después del ataque a Namre, Alexander dio gracias a los dioses de todo corazón.

No había sido un viaje sencillo. Tras lo sucedido en Namre, Ziessel, la shek que gobernaba Dingra, estaba ya al tanto de sus movimientos. Camuflada entre las demás barcazas que se dirigían a Puerto Esmeralda, la de los Nuevos Dragones resultaba difícil de detectar... para todos excepto para los sheks.

La cobertura especial de Fagnor, que lo hacía parecer un dragón de verdad ante los sentidos de los sheks, era en este caso una desventaja. Porque cualquier shek que sobrevolara el río reconocería la embarcación que contenía al dragón de madera entre todos los otros barcos. Y la atacaría, impulsado por el ciego odio instintivo que enfrentaba a dragones y serpientes aladas.

Desde el ataque al puente de Namre, eran varios los sheks que sobrevolaban el río en busca de la barcaza de los rebeldes. Allegra la había cubierto con un poderoso hechizo de banalidad permanente, y en principio había funcionado bien; pero las hadas eran especialmente sensibles a la banalidad y, oculta bajo el mismo hechizo que camuflaba a la embarcación, Allegra comenzó a languidecer.

Tampoco a Alexander le sentaba demasiado bien.

El trayecto hasta Even fue un auténtico infierno para ambos. No obstante, ninguno de los dos insinuó siquiera la posibilidad de retirar el hechizo.

Sabían que los sheks tratarían de interceptarlos en Even. Por suerte, el río Iveron, que debían remontar para llegar hasta Nurgon, desembocaba en el Adir poco antes de llegar a la ciudad.

–Estad atentos –dijo Denyal, mientras observaba cómo la barcaza desplegaba seis imponentes pares de remos para navegar contra corriente–. Hay muchas barcazas que remontan el río hasta la capital, pero no se trata de un río muy transitado en comparación con el Adir. Si nos encontramos con un control, será fácil que nos detecten.

Con todo, el viaje transcurrió sin incidentes. Y así, por fin, una tarde, cuando se ponía el primero de los soles, los rebeldes divisaron a lo lejos la silueta de la Fortaleza de Nurgon.

Alexander sintió que lo invadía un mar de emociones contradictorias.

Si Vanissar lo había visto nacer y crecer, los altos muros de la Fortaleza habían contemplado su transformación en guerrero y en hombre. Hasta aquel momento no se había percatado de lo mucho que había añorado Nurgon. Y, sin embargo, habría preferido no volver a verlo a tener que contemplarlo en aquel estado.

La imponente Fortaleza, el orgullo de todo Nandelt, había sido reducida a un montón de ruinas y escombros. Los muros seguían allí, en parte; pero el techo se había derrumbado tiempo atrás, las torres habían sido derribadas y en las almenas ya no ondeaba la bandera de Nurgon: un dragón blanco coronado que se alzaba bajo dos espadas cruzadas sobre fondo rojo. Aquel no era el emblema de ninguna de las casas nobles de Nandelt. Era, simplemente, el símbolo de Nurgon. Y en Nurgon se daban cita jóvenes de todos los reinos, de todas las casas reales, de todas las familias nobles; la Academia incluso aceptaba a plebeyos si estos conseguían superar las difíciles pruebas de acceso. Tampoco hacía distinciones entre chicos y chicas. Sí, había mujeres entre los caballeros de Nurgon, y algunas de ellas ocupaban puestos importantes en la jerarquía de la Orden.

Alexander reprimió un suspiro. Entre aquellos muros no solo había aprendido a luchar. La educación que la Academia proporcionaba a sus pupilos era muy amplia, como correspondía a jóvenes que estaban destinados a ocupar puestos de importancia en sus respectivos reinos. Antaño, la Fortaleza bullía de actividad. Siempre dentro de la más estricta disciplina, los estudiantes de la Academia trabajaban de sol a sol; y, en torno a los muros del castillo, el pueblo de Nurgon había crecido y prosperado, atendiendo a las necesidades de aquellos aspirantes a guerreros y sus nobles maestros.

Ahora, nada quedaba ya del pueblo, y los silenciosos restos de la Fortaleza apenas evocaban ecos de días pasados, días de gloria y grandeza.

Alexander desvió la mirada, mientras la barcaza seguía deslizándose lentamente río arriba.

–¿Qué pasó con los caballeros? –preguntó con voz ronca.

Denyal se encogió de hombros.

–Al principio, lucharon todos juntos contra la invasión de los sheks –dijo–. Pero perdieron las primeras batallas, y fueron dispersándose para defender sus respectivos reinos. Los sheks no tuvieron piedad con ellos. Incluso en reinos que se les rindieron sin condiciones, como Dingra y Nanetten, los caballeros fueron perseguidos y exterminados, uno a uno. Algunos reyes, aquellos que renegaron de la Orden de Nurgon, fueron perdonados. En especial Kevanion, el rey de Dingra –pronunció su nombre como si escupiera–. Se dice que los últimos caballeros se reagruparon para lanzar una ofensiva desesperada. Se dice que Kevanion los traicionó entregándolos a Ziessel.

–He oído los rumores –gruñó Alexander–. Me niego a creer que un caballero de Nurgon traicionase a sus hermanos de la Orden.

–Los caballeros fueron exterminados –replicó Denyal con aspereza–. A mí me parece más que un simple rumor.

Alexander no respondió. Se había quedado mirando la Fortaleza, alerta de pronto y con el ceño fruncido.

–Kevanion no solo era un caballero de la Orden –prosiguió el líder de los rebeldes–. También era, y sigue siendo, el soberano de Dingra. Y, por lo que se cuenta, nunca le sentó bien que Nurgon tuviera más prestigio e importancia que la capital del reino. Ni que, en la práctica, el Gran Maestre de la Fortaleza superara en autoridad a su propio rey. Por otra parte...

–Silencio –cortó Alexander con voz ronca–. ¿No notas eso?

–¿El qué?

–El frío.

–Es una trampa –susurró de pronto Allegra, apareciendo tras ellos en la cubierta–. Los sheks nos han tendido una emboscada en la Fortaleza.

–No es posible –murmuró Denyal, pálido–. No podían saber...

–No les hace falta saber –replicó ella–. Les basta con pensar... deducir... y sacar conclusiones.

–A las armas –ordenó Alexander–. Preparaos para luchar.

El movimiento de la cubierta no pasó desapercibido a la criatura que se ocultaba en las ruinas de la Fortaleza. Antes de que los rebeldes pudieran reorganizarse, Ziessel se elevó sobre lo que quedaba del castillo, cubriendo el río y la barcaza con la inmensa sombra de sus alas, y lanzando un chillido que les heló la sangre en las venas.

Se decía de Ziessel que era la más bella y letal de las hembras shek. Extraordinariamente inteligente, incluso entre los de su raza, Ziessel se había ganado por derecho propio un puesto entre las jerarquías más altas de las serpientes aladas, a pesar de su juventud. Aunque nadie hablaba de ello, tampoco era un secreto entre los sheks que había sido cortejada nada menos que por Zeshak, el señor de las serpientes aladas; pero ella se había permitido el lujo de rechazarlo, y por el momento no parecía que necesitase un compañero. El propio Zeshak le había encomendado la tarea de acabar con la amenaza de los caballeros de Nurgon, y ella la había cumplido con creces. Era lo bastante hábil, además, para gobernar Dingra sin necesidad de someter al legítimo rey bajo amenazas o incómodas cadenas mentales. Pocos sabían, de hecho, que ella era la causa de la traición del rey Kevanion. Sí, ciertamente el monarca estaba resentido con la orden de Nurgon; pero había sido Ziessel quien, a través de promesas de eterna gloria, lo había llevado a dar el paso de vender a los caballeros y rendir pleitesía a Ashran. Había sido tan sencillo engañar a Kevanion que Ziessel hasta se había sentido decepcionada. Ahora, el rey vivía confiado en su triunfo, creyendo ser una figura imprescindible del imperio del Nigromante, sin saber que, cuando dejara de ser útil a Ziessel, ella se libraría de él sin ningún remordimiento. Por el momento lo mantenía con vida porque para gobernar un país de humanos resultaba muy práctico que hubiese un rey humano, aunque fuera solo de nombre. Pero todos en Nandelt sabían que era Ziessel, la hermosa y mortífera Ziessel, quien regía los destinos de Dingra.

Todos lo sabían... salvo el propio rey Kevanion.

Ziessel estaba al tanto del regreso a Idhún de la Resistencia. Sabía que en el grupo estaba Alexander, antes Alsan, príncipe heredero de Vanissar, un caballero de Nurgon que no se doblegaría ante la voluntad de los sheks. Un caballero que acudía a presentar batalla.

Tuvo noticias de la llegada de Alexander al reino de su hermano. Pero Vanissar dependía de Eissesh, y Ziessel sabía que no debía inmiscuirse en el territorio de otro shek. No obstante, tras la batalla del puente de Namre y la muerte de Kessh, el shek que lo guardaba, Ziessel supo que había llegado su momento.

Alexander, el renegado, uno de los últimos caballeros de Nurgon, había entrado en sus dominios.

Algunos sheks habían creído que se dirigía al bosque de Awa. No en vano, aquel había sido uno de los primeros destinos de la Resistencia, por no mencionar el hecho de que la maga Aile, la feérica, todavía los acompañaba. Pero Ziessel llevaba demasiado tiempo luchando contra caballeros de Nurgon como para no saber que cualquiera de ellos sentiría el impulso de regresar a la Fortaleza donde habían aprendido a ser lo que eran.

Aunque la Fortaleza ya no existiera.

De modo que, mientras otros sheks vigilaban Even, Ziessel aguardaba pacientemente en Nurgon. Y por fin su paciencia había sido recompensada.

Otras barcazas habían remontado el río rumbo a Aren, la capital del reino. Pero solo aquella había demostrado un especial interés en las ruinas de la Fortaleza. La mayoría de los barcos se alejaban de la orilla donde se había alzado el imponente castillo, como si sus tripulantes creyeran que su sola proximidad podía acarrearles el mismo destino que habían corrido los caballeros de la Orden. Pero aquella embarcación se había aproximado a la orilla, para divisar mejor las ruinas parcialmente ocultas por los árboles. Y Ziessel sospechaba que tenían intención de desembarcar.

El movimiento sobre la cubierta le indicó que los rebeldes habían detectado su presencia, y eso confirmó sus sospechas. No, aquellos no eran marineros corrientes.

Su aguda vista descubrió enseguida a Alexander sobre la cubierta del barco. Lo reconoció de inmediato. Se erguía con el porte y el orgullo de un caballero de Nurgon, pero sus ojos tenían un brillo extraño, un brillo salvaje que delataba en él la presencia del espíritu de la bestia. Veloz como un rayo de luna, Ziessel se lanzó sobre él, sin preocuparse por el resto de renegados. Sabía que contaba con la ventaja de la sorpresa, que Alexander era un rival al que debía tener en cuenta y que, si caía él, caerían los demás.

Y por un momento estuvo a punto de alcanzarlo, porque el joven se había quedado paralizado por la súbita aparición de la shek, que se alzaba en toda su grandeza.

Pero en aquel instante se oyó una voz potente y melodiosa gritando las palabras de un hechizo, y Ziessel chocó en el aire contra un escudo invisible. Rizó su largo cuerpo de reptil en un rapidísimo quiebro y buscó los límites del escudo. Aunque sabía que la maga Aile estaba detrás de aquello, y que era una hechicera poderosa, sospechaba que no habría tenido tiempo de cerrar el conjuro en torno a toda la barcaza.

No se equivocó. Allegra apenas había podido proteger con su magia el cuerpo de Alexander, que vio los letales colmillos de Ziessel peligrosamente cerca y solo fue capaz de reaccionar cuando ella viró con brusquedad y buscó su cuerpo desde otro ángulo. Alzó a Sumlaris justo cuando la shek encontraba de nuevo el camino para llegar hasta él, evitando la protección mágica. La serpiente atacó. Alexander lanzó una estocada, pero Ziessel fue más rápida. Alexander detectó, no obstante, el brillo calculador de la mirada de ella al centrarse en Sumlaris, y adivinó lo que estaba pensando. Aquella era un arma legendaria, una espada que había matado a un shek no hacía mucho. Ziessel era lo bastante inteligente como para saber que debía tener cuidado con ella.

Aprovechando esa breve vacilación, Alexander atacó de nuevo, con un rugido de rabia. Percibió, tras él, que Denyal y los otros rebeldes acudían en su ayuda. Pero Ziessel los ignoró. Para ella, solo Alexander, y tal vez Allegra, eran rivales a los que debía tener en cuenta. Sin perder de vista al joven, y mientras esquivaba su estocada con un ágil sesgo, se deshizo del primer atacante de un contundente coletazo, lanzándolo por encima de la borda.

Alexander sopesó sus posibilidades. Había cogido al shek del puente por sorpresa, pero aquella hembra estaba alerta, demasiado alerta. Mientras sostenía a Sumlaris con firmeza, se preguntó cómo iba a salir vivo de aquel enfrentamiento.

Súbitamente, una brusca sacudida le hizo perder el equilibrio. Y eso podría haber sido su perdición, de no ser porque también sorprendió a Ziessel, que dejó escapar un agudo siseo y clavó sus ojos irisados en la compuerta que conducía a la bodega de la barcaza.

Allegra entendió enseguida lo que estaba pasando.

–Kestra, no... –murmuró.

Hubo un nuevo golpe, y la compuerta saltó en mil pedazos.

Y un soberbio dragón rojo se alzó hacia el crepúsculo trisolar, con un rugido de libertad. Alexander se quedó sin aliento. Sabía que Fagnor no era de verdad, sabía que no era más que un armatoste de madera de olenko recubierto de magia y un ungüento hecho a base de escamas de dragón, y pilotado por una muchacha temeraria; pero parecía tan real...

Ziessel también lo sabía. Estrechó los ojos y siseó de nuevo al ver a Fagnor. Alexander detectó, sin embargo, el odio que palpitaba en su mirada, y casi sintió la lucha interior de la shek en su propia piel.

La razón le decía a Ziessel que aquel dragón no era real.

Pero su instinto la empujaba a abalanzarse sobre él para matarlo.

Kestra, en el interior de Fagnor, aprovechó muy bien aquel instante de vacilación. Dirigió su dragón hacia la shek y activó el mecanismo, mezcla de magia e ingeniería, que le hacía vomitar fuego por la boca. Con un chillido de terror, Ziessel se apartó con brusquedad de la trayectoria de la llama. Y el instinto ganó la batalla: la shek se precipitó sobre el dragón, loca de odio, con sus mortíferas fauces abiertas de par en par.

Kestra hizo virar a Fagnor para esquivar la embestida de Ziessel. El dragón rugió de nuevo y lanzó otra bocanada. Con un elegante movimiento, Ziessel evitó el fuego y rodeó a su rival con su largo cuerpo ondulante, esperando un descuido para cerrar sus anillos en torno a él.

Desde el interior de Fagnor, Kestra vio el movimiento de la shek y adivinó sus intenciones. Movió las palancas adecuadas e hizo que el dragón batiera las alas con más fuerza para elevarse aún más alto, mientras lanzaba una feroz dentellada hacia Ziessel.

Los rebeldes contemplaban la pelea desde la cubierta de la barcaza, sobrecogidos. Fue Denyal el primero en reaccionar.

–¡Rápido, arpones, arcos y ballestas! –ordenó.

En apenas unos minutos, un nutrido grupo de personas se había reunido en la cubierta. Cada uno de ellos portaba un arma de proyectiles, y fue el propio Denyal el encargado de ir prendiendo las puntas con una antorcha encendida.

–¡Tensad cuerdas! –gritó, y los arqueros, ballesteros y arponeros obedecieron todos a una, formando una temible hilera de llamas a lo largo de la cubierta del barco–. ¡Disparad!

Una lluvia de proyectiles ígneos surcó el cielo buscando los dos enormes cuerpos que luchaban sobre ellos, enzarzados en una pelea encarnizada. La propia Allegra colaboró lanzando un hechizo de fuego, que se elevó con los demás como una bola envuelta en llamas. Alexander temió por un momento por Kestra, encerrada en la panza de Fagnor, pero luego recordó que aquel dragón era un Escupefuego, fabricado con madera de olenko, que era inmune al fuego.

El joven se sintió de pronto fuera de lugar. Los Nuevos Dragones llevaban años luchando contra los sheks, habían desarrollado estrategias para pelear contra ellos. Sin embargo, él mismo no se sentía preparado para enfrentarse a aquellas criaturas. La lucha cuerpo a cuerpo que le habían enseñado en la Academia no servía en el caso de los sheks. Ni siquiera armado con una espada legendaria tenía posibilidades de derrotar a un shek, a no ser que lo cogiera por sorpresa y a traición.

Un poco aturdido, vio cómo Ziessel trataba de apartarse de la trayectoria del fuego lanzado contra ella... descuidando por un breve instante a Fagnor.

Kestra aprovechó la oportunidad. Hizo exhalar al dragón una última bocanada de fuego, aún más violenta que las anteriores.

Hasta Alexander sabía a aquellas alturas que el fuego de los dragones artificiales no era inagotable. Después de aquella llamarada, Fagnor no podría arrojar ninguna otra, no hasta que los hechiceros rebeldes no hubieran renovado su magia. Kestra se lo estaba jugando todo a una sola carta.

Por un momento, pareció que funcionaba. Con un chillido de pánico, Ziessel dio media vuelta y huyó del fuego que tanto odiaban y temían los sheks. Y la llama la habría alcanzado si no se hubiera detenido en seco para lanzarse en picado sobre el río.

La barcaza se bamboleó peligrosamente cuando el enorme cuerpo de Ziessel rompió las aguas para sumergirse bajo su superficie, a salvo del fuego. Denyal soltó una maldición por lo bajo.

–¡Arpones, arcos y ballestas! –gritó de nuevo.

Los rebeldes se prepararon para disparar. Su líder encendió otra vez las puntas de los proyectiles. Los arqueros tensaron las cuerdas, los arponeros y ballesteros cargaron sus armas. Todos aguardaron, intranquilos, a que el cuerpo plateado de Ziessel emergiera del río. Fagnor seguía suspendido sobre ellos, y Kestra le hizo lanzar un rugido de ira. «Con un poco de suerte», se dijo Alexander, «el shek no se dará cuenta de que ha perdido su fuego».

No se hacía muchas ilusiones al respecto, sin embargo.

Ziessel emergió del agua un poco más allá, y por un momento pareció un inmenso surtidor cristalino que se alzara hacia las primeras estrellas. Desplegó las alas y, aún chorreando pero mucho más segura de sí misma, se precipitó de nuevo contra el dragón artificial, con un siseo que les heló a todos la sangre en las venas.

–¡Disparad! –ordenó Denyal.

Nuevamente, la lluvia de proyectiles se abatió sobre Ziessel. En esta ocasión, la shek estaba preparada y los esquivó con cierta facilidad. Después se volvió hacia Fagnor, con las fauces abiertas y la muerte brillando en sus pupilas irisadas.

Kestra no tuvo tiempo de maniobrar. De pronto se encontró con los anillos de Ziessel oprimiendo el cuerpo de madera de Fagnor; movió con desesperación las palancas que manejaban las alas, pero estas estaban firmemente enredadas en el cuerpo de la shek. Y Kestra supo que estaba atrapada, y que solo las alas de Ziessel los sostenían en el aire, a ella y a su dragón artificial.

Abajo, en la barcaza, los rebeldes lo comprendieron también.

–No puede ser –murmuró Alexander, anonadado. Si Fagnor caía, ellos caerían también, y si aquella barcaza no llegaba hasta la Fortaleza, ninguna otra lo haría. Su lucha habría terminado en el mismo momento de empezar.

De pronto, un potente grito se elevó sobre los árboles de la orilla:

–¡Suml-ar-Nurgon!

Y algo parecido a una enorme lanza brillante hendió el cielo en dirección a Ziessel. La shek se volvió con brusquedad, y sus ojos reflejaron la luz de aquella cosa que parecía buscarla a ella. Quiso alejarse de su trayectoria, pero cargaba con Fagnor, que entorpecía sus movimientos. Batió las alas con furia...

El proyectil le atravesó limpiamente un ala. Ziessel chilló, dolorida, y dejó caer a Fagnor.

Kestra logró tomar el control del dragón artificial justo antes de que cayera al agua. Una de sus alas se había quebrado en el asfixiante abrazo de Ziessel, de modo que cuando remontó el vuelo lo hizo de forma torpe e irregular; pero había remontado, y trató de alejarse de Ziessel... y de la barcaza.

La shek siseó y se dispuso a seguir al dragón; pero de nuevo se oyó aquel grito, que evocaba a Alexander tantas cosas, y desde la maleza alguien disparó media docena de aquellos proyectiles. Uno de ellos perforó el ala izquierda de Ziessel; otro desgarró su piel escamosa.

La shek vaciló un momento. Daba la sensación de que no sabía si investigar de dónde salían aquellas cosas o salir huyendo ahora que podía. Kestra aprovechó la oportunidad; volvió hacia Ziessel las fauces abiertas de Fagnor, le hizo moverse de manera que pareciera prepararse para lanzar una nueva bocanada de fuego sobre ella. En otras circunstancias, tal vez la shek no se habría dejado engañar; pero estaba herida y confusa, y se sentía acorralada. Con un chillido de ira, batió las alas para elevarse aún más alto, lejos del alcance de las lanzas de luz... y se alejó en la noche, hacia la más grande de las tres lunas, que ya pendía del cielo violáceo.

Hubo un breve momento de tensión.

Y entonces, Fagnor pareció dar un suspiro de alivio, y Kestra lo dirigió hacia la orilla y trató de hacerlo aterrizar en lo que había sido el patio de la Fortaleza. No fue lo que se dice un aterrizaje suave.

Cuando asimilaron que estaban a salvo, por el momento, algunos de los pasajeros de la embarcación lanzaron vítores en honor de Kestra y su Escupefuego. Pero Denyal los hizo callar rápidamente. Ordenó a los tripulantes dirigir la barca a la orilla y se reunió con Allegra y Alexander en la borda. Los dos parecían haber olvidado a Kestra y a la shek que los había atacado; tenían la vista fija en las sombras de los árboles de la otra orilla y conversaban en voz baja.

–¿Bien? –preguntó Denyal, inquieto de repente–. ¿Qué hay ahí?

–Aliados, suponemos –respondió Allegra–. Lo que hemos visto eran lanzas de madera de árbol de luz. Solo los feéricos saben dónde y cómo encontrar estos árboles. Y al otro lado del río se extiende el bosque de Awa.

–No, eso no es correcto –replicó Denyal, consultando un plano–. Al otro lado del río, más allá de esos árboles, hay una llanura que tardaríamos tres días en cruzar a caballo. Y después empieza el bosque de Awa.

Allegra rió suavemente.

–Las fronteras feéricas no son como las fronteras humanas. El bosque crece. Se expande hacia donde las hadas desean, y ni siquiera los sheks son capaces de frenar el avance del reino de Wina. Es nuestra manera de conquistar territorio en una guerra. Awa lleva quince años expandiéndose y, créeme, un bosque como este puede crecer muy, muy deprisa.

Por alguna razón, Denyal sintió un escalofrío.

–¿El bosque de Awa está llegando hasta el mismo Nurgon? Los caballeros jamás habrían permitido esto.

–Los caballeros se aprovechan de ello –respondió Alexander, con una feroz sonrisa–. Son miembros de la Orden quienes han disparado esas lanzas. Solo un caballero de Nurgon iniciaría un ataque con el grito de guerra de la Orden: ¡Suml-ar-Nurgon!

Su sonrisa se hizo aún más amarga al repetir aquellas palabras que, de alguna manera, sentía que no tenía ya derecho a pronunciar.

Suml-ar-Nurgon. Por la gloria de Nurgon. Alexander se volvió un momento para contemplar lo que quedaba de la Fortaleza, y sintió que aquellas ruinas silenciosas lo llamaban con ecos de lejana grandeza. Y decidió que, pasara lo que pasase, lucharía por ellas, por lo que había sido la Orden, aunque aquello fuera todo lo que quedara de ella.

Suml-ar-Nurgon.

Las palabras de Denyal le hicieron volver a la realidad.

–Fueran quienes fuesen, no parecen dar más señales de vida. Lo importante ahora es instalarnos en el castillo y levantar todas las defensas que sean posibles, físicas y mágicas. Con un poco de suerte, Tanawe y los demás llegarán antes de que regrese el shek con más refuerzos. Pero, por si acaso no fuera así, quiero estar preparado.

No había terminado de hablar cuando la barcaza tocó la orilla con una breve sacudida. Allegra y Alexander dirigieron una última mirada a la otra ribera del río; pero la espesura seguía en silencio. Sus misteriosos aliados no querían dejarse ver, por el momento.

Jack se despertó cuando las tres lunas ya iluminaban el firmamento, porque su instinto le dijo que estaban en peligro. Abrió los ojos, a duras penas, y miró a su alrededor.

Reconoció el desierto, el cadáver del insecto, a Victoria, que yacía aún sobre la arena, junto a él.

Y vio a las serpientes.

Una patrulla de szish. Unos veinte. Los tenían rodeados, y Jack sabía que, si ellos los habían encontrado, los sheks no tardarían en aparecer. Con un soberano esfuerzo, se levantó y echó mano a su espada para enfrentarse a ellos.

Se dio cuenta enseguida de que ni siquiera tenía fuerzas para transformarse en dragón, de que su fuego no se había restaurado por completo, de que apenas podía tenerse en pie. Se tambaleó y cayó al suelo, y eso le salvó la vida, porque una flecha que iba directa a su corazón se clavó en su hombro, un poco más arriba de su objetivo. Jack sintió el veneno szish penetrando en su sangre. Vio la sinuosa sombra de un shek aproximándose desde el cielo. Y supo que estaban perdidos. Se dejó caer junto a Victoria y lo último que pudo hacer, antes de perder el sentido, fue pasar un brazo en torno a su cintura, en un inútil esfuerzo por protegerla.

Victoria oyó un tumulto lejano, pero aquello no consiguió sacarla de su estado de inconsciencia. Percibió una fresca presencia junto a ella, y la recibió con alivio, porque calmaba el ardor que todavía sentía en la piel, abrasada por los tres soles y el calor del desierto. Era tan agradable que Victoria suspiró en sueños. Notó entonces que algo la levantaba, separándola de Jack; eso ya no era tan agradable. Gimió y trató de debatirse débilmente; pero la alejaban de Jack, y eso era tan doloroso que se despejó del todo.

Se encontró con la mirada de unos ojos azules que conocía muy bien.

–¿Chris... tian? –murmuró.

Lo miró, inquieta. Los ojos de él volvían a ser tan fríos como la escarcha.

–Me alegro de volver a verte, Victoria –dijo él, y la chica suspiró al descubrir un destello cálido detrás de aquella pared de hielo.

–Yo también –susurró ella, parpadeando para contener las lágrimas de alegría que acudían a sus ojos; se dejó caer en sus brazos, feliz, dejó que él la alzara y se la llevara consigo; pero mientras Christian caminaba, cargando con ella, Victoria vio, por encima de su hombro, el cadáver del swanit y el cuerpo que yacía junto a él, y que estaban dejando atrás.

–¡Espera! –le dijo a Christian–. ¡No podemos dejar a Jack!

El shek no dijo nada; solo siguió andando, con ella en brazos. Victoria comprendió al punto sus intenciones y, con sus últimas fuerzas, se revolvió hasta conseguir que la soltara.

–Yo no me voy sin Jack –dijo.

–Si te quedas aquí, morirás –replicó Christian con calma–. Así que voy a llevarte a un lugar seguro, te guste o no.

–No me iré sin Jack –insistió ella.

Christian la miró con una expresión indescifrable.

–No pienso salvarle la vida a un dragón.

Victoria respiró hondo. La simple idea de separarse de Christian ahora que se habían reencontrado le resultaba insoportable, pero no tenía alternativa.

–Entonces, no me salves a mí tampoco.

Christian avanzó hacia ella. Victoria retrocedió.

–No, Christian –advirtió–. Tendrás que llevarme por la fuerza.

En los ojos del shek brilló un destello acerado.

–Que así sea –dijo, y desenvainó a Haiass.

Victoria vio que el filo de la espada presentaba un débil resplandor sobrenatural. Se dio cuenta entonces de que el paisaje estaba sembrado de cadáveres de szish que parecían haber probado la gélida mordedura de Haiass.

Victoria apretó los dientes, pero aceptó el desafío. Alzó una mano y el báculo acudió a ella, obedeciendo a su orden silenciosa. Los dos se miraron. Victoria pensó que aquello era absurdo, que amaba demasiado a Christian como para enfrentarse a él de aquella manera, o siquiera imaginar la posibilidad de hacerle daño. Pero los ojos de él brillaban de forma extraña al mirar a Jack, y Victoria supo que debía luchar contra el shek para salvar la vida del dragón.

Christian atacó. Victoria detuvo su estocada con el báculo, y ambas armas legendarias centellearon un momento. Los dos cruzaron una breve mirada. Victoria pensó en Jack y, con las escasas fuerzas que le restaban, empujó para hacer retroceder a Christian. Él se movió con rapidez, y la muchacha lo perdió de vista. Lo sintió junto a ella y descargó el báculo en esa dirección.

Detuvo su ataque, lo empujó hacia atrás. Se estudiaron un momento. Victoria jadeaba, esforzándose por mantenerse en pie.

–No puedes más, Victoria –dijo Christian–. Estás tan débil que apenas puedes moverte.

–Pero pelearé –replicó ella–. Hasta el último aliento. Tengo que... tengo que ayudar a Jack, ¿no lo entiendes?

–Si vienes conmigo ahora, sin oponer resistencia, no lo mataré. Pero si me obligas a quedarme y a luchar, no puedo garantizarte que pueda reprimir mi instinto mucho más tiempo.

Victoria apretó los dientes.

–Si lo abandono, morirá de todas formas. Tengo que salvarlo...

–Morirás con él. No puedo permitirlo.

Se movió con rapidez y atacó de nuevo. Victoria giró sobre sí misma, enarboló el báculo... Pero se encontró con una poderosa estocada de Haiass, descargada desde un punto que ella no esperaba. La espada de Christian le arrebató el báculo de las manos. Instantes después, su filo acariciaba el cuello de Victoria.

Ella cerró los ojos un segundo, temblando bajo el helado poder de Haiass. Recordaba demasiado bien una escena semejante, dos años atrás. La primera vez que Christian y ella se habían mirado a los ojos...

En aquel momento, comprendió Victoria, había comenzado su historia juntos, aunque entonces ella no lo supiera. ¿Lo había sabido él?

Victoria alzó la cabeza para mirarlo, serena y desafiante. No tenía miedo de Haiass. Esta vez, no.

Christian sostuvo su mirada con calma. Victoria descubrió un rastro de emoción en sus ojos azules, y comprendió que él también estaba recordando viejos tiempos. Pero entonces sintió la conciencia de él introduciéndose en su mente, y comprendió qué era lo que pretendía hacer.

–No –susurró, pero él no se detuvo–. ¡No! –gritó Victoria.

Se apartó de él, sin preocuparse por la espada, que se retiró sin hacerle daño, como ella sospechaba. Pero Christian la agarró del brazo y la retuvo junto a sí, y soltó a Haiass para cogerla con las dos manos y acercarla más a él.

–¡NO! –chilló Victoria, y, a pesar de que estaba tan débil que apenas podía tenerse en pie, la estrella de su frente brilló con más intensidad que nunca–. ¡No, Christian, no me apartes de él!

Estaba llorando, pero sus lágrimas no conmovieron al shek. Victoria sintió cómo un profundo sueño se apoderaba de ella, y luchó por resistir, luchó con todas sus fuerzas... pero lo único que pudo decir, antes de caer dormida en los brazos de Christian, antes de rendirse al poder de él, fue:

–Por favor...

XIII
REUNIONES

LOS rebeldes trabajaron deprisa. Exploraron las ruinas de la Fortaleza y establecieron la base en el sector sur, que era el que mejor conservado estaba. Descargaron las armas de la barcaza, levantaron barricadas, establecieron puestos y turnos de guardia. Allegra, por su parte, se encargó de las defensas mágicas que protegerían la nueva base de los rebeldes. Pronto se dio cuenta de que era demasiado para ella sola. Qaydar y Tanawe, los otros dos magos del grupo, viajaban en aquellos momentos en dirección a Nurgon, en sendas barcazas como la que los había llevado a ellos hasta allí. No tardarían en llegar, pero Allegra no tenía tanto tiempo. De modo que subió a lo más alto de la muralla más alta y dirigió la mirada de sus ojos negros hacia la otra orilla, donde se alzaban los límites del bosque de Awa, y escuchó la canción de los árboles, intentando captar en ella señales de su gente. Sabía que el escudo de protección del bosque de Awa todavía funcionaba; si los feéricos pudieran extenderlo un poco más, hacer que cubriera la Fortaleza con su manto protector, la Resistencia estaría a salvo una vez más.

Detectó entonces algo curioso en la otra orilla: una luz que se movía de un lado a otro, haciéndoles señas.

Más abajo, uno de los vigías también la había visto. Su grito de alerta resonó sobre las ruinas del castillo.

Allegra bajó al patio, donde se reunió con los demás. Denyal y Kestra llegaron juntos; la maga detectó enseguida la expresión sombría de la joven, y supo que el líder de los rebeldes la había reprendido por su temeridad. Al fondo, junto a una pared semiderruida, descansaba Fagnor. El hechizo se había roto, y ahora no parecía otra cosa que un extraño armatoste de madera. Uno de los armazones de cía torcido en un ángulo extraño. Allegra supuso que Rown y Tanawe tendrían que trabajar mucho para volver a ponerlo a punto.

–¿Qué sucede? –preguntó Denyal, ceñudo; desde que los Nuevos Dragones habían abandonado su refugio en las montañas de Nandelt, su humor había empeorado mucho. Allegra no podía culparlo por estar tan preocupado. El plan de Alexander era tan arriesgado como lo había sido la maniobra de Kestra aquella misma tarde. Pero Denyal tenía autoridad sobre Kestra y podía reprochárselo, mientras que, como vanissardo que era, sentía que debía una lealtad ciega a Alexander.

–Nos hacen señas desde el otro lado del río –respondió Allegra–. Parece que por fin vamos a conocer a nuestros aliados.

No dejó de mirar a Kestra mientras hablaba. Se dio cuenta de que la muchacha se volvía a menudo para echar un vistazo a su Fagnor, sin prestar apenas atención a Denyal y a la hechicera. Pensó, de pronto, que no parecía una joven acostumbrada a recibir órdenes. Y empezó a plantearse si de verdad Denyal tenía tanto dominio sobre ella como pensaba.

No tuvo tiempo de seguir reflexionando, porque Denyal echó a andar a grandes zancadas hacia la ribera del río. Allegra lo siguió. Descubrieron ya la silueta de Alexander saltando de roca en roca, haciendo gala de su agilidad sobrehumana. Lo alcanzaron cuando ya se reunía con los vigías junto al lugar donde habían atracado la barcaza.

La luz seguía allí, vibrante, e inquieta, como si tuviera vida propia. Volaba de un lado a otro, nerviosa, iluminando con su tenue resplandor un grupo de sombras que estaban allí plantadas, entre la maleza, al otro lado del río.

–Eso es un fuego fatuo –dijo Allegra, sorprendida–. Es muy raro verlos tan lejos del corazón del bosque.

Se llevó las manos a ambos lados de la boca y emitió un sonido claro y agudo que sonó como el canto de un ave nocturna. Desde el otro lado del río, alguien le respondió en la misma clave.

–Son amigos –concluyó Allegra–. Pero quieren saber quiénes somos y qué derecho tenemos a pisar la Fortaleza.

–¿Eso te han dicho? –gruñó Alexander, frunciendo el ceño–. Extrañas palabras para un feérico. Déjame probar una cosa.

Avanzó un par de pasos y gritó a los que aguardaban en la otra orilla:

—¡Suml-ar-Nurgon, Nandelt camina bajo la luz de Irial!

—¡Bajo la luz de Irial defendemos a nuestra gente! —le respondió una potente voz masculina.

A Alexander le resultó familiar, pero no terminó de ubicarla.

—¡Por la gloria de Nurgon, hermano! ¿Quién eres?

—¿Quién lo pregunta?

Fue Denyal quien tomó la palabra en el lugar de Alexander:

—¡Estás hablando con Alsan de Vanissar, uno de los reyes de Nandelt!

Hubo un breve silencio.

—¡Alsan de Vanissar está muerto! —respondió la voz, y en esta ocasión Alexander sí supo reconocerla—. ¡Su cobarde hermano es quien reina ahora en su tierra!

—¡Por todos los dioses, Covan! —exclamó Alexander—. ¿Es esa manera de recibir a un amigo? ¿Predicando su muerte?

Se oyó un sonoro juramento.

—¡Alsan, muchacho! ¿Eres realmente tú?

—¿Por qué no vienes a comprobarlo?

Hubo un movimiento al otro lado del río. Pareció que el grupo conferenciaba. Al cabo de unos instantes, se oyó de nuevo la voz de Covan.

—¡Izad el puente!

Algo se movió entre la maleza, y las aguas se agitaron. Los rebeldes tardaron un rato en comprender lo que estaba pasando: los de la otra orilla tiraban de unas sogas que se hundían bajo el río. Y, según iban tirando, algo emergía a la superficie.

Alexander y los suyos contemplaron cómo tensaban las cuerdas hasta conseguir que las tablas del puente quedaran firmes sobre el río. Denyal buscó el sitio de donde partían las sogas en la orilla en la que ellos se encontraban, y las halló sólidamente amarradas a unas rocas, no lejos del lugar donde habían anclado su barcaza, ocultas entre la maleza de la ribera. Cuando en el otro lado terminaron de atar el otro extremo de las sogas en los árboles del lugar, el puente de tablas, todavía chorreando, unía ya las dos orillas.

—¡Covan! —gritó Alexander—. ¿Estás seguro de querer cruzar por ahí?

El hombre de la otra orilla rió.

—Llevo años haciéndolo, chico. Si de verdad eres tú, y no tu fantasma, no vas a librarte de un buen tirón de orejas.

Los rebeldes contemplaron, entre atónitos y recelosos, cómo Covan y los suyos cruzaban el puente con paso ágil. Eran cuatro: tres hombres y un silfo. Ante ellos revoloteaba el fuego fatuo, iluminándoles el camino. La aguda vista de Allegra detectó que había quedado más gente al otro lado del río, pero nadie lo mencionó.

Covan saltó a la orilla con gran agilidad, a pesar de que aparentaba edad suficiente como para ser el abuelo de Alexander. Pero su rostro enjuto parecía cincelado en piedra, y su cuerpo, duro y membrudo, había sido adiestrado en la Academia mucho tiempo atrás.

Bajo la luz del fuego fatuo y de las tres lunas, los dos se estudiaron mutuamente.

–Por el amor de Irial –murmuró Covan–. Si no eres el espectro de Alsan, te pareces mucho a él. Hace quince años que no sé nada de ti, pero no pareces haber envejecido mucho desde entonces. Y, sin embargo, eres muy diferente a como te recordaba.

–Han pasado muchas cosas, viejo amigo –sonrió Alexander con cansancio–. También yo me alegro de verte con vida. Me dijeron que todos los caballeros de Nurgon habían sido exterminados.

–Ziessel –escupió Covan–. Esa maldita shek se encargó de perseguirnos a todos y matarnos como a alimañas. Pero algunos sobrevivimos y nos ocultamos en los alrededores de la Fortaleza, como mendigos. Cuando no hay serpientes por los alrededores, cruzamos el río, como ahora hemos hecho, y regresamos a nuestro hogar.

–O a lo que queda de él –murmuró Alexander con pesar.

–¿Dónde has estado tú todo este tiempo? –quiso saber Covan, receloso de repente.

–Fui en busca de nuestra última esperanza. Para traerla de vuelta.

Covan movió la cabeza.

–No quise creer los rumores. Me parecieron demasiado fantásticos. Algo acerca de un dragón y un unicornio que sobrevivieron a la conjunción maldita... Pero hemos visto a ese dragón rojo esta tarde...

–No era un auténtico dragón –aclaró Alexander–. Ese no.

–Un dragón artificial, ¿eh? He oído hablar de ellos. No derrotarán a los sheks.

–Tal vez no, pero ayudarán. Hay un dragón de verdad, Covan, uno auténtico. Yo mismo lo encontré y lo traje de vuelta. Y pronto se reunirá con nosotros. Por eso hemos vuelto; para hacer de este lugar la base de la Resistencia, el punto desde el que reconquistaremos todo Idhún.

–Aunque eso fuera cierto... ¿qué puede hacer un solo dragón contra Ashran y todos sus sheks? Ya has visto lo que puede hacer uno solo de esos monstruos.

–Y tú has visto que uno solo de nuestros dragones puede hacerle frente –interrumpió una voz con orgullo.

Todos se volvieron hacia Kestra, que era quien había hablado. Exasperado, Denyal iba a mandarle callar, pero una exclamación ahogada de Covan lo interrumpió.

El viejo se había quedado mirando a la muchacha, pálido y desencajado.

–Dos fantasmas en un solo día –murmuró–. Niña, niña, ¿dónde te habías metido?

Avanzó hacia ella, pero Kestra retrocedió y le dirigió una mirada de advertencia.

–No –dijo–. Ya no soy la misma de antes. No pronuncies mi nombre. No recuerdes quién fui. Eso pertenece al pasado.

Dio media vuelta y se perdió en la oscuridad. Hubo un silencio desconcertado.

–Covan –murmuró entonces Alexander–. Maestro de armas de la Fortaleza. Esa chica estuvo a tu cargo, ¿no es cierto? Estudió en Nurgon.

El caballero negó con la cabeza y exhaló un suspiro pesaroso.

–No, Alexander, te equivocas. Han pasado quince años desde que la Fortaleza fue destruida. Ella es demasiado joven para haber estudiado en Nurgon. Pero su hermana mayor no lo era –clavó su mirada en él–. Coincidisteis en la Academia, pero es probable que no la recuerdes, porque ella acababa de entrar cuando tú ya casi te graduabas. Y quizá sea mejor que la hayas olvidado. Porque la hermana mayor probablemente esté muerta, y en cuanto a la más joven... tal vez tenga razón, y lo mejor para ella sea que su nombre y su historia no vuelvan a ser recordados. Como todo lo que existió una vez sobre el reino de Shia.

Alexander esperó a que siguiera hablando, pero el viejo maestro de armas se encerró en un severo silencio.

–Tenemos que darnos prisa –intervino entonces Denyal–. No nos queda mucho tiempo. Los sheks ya saben que estamos aquí y no tardarán en atacar.

–Necesitamos que ampliéis el escudo que protege al bosque –dijo entonces Allegra, dirigiéndose al silfo–. Sé que la Fortaleza es una construcción humana y que no está viva, pero os ruego que hagáis una excepción en este caso.

El silfo inclinó la cabeza.

–Eso podemos hacerlo. Pero tendréis que dar algo a cambio.

–¡En la lucha contra Ashran, todos debemos aliarnos! –casi gritó Denyal.

Allegra lo hizo callar con un gesto.

–Es lo justo, y es la manera de actuar de los feéricos –se volvió hacia Alexander, Covan y los demás caballeros–. Protegerán la Fortaleza a cambio de extender el bosque un poco más.

Ellos se removieron, incómodos.

–Durante todo este tiempo –dijo Covan– hemos mantenido una estrecha relación con los feéricos de la linde del bosque. Ellos nos acogieron y nosotros colaboramos con su lucha. Cedimos los terrenos al otro lado del río para que Awa fuera creciendo. Pero no podemos darles la Fortaleza.

–La Fortaleza, no –puntualizó Allegra–. Solo el terreno de alrededor. El pueblo de Nurgon no volverá a ser habitado por humanos; dejad que el manto verde de Wina recubra las ruinas. Dejad que el bosque crezca en las antiguas tierras de labranza. Respetarán vuestra Fortaleza y la protegerán con el escudo feérico, porque será, de alguna manera, parte del bosque.

Los caballeros aún dudaban.

Alexander fue el primero en ceder.

–El escudo feérico ha sido lo único que ha resistido a Ashran en estos quince años –señaló–. Ni siquiera los poderosos hechiceros de la Orden Mágica han sido capaces de defender su último bastión. La Torre de Kazlunn ha caído, pero el bosque de Awa sigue siendo libre.

Covan suspiró y asintió.

–Que así sea –dijo–. Espero que sepas lo que estás haciendo.

–Sabemos lo que estamos haciendo –sonrió Alexander–. ¿Oyes eso?

Guardaron silencio y escucharon entonces el chapoteo de los remos de una embarcación que remontaba el río.

–¡Dragones! –llamó una voz en la noche.

Denyal sonrió. Era la voz de Tanawe.

–Llegan los refuerzos –dijo solamente.

«Podrías haber sido mía. Solo mía. Para siempre», susurró una voz en su mente.

Victoria abrió los ojos, parpadeando. La voz había sonado muy lejana y, aunque aguardó un momento, ya no volvió a escucharla, por lo que supuso que habría sido solo parte de un sueño. Respiró hondo. Sentía la energía fluyendo por su interior, llenándola de nuevo, reparándola y reconfortándola. Estaba viva.

Entornó los párpados para proteger sus ojos de los rayos solares que se filtraban por entre las hojas de los árboles. ¿Qué había pasado?

Los recuerdos acudieron entonces a su mente...

«No pienso salvarle la vida a un dragón».

«No me iré sin Jack».

«Que así sea».

«Si te quedas aquí, morirás».

«Me alegro de verte».

«Tendrás que llevarme por la fuerza».

«Por favor...».

Se incorporó de un salto, con el corazón latiéndole con fuerza. Jack, tenía que ir a buscar a Jack; no importaba donde estuviese, debía regresar...

Un movimiento a su lado llamó su atención. Alguien yacía junto a ella, bajo el mismo árbol. Se le paró el corazón un momento cuando lo reconoció.

Era Jack.

Estaba en un estado lamentable, sucio, herido, inconsciente y muy pálido, pero vivo. Y ambos yacían sobre la hierba, el uno junto al otro. Con los ojos llenos de lágrimas, Victoria se abrazó a él y lo estrechó con fuerza, cubriéndolo de besos y caricias. Aún no se sentía del todo recuperada, pero no perdió tiempo e inició el ciclo de curación para aliviar a Jack. Solo cuando le pareció que él ya estaba mejor, que las heridas más graves habían sanado, que el veneno szish había desaparecido por completo de su cuerpo, se detuvo a pensar en lo que había pasado y en lo que ello significaba.

Christian había salvado también a Jack, a pesar de todo. Se estremeció solo de pensarlo.

Lo había detectado nada más mirarlo a los ojos. El exilio de Christian en Nanhai había dado sus frutos, y el joven había conseguido equilibrar su parte humana y su parte shek. Pero ahora había vuelto a

289

reprimir su instinto para ayudar a Jack... y Victoria se preguntó cuánto daño habría hecho aquel gesto al shek que habitaba en el interior de Christian.

Se levantó, dispuesta a averiguarlo. Se aseguró de que Jack estaba bien, durmiendo un sueño profundo y reparador, y se alejó en busca de Christian. Sabía que no andaba lejos.

Más allá de los árboles discurría el cauce de un río. Victoria se olvidó por un momento de Jack y de Christian y contempló el agua con avidez. Corrió hasta la orilla y remontó el curso del río un rato hasta que encontró un remanso tranquilo y delicioso. Entró en el agua, sin quitarse las botas siquiera; bebió durante un largo rato y se lavó la cara, disfrutando de la frescura del agua.

Percibió entonces a Christian tras ella, aunque él no había hecho ningún ruido, y se volvió para mirarlo. El shek la observaba desde la orilla, serio.

El corazón de Victoria dio un vuelco de alegría y empezó a latir con fuerza. Sonriendo, avanzó hasta él, feliz de verlo y agradecida por lo que había hecho por ellos. Pero Christian retrocedió y la miró con frialdad.

—Apestas a dragón —dijo solamente, por toda explicación.

Victoria no dijo nada. Lo miró, desolada. Christian sabía que la había herido, pero no había podido evitarlo. Le dio la espalda para volver a internarse en el bosque.

Entonces oyó un chapoteo tras él y se dio la vuelta de nuevo.

Y vio que Victoria había saltado a la parte más profunda del agua. Inquieto, corrió hasta la orilla; ella volvió a asomar la cabeza fuera del agua y nadó hasta él. Christian le tendió la mano para ayudarla a salir del río, pero Victoria rechazó su ayuda y trepó sola hasta la orilla. Se alzó ante él, chorreando de pies a cabeza. Le dirigió una mirada intensa.

—¿Y ahora? —le dijo—. ¿Me he quitado ya el olor del dragón?

Christian la miró. El pelo le caía como una cascada por la espalda, chorreando agua hasta el suelo. La blusa mojada se pegaba a su cuerpo. El joven se preguntó si Victoria era consciente de esta circunstancia. Comprendió enseguida que no, y sonrió para sí. Los grandes ojos de Victoria lo contemplaban, suplicantes, esperando su aprobación y su permiso para acercarse a él, aunque solo fueran unos pasos más.

Christian tiró de ella hacia sí, sin una palabra, y la besó. Solo entonces se dio cuenta de lo mucho que la había echado de menos.

El gesto cogió a Victoria por sorpresa al principio; pero enseguida cerró los ojos y se abrazó a él, disfrutando del momento.

–Christian –susurró, cuando él apartó la cara para mirarla a los ojos.

Quiso decirle que lo había añorado muchísimo, que se sentía feliz de volver a verlo y aliviada de comprobar que estaba bien; quiso contarle muchas cosas, pero no encontró palabras. Lo intentó de nuevo.

–Christian, yo...

–Sssh, calla –le dijo él en voz baja–. No hables.

Victoria obedeció, comprendiendo que las palabras estropearían el momento. Hundió la cara en el pecho de Christian, sintió los brazos de él rodeándola en silencio, sus dedos jugando con su cabello mojado. Cerró los ojos y dejó que su suave frialdad refrescara su alma y la llenara por dentro. «Cuánto te he echado de menos», pensó.

Notó que Christian respiraba profundamente. Fue su única reacción, pero la chica sabía que, por dentro, el shek estaba sintiendo lo mismo que ella. Y lo que ambos sentían era algo muy, muy intenso. Tragó saliva y se preguntó cómo había aguantado tanto tiempo lejos de Christian.

–Muchas gracias –susurró entonces.

Christian se puso tenso. Victoria sabía que había echado a perder el momento, recordándole a Jack, pero necesitaba decírselo.

–No lo he hecho por él. Sabes que lo quiero muerto.

–Lo sé –respondió ella con suavidad–. Por eso es tan importante para mí lo que has hecho hoy. Sé lo mucho que te cuesta.

Christian le dirigió una fría mirada.

–No –dijo–. No creo que lo sepas.

Le dio la espalda y se alejó de ella; pronto desapareció entre los árboles.

Victoria no lo siguió ni trató de retenerlo. Tiritó, consciente de pronto de que estaba empapada, y se dirigió de nuevo al lugar donde estaba Jack.

Dedicó el rato siguiente a cuidar de él, a limpiar la sangre seca de su piel, a verter agua sobre sus labios, a enfriarle la frente y las sienes, con infinito cariño. Se sentía feliz porque estaban de nuevo los tres juntos, y descubrió que cada vez le resultaba más sencillo querer a

Jack y a Christian, a los dos a la vez. Pero no era tan ingenua como para no darse cuenta de que, ahora que Christian parecía haber recuperado su parte shek, su odio hacia Jack se había renovado igualmente. Pensó, inquieta, que también Jack era ahora más dragón que nunca.

Y supo que, si Christian se quedaba con ellos, los días siguientes iban a ser muy, muy difíciles.

Jack se despertó al cabo de un rato. Estaba aturdido, y Victoria no quiso hablarle de lo que había sucedido para no confundirlo más. Solo le dijo que estaban a salvo, le dio las gracias por haberse enfrentado al swanit para salvarla, pero también lo riñó por haber puesto su vida en peligro de aquella manera. Jack se dejó mimar, feliz de tenerla de nuevo junto a él. Pero, según fue despejándose, no tardó en preguntarse cómo habían salido del desierto.

Victoria desvió la mirada.

–Nos rescataron.

–¿Quién?

En aquel momento, la sombra de Christian surgió junto a ellos, de entre los árboles. Jack dio un respingo y trató de incorporarse, pero Victoria lo retuvo junto a ella.

El shek les dirigió una breve mirada y arrojó algo al regazo de Victoria.

–Descansad –dijo solamente–. Partiremos mañana al amanecer.

–¿Qué? –pudo decir Jack, receloso–. ¿Partir? ¿Adónde? No pienso...

Pero Christian ya se había marchado.

Victoria examinó lo que el shek le había dado. Era una bolsa que contenía víveres y un odre con agua. Había bastante para Jack y para ella.

–Haz el favor de ser un poco más educado, Jack –dijo con suavidad–. Christian nos ha salvado la vida a los dos. Si no fuera por él, estaríamos muertos.

Jack se encerró en un silencio enfurruñado. Victoria lo comprendía en el fondo. Habían pasado muchos días juntos, compartiéndolo todo, y el chico había tenido a su amiga solo para él. Por si fuera poco, acababa de jugarse la vida por ella, como un auténtico héroe, y Victoria no lo culpaba por esperar a cambio algo distinto a tener que soportar la presencia de su enemigo, a tener que asumir, de nuevo, la relación que existía entre Christian y ella.

Victoria se preguntó cómo resolverían aquel rompecabezas. Tiempo atrás, había elegido marcharse con Jack, pero ahora ella y Christian habían vuelto a encontrarse, y la chica había sabido, desde el mismo momento en que lo había mirado a los ojos en el desierto, que no era tan sencillo romper el lazo que los unía a ambos, que por muchas vueltas que dieran, por muchas veces que se separaran, siempre volverían a encontrarse, una y otra vez...

Brajdu se inclinó, temblando, ante Sussh, el shek. Ni siquiera un hombre poderoso como él osaba mirar a los ojos a la gran serpiente alada.

Sussh era uno de los sheks más viejos de los que habían llegado a Idhún. Había luchado contra dragones en el pasado. El día de la conjunción astral había sido el primero en seguir a Zeshak a través de la Puerta interdimensional que conducía a Idhún desde el oscuro mundo de las serpientes, una puerta que se había abierto de nuevo gracias al poder de los seis astros. Se había dado tanta prisa en cruzar el umbral porque deseaba encontrar a algún dragón con vida para matarlo. Y había tenido la satisfacción de luchar contra uno de ellos, una hembra verde bastante joven. Pero la pelea no había tenido emoción, ya que ella ya estaba medio muerta. El placer que sintió Sussh al matarla había sido solo momentáneo. Al fin y al cabo, comprendió, aquella hembra de dragón no habría sobrevivido mucho tiempo más al poder de la conjunción astral, de modo que la intervención del shek solo había acelerado las cosas.

Y ahora había un dragón, joven, fuerte, perfectamente sano, deambulando libremente por Kash-Tar. Se ocultaba en el interior de un cuerpo humano, por eso era difícil de localizar. Pero era un dragón, no cabía duda. Los sheks que vigilaban la frontera de Awinor lo habían visto caer al mar de Raden días atrás. Sussh sabía que, desde el mismo momento en que aquel dragón había caído al agua, estaba en su territorio y, por tanto, era su responsabilidad.

Sus szish lo habían encontrado moribundo en pleno desierto, junto al cadáver de un swanit. El shek entornó los ojos al recordarlo. Un swanit, nada menos. Aquel condenado dragón era un rival que debía tener en cuenta, no cabía duda.

Pero algo había salvado a aquel dragón y al unicornio que lo acompañaba. Sussh había recibido los confusos informes telepáticos de los hombres-serpiente, los últimos antes de que una sombra veloz y letal se cerniera sobre ellos. A Sussh le había parecido un shek.

No había logrado contactar mentalmente con aquel shek, ni tampoco con nadie de la patrulla, después de aquello. Se había desplazado hasta el lugar para averiguar lo que había sucedido. Había visto el cuerpo del enorme insecto y los cadáveres de los hombres-serpiente.

Había reconocido en ellos la marca de Haiass.

Justo entonces habían llegado Brajdu y su gente, sin duda con intención de hacerse con el valioso caparazón del swanit. Las noticias corrían deprisa en el desierto, pero Sussh sabía que ni siquiera Brajdu podría haberse enterado tan pronto... a no ser que lo supiera de antemano.

Había informado a Zeshak de que el traidor Kirtash se había interpuesto en su camino, salvando la vida del dragón. Aquello era inconcebible y cualquier shek lo encontraría repugnante. Pero Zeshak no le había concedido importancia.

Sussh sospechaba que el Nigromante tenía algo que ver en ello, que seguía protegiendo a su hijo, por alguna razón que le resultaba desconocida. Podía entenderlo: al fin y al cabo, no era más que un débil humano, por mucho poder que la magia le hubiera conferido. Lo que no entendía... y jamás llegaría a entender... era que el gran Zeshak, rey de los sheks, le siguiera el juego, sometiéndose a su voluntad.

Ahora descargaba su mal humor sobre Brajdu. Sondeando su mente, había averiguado que el muy canalla había mantenido prisionera a la chica unicornio en lugar de entregarla a los sheks; que se había entrevistado con el dragón, aquel condenado dragón, a pesar de que había tenido la oportunidad de capturarlo a él también.

–Te pido perdón, mi señor –balbuceó el humano–. Solo soy un hombre débil, dominado por la codicia... Pero aún puedo serte útil...

«Has tenido una oportunidad de serme muy útil, Brajdu», repuso el shek. «Y la has dejado escapar».

–¡Puedo buscar a la chica por ti! –exclamó Brajdu, desesperado–. La semiyan que estaba con el dragón, ella...

Sussh no lo estaba escuchando. Acababa de recibir una llamada en su mente, una llamada de Zeshak, su rey. Entornó los ojos, ignorando al humano, y se concentró en el mensaje telepático que le enviaba el señor de las serpientes.

Eran instrucciones. El dragón y el unicornio se dirigían al norte, hacia Vaisel, y el traidor los acompañaba. «Bien», pensó Sussh, «entonces será fácil alcanzarlos y acabar con ellos». Pero, ante su sorpresa,

Zeshak se lo prohibió. «No podréis acercaros a ellos», dijo. «La profecía los protege... a los tres, y esta es la razón por la cual nadie ha podido matarlos hasta ahora. Pero existe una manera...».

Sussh prestó atención. Lo que Zeshak proponía resultaba interesante y era muy posible que diera resultado. Pero eso significaba que él no tendría el placer de matar al último dragón personalmente.

Cuando Zeshak se retiró de su mente, el gobernador de Kash-Tar volvió a la realidad. Aquellas noticias lo habían puesto de muy mal humor.

Oyó aún la voz de Brajdu:

–... Todos mis hombres rastreando el desierto en busca de la semiyan...

Estas fueron las últimas palabras que Brajdu pronunció. El shek, irritado por el nuevo curso de los acontecimientos, descargó sobre él su poderosa cola, aplastando al humano como si fuera un molesto insecto.

Shail y Zaisei habían conseguido una pareja de torkas en los límites del desierto, y ahora bordeaban Kash-Tar en dirección a Kosh.

Al segundo día de viaje llegaron a un oasis, y allí se encontraron con una caravana que descansaba bajo los árboles antes de proseguir el viaje. Los dos recorrieron los puestos del rudimentario mercadillo instalado junto a la laguna, con intención de comprar algunos víveres. Mientras Zaisei examinaba el género que exhibía un vendedor de frutas, Shail inspeccionó el lugar, para asegurarse de que no había cerca ningún szish que pudiera reconocerlos.

Junto a ellos, una mujer yan explicaba algo en rápidos susurros a un grupo de personas que se habían congregado en torno a ella. Shail no estaba prestando atención a la conversación, pero en un momento dado, ella pronunció la palabra «unicornio», y el joven se volvió hacia el grupo como movido por un resorte.

–¿Cómo habéis dicho?

Ellos lo miraron con desconfianza. Shail se acercó hacia ellos, apoyado en su bastón, y habló con suavidad:

–Los unicornios se extinguieron hace tiempo, ¿no es cierto? Pero se cuentan muchas leyendas sobre ellos. ¿Estabais acaso contando un cuento? Me gustan las historias. ¿Os importaría que la escuchara?

–Eresunmago –dijo la yan.

Shail asintió.

–Vi un unicornio cuando era niño –respondió en voz baja–. ¿Tu cuento habla de unicornios?

–Habla de una doncella unicornio –dijo la mujer yan, clavando en él sus ojos de fuego–. Pero también habla de una mujer del desierto a quien ella entregó su don.

El corazón de Shail dio un vuelco.

–¿Qué cuenta la historia acerca de esa mujer del desierto?

–Que fue la primera en llegar a la luz después de muchos años de oscuridad. Que emprendió un viaje por todo Kash Tar hablando a los yan de la luz del unicornio. Que anunciaba que la magia volvería al mundo. Y que nosotros los yan llamados «los últimos» fuimos los primeros esta vez porque la doncella unicornio entregó la magia a una mujer por cuyas venas corría sangre de nuestra estirpe.

Shail tuvo que esforzarse mucho para entender todo lo que le estaba diciendo, pero captó lo esencial: que Victoria había empezado a consagrar magos, y que la primera había sido una mujer yan.

–¿Y qué fue de aquella que vio la luz en la oscuridad?

Ella le dirigió una mirada desconfiada y replicó:

–No conozco el final de la historia.

Shail abrió la boca para insistir, pero comprendió enseguida que no le respondería, así que se despidió con una inclinación de cabeza y se reunió de nuevo con Zaisei, que conversaba con el vendedor de frutas.

–Shail –dijo ella cuando el mago se situó a su lado–, dice este hombre que, si no se retrasa, al anochecer llegará al oasis la caravana que cubre la ruta de Lumbak a Kosh. Si nos unimos a ella podremos atravesar el desierto de forma segura y... –se interrumpió al ver el gesto de su amigo–. ¿Ocurre algo?

Shail se la llevó aparte para contarle lo que había averiguado. Estaba terminando de relatárselo cuando sintió que le tiraban de la manga, y se volvió.

Era la mujer yan.

–EstáenKosh –susurró en voz baja.

–¿Qué?

–Está en Kosh –repitió ella–. La que ha visto la luz en la oscuridad. Las serpientes la buscan porque predica la llegada del dragón y el unicornio que salvarán Idhún. Tal vez la hagan prisionera pero sus palabras ya corren por el desierto y su mensaje pronto será conocido en todo Kash Tar.

–¿Cómo se llama? –susurró el mago con urgencia.

–LallamanKimaralasemiyan.

No dijo más. Se alejó de la pareja con la rapidez propia de los yan, evitando mirarlos, como si tuviera miedo de lo que había dicho.

Shail no dijo nada al principio. Luego alzó la cabeza para mirar a Zaisei.

–¿Una caravana hacia Kosh, has dicho?

Los rebeldes no perdieron tiempo. Mientras los feéricos expandían el bosque hacia los alrededores de la Fortaleza, y tejían sobre ella su escudo protector, Allegra y Qaydar se encargaron de reforzar con su magia la vieja muralla.

Rown y Tanawe ya se habían puesto a trabajar en más dragones artificiales. Habían traído tres contando a Fagnor, que se apresuraron a reparar en cuanto llegaron a Nurgon. Pero sabían que no sería bastante si los sheks contraatacaban. Los sótanos de la Fortaleza, relativamente intactos, resultaron ser un lugar perfecto para instalar el taller.

Alexander y Denyal, entretanto, organizaban las defensas del castillo. Entre todos levantaron una nueva muralla, un tanto improvisada y rudimentaria, pero que serviría por el momento. Repartieron las armas, apostaron vigías y discutieron diferentes estrategias de defensa.

Para cuando las primeras tropas llegaron, los rebeldes estaban listos para recibirlas.

Eran parte del ejército del rey Kevanion de Dingra, pero todos sabían que en realidad era Ziessel quien las había enviado.

No obstante, ella no las dirigía. Había enviado a otro shek en su lugar, un shek que estaba al mando de cerca de un centenar de humanos y de szish. Tal vez pensaron que aquello bastaba para reconquistar las ruinas de Nurgon y aplastar a los rebeldes, pero no contaron con los feéricos y su escudo. Los árboles de Awa, bendecidos por las sacerdotisas de Wina y regados con el poder feérico, crecían deprisa. Y las tropas de Ziessel se encontraron con una barrera vegetal que se alzaba entre ellas y lo que quedaba de la Fortaleza.

No pudieron pasar.

Alexander y los suyos contraatacaron. Los tres dragones artificiales atacaron al shek desde los cielos, los arqueros y ballesteros dispararon desde las murallas y desde las ramas de los árboles, y Allegra y el Archimago contribuyeron con su magia más mortífera.

Los caballeros, por su parte, atacaron todos juntos.

De la poderosa Orden de Nurgon ya solo quedaban cinco representantes: Covan, Alexander y otros tres caballeros, dos hombres y una mujer. Y ni siquiera tenían caballos.

Pero pelearon a pie, cubriéndose unos a otros, y pocos de los guerreros de Dingra los igualaban en el manejo de la espada. Capitaneaban un grupo de dos docenas de voluntarios, que no sabían luchar ni mucho menos tan bien como ellos, pero que estaban dispuestos a hacer lo que fuera por defender el bastión rebelde.

Al frente de todos ellos estaba Alexander. La lucha había desatado su furia animal, que había alterado sus rasgos, lo cual fue una sorpresa desagradable para muchos de sus aliados. Pero peleaba con ferocidad, abriendo una brecha entre las líneas enemigas, y la mayoría lo siguieron al corazón de la batalla.

De todas formas, sabían que ellos solos no iban a vencer a sus enemigos. Su mayor esperanza eran los dragones.

En el cielo, los tres dragones artificiales se concentraron en atacar al único shek del ejército contrario. Los soldados de uno y otro bando trataban de no prestar atención a la batalla que se desarrollaba sobre sus cabezas, pero resultaba difícil, puesto que la mayoría de ellos no había visto jamás nada semejante. Los dragones rodeaban al shek, volviéndolo loco de odio, vomitaban sus llamaradas sobre él, nublando sus sentidos, desgarraban sus alas con uñas, cuernos y dientes...

Cuando, finalmente, el shek se precipitó contra el suelo, muerto, dejando así a los soldados de Dingra sin su líder, todo fue mucho más sencillo. Los rebeldes habían perdido a uno de los dragones, pero los otros dos comenzaron entonces a hostigar a las tropas de tierra enemigas, planeando sobre ellas, exhalando su fuego y sumiéndolas en el más absoluto terror.

Amparándose en la muralla, en el escudo y en los árboles, y protegidos por los dos dragones que patrullaban el cielo, los rebeldes lucharon por defender Nurgon, su última esperanza de establecer una base que plantara cara a Ashran y los suyos.

Al anochecer, lo que quedaba de las tropas enviadas por Ziessel se retiró de nuevo hacia Aren, la capital del reino.

Los rebeldes habían vencido la primera batalla. Pero sabían muy bien que no sería la última.

Durante los días siguientes, Jack, Christian y Victoria avanzaron hacia el norte, siguiendo el curso del río Yul, que separaba Drackwen, el país del oeste, del territorio central del continente. Jack había supuesto que Christian los guiaba de vuelta a Vanissar, donde se reunirían con el resto de la Resistencia, y por eso no había comentado nada al respecto; al fin y al cabo, esos eran también sus planes, y de todos modos no le apetecía nada cruzar una sola palabra con Christian. La simple presencia del shek lo sacaba de sus casillas.

La primera noche se preguntó qué había sido de la camaradería que habían llegado a compartir ambos en el bosque de Awa, de aquella conversación que habían mantenido antes de separarse. El chico había llegado a pensar que eran amigos... todo lo amigos que podían ser, dadas las circunstancias.

Y, sin embargo, desde que él estaba de vuelta, Jack tenía que reprimir constantemente el impulso de desenvainar a Domivat y lanzarse contra él, o de transformarse en dragón y destrozarlo con sus garras (estaba muy orgulloso de sus garras; eran algo de lo que los sheks carecían, a pesar de ser parecidos a los dragones en otros sentidos). ¿Qué había cambiado en aquel tiempo?

Las cosas no mejoraron en los días siguientes. Jack y Christian no se hablaban y, si lo hacían, era solo lo imprescindible, siempre con palabras secas y cortantes; habían dejado de llamarse por sus nombres. Para Christian, Jack era «el dragón»; y Jack no podía olvidar que su compañero de viaje no era más que «la serpiente».

Victoria había acabado por hartarse de aquella situación. Tras comprender que no lograría hacerlos entrar en razón, se comportaba ahora con ellos de forma más fría que de costumbre. De nuevo, se acabaron los besos, los mimos y las caricias, para ambos. Se acabó el dormir abrazada a Jack, se acabaron los momentos a solas con Christian. A este no parecía importarle; seguía siendo atento con ella, seguía preocupándose por su seguridad, pero no hizo mención, en ningún momento, al sentimiento que los unía, ni al alejamiento de la muchacha.

A Jack le costaba más trabajo aceptar aquella nueva situación, aunque sabía de sobra que, con su actitud, Victoria estaba castigándolos a los dos por ser tan poco razonables.

El viaje se prolongó por espacio de varios días más. A ambas riberas del río crecía un ligero bosque que los ocultaba de la mirada de los sheks que pudieran sobrevolar la zona. Por si acaso, Victoria insistió en seguir llevando la capa de banalidad. Ella había perdido su capa al caer al mar días atrás, pero Jack aún la conservaba, puesto que, durante el vuelo, todas sus cosas habían permanecido guardadas en la bolsa que llevaba Kimara. Hubo una breve discusión acerca de quién debía protegerse bajo la capa. Jack insistía en ponérsela a Victoria.

—No, dragón, eres tú quien debe llevarla —intervino Christian—. Eres más fácil de detectar que un unicornio. Además, cuando la llevas puesta me resultas menos desagradable.

Jack se había llevado la mano al pomo de su espada, y Christian había hecho también un gesto parecido.

—¡Basta ya, los dos! —cortó Victoria, exasperada—. Jack, estoy de acuerdo con Christian: creo que eres tú quien debe utilizarla.

Jack había terminado por ceder, de mala gana.

No se trataba de una tierra deshabitada. A veces encontraban pequeños poblados a la orilla del río, y, aunque normalmente los evitaban, por si acaso había vigilancia szish, Victoria advirtió desde lejos que las gentes que vivían en ellos eran humanos y celestes en su mayoría, y también, a veces, algún semifeérico.

Una tarde sucedió algo que hizo aún más profunda la antipatía que Jack y Christian se profesaban.

Ocurrió cuando atravesaban un terreno algo más accidentado. El río producía saltos, rápidos y pequeñas cascadas junto a ellos, y los tres jóvenes trepaban por las rocas, remontando su curso. En un momento dado, Christian se volvió para tender la mano a Victoria con el fin de ayudarla a subir, y ella la aceptó de manera mecánica.

Los dos se estremecieron y cruzaron una mirada.

Hacía días que no se tocaban. El contacto despertó intensas sensaciones en su interior. Se quedaron un momento quietos, perdidos en los ojos del otro.

—¿Subís ya, o qué? —los llamó Jack desde arriba, gritando para hacerse oír por encima del estruendo del agua.

Christian y Victoria volvieron a la realidad. Se apresuraron a llegar hasta Jack. Victoria miró al shek de reojo, pero él seguía tan impasible como siempre.

Jack se había detenido en lo alto de una roca y miraba a su alrededor, sombrío.

—¿Qué pasa? –preguntó Christian.

—Apesta a serpiente por aquí.

—Jack, no empieces otra vez... –protestó Victoria, pero Christian la cortó con un gesto.

—No, espera. Tiene razón.

Antes de que pudieran detenerlo, Jack saltó de la roca y corrió hacia el río, mientras desenvainaba a Domivat con un entusiasmo siniestro. La espada de fuego llameó ante él.

Christian y Victoria se apresuraron a ir tras él. Siguiendo su instinto, Jack fue directo a una pequeña oquedad entre las rocas. Christian frunció el ceño.

—¡Ahí no cabe un shek! –exclamó Victoria, extrañada.

Pero se oyó un siseo, y Jack, sin dudarlo, alzó su espada sobre la serpiente.

La mano de Christian detuvo su brazo, con autoridad.

—¡Suéltame! –protestó el muchacho–. ¡Es un shek!

—Míralo otra vez –dijo Christian con calma.

Jack se sacudió la mano de su compañero, exasperado, y miró con más atención a la criatura que se ocultaba entre las piedras.

Era una serpiente, fluida como un arroyo, de escamas plateadas como rayos de Erea, no más grande que una pitón terrestre. De su lomo nacían dos pequeñas alas membranosas. Siseaba, furiosa, mientras las agitaba, esforzándose por alzarse en el aire, sin conseguirlo.

—Es un shek –concluyó Jack, alzando la espada de nuevo.

—¡Es un bebé! –intervino Victoria–. Jack, es muy pequeño, no puede hacernos daño.

—Seguro que estos bichos son venenosos ya desde que salen del huevo. No es más que un proyecto de serpiente gigante asesina...

No había terminado de hablar cuando la cría se abalanzó sobre él e hincó los colmillos en su brazo. Jack se la sacudió de encima, con un grito, y descargó su espada sobre ella, furioso.

El filo de Domivat chocó contra la gélida Haiass.

Jack retrocedió un paso, temblando de ira. Christian se había interpuesto entre él y el pequeño shek, y parecía muy dispuesto a defenderlo. La serpiente se había enroscado en torno a su pierna, y desde allí, sintiéndose algo más segura, enseñaba a Jack sus colmillos, siseando amenazadoramente.

–¿Quieres pelea? –dijo Jack, sombrío–. Muy bien; por mí, encantado.

–No seas estúpido –repuso Christian con calma–. Solo es una cría. Además, conviene que te cure Victoria, o se te hinchará el brazo y pronto no podrás usarlo.

–¡Pero me ha mordido!

–¡Lo has asustado! ¿Qué esperabas que hiciera si lo amenazas con esa espada?

Jack, temblando de rabia, se sobrepuso a duras penas. Envainó la espada y se apartó de Christian y el pequeño shek, para ir a sentarse sobre una roca. Desde allí les dirigió una mirada asesina.

Sintió que Victoria se colocaba tras él, sintió las manos de ella sobre sus hombros, y cómo la energía fluía a través de su cuerpo. Cerró los ojos para disfrutar del momento. Una parte de él hasta agradeció a la cría de shek aquel oportuno mordisco, que le permitía ahora compartir un momento íntimo con Victoria. Porque ser curado por ella era como recibir una dulce caricia.

Además, la curación vino acompañada por una caricia de verdad. Cuando Victoria terminó su trabajo, sus manos rozaron, al retirarse, el cuello de Jack, con cariño.

El muchacho sonrió. Se sentía mucho mejor.

Echó un vistazo a Christian y se topó con una escena curiosa.

El joven se había sentado junto al río. La pequeña serpiente a la que había salvado había trepado por su brazo, y ahora se alzaba ante él, mirándolo fijamente a los ojos. Jack se dio cuenta de que ambos estaban compartiendo algún tipo de información telepática. Eso lo inquietó.

–¿Estás seguro de que es prudente mirar a esa víbora a los ojos, shek? –le preguntó cuando rompieron el contacto visual.

–Es demasiado pequeño para estar unido a la red telepática de los sheks adultos –contestó Christian–. Solo quería saber cómo ha llegado hasta aquí.

–¿Y...? –preguntó Victoria.

–Se ha perdido. Su nido está muy lejos de aquí. Está solo y confuso...

–No me digas que quieres adoptarlo –soltó Jack.

Christian sostuvo su mirada, pero no dijo nada.

–¡Por favor, si es una serpiente!

Christian se levantó y reemprendió la marcha, sin una palabra. La cría de shek descansaba sobre sus hombros, y había enrollado su cola en torno a su brazo izquierdo. Parecía sentirse cómoda y segura allí.

Jack gruñó por lo bajo. Victoria se rió.

–Solo es un bebé.

–Y si vuelve la madre, ¿qué?

–No lo entiendes, dragón –le llegó la voz de Christian un poco más allá–. La madre no volverá nunca más.

Shail y Zaisei encontraron Kosh sumido en el caos. Parecía que uno de los caudillos locales, un tal Brajdu, había sido ejecutado por el shek que gobernaba la región, y todo lo que había levantado en aquellos años se estaba viniendo abajo. La gente que había trabajado para él asistía, con creciente confusión, a las luchas entre los que habían sido los lugartenientes de Brajdu, que ahora se disputaban su puesto.

Entretanto, los szish estaban trabajando duro para poner orden en la ciudad. Se rumoreaba que los aspirantes a heredar el pequeño imperio de Brajdu estaban luchando en vano, porque sería Sussh, el shek, quien acabaría por asumir el mando de manera definitiva.

Kosh nunca había sido una ciudad especialmente acogedora, pero en aquel momento era incluso más hostil que de costumbre. Se decía también que, bajo la aparente intención pacificadora de los soldados szish que recorrían la ciudad, se ocultaba en realidad una búsqueda, la búsqueda de La-Que-Ha-Visto-La-Luz-En-La-Oscuridad.

En aquellos días, Shail había asistido, con sorpresa, al nacimiento de una leyenda entre los yan. Los rumores acerca de la mujer mestiza a la que se le había entregado la magia se conocían ya en todo Kosh. Nadie se atrevía a contar la historia en voz alta, por temor a los szish; pero, aun así, se relataba en rápidos susurros por las esquinas, en el mercado o en la taberna, cuando no había ninguna serpiente cerca.

Y cada vez se conocían más detalles. Cualquiera habría pensado que eran debidos a la imaginación de los que relataban aquellos hechos, que cada narrador añadía un elemento de su cosecha; pero Shail sabía que todas las cosas que contaban eran verídicas: la descripción de la chica unicornio y del báculo que portaba, así como del joven dragón que la acompañaba... eran demasiado precisas y se ajustaban tanto a la realidad que Shail entendió que era cierto que la mujer mestiza, la nueva hechicera consagrada por Victoria, continuaba en la ciudad y, a pesar de que las serpientes la estaban buscando, seguía relatando su historia a quien quisiera escucharla.

Y era una historia llena de esperanza y de fe en el futuro, algo que los yan jamás habían tenido. Acostumbrados desde tiempo inmemorial a habitar en el tórrido desierto que era su hogar, los yan solo se preocupaban del presente, y desconfiaban de todo lo que el futuro pudiera depararles. Pero el mensaje de La-Que-Ha-Visto-La-Luz-En-La-Oscuridad decía con claridad que la magia había vuelto al mundo, que un unicornio seguía vivo, que la profecía podía cumplirse... y que Kash-Tar había sido el lugar que aquellos elegidos habían escogido para manifestar su poder por primera vez.

Shail no quería pasar la noche en Kosh, ya que incluso la posada más honrada de la ciudad era un lugar poco recomendable, y le hubiera gustado ofrecer a Zaisei un lugar mejor donde pernoctar. Pero ella insistió en que era importante que permanecieran en Kosh hasta poder entrevistarse con Kimara, la semiyan, a quien las gentes del desierto llamaban La-Que-Ha-Visto-La-Luz-En-La-Oscuridad. La primera maga en Idhún después de quince años.

Tardaron un tiempo en averiguar que Kimara recibía, de cuando en cuando, a aquellas personas que quisieran escuchar su historia de sus labios. Y les costó todavía más que alguien les revelara la hora y el lugar de la siguiente cita. Fue una anciana semimaga humana quien accedió a darles aquella información; y lo hizo porque sabía que Shail era un mago y, por tanto, ellos dos compartían con Kimara el secreto que solo conocían aquellos que, alguna vez en su vida, habían visto un unicornio.

Por lo que habían oído, cada reunión se celebraba en un sitio diferente; y en aquella ocasión la cita tuvo lugar en las ruinas de un templo antiquísimo, dedicado al dios Aldun, a las afueras de la ciudad.

A Shail le sorprendió la cantidad de gente que acudió aquella noche a escuchar a Kimara. Todas aquellas personas estaban jugándose la vida en aquella reunión, y solo para que la mujer mestiza, La-Que-Ha-Visto-La-Luz-En-La-Oscuridad, hiciera renacer la llama de la esperanza en sus corazones.

Shail y Zaisei se sentaron en un rincón, el uno junto al otro, y escucharon la historia que Kimara había ido a contar a aquel lugar. Llena de entusiasmo, la joven de los ojos de fuego contó una vez más cómo había conocido a Jack y Victoria en un campamento limyati; cómo los había acompañado a través del desierto, evitando a las serpientes, en dirección a Awinor. Relató todos los detalles del viaje, sí, pero también habló del carácter y la determinación del muchacho dragón, de la serenidad y la valentía de la chica unicornio, y del intenso amor que los unía a ambos.

Shail y Zaisei cruzaron una mirada y sonrieron. A la sacerdotisa no se le escapó el brillo de nostalgia que iluminaba los ojos de Kimara cuando hablaba de Jack. Y ella, que podía leer con facilidad los sentimientos de las personas, supo que Kimara tenía el corazón roto, pero que no guardaba rencor a Jack, que la había tratado siempre con cariño y con respeto; y tampoco a Victoria, que, a cambio de haberse llevado al joven lejos de ella, le había entregado lo más valioso que alguien, en aquellos tiempos, podía poseer.

La mano de Shail buscó la de Zaisei durante la narración, y la estrechó con fuerza. La joven celeste sonrió con dulzura.

—Jack me pidió que acudiera al norte, a Nandelt —concluyó Kimara—, para decir a todo el mundo que el dragón y el unicornio han regresado y que pronto se enfrentarán a Ashran y a los sheks. En Nandelt, el príncipe Alsan ha iniciado una rebelión para reconquistar los reinos humanos. Muy pronto viajaré hasta allí para unirme a él. Pero antes —añadió, clavando en la concurrencia la intensa mirada de sus ojos rojizos— quería decir a mi gente, a las gentes de Kash-Tar, las gentes del desierto, que la magia ha regresado al mundo, y ha sido aquí, en nuestra tierra. Que, por una vez en la historia, los yan, los hijos de Aldun, no hemos sido los últimos... sino los primeros.

Al final de la reunión, Shail y Zaisei se acercaron a hablar con Kimara y le contaron quiénes eran y qué estaban buscando. La semiyan sonrió, contenta de encontrar a alguien que conociera a Jack y Victoria. Les relató lo que no contaba en las reuniones, y era que Brajdu había apresado a Victoria, y acto seguido había enviado a Jack a realizar una tarea imposible para salvarla.

—Sé que Victoria escapó —concluyó—, porque Sussh ha ejecutado a Brajdu. No lo habría hecho si ella estuviera muerta o la hubiera entregado a los sheks. Por otro lado, me he enterado también de que alguien está haciendo un gran negocio con placas de caparazón de swanit en el mercado negro —añadió—, así que creo... quiero creer... que Jack consiguió matar a una de esas criaturas. No sé si fue por eso por lo que Brajdu decidió liberar a Victoria... pero lo dudo mucho.

—No —dijo de pronto una voz a sus espaldas—. No fue por eso.

Se volvieron, con un ligero sobresalto, y vieron allí al anciano mago que había asistido a la reunión.

—Me llamo Feinar —dijo el mago—, y doy fe de que la muchacha escapó de Brajdu. Yo mismo le abrí la puerta. No sé si es verdad que esos chicos tienen poder para desafiar a Ashran y los sheks, y soy demasiado cobarde como para unirme abiertamente a la rebelión. Pero sí tengo clara una cosa, y es que... —vaciló un momento antes de añadir, en voz baja— no podía quedarme quieto viendo morir al último unicornio que queda en el mundo.

Christian se despertó de madrugada, inquieto. Miró a su alrededor, buscando aquello que lo había sacado de su sueño, pero todo parecía estar en orden. Las lunas iluminaban suavemente la noche, la hoguera se había apagado hacía rato y Victoria dormía en un rincón; temblaba de frío, pero no había querido acercarse a Jack.

El dragón.

Christian frunció el ceño al ver que no estaba con ellos. Se levantó de un salto y se deslizó entre los árboles, como una sombra, dispuesto a encontrarlo.

Vio a Jack algo más lejos, en un lugar donde el bosque se abría un poco. Las lunas iluminaban su figura, y Christian vio el fuego que llameaba en sus ojos cuando se volvió para mirarlo.

El joven supo que él lo estaba esperando. Y tenía claro para qué.

Desenvainó a Haiass y sintió que su parte shek se estremecía de alegría. Todo su cuerpo, su alma, su ser, le exigían que luchase contra el dragón. Jack extrajo a Domivat de la vaina y plantó cara, con una sonrisa siniestra. Los dos sabían que tenían que matarse el uno al otro, era irremediable. Y ahora que Victoria no estaba para interponerse entre ellos, nadie iba a impedir el enfrentamiento que sus respectivas naturalezas les estaban exigiendo a gritos.

Fue una lucha breve, pero intensa. El dragón era poderoso, no cabía duda. Pero Christian llevaba demasiado tiempo esperando aquel momento, soñando con él, y no pensaba dejarlo escapar. Cuando, con un grito de triunfo, hundió a Haiass en el corazón de Jack, los ojos de su enemigo se abrieron un momento, sorprendidos... y su sangre bañó el filo de Haiass, que palpitaba, complacida.

Con una sonrisa, Christian sacó su espada del cuerpo de Jack, y contempló cómo caía al suelo, sin vida. Sintió la vibración de su espada, exultante de poder y de energía. Se miró las manos y las vio cubiertas de sangre.

Sangre de dragón.

Christian se despertó, con el corazón latiéndole con fuerza, y se miró las manos. Estaban limpias.

Respiró hondo y se sobrepuso. Solo había sido un sueño.

Miró a su alrededor y vio a Victoria, dormida, acurrucada sobre sí misma, temblando de frío, lejos de él y lejos de Jack, que también dormía cerca de los restos de la hoguera. El odio palpitó de nuevo en su interior, pero se esforzó por reprimirlo y volvió a tumbarse.

Cerca de él, el pequeño shek al que había rescatado se alzó un momento desde su rincón, al abrigo de una roca, y sus ojos relucieron hipnóticamente en la oscuridad.

XIV

EL ÚLTIMO DE LOS DRAGONES

¿**L**E vas a poner nombre? –preguntó Victoria.

Christian miró la cría de shek, pensativo. Se había hecho un ovillo en el regazo de la muchacha, parecía estar a gusto allí. En cambio, a Jack no lo soportaba, y el sentimiento era mutuo.

–Llámala «serpiente» –sugirió este, malhumorado.

–Entonces se llamaría Kirtash –dijo Victoria, casi riendo–. En todo caso, tendríamos que llamarlo Kirtash junior.

Jack no captó el chiste, pero Christian le dedicó a la chica una media sonrisa. El pequeño shek los miraba, a unos y a otros, con un brillo de inteligencia en los ojos.

–¿Entiende lo que decimos? –preguntó Jack, un poco inquieto.

–Todavía no, pero está aprendiendo –respondió Christian–. Aún tardará un tiempo en averiguar cómo llegar a vuestras mentes. De momento, os está estudiando.

–Qué mal rollo –comentó Jack con un escalofrío.

–Para comunicarse con vosotros, no para controlaros. Para comunicarse con Victoria, más bien. Imagino que, cuando crezca, lo único que se le ocurrirá hacer contigo es intentar matarte.

–Pues qué bien.

–No lo entiendo –intervino Victoria, alzando a la cría para mirarla de cerca; ella clavó sus ojos tornasolados en los suyos, con un suave siseo, y la muchacha percibió sus débiles intentos por alcanzar su mente, como los primeros balbuceos de un bebé–. ¿Ya odia a los dragones? ¿Tan jovencito?

–El odio a los dragones no es una cuestión de educación o de cultura, Victoria. No es algo que se nos enseñe cuando somos pequeños. Es parte de nosotros, igual que los dragones odian a los sheks. Es un impulso que nos lleva a luchar hasta la muerte unos contra otros, tan natural para nosotros como lo es beber cuando tenemos sed, o dormir cuando estamos cansados.

–Es horrible –opinó Victoria, sombría.

Christian no respondió. La chica lo miró.

–Llevas todo el día muy serio –le dijo–. ¿Hay algo que te preocupe?

Christian alzó la cabeza y les dirigió, a ambos, una mirada fría como el hielo.

–El instinto, precisamente. Me preocupa que nos matemos el uno al otro antes de llegar a nuestro destino.

No les habló de su sueño. No les dijo que, cada vez que se recordaba a sí mismo hundiendo su espada en el pecho de Jack, le hervía la sangre y tenía que hacer grandes esfuerzos para no llevar la mano a la empuñadura de Haiass. Había sido diferente, muy diferente a pelear contra aquel gólem en las heladas tierras del norte. Porque sabía que el gólem no era el verdadero Jack. Y, sin embargo, aquel sueño le había parecido tan real que había tenido la seguridad plena de que estaba matando al dragón. Y había disfrutado del momento.

Sabía que Jack también deseaba matarlo; pero Christian dudaba de que fuera consciente de la importancia de controlar aquel impulso asesino. Hasta la noche anterior, el shek había creído que él mismo podría dominar su instinto mucho mejor que Jack, que siempre le había parecido irritantemente irreflexivo.

Ahora, después de aquel sueño, ya no estaba tan seguro.

–¿Y no se puede hacer nada para evitarlo? –dijo Victoria.

Christian le dirigió una breve mirada. También él se lo había estado preguntando, y creía tener una respuesta.

–Tal vez –contestó enigmáticamente.

Se acercó a ella, y Victoria lo miró, interrogante, tratando de adivinar cuáles eran sus intenciones. Pero no se esperaba lo que sucedió a continuación: Christian la cogió con suavidad por los hombros, la acercó a él y la besó. Victoria ahogó una exclamación de sorpresa, pero todo su cuerpo respondió a aquel beso, y cuando quiso darse cuenta, había cerrado los ojos y le había echado los brazos al cuello, mientras sentía que se derretía entera. Los besos de Christian solían producir aquel efecto en ella.

Trató de volver a la realidad y se separó de él, con un jadeo.

–¿Qué... por qué has hecho eso? –pudo decir.

Christian enarcó una ceja y se volvió para mirar a Jack, que los miraba, fastidiado.

—Qué, ¿habéis disfrutado?

—Eh, eh, un momento —protestó Victoria, levantándose de un salto; la cría de shek abandonó su regazo con un siseo sobresaltado—. ¿Se puede saber qué pretendes, Christian? ¿A qué clase de juego retorcido estás jugando?

Siempre se había esforzado mucho en no mostrarse cariñosa con Christian cuando Jack estaba delante. No pretendía ocultarle a Jack lo que sentía por el shek; él lo sabía de sobra, pero tampoco era necesario restregárselo por la cara. Christian nunca se había mostrado celoso; Jack, sí. Y Victoria no quería hurgar más en la herida. Había supuesto que Christian lo entendía y la apoyaba. De hecho, siempre había mantenido las distancias con ella cuando Jack estaba presente. Aquel súbito beso había sido un golpe inesperado para los dos.

—No, déjalo, me voy y os dejo intimidad —cortó Jack, molesto.

—Espera —lo detuvo Christian—. ¿Tienes ganas de matarme ahora?

Jack se volvió hacia él, con cierta violencia.

—¿Me estás provocando, o qué?

—Piénsalo. ¿Serías capaz de matar a alguien... por celos?

Jack se detuvo un momento, sorprendido por la pregunta. Se lo planteó en serio.

—Claro... claro que no. No, por celos no. Eso no es un motivo para matar a nadie. Pero te daría un buen puñetazo —añadió, ceñudo—. De eso sí que tengo ganas.

—Una reacción muy humana y muy natural —asintió Christian—. Es tu parte humana la que se ha molestado ahora. Es lo que sentimos hacia Victoria lo que nos hace más humanos, así que, por nuestro bien, creo que no deberíamos reprimirlo.

—Sí, ¿y qué más? —protestó ella—. ¿Ahora soy parte de una especie de experimento?

Jack miró al shek, sombrío.

—Has pensado mucho en ello, ¿verdad?

—Llevo semanas pensando en ello.

«Pero hoy más que nunca», añadió en silencio. Miró a Jack un momento, muy serio, antes de añadir:

—Soy muy consciente de que lo único que nos mantiene con vida ahora es lo que sentimos por ella. El amor y los celos están incluidos en el lote de emociones humanas que controlan nuestra otra parte, esa parte que nos lleva a atacarnos el uno al otro, a pelear hasta la muerte.

311

El equilibrio entre nuestras dos naturalezas, los lazos que nos unen a los tres, son algo muy delicado. Si ese equilibrio se rompe, jamás venceremos a Ashran.

Jack no dijo nada más.

Aquella noche, se acercó a Victoria y ella no lo rechazó. Durmieron juntos, abrazados, como antes de que regresara Christian. Hablaron en voz baja, reiteraron sus sentimientos, intercambiaron palabras dulces, palabras de amor. Eso hizo que Jack se sintiera un poco mejor.

Un poco más allá, Christian dormía, con el sueño ligero que era propio de él.

Y soñaba, de nuevo, que Jack y él se enfrentaban en un combate a muerte. Y disfrutaba asesinando al dragón, y su parte shek aullaba de alegría en sueños.

Antes del amanecer, se desató una fuerte tormenta. Buscaron resguardo, pero el terreno era completamente llano, y Jack hizo notar que no debían quedarse junto al río, por si se desbordaba. Reemprendieron la marcha, en mitad de la noche, calados hasta los huesos y soportando sobre ellos una lluvia inmisericorde.

Hasta que vieron a lo lejos la sombra de una pequeña cúpula, y cuando se acercaron más descubrieron que se trataba de una vivienda celeste.

Christian pareció indeciso.

—Solo hasta que pase la lluvia —dijo Victoria, y el joven acabó por asentir.

Una casa celeste era un buen lugar para descansar. Su propietario no los traicionaría, porque sería incapaz de hacerlo. De todas formas, Christian dejó a la cría de shek resguardada en el cobertizo que había junto a la casa, antes de reunirse con sus compañeros en la puerta.

Los dueños de la casa eran una pareja joven, celestes, como los tres chicos habían supuesto, y, aunque se quedaron sorprendidos de recibir visitas a aquellas horas de la noche, los acogieron enseguida.

Jack y Victoria se acercaron rápidamente al fuego. Victoria estornudó.

—Tendrías que quitarte esa ropa mojada, muchacha —dijo la mujer celeste—, o enfermarás. Ven conmigo, creo que tengo ropas que pueden servirte.

Su compañero, entretanto, preparaba una infusión caliente para los chicos. Jack alzó las palmas de las manos sobre el fuego de la chimenea, disfrutando de su calor, pero Christian se mantuvo en un rincón en sombras, y solo sacudió la cabeza para apartarse el pelo mojado de la frente. Observaba a Jack con un brillo sombrío en la mirada.

–Mala noche para andar al raso –comentó el dueño de la casa.

–No hay ninguna ciudad cerca –murmuró Christian.

–Es cierto, pero una vez crucéis el río que separa Kash-Tar de Celestia, encontraréis muchas más poblaciones. Vaisel no está ya muy lejos, y hay un pueblo a menos de media jornada de camino de aquí.

Christian asintió, sin una palabra. El celeste les tendió sendos tazones de infusión. Jack la aceptó agradecido. El líquido caliente le hizo sentir mucho mejor.

Regresó la mujer celeste, con mantas para cubrir los hombros de los chicos. Tras ella entró Victoria, pero se detuvo en la puerta, con timidez y colorada como un tomate.

Jack se volvió hacia ella y se quedó sin respiración. Claro, no había pensado que le darían ropa celeste.

Los celestes solían vestir coloridas prendas hechas de un tejido muy liviano que, contra todo pronóstico, resultaba que abrigaba bastante. Pero era tan fino como una gasa. Los celestes encontraban aquello perfectamente natural, estaban acostumbrados a revelar sus cuerpos debajo de sus vestidos, al igual que para los humanos era normal ir con la cara descubierta, algo que, por ejemplo, los yan no comprendían, ya que ellos solo mostraban su rostro a la gente en la que confiaban. Jack había visto algunos celestes en el bosque de Awa, y todos, excepto Zaisei y el Padre, que, como sacerdotes, vestían las túnicas propias de su oficio, llevaban aquellas prendas tan ligeras que chocaban a aquellas personas habituadas a tapar sus cuerpos.

Y Victoria vestía una de aquellas túnicas en aquellos momentos, una fina túnica de color verde que revelaba muchos detalles de su figura, más detalles de los que ella estaba acostumbrada a mostrar.

La chica no sabía hacia dónde mirar. Jack enrojeció también y desvió la vista, azorado, pero Christian alzó una ceja y la miró de arriba abajo con interés. Victoria se puso todavía más colorada; quería taparse, pero temía ofender a su anfitriona si lo hacía.

–Nirei –le dijo entonces el celeste, con una alegre carcajada–, por el amor de Yohavir, mira qué nerviosos se han puesto estos chicos.

Ella se sonrojó delicadamente.

—Perdonad, qué tonta he sido... Olvidaba que las costumbres humanas son diferentes de las nuestras. Pero, Victoria, ¿por qué no me lo has dicho?

Victoria sonrió, y aceptó, agradecida, la manta que ella le tendió. Se la echó por encima de los hombros y se sintió mejor, pero aún no se atrevía a mirar a sus compañeros. Percibió entonces la voz de Christian, que susurró en su mente:

«No tienes nada de qué avergonzarte».

El corazón de Victoria se puso a palpitar alocadamente. Alzó la cabeza y miró a Christian, que se había sentado en un banco junto a la pared y la observaba con una media sonrisa. Se preguntó qué había en él que la alteraba de aquel modo. Apenas un par de semanas atrás, cuando viajaba junto a Jack, los dos solos, había llegado a pensar que, tal vez en un futuro, podría olvidar a Christian y ser feliz para siempre con el que era, y siempre había sido, su mejor amigo. Pero ahora, Christian había vuelto, y su voz, su mirada, su contacto, su sola presencia, la confundían y hacían que el corazón le latiera con tanta fuerza que parecía que se le iba a salir del pecho.

Poco antes del mediodía, la lluvia cesó; Victoria volvió a ponerse su ropa, que ya estaba seca, y, después de almorzar, los tres prosiguieron su camino.

La pareja de celestes los vio marchar desde la puerta de su casa. Cuando los jóvenes estuvieron ya lejos, ella dijo:

—¿Lo has visto?

Su compañero asintió.

—Lo he visto. Jamás habría imaginado que existieran lazos tan fuertes entre tres personas.

—No son humanos corrientes. No pueden serlo, y esos lazos... son mucho más que vínculos de amor y de odio. Son sentimientos mucho más intensos, más sólidos que los que puede sentir un humano, o un celeste. Oh, pobres muchachos, ¿qué será de ellos?

El celeste negó con la cabeza, entristecido. No tenía respuesta para aquella pregunta.

Una noche en que se había alejado un poco del campamento para reconocer el terreno, Victoria acudió a su encuentro.

Christian se dejó encontrar. La percibió mucho antes de que ella se reuniera con él al pie del árbol bajo el cual se había detenido un momento.

—Tengo que hablar contigo —dijo ella con suavidad.

Christian asintió sin una palabra. Intuía de qué quería hablar; se sentó sobre la hierba y la invitó con un gesto a sentarse a su lado.

Victoria lo hizo. Lo contempló unos instantes en silencio antes de preguntarle:

—¿Por qué?

El joven sonrió.

—Deberías saberlo ya.

Victoria dudó. Parecía estar luchando contra el impulso de acercarse más a él. Christian la miró con intensidad. Había sido así desde que se habían reencontrado en el desierto. Victoria estaba profundamente enamorada de Jack, pero había algo que la arrastraba sin remedio hacia el shek.

Por fin, con un suspiro, Victoria se acercó un poco más, casi con timidez. Cerró los ojos, con un estremecimiento, cuando los dedos de Christian acariciaron su cuello, sus mejillas, su pelo. Se entregó a su beso, bebiendo de él, disfrutando cada instante. Los dos se acercaron aún más el uno al otro, pero cuando los labios de Christian ya recorrían su cuello, despertando sensaciones insospechadas en ella, Victoria dijo con suavidad:

—Para, por favor.

Y Christian paró. Victoria apoyó la cabeza sobre su hombro, cerró los ojos y respiró hondo, intentando sobreponerse a lo que él había provocado en su interior.

—Pensaba que podía dejar de quererte —dijo ella en voz baja.

—¿Lo pensabas de verdad? —sonrió Christian.

—No —confesó Victoria tras un breve silencio—. Pero quise convencerme de que era posible.

—De modo que quisiste elegir. ¿Todavía quieres renunciar a una parte de ti?

—¿Eres una parte de mí?

—Sí, lo soy. Igual que Jack. ¿No lo sabías?

—¿Es por la profecía?

—No lo sé. Y no me importa. Sé lo que siento por ti, y eso no va a cambiar, con profecía o sin ella. ¿Sabes tú lo que sientes, Victoria? ¿Lo tienes claro?

—Siempre lo he tenido claro. Pero la razón...

—La razón te dice que no puedes amar a dos personas al mismo tiempo. Pero lo estás haciendo, Victoria. ¿Por qué tu sentido común no acepta los hechos?

Ella sacudió la cabeza.

—¿Y por qué me dices todo esto?

—Estoy intentando ayudarte, eso es todo.

Victoria no preguntó nada más. Se recostó contra él, apoyando la cabeza en su pecho. Ambos disfrutaron de la presencia del otro, durante unos momentos en los cuales Victoria sintió que su amor por Christian la inundaba de nuevo por dentro, con más intensidad que nunca.

—Te quiero, Christian —susurró.

—Lo sé —sonrió él.

—¿Crees que Jack lo aceptará algún día?

—Tendrá que hacerlo. Tendrá que aceptar lo nuestro o renunciar a ti. Lo que sientes por mí es tan tuyo como tu mirada, como tu sonrisa, como tu voz. No puedes deshacerte de ello como quien se despoja de una vieja capa. Y no sigas intentándolo, porque solo os causará dolor a los dos.

Victoria calló un momento. Después, alzó la cabeza para mirar a Christian.

—¿Y tú? ¿Qué piensas de todo esto? Dime, ¿qué soy yo para ti?

El joven respondió sin dudar:

—Luz.

Victoria esperó que añadiera algo más, pero Christian permaneció en silencio.

—No lo entiendo —dijo ella.

—No es necesario que lo entiendas. Por el momento, me basta con que lo sepas.

Tras unos momentos de silencio, Victoria habló de nuevo:

—Es extraño. Nos aguarda un destino que tal vez acabe con todos nosotros, y sin embargo yo no puedo dejar de pensar en lo mucho que te he echado de menos, y en cómo voy a encontrar una solución a lo que siento.

Christian la miró con una media sonrisa.

—¿Por qué lo haces tan complicado? Nos quieres a los dos, y punto. ¿Qué tiene eso de malo?

–¿Me estás diciendo que podríamos convivir los tres juntos? –replicó Victoria, casi riéndose–. ¿Teniendo en cuenta lo bien que os lleváis Jack y tú?

–En ningún momento he dicho que yo pueda convivir con vosotros, Victoria. De hecho, dudo mucho de que pudiera convivir con nadie; ni siquiera contigo. Y que te quede bien clara una cosa: a pesar de lo que crea Jack, no eres tú quien nos tiene enfrentados; al contrario. Si no fuera por ti, nos habríamos matado el uno al otro hace ya mucho tiempo. ¿Lo entiendes?

–Creo que sí. Y sé lo que siento, sé que es hermoso y que debería aceptarlo como un regalo, y alegrarme de compartir algo tan especial con dos personas que para mí significan tanto. Pero, entonces, ¿por qué me siento culpable de estar ahora contigo?

–Porque Jack te hace sentir así con esos estúpidos celos suyos. Y lo peor de todo es que, en realidad, una parte de él lo acepta y lo comprende. Pero me odia por instinto, y como tiene que buscar una explicación racional a ese odio, te utiliza a ti como excusa para justificarlo. Y no es así. Si alguna vez luchamos el uno contra el otro, criatura, quiero que sepas que tú no tendrás la culpa en ningún caso. De hecho, que yo sepa, con tu amor has logrado algo que nunca nadie había conseguido antes: que un shek y un dragón pudieran luchar en el mismo bando.

Victoria lo miró fijamente durante un momento antes de preguntar:

–¿Por cuánto tiempo, Christian?

Él vaciló, y la chica supo que había dado en el clavo.

–Te has dado cuenta –murmuró el shek.

–Has vuelto más poderoso, más frío y más seguro de ti mismo que cuando te marchaste del bosque de Awa –dijo ella en voz baja–. Has recuperado tu parte shek. Y todavía quieres matar a Jack. Ahora más que nunca.

–Sí, lo deseo con todo mi ser –confesó Christian, y en sus ojos brilló un destello de odio–. Casi tanto como deseo amarte a ti –añadió, y de nuevo clavó en ella su mirada de hielo, con tanta intensidad que Victoria jadeó y retrocedió un poco, el corazón latiéndole con fuerza.

Pero no se movió cuando él se acercó a ella para besarla, sino que se quedó esperándolo, temblando como una hoja. También ella deseaba con toda su alma dejarse llevar. Y seguramente no habría tenido fuerzas para resistirse a Christian, si él no se hubiera apartado de ella para mirarla con su serena sonrisa. Comprendió entonces que él seguiría controlándose por los dos, y lo agradeció para sus adentros. Le aterraba la simple idea de que la presencia de Christian la alterara hasta el punto de hacerle perder el dominio de sí misma.

—Si sobrevivimos a esto —dijo él, devolviéndola a la realidad—, si sobrevivimos al odio, y a Ashran, y a los sheks...

—¿Qué? —susurró ella.

—No me importará que permanezcas junto a Jack. Que vivas con él, si es eso lo que deseas. Pero —añadió, con una sonrisa— mientras siga viendo en el fondo de tus ojos que sientes algo por mí... acudiré a verte de cuando en cuando. A veces buscaré el calor de tu cuerpo, la suavidad de tu piel... otras veces necesitaré solamente hablar, o mirarte a los ojos, o simplemente estar contigo y disfrutar de tu compañía... Aceptaré siempre lo que tú quieras darme. No necesito más. Pero tampoco voy a conformarme con menos.

La miró intensamente, y Victoria sintió que enrojecía. Sacudió la cabeza, con una sonrisa entre perpleja, azorada y divertida.

—¿Te hace gracia? —prosiguió él, muy serio—. Una parte de tu corazón me pertenece. Y no pienso renunciar a ella, ¿comprendes? Podrías elegir, es cierto. Pero ya te pedí en una ocasión que vinieras conmigo, y tus sentimientos por Jack te impidieron aceptar. No creo que las cosas hayan cambiado, y sé que no van a cambiar en el futuro.

»O podrías pedirme que me alejara de ti para siempre, para no estorbar tu relación con Jack. Y lo haré, si es lo que deseas. Pero no es eso lo que quieres, ¿no es cierto?

Victoria desvió la mirada, confusa.

—No, no es lo que quieres —prosiguió Christian—. Y Jack sabe en el fondo que, aunque renunciaras a mí, jamás serías completamente suya. Mírame.

Victoria giró la cabeza, pero él la obligó, con suavidad, a mirarlo a los ojos. Los dos compartieron de nuevo una mirada intensa, profunda.

—¿Lo ves? —susurró Christian—. Una vez te dije que no me perteneces. Puedes hacer con tu vida y con tus sentimientos lo que te plazca, y jamás te exigiré que te ates a mí. Pero en el fondo de tu alma hay algo que sí es enteramente mío. Y regresaré a buscarlo... mientras siga ahí. Y no me importa cuántos Jacks haya a tu lado, no me importa cuántas veces trates de negarlo, o de alejarme de ti. El día que dejes de amarme desapareceré de tu vida, pero mientras siga viendo ese sentimiento en tus ojos cuando me miras, volveré a buscar aquello que es mío y que me pertenece solamente a mí.

Victoria dejó escapar un suave suspiro. Dejó que él la besara de nuevo. «Mientras siga ahí», pensó. Le echó los brazos al cuello y se acercó más a él, esta vez sin dudas, sabiendo que no podía negar el hecho de que seguía amándolo, y que, de todas formas, nunca podría engañar a Christian al respecto.

–Un unicornio y un shek –murmuró el joven, rodeando con los brazos la cintura de Victoria–. Resulta extraño, ¿no crees? Y, sin embargo... de alguna manera era inevitable, a pesar de todo lo que ha pasado.

–Sé lo que eres y lo que has hecho –susurró ella–. Y aun así... no, no puedo evitarlo, no soy capaz de dejar de sentir lo que siento. Tienes razón: no puedo negarlo. Y seguiré queriéndote siempre, Christian. Por mucho daño que puedas llegar a hacerme. Solo hay una cosa que jamás podría perdonarte. Sabes qué es, ¿verdad?

–Sí –respondió él con suavidad–. Lo sé.

Victoria enterró el rostro en su hombro, con un suspiro, pero no llegó a ver la sombra que cruzó fugazmente la expresión de Christian.

Alexander no perdió el tiempo en celebraciones. Habían tenido muchas bajas, y sabía que pronto llegarían más batallas. Que Ziessel movilizaría a todo el ejército de Dingra, y que probablemente pediría ayuda a los otros sheks; a Eissesh, por ejemplo. Si sus superiores le daban permiso, el gobernador de Vanissar no dudaría en enviar a Nurgon todo el ejército del rey Amrin. Eissesh todavía recordaría cómo la Resistencia se le había escapado en las montañas, cómo la gente de Denyal lo había engañado con un dragón artificial, el dragón que había pilotado Garin. Y no perdonaría fácilmente la ofensa.

Por otra parte, la noticia de que el príncipe Alsan había vuelto y estaba iniciando una rebelión había corrido por todo Nandelt y seguía extendiéndose con rapidez. En los días siguientes acudió más gente a Nurgon para unirse a los rebeldes. La mayoría eran refugiados del bosque de Awa, que respondieron al llamamiento del pueblo feérico. Pero también acudió mucha gente de la arrasada Shia, que había sido duramente castigada por su revuelta contra los sheks; muchos de sus habitantes habían emigrado a otros reinos y, aprendida la lección, se habían integrado en la vida cotidiana de las naciones sometidas por los sheks. No obstante, en los corazones de otros muchos ardía aún el deseo de venganza, y estos fueron quienes vieron en Alexander y su grupo de rebeldes la oportunidad de luchar por la memoria de su tierra y de sus gentes.

Se presentó también gente escapada de Dingra, e incluso de Nanetten y Vanissar; en menos de una semana, la Fortaleza era un hervidero de gente.

Los sheks tardaron bastante tiempo en dar señales de vida, y los espías de Alexander le informaron de que su hermano, el rey Amrin, estaba preparando a sus ejércitos para la batalla.

—Es cruel —opinó Denyal cuando lo supo—. Los sheks envían a los hombres de Vanissar y Dingra a luchar contra nosotros. Quieren enfrentarnos en una guerra fratricida.

—No es cruel —repuso Alexander con calma—. Es práctico. Muchos de los sheks que vigilaban Nandelt están ahora en Awinor, buscando al dragón y al unicornio. Eissesh y Ziessel no pueden reunir a un ejército de sheks, pero pueden dirigir a uno formado por humanos y szish.

Alexander, por su parte, también se preocupó de buscar aliados en otros lugares. Tiempo atrás, antes de abandonar Vanissar, había enviado a un par de emisarios a tratar con los bárbaros de Shur-Ikail. Los mensajeros habían regresado con una oreja menos cada uno, y la respuesta de Hor-Dulkar, el más poderoso señor de la guerra de la región: los bárbaros no unirían sus fuerzas a las de un príncipe extranjero, a no ser que este les demostrase que de verdad era un digno aliado contra las serpientes. Aquellos emisarios habían acudido a proponerles una alianza con las manos vacías, y aquello suponía una tremenda ofensa para los bárbaros; pues si alguien se consideraba lo bastante poderoso como para osar pactar con Hor-Dulkar, debía presentarle antes un brillante historial de victorias que avalara sus méritos.

Los mensajeros habían tenido suerte de regresar con vida; si Hor-Dulkar se había contentado con cortarles una oreja en castigo por su atrevimiento, era porque en el fondo sentía curiosidad hacia Alexander y estaba dispuesto a esperar a ver qué hacía.

Alexander sabía muy bien lo que se jugaba, y había dejado bien claro que era peligroso tratar con los bárbaros; los mensajeros que habían acudido a Shur-Ikail eran conscientes del riesgo que corrían y se habían presentado voluntarios para la misión. Pero Alexander no se habría molestado en tratar de ganarse a los bárbaros si no hubiera sabido que estos, tras la caída de la Torre de Kazlunn, se hallaban en una situación muy delicada. Hasta entonces habían conseguido mantener cierta independencia ante la invasión shek. Al fin y al cabo, no eran más que un conglomerado de tribus que pasaban el tiempo luchando unas contra otras, a causa de antiguas rencillas cuyo origen se había olvidado hacía siglos, demasiado disgregadas como para formar un ejército que peleara contra las serpientes y supusiera para ellas algo más que una pequeña molestia. Por otra parte, a pesar de que nunca habían confiado del todo en los magos, hasta Hor-Dulkar reconocía, aunque a regañadientes, que la cercanía de la Torre de Kazlunn les había otorgado cierta protección; pero ahora que Kazlunn había sido conquistado por los sheks, y su nueva dueña era leal a Ashran, la independencia de los bárbaros corría serio peligro.

Hor-Dulkar estaría más receptivo que de costumbre a una posible alianza con un príncipe de Nandelt. Y, dado el talante que solía gastar habitualmente, perder una oreja no era lo peor que les podía haber pasado a los mensajeros.

Alexander estaba dispuesto a darle al jefe bárbaro lo que le había pedido. Así, cuando juzgó que la noticia de la reconquista de Nurgon se había extendido suficientemente a lo largo y ancho de Nandelt, envió nuevos mensajeros a Shur-Ikail, para parlamentar con el jefe bárbaro.

Sabía que, en esta ocasión, regresarían con las dos orejas en su sitio.

Una noche que Christian se había perdido en la oscuridad para pasar unos momentos a solas, como era su costumbre, dejándolos a ambos junto a la hoguera, Jack no pudo aguantar más y le dijo a Victoria:

—Algún día tendrás que tomar una decisión, ¿no?

Ella alzó la cabeza y lo miró largamente. Por un momento, a Jack le pareció que sus ojos eran tan profundos como la noche que los rodeaba.

—No lo entiendes —dijo la muchacha con suavidad—. Ya hace mucho tiempo que tomé una decisión.

Jack parpadeó, un tanto desconcertado.

—¿Ah, sí? Primera noticia.

Pero el corazón le latía con fuerza. Tal vez ella quería decir que había elegido en el bosque de Awa, y que al decidir acompañarlo hasta

Awinor le había entregado su corazón... a él, y no al shek. No obstante, algo en la mirada de Victoria le hizo sospechar que no era eso lo que ella tenía en mente.

–Ya hace tiempo que tomé mi decisión –repitió ella–. Ahora eres tú quien debe decidir.

–¿Decidir, el qué?

–Si la aceptas o no. Estás en tu derecho de no estar conforme. Yo respetaré tu decisión, sea cual sea. Solo te pido que respetes tú la mía.

Jack comprendió, de golpe, lo que ella le estaba diciendo: que ya había elegido. Y los había elegido a los dos.

Se quedó sin habla.

–No, no, eso no puede ser. No puedes quedarte con los dos.

–No he decidido quedarme con nadie, Jack. He decidido amaros a los dos, estéis o no estéis conmigo, porque es lo que me dice el corazón. Si correspondéis o no a mi amor, es cosa vuestra. Christian me quiere de todas formas. ¿Y tú?

Jack se llevó las manos a la cabeza, mareado.

–No puedes pedirme que te comparta con un shek.

–No te lo he pedido, Jack. Puedes hacer lo que quieras; yo te querré igualmente, lo aceptes o no. Pero comprendería que tú no soportases esa situación.

–Sin embargo, de alguna manera nos obligas a estar los tres juntos.

–Porque hemos de luchar juntos. Si nuestro vínculo se rompe, seremos vulnerables.

–¿Vulnerables? –repitió Jack–. ¿Quieres decir, ante Ashran? ¿Por la profecía?

Pero Victoria no contestó.

Jack comprendió que, en la situación en la que se encontraban, era mucho más importante planear su estrategia contra Ashran que solucionar su complicada relación amorosa. A regañadientes, reconoció que necesitaban al shek en su bando para salir vivos de allí, y se propuso hacer lo posible por llevarse bien con él.

Al día siguiente, sin embargo, ya estaban discutiendo otra vez.

–¡Te has vuelto loco! ¿Es que quieres matarnos, o qué?

–Jack, cálmate...

–¡No, no me pidas que me calme, Victoria! ¡Este condenado shek ha vuelto a traicionarnos!

–Deja al menos que se explique, ¿no?

—¿Necesitas más explicaciones? ¡Nos lleva derecho a Ashran!

—Por supuesto que voy a llevaros ante Ashran. ¿Adónde si no pensabais que os conducía?

—Pero...

—¿Lo ves, Victoria? ¡Sabía que no podíamos fiarnos de él!

—Nunca te he pedido que te fíes de mí, dragón. Pero si tu limitado cerebro es incapaz de comprender por qué tenemos que ir a Drackwen, entonces no voy a perder el tiempo intentando explicártelo.

—¡Ya he aguantado suficiente, shek!

Con un rugido, Jack se transformó en dragón y se volvió hacia Christian, en medio de una violenta llamarada. El joven mantuvo su forma humana, pero desenvainó a Haiass, con un destello acerado brillando en sus ojos.

La cría de shek, que los observaba, siseó al ver a Jack bajo su otra forma, y se ocultó tras una roca, sin dejar de mirar al dragón con los ojos cargados de odio.

Victoria se interpuso entre Jack y Christian. No llevaba el báculo, no blandía ningún arma. Solo su cuerpo entre las garras y el aliento del dragón, y el gélido filo de Haiass. Pero no titubeó ni un solo momento, ni bajó la mirada, ni le tembló la voz cuando dijo:

—Si os matáis el uno al otro, me mataréis a mí también.

Christian la miró un momento y, con un soberano esfuerzo de voluntad, envainó de nuevo su espada. Jack emitió algo parecido a un gruñido y volvió a transformarse. Respiró hondo varias veces, para calmarse, pero en sus ojos todavía llameaba el fuego del dragón.

—¿Y bien? —preguntó entonces Victoria, volviéndose hacia Christian—. ¿Por qué nos has hecho cruzar el río? ¿A qué viene este cambio de ruta?

—Yo no he cambiado la ruta —repuso el shek—. Desde el principio he tenido la intención de llevaros hasta la Torre de Drackwen, y eso es exactamente lo que estoy haciendo.

—¡Para entregarnos a Ashran! —acusó Jack.

—Para enfrentarnos a él —corrigió Christian—. Vais a hacerlo tarde o temprano, así que, cuanto antes, mejor. Vuestro amigo Alexander ha iniciado una rebelión en el norte, y con un poco de suerte los sheks todavía os buscarán en el sur. Es el mejor momento para atacar a Ashran.

—Tan pronto... —murmuró Victoria.

Christian la miró.

–Hemos de hacerlo antes de que sea demasiado tarde, Victoria. Mi padre espera de mí que mate al dragón; por eso me devolvió a Haiass, por eso se encargó de resucitar mi parte shek. Y si esto continúa así, terminaré haciéndolo...

–¿De verdad crees que ganarías en una pelea contra mí? –replicó Jack, ceñudo; pero Christian no le hizo caso.

–... así que lo mejor es acabar con esto cuanto antes. Matar a Ashran antes de que nos matemos los unos a los otros.

Victoria se estremeció. Jack iba a replicar, pero se detuvo un momento, consciente de pronto de las palabras de Christian.

–¿Estás hablando de matar a tu propio padre? ¿Harías eso de verdad?

Christian se volvió hacia él.

–La otra salida que tengo, y es muy tentadora, créeme, es matarte a ti y acabar con esa condenada profecía. Entonces Victoria estaría a salvo. Los sheks no tienen nada contra ella, y mi padre tampoco.

»Pero si te mato, dragón... una parte de Victoria morirá contigo. Y, lo creas o no, me importa de verdad lo que ella siente. Esa es la única razón por la que sigues vivo todavía.

Jack abrió la boca para replicar, pero no le salieron las palabras.

–¿Te importan a ti sus sentimientos, te importa ella, más que tu odio hacia mí? –prosiguió el shek–. ¿O es que resulta que ese amor que dices que sientes no es más que un cúmulo de palabras sin sentido?

Jack le dio la espalda, malhumorado. Christian recogió al pequeño shek, se lo cargó a los hombros y se puso en marcha de nuevo. Al pasar junto a Jack, este oyó su voz en su mente:

«No, no la estoy enviando a la muerte. Te juro que mataré y moriré para protegerla, y si Victoria ha de morir, yo moriré con ella».

Jack no dijo nada. La cría de shek le lanzó un furioso siseo, enseñándole los colmillos, cuando Christian pasó junto a él, pero el muchacho no reaccionó hasta que Victoria llegó a su lado y le cogió de la mano.

–Yo estoy preparada –dijo ella con suavidad–. ¿Y tú?

El chico la miró a los ojos, y Victoria no leyó en ellos el miedo a la muerte. No; lo que abrumaba a Jack, lo que le hacía dudar, era un profundo pánico a perderla. Y la joven se dio cuenta de que ella sentía exactamente lo mismo, el mismo miedo que había tenido en el desierto, cuando Christian había estado a punto de llevársela consigo, dejando atrás a Jack. Sintió que una cálida emoción la inundaba por dentro al darse cuenta, una vez más, de lo mucho que la querían los dos.

Jack se sobrepuso y le devolvió una afectuosa sonrisa; y por un momento pareció el Jack de siempre, el muchacho cariñoso y agradable que era cuando no lo nublaba su odio hacia el shek.

Los tres prosiguieron, pues, su viaje, aunque en esta ocasión ya no marchaban hacia el norte, sino hacia el oeste.

«Vienen hacia aquí», dijo Zeshak, entornando los ojos.

–Bien –respondió Ashran, sin alterarse.

«No era eso lo que esperábamos», objetó la serpiente.

–Subestimas a Kirtash. Es listo, sabe que no le queda mucho tiempo. Por muy obstinado que sea, por mucho que le importe esa muchacha, no tardará en sucumbir a su instinto. Lo sabe perfectamente.

«Si fuera un verdadero shek, habría matado a ese dragón hace mucho tiempo», opinó Zeshak con desprecio.

–Sin duda. Pero una parte de él sigue siendo un shek. Aún les queda un largo viaje hasta la Torre de Drackwen. ¿Cuánto tiempo crees que podrá resistir?

Les perdieron la pista en Vaisel.

Aquella era la ciudad más importante de Celestia, después de Rhyrr, la capital. Shail, Zaisei y Kimara, que los había acompañado en su viaje hacia el norte, esperaban obtener allí noticias de Jack y de Victoria. Días antes, en un pequeño pueblo junto al río Yul, un celeste les había dicho que había alojado a la pareja en su casa una noche de tormenta. Solo que no eran dos, sino tres.

–Christian va con ellos –dijo Shail, inquieto; por un lado se alegraba, ya que el joven shek era un aliado valioso, y si luchaba a su lado tendrían más posibilidades de salir con vida. Pero, por otra parte, sabía que Jack era ya un dragón. Y Christian, si no se equivocaba, había abandonado la Resistencia para volver a ser un shek.

El celeste les dijo que los tres chicos iban hacia el norte, hacia Vaisel; pero ellos llevaban ya un par de días en la ciudad, y nadie parecía haber visto allí a ninguno de los tres. Esto desconcertaba a Shail; si viajaban hacia Nandelt siguiendo el río Yul, a la fuerza debían haber pasado por Vaisel. Aquella noche, en la posada, examinando un mapa del continente y señalando con el dedo la ruta que habían seguido,

Shail comprendió que, si no iban a Nandelt, solo quedaba una posibilidad.

–La Torre de Drackwen –murmuró, horrorizado–. Han cruzado el río y van al encuentro del Nigromante.

Trató de levantarse, olvidando por un momento su incapacidad, y cayó al suelo con estrépito, haciéndose daño en el codo. Zaisei lo ayudó a incorporarse y, por una vez, él no la rechazó con dureza.

–Tenemos que alcanzarlos antes de que sea demasiado tarde. No es así como debe suceder, no pueden atacar la torre ellos solos.

–Puede ser que ese shek los lleve directo a una trampa –dijo Kimara, frunciendo el ceño.

–Se dejaría matar antes que entregar a Victoria.

–A Victoria, tal vez no. Pero ¿qué hay de Jack?

Shail no quería esperar un minuto más, de modo que abandonaron la posada aquella misma noche. Y a pesar de que sabía que era más seguro viajar por tierra, Shail pidió a la sacerdotisa que llamara a las aves doradas.

No había nidos de pájaros haai cerca de la ciudad, pero no importaba. Las aves podían oír cuando las llamaba alguien, por muy lejos que estuviera.

Cuando dos magníficos pájaros dorados se posaron en tierra, junto a los viajeros, Shail se volvió hacia Kimara.

–¿No vienes con nosotros?

La semiyan vaciló. La idea de volver a ver a Jack le resultaba tentadora; pero no olvidaba las últimas palabras que él le había dirigido, y supo que no podía fallarle.

–No; seguiré mi camino, rumbo a Nandelt. He de entregar un mensaje.

Shail comprendió. Asintió, pero no dijo nada más.

Kimara se quedó mirando un momento cómo las dos aves doradas se alejaban hacia el horizonte, dando la espalda a la aurora, y envió un beso tras ellas.

–Para ti, Jack –murmuró–. Recuerda tu promesa: recuerda que me dijiste que volverías vivo.

Los sueños siguieron repitiéndose cada noche.

Todas las mañanas, Christian se despertaba con una sola idea en la cabeza: matar a Jack. Cada día era un poco más difícil resistir aquel impulso.

Tenía un modo de hacerlo, sin embargo. Lo primero que hacía al despertarse era volver la cabeza para mirar a Victoria.

La encontraba, siempre, dormida en brazos de Jack. Desde aquella noche en que Christian les había dicho que no debían reprimir sus sentimientos, ellos dos estaban siempre muy juntos, como si aquellos días de distanciamiento hubieran sido insoportables para ambos y ahora quisieran recuperar el tiempo perdido.

A Christian no le molestaba. Los celos nacen de las dudas, de la inseguridad, y Christian, que leía con tanta claridad los pensamientos de los demás, era incapaz de sentirse celoso. Porque no tenía más que mirar a los ojos de Victoria para saber con absoluta certeza lo que ella sentía por él, para ver en su mirada un amor tan intenso como inquebrantable. Y con eso le bastaba.

Además, también ellos dos tenían sus momentos íntimos. Jack lo sabía, pero no decía nada cuando ambos se adelantaban para reconocer el terreno, o cuando iban juntos a buscar agua al río. Sabía de sobra que Christian y Victoria aprovechaban para compartir besos, alguna caricia, y aquello lo enervaba pero, a su vez, calmaba el odio en su interior. Porque en aquellos momentos veía a Christian más humano que shek, solo un joven enamorado de una chica, igual que él. Y, aunque de buena gana se habría desahogado a golpes con él, no encontraba motivos para matarlo. Desde su conversación con Victoria, además, había dejado de preocuparse por los sentimientos que ella profesaba al shek, para plantearse qué sentía él mismo en realidad. Victoria ya le había dejado claro que los amaba a los dos, y seguiría haciéndolo, pasara lo que pasase. Ahora él debía decidir si aceptaba o no aquella situación. Si se conformaba con compartirla con Christian o, por el contrario, prefería renunciar a sus sentimientos por ella y esperar a encontrar otra mujer a quien no tuviera que compartir con nadie. Y pensaba en Kimara, y se dio cuenta entonces de que también él tendría que elegir.

Sin embargo, las cosas no habían cambiado desde aquella noche, en Hadikah, en que Jack había rechazado a la semiyan.

No, no habían cambiado. Le gustaba Kimara. Pero no la amaba.

Y a Victoria, sí.

Era muy confuso y complicado, así que por el momento decidió aplazar su elección y simplemente disfrutar de los instantes que pasaba con Victoria, y hacer como que no sucedía nada cuando ella desaparecía con Christian. Jack intentaba mirarlo por el lado bueno: ella seguía durmiendo a su lado todas las noches. Seguía dedicándole más tiempo a él que al shek, así que, en principio, salía ganando...

Christian, por su parte, se obligaba a sí mismo a mirar a Jack y Victoria cuando estaban así, dormidos, el uno en brazos del otro. No solo para mantener viva su parte humana. También porque aquella imagen le ayudaba a recordar lo duro que había sido para él salvar a Jack en el desierto, y, sobre todo, la razón por la que lo había hecho: porque, según se alejaba, con Victoria a cuestas, había sentido el intenso dolor de ella, había sabido que, si la apartaba de Jack, algo en su interior moriría sin remedio.

Y evocaba, una vez más, la mirada de los ojos de Victoria cuando le había suplicado que la dejase con Jack. No debía olvidar nunca lo que había visto en aquellos ojos, no debía olvidar que, si Jack moría, Victoria acabaría por morir con él.

No debía olvidarlo, porque, en el momento en que lo hiciera, mataría a aquel dragón... igual que en sus sueños.

Le intrigaba que el deseo de acabar con su enemigo lo obsesionara hasta el punto de soñar con lo mismo todas las noches. Al principio había pensado que se debía al hecho de que los dos habían vuelto a encontrarse y pasaban todo el día juntos. Pero Jack no parecía tener sueños similares, y Christian empezó a preguntarse si su odio se manifestaba de forma diferente... o había algo extraño en todo aquello.

Pronto divisaron en el horizonte la cordillera conocida como los Picos de Fuego.

Era un espectáculo sobrecogedor, porque se trataba de toda una larga cadena de volcanes que partían el horizonte con sus conos truncados. Algunos aún estaban en activo, y lanzaban volutas de humo al cielo anaranjado.

En cuanto vio las montañas, Jack se quedó mirándolas, con una extraña expresión en el rostro.

–¿Qué es? –preguntó Victoria, inquieta–. ¿Qué tienes?

–Drackwen –dijo Christian–. Los Picos de Fuego. Dicen las leyendas que aquí se vio al primer dragón, en tiempos remotos.

–Lo sabía –respondió Jack al punto–. Bueno, no lo sabía –rectificó–. Lo intuía.

–¿Vamos a tener que cruzar esas montañas? –preguntó Victoria.

–Podemos rodearlas, pero me parece más seguro atravesarlas. Dentro de cada uno de esos volcanes hay una caldera, por no hablar de la sima que recorre la cordillera de norte a sur, y por cuyo fondo corre un río de lava. Demasiado fuego para los sheks. Nunca vienen por aquí.

–¿Y no hará demasiado calor para nosotros? –inquirió Jack–. ¿Y el aire? ¿Es respirable?

–Victoria puede protegernos con la magia del báculo.

Ella asintió con la cabeza.

Aún tardaron dos días más en alcanzar la falda de la cordillera. Christian los guió a través de un estrecho paso entre dos volcanes. Les explicó que la enorme sima que partía en dos la cordillera comenzaba un poco más al norte, de forma que no tendrían que atravesarla.

Pero de todas formas, hacía calor, mucho calor. Christian avanzaba el primero, con Haiass desenvainada, y se esforzaba por transmitirle todo su poder a la espada, para que enfriara el ambiente en torno a ellos. La cría de shek estaba siempre con él, lo más cerca posible de la espada, y parecía claro que no lo estaba pasando bien. Pero había preferido seguir junto a Christian en lugar de abandonarlo al pie de las montañas, como él le había sugerido mentalmente. Tanto él como Victoria estaban aguantando el trayecto bastante bien.

Sin embargo, Jack se sentía cada vez más inquieto.

–Tengo una extraña sensación –dijo en un par de ocasiones–. Es como si estuviera rodeado de sheks por todas partes.

–Aquí solo estamos nosotros dos –repuso Christian con calma, refiriéndose a él y a la pequeña serpiente que había «adoptado».

–No, es mucho más que eso –insistió Jack–. ¿No lo notas?

Christian sacudió la cabeza.

–Sí, un poco, pero no le des importancia. Es el calor, que nubla nuestros sentidos. Si te concentras, te darás cuenta de que no hay serpientes aquí.

–No, es verdad –concedió Jack.

Pero, según fueron pasando las horas, se volvió cada vez más arisco y agresivo. Christian percibía su odio, sentía que crecía en su interior, como lo haría la lava de un volcán a punto de entrar en erupción. Y sintió, no sin inquietud, que algo en él estaba deseando que el dragón lo provocara para iniciar una pelea a muerte con el más mínimo pretexto. «Es el calor», se dijo a sí mismo. Pero era verdad que se percibía algo extraño en el ambiente, algo que le recordaba a su gente, a los otros sheks. No era eso lo que le inducía a atacar a Jack, sin embargo; era su instinto, todas aquellas veces que lo había matado en sueños, todas las veces que había disfrutado con ello.

Se les hizo de noche, pero no se detuvieron porque la cordillera no les pareció un buen lugar para pernoctar. De modo que continuaron caminando toda la noche, y al amanecer habían salido ya de las montañas.

Se sentaron a descansar. Jack se dejó caer sobre el suelo agrietado, pero respiraba entrecortadamente, y sus ojos seguían fijos en la cordillera. Victoria detectó, inquieta, que de nuevo ardía en su mirada el fuego del dragón.

—Jack, ¿estás bien? —le preguntó con suavidad, pero él la apartó bruscamente de sí.

—No, no estoy bien —replicó de malos modos—. ¡Maldita sea! ¿Es que no sentís las serpientes? ¡Están en todas partes, o han estado aquí, o se acercan...!

Christian entrecerró los ojos y dirigió la mirada hacia las montañas. Ahora que el calor no era tan intenso, percibió que, en efecto, Jack tenía razón: había algo de la esencia shek en el ambiente, y parecía que era más acentuado un poco más al norte, donde comenzaba la sima de lava.

Pero eso no tenía sentido. Estaba convencido de que los sheks jamás se acercarían tanto a un lugar lleno de fuego. Y sin embargo, su instinto le decía...

—Es absurdo —declaró, sacudiendo la cabeza—. Hace demasiado calor para un shek.

Jack lo miró, irritado. Incluso Victoria notó cómo el fuego del dragón se hacía cada vez más intenso en su interior.

—¡Tú estás aquí! ¡Y esa repugnante serpiente en miniatura! ¿Me vas a negar que no hueles a los otros sheks? ¿O es que me tomas por idiota?

Christian le dirigió una mirada gélida.

—Siento esa presencia —admitió—. Pero...

Jack no lo dejó terminar.

—¡Lo sabía! —gritó, furioso—. ¡Maldita serpiente! ¡Entonces lo reconoces! ¡Nos has traído hasta una trampa!

Desenvainó a Domivat, que relució con una violenta llamarada.

—Estúpido —siseó Christian, con helada cólera.

También él extrajo a Haiass de su vaina. Jack se lanzó contra él, con un grito. Las dos espadas chocaron, y el aire se estremeció.

Fue Christian quien contraatacó primero. Jack acudió a su encuentro.

Pero una vara tan luminosa como el alba se interpuso entre ambos. Se produjo un intenso chispazo cuando los filos de las dos espadas toparon con el Báculo de Ayshel. Los dos chicos retrocedieron solo un poco.

—¿Os habéis vuelto locos? —estalló Victoria—. ¡Guardad eso inmediatamente! ¡No tenemos tiempo para...!

Jack no la escuchó. La furia del dragón latía en sus sienes, el instinto asesino dominaba sus actos y lo empujaba hacia el shek. Para él no existía nada más en aquel momento.

Ni siquiera Victoria. La apartó de su camino, sin ceremonias, para volver a embestir a Christian. El shek respondió a su estocada con siniestra determinación.

—¡Basta! —gritó Victoria.

Se interpuso entre los dos; sabía que se jugaba la vida, pero no le importó. Jack apartó el báculo con la espada, impaciente, dejando escapar un rugido de furia. Pero Victoria seguía allí, entre ambos, serena y segura de sí misma. Jack entrecerró los ojos, retrocedió unos pasos y arrojó la espada a un lado. Victoria respiró hondo...

... Pero su alivio duró poco. Porque los ojos de Jack seguían sin verla, seguían sin ver otra cosa que el shek al que debía matar. El muchacho rugió de nuevo, y su poder se desató de pronto, transformándolo en dragón. Echó la cabeza atrás para lanzar un poderoso rugido, extendió las alas, batió la cola contra el suelo y se lanzó sobre Christian, saltando por encima de Victoria, con las garras por delante.

—¡JACK! —gritó Victoria—. ¡Jack, NO!

Christian tampoco lo dudó un solo momento, y llevó a cabo su propia metamorfosis, con oscuro placer. No se acordó de Victoria, no pensó en nada más que en matar al dragón cuando arremetió contra él, con un siseo amenazador, los colmillos destilando su mortífero veneno.

Victoria gritó, corrió hacia ellos, les suplicó que pararan; pero las dos formidables criaturas no la escucharon. Era demasiado pequeña, demasiado insignificante, comparada con el odio ancestral que los devoraba por dentro. Una parte de Christian sabía que había sucumbido a los planes de su padre; pero en aquel momento no le importaba.

El dragón alzó el vuelo, y la serpiente lo siguió. Se encontraron en el aire. El dragón trató de atraparlo entre sus garras, pero el sinuoso cuerpo del shek era demasiado escurridizo, y no lo consiguió. Kirtash se revolvió e hincó los colmillos en el cuerpo dorado de Yandrak; este rugió, furioso, y le lanzó una bocanada de fuego. La serpiente chilló cuando, a pesar de su intento por esquivarla, la llamarada la alcanzó en un ala. Yandrak trató de morder a Kirtash, que voló en torno a él, rodeándolo. Cuando el dragón quiso darse cuenta, la serpiente lo asfixiaba entre sus anillos.

Yandrak perdió el equilibrio. Kirtash batió las alas, pero no podía sostener el peso de ambos.

Los dos cayeron al suelo, sus cuerpos enredados, mordiéndose, destrozándose al uno al otro, con siniestro placer, como si hubieran nacido para aquel enfrentamiento y su vida no tuviera ningún sentido sin él.

Victoria creía estar en medio de una pesadilla. Seguía llamándolos por sus nombres, tratando de hacerse escuchar. Pero los bramidos del dragón y los silbidos de la serpiente ahogaban su voz. Victoria no se dio cuenta, pero estaba llorando. Ver en aquella situación a los dos seres que más amaba en el mundo le destrozaba el corazón.

Yandrak se desasió del agobiante abrazo de la serpiente y levantó el vuelo de nuevo. Y Kirtash fue tras él.

Victoria supo que no podría alcanzarlos. Ahora sobrevolaban los volcanes, persiguiéndose el uno al otro, atacándose, hiriéndose... matándose.

—¡Victoria! ¡Vic!

Entre un velo de lágrimas, Victoria vio dos formas doradas que descendían hacia ella desde el cielo anaranjado. Apenas les prestó atención. Su corazón, todo su ser, estaba pendiente de la pelea que mantenían Yandrak y Kirtash, el dragón y la serpiente, sobre los Picos de Fuego.

Por eso apenas se percató de que los dos pájaros haai aterrizaban junto a ella. Apenas fue consciente de la voz de Shail, que le decía:

—¡Vic! Gracias a los dioses que estás bien. ¿Qué ha pasado?

Victoria volvió a la realidad.

—¡Se van a matar, Shail, se van a matar! ¡Tenemos que detenerlos!

—¡Sube a uno de los pájaros, vamos!

Zaisei desmontó para cederle su lugar, y Victoria trepó al lomo del ave de un salto, agradecida.

Pronto, los dos sobrevolaban los Picos de Fuego, el extremo del báculo de Victoria encendido como una estrella, en dirección a las dos criaturas que, ajenas a todo, seguían tratando de matarse mutuamente.

A sus pies, la sima serpenteaba como una culebra de fuego; era un espectáculo sobrecogedor, pero Victoria apenas se percató de su existencia. Solo tenía ojos para los dos seres que, momentos antes, habían sido Jack y Christian.

Kirtash logró, por fin, hincar sus colmillos en el cuello del dragón, que lanzó un bramido de dolor. Sintió entonces una lejana llamada.

«Ah, Haiass», pensó.

Se separó del dragón y allí mismo, sobre el abismo de lava que se abría a lo lejos, a sus pies, se transformó en humano de nuevo.

La espada se materializó en su mano en cuanto la llamó. Con una sonrisa de satisfacción, Kirtash la hundió en el pecho del dragón, que dejó escapar un rugido de sorpresa y de dolor.

Brotó sangre. Roja, brillante, que envolvió el filo de Haiass. La espada de hielo bebió, ávida.

Kirtash la extrajo del cuerpo del dragón...

... que ahora era el cuerpo de un sorprendido muchacho de quince años...

Kirtash vio cómo Jack, herido de muerte, se precipitaba a la sima, cómo caía, con un pesado chapoteo, al río de lava, que sepultó su cuerpo en su abismo de fuego.

Oyó el grito de infinito dolor de Victoria, y solo entonces fue consciente de lo que había hecho.

Todo había sucedido muy rápido: la transformación, el golpe de gracia... pero el poder de Christian solo podría mantenerlo unos segundos en el aire bajo forma humana, de modo que, cuando empezó a caer, se transformó otra vez en shek.

Una sola idea martilleaba en su cabeza.

«He matado al dragón. He matado al último dragón que quedaba en el mundo».

En el fondo de su mente, oía las voces de todos los sheks del mundo, que celebraban, ahora sí, la extinción de todos los dragones.

«Por fin», dijo Zeshak.

Ashran sonrió, satisfecho.

–Hemos derrotado a la profecía. Hemos vencido a los dioses, amigo mío.

El rey de las serpientes respondió con una media sonrisa de triunfo.

Christian aterrizó, todavía aturdido, y se metamorfoseó de nuevo en humano. Haiass había caído al suelo, cerca de él. La recogió. Su filo había recuperado aquel suave resplandor blanco-azulado, que ahora no vacilaba, sino que se había vuelto más firme y seguro que nunca. Cerró los ojos. A pesar de estar herido de gravedad, se sentía poderoso, muy poderoso. Jamás se había sentido así, y disfrutó de su triunfo.

Pero entonces percibió que alguien lo miraba. Y era una mirada tan intensa que Christian la notó con tanta claridad como si le quemara en la nuca. Abrió los ojos y se volvió.

Era Victoria.

Pocas cosas podían impresionar a Christian, pero el rostro de Victoria en aquel momento, sus ojos, le estremecieron el alma.

La muchacha había bajado del pájaro dorado, tambaleándose, y ahora estaba de rodillas sobre el suelo, incapaz de tenerse en pie. Se había llevado las manos al pecho, como si le costara respirar... o como si le hubieran arrancado el corazón. Su rostro mostraba una grotesca mezcla del sufrimiento más profundo con el más patente desconcierto, como si no acabara de creerse lo que había sucedido.

Jack había muerto, lo sabía. Estaba tan unida a él que sabía cuándo estaba bien y cuándo estaba en peligro, cuándo se sentía feliz y cuándo, simplemente, había dejado de existir en el mundo. Lo sabía sin necesidad de anillos mágicos que la vincularan a él.

Y Jack ya no estaba. Se había ido. Para siempre.

Christian fue entonces consciente de que, si la hubiera matado, si la hubiera torturado hasta la muerte, no le habría hecho más daño del que acababa de hacerle ahora. Se odió a sí mismo por no haber podido controlar su instinto, se le rompió el corazón, quiso correr junto a ella y abrazarla, y pedirle perdón, y hacer lo que fuera para compensarla, para borrar aquel dolor tan profundo de su mirada, que estremecía hasta la última fibra de su ser.

Pero no había nada, absolutamente nada, que pudiera hacer para arreglar aquello.

La había perdido para siempre, igual que ella había perdido a Jack.

Sintió un siseo cerca de él, y se volvió. Allí estaba la cría de shek. Parecía contenta y satisfecha, y lo miraba con una expresión taimada que le sorprendió en una serpiente tan joven. Entonces, de pronto, se dio cuenta de a quién le recordaba aquella mirada, quién le había estado hablando en sueños todo aquel tiempo a través de aquella criatura.

–Zeshak –murmuró.

Sin una palabra más, sin una sola vacilación, descargó su espada sobre el pequeño shek, que se encogió sobre sí mismo con un siseo aterrorizado. Pero la punta de Haiass se clavó en el suelo, cerca de él, congelando la tierra de alrededor bajo una fría capa de escarcha que era un reflejo de la ira y la impotencia que sentía su propietario.

«Vete», dijo el joven solamente. «Vete, antes de que te mate por atreverte a manipularme».

Sabía que había sido Zeshak quien le había hablado en sueños a través de la mente de aquella cría, que no tenía la culpa de lo que había sucedido. Pero no pudo evitarlo.

La pequeña serpiente entornó los ojos y se alejó de él, reptando a toda velocidad. Pronto la vieron desaparecer entre las rocas.

Victoria contempló la huida de la cría de shek sin que variara lo más mínimo la expresión de su rostro. Estaba ida, incapaz de moverse, de hablar, de reaccionar. Christian la miró. Había dolor en los ojos de él, un dolor profundo, pero Victoria no lo notó. Le devolvió una mirada ausente.

Christian comprendió, en aquel preciso instante, que matando a Jack la había matado a ella también. Cerró los ojos, pero no pudo evitar que un par de lágrimas rodaran por sus mejillas.

No era capaz de recordar la última vez que había llorado. Le resultó una sensación muy extraña, pero no alivió su dolor.

Había matado al último dragón. Estaba feliz, contento, satisfecho. Los sheks lo aceptarían de nuevo entre ellos, regresaría junto a su padre; había, de nuevo, un lugar en el mundo para él.

Pero había perdido a Victoria. Habría soportado perderla de cualquier otra manera; que ella desapareciera para siempre con Jack, por ejemplo, o incluso su muerte, no habrían sido tan horribles como lo que le había pasado ahora a la muchacha.

Victoria estaba viva, pero por dentro estaba muerta. No sobreviviría a la pérdida de Jack. Christian sabía que ni siquiera él podría llenar aquel vacío, y mucho menos después de haber sido el causante de su dolor.

La chica se levantó entonces, y Christian la miró, sorprendido. Dio un paso hacia ella, pero no avanzó más. No se atrevió.

A trompicones, como si no fuera más que una marioneta movida por hilos invisibles, Victoria avanzó hasta el lugar donde había quedado, abandonada, Domivat, la espada de fuego. La cogió.

No se quemó.

Porque la espada se había apagado, estaba muerta, igual que su propietario. Victoria se quedó contemplándola, con la mirada perdida, sin verla realmente.

Seguía sin hacerse a la idea. Simplemente, no podía.

Entonces, la muchacha alzó de nuevo la cabeza para mirar a Christian. El joven vio el inmenso vacío de sus ojos, el dolor, el desconcierto. «No comprendo», parecía decir su mirada.

—Criatura —susurró él—. Lo siento. Te juro que lo siento... muchísimo. No quería hacerte daño, créeme. Nunca quise hacerte daño.

Victoria no lo oyó. Estaba demasiado lejos.

Christian dio media vuelta y se alejó, caminando con el paso sereno que lo caracterizaba, con Haiass brillando en su mano derecha, en dirección a la Torre de Drackwen.

Victoria le vio marchar, sin comprender todavía lo que estaba sucediendo.

Y entonces perdió el sentido.

Y cayó al suelo, con suavidad, como una hoja de árbol, las manos todavía aferrando la empuñadura de Domivat.

Shail no pudo más y echó a correr hacia ella. Hasta entonces no se había atrevido a interrumpir aquel momento tan importante, el intercambio de miradas entre Victoria y Christian, el asesino de Jack. Algo había estremecido el ambiente cuando aquellos dos jóvenes, seres extraordinarios, criaturas sobrehumanas, se habían mirado a los ojos. La muleta del mago tropezó en un hoyo del suelo, y él cayó cuan largo era, haciéndose daño. Zaisei acudió a su lado para ayudarlo.

Llegaron junto a Victoria. La joven seguía desmayada en el suelo, pálida.

—Oh, Vic —suspiró Shail, con los ojos llenos de lágrimas.

La estrella de su frente brillaba con suavidad, transmitiendo, de alguna misteriosa manera, un dolor tan intenso que Zaisei se llevó las manos al corazón y ahogó un sollozo.

XV

Como el más profundo de los océanos

SEÑOR –dijo el szish, inclinándose ante Ashran–. El príncipe ha llegado.

–Hazle pasar –respondió el Nigromante tras un momento de silencio.

El hombre-serpiente asintió y salió de la sala. Ashran se volvió hacia Zeshak, que había estado escuchando la conversación desde un rincón en sombras.

–¿Hablarás con él? –preguntó quedamente.

«No», dijo Zeshak entornando los ojos. «Sabes que no soporto su presencia».

–Deberías empezar a considerar a ese muchacho de otra manera –le reprochó Ashran–. Puede que tenga una parte humana, pero a pesar de ello ha logrado lo que ningún otro shek había conseguido antes: ha acabado con el último de los dragones. Gracias a él, todos los sheks sois libres. Y hemos derrotado a la profecía de los Seis. Nada puede detenernos ahora.

El rey de las serpientes se quedó mirándolo.

«¿Nada?», preguntó. «¿Los dioses ya no pueden hacer nada más?».

–¿Después de la extinción de los dragones? –Ashran sacudió la cabeza–. Lo dudo. Aunque... nunca se sabe.

«Nunca se sabe», asintió Zeshak, pensativo. «Yo no me quedaré tranquilo hasta que todos los rebeldes hayan caído. El bosque de Awa, la Fortaleza de Nurgon... No me gusta dejar cabos sueltos. Eso fue lo que nos perdió la última vez».

–Cuando corra la voz de que el último dragón ha muerto, los rebeldes se rendirán. No tienen nada que hacer sin él.

«Tienen al unicornio».

–No, no lo tienen. Ya no.

337

«Puede que sigan teniendo a Kirtash. ¿Lo habías pensado?».

–Kirtash nunca ha sido fiel a la Resistencia. Es cierto que hace tiempo que tampoco me es leal a mí. Pero traicionó al unicornio sin quererlo y, por tanto, ya solo le queda ser leal a sí mismo. Y es un shek.

El rey de las serpientes no dijo nada. Se limitó a emitir un suave siseo.

Christian entró en la habitación momentos después. Frío, sereno y orgulloso, con Haiass prendida a su espalda. Y, sin embargo, ni Ashran ni Zeshak pudieron dejar de detectar el brillo que empañaba sus ojos de hielo, un brillo de sufrimiento que delataba en él aquella humanidad que tanto los molestaba. Se detuvo ante ellos, inclinó la cabeza en un gesto de saludo. Pero no hincó la rodilla ante sus señores, como habría hecho antaño. Zeshak siseó por lo bajo, molesto. Ashran no se lo tuvo en cuenta. Había hecho lo que esperaba de él, había cumplido su misión. Bien podía perdonarle algunas extravagancias.

–De modo que has vuelto a casa –dijo Ashran.

Christian pensó que no tenía ningún otro lugar adonde ir, pero no lo dijo en voz alta. Era demasiado obvio; de modo que permaneció callado.

Percibía la mirada de Zeshak clavada en él, y se esforzó por mantenerse sereno. El rey de las serpientes lo inquietaba mucho más que ningún otro shek. Su mera presencia le resultaba turbadora y, aunque siempre había pensado que era debido al poder que emanaba, otras veces tenía la sensación de que se trataba de algo más. En cualquier caso, pocas veces habían coincidido los dos juntos en la misma habitación. Christian sabía que Zeshak no lo soportaba, que toleraba su existencia, la de un híbrido de shek y humano, como un mal necesario. Pero lo consideraba un engendro, y no hacía nada por ocultar lo mucho que le desagradaba.

Aquella vez no fue diferente. El señor de los sheks ya deslizaba sus anillos hacia la ventana abierta, con intención de abandonar la estancia. Christian intuyó que se había quedado sólo para comprobar si volvía a ser el de antes tras la muerte del dragón. Parecía claro que lo que había visto en él lo había decepcionado. Christian sentía que el shek que habitaba en su interior seguía allí, más poderoso que nunca; pero también su alma humana latía con fuerza en él, su amor por Victoria seguía siendo intenso, demasiado intenso, y ni todo el hielo del shek lograría empañar el recuerdo de su luminosa mirada.

Una luz... que él había apagado para siempre al matar a Jack. Una parte de él se alegraba de la muerte del dragón. La otra lo lamentaba profundamente, por el daño que ello había causado a Victoria.

Perdido en sus sombríos pensamientos, apenas fue consciente de la partida de Zeshak, que se alejó volando sin dignarse a dirigirle la palabra. Un movimiento de Ashran le hizo volver a la realidad. El Nigromante se aproximó a él para observarlo de cerca. Christian levantó la cabeza y lo miró a los ojos.

–Lo has conseguido –dijo Ashran–. Has matado al último dragón.

–Te saliste con la tuya –respondió Christian a media voz–. Lo sabías, ¿verdad? Por eso me dejaste escapar la última vez, cuando rescaté a Victoria. Cuando me uní a la Resistencia, no te estaba traicionando. Estaba sirviendo a tus propósitos. Seguía trabajando para ti, aunque no lo supiera, aunque no lo quisiera. Sabías que terminaría por matar al dragón, ya que este era mi destino.

–Para eso fuiste creado, Kirtash –Ashran se separó de él y le dio la espalda para caminar hacia la misma ventana por la que había salido Zeshak–. Esa es la única razón de tu existencia. La Puerta al otro mundo no permite el paso a los sheks, y tampoco me servía un humano, ni un szish, porque ellos no sienten hacia los dragones el odio que sienten los sheks, porque no detectarían al unicornio como lo habría hecho una serpiente alada. La única opción que tenía era crear un híbrido... y por eso te creé a ti.

–Entonces, ahora que ya he terminado la tarea para la que fui creado, ¿cuál es la razón de mi existencia?

–Disfrutar de tu triunfo, hijo –sonrió Ashran–. Te lo has ganado. Tú heredarás mi imperio, ni siquiera los sheks pueden negar lo mucho que te deben. Incluso Zeshak acabará por aceptarlo también.

Christian desvió la mirada.

–La recompensa que deseo no puedes concedérmela tú.

Ashran se volvió para mirarlo fijamente.

–No fuiste creado para amar, Kirtash.

–No –concedió el muchacho–. Me creaste para odiar, para destruir, para matar. Nunca me he rebelado contra ello. Es parte de mí, sabes que lo acepto. Pero, además de todo eso, el caso es que amo, padre. Esta humanidad que me permitió llegar al otro mundo, que me llevó hasta la Resistencia, tiene en mí otros efectos secundarios. Acabé con la vida del dragón, eso es cierto. Terminé haciendo lo que tú querías que hiciera. Pero jamás conseguirás que mate al unicornio. Moriré defendiéndola, si es preciso.

—Qué pérdida tan absurda sería. No, Kirtash, te lo dije una vez, y lo reitero: no tengo nada en contra de esa joven, ya no. Ahora que el dragón ha caído, la muerte del unicornio ya no es necesaria. Y cumpliré mi parte del trato: me encargaré de que nadie le haga daño, si es lo que deseas. También puedo conseguir que regrese a ti...

—... Para matarme —apostilló Christian en voz baja.

Ashran alzó una ceja.

—¿De veras lo crees? Si te mata, Kirtash, si acaba con tu vida, estará asesinándose a sí misma. Es el último unicornio que queda en el mundo. También ella, como híbrido, fue creada para llevar a cabo una misión. Ahora que la profecía no puede cumplirse, su vida ya no tiene ningún sentido. Te necesita, porque eres el único que puede darle un nuevo significado a su existencia, el único que puede crear un futuro para ella.

—Nunca quise hacerle daño —susurró Christian.

—Pero era necesario. Eres un shek, hijo, sabes lo importante que era para vosotros acabar con todos los dragones del mundo. Por mucho que te duela, lo entiendes.

—Sí, lo entiendo. Pero si está en nuestra naturaleza odiar a los dragones... ¿qué sentido tiene que ellos ya no existan?

Ashran le dirigió una mirada inquisitiva.

—Eres un muchacho extraño, Kirtash.

—Soy único en el mundo —sonrió él, con suavidad.

—Pese a ello... ¿no te alegras de estar nuevamente en casa?

Christian tardó un poco en responder.

—Sí —dijo por fin—. Sí, es verdad. Me alegro de estar en casa.

Pero cerró los ojos un momento y sintió, de nuevo, el dolor de Victoria. Porque, a pesar de que habían pasado varios días desde la muerte de Jack, ella todavía llevaba puesto el Ojo de la Serpiente, aquel anillo que la unía a Christian. El joven no podía dejar de preguntarse por qué.

—Deberías descansar un poco —dijo Shail en voz baja.

Zaisei no contestó. Seguía sentada en el porche, la espalda apoyada contra la columna, contemplando las estrellas. Shail se sentó junto a ella, con un suspiro.

—No se va a poner mejor, ¿verdad? —murmuró.

Zaisei se volvió hacia él y lo miró con una cansada sonrisa.

–¿Me lo preguntas tú? Shail, tú la conoces mejor que yo.

–Pero yo no puedo captar lo que siente de la misma forma que tú, Zaisei. Sé por qué no eres capaz de estar en la misma habitación que ella. Su dolor es tan intenso que te hace daño.

Zaisei desvió la mirada.

–Es cierto, percibo sus sentimientos. Pero no los comprendo. No soy capaz de interpretarlos. ¿Por qué no llora ni grita, por qué no se mueve ni dice nada? Está despierta, lo sé. Pero es como si se hallara muy lejos de aquí.

Shail cerró los ojos, agotado.

Victoria llevaba varios días sin moverse apenas, sin comer, ni dormir, sin reaccionar a ningún estímulo externo. Shail y Zaisei la habían llevado hasta un poblado celeste al otro lado del río. Allí, los celestes les habían proporcionado una pequeña vivienda para que cuidaran de ella; los primeros días se habían mostrado interesados por el estado de la joven, pero poco a poco habían dejado de acudir a verla. Shail sabía por qué. La capacidad empática de los celestes les permitía intuir con bastante claridad lo que ella sentía, y la mayoría habían salido de la casa con el estómago revuelto, el rostro pálido o los ojos llenos de lágrimas, o las tres cosas a la vez.

Pero lo peor de todo era la expresión de Victoria, tan ausente, tan serena, como si aquello no tuviera nada que ver con ella. La habían tendido en una cama y no se había movido de allí en todo aquel tiempo, tumbada de lado, con la mirada perdida y las manos aferradas a la empuñadura de Domivat.

No habían conseguido separarla de la espada. Se negaba a soltarla, y lo único que había logrado Shail era envainarla para que Victoria no se hiciera daño con el filo, que, aunque se había apagado, seguía siendo tan cortante como siempre.

El mago no podía dejar de preguntarse hasta qué punto conservaba Domivat la esencia de Jack, si Victoria era capaz de percibirla y si era eso lo que la mantenía con vida.

Porque una parte de ella había muerto a la vez que Jack, de eso estaba seguro. Y Shail temía que ella deseara morir también, que no tuviera fuerzas para seguir luchando.

Miró a Zaisei. La joven sacerdotisa había estado a su lado todo el tiempo. Pero el influjo del sufrimiento de Victoria estaba haciendo mella en su rostro, que aparecía pálido y demacrado. Todo lo que no se reflejaba en la expresión ausente de la muchacha lo veía Shail en Zaisei, y aún sospechaba que lo que la celeste percibía no era ni la décima parte del dolor de Victoria. Aquello hizo que se le revolviera el estómago.

—No tienes por qué quedarte aquí, Zaisei —le dijo con dulzura—. Yo cuidaré de Victoria. Regresa tú al Oráculo. Además, alguien tiene que decir...

Se interrumpió y se mordió el labio inferior, preocupado. Alguien tenía que decir a la Resistencia que Jack había muerto, que la profecía no se cumpliría, que Ashran había vencido y que la lucha de todos aquellos años había sido en vano. Era demasiado cruel.

Tragando saliva, desvió la mirada hacia la muleta que le permitía caminar. También había perdido la pierna para nada. Ese pensamiento lo llenó de rabia.

Al alzar la cabeza de nuevo, se encontró con la mirada de Zaisei.

—Me quedaré contigo —dijo ella con suavidad.

Shail no habló, pero la miró largamente.

Recordaba el día en que se conocieron, con tanta claridad que le hacía daño.

Kirtash lo había enviado a Idhún a través de la Puerta, salvándolo de Elrion. Le costó bastante entender lo que había sucedido. Se había interpuesto entre Victoria y aquel mago chiflado para salvar la vida de la muchacha, había estado a punto de morir por ella, simplemente porque había escuchado todo lo que Kirtash le había dicho y había comprendido, en aquel mismo instante y con claridad meridiana, que su pequeña Victoria era Lunnaris, el unicornio que había estado buscando. Y fue instintivo: acababa de encontrar a Lunnaris y no iba a permitir que Elrion se la arrebatara, de modo que saltó para interceptar su ataque mágico.

Debería haber muerto, pero se encontró de pronto, solo y muy desconcertado, en el bosque de Alis Lithban.

Cuando comprendió, o creyó comprender, lo que había sucedido, huyó a la Torre de Kazlunn, amparándose en la noche y evitando a las serpientes, en un viaje oscuro e incierto.

Por el camino se había encontrado con Zaisei.

La joven sacerdotisa iba hacia Kazlunn en una especie de misión diplomática. Había realizado ya varios viajes como emisaria entre el Oráculo y la torre de los hechiceros; normalmente los sheks no se fijaban en ella, ya que por lo general ignoraban a los celestes como si no existieran. No constituían una amenaza para ellos, eran inofensivos y, por tanto, los dejaban vivir en paz.

Zaisei había hecho descender a su pájaro dorado para descansar un poco, y Shail, agotado y desesperado, había estado a punto de atacarla para robarle su montura. Había saltado sobre ella desde la oscuridad y a traición, pero la mirada de sus ojos violáceos lo había aplacado al instante. Había que ser muy canalla para hacer daño a un celeste.

Juntos prosiguieron el viaje hacia Kazlunn, y estuvieron a punto de no llegar. Porque aunque los sheks ignorasen a Zaisei, un mago renegado era otra cosa muy distinta, y la simple presencia de Shail ponía en peligro la misión de la sacerdotisa. Ambos lo sabían y, sin embargo, continuaron juntos, hasta el final. ¿Por qué? Tal vez por el mismo motivo por el cual seguían juntos ahora, se dijo Shail, y el corazón se le aceleró por un instante. Al llegar a la Torre, y sobre todo más tarde, al regresar él a la Tierra, se había puesto de manifiesto que las diferencias entre ambos, un mago y una sacerdotisa, constituían un muro tal vez insalvable. Pero el caso era que ahora seguían juntos.

–Soy estúpido –murmuró.

–¿Por qué dices eso?

–Quise ser el maestro de Victoria, enseñarle muchas cosas. Y, sin embargo, soy yo quien debería haber aprendido de ella.

Zaisei rió suavemente. Pero era una risa nerviosa. Tal vez porque percibía la intensidad de la mirada de Shail e intuía lo que le pasaba por dentro.

–Victoria sentía algo muy profundo por Jack y por Kirtash –prosiguió el mago–. Era una locura, no podía salir bien, y ella misma tampoco lo entendía. Pero se dejó guiar por su corazón. Actuó en consecuencia, y me pareció bien. Durante un tiempo funcionó, mantuvo unida a la Resistencia, atrajo a Kirtash a nuestro bando. Ella sola, con la fuerza de su corazón, de sus sentimientos, dio los primeros pasos hacia el cumplimento de la profecía, mucho antes de que cualquiera de nosotros supiera siquiera que un shek estaba implicado en ella. Defendió su amor por los dos contra viento y marea. Ha sido muy valiente. Y yo debería haber aprendido eso de ella, debería haber aprendido que no importa lo difícil que pueda parecer una relación; lo que realmente importa es la sinceridad de nuestros sentimientos. Y yo... nunca te lo he dicho, Zaisei, porque siempre pensé que éramos demasiado diferentes, que no podía funcionar. Lo pensé incluso después de haber asistido a algo tan insólito como el amor entre un unicornio y un dragón, entre un unicornio y un shek. Qué estúpido he sido.

—No sigas, Shail —susurró Zaisei.

Pero el mago no calló:

—Te quiero, Zaisei. Desde el primer instante en que te vi. Y tú lo has sabido siempre, pero también leías el miedo y la indecisión en mi mirada, y por eso callabas. Pero yo ya no puedo seguir dándole la espalda a esto por más tiempo.

Los ojos de la sacerdotisa se llenaron de lágrimas.

—No tengo nada que ofrecerte —concluyó Shail—. Solo soy un mago tullido, he consagrado mi vida a una misión que ya no tiene ningún sentido, y pienso seguir cuidando de Victoria mientras sea necesario. Sé que la razón me dice que debo dejarte marchar, para que encuentres un futuro mejor en otro lado, un compañero digno de ti. Pero estoy viendo cómo Victoria se nos muere por dentro, he visto morir a Jack, un muchacho tan joven, tan valiente... —se le quebró la voz, y tuvo que hacer un esfuerzo por proseguir—. Estoy viendo cómo se desintegra la Resistencia, cómo muere la magia en nuestro mundo. Tanta tristeza, tanta destrucción... y yo pretendía silenciar lo único hermoso que queda en mí. Puedes aceptarlo o rechazarlo, Zaisei, pero quería que supieras que ya no voy a negar más que siento algo muy especial por ti.

Zaisei cerró los ojos. Dos lágrimas rodaron por sus mejillas. Cuando volvió a mirar a Shail, vio que él estaba muy cerca de ella, y le sonrió con dulzura. Fue la señal que el mago estaba esperando. La besó suavemente. Mientras lo hacía se preguntó, sintiéndose un poco estúpido, por qué había dejado pasar dos años desde la primera vez que había soñado con aquel momento.

Cuando entró de nuevo en la casa, un rato después, Victoria seguía sin moverse. Yacía de lado sobre la cama, con los ojos abiertos, la mirada perdida y el rostro tranquilo, sereno como el mar en calma. Todo su cuerpo estaba relajado, a excepción de sus dedos, que se crispaban en torno a la empuñadura de Domivat. La espada de fuego reposaba sobre el lecho, junto a ella.

Shail se sentó a su lado y la miró, preocupado. Recordó todo lo que le había dicho a Zaisei momentos antes, cómo había decidido dejarse llevar por sus sentimientos e iniciar algo nuevo con ella. Pero ahora, contemplando a Victoria, tuvo miedo.

La joven unicornio había obrado de acuerdo con sus sentimientos. Y estos la habían conducido directamente al desastre. Shail se preguntó por un momento si las cosas habrían sido diferentes de haber rechazado a Kirtash. Si Victoria hubiera optado por amar a Jack, y solamente a él...

Recordó el momento en el que Jack había tenido la oportunidad de matar a Kirtash en Limbhad, y no lo había hecho. Y ahora, Jack estaba muerto.

Shail apretó los puños. Por supuesto, ignoraba que, tiempo atrás, también Jack habría podido morir a manos del shek, y este había optado por perdonarle la vida. También olvidó que, sin Kirtash, jamás habrían podido regresar a Idhún. Solo recordaba el instante fatal en el que la espada del hijo del Nigromante se había hundido en el cuerpo de Jack, separándolo de la vida, y de Victoria, para siempre.

«No le sobrevivirá», pensó Shail, con rabia. «Y todo por culpa de esa condenada serpiente».

–Lo siento, Vic –murmuró–. Kirtash me salvó la vida, y por eso creí que estabas a salvo con él. No se me ocurrió pensar en Jack, en que Kirtash intentaría matarlo tarde o temprano, ni en que, si lo conseguía, te mataría a ti también. Perdóname.

Su mirada se detuvo en los dedos de Victoria, cerrados en torno al pomo de Domivat. Descubrió que Shiskatchegg, el Ojo de la Serpiente, todavía relucía en su dedo. Frunció el ceño y trató de quitárselo...

... pero el anillo reaccionó contra él y le hizo retirar la mano, con una exclamación de dolor.

–Maldito seas, Kirtash –siseó el mago, furioso–. Si Victoria muere, juro que te mataré con mis propias manos.

Y entonces, Victoria se movió.

Shail pestañeó, sin terminar de creerse lo que había visto. Asistió, como en un sueño, al despertar de la muchacha, que, con movimientos suaves y calmosos, se incorporó y contempló la espada, con semblante inexpresivo.

Después, alzó la mirada hacia Shail. Su rostro seguía estando sereno. Sus ojos eran dos profundos pozos sin fondo que estremecieron cada fibra de su ser.

–Jack se ha ido, ¿verdad?

Shail parpadeó de nuevo, esta vez para contener las lágrimas. Aquellos días había llorado la muerte de Jack, pero había llegado a pensar que poco a poco lo iba superando. Ahora descubría que no era así. Simplemente, no terminaba de hacerse a la idea. Tragó saliva para deshacer el nudo de su garganta y por fin pudo decir:

—Sí, Vic, se ha ido.

Quiso añadir algo más, pero no fue capaz. Victoria asintió, como si hubiera esperado esa respuesta.

—Bien —dijo solamente.

En aquel momento, Zaisei entró en la casa, sonriendo. Pero vio a Victoria y, cuando ella se volvió para mirarla, la celeste ahogó un grito y retrocedió hasta la pared, temblando. Y Shail no pudo evitar preguntarse, inquieto, qué clase de sentimientos se ocultaban tras el semblante sereno de Victoria, y por qué Zaisei la miraba con aquella expresión de terror pintada en sus facciones.

Victoria no derramó una sola lágrima, ni aquella noche ni las siguientes. Recuperó fuerzas lentamente, volvió a comer, y a caminar, y a dormir. Pero hablaba poco, y pasaba la mayor parte del tiempo sentada en el porche, en el mismo lugar donde Shail y Zaisei se habían besado por primera vez, con la mirada perdida, quieta como una estatua, aferrada a su báculo, que le devolvía poco a poco las energías que había perdido.

Shail trató de hablar con ella en alguna ocasión, pero apenas logró sacar nada en claro. La primera vez que le mencionó a Jack, ella alzó la cabeza para mirarlo a los ojos, sin perder aquella extraña calma, que al mago le parecía tan escalofriante.

—Pero él se ha ido —dijo Victoria.

Y Shail percibió, por debajo de su tono de voz, aparentemente sereno, una desolación tan vasta como el más árido de los desiertos y un dolor tan hondo como el más profundo de los océanos. Se le llenaron los ojos de lágrimas, y tuvo que secárselas con la manga de la túnica.

—¿Por qué no lloras, Vic? —le preguntó—. ¿Acaso no lo echas de menos?

Ella tardó un poco en responder. Cuando lo hizo, Shail deseó no haber preguntado nunca.

—Los muertos no pueden llorar —dijo Victoria con suavidad.

—Vic, tú no estás muerta —replicó el mago, con un escalofrío.

–No –concedió ella, y parecía algo desconcertada–. Pero tampoco estoy viva del todo. Dime, Shail: ¿acaso se puede vivir con medio corazón?

El joven no supo qué contestar a aquella extraña pregunta.

No hablaron más aquella noche. Shail tuvo que dejar a Victoria para atender a Zaisei, a quien encontró llorando en su habitación.

–No lo soporto más –sollozó ella–. Duele... oh, duele tanto... nunca me había sentido tan desgraciada.

Shail la acunó entre sus brazos y trató de consolarla lo mejor que pudo. Zaisei tardó un largo rato en calmarse.

–¿Es el dolor de Victoria lo que sientes? –le preguntó Shail en voz baja–. ¿Por qué tú puedes expresarlo, y ella no?

La joven celeste tardó un rato en responder.

–La luz de los soles nos permite ver lo que hay a nuestro alrededor –explicó–. Pero si miramos fijamente a los soles, su luz nos ciega, y ya no podemos ver nada.

»Yo percibo los sentimientos de Victoria de la misma manera que tú percibes la luz de los soles. Sus sentimientos me afectan solo de lejos. En cambio, ella está tan cerca del corazón del dolor, está sufriendo tanto, que no encuentra la manera de expresarlo. No hay suficientes lágrimas, no existen palabras ni gestos que puedan reflejar todo lo que ella siente.

–No consigo imaginarme cómo puede ser eso –murmuró Shail, abatido.

Una noche, después del tercer atardecer, Victoria se puso en pie y caminó hacia la puerta, con el báculo a la espalda y Domivat prendida en su cinto, sostenida por una extraña y sombría fuerza interior.

Shail avanzó tras ella, preocupado.

–Vic, ¿estás bien? ¿Adónde vas?

–A buscar a Christian –respondió ella, con un tono de voz tan frío que Shail se estremeció.

–¿A Christian? ¿Para qué?

Ella le dirigió una breve mirada. Su voz no tembló, ni denotó odio, ni dolor, ni ningún tipo de sentimiento, cuando dijo, como si fuera obvio:

–Para matarlo.

Shail se quedó sin aliento. Todos aquellos días había maldecido una y mil veces el nombre del shek, había imaginado que él mismo lo asesinaba para vengar a Jack, había soñado con reparar el error que había cometido al aceptarlo en la Resistencia. Pero oír aquellas palabras en boca de Victoria era algo muy diferente. Sacudió la cabeza.

–No. No, me niego. No voy a dejar que te enfrentes a él.

Ella le dirigió una larga mirada. Una mirada que hizo retroceder al mago un par de pasos.

–No puedes impedírmelo –dijo, y no había desafío, ni rebeldía, ni rabia en su voz. Solo constataba un hecho evidente.

Shail tragó saliva, sintiéndose de repente muy pequeño en comparación con ella, como una brizna de hierba a los pies de un enorme árbol. Tenía razón. A fin de cuentas, Victoria era un unicornio, y Shail no era más que un simple humano.

Cuando comprendió esto, se sintió vacío de pronto. La pequeña Victoria, a quien había querido y cuidado como a una hermana menor, había dejado de serlo. Había asumido su auténtica naturaleza, y esta la ponía muy por encima de cualquier humano, incluso de los magos, quienes, después de todo, debían sus poderes a los unicornios.

Lo intentó, de todos modos.

–Pero... es muy peligroso, Victoria –el semblante de ella seguía siendo inexpresivo, y Shail comprendió que no iba por buen camino; cambió de estrategia–. Además, debemos regresar a Vanissar. Para contarle a Alexander todo lo que ha pasado. Creo que él debe saberlo por ti.

Victoria meditó sus palabras durante unos instantes. Después, para alivio de Shail, asintió con lentitud.

El Clan de Hor se preparaba para la guerra.

Los guerreros, hombres y mujeres, afilaban las armas, preparaban los caballos y recogían sus cabelleras en el peinado ritual, al ritmo de los tambores que resonaban por toda la pradera.

No tardarían mucho en partir a la batalla.

Estaban impacientes porque, por primera vez en mucho tiempo, lucharían lejos de Shur-Ikail, de las praderas púrpuras que los habían visto nacer. Irían más allá de las tierras de los reyes, hasta los confines del bosque de Awa, a plantar cara a los sheks.

No había sido sencillo, sin embargo, reunir a los clanes para aquella campaña. Algunos guerreros decían que el gran Hor-Dulkar temía a la bruja de la Torre de Kazlunn, y por esta razón se rebajaba a aliarse con un príncipe de Nandelt. Todos sabían que los reyes de Nandelt se escondían detrás de grandes ejércitos porque tenían miedo de combatir cuerpo a cuerpo; y que en aquella Academia suya les enseñaban que en la guerra lo más importante eran el honor y el deber, conceptos que eran motivo de burla para los bárbaros de Shur-Ikail. ¿De qué sirven el honor y la nobleza en una batalla? Los bárbaros solían decir que cualquier caballero de Nurgon temblaría de miedo ante la fuerza, la fiereza y el valor de un Shur-Ikaili.

Y ahora Hor-Dulkar, el más poderoso señor de la guerra, aquel que se había ganado por la fuerza el dominio sobre los Nueve Clanes, se aliaba con uno de los últimos caballeros de Nurgon.

Hor-Dulkar había tenido que hacer frente no solo al descontento general, sino incluso a un desafío abierto. Kar-Yuq, el líder del clan Kar, que le debía lealtad, lo había retado a un duelo cuerpo a cuerpo. El que ganase pasaría a ser señor de la guerra de todos los Shur-Ikaili.

Pero Hor-Dulkar no era el jefe de los clanes por casualidad. Se deshizo de Yuq sin grandes problemas. Después de eso, nadie más se atrevió a desafiarlo.

Las noticias que fueron llegando desde Nandelt mejoraron el ánimo de los guerreros.

El príncipe Alsan había atacado el puente de Namre. Un shek había caído en la batalla.

El príncipe Alsan había recuperado lo que quedaba de la Fortaleza, ahuyentando a la mismísima Ziessel.

El príncipe Alsan había rechazado el primer ataque del ejército de Dingra.

Los sheks preparaban un ataque a Nurgon; si lo llevaban a cabo, lo más probable era que aquel fuese el principio del fin de la rebelión. Pero aquel príncipe Alsan, que había regresado, según se decía, de otro mundo, estaba peleando con arrojo y una audacia que hacía palidecer de vergüenza a los fieros bárbaros de Shur-Ikail. Algunas mujeres empezaron a decir que el príncipe Alsan de Vanissar era más osado que cualquiera de los guerreros de los clanes, que toleraban la presencia de la bruja gobernando en Kazlunn y se dedicaban a pelear entre ellos sin atreverse a plantar cara a los sheks.

De modo que, cuando Hor-Dulkar anunció que aquel príncipe Alsan era digno de cabalgar junto a los clanes de los Shur-Ikaili, pocos guerreros le llevaron la contraria.

Y así, después de muchos siglos de luchar entre ellos, los clanes volvían a unirse. Los mensajeros de Nurgon habían propuesto a Hor-

Dulkar que guiara a sus guerreros a través de Shia, para después invadir Dingra por el oeste. El ejército de Kevanion, que ahora cercaba Nurgon, sería atacado por la retaguardia, tendría que retroceder para defender sus fronteras. Probablemente los sheks permanecerían cerca de Nurgon, pero las tropas del rey de Dingra se verían obligadas a retirarse.

El señor de la guerra había aceptado el plan de buena gana. Ahora estaban ya casi preparados, acampados en los márgenes del río, aguardando a que el último de los clanes se uniera a ellos. El Clan de Uk habitaba en las estepas del noroeste, en los confines de Shur-Ikail, y era lógico que tardaran un poco más. Pero Hor-Dulkar, impaciente, subía todas las mañanas a las colinas, para ver si veía llegar al grupo de Uk-Rhiz por el horizonte. Mujer tenía que ser, mascullaba para sí.

Aquel día, lo despertaron los guardias antes de que saliera el primero de los soles.

—Una mujer desea verte, gran Hor-Dulkar —le dijeron.

El bárbaro soltó un juramento por lo bajo.

—¿Y a qué vienen tantos remilgos? Dile a Rhiz que pase. Hay confianza, ¿no?

—No se trata de Uk-Rhiz —el bárbaro bajó la mirada, avergonzado. Hor-Dulkar se dio cuenta de que temblaba como un niño, de que su piel listada había palidecido de miedo... pero, curiosamente, sus mejillas se habían teñido de un extraño rubor—. Es la bruja —añadió en voz baja—. La bruja de la Torre de Kazlunn. Dice que quiere hablar contigo.

Dulkar frunció el ceño y se echó la capa de pieles por encima de los hombros, sin una sola palabra.

—¡No hables con ella! —exclamó de pronto el centinela, temblando—. ¡No la mires a los ojos! ¡Es una hechicera!

—¿Desde cuándo los encantamientos tienen poder sobre un Shur-Ikaili? —gruñó Dulkar—. ¡Hemos vivido durante siglos a los pies de la Torre de Kazlunn! Que no se diga que el Señor de los Nueve Clanes tiene miedo de un hada, por muy bruja que sea...

El centinela desvió la mirada, sin osar contradecirlo.

Hor-Dulkar salió de la tienda. La luz de las lunas iluminó su imponente figura.

La hechicera había venido sola. La escoltaban dos bárbaros, que se mantenían a una prudente distancia. El Señor de los Nueve Clanes se preguntó qué significaría eso. ¿Era un alarde de fuerza? ¿Estaba tan segura de su poder que no necesitaba acompañamiento? ¿Venía con intención de parlamentar, y el hecho de acudir sola era una prueba de su buena fe? ¿O tal vez había viajado en secreto, a espaldas de Ashran?

Dulkar no lo sabía. Titubeó un instante, pero se rehízo enseguida y se enderezó.

—¿Eres tú la bruja de la Torre de Kazlunn? —le preguntó, con voz segura y potente.

Ella avanzó un par de pasos. La luz de las lunas bañó su rostro.

—Soy la Señora de la Torre de Kazlunn —dijo con voz aterciopelada—. Pero tú, poderoso Señor de los Nueve Clanes, puedes llamarme Gerde.

Algo se agitó en el interior del enorme bárbaro. La brisa nocturna le hizo llegar la embriagadora fragancia de la maga. Sintió el urgente deseo de verla con más detenimiento; el timbre de su voz todavía resonaba en sus oídos como un canto de sirena cuando le tendieron una antorcha y la alzó ante él para contemplar a Gerde a su cálida luz.

El hada sonrió con dulzura y le dedicó una caída de sus larguísimas pestañas. Vestía, como era su costumbre, con ropas ligeras, muy ligeras. En esta ocasión llevaba los hombros al descubierto, y su cabello aceitunado los acariciaba con suavidad y resbalaba por su espalda hasta más allá de su esbelta cintura.

Hor-Dulkar sintió la garganta seca. Se esforzó por controlarse. No era ningún jovenzuelo; había conocido a muchas mujeres, y encontraba mucho más atractivas a las Shur-Ikaili, de fuertes músculos, generosas curvas y carácter indomable, que a aquella hada tenue y delicada como un junco, con aquellos extraños ojos tan profundos que le daban escalofríos. Y, sin embargo, había algo en ella que le resultaba irresistible.

Trató de sacarse aquellos pensamientos de la cabeza.

—¿A qué has venido?

—Deseo parlamentar contigo, oh, Señor de los Nueve Clanes —respondió ella—. Es mi deseo, y el de mi señor, Ashran, que forjemos una alianza. Kazlunn, Drackwen y Shur-Ikail. El más poderoso hechicero que existe con el más grande de los señores de la guerra.

—No pactamos con hechiceros, bruja —replicó el bárbaro con orgullo; pero Gerde detectó un leve temblor en su voz, y sonrió.

—Tal vez desearías que lo discutiéramos con más calma —hizo una pausa y le dedicó una de sus más sugerentes sonrisas—. A solas.

Dulkar inspiró hondo, pero con ello solo consiguió quedar aún más atrapado en el delicioso aroma de Gerde. Volvió a mirarla. Era una feérica, tenía la piel de un ligerísimo color verde, sin las vetas pardas que eran características de la raza de los Shur-Ikaili, y que los distinguían de los demás humanos de Nandelt. Y parecía tan frágil... que daba la sensación de que podría quebrarse en cualquier momento.

Tragó saliva. Nunca había visto una mujer como aquella. Quería tenerla cerca. Cuanto antes.

—Nada me hará cambiar de opinión, bruja —le advirtió; no podía dejar de mirarla—. Pero te escucharé. Pasa y hablaremos.

Le franqueó la entrada a su tienda con un amplio gesto de su mano. Gerde sonrió. Cuando pasó junto a él, sus cuerpos se rozaron apenas un breve instante. El Señor de los Nueve Clanes se apresuró a cerrar la entrada de la tienda tras ellos.

El Clan de Uk llegó al campamento poco después del tercer amanecer. Uk-Rhiz entró al galope, seguida de su gente, lanzando el característico grito de guerra de los Shur-Ikaili.

Se sorprendió un poco al ver que Hor-Dulkar no acudía a recibirla. Divisó a lo lejos al jefe del clan de Raq.

—¡Que Irial sea tu luz en la batalla, hermano! —saludó, de buen humor—. ¿Dónde anda Hor-Dulkar? ¡Suponía que estaríais ya listos para partir, panda de vagos!

—El Señor de los Nueve Clanes ha cambiado de idea —repuso el bárbaro con seriedad.

Rhiz se quedó helada.

—¿Qué? ¿Se ha vuelto loco?

—No cuestiones las decisiones del señor de los Shur-Ikaili, Uk-Rhiz —le advirtió el jefe de los Raq.

Rhiz no respondió. Dio orden a su gente de que la aguardaran un momento y, sin desmontar siquiera, cabalgó hasta el centro del campamento, donde estaba situada la tienda de Hor-Dulkar.

Cuando llegó, el bárbaro ya salía a recibirla. Rhiz había esperado encontrarlo preparado para la batalla, con el caballo ensillado y las armas a punto; pero la larga cabellera de Dulkar seguía sin peinar, y le caía por la espalda desnuda. Rhiz contempló, muy seria, al hombre que se alzaba ante ella, seguro de sí mismo y orgulloso, pero aún a medio vestir. Ningún Shur-Ikaili, y mucho menos un Señor de los

Nueve Clanes, estaría todavía así después del tercer amanecer. Sobre todo teniendo en cuenta que se avecinaba una batalla.

–Señor de los Shur-Ikaili –murmuró la mujer, cautelosa–. Acabo de llegar con mi gente para poner nuestras armas a tu servicio. Hemos acudido a tu llamada. Pelearemos con los Clanes a favor del príncipe Alsan de Vanissar, como nos ordenaste.

–No, Rhiz –sonrió Dulkar–. Ya no pelearemos con los hombres de Nandelt. Baja del caballo y ponte cómoda. Aún tardaremos varios días más en ponernos en marcha.

Rhiz se irguió y frunció el ceño. Intentó dominar su cólera. El Clan de Uk había cabalgado largo tiempo para llegar hasta allí. Debían lealtad a Hor-Dulkar, pero ella era también una señora de la guerra, y tenía su orgullo. Respiró hondo y trató de tragárselo.

–¿Puedo preguntar la razón?

Dulkar sonrió de nuevo. En esta ocasión fue una sonrisa exultante, tanto que hasta hizo aparecer en su rostro una cierta expresión estúpida. «Como un mocoso que se hubiera enamorado por primera vez», se dijo Rhiz, desconcertada.

–Tenemos nuevos aliados –respondió el Señor de los Nueve Clanes.

Fue entonces cuando Rhiz descubrió a Gerde junto a él.

El hada se había apoyado indolentemente en el poste de la tienda, en una postura que marcaba más aún la delicada curva de su cadera. Iba aún más ligera de ropa que cuando se había presentado ante Dulkar, momentos antes del primer amanecer. Su cabello estaba un poco más revuelto. Y el poderoso señor de la guerra rodeaba sus hombros en actitud posesiva.

Rhiz comprendió al instante lo que había sucedido.

«Bruja», pensó, pero se mordió la lengua. Gerde se incorporó un poco y apoyó la cabeza en el ancho pecho del bárbaro. Ronroneó como una gatita y sonrió dulcemente cuando le dijo a la mujer:

–Bienvenida a los Clanes, Uk-Rhiz. Eras la única que faltaba.

Rhiz entendió enseguida la insinuación. Conocía la fama de Gerde, sabía el poder que ejercía sobre los hombres.

Los señores de los ocho Clanes restantes eran todos hombres. Ella era la única mujer.

Y la única que faltaba. La única a la que el hechizo de Gerde no podía doblegar. Pero, si se rebelaba contra la actual situación, los demás Clanes se volverían contra ella.

Apretó los puños. Tal vez pudiera reunir al resto de mujeres de los Clanes para echar a la bruja del campamento, pero requeriría tiempo. Respiró hondo.

–También yo me alegro de estar con los Clanes –murmuró–. Que la luz de Irial nos guíe hasta la victoria.

–Que Wina bendiga la tierra que pisas –respondió Gerde con una encantadora sonrisa.

La pareja volvió a desaparecer en el interior de la tienda.

Y Rhiz se quedó allí, plantada, temblando de rabia y de impotencia, preguntándose dónde había ido todo el poder y la fuerza de los Clanes de Shur-Ikail, y cómo era posible que aquella mujer los hubiera derrotado antes incluso de presentar batalla.

–Los informes de nuestros espías contradicen las palabras de esa joven, Alsan –dijo Covan–. En las últimas horas se ha reunido un buen número de sheks en Vanissar, convocados por Eissesh. Parece como si hubieran dado por finalizada su búsqueda en el sur.

Alexander asintió, pensativo.

Había convocado a su gente en lo que antaño había sido el vestíbulo de la Fortaleza, y del que ahora no quedaban más que tres paredes y media bóveda. Allí habían habilitado una mesa de reuniones improvisada. A su alrededor, albañiles y voluntarios diversos trabajaban para volver a levantar las murallas de Nurgon.

–Los sheks acuden a nosotros desde el sur –dijo Tanawe en voz baja–; eso significa...

–No significa nada –cortó Allegra, enérgica–. Nada en absoluto.

Pero estaba temblando.

Alexander seguía sin hablar. Paseó la mirada por los rostros de los asistentes al consejo. Allegra, el Archimago, Denyal, Tanawe y Rown, Kestra, Covan y Harel, el silfo portavoz de los feéricos del bosque de Awa.

En un rincón, apoyada contra el muro, se alzaba una figura que ocultaba su rostro tras un paño. Sus inquietantes ojos rojizos también estudiaban a los presentes. Alexander sabía que muchos de ellos no confiaban en la muchacha. A pesar de ser mestiza, sus rasgos yan resultaban demasiado extraños para aquellos que nunca se habían aventurado más allá de Nandelt.

Alexander se volvió hacia ella.

–¿Cuándo supiste de ellos por última vez, Kimara? –preguntó.

–Hace quince días –respondió ella; hablaba rápida y enérgicamente–. Salieron de Kash-Tar y entraron en Celestia. Los vieron cerca de Vaisel.

–Ya deberían haber llegado aquí –murmuró el Archimago.

Kimara y Alexander cruzaron una rápida mirada.

La llegada a Nurgon de la semiyan, apenas un par de días antes, había supuesto un rayo de esperanza para los rebeldes. Tras cruzar todo Celestia, Kimara había recibido en Rhyrr noticias de la reconquista de Nurgon. Los comerciantes que venían de Nandelt contaban que los sheks, por medio de los ejércitos de los reyes de Dingra, Vanissar y Raheld, habían puesto sitio a las ruinas de Nurgon. Que los pocos caballeros que quedaban habían pactado con los feéricos para expandir el bosque más allá del río. Que la Fortaleza estaba ahora protegida por un impresionante manto vegetal, que resultaba casi tan inexpugnable como el bosque de Awa.

Y que al mando de los rebeldes estaban el príncipe Alsan de Vanissar y la maga Aile Alhenai, antigua Señora de la Torre de Derbhad.

Siguiendo las instrucciones de Jack, Kimara se dirigía a Vanissar; pero aquellas nuevas le hicieron cambiar de rumbo.

Y allí estaba, en Nurgon, un mes después de haberse separado de Jack y Victoria. Los feéricos la habían dejado entrar en el bosque, como a todos aquellos que les pedían asilo. Kimara se había sentido al principio atemorizada por la inmensidad de Awa, aquel lugar fresco, húmedo y rebosante de vida y color, tan diferente del desierto donde se había criado. Pero no había olvidado su misión, y las hadas la acompañaron hasta la Fortaleza para que pudiera entregar su mensaje.

Las noticias que traía eran excelentes: Jack había conectado, por fin, con su esencia de dragón, y Victoria había comenzado a consagrar a más magos. La propia Kimara era prueba de ello. De hecho, al detectar en ella el poder entregado por el unicornio, Qaydar había parpadeado, emocionado, y los ojos de Allegra se habían llenado de lágrimas.

Pero, una vez pasada la euforia inicial, era inevitable que la gente empezara a hacer preguntas. En privado, Kimara había contado a Allegra y Alexander cosas que no había revelado a los demás. Por ejemplo, que Jack y Victoria acudían al encuentro de Ashran. Y que Kirtash los acompañaba.

–Es una locura –había dicho Alexander sacudiendo la cabeza.

–Yo confío en ellos –replicó Kimara simplemente.

Sin embargo, ahora todo parecía indicar que Ashran había decidido que los rebeldes de Nandelt eran más importantes que su búsqueda en el sur. Y nada debería ser para él más importante que la destrucción de los héroes de la profecía.

—Tampoco hay que olvidar —prosiguió Covan— la razón por la cual están organizando un ejército.

—Nosotros —dijo Denyal con voz queda—. Van a atacarnos con todo lo que tienen.

—¿El escudo resistirá? —preguntó Alexander.

Harel, el silfo, clavó en ellos sus negros ojos almendrados e hizo vibrar suavemente sus alas.

—Resistirá —respondió—. Pero no es tan fuerte en Nurgon como en otros lugares. Los árboles no están muy crecidos. La bóveda vegetal no se ha cerrado del todo. En estas ruinas, la vegetación no cubre la tierra, y es aquí donde el escudo de Awa es más vulnerable.

—No será necesario aguardar mucho. Solo hasta que regresen Jack y Victoria.

Percibió una huella de duda en los rostros de todos. No obstante, solo Kestra se atrevió a expresarla en voz alta.

—Esta rebelión estaba condenada desde el principio —dijo, malhumorada—. ¿Cómo confiar a unos niños el futuro de todo Idhún?

—No son unos niños —intervino Kimara; sus ojos llameaban—. Son un dragón y un unicornio. Harías bien en recordarlo.

Alexander alzó las manos para poner orden, pero en aquel momento se oyeron exclamaciones de sorpresa provenientes de las murallas, donde los vigías oteaban el horizonte.

—¡Pájaros haai! —se oyó desde lo alto la voz de Rawel, el hijo de Rown y Tanawe—. ¡Emisarios celestes!

Kimara se incorporó de un salto y levantó la cabeza. Sus ojos de fuego se clavaron en el cielo rojizo del primer atardecer.

—No es posible —murmuró.

Trepó por la escalera que habían levantado para acceder a lo alto de la muralla. Alexander la imitó, y pronto todos los miembros del consejo rebelde se reunían con los vigías y oteaban el cielo con ellos.

Y lo que vieron los dejó sin aliento.

Dos pájaros haai se acercaban desde el sur, y sus plumas doradas relucían bajo la luz del primer crepúsculo. Y los sheks que patrullaban los cielos sobre Nurgon, buscando siempre una manera de traspasar el escudo que protegía la Fortaleza, se retiraban a su paso.

—¿Quiénes son? —preguntó Covan, tratando de distinguir a las figuras que los montaban—. ¿Por qué los sheks los dejan pasar?

Solo los celestes podían llamar a los pájaros haai. Normalmente, los sheks no los molestaban. Pero tampoco habrían permitido el paso de un celeste cualquiera.

—¿El Padre? —murmuró Tanawe.

—No —dijo Alexander con la boca seca—. Son ellos.

Allegra y Kimara entendieron inmediatamente. La semiyan dejó escapar una exclamación ahogada.

—No puede ser —dijo el Archimago—. Los habrían matado.

Pero no, ahí estaban los sheks, suspendidos en el aire sobre sus poderosas alas, manteniendo una distancia respetuosa entre ellos y las aves de los recién llegados. Una sospecha atenazó el corazón de Alexander como una garra de hielo.

Allegra reaccionó.

—¡Hay que dejarlos pasar!

—¿Y si es una trampa? —objetó Denyal.

Alexander no respondió. Los pájaros estaban cada vez más cerca. Los sheks los miraban, a distancia, sin interponerse entre ellos y su destino. Harel, el silfo, dejó sonar su voz en una especie de cántico. Hubo un breve movimiento en las copas de algunos árboles. El aire se onduló apenas un momento. Solo los magos y los propios feéricos podían percibirlo, pero las hadas habían abierto una brecha en el escudo lo suficientemente amplia como para permitir el paso a los pájaros haai.

Alexander seguía con la vista clavada en las aves. Las vio atravesar el escudo sin problemas; distinguió entonces a Shail y Zaisei montados en uno de ellos, y el corazón se le llenó de alegría.

Pero en el otro pájaro montaba Victoria... y estaba sola.

—No... —murmuró.

Las aves aterrizaron con elegancia en el patio, ante él. Zaisei ayudó a Shail a descender. Victoria lo hizo sola.

Alexander corrió hacia ella. Iba a abrazarla, pero su expresión seria lo detuvo a pocos pasos de la muchacha. Había algo en su rostro que le llenó de inquietud. Victoria estaba tranquila y serena..., pero sus ojos transmitían algo extraño, una mirada tan intensa que le dio escalofríos.

—Victoria, ¿qué...? —empezó, pero no pudo acabar—. ¿Dónde está Jack? —preguntó, lanzando una mirada circular.

Shail y Zaisei desviaron los ojos. Se quedaron rezagados mientras Victoria se adelantaba unos pasos. Mirando a Alexander sin que variara un ápice la expresión de su rostro, la joven extrajo una espada de la vaina que llevaba prendida al cinto. Y se la entregó a Alexander.

El líder de la Resistencia no la reconoció, al principio. No parecía más que una espada corriente. Muy bella y bien trabajada, cierto, pero sin el brillo sobrenatural de las espadas legendarias.

Entonces vio la empuñadura con forma de dragón, se fijó mejor en los detalles, y comprendió.

Anonadado, volvió a mirar a Victoria. El rostro de ella seguía inexpresivo.

–No –dijo–. Dime que no es posible.

Victoria ladeó la cabeza. Pero no dijo nada.

Todavía sin creer lo que estaba sucediendo, Alexander tomó a Domivat entre sus manos. Era la primera vez en su vida que lo hacía. Y la sintió fría y desalentadoramente muerta.

–No es posible –repitió.

Alzó la cabeza para mirar a sus amigos. Shail y Zaisei tenían los ojos llenos de lágrimas. Pero Victoria seguía impasible.

Alexander sintió cómo sus propios ojos se empañaban cuando asumió lo que aquello significaba. Rechinó los dientes, furioso, y oprimió con fuerza la empuñadura de Domivat, hasta que se hizo daño. Multitud de imágenes acudieron a su mente, imágenes de Jack, del niño que había sido, del joven que había partido de su lado semanas atrás en busca de sí mismo. Revivió el instante mágico en que había recogido a aquel dragoncito tembloroso que apenas acababa de salir del huevo. Ya nunca podría verlo volar.

Cuando comprendió esto, la ira sacudió sus entrañas y salió al exterior con la violencia de un volcán. Alexander echó la cabeza atrás y lanzó un grito de rabia, un grito que finalizó con un aullido y que se desparramó sobre los restos de la Fortaleza de Nurgon.

–Los sheks se retiran –informó Denyal–. También las tropas de Kevanion han decidido romper el asedio o, al menos, eso es lo que parece.

Alexander no respondió. Seguía sentado en las almenas, con Domivat sobre su regazo, mirándola casi sin verla. Shail estaba a su lado. Sobre ellos brillaban dos de las tres lunas de Idhún; Erea estaba nueva aquella noche.

—Es por Victoria –dijo el mago con suavidad–. Saben que está aquí. No quieren hacerle daño.

—¿Por qué razón?

—Porque... –Shail vaciló.

—... Porque la profecía ya no va a cumplirse –completó Alexander de pronto–. Así que ya no tiene sentido acabar con el último unicornio. La protegerán, si es necesario, para que la magia no muera.

Denyal parpadeó, perplejo.

—Podrían haber pensado en eso antes de acabar con el resto de su raza –comentó.

Shail suspiró.

—Creo que hay algo más –dijo, pero no dio detalles.

Había visto el dolor en el rostro de Christian al despedirse de Victoria. Aún sentía algo por ella, y sin duda haber matado al último dragón merecía una recompensa de Ashran. La vida de Victoria, a cambio de la vida de Jack. Incluso a distancia, Christian seguía protegiéndola.

Pensar en el shek hizo que la rabia lo ahogara de nuevo. El muy bastardo lo había hecho, había matado a Jack. Ni todo el amor que sentía por Victoria podía cambiar esa circunstancia.

—La profecía ya no va a cumplirse –repitió Alexander, perdido en sus pensamientos–. Todo ha sido inútil, una pérdida de tiempo; todo nuestro esfuerzo no ha servido para nada. Jamás derrotaremos a Ashran.

Sobrevino un tenso silencio, hasta que Denyal dijo:

—Entonces deberíamos rendirnos.

Alexander lo miró.

—A nosotros nos ejecutarán a todos, por supuesto –prosiguió Denyal, desviando la mirada–, pero si... deponemos las armas ahora, tal vez salvemos a todos aquellos que no iban a luchar. A los artesanos, a los refugiados... a los niños como Rawel. Si nos rendimos ahora, los sheks los perdonarán.

Alexander seguía mirándolo, sin decir nada.

—¿Es cierto eso? –preguntó Shail con suavidad–. Sin la profecía, ¿no nos queda nada?

Nadie respondió. No era una buena señal.

Allegra salió entonces a las almenas para reunirse con ellos. Kimara la seguía, como siempre. Aunque ocultaba su rostro, como era costumbre entre los yan, los demás apreciaron que sus ojos aparecían hinchados de tanto llorar.

–He hablado con ella –dijo el hada sin rodeos–. Está... distinta.

Alexander miró a Kimara y recordó la expresión impávida de Victoria.

–No parece que le haya afectado mucho la pérdida –comentó, con algo de rencor.

–Le ha afectado mucho más de lo que piensas –murmuró Shail.

Allegra titubeó.

–Me da miedo –dijo solamente, en voz baja.

Estas tres palabras hicieron reaccionar a todos los presentes.

–¿Miedo? –repitió Alexander, como si no hubiera oído bien.

Allegra dudó un momento antes de añadir:

–He criado a esa niña, la he visto crecer. Sus ojos siempre han estado llenos de luz. Pero ahora... la luz de sus ojos se ha apagado, como la espada de Jack. Y, sin embargo, sigue sin ser la mirada de una muchacha humana. Ahora sus ojos emanan una oscuridad tan profunda que no puedo penetrarla, que no comprendo y que me da escalofríos.

–Oscuridad –repitió Shail, conmocionado.

–Vosotros no lo entendéis porque no podéis ver la luz del unicornio –prosiguió Allegra–. Pero cualquier feérico se daría cuenta –se estremeció–. Y también cualquier shek.

–¿Cómo podemos ayudarla?

Allegra iba a responder, pero se interrumpió cuando la propia Victoria salió al exterior y se acercó a ellos. Se detuvo ante Alexander, pero antes dirigió una larga mirada a Kimara. Ella la correspondió y, por un momento, todos pudieron intuir el lazo que las unía. En el rostro de Victoria se apreció un fugaz gesto de cariño, pero fue tan breve que Allegra creyó que lo había imaginado.

Kimara sí lo vio. Le sonrió, nerviosa, detrás del paño que cubría parte de su rostro. También ella se sentía muy unida al unicornio que le había entregado la magia; pero aquella joven que se alzaba ante ella era diferente a la Victoria que había conocido. Detrás de su calma impasible había algo que le daba escalofríos. Kimara retrocedió un paso, temblando.

Victoria volvió a centrar su atención en Alexander.

–Quiero hablar contigo a solas –dijo con suavidad.

Por alguna razón, nadie se atrevió a llevarle la contraria. Se apresuraron a abandonar las almenas y volvieron a bajar por las escaleras en dirección al patio. Shail y Allegra cruzaron una mirada inquieta; pero acabaron por marcharse también.

—Ya estamos a solas —dijo entonces Alexander.

Victoria asintió.

—Voy a marcharme pronto —anunció.

Alexander sabía lo que eso implicaba: si Victoria abandonaba la Fortaleza, las tropas de Ashran volverían a atacar. No estaba seguro de que la muchacha fuera consciente de ello, pero de todas formas no se lo dijo.

—¿Adónde quieres ir?

—A buscar a Christian.

El rostro de Alexander se contrajo en una mueca de odio.

—No lo llames así —siseó—. Sigue siendo Kirtash, una maldita serpiente asesina. La misma condenada serpiente que ha matado a Jack. Por si lo habías olvidado.

Se arrepintió enseguida de haber pronunciado palabras tan duras. Recordó que Victoria había estado profundamente enamorada de Jack. Pero costaba tenerlo en cuenta; la expresión de ella seguía siendo impasible, y Alexander se preguntó si la joven habría decidido pasarse al bando de Ashran... con Kirtash, a quien todavía llamaba «Christian».

«Oscuridad», había dicho Allegra. Se estremeció.

La pregunta de ella, sin embargo, lo sorprendió:

—¿Vas a venir conmigo?

—¿Contigo? ¿Contigo y con Kirtash?

Victoria movió la cabeza, lentamente.

—Conmigo —explicó—. Para matar a Christian.

Aquellas palabras impactaron a Alexander de la misma forma que, días atrás, habían impactado a Shail. La miró de nuevo. «Sí, le duele, le duele de verdad la muerte de Jack», pensó. Pero a él, a Alexander, también le dolía. Y no podía evitar pensar que, en parte, era culpa de Victoria.

—Pudiste haberlo matado hace mucho tiempo —le reprochó—. Si lo hubieras hecho entonces, Jack seguiría con vida.

—Lo sé —respondió Victoria con suavidad. Pero no dijo nada más. Solo se quedó mirándolo, esperando a que hablara.

—¿Qué? —preguntó Alexander, brusco.

—¿Vas a venir conmigo? —repitió ella.

Alexander inspiró hondo. Aquello era una locura. La muchacha que tenía ante sí parecía Victoria, pero se comportaba de una forma muy extraña. Y Allegra tenía razón: había algo en su mirada que daba escalofríos.

«Puede ser que la juzgara mal», pensó. «Puede ser que la muerte de Jack la haya trastornado».

De todas formas, el mensaje estaba claro. Victoria buscaba venganza. Alexander se sorprendió a sí mismo pensando: «Pero sentía algo tan intenso por Kirtash...».

Sacudió la cabeza y volvió a mirarla. Y echó de menos a la niña inocente que había sido. Victoria había crecido, había madurado. Y, sin embargo, Alexander no estaba seguro de que le gustara el cambio.

«Pero la profecía ya no va a cumplirse...», pensó de pronto. ¿Era ese el camino? ¿La venganza? Alexander se encontró a sí mismo apretando los dientes, deseando con todas sus fuerzas volver a toparse con Kirtash, tener la oportunidad de matarlo con sus propias manos.

Respiró hondo. Sabía que Victoria aguardaba una respuesta. Desvió la mirada hacia la Fortaleza, que dormía bajo la cúpula protectora, rodeada de aquel misterioso bosque que había tardado tan poco en crecer, y que emanaba una extraña neblina que ponía nerviosos a los humanos.

Aquella noche, sin embargo, Alexander apenas se fijó en el bosque. Tampoco lo inquietaron los sonidos que surgían de él, y que sus sentidos, desarrollados de forma extraordinaria, podían captar con total claridad.

Se enfrentaba a la decisión más difícil de su vida. Y no estaba seguro de estar preparado para afrontarla.

«... Entonces deberíamos rendirnos», había dicho Denyal.

Porque la profecía ya no iba a cumplirse.

Alexander comprendió que no podía abandonarlos a su suerte para correr en busca de venganza, por mucho que lo deseara. Los Nuevos Dragones, las gentes de Awa, los refugiados y todos los que habían apoyado su causa confiaban en él.

«Y yo los he guiado de cabeza al desastre».

Cerró los ojos, agotado. La profecía no iba a cumplirse, porque Jack estaba muerto. Pero la venganza tampoco lo devolvería a la vida.

Y tomó una decisión.

–No, Victoria –dijo–. No voy contigo.

Ella tardó un poco en contestar.

–Bien –asintió entonces.

Recogió la espada de Jack del regazo de Alexander. Él no se lo impidió. La vio marchar con la espada en la mano, y se preguntó, una vez más, en qué se había equivocado. Comprendió que, pasara lo que pasase, no debía perder a Victoria también. Hablaría con ella para que abandonara aquella idea de la venganza. Pero en aquel momento no se sintió con ánimos. Quizá porque la herida era demasiado reciente, y la idea de matar al asesino de Jack seguía resultando demasiado tentadora.

Se puso en pie y fue a buscar a Denyal.

Lo halló en lo que había sido la biblioteca, con Shail, Allegra y Kimara. Los tres interrumpieron su conversación al oírle entrar. Los miró, con sombría determinación.

—Yo voy a seguir —anunció.

—¿Qué quieres decir? —preguntó Shail.

—Voy a seguir —dijo él—. Con la lucha, con la Resistencia. Seguiré combatiendo a Ashran hasta el final. Por encima de todo.

Sobrevino un silencio cargado de estupor.

—Pero la profecía... —empezó Denyal.

—No me importa la profecía, ya no —cortó Alexander—. Hemos seguido su dictado y esta es la consecuencia. Yo ya no creo en la profecía. Lucharemos nosotros, humanos, feéricos, yan, celestes, varu, gigantes, todas las razas unidas. Si quieren dragones, les daremos dragones, aunque tengamos que fabricarlos nosotros. Todo menos abandonar. Hemos llegado muy lejos, no pienso rendirme ahora. Moriré combatiendo a Ashran si ese es mi destino. Por Jack, y por todo lo que hemos perdido desde que empezó esta locura.

»Pero vosotros... podéis marcharos si queréis, no os lo reprocharé.

Hubo un breve silencio.

—Yo estoy contigo —dijo Shail.

—Por Jack —asintió Kimara.

—Que así sea —dijo Allegra, con un brillo de decisión en sus enormes ojos negros.

—Pero la profecía dice que solo un dragón y un unicornio derrotarán a Ashran —protestó Denyal—. Y la profecía es la palabra de los dioses.

—Entonces, los dioses son unos mentirosos —replicó Alexander con una torcida sonrisa.

Kimara no podía dormir.

Llevaba todo el día llorando la muerte de Jack, la muerte del último de los dragones del mundo, y aunque hacía rato que se le habían secado las lágrimas, su mente se negaba a dejar de rescatar recuerdos.

Con un suspiro, se levantó de su jergón y se echó algo de ropa por los hombros. Salió de la habitación al patio, esperando tal vez que el aire de la noche la despejara un poco.

Vio entonces que Victoria estaba allí.

Era ya muy tarde, la Fortaleza dormía, pero la joven unicornio no parecía tener sueño. Se había acercado al pie de la muralla. En lo alto, hechos un ovillo, con la cabeza bajo el ala, dormitaban los pájaros haai. Victoria había alzado la cabeza hacia ellos y los miraba fijamente, sin una palabra, sin un solo sonido.

Kimara se pegó a la pared, para no ser vista, y siguió observando.

Las aves se despertaron de pronto, como alertadas por una llamada inaudible. Una de ellas dejó escapar un leve arrullo. No tardaron en desplegar las alas y bajar, planeando con suavidad, hasta donde estaba Victoria, y alargar sus largos cuellos hacia ella, amistosamente.

La muchacha alzó la mano para acariciar las plumas de los pájaros. Pero, en cuanto sus dedos rozaron al primero de ellos, el ave se encrespó y emitió un sonido chirriante. Los dos retrocedieron, temerosos, alejándose de Victoria. Levantaron el vuelo y se refugiaron de nuevo en lo alto de la muralla, desde donde dirigieron una última mirada a la muchacha, temblando.

Kimara contempló la escena con la boca abierta, tratando de dilucidar su significado.

Victoria no reaccionó. Se quedó allí, quieta, al pie de la muralla, durante unos instantes más.

Pero entonces giró la cabeza, en un rápido y grácil movimiento, hacia el lugar desde el que la espiaba Kimara. Ella trató de retroceder, pero comprendió al punto que no era necesario, porque Victoria ya la había visto.

Los ojos de ambas se cruzaron, y la semiyan sintió que un profundo escalofrío recorría su piel.

No había expresión en el rostro de Victoria. No parecía sentir enfado, dolor, miedo ni desconcierto. No parecía sentir nada. Absolutamente nada, como si no fuera una criatura humana, o, peor aún, como si ni siquiera estuviese viva.

De pronto, Victoria dio la espalda a Kimara para mirar a otra figura que se acercaba desde el otro extremo del patio. La semiyan lo reconoció en cuanto la luz de las lunas iluminó su rostro. Era Qaydar, el Archimago.

Kimara contuvo el aliento y se pegó al muro todavía más. Pero el Archimago no reparó en ella.

La semiyan lo vio acercarse a Victoria, con pasos enérgicos.

–¿Acaso pensabas marcharte? –gruñó.

–Sí –respondió ella con voz neutra, carente de emoción–. Voy a marcharme.

–No, no vas a hacerlo –replicó Qaydar, severo–. No pienso permitir que salgas de este castillo. Eres el último unicornio del mundo, Lunnaris. Tienes una responsabilidad. ¿Me has entendido?

Ella no respondió. Ladeó la cabeza y se le quedó mirando. Kimara vio, sorprendida, que el poderoso Archimago parecía incómodo ante la profunda mirada del unicornio, porque no fue capaz de sostenerla.

–¿Sabes cuántos magos quedan en la Orden, Lunnaris? –dijo él bajando la voz, de manera que Kimara tuvo que aguzar el oído para escucharlo bien–. Somos doce. Solo doce. Sin contar con Gerde y varios más que se han unido a Ashran, y sin contar tampoco a aquellos que no se han unido a ningún bando. Esa muchacha semiyan que nos has enviado es la única aprendiza que tenemos ahora. La única nueva maga en quince años. ¿Sabes lo que eso significa? En total, no seremos más de cuarenta hechiceros en todo Idhún. Antes éramos varios centenares. Y cada año venían más.

Qaydar hizo una pausa. Victoria no dijo nada.

–Y con los años, Lunnaris, si sobrevivimos a los sheks, iremos muriendo. La edad y el tiempo nos irán barriendo del mundo, uno a uno. Entonces, la Orden Mágica se extinguirá.

Victoria seguía sin hablar, seguía sin moverse.

–Con una sola aprendiza no basta. Tienes que empezar a consagrar más magos, Lunnaris, y tienes que hacerlo *ahora*. ¿Me has entendido?

Ella inclinó delicadamente la cabeza.

–Te he entendido –dijo con suavidad–. Pero no puedo hacer lo que me pides.

Se volvió para proseguir su camino, pero Qaydar la agarró del brazo, con violencia.

–¡No me has entendido! Vas a empezar ahora mismo a crear nuevos magos, niña. Si de verdad eres un unicornio, ¡compórtate como tal!

Victoria no se movió, ni respondió una sola palabra. Solo se quedó mirándolo... fijamente.

Y, de pronto, Qaydar la soltó, horrorizado, y retrocedió un par de pasos, temblando.

–No puedes detenerme –susurró ella con suavidad–. No te pertenezco. No puedo pertenecer a ningún ser humano.

Dio media vuelta y se alejó de él, serena, inalterable. El Archimago se dejó caer contra la muralla y bajó la cabeza. Sus hombros sufrieron una breve convulsión silenciosa.

La semiyan, desde su escondite, tragó saliva, preguntándose qué había visto Qaydar en los ojos de Victoria. Le vinieron a la memoria las palabras de Allegra: «...una oscuridad tan profunda que no puedo penetrarla, que no comprendo y que me da escalofríos».

Recordó que también Jack había hablado de la luz del unicornio. Y que solo los sheks, los dragones y los feéricos podían ver aquella luz. Por lo que ella sabía, Qaydar tenía algo de sangre feérica. Pero, aun así... ¿cómo podía la mirada de un unicornio llegar a herir tanto al que, después de Ashran, era el más poderoso hechicero de Idhún?

Kimara no lo sabía, y decidió que no quería saberlo. Temblando, se cobijó de nuevo entre las paredes de la Fortaleza, mientras Qaydar aún seguía allí, de pie contra la muralla, conmocionado.

Victoria partió antes del primer amanecer.

Se llevó el báculo y a Domivat, la espada de fuego. No dijo adiós a nadie.

Nadie la vio marchar. Y, aunque la hubieran visto, de todas formas nadie habría podido detenerla.

XVI
Umadhun

Hacía frío.

Muchísimo frío. Un frío que le congelaba las entrañas y ralentizaba los débiles latidos de su corazón. Y, sin embargo... también había sentido calor, mucho calor. Todavía le ardía la piel.

Su instinto lo alertó sobre algo que se acercaba. Eran varios, pero pequeños. Aun así, deseaba matarlos.

Trató de moverse, pero su cuerpo no lo obedecía; ni siquiera logró abrir los ojos. Estaba demasiado débil.

Se acercaron. Pudo oír sus siseos en la oscuridad. Percibió que se estaban comunicando telepáticamente, aunque no captó sus pensamientos. Al fin y al cabo, no estaban hablando con él.

Los sintió muy cerca. Una fría presencia rozó su piel. Quiso sacárselos de encima, pero seguía sin poder moverse.

Entonces se oyó un silbido amenazador. Las criaturas se retiraron, intimidadas. Algo se deslizó cerca de él, y su instinto se disparó. Logró abrir los ojos y vio una gran muralla escamosa que protegía su cuerpo. Cuando se retiró un poco, distinguió entre las sombras a los seres que lo habían estado observando. Eran crías de shek, pero eso ya lo había sabido, de alguna manera.

La serpiente que las había ahuyentado, sin embargo, era adulta, una hembra. Lo supo cuando ella volvió hacia él su cabeza triangular. Lo supo apenas un momento antes de que sus ojos hipnóticos relucieran un instante para hacerle caer, de nuevo, en la oscuridad.

Cuando volvió a abrir los ojos, ya no tenía frío. Pero aquella inquietud seguía allí.

No recordaba qué había pasado. En aquel momento, ni siquiera recordaba su nombre ni su condición. Y, sin embargo, el mensaje era tan claro que no podía ignorarlo.

«Sheks. Tengo que matarlos. A todos».

El odio seguía palpitando en sus sienes, por encima del dolor, de la soledad o del desconcierto. Poco a poco fue fluyendo a través de todo su cuerpo. Había tantas serpientes a su alrededor, las sentía, las detectaba, las olía. No podía quedarse parado.

Un grito de furia y desesperación, un esfuerzo sobrehumano. Una transformación.

Con un rugido, se abalanzó hacia ellos. Pero algo lo retuvo con violencia, dejándolo sin aliento un momento. Volvió a intentarlo, hasta tres veces, antes de que se dejara caer, desalentado, pero aún hirviendo de ira. Giró la cabeza para ver qué era aquello que lo aprisionaba.

Y vio que una cadena plateada rodeaba sus miembros y lo mantenía sujeto a la roca. No era muy gruesa y, sin embargo, no había podido romperla.

El instinto lo reclamó de nuevo, esta vez con mayor urgencia. Tiró con todas sus fuerzas. La cadena no se rompió.

Una sombra sinuosa avanzó hacia él desde la oscuridad. El sentimiento de odio se disparó otra vez, nada más verla. Tiró y tiró de la cadena, con furia, con rabia, desesperado por abalanzarse sobre la hembra shek y hacerla pedazos. Y aquel impulso era lo único que entendía en aquellos momentos.

Ella observó sus esfuerzos, impasible. Sabía que no lograría alcanzarla. Y él pareció comprenderlo también, porque finalmente se dejó caer, rendido, y las cadenas tintinearon en torno a su cuerpo.

«Instinto», dijo la serpiente. «Ah, qué cosa tan incómoda, ¿verdad? Qué ganas tengo de matarte, dragón. Y qué poco me conviene».

Dragón.

Un rayo de entendimiento iluminó su mente. Aquella palabra significaba mucho... demasiadas cosas.

–Dragón... –repitió.

La serpiente se acercó más a él, y sus ojos tornasolados se clavaron en los suyos.

«¿Quién eres?», le preguntó.

Daba la sensación de que ella conocía perfectamente la respuesta. Pero fue la pregunta lo que le hizo detenerse a reflexionar, y trajo de vuelta a su mente un aluvión de recuerdos, que lo inundaron como un torrente imparable.

–Yo... soy Yandrak –murmuró.

«Sí, es lo que pensaba», asintió la shek, observando, con cierta curiosidad, cómo su prisionero volvía a transformarse en un simple muchacho humano.

–Soy... soy Jack –murmuró él, antes de perder la conciencia de nuevo.

Seguía encadenado en aquella estrecha y oscura cueva.

Seguía sin entender qué había pasado, pero el odio iba calmándose, poco a poco, y también el dolor físico que le producía la herida del pecho.

Ahora, otra cosa lo atormentaba, y era la soledad.

Echaba de menos a alguien. Desesperadamente. Tanto que sin ella se sentía muerto, vacío y tan frío como el corazón de la serpiente que lo había capturado. Tenía la horrible sensación de que la había perdido para siempre, y solo por eso habría querido morir.

Pero no moría. O tal vez ya estuviera muerto.

Alzó la cabeza y miró a la shek.

–¿Dónde estoy?

«Has tardado en preguntarlo», observó ella. «Claro que los de tu especie nunca han sido demasiado listos que digamos».

–¿Dónde estoy? –repitió él.

«No estás en ningún lugar de Idhún».

–Entonces, ¿estoy en la Tierra?

«Tampoco».

Sacudió las cadenas, irritado.

–¡No te he preguntado dónde *no* estoy!

«Ah, no lo entiendes. En estos momentos, para ti es mucho más importante saber dónde *no* estás. ¿No te das cuenta?».

El muchacho reflexionó un momento, ceñudo.

–No estoy en Idhún. Pero no... no es posible. ¿He abandonado el mundo? ¿Cuándo he hecho eso?

Se esforzó por recordar. Cerró los ojos un momento y le vinieron a la mente imágenes de una batalla. Un shek, un dragón..., los dos habían luchado, y entonces Kirtash había hundido su espada de hielo en el pecho del dragón y lo había arrojado a una sima de lava.

Se estremeció. No podía haber sobrevivido a aquello, era imposible.

—Estoy muerto.

«Para muchos, lo estás», concedió la serpiente. «Pero tú deberías saber que sigues vivo. Tu corazón late».

Jack tuvo que admitir que tenía razón.

—¿Cómo es posible?

Se abrió la camisa para ver la herida del pecho. Todavía seguía allí, una terrible brecha abierta en su carne; pero estaba cubierta por una extraña capa de escarcha, que escocía, ardía y lo enfriaba al mismo tiempo. Se preguntó si serían los efectos de Haiass o si se trataba de la forma que tenían los sheks de curar las heridas. Desechó la idea porque le pareció demasiado absurda. Ningún shek curaría jamás a un dragón.

«Una espada de hielo», dijo la hembra shek. «Si hubieras sido un simple humano, sí estarías muerto; pero el fuego de tu interior te protegió de sus efectos por un tiempo, lo suficiente como para que yo pudiera salvarte la vida. Por no mencionar el hecho de que el que quiso matarte no tiene muy buena puntería. No rozó tu corazón».

—No tiene... —repitió Jack, desconcertado—. No, espera, estamos hablando de Kirtash. Sabe perfectamente dónde tiene que clavar una espada —sacudió la cabeza—. Esto no tiene sentido.

La serpiente emitió un bajo siseo. Parecía molesta de pronto, pero sus palabras sonaron calmadas cuando dijo:

«Probablemente, en el fondo no quería matarte. Ah, es lo que ocurre cuando uno tiene que cargar con un alma humana. No se hacen las cosas ni la mitad de bien que sin ella».

—¿Conoces a Kirtash? —le preguntó Jack.

«Ah, todos los sheks hemos oído hablar de ese engendro», dijo la shek con profundo desagrado. «Tú eres como él».

—¿Y tú? ¿Quién eres tú?

«Me llamo Sheziss. Y, como puedes ver, soy una shek».

Jack la miró con un poco más de detenimiento. Ya no era joven; el brillo de sus escamas estaba un poco desvaído, y tenía un par de desgarrones en un ala. Con todo, le pareció majestuosa y, como todas las serpientes aladas, letal. Se esforzó por controlar el odio que volvía a burbujear en su interior. Entonces recordó algo que ella había dicho, y que tenía todavía menos sentido que lo que le había contado acerca de Kirtash.

—¿Has dicho antes que me has salvado? No puedo creerte. ¿Por qué harías algo así?

«Eres el dragón de la profecía», respondió ella, como si fuera obvio.

Jack se la quedó mirando. Sheziss mostró algo parecido a una larga sonrisa.

«La profecía dice que tú eres el único que puede matar a Ashran», añadió, y Jack percibió entonces, sorprendido, el intenso odio que emanaba de ella. «Y yo quiero que mates a Ashran. No es difícil de entender».

–¿Quieres... la muerte de Ashran? –repitió Jack, confuso–. ¿Por qué?

Ella se estremeció con una risa baja.

«Porque lo quiero muerto», respondió sin más, y Jack supo que no iba a contarle más detalles. «Pero no podía hacer nada al respecto. Ah, cómo no iba a salvarte cuando te vi caer por el Portal. Qué gran oportunidad, y qué estúpida habría sido si la hubiera desaprovechado».

–El Portal... –repitió Jack, atando cabos–. ¿Te refieres a esa sima de fuego? ¿Quieres decir que es como una especie de Puerta interdimensional?

«No», corrigió ella. «Quiero decir que *es* una Puerta interdimensional».

–¿Y adónde me ha llevado?

«A otro mundo, por supuesto». Sheziss se alzó sobre sus anillos y estiró un poco las alas; pareció mucho más grande y temible que antes, y sus ojos relucieron cuando añadió: «Bienvenido a Umadhun, el reino de las serpientes aladas».

–Echo de menos a alguien –dijo Jack a media voz.

Sheziss dormitaba cerca de él, hecha un ovillo. Jack sabía que lo había escuchado perfectamente y, sin embargo, no se dignó siquiera abrir los ojos.

El muchacho se acurrucó junto a la roca, retorciendo las muñecas, que tenía ya en carne viva. La shek no lo había soltado aún. Había estado alimentándolo con pedazos de carne seca, pescado, distintos tipos de hongos comestibles y cosas semejantes, y Jack, hambriento, lo había devorado todo sin rechistar. Ignoraba cuánto tiempo llevaba en Umadhun, pero ya le parecía demasiado.

«Cuando controles tu odio, te soltaré», le había dicho ella.

Al principio, Jack se había revuelto contra la serpiente, furioso. Se había transformado varias veces, envuelto en una nube de humo; había expulsado sus más violentas llamaradas, había arañado con las garras el suelo de alrededor, había lanzado furiosos mordiscos al aire. Todo era inútil; no conseguía llegar hasta ella ni soltar sus cadenas, que, no importaba la forma que adoptase, siempre parecían ajustarse a sus miembros, ya fueran muñecas y tobillos humanos o garras de dragón.

«Ah, qué estúpido eres», le decía la serpiente a menudo. «Deseas soltarte para hacerme pedazos. Pero no entiendes que, sin mí, no sobrevivirás en Umadhun. Tienes suerte de que este mundo esté casi vacío. En otros tiempos, no me habría sido tan sencillo ocultarte».

–Quieres utilizarme –había dicho el chico con rencor.

«Quiero aliarme contigo», repuso ella. «Pero antes debo asegurarme de que vas a ser capaz de controlarte».

En aquel momento en concreto, Jack no tenía ganas de pelear. Estaba agotado tras otra explosión de ira, y se había dejado caer sobre la roca, exhausto y desanimado. Entonces había vuelto la añoranza.

La sentía cada vez que el odio no lo cegaba. Si cerraba los ojos, veía en sus recuerdos una mirada llena de luz, una sonrisa que amaba por encima de todas las cosas. Pero ella estaba demasiado lejos como para que pudiera siquiera percibir su existencia. Podía estar viva, en algún lugar al otro lado de la sima de fuego.

Pero también podía estar muerta. Y la simple idea de haberla perdido lo volvía loco de angustia y de pena.

Jack no sabía qué era peor, si el odio o la nostalgia. Los dos sentimientos resultaban insoportables. Y en aquellos momentos no tenía ya fuerzas para dejarse llevar por el odio.

La echaba de menos. Muchísimo. Y no tenía a nadie con quien compartir su soledad.

–La echo de menos –repitió a media voz; Sheziss no respondió, pero, de todas formas, Jack siguió hablando–: Daría lo que fuera por volver junto a ella. Incluso sería capaz de aceptar su relación con Kirtash, si tan solo...

Se interrumpió, recordando que, tiempo atrás, en Limbhad, cuando Victoria permanecía prisionera en la Torre de Drackwen, había dicho algo semejante. Algo que después no había sido capaz de cumplir. Se preguntó, por primera vez, si al atacar a Kirtash junto a los Picos de Fuego había obrado por celos... o por puro instinto.

–Ahora ya no importa –murmuró–. Supongo que, si no regreso, eso solucionará el problema: ella podrá estar con Kirtash y dejará de tener dudas.

Se dio cuenta entonces de que Sheziss había alzado la cabeza y lo observaba con un brillo de interés en los ojos.

«No me digas que el unicornio siente algo por ese engendro, por el hijo de Ashran».

Jack se volvió hacia ella, cauteloso, lamentando ya haber hablado demasiado. Recuperaba fuerzas y el odio volvía a manifestarse en su interior.

–¿Qué importa eso? –preguntó. No le sorprendió que Sheziss hubiera adivinado de quién estaba hablando. El poder de deducción de los sheks era muy superior al de cualquier otra criatura.

El cuerpo de la serpiente se estremeció con una risa baja.

«Muy divertido», dijo ella. «De modo que Ashran crea un engendro para matar al unicornio y después...».

Dio un furioso coletazo que hizo retumbar todo el suelo y sacudió las cadenas de Jack. El muchacho se transformó en dragón casi sin darse cuenta, y se pegó al suelo, dispuesto a saltar sobre la shek. Ella lo miró con frío desprecio. Parecía divertida y colérica a la vez.

«Sí, muy divertido», siseó. El odio relució en sus ojos. «El engendro ha traicionado a los suyos. Ah, ojalá despelleje a su padre y lo entregue en pedazos a los sangrecaliente».

–¿Los sangrecaliente? –repitió Jack.

Ella lo miró un momento. El odio palpitó un instante en sus ojos irisados, pero después se apagó.

«Humanos, feéricos, celestes, gigantes, varu, yan: las seis razas inferiores que se aliaron con los dragones en la guerra», explicó con suavidad. «Para luchar contra nosotros y contra los szish, a quienes llamamos los sangrefría, porque son como nosotros en ese aspecto. Las otras seis razas apoyaron a los dragones porque son cálidos... como ellos».

–¿Y los unicornios? –preguntó Jack–. ¿De qué lado estaban?

«Los unicornios no entendían de esas cosas. Ellos nos trataban a todos por igual, sheks, dragones... qué más da. Incluso sentían cierto cariño por los inferiores. En contra de lo que piensan los sangrecaliente, los unicornios nunca tomaron partido en la guerra. No fueron creados para eso. Ah, los unicornios, qué hermosas criaturas. El mundo no es el mismo desde que ellos ya no están».

–Vosotros los asesinasteis a todos –acusó Jack.

«¿Eso te han dicho?». Sheziss lo miró, ladeando la cabeza. Parecía que se reía por dentro, y Jack se sintió estúpido, sin saber por qué. «La conjunción astral fue obra de Ashran, maldito sea siete millones de veces. Nos permitiría regresar a Idhún, dijo, y además destruiría a nuestros enemigos, los dragones, si nos aliábamos con él. No mencionó para nada a los unicornios».

Había amargura en sus palabras. Jack quiso decir algo, pero se dio cuenta de que la serpiente aún no había terminado de hablar.

«Nunca tuvimos nada en contra de ellos. Pero cuando vimos lo que había sucedido, lo pasamos por alto. Al fin y al cabo, Ashran había cumplido su parte del trato. Nosotros estábamos de vuelta. Y los dragones estaban muertos. El odio nos cegó, como tantas otras veces..., ah, como tantas otras veces...».

La voz de Sheziss se apagó en su mente. Jack sintió un súbito sopor y, casi sin darse cuenta, cerró los ojos y se durmió.

–Déjame marchar –le pidió en otra ocasión.

Sheziss lo miró fijamente, pero no dijo nada.

–Tengo que volver con ella –insistió–. Necesito saber si está bien.

«¿Con esa criatura que, según me has contado, siente algo por el hijo de Ashran?».

–También me quiere a mí –replicó Jack, herido en su orgullo–. Y sé que en un futuro decidirá quedarse conmigo, porque Kirtash no puede quererla de la misma manera que yo.

Sus propias palabras le sonaron muy infantiles, y lamentó enseguida haberlas pronunciado. Sheziss se acercó a él con movimientos ondulantes.

«¿Decidir?», preguntó. «¿Un unicornio?».

Lo miró con aquella expresión que Jack ya conocía, como si se estuviera riendo de alguna broma que solo ella entendiera. Al muchacho le sacaba de sus casillas, porque le hacía sentirse estúpido.

–¿Qué te hace tanta gracia? –le espetó.

«Los unicornios entregan la magia a algunos afortunados. Si escogieran a una sola persona en toda su vida, la magia habría muerto mucho tiempo atrás. Los unicornios están hechos para dar, para entregar, no conocen otra cosa. El amor es para ellos muy parecido a la magia. Es parte de ellos. Igual que los seres a los que deciden entregar sus dones».

–No... no entiendo.

Sheziss entornó los ojos y se plantó ante él, con un furioso siseo y el cuerpo vibrando amenazadoramente. Jack retrocedió, intimidado, tratando de controlar el odio que bullía en su interior.

«Ah, te ayudaré a entenderlo», se ofreció, con una sinuosa sonrisa. «Si tuvieras que elegir entre tus dos pulmones, ¿con cuál te quedarías?».

–Pues... –empezó Jack, desconcertado, pero Sheziss lo interrumpió.

«Piénsatelo bien», dijo, y sus ojos relucieron malévolamente en la penumbra. «Porque, en cuanto te hayas decidido por uno de los dos, te arrancaré el otro».

Jack retrocedió, con el corazón latiéndole con fuerza.

Pero Sheziss se alejó de él, riéndose por dentro.

–Pero ¿por qué no puedo dejar de odiar? –preguntó él en otra ocasión.

«Vamos progresando», dijo Sheziss, con un brillo de aprobación en la mirada. «No puedes dejar de odiar porque para eso fuiste creado. Odiar a los sheks es tan natural para ti como respirar. Si dejaras de hacerlo, estarías muerto».

–Entonces, ¿no se puede dejar de odiar?

«Si conociésemos una forma, los sheks la habríamos empleado hace ya tiempo. A los dragones nunca os ha importado, os habéis entregado al instinto con salvaje entusiasmo. También nosotros disfrutábamos con la lucha, para qué negarlo. Pero, a diferencia de vosotros, éramos conscientes de que estábamos haciendo algo que no habíamos elegido. Nadie nos preguntó nunca si queríamos odiar a los dragones. No se nos dio opción».

–Pero tú no me odias... ¿o sí?

«Ah, sí, te odio con todo mi ser, dragón. Deseo matarte. Pero controlo ese sentimiento».

–¿Y eso cómo se hace?

«Asumiéndolo. Hay quien lo reprime, trata de negar que existe. Pero no se puede reprimir el odio, porque estalla como un volcán en el momento más inesperado. No obstante, sí se puede controlar, dejándolo salir solo en los momentos indicados. O encontrando una razón para odiar. ¿Tienes razones para odiar?».

–Los sheks mataron a toda mi raza –murmuró Jack.

«Ashran mató a toda tu raza, pero tienes razón: nosotros también lo habríamos hecho de haber podido. De hecho, muchos lamentamos que los dragones estén muertos, porque ya no podemos matarlos nosotros. Pero la extinción de los dragones no es el motivo de tu odio, sino una consecuencia del odio que ambas razas sentimos».

Jack frunció el ceño, desconcertado.

«No tenemos ninguna razón para odiarnos. Ninguna razón lógica, quiero decir. Pero yo, por ejemplo, sí tengo motivos para odiar a Ashran. De manera que, cuando te miro y siento ese odio ancestral, me esfuerzo por acordarme del hombre al que detesto, canalizo ese odio hacia otra persona».

–Ojalá pudiera yo hacer eso –dijo Jack, impresionado; se sentía muy vacío de pronto.

«Para ti será mucho más fácil que para cualquier otro», dijo ella. «Pues también tienes un alma humana que puede ayudarte a controlar tus instintos de dragón. Aunque aún tienes mucho que aprender».

Jack reflexionó.

–Antes dijiste que no se nos dio opción –recordó–. ¿Quién no nos dio opción?

«Los dioses, por supuesto. Nos crearon para odiarnos, para matarnos unos a otros. ¿No es gracioso? Los poderosos sheks, los poderosos dragones. Adorados desde tiempos remotos por los seres inferiores. Al final... no somos nadie, no somos más que peones en una guerra de dioses, incapaces de escapar de ella. Somos sus soldados, luchamos por ellos... morimos por ellos. Lo queramos o no».

Jack se estremeció.

–No es gracioso –opinó–. Es horrible.

«Ah, sí, horrible. O trágico, diría yo».

–Entonces, ¿de verdad existen los dioses? Yo pensaba que no eran más que leyendas.

Sheziss lo miró un momento.

«Cuando aprendas a controlarte y pueda dejarte suelto, te mostraré una cosa. Tal vez te ayude a hacerte una idea de cuán reales pueden llegar a ser los dioses».

–Ya puedes soltarme –dijo Jack, cansado–. Ya no quiero luchar. Me parece que hasta empiezas a caerme bien.

La serpiente lo miró con su sinuosa sonrisa.

«Ah, no, estás reprimiendo tu odio, negando que existe. Pero tú me odias, dragón. Busca en tu interior y encuentra ese odio. Dime, ¿sigue ahí?».

–Sigue ahí –reconoció Jack tras un tenso silencio.

«¿Quieres matarme? ¿O deseas matarme?».

–¿Qué diferencia hay?

«El deseo viene del instinto, es irracional. Querer, en cambio, implica una voluntad racional».

–Deseo matarte –admitió Jack, tras una breve reflexión–. Pero no quiero matarte.

«Christian tampoco quería matarme», recordó el muchacho de pronto. «Aunque lo deseara. Por eso no me clavó la espada en el corazón. En el último momento, su voluntad se impuso sobre su instinto. Y yo... ¿habría sido capaz de hacer lo mismo?».

–No quiero matarte –repitió en voz alta–. No quiero luchar. Quiero aprender a controlar mi instinto.

Sheziss sonrió.

«Mírame a los ojos, Jack».

El chico alzó la cabeza, sorprendido. Tal vez en otras circunstancias se lo habría pensado dos veces antes de mirar a los ojos a un shek, pero era la primera vez que ella lo llamaba por su nombre, y eso lo desconcertó.

Cuando clavó la mirada en los hipnóticos ojos de Sheziss, ya era demasiado tarde para reaccionar. Quiso debatirse, pero no fue capaz; estaba como paralizado. Sintió que algo se soltaba en su mente, y trató de moverse, desesperado. Y en esta ocasión lo consiguió.

Y se alejó de la pared de roca. Mucho más que antes.

Se miró las manos, sorprendido. Las cadenas habían desaparecido, y también las marcas de sus muñecas. Se rozó con el dedo la piel intacta, confuso.

–¿Qué...? ¿Cómo lo has hecho? ¿Qué has hecho con las cadenas?

«Las cadenas nunca han existido más que en tu mente, Jack».

El chico parpadeó, perplejo, pero no dijo nada.

«Ningún shek se habría dejado engañar por algo así», prosiguió Sheziss. «Pero, claro, se trata de un truco demasiado sutil para la mente de un dragón».

Jack se sintió de pronto furioso y humillado. El odio burbujeó de nuevo, y la presencia de la shek lo volvió loco. Con un rugido de ira, se transformó en dragón y se abalanzó sobre ella, con las garras por delante.

Fue visto y no visto. Se encontró de pronto atrapado entre los anillos de Sheziss, que se había enredado en su cuerpo con tal habilidad que le impedía mover las garras y las alas. Tampoco podía hacer uso de su fuego; Sheziss lo había tumbado boca abajo y también había inmovilizado su cuello, de manera que no podía girar la cabeza; si exhalaba aunque fuera una sola bocanada de fuego, este rebotaría contra la piedra y le chamuscaría las narices. Emitió un sordo gruñido.

«Ah, todavía tienes mucho que aprender, niño», se burló la shek. «Dime, ¿a quién odias?».

–A ti –gruñó el dragón.

«¿Por qué?».

–Porque eres una shek.

Los anillos se estrecharon todavía más. Jack jadeó.

«Eso ya lo sé. Cuéntame algo nuevo, Jack. ¿Por qué me odias?».

–Porque me tienes prisionero.

«Si no te mantuviera prisionero, me atacarías. ¿No te parece que mi actitud es razonable?».

–Sí –reconoció Jack, a regañadientes–. Y ahora suéltame.

Los anillos apretaron un poco más.

«¿Por qué me odias? ¿Acaso no te he salvado la vida, no te he curado las heridas? ¿Por qué me odias, pues?».

–No... no tengo razones para odiarte –dijo él tras un breve silencio–. Aunque no pueda evitarlo.

«Ah, vamos progresando. Pero...».

Su cuerpo se tensó de pronto, y alzó la cabeza con un siseo. Sus ojos relucieron en la penumbra.

–¿Qué...? –empezó Jack, pero una furiosa orden telepática le hizo enmudecer:

«¡Silencio!».

Jack se quedó quieto, con el corazón latiéndole con fuerza, y aguzó el oído. Pero fue su instinto lo que le avisó de la proximidad de más serpientes.

«Transfórmate de nuevo», le ordenó Sheziss. «Así llamas demasiado la atención».

Jack lo intentó. Pero estaba demasiado cerca de las serpientes, demasiado cerca de Sheziss, y el instinto lo llevaba a seguir transformado en dragón, para luchar contra ellas, para matarlas.

«Hazlo», insistió la shek. «Si te descubren aquí, nos matarán a los dos. Y si te matan, jamás podrás regresar junto a ella».

Estas palabras fueron determinantes.

«Victoria», pensó Jack. Pensó en sus luminosos ojos, en su sonrisa. La añoró de nuevo, con toda su alma. Y, cuando quiso darse cuenta, volvía a ser un muchacho humano.

«Eso está mejor», dijo Sheziss. «Ahora haz lo que yo diga. Ellos están cerca».

Jack se esforzó por seguir pensando en Victoria. Sus sentimientos hacia ella, el recuerdo de su mirada, mantenían a raya el odio y el instinto. Pero le costó mucho dominarse cuando sintió la cola de Sheziss rodeando su cintura, cuando la serpiente lo alzó en el aire para depositarlo sobre su lomo, justo entre las alas. El simple contacto con ella estuvo a punto de volverlo loco de odio.

«Contrólate, niño», le dijo Sheziss. «A mí también me resultas extremadamente desagradable. Pero nuestras vidas dependen de que esto salga bien».

Plegó las alas sobre su cuerpo, tapando a Jack por completo. El chico dejó escapar un quejido angustiado. No soportaba el roce con la serpiente.

Pensó de nuevo en Victoria. Y cuando Sheziss reptó fuera de la cueva, llevándolo sobre su lomo, Jack se aferró a sus escamas, cerró los ojos y recordó, uno por uno, los momentos íntimos, felices, especiales... que había compartido con Victoria. Evocó la luz del unicornio para olvidar la frialdad de la serpiente que, por alguna razón que todavía se le escapaba, se había convertido en su aliada.

Apenas fue consciente de que se deslizaban por un túnel, tenuemente iluminado por un suave musgo fosforescente que recubría las húmedas paredes. Pero sí percibió el encuentro con otro shek.

Jack se encogió sobre el lomo de Sheziss, que lo ocultó aún más bajo sus alas. Se había detenido en el corredor y había iniciado una conversación telepática con la otra serpiente, un macho más joven. Jack no sabía qué estaban diciendo. Luchó por controlar su instinto, que lo empujaba a transformarse en dragón y abalanzarse sobre los sheks, los dos, y despedazarlos.

«Eso no sería prudente», se recordó a sí mismo. Estaba en el mundo de las serpientes. Si mataba a Sheziss y al otro shek, jamás saldría vivo de allí.

Por Victoria.

El otro pareció conforme, ya que se retiró un momento para dejarlos pasar. Jack sintió que su mirada tornasolada trataba de atravesar las alas membranosas de Sheziss, intentando adivinar qué había debajo. Cerró los ojos. Volvió a pensar en Victoria. Se vio a sí mismo como un simple muchacho humano, despreocupado, como lo era antes de conocer a la Resistencia. Trató de reprimir la esencia del dragón que latía en su interior.

Sheziss siguió avanzando corredor abajo, con movimientos ondulantes, lentos y calculados, con la elegancia y dignidad de una reina, sin mirar atrás.

Pero entonces se oyó un siseo a sus espaldas. Sheziss se volvió.

Parecía que el shek no estaba muy convencido. Se acercó a ellos, tal vez para comentar algo con Sheziss. Jack no podía escucharlos porque el vínculo telepático que ellos dos habían establecido no lo incluía a él. Pero deseó que terminaran pronto, porque no podía soportar por más tiempo la presencia de las serpientes.

El shek le enseñó a Sheziss los colmillos, con un silbido amenazador. Sheziss respondió, siseando, furiosa, y se echó hacia atrás. Al hacerlo, Jack resbaló un poco sobre las escamas de su lomo y su pierna derecha quedó al descubierto.

Los ojos del shek se clavaron en ella, estrechándose peligrosamente.

Jack no pudo aguantarlo más. Con un rugido, saltó del lomo de Sheziss y se lanzó hacia el shek en un ataque suicida. Se transformó a medio camino, y cayó sobre el shek hecho una furia de garras, cuernos, dientes y llamaradas.

La serpiente era joven, y nunca había visto a un dragón. Por un instante, quedó paralizada de terror. Pero enseguida el odio instintivo que los sheks sentían hacia los dragones tomó posesión de sus acciones.

Jack llevaba la ventaja de la sorpresa. Vomitó su fuego sobre la serpiente, que chilló, aterrada, y clavó sus dientes en su cuello mientras aún ardía.

Momentos después, jadeaba ante el cadáver del shek, exultante de alegría.

«Eres estúpido, dragón», le dijo Sheziss con helada cólera.

Jack se volvió hacia ella; sus ojos verdes relucían aún con el fuego del dragón. Rugió, dispuesto a abalanzarse sobre ella, pero Sheziss lo esquivó con habilidad y clavó sus ojos irisados en los de él.

«Estúpido», repitió. «Ahora has atraído la atención de todos los sheks de la zona. Reza a tus dioses para que salgamos vivos de este agujero...».

La hipnótica mirada de la serpiente manipuló los hilos de su consciencia. Jack sintió que se hundía en un sueño profundo...

No habría sabido decir cuánto duró el viaje. Echado sobre el lomo de Sheziss, era apenas consciente de lo que sucedía a su alrededor. Solo sabía que avanzaban en la semioscuridad, por interminables galerías de túneles, arriba y abajo, arriba y abajo, y cada vez hacía más frío. Pero Jack estaba demasiado aturdido como para preguntar adónde se dirigían.

Había recuperado su forma humana, y se sentía débil, muy débil. Todavía le repugnaba el contacto con la serpiente, pero no tenía fuerzas para bajarse del lomo de Sheziss; ni siquiera para protestar.

De modo que permanecía allí, tumbado sobre el cuerpo ondulante de la shek, dejándose llevar y soñando, medio dormido, medio despierto.

Soñando con Victoria, devorado por la añoranza.

Sheziss lo dejó caer al suelo, como si fuera un fardo, un tiempo después. Podrían haber sido horas, o días; Jack no estaba muy seguro al respecto.

–¿Qué... dónde estamos? –farfulló.

«A salvo, por el momento», respondió ella. «Lejos de la frontera entre ambos mundos».

El corazón de Jack se encogió de angustia.

–¿Lejos de la Puerta a Idhún? ¿Cómo de lejos?

«Lo suficiente para que no puedan encontrarnos. Quedan pocos sheks en Umadhun, y los pocos que hay están cerca de la frontera. Con tu innecesario alarde de estupidez, llamaste la atención de todos ellos. Por eso tuvimos que escapar».

Jack se mostró avergonzado.

–Lo siento... No pude controlarme.

«Ya me di cuenta».

–¡Maldita sea! –estalló Jack, frustrado–. ¡Fue un ataque suicida, y lo sabía! ¡Pero no pude controlarme! ¿Por qué el odio y el instinto son más fuertes que mi sentido común?

Sheziss lo miró, pensativa.

«Has de encontrar a alguien a quien odiar. Has de tener motivos para odiarlo. Dime, ¿odias a alguien?».

Jack calló un momento. Comprendió enseguida que Sheziss quería continuar la conversación que había comenzado tiempo atrás, justo antes de que los sheks los descubrieran.

–A Kirtash –se le ocurrió.

«¿Por qué?».

–Por ser un shek.

Sheziss siseó, exasperada. Jack se acordó entonces de que aquella no era la respuesta correcta.

«¿Por qué lo odias?».

–Porque... porque... por Victoria –dijo por fin.

«¿Victoria lo odia?».

–No, ella... ella lo quiere.

«¿Y él la corresponde? Luego él está haciendo un bien a alguien que te importa, ¿no es cierto?».

Jack recordó que Christian había salvado la vida de Victoria en varias ocasiones, había luchado por ella, jugándose el cuello por protegerla.

–Sí –admitió.

«¿Y lo odias por eso? Me cuesta creer que realmente sientas algo por esa joven. ¿De veras intentas apartar de ella a alguien que puede hacerle bien?».

Jack cerró los ojos, cansado. De pronto, los celos le parecían un sentimiento absurdo e infantil.

–No –reconoció–. No lo odio por eso. Lo odio porque es un asesino. Porque ha matado a gente, sin vacilar, sin remordimientos.

Esa le pareció una razón de bastante más peso. Pero Sheziss estaba molesta.

«Es un shek», dijo. «No puede sentir remordimientos por matar a un humano. Los dragones tampoco los sienten. Para ellos no son nada, ni los sangrecaliente ni los sangrefría».

Jack se quedó helado.

–No es verdad –murmuró–. No, eso no es verdad. Los dragones eran queridos y admirados en Idhún.

Sheziss emitió un silbido que sonó como una especie de risa.

«Sí, los sangrecaliente adoraban a los dragones, claro que sí, ¿cómo no iban a adorarlos? Sé que tú has pasado toda tu vida en otro mundo y no conoces gran cosa de Idhún. ¿Tienen los humanos de tu mundo animales de compañía?».

–Sí, perros, gatos... –respondió Jack, sin comprender adónde quería ir a parar–. Yo mismo tuve un perro.

«Perro», repitió Sheziss. «Veo imágenes de esos animales en tu mente. Los perros adoran a sus amos, ¿no es cierto? ¿Los obedecen, pelean por ellos, los defienden?».

–Los perros, sí.

«A pesar de ser esclavos».

–Los perros no son esclavos –protestó Jack.

«¿Oh? Es decir, que pueden ir a donde les parezca, comer lo que les parezca, aparearse con quien les parezca... Nunca los atáis, ni los pegáis, ni les decís lo que tienen que hacer. ¿Es así?».

–No –reconoció Jack, un poco avergonzado, sin saber por qué.

«Y sin embargo, tu perro te adoraba y te obedecía, ¿verdad? Porque le dabas de comer. Porque el perro sabía que eras superior a él. Su amo».

Jack sacudió la cabeza.

–No entiendo qué quieres decir.

«Ah, sí lo entiendes. La guerra eterna entre sheks y dragones no se libró solo entre nosotros. Las especies inferiores tomaron partido. Los sangrecaliente, por los dragones. Los sangrefría, por los sheks. A los sangrecaliente les pareció tan lógico y natural odiar a los sheks... No en vano, eran los enemigos de sus amos en la guerra. Y lucharon contra nosotros».

–Los habríais matado, si no.

«Yo no seguí a mis compañeros hasta Idhún cuando Ashran nos llamó, de modo que no sé cómo están las cosas allí. Pero, dime, ¿acaso han matado los sheks a todos los sangrecaliente?».

–No –reconoció Jack–. Pero los gobiernan.

«Ah, sí, igual que hacían los dragones. Dudo mucho que ellos llegaran a ser tan benevolentes con los sangrefría. Cuidaban de los sangrecaliente porque eran sus aliados o, mejor dicho, sus vasallos. Podían llegar a sentir algo de cariño por aquellos que tenían más próximos, los habrían defendido, tal vez. Pero no los amaban, y si tenían que sacrificar a alguno, porque los estorbaba, los desobedecía o simplemente ya no les era útil, lo hacían sin vacilar. Igual que hacemos nosotros con nuestros sangrefría. Igual que hacen los humanos con sus bestias».

–Pero los humanos, los celestes, los feéricos... incluso los szish... no son bestias –protestó Jack, mareado–. Son seres racionales.

«Tienen un espíritu más complejo que el de las bestias, es cierto. Pero más simple que el nuestro. ¿Sabes algo acerca de la evolución, Jack? ¿Entiendes lo que significa?».

–Conozco el concepto. Lo aprendí en la escuela.

«En el camino de la evolución, las bestias están un paso por detrás de los sangrecaliente y los sangrefría. Nosotros, sheks, dragones y unicornios, estamos un paso por delante de ellos».

Jack respiró hondo. Le costaba trabajo entenderlo.

«Por lo que parece, en el mundo en el que has crecido no hay ninguna especie que esté por delante de los sangrecaliente. ¿Es así?».

–Así es.

«Ah, ahora entiendo por qué te resulta tan difícil de aceptar. Pero cuando asumas tu espíritu de dragón, los seres inferiores no te parecerán tan importantes. Podrás sacrificarlos sin remordimientos, como hace Kirtash».

Jack se estremeció.

–No, no quiero tener que llegar a eso.

«¿En tu mundo hay gente que sacrifica a los perros?».

–Sí –admitió Jack, a regañadientes–. Tenemos perreras donde recogemos a los perros abandonados, perdidos, peligrosos... no sé. Creo que se los sacrifica al cabo de un tiempo si nadie los reclama.

«¿Odias a las personas que sacrifican perros? ¿Te parecen criminales?».

–No. Pero no me gusta su trabajo.

«Si hubiera algunos perros que resultaran una amenaza para tu especie, ¿los sacrificarías?».

–Supongo que sí –reconoció Jack de mala gana–. ¿Podemos dejar ya de hablar de perros?

«No estamos hablando de perros, Jack. Estamos hablando de las razones por las que odias a Kirtash. Estamos hablando de la función para la cual fue creado. Desde el punto de vista de un shek, Kirtash no estaba haciendo nada malo. Al revés; si lo consideran un traidor es porque se ha unido a los sangrecaliente. Si alguna raza de bestias resultara una amenaza para los sangrecaliente, ellos la exterminarían. Los sheks solo hemos eliminado a aquellos que no pudimos controlar. Los dragones ya lo hicieron una vez. Nos expulsaron a Umadhun porque no pudieron exterminarnos, aunque estuvieron cerca. Las hembras de los sheks, igual que las de los dragones, solo podemos poner huevos una vez en la vida. Nuestra especie estuvo a punto de no recuperarse de aquella batalla. Pero lo de los sangrefría, los szish, fue peor. Los dragones los masacraron, y por poco acabaron con toda la raza. Sí, es cierto, son muy semejantes a los sangrecaliente, tienen una inteligencia similar. Pero la diferencia es que los sangrefría no los aceptaron como amos».

Por alguna razón, Jack pensó en los lobos. Parientes de los perros, pero libres y salvajes. En la Tierra estaban en peligro de extinción, y se consideraba criminales a aquellos que los mataban; pero cien años atrás, era al contrario: los cazadores de lobos eran aplaudidos y respetados.

«Porque los lobos no se sometieron a los humanos, como hicieron los perros», recordó Jack, con un escalofrío.

«Sí, los humanos y los dragones tienen muchas cosas en común», dijo Sheziss, adivinando sus pensamientos.

–Tanto Kirtash como yo somos en parte humanos –objetó Jack–. No podemos tratar a los humanos como a seres inferiores.

«Sí que podéis, y de hecho tú no tardarás en hacerlo. Respetaréis y apreciaréis a los inferiores más que si no tuvierais esa alma humana, es verdad. Podréis pasar más tiempo entre ellos. Probablemente no mataréis a un humano sin un buen motivo. Pero, si lo hacéis, no os arrepentiréis. Porque no podéis amarlos, ni tampoco odiarlos. Son demasiado poco importantes».

–¿Cómo sabes tanto acerca de Kirtash, si no has regresado a Idhún con los demás? –preguntó Jack de pronto.

Los ojos de Sheziss relucieron un instante, y la serpiente batió la cola siseando con furia. Jack se preguntó por qué estaría tan molesta.

«Sé de él más de lo que querría», dijo. «Ah, para mí no es más que un engendro traidor. Tú también eres un engendro, pero a ti te necesito para acabar con Ashran».

Jack se sintió molesto.

–¿Por qué odias a Ashran, si es solo un humano?

«Porque, para ser solo un simple humano, me ha hecho mucho más daño del que jamás me ha hecho ningún shek. A excepción, claro está, de Zeshak, el rey de las serpientes. Pero a ese no quiero que lo mates. A ese lo mataré yo misma».

Jack la miró, entre inquieto y fascinado.

–¿Y sentirás remordimientos si lo haces? –preguntó con suavidad.

La shek lo miró un momento, en silencio.

«Tal vez», respondió. «Tal vez».

Jack se sentó en el suelo de piedra, reflexionando.

–No odio a Christian –comprendió de pronto–. No más de lo que lo odio por ser un shek. Es decir, en el fondo no encuentro motivos para odiarlo.

Sheziss lo miró con interés, pero no dijo nada. Jack prosiguió:

–Odio a Elrion porque mató a mis padres... mis padres humanos. Pero Elrion está muerto.

»Tampoco puedo odiar a Gerde. Es una manipuladora y ha intentado hacernos daño, pero es... tan poca cosa –comprendió de pronto, perplejo–. No es rival para mí. Podría matarla si quisiera. Tan fácilmente –dijo, y se estremeció–. No puedo odiarla. Me resulta molesta, eso sí. Pero nada más.

Sheziss callaba, aún con sus ojos tornasolados fijos en él.

–Tampoco puedo odiar a esas personas que han intentado utilizarme. Ni Brajdu, ni la Madre, ni el Archimago. No tienen poder sobre mí. Pero... –vaciló.

«¿Sí?», preguntó Sheziss.

–Sí que odio a Ashran –comprendió Jack, sorprendido–. Porque envió a Kirtash y Elrion a matarme, y a matar a otras personas. Porque provocó la extinción de los dragones y de los unicornios. Porque me habría matado a mí, de haber podido. Porque torturó a Christian cuando decidió ponerse de nuestro lado. Porque hizo... porque hizo mucho daño a Victoria.

Ella no le había hablado de su experiencia en la Torre de Drackwen, pero palidecía cuando se lo recordaban, bajaba la cabeza, se encogía sobre sí misma y se apartaba, inconscientemente, de las personas que tenía cerca. Y Jack había leído el miedo y la angustia en su mirada. Victoria también era una criatura sobrehumana y, sin embargo, Ashran le había hecho daño, mucho daño.

–¿Cómo pudo? –se preguntó Jack en voz alta–. ¿De dónde saca el poder para hacer sufrir a un shek, a un unicornio? ¿Cómo puede dañarnos?

«Lo ignoro», dijo Sheziss. «Pero el caso es que no está solo. A su lado está Zeshak, un shek. Él sí tiene poder sobre nosotros».

–¿Y quieres que caiga? ¿A pesar de ser tu rey?

«Lo odio», respondió Sheziss simplemente. «Los odio a los dos, a Ashran, a Zeshak. Tengo motivos para odiarlos. Pero no tengo motivos para odiar a los dragones. Aunque no pueda dejar de odiarlos, porque los sheks nacimos para odiar a los dragones».

–Comprendo –asintió Jack–. También yo tengo motivos para odiar a Ashran.

«Bien», dijo Sheziss. «¿Estarías dispuesto, pues, a aliarte conmigo?».

Jack la miró, pensativo.

–Eres una shek renegada –murmuró–. ¿Qué te harían los demás si supieran que conspiras contra ellos?

«Lo saben desde hace tiempo, pero no me toman en cuenta. Creen que estoy loca. Y puede que así sea. Creen que soy inofensiva. Y puede que así fuera... hasta que caíste por la grieta. Ah, no puedo negar lo mucho que te odio por ser un dragón, lo mucho que me repugnas por ser un híbrido. Pero mi odio hacia Ashran es más intenso que el que pueda sentir hacia ti. Porque tengo motivos para odiarlo. ¿Y tú?».

Jack la miró un momento. El odio renació en su interior, pero respiró hondo y pensó en Ashran.

–También yo –asintió.

«Bien», repitió ella. «Entonces, creo que ha llegado la hora de mostrarte algo. Está un poco lejos, pero vale la pena».

El viaje prosiguió, monótono y aburrido. Nada alteraba el paisaje de Umadhun, los eternos túneles ni su tenue resplandor, que Jack terminó por aborrecer con toda su alma. Todas las galerías le parecían iguales. Todos aquellos recodos, bifurcaciones, cavernas y pasadizos no tenían aspecto de llevar a ninguna parte. Y, sin embargo, daba la sensación de que Sheziss sabía exactamente hacia dónde se dirigía.

En todo aquel tiempo, solo hubo un incidente que alteró la monotonía del viaje. Se deslizaban por una amplia galería cuando Jack se irguió, alerta.

–Hay algo ahí delante –dijo.

«Sí, ya lo he notado», respondió ella sin mucho interés; pero Jack percibió un atisbo de ira en sus pensamientos.

–¿Qué es, Sheziss? Siento como si fuera algo que conozco. Algo... algo que añoro.

Ella se volvió hacia él. Jack retrocedió y frunció el ceño. El odio volvía a latir en su interior. Luchó por controlarlo.

«Es un Rastreador; o lo que queda de él. ¿Quieres verlo?».

Sí, Jack quería verlo. Sentía deseos de acercarse a aquella cosa que provocaba en él aquella impresión de añoranza. Pero no le gustaba la manera que tenía Sheziss de hablar de él. Le transmitía sentimientos oscuros y negativos: miedo, ira, odio, sed de venganza...

Necesitaba verlo, saber qué era.

–Sí –afirmó–. Cuanto antes.

Sheziss no dijo nada, pero deslizó su cuerpo ondulante en aquella dirección.

La galería se abrió hasta una gran cámara sin salida. Al fondo, junto a la pared, había un enorme bulto, más grande que Sheziss.

«Recuerdo a este», dijo la shek, pensativa. «Fue hace mucho tiempo; entonces yo era mucho más joven, y pertenecía a un grupo de vigilancia. Lo descubrimos cuando estaba a punto de llegar a uno de los nidos. La madre murió defendiendo los huevos, sí, me acuerdo bien. Nosotros conseguimos hacerlo huir. Salimos tras él, y tiempo después logramos localizarlo en los túneles. Lo acorralamos en esta sala. Fue difícil de vencer».

Jack se había quedado mudo de horror.

Era un dragón. O, como había dicho Sheziss... lo que quedaba de él.

Enorme y magnífico, había caído abatido por los venenosos colmillos de los sheks, por el asfixiante abrazo de sus cuerpos anillados, o tal vez por sus letales ataques telepáticos. O quizá por todo a la vez.

El odio volvió a poseer a Jack. Casi pudo escuchar los últimos rugidos del dragón, sus gritos de muerte. El joven se transformó con violencia, dispuesto a luchar contra los sheks que habían matado a aquel dragón, y se abalanzó sobre Sheziss.

Ella estaba preparada, sin embargo. Lo esquivó con insultante facilidad y volvió a aprisionarlo entre sus anillos. Cuando lo inmovilizó sobre el frío suelo de la caverna, Jack todavía rugía, furioso. Pero la voz de Sheziss llegó a todos los rincones de su mente:

«No me provoques, niño», dijo. «He luchado contra muchos Rastreadores a lo largo de mi vida. Sé cómo atraparos... y cómo mataros».

Jack se debatió de nuevo. Pero Sheziss no había terminado de hablar.

«¿Sabes lo que es un Rastreador? Así llamamos a los dragones asesinos. ¿O es que pensabas que no había asesinos entre los tuyos?».

Jack se detuvo, de golpe. La shek permaneció en silencio hasta que el dragón se calmó, poco a poco, y recobró por fin su forma humana.

«Eso está mejor».

–¿Qué has querido decir con... «dragones asesinos»?

«Exactamente lo que he dicho. Sabes que había una guerra, Jack, una guerra entre dragones y serpientes aladas. Sabes que hace siglos que los sheks fuimos derrotados y desterrados a Umadhun. Los dragones sellaron la entrada para que no pudiésemos volver. Deberían haberse dado por satisfechos con eso, ¿no?».

–¿No lo hicieron? –preguntó Jack débilmente.

«La mayoría sí, pero otros no. Especialmente los machos jóvenes. Aquellos que son incapaces de dominar su instinto. Necesitaban matar sheks, lo necesitaban desesperadamente. De forma que, de vez en cuando, algunos de ellos se internaban por los túneles de Umadhun... para cazarnos. Por alguna razón que se me escapa, algunos disfrutaban mucho destruyendo nidos. Por eso las crías de shek tienen tanto miedo de los Rastreadores, que pueblan sus peores pesadillas. Los dragones, Jack, sois los monstruos de la infancia de los sheks. Los dragones como este que tuvimos que matar antes de que asesinara a más de los nuestros, o peor aún... antes de que alcanzara alguno de nuestros nidos. Las crías que nacieron después de la conjunción astral duermen ya sin pesadillas. La única amenaza que se cierne sobre su futuro, niño, eres tú».

Jack tragó saliva y cerró los ojos. Recordó a la cría de shek a la que habría matado si Christian no la hubiera protegido. Se preguntó si él mismo habría disfrutado destruyendo un nido lleno de huevos de shek.

–Me enseñaron que erais monstruos –murmuró–. Además, no puedo dejar de odiaros.

«Lo entendemos», repuso ella. «Lo asimilamos. Sobre todo ahora, los sheks somos más capaces que nunca de comprender a los dragones. Porque nos hemos quedado sin ellos, Jack, porque nuestro odio es parte de nosotros mismos, y porque vivir en un mundo sin dragones es como tener sed en un desierto infinito. Necesitamos matar dragones. Ansiamos matar dragones. Nos lo exige nuestro instinto. Pero ya no hay dragones que matar».

Jack se estremeció. Se apartó un poco más de Sheziss, por si acaso.

Ella hizo caso omiso del gesto y siguió hablando:

«Los dragones se habían quedado sin sheks a los que matar, y algunos no pudieron soportarlo. Venían a buscarnos. Me pregunto si nosotros habríamos hecho igual. Si, de haber sido nosotros los vencedores en aquella ocasión, habría habido Rastreadores entre nosotros, Rastreadores que fueran a buscar dragones, que disfrutaran destruyendo sus nidos».

Hubo un largo y tenso silencio.

–¿Era esto lo que querías enseñarme? –preguntó entonces Jack, en voz baja.

Ella lo miró un momento.

«No», dijo por fin. «No, aunque no ha venido mal que estuviera aquí. No, Jack; lo que quiero mostrarte es el verdadero rostro de Umadhun. Entonces entenderás muchas más cosas acerca de nuestra existencia».

XVII

OSCURIDAD

A LEXANDER recibió tres malas noticias aquel día.

La primera se la transmitió Tanawe, que acudió a verlo mientras él, Qaydar y Allegra supervisaban la construcción de catapultas en el patio. Al Archimago se le había ocurrido aplicar la idea de los proyectiles mágicos a las catapultas, y estaban fabricando un modelo que, en teoría, lanzaría al aire no solamente rocas, sino también esferas de energía mágica.

Era raro que Tanawe saliera de los sótanos donde había instalado su taller. Desde su llegada a Nurgon, se había aplicado con entusiasmo a la construcción de más dragones, y lo único que era capaz de distraerla era su hijo Rawel, a quien, a pesar de todo, mantenía bajo estrecha vigilancia.

Alexander no estaba de buen humor aquel día. No solo porque por la noche Ilea saldría llena; en realidad, llevaba varios días de muy mal humor. Desde la llegada y partida de Victoria, para ser más exactos.

Muy pocos conocían la noticia de la muerte de Jack. Los líderes de la rebelión habían acordado mantenerlo en secreto. Si se corría la voz de que la profecía ya no iba a cumplirse, muchos abandonarían, se rendirían. Necesitaban mantener viva aquella esperanza.

Sin embargo, Alexander no podía evitar sentirse culpable. A veces pensaba que debía dar a la gente la posibilidad de rendirse si así lo deseaban, antes que morir por una causa perdida. Otras veces se decía a sí mismo que si se obsesionaban con la profecía, sí sería una causa perdida. Seguía sin estar seguro de estar haciendo lo correcto. Aunque tuviera claro que él sí iba a luchar hasta la muerte, con o sin profecía.

Aquellos que sabían la verdad acerca de la muerte de Jack, lo habían apoyado sin reservas. Incluso el hecho de que la visita de Victoria a Nurgon hubiera sido tan fugaz favorecía la continuidad de la leyenda y la fe en la profecía. Pocos habían visto a la doncella unicornio, pero ella se había mostrado tan distante y misteriosa durante su estancia en Nurgon como cabía esperar de una auténtica heroína. Allegra y Alexander habían hecho correr la voz de que Victoria se había marchado de nuevo para reunirse con el dragón de la profecía, y que ambos regresarían juntos para luchar en la batalla decisiva.

Como cada vez que pensaba en Jack, a Alexander se le encogió el corazón. Apretó los puños de rabia, y deseó, como tantas otras veces, haber acompañado a Victoria para matar a Kirtash con sus propias manos.

Se esforzó por volver al presente cuando Tanawe se presentó ante él. Detectó enseguida su gesto preocupado.

–¿Qué ocurre?

–Hace tres días que debería haber llegado el cargamento de troncos de olenko, príncipe Alsan. No podemos esperar más. Tenemos un Escupefuego a medio terminar y nos hemos quedado sin reservas.

Alexander respiró hondo.

–De acuerdo –murmuró–. Los sheks habrán interceptado la barcaza que traía la madera, y seguramente no dejarán pasar ninguna más. Sabíamos que lo harían tarde o temprano.

–Pero no tan temprano –gimió Tanawe–. Yo contaba al menos con uno o dos cargamentos más. Tengo a cinco carpinteros cruzados de brazos.

–Veré qué se puede hacer –le aseguró Alexander–. Id fabricando, entretanto, dragones de los otros.

–Tampoco tenemos suficiente madera –Tanawe dirigió una mirada ceñuda a las catapultas del patio, cuyos constructores se habían llevado parte de sus reservas.

Alexander frunció el ceño.

–Tenía entendido que los feéricos os proporcionaban madera del bosque.

–Pero no la suficiente. Se niegan a cortar un solo árbol, y la madera que recogen del suelo no basta para todo lo que queremos construir.

–Diré a Harel que hable con las hadas podadoras –intervino Allegra–. Hay muchos árboles que crecen descontroladamente en Awa, y sé que algunos feéricos se encargan de recortarles las ramas de vez en cuando para que crezcan más vigorosos. Tal vez podamos aprovecharlas nosotros.

–Te lo agradezco –sonrió Tanawe, un poco más animada–. Pero eso no soluciona el problema de los Escupefuegos.

Allegra se volvió hacia el Archimago.

–¿Madera inmune a las llamas?

Qaydar se detuvo un momento para pensar.

–Mmmm –dijo–. Hay conjuros protectores contra el fuego, pero su efecto es limitado. Tal vez... no sé –dijo finalmente, sacudiendo la cabeza–. Dejad que piense en ello.

Los primeros días, Qaydar había sido un estorbo, protestando por todo y metiendo prisa a todo el mundo. Pero, cuando Denyal y Alexander habían puesto en marcha la recuperación de la Fortaleza y la organización de sus defensas, los magos rebeldes habían empezado a encontrarse con una serie de problemas que resolver.

Y Qaydar, que había dedicado gran parte de su vida al estudio de la magia, encontraba muy estimulantes aquellos retos que se iban presentando; se sentía en su elemento ideando nuevas formas de aplicar viejos conjuros al ataque y la defensa, hasta el punto de que casi se había olvidado de su obsesión por la Torre de Kazlunn. No cabía duda de que la actividad le sentaba bien.

Se había enfurecido, días atrás, al enterarse de la partida de Victoria. Los había acusado a todos de haber dejado escapar al último unicornio. Pero Allegra le había dicho, muy seria:

–¿Quién puede retener a un unicornio? ¿Acaso somos quiénes para decirle al último unicornio qué es lo que debe hacer?

Qaydar había desviado la mirada, incómodo. No había comentado con nadie el encuentro que había tenido con Victoria la noche antes de que ella abandonara Nurgon; pero las palabras de Allegra lo trajeron a su memoria, y también la inquietante mirada de la muchacha, que todavía lo acosaba en sueños algunas noches.

La presencia de Kimara había calmado un poco al Archimago. Ella le recordaba, por el simple hecho de estar allí, que Victoria, estuviera donde estuviese, podría seguir consagrando magos y enviándolos a Nurgon para que se unieran a la Resistencia.

–¿Cuántos dragones tenemos ahora mismo? –preguntó Alexander, mientras Qaydar seguía con sus cábalas.

–Cinco Escupefuegos y ocho de los otros. Hay que pedir también a los feéricos que dejen zonas de terreno despejadas. Los árboles en torno a la Fortaleza están creciendo y reproduciéndose tan deprisa que apenas nos dejan espacio para los dragones. No podrán alzar el vuelo tampoco si las ramas se extienden sobre ellos.

—Lo he visto —asintió Alexander—. Ya pedí a Harel que mantuviera despejada el área en torno al castillo. No me gusta tener los árboles tan pegados a las murallas exteriores.

—Volveré a hablar con él al respecto —dijo Allegra.

Alexander iba a responder cuando llegó Rawel a la carrera.

—Ha llegado un hombre que quiere hablar contigo, príncipe Alsan —jadeó—. Dice que viene de Shur-Ikail.

Alexander frunció el ceño. Hacía días que esperaban, también, que parte de las tropas del rey Kevanion abandonaran el asedio para acudir a la frontera oeste del reino, por donde supuestamente debían ser invadidos por los Nueve Clanes de Shur-Ikail. Pero los soldados continuaban allí, inamovibles. El campamento seguía apostado en los límites de la cúpula invisible que protegía Nurgon. Estaba pasando algo, y Alexander supo que no tardaría en enterarse de qué se trataba exactamente; de modo que, acompañado por Allegra, se apresuró a seguir al niño hasta el pórtico, donde Denyal se había reunido ya con el recién llegado. Ambos cruzaron una mirada de circunstancias. El mensajero estaba en un estado lamentable: sucio, herido, agotado y con la ropa hecha jirones.

—Me estaba diciendo que los bárbaros han cambiado de idea —informó Denyal, sombrío—. Hor-Dulkar no nos apoyará en la batalla.

—¡Qué! —estalló Alexander.

—Se han aliado con Ashran —explicó el mensajero con un hilo de voz—. Mataron a todos mis compañeros. Solo yo escapé con vida, y solo porque Hor-Dulkar quería que supieses que no va a aliarse con un príncipe de Nandelt. Dice que cada Shur-Ikaili vale por diez caballeros de Nurgon.

—Ya empezamos —refunfuñó Alexander.

Se dio cuenta entonces de que al mensajero le faltaba la oreja izquierda, y apretó los puños con rabia. Jack había muerto, su gente iba a jugarse la vida por una causa perdida y aquel condenado bárbaro seguía cortando orejas.

—Pagarás por esto, mala bestia —gruñó.

—Los sheks lo han dejado pasar —dijo Denyal—. Quieren que sepamos que los bárbaros nos han fallado.

—Pero ¿por qué habrán cambiado de idea tan de repente? —se preguntó Allegra.

—La bruja está con ellos —musitó el mensajero—. La bruja de la Torre de Kazlunn.

Allegra entrecerró los ojos.

—Gerde —murmuró.

Miró a su alrededor, en busca de Kimara. Sabía que la encontraría en el patio; la joven semiyan no se sentía a gusto a cubierto, y mucho menos en el bosque que crecía en torno a la Fortaleza.

No se equivocó. Kimara estaba sentada en lo alto de la muralla; sostenía un libro de hechizos en el regazo, pero su mirada estaba perdida en el cielo idhunita. La muerte de Jack la había sumido en un estado de melancolía del que nadie había logrado sacarla hasta el momento.

—Ve a buscarla —le dijo a Rawel—. Dile que se ocupe de curar a este hombre.

Los hechizos de curación eran una de las primeras cosas que había aprendido la joven y, con todos los magos de la Resistencia trabajando en labores mucho más complejas, las tareas de sanación y atención a heridos y enfermos habían quedado a su cargo.

—Gracias por la información, amigo —le estaba diciendo Denyal al mensajero—. Tu sacrificio no será en vano.

El hombre sonrió con esfuerzo... y perdió el sentido.

—No voy a permitir que Gerde se cruce en nuestro camino nunca más —dijo Allegra—. Ya ha causado bastante daño.

—¿En qué estás pensando? —preguntó Alexander, frunciendo el ceño.

Allegra no tuvo ocasión de contestar, porque en aquel preciso instante llegó Zaisei. También parecía preocupada.

—Shail se va —dijo sin rodeos.

—¿Que se va? —repitieron Allegra y Alexander a la vez.

—A buscar a Victoria.

Alexander maldijo en voz baja.

—Yo lo mato —gruñó, de mal talante.

Hacía varios días que Shail y Alexander habían discutido, y seguían sin dirigirse la palabra. Al mago no le había sentado nada bien la partida de Victoria; le había echado en cara a Alexander que la hubiera dejado marchar. El joven, que aún no había asimilado del todo la muerte de Jack, había contestado de malos modos que, si Kirtash la mataba, se lo tendría bien merecido.

—¡Si ella no hubiera coqueteado con esa serpiente, si no le hubiera abierto las puertas de la Resistencia, Jack estaría vivo todavía!

–¿Cuántas veces te salvó la vida cuando estabas herido, pedazo de desagradecido? –vociferó Shail–. ¡Es el último unicornio que queda en el mundo! ¡Pero, sobre todo, es Victoria, nuestra pequeña Victoria! ¿Cómo has podido dejarla marchar?

–¡De la misma forma que la dejaste marchar tú en el bosque de Awa!

Shail palideció.

–Eso ha sido un golpe bajo, Alexander.

No habían hablado desde entonces. Shail se había encerrado en su cuarto, malhumorado, y solo toleraba a su lado la presencia de Zaisei. Alexander se sentía demasiado torturado por el dolor, la culpa, las dudas y la responsabilidad como para dar el primer paso e intentar reconciliarse con él.

Tal vez fuera ahora el momento adecuado, se dijo mientras recorría las dependencias de la Fortaleza a grandes zancadas. El ala este estaba ya casi completamente restaurada, y era allí donde estaban instalados los líderes de la Resistencia. Alexander abrió la puerta de la habitación de Shail, con más violencia de la que quería.

El joven mago estaba recogiendo sus cosas con gesto decidido.

–¿Se puede saber qué estás haciendo?

Shail alzó la cabeza y le dirigió una fría mirada.

–Me voy a buscar a Victoria.

–¿Otra vez? ¿Vas a volver a seguirla por medio continente?

Los hombros de Shail temblaron un breve instante.

–Si es necesario, sí.

Alexander iba a replicar de malos modos; pero entonces miró mejor a su amigo, y se dio cuenta de que sus ojos estaban húmedos. Comprendió de pronto que Shail se sentía tan perdido y asustado como él mismo, como todos los que habían creído en la profecía durante años y tenían que encajar, de pronto, el hecho de que todo se había venido abajo. No era sencillo, y por eso todos se aferraban a cualquier cosa que les impidiera pensar: Kimara, a sus estudios de magia; el Archimago, a sus artefactos bélico-mágicos; Tanawe, a sus dragones de madera..., y Shail, a Victoria. El último unicornio que quedaba. La criatura a la cual había consagrado su vida y su magia.

Pero no solo estaba ella, pensó de pronto Alexander. Shail tenía algo más. Se aferró a eso para hacerle entrar en razón:

–¿Y qué pasa con Zaisei? ¿Vas a pedirle que te acompañe... hasta la Torre de Drakwen?

Shail se estremeció.

–Zaisei... –repitió.

–¿La vas a dejar aquí? ¿La vas a dejar para seguir a Victoria?

El mago dudó.

–No puedes hacer eso –prosiguió Alexander–. Ya sabes lo que les pasa a aquellos que persiguen a un unicornio contra la voluntad de este.

Shail inclinó la cabeza. Las leyendas decían que todos los cazadores de unicornios terminaban mal, de una manera o de otra. Se volvían locos, se olvidaban de todo menos de su búsqueda... y nunca encontraban al unicornio.

–Me cuesta creer que no quisiera que nadie la acompañara –murmuró Shail.

–Quería que la acompañáramos –dijo Alexander–. A matar a Kirtash –vaciló–. Le dije que no, y pensé que lo hacía porque mi lugar estaba aquí, en Nurgon, con toda esta gente que cree en nosotros. Pero en el fondo... ¿no crees que es algo que deben solucionar ellos dos?

Shail se dejó caer sobre la cama, abatido.

–Es raro que seas tú quien diga esto.

–Ya lo sé. Pero siento que es lo justo. Victoria inició el problema de Kirtash, Victoria debe acabarlo. Es ella quien se equivocó, ella tiene que arreglarlo.

–La muerte de Kirtash no nos traerá a Jack de vuelta.

–No; pero nos libraremos por fin de esa serpiente traicionera y, con un poco de suerte, Victoria recuperará la paz de espíritu que ha perdido.

Shail miró a su amigo, dudoso.

–¿Tú crees? Está tan extraña... No es la misma desde lo de Jack.

Alexander exhaló un suspiro de cansancio.

–Lo quería muchísimo. Lo sabes. No descansará hasta que vengue su muerte.

–Pero Kirtash... ¿Qué hará él cuando estén frente a frente?

–No lo sé, Shail. Esa serpiente es tan imprevisible que no sé qué pensar. Parece que todavía la protege, pero... no sé.

Shail tragó saliva.

–¿En qué nos hemos equivocado, Alexander? –murmuró.

–Tal vez fuera una tarea demasiado grande para nosotros –respondió Alexander–, pero los dioses saben que hemos hecho todo lo que estaba en nuestra mano en todo momento. Y seguiremos haciéndolo.

Shail no dijo nada. Alexander se sentó junto a él y posó una mano en su antebrazo, tratando de consolarlo.

–Los dioses no permitirán que la magia muera en el mundo –dijo–. Protegerán a Victoria.

–Eso espero –suspiró Shail–. Me siento tan inútil... No he servido de gran cosa a la Resistencia desde que llegamos a Idhún.

–Nunca es tarde para empezar –sonrió Alexander–. Por si no te habías dado cuenta, estamos preparando aquí una gran batalla. Y los magos son escasos hoy día. No nos vendrá mal uno más.

Shail sonrió también.

Jamás tendrían que haberla atacado. Deberían haberlo sabido cuando ella los miró a los ojos.

Había sucedido mientras Victoria atravesaba el desolado reino de Shia. Arrasado por los sheks, Shia no era un buen lugar para vivir. Las cosechas se habían arruinado tiempo atrás bajo una capa de escarcha. Las ciudades, los pueblos... no eran ni la sombra de lo que habían sido.

Victoria avanzaba a través de los caminos, ajena a todo lo que la rodeaba. Su instinto de unicornio la llevaba hasta los lugares donde aún quedaba algo de bosque, alguna raíz que pudiera servirle de alimento, algún árbol cuya fruta aún pendiera de las ramas más altas. Comía poco, pero no necesitaba mucho para subsistir. Una extraña fuerza interior la llevaba, paso a paso, hacia la Torre de Drackwen.

Por el camino se había topado con pocas personas, gente pobre que trataba de sobrevivir como podía. Algunos se la quedaban mirando. Probablemente no entendían que alguien quisiera adentrarse en Shia por propia voluntad. Todos sabían que en Shia no quedaba nada, por lo que todos los viajeros evitaban atravesar el reino.

Para Victoria, nada de todo eso era importante. El camino más corto y directo hacia la Torre de Drackwen pasaba por Shia. Sin más.

Tampoco se detenía a mirar los rostros de las personas con las que se cruzaba, las caritas sucias y cansadas de los niños, sus pies descalzos. En otro tiempo lo habría hecho. En otro tiempo habría visto la desolación del reino, y su corazón habría sangrado por ello.

Pero ese tiempo había quedado atrás. Ahora, solo su viaje era importante.

Porque las personas eran solo eso, personas, y vivían y morían en un tiempo demasiado corto. Y Victoria podía percibir, bajo la tierra herida de Shia, la fuerza de la naturaleza que no tardaría en volver a tomar posesión del reino. En un par de generaciones humanas, la gentil mano de Wina, la diosa de la tierra, devolvería a aquel lugar el verdor y la fertilidad de antaño.

Un par de generaciones son mucho tiempo para un ser humano. Pero no para un unicornio.

De modo que Victoria seguía caminando, simplemente hacia adelante. Más allá de Shia se alzaba la enorme cordillera que desgarraba la tierra entre Nandelt y Drackwen. No se planteó en ningún momento de qué manera iba a cruzarla, sola y a pie. Lo haría, y punto. Un raro instinto la guiaba, sin margen de error, hacia el lugar donde se alzaba Alis Lithban, el bosque de los unicornios... hacia la torre que albergaba su corazón... y hacia Christian.

Los bandidos la hallaron una noche dormida al pie de un árbol reseco, junto al camino, acurrucada sobre el suelo frío, ya en las estribaciones de la cordillera. Habían sido gente desesperada en el pasado, gente que lo había perdido todo; ahora eran solo un grupo de canallas sin el más mínimo sentido del honor. No se preguntaron qué hacía ella allí, en aquel paraje sombrío, cubierto de neblinas fantasmales, ajena al frío, al estremecedor silbido del viento, al miedo y a la desolación. Tampoco vieron en ella a un unicornio, sino a una mujer joven dormida, y sola.

Victoria se despertó cuando el primero de ellos la agarró del brazo y la levantó con brutalidad.

—Mira qué cosa tan bonita —dijo, con una desagradable sonrisa—. ¿Te has perdido, pequeña? ¿Buscas compañía?

La zarandeó, mientras los otros reían groseramente.

Hubo uno que no se rió, un joven desgreñado que la miró con seriedad.

—Tiene una espada —hizo notar.

—Ya lo he visto —escupió el que parecía ser el líder.

Colocó un cuchillo bajo la barbilla de la muchacha.

—No te muevas, bonita —le advirtió.

Tanteó a Victoria con la otra mano, una mano grande y sucia. Ella ni siquiera parpadeó.

—No sabes lo que haces —dijo con suavidad.

Clavó sus enormes ojos en él. El bandido titubeó un momento, pero después estalló en carcajadas.

—La niña se cree muy valiente porque tiene una espada —se burló—. ¿Pero qué puede hacer una niña sola contra nueve hombres?

Agarró el pomo de Domivat y tiró de ella para arrebatársela.

—Ya te lo he advertido —dijo Victoria solamente, sin alzar la voz.

El báculo, que había estado sujeto a su espalda, desapareció de su funda y se materializó en sus manos, obedeciendo a su llamada. Hubo una especie de zumbido, y un desagradable olor a carne quemada. El jefe de los bandidos dejó escapar un agónico aullido antes de desplomarse en el suelo, muerto, con un horrible boquete humeante en el pecho.

Victoria lo vio caer a sus pies, impasible. Los otros hombres contemplaron la macabra escena, la mueca de terror congelada en el rostro muerto de su jefe. Después miraron a Victoria como si fuera un fantasma.

Ella les devolvió una mirada serena. Los hombres dieron media vuelta y huyeron, deprisa, lejos de aquella extraña criatura que parecía una muchacha humana, pero no lo era.

Todos, salvo uno.

El joven que no se había reído con los demás permanecía de pie ante ella. En su expresión no había miedo, sino más bien una especie de respeto reverencial.

—Eres tú —dijo.

Victoria inclinó la cabeza, pero no dijo nada.

—He oído hablar de ti —prosiguió él—. Dicen que el último unicornio vaga por el mundo bajo la apariencia de una joven humana que porta un báculo legendario.

Victoria no vio necesidad de responder.

El joven avanzó hacia ella. La chica le dirigió una mirada de advertencia, pero él no se detuvo. Se dejó caer de rodillas ante la muchacha y agachó la cabeza en señal de sumisión.

—Por favor —imploró—. Llevo muchos años soñando con encontrar a alguien como tú. Por favor, entrégame tu don. Conviérteme en un mago completo.

Victoria lo miró un momento, comprendiendo. El bandido temblaba a sus pies.

—Eres un semimago —dijo ella con suavidad.

Él alzó la cabeza. No llegaría a los veinticinco años; llevaba el pelo, de color rubio oscuro, sucio y desgreñado, y su rostro moreno quedaba parcialmente oculto por una barba de varios días. Pero sus ojos grises estaban húmedos.

–Te lo ruego, conviérteme en un mago. Es lo que más deseo en el mundo, y si no lo haces tú, nadie más lo hará.

Victoria negó con la cabeza.

–No puedo hacer lo que me pides.

Él la miró un momento con semblante inexpresivo. Victoria recogió sus cosas y regresó al camino, dispuesta a continuar su viaje.

No le sorprendió ver que el bandido la seguía.

–Por favor –insistió él.

Victoria no dijo nada. El joven se quedó quieto un momento, pero ella siguió su camino. Él titubeó, indeciso, y echó a correr para alcanzarla.

–¡Tú no lo entiendes! –le espetó–. Cuando era niño, vi un unicornio en el bosque. Sé que no me buscaba a mí, porque desapareció entre la espesura en cuanto notó mi presencia. Pero yo ya lo había visto, y desde entonces... hay algo de magia en mí.

Victoria no respondió. El bandido caminaba a su lado, gesticulando mucho y hablando muy deprisa, como si temiera que ella también fuera a esfumarse en el aire en cualquier momento.

–Solo algo de magia, ¿comprendes? Intuyo algunas cosas antes de que pasen. Mis sentidos son mejores que los de otras personas, puedo aliviar los dolores de los enfermos y los heridos... pero no puedo hacer nada más. Creí volverme loco de angustia cuando murieron todos los unicornios, y aun así muchas noches sueño con aquel que vi, sueño con volverlo a ver... aunque sé que está muerto. Y lo añoro, pero al mismo tiempo querría no haberlo visto nunca. Es como si hubiera estado vagando por un desierto y se me hubiera dado a probar solo una gota de agua antes de apartarme de la fuente. Antes de ver al unicornio, no sabía que tenía sed, ¿comprendes? Ahora llevo dieciséis años sediento.

–Comprendo –dijo Victoria–. Pero no puedo hacer lo que me pides.

El joven la miró un momento, tratando de asimilar sus palabras.

–¡Maldita sea toda tu raza! –estalló por fin, furioso–. ¡No tienes ni la menor idea de lo que significa ser un semimago! ¡No soy un humano cualquiera, pero tampoco soy un mago! ¡No, niña, no me comprendes!

Victoria se detuvo de pronto y le dirigió una mirada tan intensa que el bandido enmudeció, intimidado.

–No eres ni una cosa ni la otra –simplificó ella–. Pero eres ambas cosas. ¿Dices que no sé cómo te sientes? Te equivocas, semimago. Sé exactamente cómo te sientes.

El joven calló. Victoria reanudó la marcha. Oyó la voz de él junto a ella.

–Entonces, ¿es cierto que eres en parte humana?

–Sí –respondió ella con sencillez.

Caminaron durante un rato uno junto al otro, en silencio. Una ráfaga de aire helado sacudió sus ropas, y el bandido se estremeció. Pero Victoria no se inmutó.

–Me gustaría acompañarte –dijo él por fin–. A donde quiera que vayas. ¿Me lo permitirás?

–No puedo impedírtelo –respondió ella–. El camino es de todos.

–Me llamo Yaren.

–Yo soy Lunnaris –dijo ella simplemente.

Victoria solo se detuvo cuando la cordillera le cerró el paso. Los tres soles brillaban ya en lo alto del cielo y llevaban horas caminando, pero ella no había dado muestras de cansancio. Yaren la vio contemplar las montañas, pensativa.

–¿Quieres cruzar al otro lado?

Ella no respondió.

–Ya, claro, es evidente –dijo Yaren–. Pues no es un buen lugar para cruzar. Al otro lado está Drackwen. Si seguimos las montañas hacia el este, llegaremos al desfiladero que comunica Nandelt con Celestia.

–Es por aquí por donde quiero cruzar.

Yaren se la quedó mirando un momento.

–¿Vas a Drackwen? Claro, a Alis Lithban, es lógico. Pero el bosque de los unicornios ya no es lo que era. Allí está la Torre de Drackwen, donde vive Ashran el Nigromante, que los dioses se lleven su alma.

–Lo sé.

Yaren abrió la boca para preguntar algo más, pero sacudió la cabeza y optó por callar. Victoria reanudó la marcha, dispuesta a trepar por los riscos.

–¡Espera! –la llamó el bandido–. Si vas por ahí, te matarás.

Victoria se detuvo y lo miró.

–Cuando los sheks invadieron Shia –explicó él–, mi familia corrió a ocultarse en las montañas, igual que muchas otras. Crecí aquí. Conozco algunos caminos... Bueno, en realidad, muchos de los pasos no merecen llamarse caminos, pero pueden llevarnos al otro lado. Si estás dispuesta a correr el riesgo, claro. En algunos lugares, la senda se vuelve difícil y peligrosa. Podríamos despeñarnos si no vamos con cuidado.

Victoria asintió.

Christian respiró hondo y cerró los ojos. Envió su conciencia hacia Victoria, estuviera donde estuviese. La sintió. Percibió su dolor, tan intenso, tan lacerante.

«Ella todavía lleva puesto el anillo», pensó.

Se recostó contra la fría pared de piedra.

Se había sentado en las almenas, en el mismo lugar desde donde, semanas atrás, había dirigido la defensa de la Torre de Drackwen mientras Victoria sufría a manos de su padre. Cuando, apenas un rato más tarde, había escapado de allí, moribundo, se convenció de que jamás volvería a aquella torre.

Parecía haber pasado una eternidad desde entonces.

Se miró las manos, pensativo. La muerte de Jack le pesaba como una losa. Se arrepentía profundamente de haberlo matado en los Picos de Fuego.

Aquella era una sensación nueva para él. Jamás había sentido remordimientos. Siempre había hecho exactamente lo que quería hacer. Sabía que a lo largo de su vida había matado a muchas personas, pero, al fin y al cabo, solo era gente. Pero Jack era otra cosa. Jack era... como él. Su igual. Por mucho que lo odiara, Christian no podía negar que siempre lo había respetado.

Y además, estaba Victoria.

Sabía que había estado en Nandelt y se había entrevistado con Alexander. Sabía que había abandonado Nurgon... sola.

Sabía que sus pasos la dirigían, lenta pero inexorablemente, hacia la Torre de Drackwen. Y sabía para qué.

«Fuimos parte de una profecía», pensó. «Nosotros tres. Pero ahora solo quedamos dos. Y estamos solos».

No pudo soportarlo más. Se levantó y clavó sus ojos azules en el horizonte, por donde Evanor, uno de los soles gemelos, comenzaba a declinar.

«Volveré a buscar aquello que es mío», le había dicho a Victoria, apenas unos días atrás. «Mientras siga ahí».

Tenía que comprobarlo. Necesitaba mirarla a los ojos otra vez, y saber...

En lo alto de la vieja muralla había un lugar donde las almenas todavía seguían en pie. Desde allí, la vista era magnífica. Se veía el bosque más allá del río, y las tierras de Nurgon, que ahora estaban cubiertas de un manto de vegetación. Y más allá... las tropas enemigas, apostadas en torno a la Fortaleza. Soldados humanos y szish, fundamentalmente, habían extendido su campamento al otro lado del escudo feérico que protegía a los rebeldes. Varios sheks patrullaban los cielos sin descanso. Y cada día llegaban más.

A Kimara le gustaba subirse a la muralla y contemplar el paisaje desde allí. Se asfixiaba en el recinto cerrado de la Fortaleza, y el inmenso bosque la atemorizaba. Pero en lo alto de la muralla, el cielo seguía abierto sobre ella. En lo alto de la muralla podía alzar el rostro hacia los soles y soñar con que Jack regresaría volando, transformado en un magnífico dragón.

O, al menos, eso había hecho, hasta que Victoria y sus compañeros habían destrozado ese sueño con las noticias que trajeron desde los Picos de Fuego.

A pesar de todo, Kimara seguía subiendo a la muralla todos los días. Pero ahora, al levantar la mirada hacia el cielo, solo soñaba con regresar a su tierra, con volver a ver las eternas arenas de Kash-Tar y alejarse por fin de aquella pesadilla.

Aquella mañana, cuando trepó hasta las almenas, como solía hacer, se topó con una desagradable sorpresa.

Ya había alguien allí.

Kimara la miró con cara de pocos amigos.

−¿Qué haces tú aquí?

−¿Qué te importa? −replicó Kestra de malos modos.

Kimara trató de dominarse. «Bueno», pensó, «qué le vamos a hacer; la muralla es de todos». De modo que trepó hasta arriba y ocupó el lugar que solía, a una prudente distancia de Kestra.

Ella no la miró. Sus ojos oscuros escudriñaban el bosque, pensativos.

Kimara la ignoró también. Aunque las dos tenían una edad similar, se habían llevado mal desde el principio.

La semiyan se sentó entre dos de las almenas, abrió su manual de hechizos y trató de concentrarse. Pero no tardó en alzar la mirada hacia el cielo, que nunca se cansaba de contemplar... aunque estuviera lleno de sheks.

–Ya sabes que no va a volver –dijo entonces Kestra, sobresaltándola–. ¿Para qué lo esperas?

–Métete en tus asuntos –replicó Kimara, sorprendida y molesta por su descaro.

–Estos son mis asuntos –contestó Kestra, montando en cólera–. Me pone enferma verte aquí todos los días, perdiendo el tiempo mientras los demás nos esforzamos por sacar la rebelión adelante. ¿Por qué no dejas de mirar el cielo y haces algo útil, para variar?

–¿Y de qué serviría? Jack está muerto, la profecía no va a cumplirse. Vamos a morir todos.

–Él no era el único dragón del mundo.

–Sí que lo era. Y no te atrevas a decirme que esa cosa de madera que pilotas es un dragón. No tienes ni la más remota idea de lo que significa montar a lomos de un dragón de verdad.

Kestra se puso en pie, colérica. Pareció que iba a lanzarse contra ella, pero se contuvo a tiempo y se limitó a replicar, con frialdad:

–No sé qué haces aquí. Está claro que tú no perteneces a la Resistencia.

–¿Que yo qué? –soltó Kimara, boquiabierta–. ¡He hecho por la Resistencia mucho más de lo que has hecho tú!

–No crees en la profecía, semiyan. Solo creías en ese dragón tuyo. Y ahora que él está muerto, ya no te queda nada en qué creer.

Kimara no supo qué responder. Las palabras de Kestra le habían dolido, pero en el fondo de su alma sabía que eran verdad.

–Yo sí creo en la profecía –prosiguió la shiana–. No me importa que haya muerto el último dragón. Nosotros somos los Nuevos Dragones. Pelearemos contra los sheks y venceremos allí donde los Viejos Dragones fueron derrotados.

–No era solo un dragón, Kestra –replicó ella con frialdad–. Era una persona. Te agradecería que no hablaras de su muerte con tanta frivolidad.

Hubo un breve silencio.

–¿De qué te sirve torturarte? –dijo entonces Kestra–. Dicen por ahí que el dragón estaba con la chica unicornio. La versión oficial es que ella se ha marchado a reunirse con él... pero tú y yo sabemos que se ha ido a vengar su muerte, a matar a su asesino. Como debe ser. Es ella quien ha de llorarlo, no tú. ¿O es que erais algo más que amigos?

Kimara se volvió hacia ella, con sus ojos rojizos llameando de furia.

—Mi vida privada no es asunto tuyo, norteña. ¿Acaso yo te he preguntado de dónde sale toda esa rabia, a quién quieres vengar peleando en la Resistencia, o por qué quieres más a un dragón de madera que a toda la gente que te rodea?

Kestra enrojeció de ira, pero no respondió. Kimara volvió a sentarse en las almenas y centró su mirada en el libro de hechizos, hosca y malhumorada.

Hubo un largo silencio.

—Quiero vengar a mi hermana —dijo entonces Kestra, con suavidad.

Kimara alzó la mirada del libro para fijarla en ella. Pero los ojos de Kestra estaban clavados en algún punto del bosque que se alzaba ante ambas.

—También yo tenía alguien en quien creer. También yo tenía una fe ciega en una persona. Y esa persona se fue, ya no está. Y no volverá.

—¿Murió, pues? —preguntó Kimara en voz baja.

Kestra no contestó a la pregunta. Se volvió hacia ella, y Kimara vio que tenía los ojos húmedos.

—Ya ves —dijo—. Por lo menos, yo deposité mi fe en los dragones de madera, en Fagnor, en la profecía. ¿En qué crees tú? ¿Por qué luchas?

Kimara no supo qué responder.

Oyeron entonces que alguien subía por las escaleras. Kimara se volvió para ver quién era, y descubrió que se trataba de Allegra; Kestra se asomó bruscamente al exterior para darle la espalda.

La maga llegó junto a ellas.

—Te estaba buscando, Kimara —dijo con suavidad—. Hola, Kestra.

—Hola —respondió ella, cortante—. Ya me iba.

—No es necesario que... —empezó Allegra, pero Kestra ya estaba en las escaleras.

Kimara suspiró y cerró el libro. Esperaba que Allegra le preguntara algo acerca de sus estudios, y por eso se sorprendió cuando la oyó decir:

—Voy a marcharme, Kimara. Solo estaré fuera por un tiempo, pero ya le he pedido a Qaydar que sea tu tutor, y ha accedido.

La semiyan calló un momento, asimilando sus palabras.

—¿Vas a ir a buscar a Victoria? —preguntó con suavidad.

—No. Victoria ya no es responsabilidad mía. Hay otros asuntos que he de resolver, lejos de aquí.

–¿Asuntos de la Resistencia?

–Así es.

Kimara asintió. Allegra la contempló, pensativa.

–¿Hay algo que te preocupe?

«Muchas cosas», quiso decir ella. Pero se contuvo.

–¿Por qué nadie quiere responsabilizarse de Victoria ahora? ¿Por qué la dejasteis marchar? Es poco más que una niña. Si Jack y yo no hubiéramos cuidado de ella, habría muerto en el desierto. Varias veces.

–Lo sé. Y no creas que no me cuesta. La he criado yo, la he visto crecer. Pero tú, mejor que nadie, deberías saber por qué he dejado que se fuera. Piénsalo.

Kimara reflexionó. Cerró los ojos un momento, y recordó el instante en que el último unicornio la había rozado con su cuerno, el instante en que la magia la había llenado por dentro, haciéndola sentir mucho más viva de lo que había estado jamás.

«Vamos a morir todos», le había dicho a Kestra momentos antes. Se avergonzó de sus propias palabras.

–Es un unicornio –murmuró.

Allegra asintió.

–Ya no podemos retenerla. Desde que su espíritu de unicornio despertó, sus motivos ya no son los nuestros, su forma de pensar y de actuar es diferente de la de cualquier otra persona. Ya no podemos comprenderla. Ya no podemos interferir en sus decisiones. Y, sobre todo, ya no podemos retenerla contra su voluntad. Ni debemos. Porque los unicornios han de ser libres para que la magia sea libre. ¿Entiendes?

Kimara asintió.

–Pero hay algo más –prosiguió Allegra–. Desde la muerte de Jack, la luz de sus ojos se ha apagado. Victoria está herida de muerte, y ninguno de nosotros tiene poder para curarla. Ha de enfrentarse a Kirtash. Así se lo exige su instinto.

»No sé muy bien qué sucederá cuando llegue ese momento. Es posible que no sea capaz de matarlo; tal vez entonces el amor vuelva a inundar su alma, tal vez vuelva a ser la Victoria que conocimos. Quizá solo se salve matando al asesino de Jack. O quizá necesite matarlo para poder morir por fin. O puede que simplemente busque respuestas en los ojos de él. No lo sé, Kimara. Antes, Victoria era mi niña, la conocía, la comprendía. Ahora es un unicornio, y, como bien sabes, nadie puede entender las razones de un unicornio.

Kimara tragó saliva.

–Espero que vuelva –musitó–. Oh, espero que vuelva.

Allegra sonrió y pasó un brazo por los hombros de la semiyan.

–Yo también, hija. Yo también.

Los días siguientes fueron largos y complicados. Escalaron la cordillera con dificultad, poco a poco, siguiendo veredas que los animales de las montañas habían abierto tiempo atrás. A veces tenían que trepar por riscos que parecían intransitables. Pero Yaren siempre encontraba un lugar donde poner el pie, un matorral al cual agarrarse. Victoria tenía buen cuidado de pisar solo donde él pisaba, y seguir sus movimientos con total exactitud.

Según fueron escalando las montañas, cada vez hacía más frío. Victoria usaba la magia del báculo para templar el ambiente a su alrededor, cosa que Yaren agradecía.

El bandido, por su parte, se encargaba de traer comida. Sabía qué animales podían encontrarse en aquellos parajes, y de qué manera atraparlos. Aun así, la caza no era muy abundante. Por las paredes rocosas podían verse a veces colonias de washdans, unos animalillos de pelaje gris que no tenían problemas en trepar por los riscos con gran rapidez, ya que se aferraban a la roca con manos y pies; sus dedos se adherían a la húmeda piedra, de la que era muy difícil separarlos.

Yaren tenía un talento especial para descubrir las colonias de washdans. No podía trepar por las paredes montañosas de la misma forma que ellos, pero sabía utilizar muy bien la honda y era capaz de derribar a uno o dos a pedradas.

Con todo, la carne de washdan no era ni muy sabrosa ni muy nutritiva. Incluso asada permanecía dura y correosa, y estaba claro que no iba a resultar un buen alimento.

Victoria se negó a probarla, al principio. Mientras le fue posible, siguió alimentándose de frutos, setas y bayas. Su instinto le decía cuáles eran comestibles y cuáles no, aunque nunca hubiera visto las variedades que crecían en las espesuras idhunitas.

Pero llegó un momento en que dejó de encontrar alimento con facilidad, y fue entonces cuando se avino a probar la carne, ya fuera de washdan o de cualquier otra cosa, que encontraba Yaren.

Tras varios días escalando por los riscos de la cordillera, las sendas empezaron a descender. Lentamente, la temperatura fue subiendo, la nieve volvió a dejar paso a los arroyos de montaña, y las peñas se abrieron para mostrar un paisaje llano, brumoso y ceniciento.

–Nangal, la Tierra Gris –dijo Yaren–. No está muy poblada, pero sí encontraremos algunas aldeas por el camino. En cualquier caso, será mejor que las montañas... o lo sería, si no estuviera tan condenadamente cerca de la Torre de Drackwen.

Victoria no respondió. Yaren la miró de reojo.

No habían hablado mucho durante el viaje a través de las montañas. A veces, el joven dudaba de que su compañera fuera realmente un unicornio. Pero había algunas noches en las que Victoria se agitaba en sueños, como tratando de escapar de alguna angustiosa pesadilla. Yaren la contemplaba entonces, dormida bajo las tres lunas, y en tales ocasiones veía con claridad un punto de luz que brillaba en su frente como una estrella.

–¿Por qué quieres ir a Drackwen? –le preguntó en una ocasión. Las pesadillas de la noche anterior habían sido especialmente intensas, Yaren lo veía en los cercos oscuros que rodeaban los ojos de la muchacha. Con todo, ella nunca hablaba del tema y actuaba como si nada la perturbara, avanzando con una voluntad inquebrantable.

Victoria permaneció un momento en silencio antes de responder:

–Voy a encontrarme con alguien.

–¿Quién puede haber en Drackwen lo bastante importante como para interesar a un unicornio? –preguntó Yaren, desconfiado–. ¿Vas a entregar la magia a ese alguien? –añadió de pronto, celoso.

–No –respondió ella, con una suavidad y una sencillez que le dio escalofríos–. Voy a matarlo.

El joven no preguntó nada más.

Pero mientras descendían por los peñascos de la cordillera en dirección a Nangal, recordó una historia que había oído contar desde niño, una leyenda a la que, con el tiempo, la gente había dejado de dar crédito.

–¿Vas a matar a Ashran? –le preguntó de golpe–. Se dice que una profecía anuncia la caída de Ashran a manos de un dragón y un unicornio.

Nada había logrado perturbar a Victoria en todo el viaje, pero aquellas palabras parecieron golpearla en lo más hondo.

–Hubo una profecía –dijo, despacio–. Pero no puede cumplirse, porque ya no quedan dragones.

Habló con calma; sin embargo, Yaren percibió algo en su voz, un timbre que le transmitió, de alguna misteriosa manera, un atisbo de la inmensa soledad, tristeza y desesperación que arrasaban el alma de Victoria.

Quiso preguntar más cosas, quiso penetrar en el misterio de la enigmática joven a la que escoltaba, pero no se atrevió. Había algo en ella, una regia dignidad, que lo intimidaba, lo atraía y lo desconcertaba al mismo tiempo.

«Es un unicornio», se recordaba a sí mismo constantemente. «Es normal que me resulte extraña».

Era mejor pensar aquello que admitir que, en el fondo, había algo en Victoria que le daba miedo. Mucho miedo.

Por fin, una noche acamparon a los pies de la cordillera. Al abrigo de los grandes bloques de piedra, contemplaron la región que se abría ante ellos, hacia el sur.

Drackwen.

—Debo de estar loco —murmuró Yaren—. Te estoy acompañando hasta el mismo corazón del imperio de los sheks... y todo porque tengo la remota esperanza de que un día te apiades de mí y me conviertas en un mago. Solo los humanos somos capaces de darlo todo por un sueño, por estúpido que sea; dicen que es la propia diosa Irial quien nos insufla los sueños a través de la luz de las estrellas, pero yo creo que es, simplemente, que los humanos somos un poco más idiotas que cualquiera de las otras razas inteligentes. ¿Los unicornios tienen sueños? —le preguntó de pronto—. No me refiero a los sueños que nos visitan cuando estamos dormidos, sino al tipo de sueño, de deseo... por el que luchas toda tu vida. Ese sin el cual tu existencia parece que no tiene sentido. ¿Has tenido alguna vez ese tipo de sueño?

Por la mente de Victoria cruzaron, por un fugaz instante, dos imágenes que se superpusieron y por un momento parecieron formar una sola.

Jack. Christian.

—Creo que sí —dijo por fin, cuando Yaren creía que ella ya no iba a responder.

—¿Se hizo realidad? —preguntó el semimago con curiosidad.

—No —respondió ella tras un instante de silencio—. Se hizo pedazos.

No hablaron más aquella noche.

Pero, cuando el sueño selló los párpados de Victoria, las pesadillas regresaron.

En ellas volvía a ver a Jack cayendo a la sima de fuego, una y otra vez; la espada de Christian atravesándole el pecho; el dragón y el shek enfrascados en una pelea a muerte, tan irrevocable como lo era la salida de los soles por el horizonte cada mañana.

Aquella noche, sin embargo, hubo algo distinto.

Él le habló a través del anillo.

Victoria lo supo al instante. Sus sueños se interrumpieron y su mente se llenó con la imagen de Christian, sus ojos azules mirándola con seriedad, tan misteriosos y sugerentes como la primera vez que se había contemplado en ellos.

«Victoria», dijo él. «Vienes a mí. ¿Por qué?».

«Ya lo sabes», respondió ella en sueños. «He de matarte».

«¿Es preciso?».

«No hay otra salida».

«Sí la hay. No puedo borrar lo que hice, pero sí puedo ofrecerte un futuro. Victoria, no te pido que me perdones. Te pido que no me obligues a enfrentarme a ti. Te pido que te quedes conmigo».

«No puedo darte lo que me pides. Lo sabes».

«Pero aún tengo esperanzas de que sí exista otro modo, Victoria. He venido a buscarte. Abre los ojos».

Victoria despertó bruscamente de su sueño. Sintió una fresca presencia junto a ella, unos brazos que la rodeaban. Su cabeza reposaba sobre un hombro que ella conocía muy bien.

Yaren se despertó de golpe. Tenía mucho frío de pronto. Se volvió hacia Victoria y se quedó paralizado.

La chica yacía en brazos de un joven desconocido, vestido de negro.

Yaren no tenía ni idea de quién era aquel individuo, cómo había llegado hasta allí ni qué quería de ellos, pero se estremeció sin saber por qué. Y aunque quiso correr a defender a su compañera, no fue capaz de moverse del sitio.

Ninguno de los dos parecía haber reparado en su presencia. Victoria tenía los ojos abiertos, pero no se movía. Si no hubiera sido porque parecía imposible, Yaren habría asegurado que ambos se estaban comunicando de alguna manera, sin palabras. Y tuvo la sensación de que él mismo sobraba allí y que no debía interrumpir lo que quiera que estuviera sucediendo entre ellos. Se quedó mirándolos, temblando, sin atreverse a intervenir.

Victoria trató de moverse, pero no pudo.

«Me has paralizado», pensó. «¿Por qué?».

La mano de Christian acarició su cabello. Victoria se sintió sacudida por un océano de sentimientos contradictorios. Por un lado, odiaba al asesino de Jack, deseaba hundir a Domivat en su corazón y vengar la muerte de su amigo. Pero una parte de ella quería volver a abrazar a Christian, dejar que su presencia la inundara por dentro, marcharse con él, como le había pedido, y nunca más separarse de su lado.

«Quería hablar contigo».

«No hay nada de qué hablar», respondió ella en voz baja; se sintió indefensa en brazos de Christian, pero no tuvo miedo.

«Si me matas», prosiguió él, «¿qué harás después?».

«No habrá un después», afirmó ella. «Es por eso por lo que debo matarte».

«No quiero luchar contra ti. Si supiera que eso va a arreglar las cosas, me dejaría matar, lo sabes. Pero no lo hará. ¿Y qué sucederá a continuación? Victoria, lo que está hecho no puede deshacerse, pero si me dejas, dedicaré el resto de mi vida a tratar de aliviar el dolor que te he causado».

Victoria no respondió. Sintió que Christian le tendía la mano. Le oyó susurrar en su oído:

–Ven conmigo...

Ella se separó de él lentamente. Fue entonces cuando descubrió que, a pesar de que el poder mental de Christian seguía activo, ya no podía afectarla. El shek ya no tenía poder sobre ella.

Lo miró a los ojos, con seriedad. El joven titubeó un momento. Parecía intimidado de pronto, pero no retiró la mano.

–¿Qué ha sido de la luz de tus ojos? –dijo en voz baja–. Solo veo oscuridad en ellos.

–Es lo que tú mismo has creado –respondió Victoria sin inmutarse.

Se incorporó un poco y aferró el pomo de Domivat, de la que nunca se separaba. Christian retiró la mano, retrocedió un poco y sacudió la cabeza.

–No voy a luchar contra ti.

–No importa adónde vayas, te seguiré hasta encontrarte. No podrás evitarme eternamente.

–Si es necesario, lo haré.

Victoria se levantó de un salto y desenvainó la espada. Christian le dirigió una larga mirada, movió la cabeza, dio unos pasos atrás...

... y desapareció en la oscuridad.

Solo entonces se atrevió Yaren a moverse.

—¿Quién... quién era ese tipo? —preguntó; se dio cuenta de que tenía la garganta seca.

Había esperado que ella respondiera con un nombre. Pero Victoria dijo, solamente:

—El hombre al que he de matar.

Yaren quiso preguntar algo, pero la mirada de Victoria, una vez más, le dio escalofríos, y permaneció callado. Sin embargo, no pudo evitar pensar, inquieto, que al verlos abrazados, compartiendo aquella extraña comunicación silenciosa, le había parecido ver en ellos más ternura que odio o rencor.

—¿Sabes usar esa espada? —preguntó Yaren al día siguiente.

—No —reconoció Victoria—. Nunca me han enseñado a pelear con espada.

—Lo suponía —asintió él—. No puedes luchar con el báculo y la espada a la vez. Cuando te enfrentaste a nosotros, usaste el báculo; está claro que esa espada no es tuya.

—Ahora lo es —repuso ella con suavidad.

Yaren la miró un momento, pensativo.

—Puedo enseñarte a manejarla. No soy un gran experto, pero algo he aprendido en mis años con los bandidos.

Victoria lo miró.

—A cambio, sería todo un detalle por tu parte que me convirtieras en un mago completo —añadió él como si tal cosa.

Victoria siguió mirándolo. Yaren se removió, incómodo.

—Vale, no he dicho nada —se rindió—. Pero te enseñaré de todas formas. No sé quién es el tipo de negro, pero sí sé que es un asesino. Sabrá usar todo tipo de armas. Si vas a enfrentarte a él, más vale que sepas lo que haces.

Victoria no le preguntó cómo lo había averiguado. Sabía que entre los humanos de Nandelt era costumbre que solo los asesinos vistieran de negro.

El viaje a través de Nangal fue lento e incómodo. Las nieblas cubrían la tierra durante gran parte de la mañana y de la tarde, y solo en la hora más calurosa del día lograban los tres soles despejar la bruma que cubría el camino. Victoria habría seguido de todos modos, con niebla o sin ella, pero Yaren se las arregló para convencerla de que avanzaran solo con tiempo despejado. Así aprovechaban la mañana y la tarde para practicar con la espada.

El arma de Yaren era una espada vieja y ya algo herrumbrosa, nada en comparación con la magnífica Domivat, pero no tenían nada mejor, por el momento.

Victoria no era tan torpe como él había supuesto. Se movía ágil y segura, y parecía saber muy bien cómo y cuándo descargar los golpes. Sin embargo, era inevitable que al principio manejara la espada como lo habría hecho con el báculo, y Yaren tuvo que enseñarle cómo sostenerla, corregirle posturas y movimientos.

La forma de luchar del bandido no era, ni mucho menos, tan noble y elegante como la de un caballero de Nurgon. Nada de fintas, movimientos complejos ni florituras. Fuerte y directo, y si se podía hacer trampa y aprovechar una desventaja del rival, mejor. Victoria no hizo ningún comentario al respecto. Se limitó a tomar nota y a aprender todo lo que Yaren le enseñaba.

Pasaron por varias aldeas a lo largo del camino. La primera de ellas contaba con una pequeña posada, y Victoria se dirigió a ella sin vacilar.

—No tenemos dinero —le recordó Yaren, incómodo, pero ella no lo escuchó.

El comedor no estaba muy concurrido. Había un grupo de aldeanos bebiendo junto al fuego, un abuelo que dormitaba en un rincón y un muchacho que trataba de llamar la atención de la camarera. Todos ellos vestían ropas de tonos grises, como era costumbre en Nangal.

Yaren se fijó en una mesa semioculta entre las sombras, en un rincón. Tres szish estaban allí sentados, acabando su cena.

Cogió del brazo a Victoria.

—Tenemos que marcharnos de aquí —susurró; ella le dirigió una breve mirada, y Yaren se apresuró a soltarla.

Los szish se volvieron hacia ellos, los tres a una. Los habían visto.

Yaren retrocedió un par de pasos, tenso. Victoria se quedó quieta y los miró con calma.

Lentamente, los tres hombres-serpiente se levantaron y se aproximaron. Yaren se llevó la mano al pomo de su espada, con el corazón latiéndole con fuerza, presintiendo un peligro pero sin saber si debían huir, luchar o esperar. Victoria no se movió.

Los szish hicieron entonces algo sorprendente. Inclinaron la cabeza ante Victoria, en señal de respeto, y el que parecía ser el líder siseó:

—Sssed bienvenida a esssta casssa, dama Lunnaris.

Victoria no dijo nada. Siguió mirándolos, serena.

El posadero acudió corriendo ante ella.

—¿Señora? —preguntó, inseguro.

El szish lo miró con cierto desprecio.

—El príncipe Kirtasssh ha ordenado que ssse honre a esssta mujer como a la futura emperatriz de Idhún —dijo—. Harásss bien en ofrecerle tu mejor habitación y una cena digna de ella.

El posadero inclinó la cabeza, temblando.

Yaren miró a Victoria con sorpresa, pero ella no dijo nada. Inclinó la cabeza con gentileza y los tres szish correspondieron a su saludo. La joven se aposentó en una mesa junto al fuego.

Tras un breve instante de duda, Yaren la siguió.

Los hombres-serpiente terminaron de cenar, pagaron y subieron a sus habitaciones. Cuando los perdieron de vista, Yaren se inclinó hacia adelante para preguntar en voz baja:

—¿Futura emperatriz de Idhún? ¿Qué relación tienes tú con Kirtash?

Ella tardó un poco en responder.

—Mi destino era otro bien distinto —dijo—. Pero ese destino ya no se cumplirá. De modo que ahora quiere que ocupe el lugar que, según él, le corresponde al último unicornio del mundo.

—Señora de todos nosotros —comprendió Yaren, sobrecogido—. ¿Qué otra podría estar a la altura del hijo del Nigromante? —apretó los puños, furioso—. Maldita sea su estampa. El hijo del hombre que exterminó a los unicornios pretende tomar como compañera al último de ellos.

Victoria no vio la necesidad de contestar.

—¿No te molesta? —preguntó él, un poco sorprendido—. ¿No tienes miedo de que te obligue a cumplir su voluntad?

—No —replicó Victoria—. En otro tiempo, incluso habría aceptado de buena gana —reconoció, para sorpresa de Yaren—. Pero eso acabó. De todas formas, no me importa volver a encontrarme con él. Al fin y al cabo, Kirtash es la persona a quien he de matar.

Yaren se echó hacia atrás, estupefacto. Recordó al joven de negro que había acudido a hablar con la muchacha, varias noches atrás. Como todos los idhunitas, Yaren había oído hablar de Kirtash, el hijo del Nigromante. Pero jamás lo había visto.

La revelación de que aquel misterioso joven era el mismísimo Kirtash lo dejó sin aliento. Y recordó de nuevo la extraña escena que había contemplado aquella noche.

—No lo entiendo —murmuró—. Él sabe que quieres matarlo, ¿verdad? ¿Por qué ha ordenado a todos que te honren y te respeten?

Victoria lo miró un momento y esbozó una breve y amarga sonrisa. Yaren se estremeció. Nunca antes la había visto sonreír, pero aquella sonrisa no era mucho mejor que el gesto serio que ella mostraba habitualmente.

Ató cabos y comprendió muchas cosas, y aunque las piezas de aquel rompecabezas empezaban a encajar, lo que le revelaban parecía demasiado absurdo para ser real.

«Él la ama», pensó. «Por todos los dioses, ese miserable se ha enamorado de ella».

Quiso preguntarle a Victoria acerca de sus propios sentimientos, pero algo en su expresión le dijo que era mejor mantener la boca cerrada.

Cruzaron otros pueblos en su camino hacia Alis Lithban. En todos ellos fueron recibidos de manera similar. Se había corrido la voz de que Lunnaris, la doncella unicornio, estaba atravesando aquellas tierras. Probablemente, muchos dudaran de que ella fuera en verdad un unicornio; pero se había ordenado que fuera bien tratada, de modo que en todas partes encontraban cobijo y alimento.

En una de las casas donde fueron acogidos, Victoria pudo cambiar por fin sus gastadas ropas. Los pantalones todavía le servían, pero la camisa, aunque se las había arreglado para lavarla a menudo en arroyos y manantiales, estaba deshilachada y tenía las mangas desgarradas. La dueña de la casa le proporcionó otras botas y una túnica corta de color gris, que ella se puso por encima de los pantalones y se ajustó a la cintura.

Yaren también cambió de aspecto. Se lavó a conciencia, se recortó el pelo y se afeitó, y consiguió que le dieran algo de ropa. Dos días antes, en el pueblo anterior, habían tratado de separarlo de la dama Lunnaris y llevarlo ante la justicia. Le había costado mucho convencerlos de que era el acompañante de la muchacha, y solo cuando Victoria intervino, con serenidad pero con firmeza, se avinieron a soltarlo. Yaren había comprendido que, si quería seguir junto a Victoria, tendría que parecer un poco menos rufián de lo que era.

Para su decepción, la chica no hizo ningún comentario cuando lo vio con su nuevo aspecto. De todas formas, Yaren había comenzado a acostumbrarse a su mirada vacía, a aquellos grandes ojos oscuros que antaño, sospechaba, habían estado llenos de calidez y expresividad, pero que ahora no eran más que dos pozos sin fondo que miraban casi sin ver.

Sí, la mirada de Victoria le había dado escalofríos desde el primer día, desde el momento en que ella había matado al jefe de la cuadrilla de bandidos sin pestañear siquiera. Yaren no entendía del todo qué había en aquella mirada, pero estaba empezando a intuir que se trataba de una extraña indiferencia, casi inhumana. A Victoria no parecía importarle nada de lo que sucediera a su alrededor. Se movía casi como en un sueño, como si nada de lo que viviera fuera real. Para ella solo existían dos cosas: su voluntad de matar a Kirtash y lo que quiera que le sucediera por dentro. Yaren ignoraba qué diablos le había pasado a Victoria antes de que él la conociera, pero sí sabía que había algo en su interior, un dolor profundo que no compartía con nadie, y que era lo que, de alguna manera, había erigido una muralla entre ella y el resto del mundo.

Pero aún tardó varios días más en descubrir algo sobre la naturaleza de aquel dolor.

Fue cuando ya dejaban atrás la Tierra Gris y empezaban a abrirse las brumas en el horizonte. El paisaje llano comenzó a verse salpicado por bosquecillos de árboles raros y delicados, cuyas ramas, troncos y raíces formaban curiosas figuras, casi como si hubieran sido modelados por un artista de gusto exquisito.

–Alis Lithban está cerca –dijo Yaren cuando Victoria se detuvo un momento a contemplar los árboles–. Se dice que el bosque entero parece un capricho de los dioses. Que es como si cada árbol hubiera sido cincelado por la propia Wina en persona.

A pesar de ello, no se sorprendieron cuando encontraron la cabaña de un leñador. Aquellos bosques eran el único lugar donde las gentes del sur de Nangal podían obtener madera.

El leñador era un hombre tosco y desagradable, pero los acogió en su casa aquella noche. Mientras tomaban la sopa y el leñador se quejaba del mal tiempo que habían sufrido en los últimos días, su hijo, un chiquillo que no pasaría de los siete años, iba y venía entre la cocina y el comedor, llevándose platos y trayendo más cosas. Yaren se fijó en que caminaba con la cabeza gacha y no se atrevía a mirar a su padre.

Y entonces sucedió. El niño tropezó con algo y dejó caer el plato con la comida de Victoria. El recipiente se estrelló contra el suelo y se rompió.

Su padre lanzó un juramento.

—¡Serás torpe! ¡No vales para nada, estúpido!

Disparó su manaza contra el rostro del pequeño, con tanta fuerza que lo lanzó hacia atrás. El niño jadeó, aterrorizado, y trató de retroceder a gatas, pero el leñador lo golpeó de nuevo.

No hubo una tercera vez.

Victoria se interpuso entre ambos. El hombre fue a apartarla, furioso, pero la mirada de ella no admitía réplica.

—Basta ya —dijo Victoria solamente.

No levantó la voz. No era una amenaza, ni tampoco un ruego, ni siquiera una orden. Pero el enorme leñador se sintió acobardado ante ella, y retrocedió temblando.

Victoria se inclinó junto al niño. Tenía la mejilla hinchada y el labio partido, pero se esforzaba por no llorar. La chica alzó los dedos para rozarle el golpe, y el chiquillo se encogió sobre sí mismo.

—No tengas miedo —dijo ella.

Temblando, el niño tragó saliva y se quedó donde estaba. Victoria posó las yemas de los dedos sobre el rostro del pequeño y dejó que su magia fluyera hacia él.

Lo había hecho docenas de veces, con heridas mucho más graves. La energía pasaba a través de ella y regeneraba los tejidos, cicatrizaba las heridas, desterraba la ponzoña y sanaba las infecciones.

Pero en aquella ocasión, la magia actuó de forma muy distinta.

Todo estaba saliendo bien, en apariencia. Pero el niño se mostraba cada vez más nervioso; temblaba y respiraba agitadamente, y llegó un momento en que no pudo soportarlo más y retrocedió, con un grito y lágrimas en los ojos.

—No quiero —suplicó—. Por favor, no sigas. No me lo hagas otra vez.

Victoria lo miró un momento, desconcertada. Los ojos del chiquillo estaban llenos de miedo. La miraba como si fuera un monstruo... un monstruo aún más aterrador que su propio padre.

Se oyó una exclamación ahogada, y la madre del niño corrió junto a él y lo estrechó entre sus brazos. Yaren se preguntó dónde había estado ella todo aquel tiempo, y comprendió que no se atrevía a enfrentarse a su marido. Pero, por alguna razón, le parecía mucho más fácil plantar cara a Victoria.

«Eso es porque no la ha mirado a los ojos», pensó el semimago.

La madre se volvió hacia ellos, aún abrazando a su hijo.

–Por favor, marchaos –suplicó.

Yaren iba a replicar, airado, pero Victoria asintió, sin una palabra, y fue a recoger sus cosas. El joven no tuvo más remedio que seguirla.

No se despidieron.

Aquella noche tuvieron que dormir al raso, pero a Victoria no parecía importarle. Cuando ya llevaban un rato en silencio, contemplando las llamas de la hoguera, Yaren se arriesgó a preguntar:

–¿Qué le has hecho al niño?

–Lo estaba curando –respondió ella con voz neutra.

–¿Curando? –repitió Yaren–. Pues parecía que le estabas haciendo aún más daño que el bestia de su padre. ¿Qué clase de magia estabas usando?

–No es la magia –replicó ella–. Soy yo.

No dijo nada más, y Yaren no preguntó.

Pero Victoria no pudo dormir aquella noche. Por primera vez desde la muerte de Jack, le preocupaba algo que no tenía que ver con él ni con Christian.

Sabía exactamente qué era lo que había sucedido aquella noche. La magia que Victoria recogía del ambiente era pura, pero tenía que pasar a través de ella cuando la transmitía a otras personas. Y sin querer arrastraba parte de lo que ella llevaba dentro. Hasta hacía poco, la magia de Victoria había estado impregnada de dulzura, cariño, amor...

«Ahora solo hay dolor», pensó ella. «Vacío. Y oscuridad».

Eso era lo que había transmitido al hijo del leñador al tratar de curarlo. Eso era lo que el niño no había sido capaz de soportar.

«Si ya no puedo entregar la magia, si solo puedo proporcionar sufrimiento... ¿qué me queda?», se preguntó. «¿Qué sentido tiene mi vida?».

Recordó lo que Christian le había dicho varias noches atrás.

«Si me matas, ¿qué harás después?».

«No habrá un después», había respondido ella. «Es por eso por lo que debo matarte».

Se durmió poco antes del primer amanecer, con una siniestra sonrisa en los labios.

XVIII
DIOSES Y PROFECÍAS

U N poco más allá, el túnel terminaba.

El corazón de Jack se aceleró. Llevaba ya tiempo añorando el aire libre, sintiendo que se asfixiaba en el laberinto subterráneo de Umadhun, deseando respirar aire puro. Se dispuso a echar a correr hacia la salida, pero Sheziss lo retuvo con un movimiento de su poderosa cola.

«No tan deprisa, niño», dijo. «Quédate cerca de la boca del túnel. No salgas jamás al aire libre sin echar antes un buen vistazo».

Jack se relajó solo un poco. Se obligó a caminar detrás de la shek.

Se dio cuenta, sin embargo, de que más allá no había tanta luz como había supuesto. Tal vez fuera de noche. Intrigado, recorrió con paso ligero el trecho que lo separaba de la salida.

«Cuidado», repitió Sheziss, antes de retirarse un poco para dejarlo pasar.

Jack se asomó con precaución.

«Esta es la superficie de Umadhun», oyó la voz de Sheziss en su mente. «O lo que queda de ella».

Las últimas palabras de la serpiente sonaron tan débiles que al muchacho le costó captarlas. De todas formas, estaba tan conmocionado que apenas las escuchó.

Ante él se abría una tierra yerma en la que no crecía nada. Un pesado manto de nubes negras recubría el cielo, proyectando oscuridad sobre la piel rocosa de Umadhun. Y aquellas nubes, henchidas de electricidad, descargaban rayos que herían la tierra con una frecuencia escalofriante. Jack contempló, sobrecogido, aquel tenebroso mundo de piedra, iluminado por los relámpagos que partían el cielo.

«Siempre es así», dijo Sheziss. «Nubes, rayos, relámpagos. Pero ni una gota de lluvia. Jamás».

Jack alzó la mirada hacia las nubes.

–¿Tampoco sale nunca el sol?

«Desconocemos siquiera si hay un sol, o varios», respondió ella. «Las nubes siempre han cubierto el cielo, desde que tenemos memoria. Y la electricidad que acumulan impide que podamos atravesarlas volando para averiguarlo».

Jack se estremeció.

–Es... horrible.

«Es un mundo muerto. Por eso nunca salimos a la superficie. La única manera de sobrevivir es refugiándose en los túneles».

–Pero... –vaciló Jack–. ¿Qué es exactamente este lugar?

«¿Qué crees tú que es?».

Jack reflexionó. A Sheziss le gustaba contestar a sus preguntas con otras preguntas, dejar que fuera él quien dedujese las respuestas. Eso al principio irritaba e impacientaba a Jack, pero estaba empezando a acostumbrarse, y a veces hasta le gustaba. Se daba cuenta de que muchas de las cosas que le parecían un misterio, en realidad sí las comprendía, si se paraba a pensar en ellas. Su problema era que normalmente no se paraba a pensar. Sheziss estaba intentado corregir ese defecto, por el bien de los dos; según ella, mientras siguiera siendo tan impulsivo, tendría altas probabilidades de acabar muriendo joven.

–Dijiste que Umadhun era el reino de las serpientes aladas –recordó–. Me contaron hace tiempo que los dragones habían condenado a los sheks a vagar por los límites del mundo para toda la eternidad –alzó la mirada hacia los ojos tornasolados de su compañera–. ¿Estamos en los límites de Idhún?

«¿Crees que Idhún tiene límites?».

–Si es un planeta como la Tierra, no debería tenerlos, ya que tendría forma esférica. O tal vez sus límites se encuentren en la propia atmósfera.

«¿Te parece esto los límites de Idhún?».

Jack miró de nuevo a su alrededor.

–No –admitió–. Me parece otro mundo diferente, un mundo nuevo, extraño y atroz.

«Es un mundo diferente, extraño y atroz», concedió Sheziss. «Pero no es un mundo nuevo. ¿Sabes lo que significa la palabra Umadhun?».

Jack frunció el ceño. En idhunaico, Umadhun tenía un significado. Quería decir «Primer Mundo».

—¿La clave está en el nombre, pues?

Sheziss asintió.

«Los sangrecaliente cuentan su historia por eras. Hablan de la Primera Era, cuando Idhún era joven y ellos empezaron a poblar sus tierras, cuando las distintas razas comenzaron a conocerse y a relacionarse entre sí.

»Al final de la Primera Era, el día de la primera conjunción astral, el primer unicornio pisó Idhún y marcó el inicio de una nueva etapa, la Era de la Magia, también llamada la Era Oscura, porque finalizó con la derrota del humano al que llamaron Emperador Talmannon. La Tercera Era, llamada Era de la Contemplación, instauró de nuevo el poder de los Seis sobre la Tierra, y los hechiceros fueron perseguidos y expulsados del mundo, a la vez que los sheks.

»Ahora estamos finalizando la Cuarta Era, Jack. La Era de los Archimagos, hechiceros poderosos a los que los mismos dragones trataban como a sus iguales. ¿Qué vendrá después?, se preguntan los sangrecaliente. Ah, todos ellos creen conocer la historia de Idhún. Pero ignoran que esta historia no comienza con su Primera Era, no comienza con la creación del mundo que ellos habitan.

»Su historia, nuestra historia, comienza aquí, en Umadhun. El Primer Mundo».

Jack se quedó sin aliento. Se recostó contra la pared de roca.

—¿Quieres decir que Umadhun es anterior a Idhún?

Sheziss asintió.

«Todas las leyendas de los sangrecaliente relatan cómo sus seis dioses llegaron aquí y crearon Idhún. Esas leyendas se equivocan. Antes de la Primera Era, antes de Idhún, los dioses crearon Umadhun. Y después lo destruyeron».

—¿Que lo destruyeron? ¿Por qué?

El cuerpo de Sheziss se estremeció con una risa baja.

«Las leyendas muestran a los Seis en armonía, todos unidos en su eterna lucha contra el Séptimo. Pero las historias más antiguas dejan entrever pequeñas rencillas, discusiones...».

Jack recordó la leyenda que Kimara les había contado a él y a Victoria, acerca de cómo la diosa Wina se había enfadado con el dios Aldun por incendiar Kash-Tar.

«En tiempos remotos, Umadhun fue un mundo rico y rebosante de vida. Los dioses se esmeraron con él; no en vano era el primer mundo que creaban. Pero en aquellos tiempos, niño, los dioses peleaban muy a menudo. Y eran discusiones violentas».

Sheziss calló. Jack quiso preguntar algo, pero finalmente se contuvo y aguardó a que ella siguiera hablando.

«Cuando los humanos pelean entre ellos, probablemente sin saberlo estén destruyendo a muchas pequeñas criaturas en las que no reparan. Plantas, insectos... que mueren bajo sus pies. Cuando pelean los sheks y los dragones, los sangrecaliente y sangrefría que tienen la desgracia de cruzarse en su camino son aplastados sin remedio.

»Pero cuando los dioses pelean, niño, todo un mundo puede resultar destruido. ¿Entiendes?».

Jack se estremeció. Contempló de nuevo la superficie arrasada de Umadhun, iluminada por los relámpagos.

–¿Crearon un mundo para destruirlo después? Me resulta difícil entenderlo –confesó.

«Los dioses son poderosos. Y peligrosos. Los sangrecaliente les rezan en sus templos, como si realmente ellos fueran a escucharlos. Ah, los dioses son seres grandiosos, para los cuales nosotros no somos más que pequeños insectos. Nos aplastan sin apenas darse cuenta. Tienen la vaga impresión de que existimos, pero en el fondo no nos ven. Somos demasiado pequeños, demasiado poco importantes».

Jack temblaba. La idea de que de verdad existieran seis dioses, o siete, le resultaba chocante y turbadora. Pero que esos dioses tuvieran el poder de destruir un mundo sin apenas darse cuenta... era todavía peor. Mucho peor.

«Con todo, los dioses lamentaron la pérdida de Umadhun», prosiguió Sheziss. «Y crearon Idhún, más grande y complejo, más perfecto, y lo poblaron con criaturas. Al principio, todo fue bien, pero pronto volvieron las peleas, y apareció un Séptimo dios que los desafió a todos. Aquel podría haber sido el fin de Idhún, si los dioses hubieran iniciado una nueva guerra».

–Pero no lo hicieron.

«Oh, sí, lo hicieron. Iniciaron una guerra eterna, los Seis contra el Séptimo, una guerra que dura todavía. Pero en esta ocasión decidieron que ellos no lucharían. Y abandonaron Idhún, y dejaron aquí a aquellos que librarían esa guerra en su lugar. Criaturas poderosas, mucho más que los sangrecaliente y los sangrefría, criaturas dignas de representarlos en la contienda, pero lo bastante pequeñas, en comparación con ellos, como para no destruir el campo de batalla en el cual se desarrollaría la guerra que los estaban condenando a librar».

Jack sintió un escalofrío cuando entendió lo que Sheziss le estaba contando.

–Sheks y dragones –dijo a media voz.

«Umadhun es nuestro origen, niño. Si los dioses no lo hubieran destruido, no habrían decidido después crearnos a nosotros para que lucháramos por ellos. Y por eso nos odiamos, Jack. Porque nos crearon para odiarnos. Porque nuestra misión en la vida es luchar en su guerra, nos hicieron así, para que no pudiéramos escapar del propósito con el cual fuimos creados».

Jack imaginó de pronto el mundo de Idhún como un inmenso tablero de ajedrez, en el cual dos contrincantes manejaban unas piezas cuya función consistía en enfrentarse a las piezas del otro color. Ellos, sheks y dragones, eran las piezas. Ganara quien ganase, no eran ellos, sino los jugadores que los manejaban.

–No te creo –se rebeló–. No, no te creo. No existen los dioses. No manejan nuestro destino.

«Entonces, ¿por qué no puedes dejar de odiar a los sheks?», se rió Sheziss.

Jack volvió la cabeza con brusquedad. Temblaba violentamente, mientras trataba de borrar de su memoria las palabras de Sheziss. Pero la voz telepática de ella seguía sonando en su mente.

«¿Comprendes ahora por qué nos aliamos con Ashran, por qué aceptamos a cambio la extinción de los unicornios? Prometió la muerte de todos los dragones, y lo cumplió con creces. Una vez desaparecidos nuestros enemigos, nosotros seríamos libres y ya no estaríamos obligados a luchar nunca más...».

–¡Cállate! –estalló Jack, pero su voz fue ahogada por el retumbar de un trueno. La voz de Sheziss, en cambio, no sonaba en sus oídos, sino en su cabeza, por lo que ni todo el ruido del mundo podría silenciarla.

«Vosotros, dragones, habríais hecho lo mismo. Intentasteis acabar con todos nosotros al final de la segunda era, y muchos de los nuestros fueron exterminados. Pero los supervivientes regresamos a Umadhun... y todos nosotros, dragones, sheks, sabíamos que la guerra no había concluido, que no terminaría hasta que no destruyéramos al último enemigo. Por esa razón, Jack, los sheks han decidido que debes morir; la profecía solo le importa a Ashran, maldito sea siete millones de veces. Nosotros lo único que deseamos es acabar con los dragones para ser libres... y mientras exista un hálito de vida en ti, dragón, seguirás luchando contra los sheks, peleando en una guerra que no es la tuya... condenado a morir por los dioses que te hicieron lo que eres, unos dioses cuyos rostros no contemplarás jamás, porque nos abandonaron hace mucho, mucho tiempo... mientras nosotros seguimos aquí, matando y muriendo por su causa, y así será, por toda la eternidad... o hasta que una de las dos razas sea exterminada por completo».

–¡Basta! –gritó Jack; las palabras de Sheziss creaban imágenes en su mente, retazos de una guerra tan antigua como irrevocable, generaciones de sheks, de dragones, odiándose sin saber por qué, matándose unos a otros. Letales colmillos destilando veneno, fauces vomitando fuego, garras, alas, escamas..., todo se confundía en su mente, hielo, fuego, sangre, odio y muerte...

No pudo soportarlo más. Con un grito que terminó en un rugido, se transformó violentamente en Yandrak, el dragón dorado; se volvió hacia Sheziss, envuelto en llamas. Percibió por un instante el horror en los ojos de la shek, intuyó lo intenso que era el pánico que los sheks sentían hacia el fuego, un elemento que ellos no podían controlar.

Aterrado y confuso, Jack desplegó las alas y, con un poderoso impulso, se elevó en el aire, desafiando los rayos que las nubes descargaban sin piedad sobre la superficie de Umadhun. Y se alejó de allí, de Sheziss y sus palabras, que lo herían como la luz de los soles hiere los ojos de quien ha permanecido largo tiempo en la oscuridad.

Voló durante un rato, errático, sorteando los rayos de manera instintiva, buscando simplemente huir de Sheziss y de la verdad que ella le había revelado...

Hasta que un rayo que cayó cerca de él lo obligó a detenerse bruscamente, y una corriente de aire lo empujó y le hizo perder el control.

Momentos después, caía con estrépito en una hondonada. Jadeó; sacudió la cabeza, aturdido, y el instinto lo llevó a arrastrarse hasta una enorme roca, bajo la cual halló refugio. Plegó las alas sobre su cuerpo y se acurrucó allí, temblando, sin fuerzas ni ganas de moverse. Cerró los ojos, todavía conmocionado.

Durante mucho tiempo había sido un muchacho normal, había creído conocer su identidad. Después, todo aquello se había hecho pedazos, había empezado a intuir algo grande en él. Al conocer su auténtica naturaleza, su esencia de dragón, al saber que era parte de la profecía que había de salvar el mundo, se había sentido parte de algo importante. Pero ahora, si las palabras de Sheziss eran ciertas, acababa de descubrir que en el fondo no era nada, no era nadie, solo un insecto que podía morir en cualquier momento, aplastado bajo los pies de un titán. Había matado a varios sheks, y ello le había proporcionado un gran placer, una satisfacción que debería haberle parecido siniestra. Pero se había dejado arrastrar por ella. Y ahora que sabía cuál era el origen de aquel sentimiento, quería rebelarse contra él, pero no podía. No era capaz.

Y seguramente miles de sheks y dragones habían experimentado aquel mismo dilema, a lo largo de los siglos. Y muchos de ellos habrían sido conscientes de que no podían escapar del odio, de aquella interminable guerra que estaban condenados a librar. Era... ¿cómo había dicho Sheziss?

«Trágico», pensó Jack.

Respiró hondo. Comprendió entonces la esencia de lo que Sheziss había tratado de enseñarle. No podían escapar del odio, que corría por sus venas igual que su sangre..., pero, con esfuerzo y disciplina, podían elegir contra quién dirigir ese odio.

«No es cierto», se rebeló una parte de él. «Es una serpiente, es mentirosa y traicionera. Solo intenta confundirme. Los dragones odiamos a los sheks porque son malvados. Libramos las guerras que queremos librar. Si quisiéramos, podríamos dejar de luchar. No es verdad lo que dice ella. No puede ser verdad...».

No habría sabido decir cuánto tiempo permaneció bajo la roca, en un estado intermedio entre el sueño y la vigilia. Se despejó cuando percibió un movimiento un poco más lejos. Alzó la cabeza. Descubrió que volvía a ser humano.

Se pegó a la roca y se quedó quieto, alerta.

Sí, allí había algo, una forma oscura que se movía entre las rocas. Frunció el ceño. Era demasiado pequeño para ser un shek. Y no reptaba, caminaba.

Con el corazón palpitándole con fuerza, Jack se puso en guardia y se llevó la mano a la espalda, buscando su espada. Recordó entonces que la había perdido al caer por la sima de fuego. Se sintió indefenso de pronto, y dudó un momento. Podría transformarse en dragón, pero no estaba seguro de si era una buena idea. Ya había llamado bastante la atención.

La forma se movió de nuevo un poco más allá. El corazón de Jack se aceleró.

Parecía un ser humano.

Lo había visto, no cabía duda, de forma que no valía la pena tratar de esconderse hasta averiguar quién era aquella persona y qué hacía allí. Decidió poner las cartas sobre la mesa.

–¡Eh! –exclamó–. Hola, soy amigo. ¿Quién eres?

Oteó las rocas. Un nuevo relámpago iluminó el desolado paisaje de Umadhun, y Jack pudo ver, consternado, que aquella persona, fuera quien fuese, había desaparecido.

Se incorporó un poco, con cautela, y estiró el cuello, intentando ver mejor.

Y entonces, algo le cayó sobre la espalda y lo tiró al suelo.

Jack lanzó una exclamación ahogada. Su atacante lo había sorprendido por detrás; se aferraba a él con brazos y piernas, y el muchacho trató de sacárselo de encima. Los dos rodaron por el suelo rocoso.

Jack logró ponerse encima de su agresor y sujetarlo contra el suelo. Un nuevo relámpago iluminó su rostro. El chico se quedó sin aliento al verlo.

Era una mujer. O, al menos, parecía una mujer...

Pero era muy extraña. Sus facciones eran rudas; su frente, demasiado ancha; su nariz, pequeña y aplastada; sus ojos estaban hundidos, y su mandíbula, muy grande, se proyectaba hacia adelante. El cabello oscuro, grueso y enmarañado, enmarcaba un rostro sucio y semibestial.

–¿Quién...? –empezó Jack, confuso, pero no fue capaz de terminar la pregunta, porque algo lo golpeó por detrás. Antes de caer al suelo, aturdido, pudo ver entre las sombras a más seres parecidos a aquella mujer. Vestían ropas bastas y caminaban inclinados hacia adelante, con sus largos y velludos brazos balanceándose ante ellos. Sus rostros, aunque barbudos, eran similares al de la mujer que había atacado a Jack: de rasgos burdos y primitivos y ojos hundidos. Pertenecían a una raza que Jack no conocía.

Los oyó proferir una salva de sonidos inarticulados que parecían algún tipo de lenguaje. Los sintió acercarse a él, rodearlo, y luchó por no perder el sentido.

Aquellos hombres y mujeres estaban armados con piedras afiladas, y Jack comprendió que, a pesar de lo primitivo de aquellos objetos, él mismo no tendría nada que hacer contra ellos si no se transformaba en dragón.

Trató de incorporarse.

–Esperad... –empezó, pero la mujer que lo había atacado primero lo tiró de nuevo al suelo de un puntapié.

El instinto de supervivencia fue más poderoso. Con un rugido, Jack se transformó en dragón y plantó sus poderosas zarpas sobre la negra roca. Los atacantes lanzaron exclamaciones de sorpresa y retrocedieron un poco. Algunos le lanzaron piedras. Jack gruñó. Antes los había juzgado amenazadores, pero ahora, desde su arrogante altura de dragón, resultaban insignificantes. Podría aplastarlos con facilidad. Pero no quería hacerlo.

Algo se deslizó entonces entre sus patas, con rapidez. Jack giró la cabeza y vio a cuatro niños que corrían en torno a él llevando los extremos de dos cuerdas. Cuando entendió lo que estaba pasando, quiso alzar el vuelo, pero era demasiado tarde: las cuerdas habían inmovilizado sus alas y sus patas. Furioso, exhaló una llamada.

Esto pareció desconcertar a la tribu, porque lanzaron exclamaciones aterradas, y algunos de ellos huyeron. Hubo dos que fueron alcanzados por el fuego del dragón. Entre colérico y confundido, Jack los vio arder en llamas, oyó sus gritos de pánico.

Y entonces llegó Sheziss.

Como un relámpago plateado, su elegante cuerpo ondulante descendió en picado desde el cielo y cayó, con las fauces abiertas, sobre aquellos seres que parecían humanos, pero que no lo eran del todo. Consternado, Jack vio cómo la shek hincaba los colmillos en el cuerpo del atacante más próximo, que se debatió un momento entre sus fauces antes de sucumbir al mortal veneno de la serpiente. Sheziss barrió a otros tres con un golpe de su poderosa cola, como si no fueran más que molestos insectos. Soltó al que había atrapado, y su cabeza descendió de nuevo, como un rayo, buscando una nueva víctima.

Pronto, los había ahuyentado a todos. Y los que no habían corrido lo bastante rápido, yacían en torno a ella, muertos.

Con el corazón palpitándole con fuerza, Jack miró a la serpiente, mareado.

–¿Qué... quiénes eran? –acertó a preguntar.

«Sangrecaliente», respondió ella sin mucho interés. «Vámonos de aquí, niño, antes de que te parta un rayo. Hemos de ponernos a cubierto».

–No, espera, necesito saberlo. ¿Eran humanos?

«¿Qué más da?».

–¿Lo eran, Sheziss?

La serpiente hizo una pausa. Después, con movimientos lentos y calculados, se deslizó hasta colocarse bajo la enorme roca, junto a Jack. El dragón reprimió el odio que su presencia provocaba en él.

Sheziss replegó su largo cuerpo y se hizo un ovillo. Apoyó la cabeza sobre sus anillos y entornó los ojos.

«Puedes llamarlos humanos, si quieres», contestó. «Pero, si yo fuera humana, consideraría insultante que me comparasen con ellos».

–¿Por qué? ¿Qué son?

«Lo que queda de una de las razas que poblaron Umadhun en tiempos remotos. Una primera versión de los humanos, si quieres llamarlo así. Está claro que los dioses se esmeraron más con los sangrecaliente que crearon para habitar Idhún. Las cosas no siempre salen bien a la primera, ni siquiera en el caso de los dioses».

Jack sacudió la cabeza. Se sentía muy débil de pronto, sin fuerzas para sostener su cuerpo de dragón; de manera que cerró los ojos y dejó que su esencia humana volviera a transformar su cuerpo en el de un muchacho de quince años.

–Pero... –dijo entonces, confuso–. ¿Son inteligentes?

El cuerpo anillado de Sheziss se estremeció con una risa baja.

«¿Inteligentes, eso?», dijo con desprecio. Jack recordó que la inteligencia de los sheks era muy superior a la de los humanos.

–Tan inteligentes como los humanos, quiero decir.

«No, son mucho menos inteligentes que los sangrecaliente. Solo algo más listos que las bestias, en todo caso. El lenguaje que utilizan es tan tosco y primitivo que no merece llamarse lenguaje».

–¿Por qué me han atacado?

«Estaban de caza».

Jack se quedó helado.

–¿De caza? ¿Quieres decir que me habrían...?

«... Comido, oh, sí. Crudo, además. Los sangrecaliente por lo menos saben utilizar el fuego para cocinar sus alimentos. Estos aún no han llegado a tanto».

–Pero... pero... –pudo decir Jack, perplejo–. Han estado a punto de atraparme en mi forma de dragón. Me han atado...

«Llevan siglos intentando cazar sheks, y ya ves que han desarrollado ciertas tácticas. Muy toscas y poco efectivas».

–¿Me han confundido con un shek al transformarme?

«No has debido de parecerles muy diferente a nosotros... hasta que los has chamuscado un poco, claro. Ya te he dicho que no son muy listos».

Jack contempló, pensativo, los cuerpos de los atacantes muertos.

–Este es un mundo muy extraño –dijo–. Peligroso. Y muy poco acogedor. Entiendo que los sheks quisierais regresar a Idhún.

Sheziss abrió la boca en algo parecido a un bostezo, que dejó ver su larga lengua bífida.

«Extraño, peligroso, poco acogedor», repitió. «No nos preocupan esas cosas. Podemos vivir en mundos así. Eso no es lo peor de Umadhun, niño».

–¿Ah, no? ¿Y qué es lo peor, pues?

Sheziss contempló el eterno manto de nubes que cubría el cielo. Un relámpago iluminó su rostro de serpiente.

«Que es feo. Espantosamente feo. Y aburrido. Espantosamente aburrido».

Regresaron a los túneles, deprisa. En más de una ocasión, estuvieron cerca de ser alcanzados por un rayo, pero por fin lograron llegar a las montañas, sanos y salvos. Se detuvieron un momento en la boca del túnel, para descansar.

Jack contempló largo rato el cielo desgarrado por los relámpagos.

–Soy una pieza importante en una guerra de dioses –dijo a media voz–. Una pieza muy importante, pero solo una pieza al fin y al cabo. ¿Qué sentido tiene luchar en una guerra que no es la mía? La profecía anunció que Victoria y yo mataríamos a Ashran. Siempre pensamos que las palabras de la profecía eran la voz de los dioses, un aviso de lo que iba a suceder. Pero ahora sé que no es así. Los Oráculos no nos dicen lo que va a pasar, sino lo que debemos hacer. No nos transmiten el consejo de los dioses, sino sus órdenes. Pero ¿y si yo me negara a cumplirlas? ¿Y si desobedeciera a la voz de los Oráculos?

«¿Lo harías?».

Jack se encogió de hombros.

–¿Por qué no? Por culpa de esa profecía, de esa misión que los dioses nos encomendaron, han muerto todos los dragones y los unicornios. Murieron también mis padres, y tanta otra gente... Participar en este juego sin sentido se paga con sangre, y es un precio demasiado alto.

«Ashran entró en el juego. Escuchó la voz de los Oráculos, supo que los dragones y los unicornios tenían órdenes de acabar con él. Y los mató a todos».

Jack no respondió. Seguía con la mirada perdida en el oscuro horizonte de Umadhun. Y estaba serio, extraordinariamente serio. En aquel momento parecía mayor de lo que era, no un muchacho, sino casi un hombre.

«Tal vez haya llegado la hora de dejar de luchar por la profecía y por los dioses», insinuó Sheziss. «Tal vez haya llegado el momento de empezar a luchar por ti».

–¿Por mí? –repitió Jack, con voz neutra.

«Por todo lo que Ashran te ha arrebatado. Los sheks y los dragones luchamos por instinto. ¿Por qué lucha Ashran?».

–Por ambición, supongo. ¿Qué sé yo? Cuando empecé con esto, tenía las cosas muy claras, sabía quiénes eran los buenos y quiénes los malos, sabía por qué luchaba: para vengar la muerte de mis padres, para descubrir mi verdadera identidad, para apoyar a la Resistencia, que me había salvado la vida... para proteger a Victoria... Había tantas razones...

«¿Ya no tienes razones para luchar?».

–No lo sé. Estoy confuso. Mi deseo de venganza se apagó hace tiempo, y ya sé quién soy. Y la profecía... maldita sea, no me gusta la idea de que los dioses me manejen a su antojo, no quiero seguir su juego. Y en lo que respecta a Victoria...

Calló un momento. Su corazón seguía sangrando por ella, la echaba de menos. Pero recordaba las palabras que Christian había pronunciado tiempo atrás: «Tienes que morir, es la única forma de salvar a Victoria». Ahora sabía qué había querido decir. Si él moría, la profecía no se cumpliría. Entonces, ni Ashran ni los sheks tendrían motivos para matar a Victoria.

–Puede que ella esté mejor sin mí –dijo de pronto–. Todos piensan que estoy muerto. Victoria ya no supondrá una amenaza para Ashran, la dejarán en paz. Christian cuidará de ella. Si no vuelvo, Victoria no tendrá que luchar nunca más. También ella podrá escapar de un destino que no eligió.

Sheziss lo observó con interés.

«¿De veras crees que ese es el camino? ¿Ocultarte aquí para siempre? ¿Es lo que quieres?».

–No –gruñó Jack–. Detesto este lugar, y...

No terminó la frase. No encontraba palabras para describir lo muchísimo que añoraba a Victoria, lo solo y perdido que se sentía sin su presencia. Se preguntó cómo sería pasar el resto de su vida sin ella. La sola idea le resultó aterradora.

–Pero, si no vuelvo a Idhún –prosiguió, sobreponiéndose–, habré escapado del destino que me impusieron los dioses. Victoria estará a salvo. Y los sheks no tendrán que seguir luchando.

«Tenía entendido que odiabas a Ashran. Aquel que exterminó a toda tu raza».

Por la mente de Jack cruzó, fugaz pero intenso, el recuerdo del macabro cementerio que era ahora Awinor, la tierra de los dragones. Los pequeños esqueletos de sus hermanos, muertos al nacer. Los huesos de su madre...

... el cuerpo de su madre humana, muerta a manos de Elrion en su casa de Dinamarca, en la Tierra.

Sintió que hervía de ira.

«Si no quieres luchar en una guerra que no es la tuya...», sugirió Sheziss, «... hazla tuya. No luches por los dioses, ni por la profecía, ni por salvar Idhún, que, al fin y al cabo, nunca ha sido tu mundo y, dado que ya no quedan dragones, nunca más lo será. Lucha por ti mismo. Por el odio que sientes, y que no puedes evitar. Si tienes que sucumbir a ese odio, mejor será que odies a alguien a quien realmente tengas motivos para odiar. Y que actúes en consecuencia».

–Esta no es mi guerra –repitió Jack, pensativo–. Pero puede ser mi guerra.

Se volvió hacia Sheziss, desconfiado.

–Me dirás cualquier cosa con tal de que sirva a tus propósitos, ¿verdad?

Los ojos de la shek brillaron, divertidos.

«¿Crees que trato de manipularte? No, dragón, no me resultaría conveniente eso. No tiene sentido engañar a alguien para que se alíe conmigo. Porque en cualquier momento puede dejar de ser un aliado. Estoy intentando descubrir si tienes verdaderos motivos para luchar contra Ashran. Y si los tienes, serás un aliado perfecto, a pesar de que me repugnas por ser un híbrido, a pesar de que te odie por ser un dragón. Porque lucharás por ti, y no por mí. Lucharás de corazón. Con todas tus fuerzas».

–Podrías obligarme con tu poder telepático, ¿no?

«Podría, sí, pero el vínculo podría romperse en cualquier momento, y yo me encontraría sola. Es mejor buscar a alguien que tenga los mismos objetivos que yo, que tratar de convencer a alguien para que haga lo que yo quiera».

Jack exhaló un largo suspiro.

–No sé lo que debo hacer –confesó.

«Duerme», le recomendó ella. «Cuando estés más descansado, verás las cosas con más claridad».

Jack se dio cuenta entonces de que estaba muy cansado. Se dejó caer sobre el suelo de piedra y apoyó la espalda en la pared del túnel. No quería dormirse porque tenía muchas cosas en qué pensar, pero sin darse cuenta cayó en un sueño pesado y profundo.

Soñó con Victoria. Soñó con su mirada preñada de luz, con su dulce sonrisa; sintió, por un glorioso momento, la calidez de su cuerpo entre sus brazos, la suavidad de su pelo, su olor. Pero entonces ella desapareció como si jamás hubiera existido, y Jack la echó tanto de menos que creyó volverse loco. Y entonces vio ante sí el rostro de Christian, sus ojos fríos y ligeramente burlones.

«Yo estoy con ella», decía el shek. «¿De qué lado estás tú?».

«Yo estoy con ella», respondía Jack.

«No lo estás», dijo Christian. «La has dejado sola. Jamás deberías haberla abandonado».

«¿Abandonado?», repitió Jack, desorientado.

Christian inclinó la cabeza. Jack vio entonces que sostenía a Victoria; la muchacha yacía entre los brazos del shek, pálida y, en apariencia, sin vida. Jack la llamó por su nombre, pero ella no reaccionó.

«Se está muriendo», dijo Christian; sus ojos azules estaban húmedos. «Yo solo no puedo salvarla. Jack, ella te necesita, te necesita, estúpido, no puedes darle la espalda ahora».

Jack alargó el brazo hacia ella, tratando de alcanzarla..., pero su mano pasó a través de su imagen, como si fuera un fantasma.

«Demasiado tarde...», murmuró Christian.

Los dos se fundieron con la bruma.

Jack se despertó con un jadeo ahogado y el corazón latiéndole con fuerza. Se llevó la mano a la cara y descubrió que tenía las mejillas empapadas de lágrimas. Temblando, se acurrucó junto a la pared de piedra.

–Sheziss –llamó.

Percibió un movimiento en la oscuridad del túnel.

«¿Sí?», dijo ella.

–¿Cuándo volveremos a Idhún?

«Cuando estés preparado».

–¿Qué significa eso?

«Que aún tienes mucho que aprender».

–¿Qué es lo que he de aprender?

«Tienes que aprender lo que significa ser un dragón. Pero también lo que significa ser un shek. Cuando sepas controlar tu odio sin reprimirlo, cuando seas capaz de canalizar ese sentimiento de la manera adecuada..., entonces estarás preparado para enfrentarte a Ashran».

–¿Cómo sabes que quiero enfrentarme a Ashran?

«Porque quieres volver a Idhún. Y si vuelves a Idhún, no tendrás más remedio que enfrentarte a Ashran. Claro que puedes desafiar a los dioses y quedarte aquí. Tú mismo».

Jack respiró hondo y recapacitó. Aquel extraño sueño le había llenado el corazón de angustia. Tal vez fuera solo un estúpido sueño, pero en cualquier caso ya no podía negar por más tiempo el hecho de que echaba de menos a Victoria, desesperadamente. Tenía que regresar con ella. Si no lo hacía...

Sintió un escalofrío. Comprendió que habría sido capaz de vivir el resto de su vida en Umadhun, con Victoria a su lado para desterrar con su luz las tinieblas de aquel mundo. Pero sin ella...

... sin ella, nada tenía sentido.

Cerró los ojos.

Tal vez fuera solo un estúpido sueño.

Pero, si no lo era, quizá había subestimado el poder de Ashran. Quizá él tenía planes para ella, quizá estaba en peligro, quizá Christian no podía protegerla. O quizá simplemente Victoria lo echaba de menos tanto como él la añoraba a ella. En cualquier caso, no podía abandonarla. Debía volver a su lado, y si ello implicaba luchar contra Ashran para hacer cumplir la profecía... que así fuera.

–Si aprendo a ser un dragón –dijo a media voz–, seré más fuerte y poderoso, ¿verdad?

«Así es».

–Y si aprendo también lo que significa ser un shek –prosiguió él–, seré capaz de controlar mi odio. Podré aliarme contigo, y después, también con Christian. Y él, Victoria y yo, los tres, unidos, seremos más fuertes. Tendremos más posibilidades de derrotar a Ashran.

«Esa es la idea».

Jack alzó la mirada, sereno y resuelto.

—Haré lo que haga falta, pues. Si esta ha de ser mi guerra, lo será.

Sheziss entornó los ojos y emitió un suave siseo.

«Bien», dijo solamente.

Dio media vuelta entonces y se internó por el túnel. Jack se incorporó y la siguió.

Avanzaron un buen rato en silencio, hasta que Jack dijo:

—Si vamos a ser aliados, hay algo que quiero saber.

La shek no respondió, pero Jack percibió en su mente algo parecido a un mudo asentimiento.

—Estás luchando contra Ashran —prosiguió el muchacho—. Buscabas un aliado, y antes has dicho que querías asegurarte de que ese aliado también tenía sus propios motivos para luchar contra Ashran. Porque así sabrías que no te abandonaría en medio de la batalla.

»Ya conoces mis motivos, mi historia. Sabes quién soy y por qué quiero enfrentarme a él. Pero yo no sé nada de ti. No me parece justo. También yo tengo derecho a saber que tienes tus motivos para odiarlo. Que no vas a abandonar a mitad.

«¿Sí?», dijo Sheziss, aparentemente desinteresada; pero Jack percibió en su mente un ligero matiz amenazador.

No se arredró.

—¿Por qué odias a Ashran? ¿Qué ha hecho ese humano para merecer el odio de un shek?

Sheziss no contestó enseguida. Siguió reptando por el túnel, sin mirarlo siquiera, y por un momento Jack pensó que no iba a responder a su pregunta. Pero entonces captó la voz de ella en algún rincón de su mente, como un susurro lejano que, sin embargo, oyó con escalofriante claridad, y cada una de sus palabras golpeó su conciencia con la fuerza de una maza:

«Me robó todos mis huevos... y los usó en un repugnante experimento de nigromancia».

XIX
ALIS LITHBAN

GERDE se aburría.

Seducir al bárbaro había sido un juego de niños. Y al principio había resultado divertido: tener al gran Señor de los Nueve Clanes comiendo de su mano y a la vez mantener el encantamiento sobre los demás hombres del campamento había requerido mucha concentración y un delicado equilibrio de fuerzas. Debían estar lo bastante embobados como para acatar hasta sus más mínimos deseos, pero no tanto como para pelearse entre ellos por celos. Le costó un poco llegar a ese punto intermedio, pero, una vez que dio con él, ya no hubo mucho más que hacer. Salvo mantener vigilada a Uk-Rhiz, por supuesto.

El resto de las mujeres del campamento, guerreras o no, no supusieron un gran problema. Estaban claramente descontentas, y por supuesto que había habido disputas. Gerde había tenido que deshacerse discretamente de una de ellas, una anciana cuyas sensatas palabras gozaban de gran reputación en todos los clanes. Había sido fácil matarla, mezclando veneno en su comida. Nadie conocía tan bien como Gerde las propiedades de las plantas más ponzoñosas de los bosques idhunitas, y cómo utilizarlas en su favor. La mujer había muerto sin ruido una noche, y todos lo achacaron a su avanzada edad. Ni siquiera Rhiz sospechó del hada.

Finalmente, todas las mujeres acabaron por acatar la voluntad de su señor, como todo Shur-Ikaili, hombre, mujer o niño, debía hacer.

Y la voluntad de Hor-Dulkar era la voluntad de Gerde.

Y la voluntad de Gerde era la voluntad de Ashran.

Los hombres lo aceptaban encantados; las mujeres, a regañadientes. Pero Uk-Rhiz era diferente. Era la Señora de la Guerra del Clan de Uk y, si bien no poseía el mismo rango que Hor-Dulkar, sí estaba solo un peldaño por debajo de él, según las jerarquías de los bárbaros Shur-Ikaili. De momento no daba problemas; pero Gerde sospechaba que tramaba algo.

Suspiró. Llevaban ya varios días acampados junto al río. Al principio había sido interesante, pero ella empezaba a aborrecer aquella tienda de pieles y a cansarse del bárbaro con quien compartía el lecho. Se dio la vuelta para separarse un poco más de él. Hor-Dulkar dormía a pierna suelta, pero Gerde llevaba varias noches sin pegar ojo, deseando que las cosas cambiaran en un sentido o en otro, deseando que Ashran le diera permiso para regresar a la Torre de Kazlunn, o que les ordenara ponerse en marcha, por fin, en dirección a Nurgon... Cualquier cosa, menos seguir allí parados, un día, y otro día, y otro día...

Se había puesto en contacto con su señor para pedirle instrucciones. Él la había reprendido por su impaciencia. De momento no le convenía que los bárbaros entraran en la batalla, en ninguno de los dos bandos. De momento.

No dio más explicaciones, y Gerde tuvo que resignarse. Sabía que las tropas de los sheks llevaban ya tiempo cercando Nurgon; pero sabía también que era un asedio sin sentido. La base rebelde formaba ya parte del bosque de Awa. No morirían de hambre ni aunque los sitiaran durante años. ¿Qué sentido tenía esperar? ¿Para qué? Lo único que se le ocurría era que tal vez Ashran estaba estudiando la mejor manera de romper el escudo feérico que rodeaba el bosque. De ser así, quizá la cosa llevaría tiempo. Y, en tal caso, no convenía tener a los bárbaros cerca de la Fortaleza. Allí, en las praderas, en sus propios campamentos, los Shur-Ikaili podían mostrarse impacientes por entrar en batalla, pero no molestarían a nadie. En un asedio, trescientos bárbaros aburridos podían resultar no solo un incordio, sino también incluso un peligro para las disciplinadas tropas de los szish.

Tenía que ser eso, caviló Gerde. De todas formas, la rebelión de Nurgon no era más que un suicidio en masa. Sin el dragón, sin la profecía, la Resistencia no tenía ya nada que hacer. Ni siquiera con Kirtash entre sus filas.

Se estremeció al pensar en él. Trató de apartarlo de su mente, pero se resistía a abandonar sus recuerdos, especialmente en aquellos días en los que no tenía nada que hacer y sí mucho en qué pensar. Especialmente en aquellas noches, en las que, en la tienda de Hor-Dulkar, le resultaba imposible olvidar los momentos íntimos que había compartido con Kirtash, tiempo atrás, en la Torre de Drackwen.

«Solo es poco más que un niño», se dijo a sí misma, irritada. «Aunque sea el hijo de Ashran, aunque sea un shek... no es más que un crío, y lo poco que ha heredado de los humanos son sus debilidades y defectos».

Pero, a pesar de todo, no podía dejar de pensar en él.

Se dio la vuelta, irritada, tratando de dormir. Pensó en aplicarse un hechizo de sueño, pero desechó la idea; si lo hacía, dormiría tan profundamente que sería difícil despertarla, y quería mantenerse alerta, por lo que pudiera pasar.

Fue una suerte que tomara esta decisión; porque, cuando llegó Allegra a buscarla, estaba completamente despierta.

Fue Rhiz quien le dio la noticia. Entró en la tienda sin avisar, y Gerde se incorporó de un salto, sobresaltada.

–¿Cómo te atreves...?

–Perdón por despertarte, Señora de Kazlunn –dijo Rhiz con calma; pero a la luz de la antorcha que portaba, a Gerde le pareció ver que sus ojos reían, burlones–. Ha venido un hada preguntando por ti. Dice que es urgente.

Gerde frunció el ceño. Pocos feéricos tenían tratos con ella. Al fin y al cabo, ella era Gerde, la traidora, la renegada.

–¿Un hada? ¿Viene sola?

–Ha dicho que no necesita a nadie más para ajustarte las cuentas –dijo Rhiz; y esta vez no pudo disimular un tono socarrón en su voz.

–¡Aile! –escupió Gerde, irritada.

Se incorporó, molesta; se echó el pelo hacia atrás y tanteó a su alrededor en busca de su ropa.

–Vaya, alguien se atreve a plantarte cara –dijo Hor-Dulkar–. Vuelve a la cama, preciosa; mis guerreros se encargarán de ella.

–Aile no luchará contra ninguno de ellos, bárbaro –murmuró el hada–. Ha venido a buscarme a mí.

Terminó de vestirse y se puso en pie. Respiró hondo. Cierto, podía dejar que los bárbaros se encargaran de Aile. Si era verdad que había venido sola, su magia no le serviría de nada contra trescientos guerreros Shur-Ikaili. Pero había tenido la osadía de decir, probablemente delante de todo el mundo, que ella sola se bastaba para vencer a la Señora de Kazlunn. Si Gerde enviaba a los guerreros de Dulkar a luchar contra Aile, quedaría de manifiesto que ella sí necesitaba a todo un ejército de bárbaros para acabar con su rival.

—Es un desafío –le explicó al Señor de los Nueve Clanes–. Entre ella y yo.

El bárbaro entendió. Asintió. Entre los Shur-Ikaili también se hacían así las cosas. Jefe contra jefe, uno contra uno. Solo así se demostraba quién era el más fuerte.

Gerde sintió que Rhiz la miraba ahora con cierto respeto. Las mujeres bárbaras eran feroces guerreras, pero pocas vencían a todos los hombres de su clan, uno tras otro, hasta que nadie más se atrevía a desafiarlas. Rhiz lo había hecho tiempo atrás, y por eso era la señora del Clan de Uk. Rhiz sabía lo que era un desafío. Pero, hasta ese mismo momento, había dudado de que Gerde, que hechizaba a los hombres en lugar de luchar contra ellos, tuviera valor para aceptar un desafío y pelear de igual a igual.

Esta vez le tocó al hada dirigirle una sonrisa burlona. Rhiz frunció el ceño, pero la siguió hasta el exterior.

No aguardaron a Hor-Dulkar. En silencio, las dos mujeres recorrieron el campamento. Sintieron sobre ellas las miradas de los guerreros, que salían de sus tiendas para verlas pasar. Se había corrido ya la voz de que la Señora de la Torre de Kazlunn había sido desafiada; su rival era otra hechicera feérica, se decía, que también había sido señora de una torre de hechicería tiempo atrás. Una hechicera mayor y de más experiencia. Por fin, Gerde había encontrado una rival de su talla.

Allegra la esperaba en los límites del campamento. Los guerreros del Clan de Uk, que eran quienes estaban acampados allí, la mantenían estrechamente vigilada, a pesar de que la maga no se movía. Simplemente estaba allí, quieta, esperando.

Gerde se detuvo a unos pasos de ella. No le sorprendió que hubiera llegado hasta allí desde la cercada Nurgon; Allegra era una hechicera poderosa, y era capaz de eso y de mucho más.

—Aile –dijo Gerde por todo saludo.

—Gerde –respondió la maga–. Veo que la vida de las praderas te sienta bien.

Ella frunció el ceño. Desde que vivía con los bárbaros, su ropa estaba siempre arrugada, su pelo revuelto y su rostro marcado por oscuras ojeras. Detestaba aquel lugar, y era obvio que Allegra se había dado cuenta.

–¿Qué es lo que quieres?

–Ya lo sabes. Quiero desafiarte a la manera de los Shur-Ikaili. Pelearemos a nuestro estilo, y la vencedora se lo llevará todo. La vencedora será la nueva Señora de la Torre de Kazlunn.

–No puedo aceptar tus condiciones. La Torre de Kazlunn no me pertenece a mí, sino a mi señor, Ashran. No importa lo segura que esté de mi victoria, no importa que acabe contigo esta noche; mi señor no vería con buenos ojos que arriesgase la torre en un duelo.

–Veo que el tiempo te va volviendo más prudente –sonrió Allegra–. O tal vez es Ashran quien te ha inculcado algo de sensatez. En cualquier caso, entiendo tus objeciones. De acuerdo; no lucharemos por la Torre de Kazlunn. Lucharemos por la libertad de los hombres Shur-Ikaili.

Se oyeron varios vítores. Todo eran voces femeninas.

–Nosotros ya somos libres, bruja –gruñó Hor-Dulkar, que acababa de llegar–. No te atrevas a insinuar lo contrario.

Las mujeres murmuraron por lo bajo. Gerde se dio cuenta, en aquel mismo momento, de que estaba en desventaja. Porque todos los hombres la apoyarían, sí, pero todas las mujeres estaban con Allegra. Por propia voluntad. Si el hechizo fallaba, perdería el apoyo de los hombres. Pero las mujeres seguirían a favor de Allegra.

No; debían solucionar aquello ellas dos solas.

–Acepto el desafío –dijo con orgullo–. Tú y yo, Aile. Nadie más debe interponerse.

–Que así sea –asintió Allegra.

Se alejaron un poco más del campamento para no causar daños. La mayoría de los bárbaros las siguieron, intrigados, pero manteniéndose a una prudente distancia. Las dos hadas se colocaron frente a frente. Se miraron.

Gerde percibió que algo cambiaba en torno a Allegra, la brisa comenzaba a moverse, la energía fluía y la recorría por dentro, renovándola. Era su forma de prepararse para el combate. Gerde la imitó.

Permitió que la magia fluyera desde su interior y fuera acumulándose en torno a ella.

La magia que un unicornio le había entregado tanto tiempo atrás.

Apartó aquellos pensamientos de su mente. Frunció el ceño y se concentró en lo que estaba haciendo.

Allegra sonreía. No lo consideró una buena señal. Molesta, alzó las manos, dispuesta a borrar a la hechicera del mapa para siempre.

Susurró las palabras de un hechizo, palabras que se deslizaron por su garganta y por su lengua, palabras pronunciadas en idhunaico arcano, el idioma de la magia. Aquellas palabras sonaban como un cántico misterioso y prohibido, y dieron forma a la magia que había en su interior, transformándola en algo nuevo, diferente. Gerde abrió las palmas de las manos y vio la energía acumulándose en ellas. Sabía lo que tenía que hacer.

Fuego.

Levantó las manos por encima de la cabeza. Las tenía envueltas en llamas; oyó las exclamaciones de sorpresa de algunos de los bárbaros, pero no les prestó atención.

Los feéricos odiaban y temían el fuego casi tanto como los sheks. El fuego destruía los árboles, los bosques, la vida. Para las hadas, ni siquiera el asesinato era un crimen tan grave como quemar un árbol. No había piedad para los incendiarios que caían en manos de feéricos. Los plantaban en el corazón del bosque y los transformaban en árboles, y ya nada podía devolverles su forma original. Nunca más.

Los únicos feéricos que empleaban el fuego eran los magos. Pero incluso ellos lo utilizaban con muchas precauciones, y solo cuando lo consideraban estrictamente necesario.

No obstante, Gerde, que había traicionado a los suyos, que se había aliado con Ashran, que había intentado matar a un unicornio, sentía que ya no tenía límites. Si había hecho todo eso, estaba más cerca de servir al Séptimo que a Wina, la diosa de todo lo verde, la madre de los feéricos. Si había hecho todo eso, también podía usar el fuego.

Con un grito salvaje, arrojó aquel fuego contra Allegra, con toda la violencia de que fue capaz. Por un momento vio el brillo de las llamas reflejado en los ojos negros de Allegra, su expresión de terror...

O tal vez lo imaginó. Porque las llamas se deshicieron en torno a la maga, sin causarle el menor daño.

—Qué previsible eres, niña —sonrió Allegra—. Y qué poco conoces a tu oponente.

—Pero... —balbuceó Gerde. Se calló enseguida, sintiéndose ridícula.

—Protegí a un dragón, Gerde. Le vi incendiar los árboles de mi casa. Tuve que perdonárselo. Tuve que asimilar la idea de que el fuego podía ser mi aliado. Pero ahora dime... ¿está la magia de tu parte... todavía?

Gerde captó el peligro unas centésimas de segundo antes de que Allegra alzara las manos. Se apresuró a levantar una protección mágica a su alrededor. El ataque de Allegra chocó contra la barrera y se deshizo.

Gerde contraatacó. Echó a correr hacia Allegra, ligera como una centella; sus pies descalzos apenas tocaban el suelo. Allegra alzó sus defensas mágicas en torno a ella... pero, de pronto, la imagen de Gerde se desdobló, una, y otra, y otra vez. Y Allegra vio a ocho Gerdes corriendo hacia ella, rodeándola, ocho pares de ojos negros reluciendo de ira, ocho melenas color aceituna agitándose en el aire, dieciséis manos cargadas de energía mágica dispuesta a buscar el cuerpo de su enemiga.

Allegra cerró el escudo en torno a ella, pero Gerde, la de verdad, la golpeó por detrás. Allegra sintió que se quedaba sin respiración. Su magia la había protegido de una muerte segura, pero el golpe había sido muy fuerte. Se le doblaron las rodillas y cayó al suelo. Las ocho Gerdes se rieron, con ocho risas burlonas y cantarinas. Allegra trató de levantarse. Alzó entonces la cabeza y vio una espiral de negros nubarrones que se estaba formando justo sobre ella. Gritó, rodó a un lado, evitó que el rayo le cayera encima. Alzó las manos y desplegó su protección antes de que cayera la segunda centella.

El rayo rebotó en el escudo de Allegra, y su magia lo desperdigó en todas direcciones, como si de un abanico se tratase. Allegra oyó chillar a las ocho Gerdes. Las vio tratar de protegerse del rayo reflejado por su magia. Vio desaparecer a siete de ellas. Vio caer de rodillas a la octava, jadeando, ilesa pero agotada.

Allegra también estaba muy cansada. Las dos cruzaron una mirada, de rodillas sobre la hierba, respirando con dificultad.

–Ríndete, Gerde. Regresa a la Torre de Kazlunn mientras puedas.

El hada apretó los dientes.

–Jamás.

Se levantó con la agilidad de un corzo y atacó de nuevo. Y Allegra respondió...

Cuando el primer rayo de sol del primero de los soles ya asomaba por el horizonte, aún seguían peleando. Estaban agotadas, y no parecía que ninguna de las dos fuera claramente superior a la otra. Allegra era más vieja, y los años pasados en la Tierra habían hecho disminuir su poder; pero Gerde debía mantener activo el encantamiento que hacía que los hombres Shur-Ikaili, en especial el Señor de los Nueve Clanes, la contemplaran embelesados, como si en su vida hubieran visto una criatura tan bella.

Fue entonces cuando la magia de Allegra empezó a fallar.

Se dio cuenta de ello cuando uno de sus conjuros actuó con menos fuerza de la que ella había esperado. Titubeó apenas un segundo. Sabía que aquello sucedería tarde o temprano; la magia de los hechiceros no era inagotable, consumía muchas energías, y ellas llevaban ya mucho rato utilizando al máximo su poder. Pero Gerde no daba señales de agotamiento, todavía no, y Allegra supo que tendría que resistir un poco más. Deseó que Gerde no se hubiera dado cuenta de lo que le estaba sucediendo.

A partir de aquel momento, se mostró más cauta. Se limitó a defenderse y a esquivar los ataques, reservando fuerzas para cuando se le presentara una buena oportunidad de utilizarlas.

Gerde lo notó.

—¡Estás acabada, Aile! —exclamó, triunfante—. ¡Reconoce tu derrota!

Alzó las manos y dos espirales de energía verde brotaron de sus palmas. Allegra se lanzó a un lado, tratando de esquivarlas. La magia de Gerde golpeó el suelo e hizo germinar de él dos matas de plantas espinosas, que se movieron buscando los tobillos de Allegra. El hada se apresuró a apartarse; conocía bien aquellos brotes, y sabía que eran venenosos. Por el rabillo del ojo vio que Gerde volvía a la carga. Parecía dispuesta a sembrar toda la pradera de arbustos venenosos.

—¡Se pueden sacar cosas mejores de la tierra, Gerde! —le espetó, irritada. Se volvió hacia ella para lanzar el conjuro que llevaba un rato preparando, un conjuro que transformaría a Gerde en una estatua de piedra. Pronunció las palabras... pero nada sucedió. Allegra se miró las manos, desconcertada.

—¡Te has quedado seca, vieja! —gritó Gerde—. ¡Ahora sí que ya no tienes escapatoria!

Allegra respiró hondo, sin dejarse llevar por el pánico. Se concentró. Sintió que su enemiga se preparaba para lanzar un ataque final. Esperó con calma.

Gerde llevó a cabo su último hechizo. En esta ocasión, y como burla final, volvió a emplear el fuego, en un conjuro muy similar al que había utilizado en los primeros momentos del duelo. Lanzó todo su poder contra Allegra, que seguía sin moverse, sin reaccionar, con los ojos cerrados.

Los bárbaros dejaron escapar gritos de asombro cuando la magia de Gerde cruzó el espacio que las separaba, como una centella de fuego, en dirección a Allegra...

... y entonces ella abrió los ojos y alzó las manos, y su rostro presentaba una terrible expresión de ira que dejó sin aliento a cuantos la contemplaron. Allegra gritó y puso en juego su propio poder.

El poder de Aile Alhenai, que había sido la Señora de la Torre de Derbhad, emergió de su interior con la violencia de un meteoro; detuvo el ataque de su rival a menos de un metro de su cuerpo, y lo lanzó hacia atrás con tanta fuerza que empujó también a Gerde y la arrojó de espaldas contra los árboles cercanos, que estallaron en llamas.

Después, silencio.

Allegra se dejó caer al suelo, exhausta. Gerde se incorporó un poco y chilló al ver los árboles ardiendo. Trató de apagar las llamas, pero la magia no le respondió. También ella estaba agotada.

Se apartó del fuego, temblando. Se volvió hacia Allegra y hacia los bárbaros que contemplaban la escena, y se dio cuenta de que los hombres sacudían la cabeza como si despertasen de un largo sueño. Comprendió, con horror, que el hechizo que mantenía sobre ellos se había roto.

Allegra se puso en pie trabajosamente.

–Creo que has perdido, Gerde –dijo con calma.

Ella no dijo nada.

Porque uno de los hombres se acercaba por detrás a Allegra, enarbolando una maza, dispuesto a acabar con su vida porque no podía soportar que Gerde hubiera sido derrotada.

El hada nunca llegó a saber si Hor-Dulkar, el Señor de los Clanes, actuaba todavía bajo los efectos del hechizo o lo hacía por voluntad propia. Porque, antes de que llegara a tocar un solo pelo de la cabeza de Allegra, alguien lo golpeó por detrás con un contundente garrote.

El señor de la guerra se volvió, aturdido, pero su atacante no le dejó un respiro y volvió a golpear.

Hor-Dulkar puso los ojos en blanco y cayó al suelo, a los pies de Uk-Rhiz.

Hubo un breve silencio.

–Todos lo habéis visto –dijo entonces Rhiz, con frialdad–. Hor-Dulkar ha intervenido en un desafío. No es una conducta propia de un Señor de los Nueve Clanes.

Hubo murmullos entre la multitud. Los hombres todavía no terminaban de entender qué había sucedido, las mujeres apoyaban a Rhiz sin reservas.

Allegra respiró hondo y se volvió hacia Gerde. No le sorprendió comprobar que ella se había ido.

–Corre a tu torre, niña –murmuró el hada–. Corre a contarle a Ashran que los Shur-Ikaili son libres. Cuéntale a Ashran que la Resistencia sigue peleando, aunque su hijo nos haya matado nuestra última esperanza. Seguiremos luchando mientras el corazón nos siga latiendo, mientras quede un unicornio vivo en el mundo.

Los bárbaros discutían. Las mujeres hablaban todas a la vez, los hombres pedían explicaciones sin escuchar lo que las mujeres les estaban contando.

Allegra no les prestó atención. Avanzó hasta los árboles y usó su magia para apagar las llamas, y después se dejó caer de rodillas sobre el suelo y lloró amargamente, y pidió perdón a Wina y a aquellos árboles por haberles hecho tanto daño.

Fue muy duro para Victoria atravesar el bosque de Alis Lithban.

Allí había nacido Lunnaris, el unicornio que habitaba en su interior, quince años atrás.

El día en que todos los unicornios, menos uno, fueron barridos de la faz de Idhún.

El bosque había cambiado mucho desde entonces. Aquellos delicados árboles, cuyas ramas parecían filigranas tejidas por las hadas, se habían secado tiempo atrás. La hierba se había vuelto gris, y las flores se habían marchitado y formaban sobre el suelo un manto ceniciento. Incluso el aire parecía mustio.

Victoria no recordaba el aspecto que había presentado Alis Lithban quince años atrás. Pero, aun así, se sintió presa de una pesada melancolía. Todo a su alrededor le recordaba que ya no había unicornios, que ya no los habría nunca más, que ella era la última y que su vida ya no tenía ningún sentido.

Sin embargo, eso le daba fuerzas para continuar adelante. La Torre de Drackwen estaba cada vez más cerca. Y Christian también.

Pronto, todo acabaría por fin.

Victoria miró a Yaren, que la contemplaba abstraído; volvió a la realidad cuando se dio cuenta de que ella lo estaba observando.

–Disculpa –dijo el semimago–. Estaba convencido de que, cuando regresaras a Alis Lithban, la hierba reverdecería bajo tus pies, las flores volverían a crecer... –sacudió la cabeza–. Pero, claro, era una idea estúpida. Imagino que los unicornios no sois exactamente como cuentan en las leyendas.

Victoria se quedó un momento mirándolo, pero no dijo nada. Después se dejó caer de rodillas sobre el suelo, junto a una enorme flor cuyos pétalos se habían enroscado sobre sí mismos al secarse. Con todo, se adivinaba la exquisita belleza que había poseído. La joven la tomó entre sus manos, con delicadeza, y empezó a transferirle energía.

La flor se reanimó al instante. Se enderezó, y sus pétalos comenzaron a avivarse con un suave color violeta.

Pero entonces, de pronto, el proceso se invirtió; la flor tembló y se marchitó aún más deprisa que antes. Y, cuando Victoria quiso darse cuenta, entre sus dedos solo quedaban unas tristes hebras resecas.

Yaren, que la había estado contemplando, tragó saliva. No entendía muy bien qué estaba pasando, pero no quiso preguntar.

Victoria tampoco hizo ningún comentario. Se levantó, con expresión impenetrable, y prosiguió su camino hacia el corazón del bosque.

–Me voy, padre –anunció Christian.

Ashran se volvió hacia él. Había estado escuchando los informes de un grupo de szish que acababa de regresar de Awinor, pero los despidió con un gesto para prestar atención a su hijo.

–El unicornio está cerca –hizo notar–. Ha venido a buscarte.

–Ha venido a matarme.

–¿Por eso te vas? ¿Temes enfrentarte a ella?

–No quiero enfrentarme a ella, es todo.

–Y yo no quiero que desaparezcas de nuevo, Kirtash. La rebelión del norte se está volviendo un asunto demasiado molesto.

–Allí es precisamente a donde voy –respondió Christian suavemente–. A la Torre de Kazlunn.

Ashran lo miró con el interés brillando en sus ojos plateados.

–¿Con Gerde?

Christian asintió. El Nigromante se levantó del sillón que ocupaba y avanzó hacia él.

–¿Qué te propones, Kirtash?

–Ocupar el lugar que me corresponde en tu ejército, mi señor –respondió el muchacho con voz neutra.

Ashran lo miró un instante, en silencio.

–Gerde me ha vuelto a fallar –dijo por fin–. Lo sabías, ¿no?

–Sí, lo sé.

–Los bárbaros ya no me interesan –prosiguió Ashran–. Hay otra forma de ganar esta guerra definitivamente, una forma más rápida y segura. Pero tal vez no sea mala idea que controles qué hace Gerde en la Torre de Kazlunn. Averigua qué pasó exactamente con Aile, Kirtash. Vigílala de cerca.

Christian asintió. Dio media vuelta para marcharse; pero, cuando estaba ya en la puerta, su padre llamó de nuevo su atención.

–La muchacha llegará a la torre mañana, después del segundo atardecer –dijo solamente.

Christian calló un momento, pensativo. Después alzó la cabeza y clavó su fría mirada en Ashran.

–La estaré esperando en la Torre de Kazlunn.

–Se lo diré –sonrió el Nigromante.

Le dio la espalda, dando a entender que la conversación había terminado, pero Christian no se movió.

–No quiero que nadie le haga daño –insistió.

–Lo sé –dijo Ashran con suavidad–. Tienes mi palabra de que llegará a ti sana y salva.

El joven asintió de nuevo y, esta vez sí, abandonó la sala.

–Aquí habitaron los unicornios –dijo Yaren aquella noche–. Docenas, tal vez cientos. Y murieron todos... de golpe. ¿Por qué no queda nada de ellos? ¿Por qué se han desvanecido sin dejar ni rastro?

Victoria tardó un poco en responder. Cuando lo hizo, su voz sonó fría y sin emoción.

–La esencia del unicornio está hecha de luz pura. Cuando un unicornio muere, no tarda en transformarse en un rayo de luz, en parte de la luz que ilumina el mundo. No queda nada de él. Nada que pueda ser robado o profanado por los mortales. Ni siquiera el cuerno... si es lo que estabas pensando.

Yaren enrojeció y desvió la mirada, incómodo. Vaciló un momento y alzó entonces la cabeza para mirarla de nuevo, desafiante.

–Te lo he pedido muchas veces desde que te conozco –dijo–. Te he rogado, me he puesto a tus pies, te he suplicado de mil maneras diferentes que hagas un mago de mí. Comprendo que te negaras al principio; al fin y al cabo, era un desconocido para ti... Pero, por todos los dioses, hemos viajado mucho tiempo juntos, te he seguido sin vacilar, te he ayudado, te he traído hasta aquí... ya me conoces y, por otro lado... ¿no merezco una recompensa?

Victoria no respondió.

–Ahora estamos en pleno Alis Lithban, lo que fue la tierra de los unicornios –prosiguió Yaren–. Ya has comprobado que no queda ninguno, solo tú puedes consagrar a más magos. Tu misión en la vida es entregar la magia a los mortales. Maldita sea, ¿por qué no puedes entregármela a mí?

Victoria se volvió hacia él. Sus ojos eran dos pozos repletos de la más profunda oscuridad. Yaren retrocedió, sin saber por qué, con el corazón latiéndole con fuerza.

–No sabes lo que me estás pidiendo –dijo ella con suavidad.

Yaren apretó los puños con rabia, pero no respondió.

Al día siguiente comprobaron que el paisaje comenzaba a cambiar.

La hierba verdeaba un poco, los árboles no parecían tan resecos y algunas ramas mostraban brotes tiernos. Era como si una tímida primavera estuviera llegando a Alis Lithban, una primavera joven e inexperta, que no tuviera la certeza de estar haciendo lo correcto.

Pero la vida reaparecía con más fuerza según iban avanzando.

–Es un milagro –dijo Yaren, maravillado–. La diosa Wina está resucitando Alis Lithban.

–No es obra de los dioses –respondió Victoria–. Nos acercamos a la Torre de Drackwen.

Yaren dejó escapar una carcajada escéptica.

–No puede ser la torre, Lunnaris –replicó–. Ese lugar está repleto del poder maligno de Ashran. Nada bueno puede salir de allí.

Victoria no lo contradijo. Pero sentía su propia esencia en cada brote verde, en cada brizna de hierba que asomaba tímidamente entre las hojas secas. Una esencia que antaño había sido pura, clara y brillante como una estrella. Su propio poder había revitalizado la Torre de Drackwen tiempo atrás, y aunque le había sido arrebatado por la fuerza, seguía siendo suyo.

Para ella estaba claro: al canalizar la magia del mundo a la torre, la energía que esta había acumulado se había desparramado, resucitando el bosque. Los alrededores de la torre habían reverdecido... gracias a ella, gracias a lo que Ashran le había hecho entonces.

Cerró los ojos un momento. En aquellos tiempos era luz, magia pura, lo que ella transmitía al mundo. Ahora, solo podía entregarle una oscuridad tan negra como el velo de dolor que cubría su corazón.

Cuando el segundo de los soles comenzaba a declinar, el bosque se abrió para mostrarles la imponente figura de la Torre de Drackwen.

Los magos que la habían erigido, muchos siglos atrás, habían pretendido darle el aspecto de un enorme árbol cuyas ramas se alzaran hacia el firmamento. Así, los cimientos de la torre, a modo de raíces, se hundían profundamente en la tierra y bebían de la magia que nutría Alis Lithban.

Sin embargo, tal vez por el paso del tiempo, o quizá por lo que aquel lugar simbolizaba ahora, lo cierto era que la torre evocaba, más que un árbol, una oscura garra cuyos dedos se crisparan en un intento por atrapar las lunas.

Victoria se detuvo para contemplarla un instante. Le traía malos recuerdos, muy malos recuerdos, pero ni por un momento se planteó la posibilidad de volver atrás.

En torno a la torre había una muralla, y la puerta principal estaba guardada por cuatro szish. Victoria avanzó hacia ellos sin temor. Yaren la siguió, receloso.

—He venido a ver a Kirtash —dijo ella solamente.

Los hombres-serpiente se inclinaron ante ella. La puerta se abrió con lentitud, mostrándoles un camino que serpenteaba a través de un jardín descuidado y salvaje. Los szish se apartaron para dejarla pasar, y uno de ellos se ofreció a guiarla al interior de la torre.

Pero, cuando Yaren se dispuso a seguirla, las lanzas de los szish le cerraron el paso.

—Tú no puedesss entrar, humano —siseó uno de ellos.

—Lunnaris... —empezó él, pero ella le puso un dedo sobre los labios, con suavidad.

—Espera aquí —dijo—. Volveré.

Yaren se removió, inquieto. Pareció recordar de pronto que ella había acudido allí a pelear.

—No, no, espera —protestó—. ¿Y si no vuelves?

Ella le dedicó una amarga sonrisa. Yaren tragó saliva.

–No se le hará ningún daño –dijo Victoria a los szish.

–Como dessseess, mi ssseñora –respondieron.

Victoria le dio la espalda al semimago y cruzó el umbral sin vacilar. Yaren se quedó mirando, impotente, cómo la puerta se cerraba tras ella.

Victoria atravesó el jardín, indiferente a su indómita belleza. También sentía allí su propio poder. La magia que había resucitado la torre procedía del corazón del mundo, pero había pasado a través de ella.

Y las plantas lo sabían, y la reconocieron al instante.

Victoria se detuvo un momento para contemplar unas enormes flores acampanadas cuyos cálices, de color rojo jaspeado de naranja, se inclinaban delicadamente hacia ella. La joven alzó una mano y las flores se movieron un poco, tratando de alcanzarla. Una de ellas rozó los dedos de Victoria...

... y retrocedió inmediatamente. Las otras flores también se alejaron de ella. Casi parecían temblar de miedo.

Victoria no dijo nada. Su rostro no dejó traslucir la menor emoción.

Los szish la guiaron al interior de la torre. Victoria subió, peldaño a peldaño, la gran escalera de caracol que la llevaría a los aposentos de Ashran el Nigromante.

Apenas fue consciente del trayecto a través de la torre. No se fijó en las salas que atravesaban, antaño rebosantes de actividad, ahora abandonadas en su mayoría. Solo tenía en mente su venganza, a pesar de que, mucho antes de poner un pie en el recinto, ya sabía que no encontraría allí a Christian.

Ashran no la recibió en el salón donde solía conceder audiencias, sino en las almenas, desde donde contemplaba el tercer atardecer. Se volvió para mirarla. Ella sostuvo su mirada, indiferente.

La última vez que se habían encontrado también había sido en aquella torre. Entonces el Nigromante la había torturado cruelmente, le había arrebatado su magia por la fuerza, la había obligado a resucitar la Torre de Drackwen. Victoria había sufrido mucho, había sido maltratada, avasallada por aquel hombre; había estado a punto de morir.

Pero ahora lo contemplaba impasible, como si nada de aquello hubiera tenido la menor importancia.

Ashran sonrió fríamente y saludó a Victoria con una cortés inclinación de cabeza.

–Lunnaris –dijo–. Así te llaman, ¿no es cierto?

–He venido a buscar a Christian –dijo ella.

–Se ha ido. Dijo que te esperaría en la Torre de Kazlunn.

–Bien –asintió Victoria.

Iba a dar media vuelta para marcharse, pero él la retuvo.

–Contaba con que me permitirías ofrecerte mi hospitalidad, aunque solo sea por esta noche –dijo–. Ya se está poniendo el último de los soles. Mañana podrás reemprender tu viaje.

Victoria se volvió hacia él y lo miró, pero no dijo nada.

–Sé que nuestro primer encuentro no fue muy agradable para ti –prosiguió Ashran–. Pero no vale la pena pensar en el pasado.

»Quiero hablar de tu futuro, Victoria. Puedo llamarte Victoria, ¿verdad?

Ella no respondió.

–Eres el último unicornio que queda en el mundo –continuó él, sin aguardar respuesta–. Has perdido a tu dragón. La misión para la que fuiste creada ya no puede llevarse a cabo. Pero mi hijo te ama.

Victoria seguía sin hablar. Ashran sonrió.

–Sé lo que pretendes. Sé que deseas morir, deseas abandonar este mundo, seguir a tu dragón porque sientes que no vale la pena vivir sin él. Pero lo has intentado y no puedes. Porque hay algo que todavía te ata a la vida... y ese algo es Kirtash.

»Todavía lo amas, ¿verdad? Y te odias a ti misma por ello, por amar a aquel que le arrebató la vida a tu dragón, aquel que te dejó herida de muerte. Y querrías morir, pero no puedes, no mientras él siga vivo para que tú puedas amarlo. Por eso quieres enfrentarte a él, quieres morir a sus manos o matarlo tú misma para que ya no haya nada que te ate a este mundo, y puedas morir en paz.

»Kirtash cree que no te conozco. Pero te conozco, oh, sí, y te comprendo, mucho mejor de lo que ambos creéis. Pobre criatura desamparada... Ya no perteneces a este mundo, Victoria. Eres la última de tu raza, y tu dragón te ha dejado sola. ¿Qué será de ti?

Victoria le dio la espalda, sin una palabra, y se dispuso a entrar de nuevo en la torre. Pero algo invisible la detuvo y le impidió avanzar. Se volvió de nuevo hacia Ashran.

–No he terminado de hablar –dijo él con suavidad–. Te ofrezco otra alternativa, Victoria. Un futuro. Si estás dispuesta a escucharme.

Se asomó a las almenas y alzó las manos ante él. Algo se estremeció en el aire, entre sus dedos, y Victoria vio cómo se formaba una burbuja que parecía una gran gota de agua. Cuando Ashran bajó las manos, la burbuja quedó flotando en el aire, temblando como una perla de rocío, frente a él.

–Mira a través de ella –la invitó.

Victoria se acercó y miró.

Descubrió que la burbuja mágica actuaba en realidad como una especie de catalejo que enfocaba a un sector del bosque.

Y apreció, entre las últimas luces del atardecer y las primeras brumas de la noche, a un grupo de hadas que recorrían el bosque, rozando los árboles con las puntas de los dedos, cantando a las flores y acariciando las hojas de las plantas, curando con su magia feérica las heridas de Alis Lithban. Por allí cerca, entre los troncos de los árboles, se deslizaba el cuerpo ondulante de un shek.

–Se han propuesto resucitar el bosque –dijo Ashran con suavidad–. Son pocas las hadas que han decidido dejar de luchar en una guerra que ya han perdido, para unirse a nosotros, y lo han hecho solo porque les ofrecimos la posibilidad de cuidar lo que queda de Alis Lithban. No trabajan para mí, trabajan para el bosque. En realidad, la idea fue de Zeshak –se encogió de hombros–. Cuando le pregunté por qué tenía tanto interés en curar al bosque, me dijo, simplemente, que «porque una vez fue bello».

»Así son los sheks, Victoria. Los humanos los ven como a monstruos, pero ellos aprecian la belleza más que ninguna otra criatura en Idhún. Quedan cautivados por ella... donde quiera que esta se encuentre. Aunque sea en el fondo de la mirada de un unicornio.

Clavó en ella sus ojos plateados. Victoria no hizo el menor gesto.

Pero algo se agitó en su corazón.

–No podrán hacerlo solos –añadió Ashran señalando el bosque–. Pero tal vez lo consigan si tú los ayudas.

Victoria no contestó, pero desvió la mirada hacia la lente mágica que le mostraba aquella escena tan sorprendente.

–Los dioses decidieron para ti un destino lleno de dolor, odio y muerte. Te crearon para matar, para destruir. «Matarás a Ashran el Nigromante», esas fueron las palabras que susurraron en tu oído cuando te salvaron de la conjunción de los seis astros.

»Yo te ofrezco otro futuro muy distinto, Victoria. Un futuro lleno de paz, de vida... de amor, si quieres. Ya no vais a ganar esta guerra. Y tampoco puedo devolverte lo que has perdido. Pero, si te unes a nosotros, podrás dedicar tu vida a algo hermoso, a devolver a Alis Lithban la belleza y la vida que poseyó antaño.

»Y te ofrezco amor también. Te ofrezco a Kirtash, mi hijo, que dio su vida por ti y volvería a hacerlo, una y otra vez, mientras tú existas. No puede amar a ninguna otra mujer en el mundo, porque no es un shek, pero tampoco es humano. Es como tú, un híbrido. Y ahora que el dragón ya no existe, él es la única persona a la que puedes amar.

»Únete a nosotros y heredarás mi imperio, lo gobernarás junto a Kirtash.

Victoria lo miró un momento.

–No sabes lo que dices –murmuró.

–Sé exactamente lo que digo –sonrió Ashran–. Hace tiempo quise matarte, porque los Seis te hicieron parte de la profecía que iba a destruirme. Pero esa profecía ya no existe. Ya no eres una amenaza. Eres una criatura única, y sería una lástima que desaparecieras del mundo.

»Y estoy seguro de que Kirtash lo lamentaría más que nadie.

–Ya lo está lamentando –respondió ella en voz baja–. Fue él quien, al matar a Jack, acabó también con mi vida.

–Y él es el único que puede devolvértela.

Victoria negó con la cabeza.

–Es demasiado tarde.

–Nunca es demasiado tarde. ¿Qué vas a hacer con esa espada, Victoria? ¿Clavársela a mi hijo en el corazón? ¿Hundirla en el pecho del hombre al que amas? Ni siquiera tú serías capaz de hacer eso por venganza.

–Sin embargo, voy a hacerlo.

–Pero no por venganza. Lo harás porque, en el momento en que mates a Kirtash, te estarás matando a ti misma. Y lo sabes perfectamente. Lo que quieres cometer no es un asesinato, Victoria. Es un suicidio.

Victoria desvió la vista, pero Ashran la tomó de la barbilla y le hizo alzar la cabeza para mirarla a los ojos.

–Ya veo. La luz de tus ojos se ha apagado –murmuró–. Ahora solo irradian tinieblas. Sin embargo, solo aquel que ha apagado tus ojos puede iluminarlos de nuevo. Kirtash es la luz que estás buscando. Si la extingues, todo habrá acabado, no solo para vosotros dos, sino también para Idhún.

Victoria reaccionó por fin. Se separó de él con un movimiento brusco.

–No es posible que puedas ver eso en mis ojos –dijo temblando.

Los humanos no podían ver la luz del unicornio. Ni siquiera los hechiceros poderosos como Ashran. Era un privilegio que solo poseían los dragones, los sheks y los feéricos.

Clavó su mirada en los iris argénteos de Ashran, buscando en ellos la respuesta a su extraño poder.

Y descubrió entonces cuál era el secreto de sus ojos.

Aquellos iris plateados no eran naturales. Eran una especie de lentes metálicas que ocultaban su auténtica mirada, una barrera entre el alma de Ashran y el resto del mundo, tal vez una coraza o tal vez un disfraz. Más allá de aquellos iris argentados, más allá de los sorprendentes ojos de Ashran, Victoria percibió el poder de aquel hombre, y hasta la más ínfima fibra de su ser se estremeció de terror. Se apartó de él con brusquedad.

–Tú... ¿quién eres tú? –susurró.

Ashran sonrió. Retrocedió un paso. Sus ojos brillaron un momento, y después el espejismo cesó, y Victoria los vio de nuevo como siempre, unos extraños ojos de plata.

–Ve a ver a mi hijo –dijo él–. Míralo a los ojos, como me has mirado a mí, y busca en ellos la luz que has perdido.

Victoria no dijo nada más. Dio media vuelta y se internó de nuevo en la torre, y en esta ocasión Ashran la dejó marchar.

La joven no se quedó a dormir en la Torre de Drackwen. Se reunió con el semimago, que la esperaba en la entrada, y ambos se perdieron de nuevo en las sombras del bosque de Alis Lithban.

Ashran los vio marchar desde las almenas.

Permaneció allí un buen rato más. Cuando las tres lunas ya brillaban en el firmamento, una forma sinuosa y ondulante se recortó contra ellas en su vuelo de regreso a la torre.

Ashran aguardó a que Zeshak se posara junto a él.

«El unicornio ha estado aquí», dijo el shek.

–Sí, y se ha marchado. Se reunirá con Kirtash en la Torre de Kazlunn.

«Van a enfrentarse por fin».

–Sí. Kirtash ya no va a eludirla más. Ha llegado la hora de saber si Victoria es capaz de llevar a cabo su venganza... o su inmolación, según se mire.

«Confieso que no le deseo ningún mal a esa muchacha. Ya no es una amenaza para nosotros y, aunque esté tan contaminada de humanidad, es lo único que queda de la raza de los unicornios».

–Lo sé, Zeshak. Aún abrigo la esperanza de que se una a Kirtash. Si lo hace, no solo habremos salvado lo que queda de la magia, sino que también habremos vencido definitivamente esta guerra. Los Seis ya no tendrán ningún poder en Idhún. Y la rebelión se rendirá en cuanto vean entre nosotros a su adorada doncella unicornio.

El shek entornó los ojos.

«¿Qué ocurrirá si ella lo mata?».

–Que morirá con él –Ashran alzó hacia Zeshak sus pupilas plateadas–. Y si es él quien finalmente acaba con ella, tampoco la sobrevivirá. Y así ha de ser. Kirtash solo nos será útil si tiene a su lado a Victoria. Sin ella... puede convertirse en un problema y en una amenaza.

«Es inestable, imprevisible. Demasiado independiente».

–Sí. Pero lo daría todo por esa muchacha, como ya ha demostrado en más de una ocasión. Si la ganamos a ella, los ganamos a los dos. Si la perdemos... los perderemos a los dos.

Zeshak siseó con suavidad, mostrando su asentimiento.

Tres días después, Christian llegó a la Torre de Kazlunn.

La torre se protegía sola, y no necesitaba mucha vigilancia. Gerde había dejado allí un destacamento de soldados szish y un reducido grupo de hechiceros, suficientes para mantenerla, mientras estuvo con los Shur-Ikaili.

Ahora que estaba de vuelta, Ashran le había anunciado que su hijo se dirigía hacia allá, y el hada lo aguardaba con impaciencia. Después de la experiencia con los bárbaros y la derrota a manos de Allegra, la perspectiva de ver de nuevo a Kirtash la ponía de buen humor.

No se habían visto desde aquella noche en el bosque de Awa, aquella noche en que él le había dado un beso a cambio de su espada. Habían pasado muchas cosas desde entonces.

Kirtash había matado a Jack, aquel irritante muchacho contra el que Gerde se había enfrentado en alguna ocasión. Y eso había vuelto loca de dolor a Victoria.

Kirtash se había quedado solo. Su dama lo buscaba para matarlo. Ella, que tanto decía amarlo, lo había traicionado.

Mientras se preparaba en sus aposentos para la llegada de Kirtash, peinando su largo y suave cabello aceitunado, Gerde se preguntó cuáles serían las intenciones del hijo de su señor.

Tiempo atrás, ambos habían pasado una noche juntos. Gerde había conocido a otros hombres, antes y después, pero no había podido olvidar aquella noche. En la Torre de Drackwen, mientras Victoria agonizaba, prisionera de Ashran, Kirtash había buscado su calor.

Después había huido de la torre, llevándose a la chica consigo, traicionando a los suyos definitivamente. Pero, por una gloriosa noche, Kirtash había sido suyo.

Había sido muy claro al respecto. Para él no era importante, solo placer, le advirtió con antelación. Y solo por aquella noche. No habría ninguna más.

Gerde había entendido enseguida lo que quería decir. Kirtash podía tener deseos humanos, y de vez en cuando los satisfacía. Pero no podría llegar a amarla jamás, porque su parte shek le impedía sentir amor por nadie que no fuera como él.

Aun así, ella había aceptado sus condiciones. La decisión había sido suya. Kirtash no la había presionado en ningún momento, lo había dejado a su elección, le había dejado bien claro lo que podía esperar de él.

Cerró los ojos y se estremeció profundamente al evocar, de nuevo, lo que ambos habían compartido aquella noche. Incluso a pesar de saber que él no sentía nada por ella y, por tanto, no repetiría la experiencia para que Gerde no se acostumbrara a su presencia, el hada comprendió que ella no se conformaría con eso.

Sabía lo que era Kirtash, sabía que era un shek y que jamás podría verla como a una igual. Se preguntó, una vez más, de dónde procedía su obsesión por él. Al principio le había impresionado por ser el heredero de Ashran, un joven interesante y atractivo. Después se había sentido cada vez más y más fascinada... Se había enfurecido al descubrir su relación con Victoria, que daba al traste con su deseo de ocupar el puesto de reina de Idhún junto a Kirtash..., ¿o era algo más? Cuanto más crecía su atracción hacia Kirtash, más celosa se sentía y más odiaba a Victoria.

Y aquella noche, cuando él la había mirado a los ojos y le había dicho, con total frialdad, que compartiría su lecho si ella así lo deseaba, pero que no la amaría nunca, Gerde había aceptado. No necesitaba su amor, pensó entonces; solo lo quería a él, y de todas formas, si era incapaz de amar, le daría igual elegirla a ella por compañera que a cualquier otra.

Pero, en el fondo de su corazón, una parte de ella se estremeció de pena.

Había tratado de reprimir aquel sentimiento. Sin embargo, tiempo después, en el bosque de Awa, él se había rendido a su hechizo. Gerde lo sabía, sabía que lo había tenido en sus manos, que podría haber habido una segunda vez, una tercera vez, que podría haber sido suyo. Si Victoria no los hubiera interrumpido...

Los dedos de Gerde se crisparon sobre el peine. Le gustaba el Kirtash frío y despiadado, Kirtash el shek. Lo admiraba por ser tan poderoso, tan indomable, por estar por encima de casi todas las cosas. Pero solo el ser a quien Victoria llamaba «Christian», con sus debilidades humanas, se había rendido a ella.

Movió la cabeza, pensativa. Llevaba semanas pensando en ello. Estaba al tanto de que Kirtash había recuperado a Haiass, que había despertado su parte shek en Nanhai, y que esta se había reforzado al matar al dragón.

Pero también tenía noticias de que Kirtash ya no estaba con Victoria, que ella no lo había perdonado.

Ignoraba qué clase de criatura se presentaría aquella noche en su torre. Ignoraba si todavía podría rendirse a ella. Si, ahora que Victoria se había convertido en su enemiga, Gerde podría llegar a ocupar su puesto.

El hada sintió un escalofrío. Sabía quién era Victoria. Jamás habría soñado poder compararse con un unicornio. Aún recordaba al unicornio que le había entregado la magia, mucho tiempo atrás. Ni siquiera ella habría sido capaz de acabar con la vida de uno de ellos.

Pero Victoria era tan humana... tan insoportablemente humana... que Gerde no podía comprender por qué Kirtash podía amarla a ella, y no a un hada.

Decidió que, pasara lo que pasase, y a pesar de las órdenes de Ashran con respecto a Victoria, la mataría en cuanto tuviera ocasión.

Terminó de arreglarse y se asomó a la ventana.

Vio la elegante figura de un shek volando hacia la torre desde el sur, y supo que él ya había llegado.

Cuando Christian entró en la torre, Gerde ya lo aguardaba al pie de la escalera.

El hada estaba bellísima. Sus ojos negros relucían bajo sus largas y sedosas pestañas. Su cabello verde, tan suave y ligero como el diente de león, se desparramaba sobre sus delicados hombros, que había dejado al descubierto. Sus ropas, vaporosas, como todas las prendas que ella solía llevar, se adaptaban a su esbelta figura, cuyas formas se adivinaban bajo la tela.

No llevaba joyas; no le gustaban. Como la mayoría de las de su raza, Gerde opinaba que las joyas eran un invento humano, un inútil esfuerzo de las mujeres humanas por tratar de igualar, sin éxito, la belleza de las hadas.

Gerde alzó la cabeza. Ninguna alhaja podía rivalizar con la pureza de su rostro.

–Bienvenido a la Torre de Kazlunn, mi señor –dijo con voz aterciopelada–. Es un honor.

–El honor es mío, Señora de la Torre de Kazlunn –respondió él con una fría sonrisa.

Gerde le correspondió y avanzó, grácil como una gata. Christian no se movió. Percibió, como tantas otras veces, la magia seductora que envolvía al hada.

Ella se detuvo ante él, todavía sonriente. Lo miró a los ojos.

Christian le devolvió la mirada, pero no dijo nada.

Gerde se puso de puntillas y lo besó.

Fue un beso salvaje y embriagador, un beso feérico, tan profundo como el corazón de un bosque. Christian sonrió para sí, pero no la rechazó.

Cuando Gerde se separó de él y volvió a mirarlo a los ojos, con una dulce sonrisa, el shek también sonreía. Pero la suya era una fría media sonrisa, y en sus ojos azules brillaba el aliento de la muerte.

Un terror irracional invadió a Gerde.

«No...», quiso decir, pero estaba paralizada. Trató de dar media vuelta y salir huyendo..., pero la gélida mirada del shek se había clavado en su mente y no podía escapar de ella.

Cerró los ojos, sumiéndose en una mortífera oscuridad de hielo y escarcha.

Cuando cayó, Christian la sostuvo entre sus brazos, indiferente. La contempló durante unos instantes.

–Eras hermosa –le dijo a su cuerpo sin vida–. Pero no podía permitir que le hicieras daño a Victoria. Nunca fui tuyo, y no lo habría sido jamás. Es algo que nunca comprendiste.

Se inclinó sobre ella y rozó su frente con la yema de los dedos. Entornó los ojos un momento...

... y el cuerpo del hada desapareció de allí, como si jamás hubiera existido.

Christian se levantó, con calma, y se dedicó a explorar la torre. Cuando los magos preguntaron por Gerde, él dijo, simplemente, que se había ido. Redistribuyó a los guardias a su manera y eligió un aposento austero, pero estratégicamente situado, para sí mismo.

Recorría los pasillos de la torre cuando, tal y como esperaba, su padre reclamó su atención.

Se detuvo ante la imagen que Ashran, el Nigromante, había enviado desde la Torre de Drackwen para hablar con él.

—Exijo una explicación —dijo Ashran.

Christian alzó la cabeza con orgullo. No levantó la voz al hablar, pero sus palabras sonaron claras y firmes:

—Reclamo este lugar como recompensa por haber matado al último dragón y haber acabado con la amenaza de la profecía. A partir de ahora, yo seré el Señor de la Torre de Kazlunn.

XX

El último reducto de la magia

J
ACK se deslizó por entre las rocas como una sombra, buscando huecos y hendiduras a los cuales arrimarse para ocultar su posición cuando los relámpagos iluminaban el cielo.

La bestia alzó el hocico y olfateó en el aire, pero la brisa soplaba a favor de Jack, y no lo detectó. El joven había escogido con cuidado su posición. Sus pies se movían por el terreno con un silencio y una sutilidad que había aprendido de Sheziss. Cuando alzó la lanza, aguardó, inmóvil como una roca, a que su presa estuviera completamente desprevenida.

La paciencia era otra de las virtudes que Sheziss le había enseñado.

La bestia dejó escapar un gañido y después le dio la espalda.

La lanza voló desde la mano de Jack, fuerte, precisa, letal. Se clavó, vibrante, en la espalda del animal, que aulló de dolor y se volvió hacia él, con sus ojos rojos reluciendo de ira y dolor.

Con un grito salvaje, Jack saltó desde su escondite, a la vez que extraía el puñal. Esquivó con facilidad la embestida de la bestia y sus mortíferos tres cuernos. Inclinó el cuerpo y corrió hacia ella, rodando por el suelo en los metros finales. Las zarpas de la criatura le rozaron el muslo, pero el joven no se amilanó. Hundió su puñal en el pecho del animal y lo empujó para tumbarlo en el suelo. La debilidad que se adueñó de él permitió que Jack lograra su objetivo, ya que su contrincante era tan grande como un oso. Jack cayó sobre él; sus manos se hundieron en su espeso pelaje, a rayas negras y rojizas, en busca de la daga. Esquivó de nuevo la zarpa de la bestia, que, herida de muerte, luchaba ya a ciegas, con sus últimas fuerzas. Extrajo el puñal y lo clavó otra vez en el pecho del animal. En esta ocasión, alcanzó su corazón.

La bestia dejó escapar un débil gemido, se estremeció y se quedó inmóvil.

Jack se levantó jadeando. Recuperó el puñal, lo limpió en su pantalón y lo introdujo de nuevo en el cinturón. Después, con un fuerte tirón, sacó la lanza de la espalda de su presa.

La sostuvo entre los dientes mientras se ajustaba de nuevo la cinta de cuero que le ceñía la frente y que solía llevar para que el flequillo no le tapara los ojos.

Detectó entonces un movimiento por el rabillo del ojo.

Rápido como el pensamiento, tomó de nuevo la lanza, se volvió y la arrojó con violencia.

Se oyó un gemido, y un relámpago iluminó el cuerpo que caía pesadamente desde lo alto de una roca. Era uno de esos seres humanoides. Jack no sintió pena por su muerte; los conocía ya lo bastante bien como para saber que, si hubiera tardado un instante más, una roca, lanzada con admirable puntería, le habría golpeado la cabeza; probablemente habría quedado inconsciente o, al menos, aturdido; y, antes de que se diera cuenta, estaría formando parte de las piezas de caza de alguna tribu de primitivos.

Primitivos... Así los llamaba Jack, a falta de otro nombre mejor.

Se acercó al cuerpo para recuperar su lanza. Apenas echó un vistazo rápido al cadáver. La primera vez que había matado a uno de aquellos seres, se había sentido mal. Pero, cuanto más tiempo pasaba en Umadhun, cuanto más se desarrollaba su esencia de dragón, menos importantes le parecían aquellas criaturas.

Se le erizó el vello de la nuca y se incorporó, alerta. Era el aviso de que estaba a punto de caer un rayo cerca de allí; percibía la tensión, la electricidad estática, que hacía que se le pusiera la piel de gallina. Buscó cobijo bajo una roca, justo antes de que el rayo cayera a pocos metros de él. Cerró los ojos y se acurrucó sobre sí mismo, sintiendo que todo retumbaba.

Cuando la descarga finalizó, Jack alzó la cabeza con precaución. Soltó una maldición por lo bajo al ver que el rayo había caído sobre el cuerpo de su presa. Por fin se encogió de hombros. Sheziss solía tragarse su cena cruda, pero a él le gustaba asar la carne antes de comérsela.

No sabía cuánto tiempo había pasado en Umadhun. Bajo la tutela de Sheziss, estaba aprendiendo a cazar, a pelear, a aprovechar las posibilidades de sus dos cuerpos, humano y dragón. A falta de espada, se estaba ejercitando en el uso de aquella lanza y aquella daga, que tiempo atrás habían pertenecido a un szish, al igual que las ropas que ahora llevaba, y que Sheziss le había proporcionado.

Al principio, aquel atuendo le había parecido repugnante, simplemente por el hecho de haber pertenecido a un szish. Aunque los dragones no odiaban a los szish por naturaleza, por extensión le tenían ojeriza a todo lo que tuviera que ver con serpientes; y los szish, humanoides con aspecto de ofidio, despertaban en él una profunda antipatía.

Sin embargo, estaba aprendiendo a controlarse. Desahogaba su rabia y sus ganas de luchar cazando los pocos animales que había en Umadhun. Eran criaturas cavernarias que raramente se aventuraban a salir de los túneles; pero, cuando lo hacían, Jack las perseguía por las quebradas y las rocas, y el peligro de los rayos hacía la cacería aún más excitante.

No solía cazar metamorfoseado en dragón. No era ni la mitad de interesante.

En aquel momento, volvió a transformarse para poder cargar con más facilidad el cuerpo humeante de la bestia que había capturado; por otra parte, el calor que despedía no dañaría sus escamas, pero sí su piel humana.

Juzgó que ya tenía bastante por aquella vez, y emprendió el regreso a los túneles.

Cada vez se sentía más a gusto como dragón. Umadhun estaba casi desierto y, por otro lado, en la superficie exterior de aquel mundo no había sheks. Los pocos que se habían quedado en Umadhun rondaban cerca de la Puerta interdimensional, que, por lo que Jack sabía, estaba a varias jornadas de camino del lugar donde ellos se encontraban.

Casi por primera vez, Jack podía transformarse sin peligro, y estaba aprovechando la oportunidad. En aquel tiempo aprendió a conocerse como dragón, a sentir cada parte de su cuerpo, a controlar su llama y a volar con mayor seguridad. Aprendió a pelear con sus garras y cuernos, a mantener limpias sus escamas, a comer, a dormir... como dragón.

Le gustó la experiencia.

A veces se veía incapaz de dominar el instinto; entonces se abalanzaba sobre Sheziss, y ambos luchaban con fiereza; pero ella ganaba siempre.

Nunca le había hecho daño, sin embargo. Una vez se vio obligada a morderlo y a inyectar en él su veneno, lo cual debilitó a Jack casi al instante y puso fin a la pelea. Pero ella misma sorbió de nuevo el veneno de la herida para curarlo, y después la lamió con su lengua bífida, dejando que su saliva penetrara en la sangre del dragón.

A Jack le resultó sumamente desagradable; pero aquel día aprendió que en la boca de los sheks se hallaba no solo su mortal veneno, sino también el antídoto para contrarrestarlo.

«Este es un gran secreto que los dragones no conocían... hasta ahora», le dijo ella. «Nuestro veneno es un arma fundamental para nosotros en la guerra, y los dragones nunca han sabido cómo neutralizarlo».

Le contó también que, después de siglos de guerra contra los sheks, el cuerpo de los dragones había desarrollado una vitalidad especial que los hacía más resistentes que otras criaturas al veneno de las serpientes.

«Sigue siendo mortal para vosotros..., pero tarda más en hacer efecto», le había dicho.

–¿Cómo sabes tanto de los dragones? –preguntó Jack con curiosidad.

«Todos los sheks sabemos mucho de los dragones. Cualquier pequeño detalle que descubrimos acerca de nuestros enemigos, por insignificante que nos parezca, pasa a formar parte de la sabiduría de los sheks, que se transmite de generación en generación. También los dragones instruyen a sus crías de manera similar acerca de nosotros. Si hubieras crecido en Awinor, con los otros dragones, todas estas cosas no tendría que enseñártelas un shek».

–Pero resulta que ya no quedan dragones –replicó él, frunciendo el ceño.

Según iba desarrollando su esencia de dragón, echaba en falta a los dragones, cada día más. Recordaba su nido, sus hermanos muertos antes de ver la luz de los soles, los huesos de su madre dragón sobre el suelo polvoriento de Awinor. Y su odio, alimentado por aquellos recuerdos, ardía cada vez con más intensidad; y lo canalizaba hacia Ashran, como Sheziss le había enseñado. Nunca lo había visto, pero ella le había transmitido una imagen mental del hechicero, aquel hombre imponente de pupilas plateadas, el hombre que había provocado la conjunción astral, el canalla que había hecho sufrir a Victoria, que por poco la había matado.

Aquello lo sacaba de sus casillas.

Eso, unido al hecho de que la añoranza seguía siendo intensa y dolorosa, de que echaba de menos a Victoria con toda su alma, avivaba el odio que Jack sentía hacia el Nigromante.

El padre de Christian.

Era tan extraño... Todo formaba parte de una historia enrevesada y confusa en la que todos parecían tener relación. Tenía tanto sentido que Jack se preguntaba cómo no lo había entendido antes; pero, por otro lado, se sentía un extraño que se inmiscuía en un asunto que no tenía nada que ver con él.

«Me robó todos mis huevos», había dicho Sheziss.

Jack no había preguntado más. Pero recordaba, con total claridad, la historia de Christian, de Kirtash, que Victoria le había contado.

Para crear al híbrido, Ashran había aportado a su propio hijo. Los sheks habían ofrecido a una de sus crías, recién salida del huevo.

Jack estaba al corriente de que Ashran se había visto obligado a arrebatar a su hijo de los brazos de su madre humana. Pero nunca se había preguntado si todos los sheks estaban de acuerdo en entregarle a uno de los suyos, si la madre de aquella cría había cedido de buen grado a su propio hijo.

Ahora, Jack sabía que, obviamente, no.

Conocía ya lo bastante a los sheks para entender que, lo que para Ashran había sido motivo de orgullo, para las serpientes aladas era una ignominia. El hijo de Ashran se había vuelto más poderoso tras fusionar su alma con la de un shek. Kirtash era, para Ashran, una criatura sobrehumana, un hombre con el poder de un shek, que estaba destinado a gobernar por debajo de los sheks, pero por encima de todos los mortales. En cambio, el hijo de Sheziss se había convertido, desde el punto de vista de ella, en un monstruo, en un engendro contaminado con sangre humana.

Como Jack.

Con la diferencia de que Jack no era su hijo. Podía llegar a tolerarlo, a pesar de lo mucho que le repugnaba. Pero una cosa era tolerar a un engendro, y otra aceptar que otra persona convirtiera a su propio hijo en uno de ellos.

Jack había pensado mucho acerca de Ashran, Sheziss y Christian. Él mismo había conocido a sus padres humanos, los padres que Elrion había matado. Su madre nunca había llegado a saber que, en algún momento de su embarazo, el espíritu de Yandrak se había introducido en el cuerpo de su bebé aún no nacido, fusionándose con su alma humana. Sus padres jamás habían tenido nada que ver con Idhún, nunca habían sospechado que su hijo albergara en su interior el espíritu de un dragón. A pesar de ello, estaban muertos.

Los padres dragones de Jack también estaban muertos. El muchacho no podía dejar de preguntarse si lo habrían aceptado, en el caso de que estuvieran vivos... o lo considerarían un monstruo, poco más que un hombre, mucho menos que un dragón.

Jack había percibido la helada cólera de Sheziss cada vez que mencionaba a Kirtash. Nunca la había oído referirse a él como a su hijo. Para ella, era demasiado monstruoso como para ser suyo.

Los sheks habían permanecido largo tiempo en Umadhun. Ashran les había ofrecido las dos cosas que más anhelaban: regresar a Idhún y la muerte de todos los dragones.

Y había cumplido.

Jack tenía muy claro por qué Ashran había creado a Kirtash. Los espíritus de Yandrak y Lunnaris habían sido enviados a la Tierra; había que mandar a alguien a buscarlos, pero a ningún shek le estaba permitido atravesar la Puerta interdimensional. Por otro lado, de haber enviado solo un espíritu, este podría haberse encarnado en cualquier bebé humano, y habría crecido, como Jack y Victoria, desconociendo su identidad. Por eso había sido necesario crear al híbrido antes, adiestrarlo... y después enviarlo a través de la Puerta.

Los sheks no podían negarse. Se lo debían todo a Ashran. Y, por otra parte, la huida del dragón y el unicornio podía dar al traste con todo aquello por lo que habían luchado. Si solo existía una manera de llegar hasta ellos, tenían que llevarla a cabo... por mucho que les molestase.

Jack no intuía las razones por las cuales había sido Sheziss la elegida para aportar la cría de shek que necesitaban para el conjuro. Ni tampoco qué habría sido de los otros huevos. Pero estaba claro que el dolor de la pérdida sufrida había sido para ella tan intenso que le había llevado a traicionar a su propia raza, a superar su odio hacia los dragones en aras de una empresa que ella consideraba más importante: su venganza contra Ashran.

Cuanto más pensaba en ello, más extraño le parecía. Kirtash, el shek contra el cual había luchado a muerte en tantas ocasiones; Christian, el aliado a quien Victoria estaba tan unida. Ambos seres eran uno solo, y Jack había sido rescatado por su madre (una de ellas) para matar a su padre (uno de ellos). Y Jack sospechaba que, si bien Christian sabía de sobra quién era su padre humano, desconocía la identidad de su madre shek.

«Estoy con ella, Christian», pensaba a veces. «Me está enseñando a ser fuerte, como tú, como Victoria, para derrotar a Ashran. Pero no te aprecia. ¿Qué dirías si la vieras ante ti? ¿Si supieras que es la madre del shek que habita en tu interior?».

Eran pensamientos confusos, y a menudo Jack sentía que no llegaría a ninguna conclusión que le fuera de utilidad.

Llegó por fin a la cueva y lanzó el cuerpo de la bestia a su interior. Oyó un siseo furioso.

«¿Qué es esto?», dijo Sheziss, irritada.

Jack recuperó su cuerpo humano. Había aprendido que, bajo su forma humana, le resultaba más sencillo tolerar la presencia de la shek.

–La cena –respondió–. Está ya un poco chamuscada; antes de que protestes más, te diré que no ha sido culpa mía. No ha sido mi llama, es que...

«... le ha caído un rayo encima», completó Sheziss. «Sí, ya veo».

Pero no parecía interesada. Jack detectó enseguida que estaba inquieta.

–¿Sheziss? ¿Qué pasa?

Ella salió de las sombras con los movimientos sinuosos que la caracterizaban.

«Tenemos problemas, niño», dijo solamente.

Jack se irguió, tenso.

–¿Problemas? ¿Qué clase de problemas?

«He captado información de la red telepática de los sheks. Dicen que van a encontrarse pronto».

–¿Quiénes?

Sheziss lo miró como si fuera rematadamente estúpido.

«Los otros dos híbridos, por supuesto».

–¿Christian y Victoria? Pero... ¿no estaban juntos?

Había dado por sentado que Victoria se había quedado junto a Christian. Si él la había dejado sola... Se sintió furioso de pronto, y eso le sorprendió. De repente le molestaba más que Christian hubiera abandonado a Victoria, que la posibilidad de que continuara a su lado... como su pareja.

«¿Juntos?», Sheziss lo miró, riéndose por dentro. «El unicornio ya no percibe tu presencia en el mundo, niño; cree que estás muerto, que Kirtash te ha matado. Y va tras él buscando venganza».

Jack se quedó helado.

El recuerdo le trajo las palabras pronunciadas por Victoria, en Limbhad, mucho tiempo atrás: «Si se atreve, Jack, te juro que lo mataré».

Se dejó caer sobre una roca, abatido.

–No creía que estuviera hablando en serio –murmuró–. Pero... no, Victoria será incapaz de matarlo. Ella...

«... lo ama, lo sé. Pero también siente algo muy intenso por ti, ¿no es cierto?».

–A veces me resulta difícil creerlo –sonrió Jack, todavía perplejo.

«Estúpido», murmuró ella, aburrida. «Sois los tres únicos híbridos que existen en el mundo. Si cae uno de vosotros, caéis los tres. ¿Todavía no lo entiendes?».

Jack movió la cabeza.

–Siempre pensé que, si yo desaparecía, Christian y Victoria seguirían juntos. No sé por qué, su vínculo me pareció tan firme, tan real...

«Lo es, niño. Si tú hubieras matado a Kirtash, ella tampoco te lo habría perdonado».

–¿Habría tratado de matarme?

«Seguramente. Nunca juegues con los seres queridos de un unicornio, Jack. Ah, no te imaginas lo peligrosas que pueden llegar a ser esas criaturas».

Jack cerró los ojos. Se imaginó por un momento a Christian y Victoria luchando entre ellos, a muerte.

–Él nunca haría daño a Victoria –dijo–. A no ser, claro..., que volviese a dominarlo su parte shek. Aunque... no, ni por esas. Ni siquiera como shek podría hacerle daño. No otra vez.

«Entonces, ella lo matará».

–No será capaz. No, no podrá –por alguna razón, la simple idea le parecía espeluznante.

«Por ti lo haría, Jack. Lo sabes».

Jack apretó los puños.

–Lo habría matado yo mismo –murmuró–. Todavía deseo matarlo. Pero no quiero que muera a manos de Victoria. No es...

Calló, buscando la palabra adecuada.

«... ¿Natural?», lo ayudó Sheziss. «Tú lo odias, igual que me odias a mí. Lo natural para ti es luchar contra los sheks, matarlos. Pero el unicornio no odia a Kirtash. Lo ama. Por eso te parece tan terrible que ella tenga intención de acabar con su vida».

Jack hundió el rostro entre las manos.

–No, maldita sea; Christian se dejaría matar por ella antes que hacerle daño. Pero no puedo permitir que Victoria lleve a cabo esa venganza –alzó la cabeza, decidido–. Y no voy a dejar tampoco que muera ese condenado shek, ni hablar.

Sheziss lo miró con interés.

«¿Por qué?», preguntó.

Jack se puso en pie.

–Porque, por mucho que lo odie, mi amor por Victoria es más fuerte. Y si he de dejarme llevar por un sentimiento, prefiero que sea el amor, antes que el odio.

Los ojos tornasolados de Sheziss brillaron con aprobación.

«El amor tampoco es un sentimiento que hayas elegido», dijo, sin embargo. «Es irracional, al igual que el odio que sientes por los sheks. No tienes motivos para amar».

–No –concedió Jack–. Pero, si me despojaran de mis sentimientos, del amor y del odio, y pudiera escoger cuál de los dos recuperar... tengo muy claro cuál sería mi elección.

Sheziss esbozó una sinuosa sonrisa.

«Bien», dijo. «Todavía tienes mucho que aprender, pero ya no hay tiempo. Tenemos que evitar que se enfrenten esos dos. Esa muchacha es el último unicornio, el último reducto de la magia en Idhún. Hay que preservarla con vida a toda costa».

Sin añadir más, Sheziss dio media vuelta y se internó por el túnel. Jack la siguió, un poco inquieto. Parecía claro que regresaban al corazón de la montaña, a la Puerta interdimensional. Echó un vistazo al cadáver de la bestia que dejaban atrás. No era propio de Sheziss actuar de forma tan precipitada.

–¿De verdad te importa Victoria? –le preguntó–. Más allá de su implicación en la profecía, quiero decir. Tenía entendido que la magia no significa gran cosa para los sheks y los dragones. Nuestro propio poder es superior al de un mago consagrado por un unicornio.

«Cierto», respondió ella. «El mundo sobrevivirá a la pérdida del último unicornio, la energía seguirá fluyendo. Pero no de la misma manera que antes. No de la misma manera».

Jack no entendió muy bien la respuesta, pero la simple idea de que Victoria pudiera morir le producía tal angustia que cambió de tema.

–¿Y qué sucederá si es Victoria quien vence en la lucha? –preguntó con suavidad–. ¿Lamentarás la muerte de tu hijo?

Notó cómo el cuerpo escamoso de ella se ponía tenso de pronto.

«Eso no es hijo mío», dijo.

—Pero una vez lo fue.

Sheziss no respondió.

—¿Qué fue de los otros huevos, Sheziss? ¿Qué hizo Ashran con ellos?

La shek se detuvo un momento y se volvió hacia Jack, con una brusquedad que no era propia de ella. El joven retrocedió un paso y su instinto se disparó, alertándole de un posible peligro. Sintió el odio palpitando en sus sienes. También lo vio en los ojos de Sheziss.

Pero la serpiente se limitó a bajar un ala hasta Jack, con suavidad.

«Sube», le ordenó. «Vas demasiado lento».

Jack dudó.

«¿Quieres reunirte con tu unicornio, sí o no?».

«Por Victoria», pensó el muchacho, y trepó por el ala de Sheziss hasta acomodarse sobre su frío lomo. Los dos reprimieron un estremecimiento de asco.

El cuerpo ondulante de Sheziss siguió reptando por el corredor; cuando Jack ya estaba a punto de adormilarse, acunado por el vaivén del movimiento de la serpiente, ella habló, con suavidad, en algún rincón de su mente.

«No fue por mí. No se trataba de mis hijos, de mis huevos. Eran los hijos de él y, por tanto, él debía sacrificarlos. Era lo justo».

—¿Él? —repitió Jack.

«Mi compañero. Claro que eran nuestros huevos, de los dos. Pero no podía exigir un sacrificio así de ningún shek. Ya que era él quien había pactado con Ashran, debían ser sus huevos los que utilizaran para el experimento. No habría sido justo escoger los de ningún otro shek. Al fin y al cabo, Ashran había ofrecido a su propio hijo».

Sheziss calló un momento. Después prosiguió, pensativa.

«Yo le dije que no solo eran sus huevos. También eran mis huevos. Y yo no había pactado con aquel humano. Por otra parte, eran los únicos huevos que pondría en toda mi vida. Mientras que él podía tener otros hijos con otras sheks».

—Pero no te escuchó, ¿verdad? —preguntó Jack con suavidad.

«Me aseguró que solo necesitarían uno. Que me devolverían los demás. Entonces llévate uno solo, le dije. No te lleves a todos mis hijos».

Jack tragó saliva. Sabía que Sheziss se había quedado sin todos sus huevos, y se preguntó, por un momento, si no existirían más híbridos, como Christian, ocultos en algún lugar de Idhún.

«Vino con varios más. Entraron en el nido, se llevaron todos los huevos. Todos ellos. No pude detenerlos».

A partir de ahí, las palabras, los conceptos y las imágenes inundaron la mente de Jack como un torrente desbordado. El muchacho jadeó, tratando de ordenar y asimilar toda aquella información. Pero la mente de Sheziss seguía transmitiéndole su historia, de una manera tan caótica, tan impropia de ella, que Jack comprendió de pronto que aquella era la forma que tenían los sheks de llorar.

«Pero no fue justo. No se trataba solo de unir dos espíritus, sino de unirlos en un solo cuerpo. Y el cuerpo elegido era el cuerpo del niño humano, del hijo de Ashran. Su alma no tendría que abandonar su frágil envoltura humana, sería el espíritu del shek el que dejaría atrás su propio cuerpo para entrar en el de él. Así que, cuando mis crías nacieron, Ashran extrajo el espíritu de la primera de ellas. Murió de inmediato. Y Ashran no logró introducir su esencia en el cuerpo del niño, porque los espíritus deben fusionarse cuando la criatura aún no ha nacido, cuando su cuerpo aún no ha asimilado del todo su alma. Pero aquel niño tenía ya varios años, su alma ya estaba asentada en su cuerpo, y no toleró aquella intrusión. El espíritu de la primera cría se perdió, se perdió... y ya no pudieron recuperarlo. Tomaron entonces a la segunda cría, repitieron el intento. Pero el alma del niño humano expulsó de nuevo el espíritu del shek. Una... y otra... y otra vez... Desde el interior de mi nido, yo sentía a mis hijos pidiendo un auxilio que no podía proporcionarles. Apenas acababan de salir del huevo, cuando Ashran los mataba, uno tras otro, arrebatándoles el alma. Solo el último sobrevivió. El espíritu del niño humano ya no tuvo fuerzas para rechazar la esencia del último de mis hijos. Sí, el alma de mi hijo sobrevivió... fusionada con la de un humano. Estaba mejor muerto».

Se hizo el silencio en la mente de Jack.

El joven se sintió muy débil de pronto, y tuvo que aferrarse al nacimiento de las alas de Sheziss, para no caerse.

«Ni siquiera tuve ocasión de ponerles nombre», añadió ella.

–Es horrible –susurró Jack.

Sheziss no respondió.

–Me cuesta creer que su padre sacrificara a sus crías voluntariamente –dijo él.

«Era su deber, o al menos eso creía él», replicó Sheziss.

—¿Por qué?

Enseguida sintió que ella reía de nuevo, con amargura, y supo que no iba a contestar a su pregunta. Reflexionó, esforzándose en atar cabos, y entonces lo comprendió todo.

—Es él, ¿verdad? —exclamó—. Zeshak, el rey de los sheks, era tu compañero, fue el padre de tus huevos. Por eso tenían que ser sus hijos, y no los de ningún otro shek. Porque él había pactado con Ashran, y porque Ashran, su aliado, había entregado a su propio hijo. Y por eso... por eso quieres matarlo. Por eso odias a Zeshak incluso más de lo que odias a Ashran o a los dragones.

«Ya ves», dijo ella con sencillez. «Ahora tal vez entiendas por qué comprendo tan bien a tu chica unicornio. Cuando alguien a quien amas hace daño a alguien a quien amas... no lo odias, sin más. Lo amas y lo odias al mismo tiempo. Zeshak me arrebató a mis hijos para acabar con la profecía, para asegurar el futuro de todos los sheks. Tenía sus motivos, y los comprendo. Pero no puedo dejar de odiarlo... y tampoco puedo dejar de amarlo. Es el padre de mis hijos. Por eso debe morir... no solo por mis hijos, sino también por mí».

—No sabía que los sheks pudierais amar tan intensamente —dijo Jack, impresionado—. Parecéis tan fríos...

«No expresamos nuestros sentimientos de la misma manera que vosotros», dijo ella. «Pero los tenemos, ah, sí, por supuesto que los tenemos».

Jack recordó entonces que Alexander le había dicho, tiempo atrás, que los sheks no podían amar. Ahora sabía que se equivocaba. No podían amar a los humanos, pero sí podían amarse entre ellos... y odiarse.

—Pero ahora me estás ayudando a mí —dijo Jack con suavidad—. Tus hijos murieron para evitar el cumplimiento de la profecía. Si al final destruimos a Ashran... ¿no habrá sido en vano tu pérdida?

«No», repuso ella. «Porque le habré demostrado a Zeshak que estaba equivocado... tan equivocado...».

La voz mental de Sheziss se apagó. Jack no preguntó nada más.

Ambos siguieron avanzando por el túnel, hacia el corazón de Umadhun, sumidos en sus sombríos pensamientos.

El viaje se le hizo eterno.

Jack no sabía cuánto tiempo llevaban viajando a través de los túneles. Sheziss seguía avanzando, incansable, deslizándose por oscuras y

472

húmedas galerías que a él le parecían siempre iguales. Había estado inconsciente durante casi todo el viaje de ida, y por eso no había llegado a darse cuenta de lo lóbrego y monótono que era Umadhun.

Hacía mucho que Jack había perdido la noción del tiempo. No había días ni noches en aquel mundo, ni siquiera en el exterior, cuyos cielos, eternamente turbulentos y partidos por los rayos, no mostraban el paso de las horas. El joven se había acostumbrado a comer cuando tenía hambre y dormir cuando tenía sueño.

Pero allí, en los túneles, parecía reinar una noche perpetua.

Por si fuera poco, Sheziss permaneció en silencio la mayor parte del viaje. Tal vez pensara que ya había hablado demasiado, tal vez se arrepintiera de haber confesado tantas cosas, o quizá era solo que los recuerdos la habían sumido en un estado melancólico del que no tenía ganas de salir. En cualquier caso, no resultaba una compañía muy animada.

Jack terminó por adormecerse, a caballo entre el sueño y la vigilia, dejando simplemente que pasara el tiempo.

En cierta ocasión, cuando se detuvieron a descansar junto a un torrente subterráneo, Sheziss habló por fin.

«Será difícil cruzar la Puerta», dijo.

Jack se irguió.

–¿Por qué? La crucé cuando vine de Idhún, ¿no?

«Entonces estabas medio muerto. Tu cuerpo estaba prácticamente helado. Tu llama casi se había apagado. En ese momento, los sheks de Umadhun no sabían quién eras. Te tomaron por un humano moribundo, alguien demasiado poco importante. Solo las crías sintieron curiosidad y se acercaron a ti».

Jack recordó a los pequeños sheks reptando a su alrededor, y cómo Sheziss los había espantado.

«De todas formas, en Umadhun solo quedan crías y sheks demasiado viejos o cansados, que no deseaban regresar a Idhún. Más bien pocos».

–Entonces, ¿dónde está el problema?

«El problema está en que ya se ha corrido la voz de tu muerte en los Picos de Fuego, niño. Los sheks saben que caíste a través de la Puerta. Creen que estabas muerto y que, si no lo estabas, las crías se encargaron de acabar contigo. Pero te reconocerían en cuanto te vieran».

Jack se apoyó contra la pared de roca, pensativo.

–¿Cómo hacemos para regresar, pues?

Sheziss cerró los ojos un momento.

«Hay túneles secundarios», dijo. «Poco transitados. Supondrá dar un rodeo, es cierto, pero tendremos muchas posibilidades de alcanzar la frontera antes de que nos descubran».

–¿Y no sería mejor utilizar el factor sorpresa, lanzarnos hacia la Puerta interdimensional todo lo deprisa que podamos? No nos esperan, no saben siquiera que estoy vivo.

Sheziss lo miró, casi riéndose.

«Tienes prisa, ¿eh?».

Jack desvió la mirada.

–Creo que he pasado demasiado tiempo aquí.

«Pero estamos muy cerca, niño. ¿Te lo jugarías todo a una acción tan temeraria? Después de todo lo que has aprendido, ¿te arriesgarías a que te maten junto a la Puerta de regreso a Idhún?».

Jack suspiró.

–Está bien, lo haremos a tu manera.

No tardó en arrepentirse de haber cedido tan pronto.

Sheziss abandonó los túneles anchos para elegir galerías pequeñas, estrechas e incómodas. A veces, Jack tenía que apretarse contra el lomo escamoso de la shek para no rozarse con el techo del túnel. Eso le producía una indecible angustia. Tenía la sensación de que, si se transformara en dragón, quedaría ahogado allí dentro. Sus alas, sus garras y sus cuernos quedarían trabados en el túnel, impidiéndole avanzar. Y la simple idea de no poder transformarse le hacía sentir asfixiado e indefenso.

–Tengo que salir de aquí –le dijo cuando no aguantó más–. Me ahogo. Es demasiado estrecho para mí.

Sheziss lo miró. El muchacho podía caminar por el túnel cómodamente, de pie. Pero su rostro había palidecido y se le notaba realmente angustiado, como si estuviera atrapado en un espacio mucho más pequeño. La shek entendió sin necesidad de más explicaciones.

«Esa esencia de dragón tuya...», siseó, molesta. Su propio cuerpo, esbelto y flexible, no encontraba problemas a la hora de deslizarse por las galerías. Pero un dragón era otra cosa.

«Está bien», dijo ella finalmente. «Saldremos a un túnel más grande. No estamos ya lejos de nuestro destino».

El corazón de Jack se aceleró un momento. Victoria. La simple idea de que volvería a verla muy pronto le colmó el pecho de alegría. Sheziss lo notó.

«Mantén la cabeza fría, Jack. Recuerda todo lo que te he enseñado».

El joven asintió. Miró un momento a la serpiente, que se había enroscado sobre sí misma y lo observaba calmosamente, con los ojos entornados. Y, por encima del odio, que aún palpitaba en algún rincón de su alma, un nuevo sentimiento lo llenó por dentro.

–Gracias por todo, Sheziss –le dijo con sinceridad.

Le pareció que la serpiente sonreía. Se le antojó hermosa.

«No hay tiempo para tonterías», dijo sin embargo. «No podemos quedarnos aquí mucho rato».

Se pusieron en marcha de nuevo. Jack se esforzó por controlar la angustia, hasta que salieron a un túnel un poco más ancho. Respiró profundamente. Su alma de dragón lo agradeció también. Sabía que ahora tenía espacio suficiente para transformarse, si así lo deseaba.

Sheziss le indicó que subiera a su lomo. Jack obedeció, y controló su instinto cuando las alas de la shek se replegaron sobre su espalda, cubriéndolo como una capa membranosa.

Avanzaron así un largo trecho. Jack empezó a percibir la presencia de otros sheks en las cercanías. El corazón le latió con más fuerza, pero se esforzó por dominarse. «Solo son sheks», se dijo a sí mismo. «El odio que siento hacia ellos no es importante ni tiene una razón de ser. Estoy por encima de todo eso».

Se repitió a sí mismo varias veces estas palabras.

Doblaron un recodo. Una débil luz rojiza iluminó el túnel. Jack contuvo el aliento.

«Esa luz procede de la Puerta», dijo Sheziss.

«Lo suponía», pensó Jack simplemente; no se atrevió a hablar en voz alta, pero dejó que ella captara sus pensamientos.

Sheziss se agazapó contra la pared del túnel. Jack se atrevió a echar un vistazo por entre las alas de la serpiente.

La brecha interdimensional estaba allí.

Tenía el aspecto de una inmensa pantalla rojiza que cubría la pared rocosa más allá, tan larga que no se veía su fin. Su textura era extraña. Parecía como si, al otro lado, algo hirviera y burbujeara. Algo tan caliente como el corazón de una caldera.

Y la luz rojiza que irradiaba, tórrida y sangrienta, bañaba la enorme caverna en la que desembocaba el túnel. Y la caverna estaba llena de sheks.

Algunos dormitaban en los rincones, enroscados sobre sí mismos. Otros vigilaban que las crías no se acercaran demasiado a la Puerta. Había alguno que volaba entre las inmensas estalactitas, rizando su largo cuerpo para no chocar con ellas.

Jack se dio cuenta de que todas aquellas serpientes, a excepción quizá de las crías, estaban muy aburridas. Entendió entonces por qué Umadhun resultaba tan espantoso para los sheks. Su aguda inteligencia necesitaba nuevos retos, cosas que aprender y que observar, y aquel frío mundo de piedra había dejado de resultarles interesante mucho tiempo atrás.

«¿Por qué no se van?», se preguntó.

«La mayoría son viejos», respondió Sheziss. Otros no han conocido otra cosa que Umadhun y no se atreven a ir más allá. Otras son hembras que volvieron aquí para poner sus huevos; creen que este lugar es más seguro que Idhún, al menos hasta que las crías crezcan».

Jack percibió su amargura cuando mencionó a las madres con las crías. No hizo ningún comentario.

«En cualquier caso, todos, a excepción de los más ancianos, acabarán por regresar a Idhún», prosiguió ella. «Mientras tanto, aguardan cerca de la Puerta. A menudo regresa algún shek desde Idhún, trae noticias y algunas otras cosas. Cada vez que alguien vuelve contando cosas sobre el mundo de los tres soles, varios sheks de Umadhun se deciden a acompañarlo cuando regresa».

Jack contempló la Puerta con más atención. Recordó entonces que al otro lado había una sima de lava.

–¿Cómo...? –empezó, pero calló enseguida.

«¿Cómo atravesaremos la sima sin quemarnos?», preguntó mentalmente. «¿Y cómo la atravesé yo?».

«Los dragones sellaron la Puerta con fuego y lava para que no pudiésemos volver», dijo Sheziss. «Pero, con el paso de los siglos, el frío de Umadhun y los sheks ha ido debilitando la llama. Cuando murieron los dragones, la llama casi se apagó por completo. Se puede atravesar esa puerta, la lava no calienta tanto como parece. Su fuego es solo aparente. Pero el calor sigue siendo desagradable para los sheks; muchos no se atreven a aventurarse por la Puerta de fuego; y los que lo hicieron una vez, no suelen volver muy a menudo».

«¿Y tú?», preguntó Jack. «¿Has estado en Idhún alguna vez?».

Ella tardó un poco en contestar.

«Volví una vez», dijo. «Una sola vez, hace quince años. Fui a ver... fui a ver a mi hijo».

Como un relámpago, en la mente de Jack apareció la imagen de un chiquillo de unos dos o tres años que se acurrucaba, temblando, empapado de sudor, en un rincón de una habitación. Jack supo que lo estaba observando desde la ventana, supo que lo estaba observando desde la mirada del recuerdo de Sheziss.

El niño sufría espasmos extraños, y su piel cambiaba a cada instante, mostrando una textura escamosa. Jack le oyó gemir y sollozar por lo bajo. Sintió la angustia y el dolor de Sheziss al contemplar a aquella criatura.

Entonces, el pequeño se volvió hacia ella en un movimiento brusco, casi feroz. Jack reconoció el cabello castaño claro, los ojos azules, los rasgos de Kirtash, o Christian.

Súbitamente, el niño lanzó la cabeza hacia adelante con un siseo, mostrando en su rostro humano unos colmillos afilados, una lengua bífida y unos ojos irisados, redondos, de serpiente, unos ojos que momentos antes habían sido azules como cristales de hielo.

Jack jadeó y sacudió la cabeza para hacer desaparecer aquella visión.

«No duró mucho», dijo entonces Sheziss, para tranquilizarlo, o bien para consolarse a sí misma. «En apenas varios días, ya volvía a mostrar un aspecto completamente humano. El espíritu de mi hijo y el alma de ese niño se habían fusionado en el interior de aquel cuerpo. Y mi hijo... ya no era mi hijo. Ya no era más que un monstruo».

–Como yo –dijo Jack en voz baja.

Sheziss lo miró. Jack creyó detectar un breve rastro de emoción en sus ojos tornasolados.

El muchacho respiró hondo y volvió la cabeza hacia la caverna... y hacia la Puerta.

«Está tan cerca», pensó.

«Calma, Jack», lo detuvo ella. «Calma».

Pero no hubo tiempo para calmarse.

De pronto, una sombra se alzó en la entrada del túnel. Sheziss siseó y se echó para atrás. Jack distinguió la figura de un shek, un macho anciano, y todas las alarmas de su instinto se dispararon a la vez.

Se esforzó por controlarse y pensar con la cabeza fría. Seguramente, entre él y Sheziss podían plantar cara al viejo shek, pero eso no era lo peor.

El shek lo había visto. Y lo había reconocido.

Y eso quería decir que todos los sheks de Umadhun sabían ya que estaban allí.

Tras un breve instante de pánico, Jack gritó:

–¡Vuela, Sheziss, VUELA!

El shek se abalanzó sobre ellos. Sheziss lo esquivó con un ágil quiebro, desplegó las alas y echó a volar hacia la caverna.

Jack se quedó sin respiración un instante. Nunca había volado a lomos de un shek, y era una experiencia extraña. Pero no tuvo tiempo de disfrutarla porque, pronto, todos los sheks se le echaron encima.

Sintió deseos de metamorfosearse en dragón; sin embargo, dominó su instinto porque sabía que, si se transformaba, se quedaría allí, a luchar. Y en aquel momento, lo más importante era escapar de aquel lugar.

Sheziss batió las alas, con desesperación, en dirección a la Puerta de fuego. Jack se volvió sobre su lomo para ver si el fuego intimidaba a los sheks, pero sufrió una pequeña decepción: el odio alimentaba los ojos de las serpientes aladas, y el instinto las empujaría a perseguir a Jack, para matarlo, a través de la Puerta y más allá.

«Agárrate bien, niño», dijo entonces Sheziss.

Y se impulsó hacia adelante. Jack se aferró a sus escamas, apretó los talones contra el cuerpo ondulante de la serpiente y se inclinó sobre su lomo todo lo que pudo. La Puerta parecía estar tan cerca...

Los furiosos siseos de los sheks también se oían muy cerca.

«Sheziss...».

«Tranquilo, dragón; saldremos de esta».

Hizo un quiebro y se elevó en el aire. Los sheks de más edad vieron venir la maniobra y la siguieron, pero los jóvenes quedaron atrás. Sheziss descendió entonces en picado... hacia la Puerta y hacia la libertad.

Uno de los sheks lanzó un mordisco y logró morder la cola de Sheziss, que emitió un siseo de dolor. Jack se incorporó y arrojó su lanza; pero el arma rebotó contra las escamas del shek sin dañarlo. El chico maldijo entre dientes.

Sheziss aleteó, desesperada. Los otros sheks se le echaban encima.

Jack no tenía otra opción.

Se transformó. Con rabia, con violencia. Inhaló aire y, acto seguido, vomitó una llamarada contra las serpientes que los perseguían.

Factor sorpresa. Los sheks silbaron y sisearon, aterrorizados. Los que estaban más cerca ardieron en llamas. La serpiente que aferraba la cola de Sheziss la soltó. Jack estiró las garras y logró sostenerla justo antes de que cayera.

–Un esfuerzo más, Sheziss –imploró.

Ella se debatió entonces y Jack la dejó ir. Los dos, suspendidos en el aire, se miraron a los ojos. El odio hirvió en su interior.

«Victoria», dijo ella entonces.

–Victoria –repitió Jack, y volvió la cabeza hacia la Puerta, tan cercana, tan real–. Victoria está al otro lado.

Batió las alas con fuerza. Sheziss lo siguió.

Cuando atravesaron la Puerta, fue como si los bañaran millones de rayos de sol, como si se zambulleran de cabeza a un manantial de agua cálida, burbujeante. Jack se sintió muy débil de pronto. Jadeó, aterrorizado, cuando vio que se transformaba de nuevo en humano, que perdía sus alas y comenzaba a caer.

Sheziss lo recogió.

Y todo dio vueltas un instante, y de pronto emergieron de golpe de una enorme sima de lava, y se hundieron en un cielo lleno de luz, luz de tres soles que envolvieron sus cuerpos.

Jack respiró hondo y cerró los ojos un momento, dejando que la luz de Idhún bañara su rostro. Alzó entonces la cabeza hacia los tres soles y los contempló, mirándolos fijamente, como había visto hacer a Kimara tiempo atrás, en el desierto de Kash-Tar.

–Kalinor, Evanor, Imenor –recitó Jack.

Sheziss siseó; fue un sonido parecido a una risa.

–Kalinor, Evanor, Imenor –repitió, como una letanía–. ¡Kalinor, Evanor, Imenor!

Se puso en pie sobre el lomo de Sheziss y lanzó un salvaje grito de triunfo. Y dejó que la esencia del dragón se apoderara de su cuerpo, y cuando batió las alas para elevarse hacia lo más profundo del cielo idhunita, no le importó que lo vieran todos los sheks, todos los szish ni todos los Nigromantes del mundo. Porque estaba en casa, por fin estaba en casa, en aquel mundo al que nunca había considerado su hogar pero que ahora, de alguna manera, lo era.

Y porque sentía la presencia de Victoria en su alma. Percibía que ella existía en algún rincón de aquel mundo, que el vínculo seguía ahí, y se sintió tan aliviado que rugió, anunciando a todo Idhún que el último dragón había regresado, y que iba en busca de la mujer a la que amaba.

XXI
NADA QUE SALVAR

T ODAVÍA estás a tiempo de volver atrás –dijo Yaren.
Victoria no contestó. Tampoco se volvió para mirarlo. Seguía
contemplando la sombra de la Torre de Kazlunn, recordando,
acaso, la última vez que se había detenido ante aquellas puertas.

A la luz del día, la torre parecía aún más majestuosa. Se enroscaba
sobre sí misma, formando una espiral que acababa en punta, lo que le
daba el aspecto de un gigantesco cuerno de unicornio que se elevaba
con orgullo hacia el cielo idhunita, buscando tal vez alcanzar la curva
de las tres lunas en las noches más despejadas.

Hasta aquel momento, Victoria no se había dado cuenta de ello, no
se había percatado de que los magos habían construido la Torre de Kazlunn a imitación de los cuernos de unicornio que les otorgaban su poder. Pero ahora, al aproximarse por el camino del acantilado, lo había
visto con total claridad. La torre, toda la Orden Mágica, rendía culto a
los unicornios; tras su desaparición, la comunidad de hechiceros estaba herida de muerte. Si Victoria moría, la magia moriría con ella.

«Pero ya ha muerto», pensó.

Recorrió con el dedo las figuras de unicornios forjadas en el metal.
Tampoco se había fijado entonces en la delicada filigrana que adornaba
las puertas de la torre. No había tenido tiempo de observarlas, de todos
modos. Los sheks habían acorralado a la Resistencia allí mismo, se habían visto obligados a pelear por su vida, porque aquellas enormes puertas habían permanecido cerradas. Ahora se abrirían para ella. Christian,
el nuevo Señor de la Torre de Kazlunn, las abriría para ella.

Entornó los ojos. Parecían haber pasado siglos desde entonces. Las
olas seguían batiendo la escollera, la torre se erigía igual de impresionante. Pero Jack estaba muerto. Porque Christian lo había matado.
Atrás quedaban los tiempos en que la Resistencia había luchado unida.

Aquella noche, Jack había blandido a Domivat, que ahora pendía, muerta, de la cadera de la muchacha. Christian se había enfrentado a sus congéneres, transformado en serpiente alada; ella había cabalgado sobre su lomo, y Shail... Shail tenía dos piernas.

Añoró Limbhad. Aunque hacía ya tiempo que sabía que jamás iba a volver.

—No voy a echarme atrás —dijo, cuando Yaren ya creía que no lo había oído.

Sintió que el semimago avanzaba hasta situarse junto a ella. Sintió que colocaba una mano sobre su hombro.

—Entonces conviérteme en un mago —susurró—. Me lo debes.

Ella volvió hacia él sus ojos repletos de oscuridad.

—No te debo nada —dijo solamente.

El rostro de Yaren se crispó en una mueca de rabia.

—No puedo creerlo —musitó—. ¿Me vas a dejar así?

Victoria seguía mirándolo con aquellos ojos que lo ponían tan nervioso.

—Tú lo has visto —dijo ella—. Has visto lo que pasa con mi magia. Sabes lo que es.

Yaren sintió un escalofrío. Sí, hacía tiempo que se había dado cuenta de que algo no marchaba bien. Desde el incidente con el hijo del leñador habían pasado muchas cosas que no se ajustaban precisamente a lo que él esperaba de la magia de un unicornio. Las plantas que se marchitaban entre los dedos de Victoria, el rostro aterrorizado de aquel ermitaño celeste que los había acogido en el monte Lunn...

Reflexionó. Lo del monte Lunn había sido extraño. Estaba a medio camino entre Kazlunn y Alis Lithban, pero no era necesario subir a la cumbre para llegar hasta la torre. Y, sin embargo, por primera vez en su viaje, Victoria había dado un rodeo, y solo para trepar hasta allí. Yaren la había visto arrodillarse en la cima de la montaña en la que, según la leyenda, el primer unicornio había recibido la magia para entregarla a los mortales, muchos siglos atrás. Victoria había alzado al cielo sus ojos vacíos, sin vida, y había rogado a los dioses que le devolvieran la luz.

Los dioses habían permanecido mudos.

Yaren había contemplado en silencio la oración de Victoria. La había visto levantarse en silencio, su rostro tan impasible como siempre, sus ojos más intimidadores que nunca. Yaren la había oído susurrar para sí misma: «Ve a ver a mi hijo. Míralo a los ojos, como me has mirado a mí, y busca en ellos la luz que has perdido».

–¿Qué fue lo que perdiste? –le había preguntado aquella noche, cuando acamparon en la cueva del ermitaño, al pie de la montaña.

Pero Victoria había cerrado los ojos y se había llevado la mano, en un gesto inconsciente, a la empuñadura de la espada.

Aquello confirmó las sospechas de Yaren.

Victoria había perdido al dueño de aquella espada. Alguien muy querido para ella, quizá un familiar, quizá un amigo, aunque probablemente algo más. Y Yaren estaba casi seguro de que aquel que había empuñado la espada de Victoria había muerto a manos de Kirtash.

Y eso había trastornado al unicornio hasta el punto de hacerle perder su poder.

Yaren había oído hablar desde niño de la magia que entregaba el unicornio, un torrente de energía luminoso y cristalino, nada parecido a lo que aquella muchacha era capaz de transmitir.

–¿De verdad quieres que te entregue la magia? –preguntó entonces Victoria–. ¿Mi magia?

Yaren vaciló. Tragó saliva. La mirada de Victoria le daba escalofríos.

Pero pensó en su sueño. Y miró a la joven, y se obligó a sí mismo a recordar que ella era el último unicornio.

–Sí –dijo por fin–. Prefiero tener tu magia a no tener ninguna. Y si no obtengo tu magia, no obtendré ninguna.

Victoria alzó la mirada hacia lo alto de la torre, con un grácil movimiento de cabeza propio del unicornio que habitaba en ella.

–Espérame –susurró.

Se alejó de la puerta y volvió de nuevo al camino que bordeaba el acantilado. Yaren la siguió, inquieto, mientras descendía por él. Ninguno de los dos pronunció palabra hasta que alcanzaron el bosquecillo más cercano. Cuando la vegetación los ocultó de miradas indiscretas, Victoria se volvió hacia él. Como cada vez que lo miraba, el semimago retrocedió un paso, instintivamente.

–Todavía estás a tiempo de volver atrás –dijo ella, con una amarga sonrisa.

Yaren tragó saliva, pero alzó la mirada con decisión.

–Adelante.

–No sabes lo que haces... –susurró Victoria–. No lo sabes.

Le dio la espalda. Yaren la vio echar la cabeza hacia atrás, vio cómo su cuerpo se estremecía y comenzaba a transformarse...

Se le llenaron los ojos de lágrimas cuando Lunnaris, el último unicornio, se mostró ante él, tan bella e indómita como la había imaginado, como él recordaba que eran aquellas criaturas: ligera como una pluma, de crines suaves y plateadas, tan tenues como los rayos de la luna mayor, de piel perlina, pequeños cascos hendidos y larga cola de león. Su cuerno, portador de magia, canalizador de parte de aquella energía que movía al mundo, se alzaba sobre sus ojos, tan puro que parecía hecho de diamante, tan brillante como la cola de un cometa.

Sin embargo, cuando ella se volvió para mirarlo, Yaren sintió de nuevo aquel terror irracional.

Los bellos ojos de Victoria seguían irradiando tinieblas; y aquellas tinieblas enturbiaban de alguna manera la luz que emanaba del cuerno, y Yaren supo, en su fuero interno, que no debía aceptar aquella magia que rutilaba de forma tan siniestra.

Pero era su sueño. Y debía cumplirlo, costara lo que costase.

Cayó de rodillas sobre la hierba. Victoria se acercó a él, inclinando la cabeza con suavidad. Yaren cerró los ojos cuando sintió el morro de ella acariciándole la mejilla. Y después... algo frío, y a la vez caliente, y un torrente de energía que lo inundaba por dentro. Dejó escapar una breve exclamación de sorpresa y alegría. Era tan, tan hermoso... Nunca había sentido nada igual.

Pero entonces, de pronto, algo comenzó a cambiar. La magia ya no era pura, ya no era agradable. Yaren sintió una inexplicable angustia, después vino el dolor, y luego, el horror. Porque, aunque el cuerno del unicornio ya no lo tocaba, la energía que le había transmitido seguía en su interior, recorriendo todas sus venas, y era una energía turbia, oscura y llena de un sufrimiento tan intenso que el joven lanzó un aullido de dolor.

El unicornio contempló, impasible, cómo aquel nuevo mago rodaba por la hierba, gritando de dolor, mientras la magia retorcía sus entrañas y ensuciaba su alma. Estuvo allí, mirándolo, hasta que Yaren quedó tendido a sus pies, jadeante, sin fuerzas. El dolor había remitido; pero cuando él alzó la cabeza para mirarla, Lunnaris vio en sus ojos un reflejo de la oscuridad que se había adueñado de ella.

–Qui... quítamelo... –susurró Yaren, aunque sabía que era culpa suya, aunque sabía que ya no había nada que pudiera hacerse.

El unicornio sacudió la cabeza.

—Esto es todo lo que puedo entregar al mundo —dijo para sí misma.

Y dio media vuelta y se alejó del claro. Y, mientras caminaba, se transformó de nuevo en la muchacha humana a la que llamaban Victoria. Yaren la vio marchar, todavía encogido sobre sí mismo, todavía sintiendo el dolor y las tinieblas en el fondo de su corazón. La vio marchar, con la espada prendida en un costado y el báculo a la espalda, en dirección a la Torre de Kazlunn, y recordó de golpe quién la esperaba allí.

Consiguió levantarse, a duras penas, para seguirla. No se le ocurrió tratar de detenerla. Sabía que era inevitable que muriera en aquella torre, aquel mismo día. Porque la oscuridad se había adueñado de sus pensamientos, y no era ya capaz de albergar la más mínima esperanza.

Pero la siguió. Y la alcanzó en las puertas de la torre, donde se había detenido, porque un grupo de soldados la aguardaba.

—He venido a ver al Señor de la Torre de Kazlunn —dijo ella.

Eran cuatro: tres szish y un humano. Los szish la miraron y comprendieron al instante, pero el humano no fue tan inteligente.

—Tenemos órdenes de escoltar a la dama Lunnaris ante nuestro señor Kirtash —dijo—. ¿Sois vos la dama Lunnaris?

—Yo soy —respondió ella—. Pero nadie va a acompañarme. Yo misma encontraré el camino.

Los szish asintieron, inclinaron la cabeza, retrocedieron para dejarla pasar. El humano, por el contrario, dio un paso hacia ella.

—No podéis pasar sin llevarnos de escolta. Nuestras órdenes dicen...

No llegó a repetir qué decían sus órdenes. Como un relámpago, el Báculo de Ayshel descendió en picado hacia él, y se detuvo a escasos centímetros de su rostro. Su luz, preñada de tinieblas, palpitó un instante ante sus ojos, amenazadora.

—Nadie va a acompañarme —repitió Victoria con suavidad y una calma inhumana—. Yo misma encontraré el camino.

—Como desseeess, sssseñora —siseó uno de los szish.

El soldado escrupuloso tragó saliva y asintió, temblando de miedo, sin poder apartar la vista del báculo. Retrocedió para dejarla pasar.

Y las grandes puertas de la Torre de Kazlunn se abrieron ante ella.

Yaren la vio cruzar el umbral. Cuando las puertas se cerraron, el mago cayó de rodillas, enterró el rostro entre las manos y se echó a llorar como un niño, aun a sabiendas de que, por muchas lágrimas que derramara, ya nada podría calmar el dolor y la angustia que se habían instalado en su corazón.

–He venido a matarte –dijo ella.

Su voz no destilaba odio, ni amenaza, ni enfado. Simplemente constataba un hecho. Y aquella frialdad, aquella indiferencia aparente, hirieron a Christian más que si ella hubiera volcado sobre él toda su ira, su rencor, su dolor.

–Aún no es tarde para pensarlo, Victoria –dijo el joven.

–Ya lo he pensado... demasiado tiempo.

Pero no avanzó. Ambos se quedaron un momento en pie, cada uno en un extremo de la sala, estudiándose mutuamente. Victoria desenvainó a Domivat y, aunque la espada de fuego se había apagado tiempo atrás, aún parecía un arma temible.

–No quiero luchar contra ti, Victoria.

–Entonces no luches. Te mataré igualmente.

Una parte de Christian comprendía a la perfección la actitud de ella. Pero, aun así, se sentía conmocionado. Aquella era la mujer a la que amaba, por la que lo había dado todo. Había besado sus labios, la había estrechado entre sus brazos.

Y, de alguna manera, la había matado al hundir a Haiass en el pecho de Jack, y ahora su espectro acudía a él en busca de venganza.

–Sabes que moriría por ti. Pero eso no va a hacerte sentir mejor, no va a calmar tu dolor. Si muero ahora, ¿qué va a ser de ti después? ¿Crees que no sé lo que pretendes?

Victoria avanzó hacia él, serena y fría como una diosa de alabastro. Christian leyó la muerte en su mirada y, por primera vez en su vida, tuvo miedo.

Pero no de morir, sino de la propia Victoria.

Sin embargo, se quedó quieto, esperándola. Desenvainó a Haiass.

–Si me obligas a pelear, lo haré –le advirtió–. Pero no para salvar mi vida, sino la tuya.

Cuando apenas los separaban ya unos pasos, Victoria volvió a mirarlo a los ojos. Su semblante seguía frío, inexpresivo. Pero sus ojos contenían tanto dolor, odio y sufrimiento que Christian se estremeció.

–Ya no queda nada que salvar –dijo ella con suavidad.

Alzó a Domivat. Debería resultarle pesada, pero la levantó con facilidad. La determinación de hierro que guiaba sus acciones y su sed de venganza no conocía obstáculos.

Y descargó la espada sobre Christian. El muchacho la esquivó e interpuso a Haiass entre ambos. Los dos aceros chocaron.

Haiass debía ser, en aquellas circunstancias, mucho más poderosa que Domivat. Había probado la sangre del dragón y había recuperado su antigua fuerza, mientras que la llama de Domivat se había apagado. Pero la espada de fuego no se quebró, y de hecho Christian sintió que Haiass se estremecía al contacto con su rival.

Retrocedieron, pero Victoria apenas descansó. Volvió a embestir a Christian. Una y otra vez.

El joven se limitó a defenderse y a retroceder, pero pronto se dio cuenta, con asombro, de que las estocadas de ella tenían cada vez más fuerza, que una misteriosa intuición guiaba sus movimientos hasta el punto de llegar a anticiparse a los rapidísimos pasos de Christian. «No puede ser», pensó. «¿Tanto me odia? ¿Tantas ganas tiene de matarme?».

Decidió poner fin a aquello. Blandió a Haiass y ejecutó una finta y un golpe destinados a desarmarla. Sin embargo, y ante su sorpresa, la espada hendió el aire. Victoria ya no estaba allí.

Christian se volvió justo a tiempo para interponer a Haiass entre él y la espada de su rival. Empujó para hacerla retroceder, mientras trataba de ordenar sus pensamientos.

No era posible. No podía ser verdad.

Pero lo era. La estrella de la frente de Victoria brillaba todavía, y Christian supo entonces que era cierto lo que se contaba de los unicornios: podían aparecer y desaparecer a voluntad, moverse con la luz, recorrer espacios cortos a la velocidad del relámpago, o simplemente teletransportarse unos metros más allá. Al menos eso se decía, pero ni los magos más poderosos habían podido confirmarlo. Christian acababa de comprobarlo con sus propios ojos.

Pero Victoria nunca antes había manifestado aquel poder, ni siquiera había dado muestras de saber que lo poseía. Como todos los movimientos que ejecutaba en aquella lucha, daba la sensación de haberlo hecho de manera instintiva.

Christian se estremeció.

–¡Basta! –exclamó–. Victoria, esto es una locura. No quiero hacerte daño.

–Ya es un poco tarde para eso –observó ella con voz neutra.

Christian retrocedió un poco más.

–Recapacita, por favor. No puedo cambiar el pasado, pero puedo intentar ofrecerte un futuro. No te pido que me perdones. Tan solo lucha por seguir viviendo.

Ella apenas lo escuchaba. Seguía peleando, como una autómata. Su técnica dejaba mucho que desear en comparación con la de Christian, pero su fría cólera volvía sus golpes tan certeros como mortíferos. Y seguía desapareciendo y reapareciendo, como un relámpago, y solo los excelentes reflejos de Christian lo salvaron en más de una ocasión de una muerte segura. El joven se arriesgó a volver a mirarla a los ojos cuando una embestida de ella los dejó peligrosamente cerca.

–Te quiero, Victoria –dijo.

Ella le devolvió una mirada profunda como una sima sin fondo.

–También es tarde para eso, Christian –respondió–. Demasiado tarde.

Christian esquivó por los pelos una nueva estocada de ella y retrocedió, turbado, tratando de asimilar sus palabras.

Lo había llamado «Christian».

«Te llamo Kirtash cuando te odio, te llamo Christian cuando te quiero», había dicho Victoria, mucho tiempo atrás.

«No es posible», se dijo. «¿Todavía...?».

Apenas unas semanas antes, Christian había conocido y comprendido a Victoria hasta el más íntimo rincón de su ser. Sabía qué pensaba, qué sentía, sabía interpretar correctamente sus más mínimos gestos.

Desde la muerte de Jack, sin embargo, la joven se había convertido en una completa desconocida para él. Podía llegar a intuirla, tal vez entenderla. Pero su mirada ya no era clara y transparente como antaño. El turbulento caos que leía en sus ojos le impedía llegar hasta su alma.

Había dado por sentado que todo el amor que ella pudiera haber sentido hacia él se había perdido en la sima, con Jack.

Tuvo que dar un salto atrás, porque Victoria volvía a la carga.

–¡Espera! Aún sientes algo por mí, ¿verdad?

–Eso no es importante.

Con un ágil movimiento, Christian la esquivó de nuevo y se colocó tras ella, muy cerca, sin importarle el peligro.

–Lo es –replicó, hablándole casi al oído–. Todavía puedes quedarte conmigo.

Ella se volvió con violencia y descargó a Domivat contra él. Christian detuvo el golpe.

—Eres el asesino de Jack –le recordó Victoria con calma–. ¿Cómo te atreves a proponerme algo así?

Sus ojos relampagueaban con una ira fría y letal. Christian comprendió entonces que era ella, su férrea fuerza de voluntad, su helado odio, lo que alentaba una espada que debería estar muerta, una espada que debería haberse quebrado bajo el poder de Haiass.

—Sabías que era un asesino –dijo él–. Lo sabes desde hace mucho tiempo. Sabías también que mi odio hacia Jack me llevaría a enfrentarme a él. Y tuviste ocasión de acabar con mi vida mucho antes, en Seattle. ¿Por qué no lo hiciste?

Esperaba que ella reconociera aquel sentimiento que los había unido, que lo acusara de haberla engañado..., pero no las palabras que pronunció a continuación.

—Porque entonces no estaba preparada para matarte. Ahora sí lo estoy.

Y Christian supo que decía la verdad.

La miró y la vio, de pronto, como era realmente. Una criatura desamparada, perdida en un mundo que ya no era el suyo, sumida en un dolor demasiado profundo para expresarlo y que solo la muerte podría curar, un ser que había perdido una parte de sí mismo y se había quedado incompleto y espantosamente solo.

Christian sabía que, si él moría, ya nada ataría a Victoria a la vida. Si él moría, morirían los dos.

Pero la joven lo estaba deseando con todas sus fuerzas. Y el shek pensó, de pronto, que tal vez lo mejor que podía hacer por ella fuera dejarla morir en paz. Y se dio cuenta de que, sin ella, su propia vida ya no tendría ningún sentido.

Qué irónico, pensó. Tras la muerte de Jack, todo se había venido abajo. Ni Christian ni Victoria iban a sobrevivirle, y cuando comprendió esto, el joven fue totalmente consciente de hasta qué punto estaba unido el destino de los tres.

Tal vez fuera un segundo de desconcentración, tal vez una milésima. Christian bajó la guardia apenas un instante. Victoria apareció ante él, como surgida de la nada; Domivat golpeó con fuerza a Haiass y se la arrebató de las manos, y Christian vio, impotente, cómo su poderosa espada de hielo volaba hasta el otro extremo de la sala y aterrizaba en el suelo con un sonido parecido al de una daga cayendo sobre una capa de escarcha.

La punta de Domivat rozó su cuello.

—Espera —la detuvo él con rapidez—. Si vas a matarme, quiero pedirte una última cosa. Quiero besarte por última vez.

No apreció ningún cambio en la expresión ni en la mirada de ella. No obstante, el filo de Domivat permaneció donde estaba, y el shek pudo percibir una leve palpitación en la espada, que deseaba probar su sangre. No estaba tan muerta como parecía. Eso le sorprendió.

Victoria se acercó más a él, deslizando, casi con dulzura, la parte plana de la espada por la piel de Christian. Lo miró a los ojos, pero no dijo nada.

—¿Tienes idea de lo que sería capaz de dar por un beso tuyo? —murmuró él, buscando, tal vez, reavivar recuerdos de momentos pasados, momentos compartidos, momentos íntimos de los dos.

Victoria seguía sin hablar. Aquellos dos agujeros negros en que se habían convertido sus ojos continuaban fijos en los ojos azules de Christian.

—Moriría por un beso tuyo —prosiguió él—. Moriré por un beso tuyo.

Hubo un breve momento de tensión. Entonces, Victoria bajó la espada, se puso de puntillas y lo besó en los labios.

Intensamente. Apasionadamente.

Christian cerró los ojos y se entregó a aquel beso.

Nunca antes lo había hecho. Siempre era él quien besaba, quien controlaba la situación, mientras ella se dejaba llevar. Siempre se había sentido más interesado en las reacciones de la otra persona que en las suyas propias, porque hacer sentir cosas a otra persona implicaba tener un cierto poder sobre ella, y el shek se encontraba cómodo en esa posición de poder y control. Pero en aquel momento no quiso pensar, no quiso controlar; se limitó a disfrutar de las sensaciones que aquel beso despertaba en su interior, a dejarse arrastrar por ellas; sabía que estaba bajando la guardia y que ahora era vulnerable, pero no le importó.

Porque también Victoria estaba poniendo toda su alma en aquel beso, y Christian descubrió que el amor que ella había sentido seguía allí, herido y sangrante, pero real, muy real, y más intenso de lo que jamás había soñado.

Lo sorprendió. Definitivamente, comprendió, aún estaba muy lejos de conocer a Victoria.

La rodeó con los brazos, feliz de tenerla cerca de nuevo. Por un breve momento de gloria, llegó a pensar que había vencido, que el amor había superado al dolor, al rencor.

Pero entonces algo se hundió en sus entrañas, algo frío y cortante que, súbitamente, se inflamó al contacto con su carne.

Christian jadeó, sorprendido, y abrió los ojos de par en par. Miró hacia abajo cuando Victoria se separó de él.

Le había clavado a Domivat en el vientre, y la espada de fuego había ardido en contacto con la sangre del shek, recuperando su antiguo poder.

Christian gritó de dolor y se la arrancó. Se quemó las palmas de las manos, pero no le importó. Con un esfuerzo sobrehumano, arrojó la espada lejos de sí.

Sin dar crédito a lo que estaba sucediendo, se llevó las manos a la herida del vientre, una herida mortal. Y miró a Victoria, desolado.

Ella había desenfundado el báculo, que palpitaba en sus manos, dispuesta a rematar la ejecución de su venganza.

Pero Christian leyó la verdad en sus ojos.

Amor, dolor... y la certeza de que, de alguna manera, al matar a Christian se estaba matando a sí misma.

Y lo sabía.

Victoria no sobreviviría a aquella noche.

–Criatura... –musitó el shek, cayendo de rodillas ante ella. Alzó la mirada hacia Victoria, que avanzaba, implacable, con el extremo del báculo iluminado con una luz mortífera.

Christian cerró los ojos, aguardando la muerte y lamentando, por encima de todo, que su amor no hubiera bastado para salvar a Victoria, que su amor, como todo lo que había en él, estuviera envenenado y los hubiera destruido a los tres.

Entonces, una sombra se interpuso entre ambos. Y Domivat, la espada de fuego, chocó contra el Báculo de Ayshel, deteniéndolo antes de que llegara a alcanzar a Christian. Victoria alzó la cabeza para ver quién osaba cruzarse en su camino, y se topó con unos ojos verdes que la miraban con seriedad.

–Déjalo, Victoria –dijo él.

Ella no lo escuchó.

Había soñado tantas veces que Jack regresaba, que estaba convencida de que aquello no era más que una sombra, un fantasma que acudía a atormentarla una vez más. Con un grito de ira, descargó el báculo contra aquella quimera para hacerla desaparecer, pero la espada contra la que chocó, de nuevo, era de verdad. No era una ilusión.

Volvió a mirarlo, aturdida.

–Victoria... –dijo él.

El báculo resbaló de sus manos hasta caer al suelo. Su luz se apagó de golpe.

Christian vio cómo los dos se abrazaban y parecían fundirse en un solo ser. La vida se le escapaba rápidamente, y por un instante pensó, antes de perder el sentido, que estaban los tres muertos y que acababan de reunirse en otro lugar, tal vez más allá de la vida.

Victoria sintió que el fuego de Jack volvía a recorrer todo su ser, desterrando las tinieblas de su corazón, buscando la luz que se agazapaba en su alma, equilibrando de nuevo la balanza y calmando, con su presencia, el dolor que la atenazaba.

Apoyó la cabeza en su hombro y, por primera vez en mucho tiempo, lloró.

Y las lágrimas limpiaron la oscuridad de sus ojos.

Jack la estrechó entre sus brazos, con fuerza. La cubrió de besos, hundió el rostro en su cabello castaño y cerró los ojos, porque sintió que se le llenaban de lágrimas. Tragó saliva. Abrazarla de nuevo después de tanto tiempo era como zambullirse en un remanso de aguas cristalinas después de estar largo tiempo perdido en un desolado desierto.

–Victoria, Victoria, Victoria... –le susurró al oído–. Estoy aquí, he vuelto. Y no volveré a marcharme nunca más, pequeña. Te lo prometo.

Tuvo que sostenerla, porque se caía. Al principio pensó que se había desmayado, pero luego se dio cuenta de que a la muchacha le temblaban las piernas y necesitaba sentarse. Pero no quería soltarla por nada del mundo, por lo que se dejó caer al suelo, junto a ella. La abrazó por detrás y apoyó su mejilla en la de ella. Se sentía tan feliz que no encontraba palabras para expresarlo.

Se quedaron un momento así, abrazados. Victoria aún era incapaz de pronunciar palabra. Entonces, Jack notó que ella trataba de moverse. Aflojó un poco su abrazo, pero no la soltó.

A ella le bastó con eso, de todas formas, para alargar los brazos hasta el cuerpo inerte de Christian, que yacía junto a ellos, y tirar de él para acercarlo a ella. Jack la vio sostener la cabeza de Christian y apoyarla en su regazo, acariciándole el pelo con ternura.

Había dejado de llorar. Pero todavía se sentía atónita y confusa. Cerró los ojos un momento para sentir junto a ella a Jack, a Christian, a los dos. Estaban vivos los tres. Le parecía un sueño, demasiado hermoso para ser real. Se volvió para mirar a Jack a los ojos.

–Has vuelto –murmuró–. De verdad.

Él sonrió, la acunó entre sus brazos con dulzura.

–Sí, Victoria.

Ella bajó entonces la vista para contemplar el pálido rostro de Christian.

–Está... –susurró, pero no fue capaz de decir nada más.

–Tienes que curarlo –dijo Jack con suavidad–. Aún podemos salvarlo.

Pero ella negó con la cabeza.

–No puedo. Oh, Jack, no puedo. Ha pasado algo con mi magia, yo... –gimió–. Si intento curarlo, lo mataré.

Jack tragó saliva. Entonces, no habían sido imaginaciones suyas. Momentos antes, cuando se había enfrentado a Victoria, le había parecido ver algo muy extraño en sus ojos.

–A ver, mírame.

Victoria obedeció. Jack vio en sus ojos rastros de aquella extraña oscuridad que los había velado tanto tiempo, pero descubrió también una débil luz en el fondo de sus pupilas.

–Has estado enferma –comprendió–. Pero tu luz no se ha apagado del todo, y creo que entre los dos podremos restaurarla. Tal vez necesites un poco más de tiempo...

–No tenemos tiempo –cortó ella; parecía que volvía a pensar con claridad–. Christian se muere, y yo... maldita sea, por poco lo mato...

Jack soltó a Victoria y se inclinó junto al cuerpo de Christian para examinarlo. También él había intentado matarlo, la última vez que se habían encontrado, sobre los Picos de Fuego. Pero ahora acababa de salvarle la vida, interponiendo a Domivat entre él y Victoria.

Al mirar al shek moribundo, sintió que el odio volvía a palpitar en su interior.

«Lo necesito para derrotar a Ashran», se recordó a sí mismo. «Lo necesito para que Victoria sea feliz».

Se volvió hacia ella.

–¿Vas a intentarlo?

Victoria negó con la cabeza.

—No quiero hacerle más daño. Jack, tú no sabes lo que provoca mi magia ahora.

Jack sentía que la vida se escapaba de Christian gota a gota. El joven tenía el vientre casi carbonizado y su respiración era muy débil. Intentó no dejarse llevar por el pánico. Miró a su alrededor en busca de inspiración.

Y vio el Báculo de Ayshel.

No se lo pensó dos veces. Alargó la mano y lo cogió.

—¡Jack, no! —chilló Victoria.

Pero, ante su sorpresa, el artefacto no reaccionó contra el muchacho, y se dejó sostener dócilmente. Jack la miró con una sonrisa de oreja a oreja.

—Solo apto para unicornios y semimagos, ¿recuerdas? —le dijo—. Y semimagos son aquellos que han visto a un unicornio, pero no han sido tocados por él.

Victoria recordó de pronto que ella se había mostrado como Lunnaris ante él, en Limbhad. Pero no había permitido que la tocase. Nunca se le había ocurrido pensar que había convertido a Jack en un semimago. Comprendió enseguida cuáles eran las intenciones de su amigo cuando este se inclinó sobre Christian, pensativo, aún con el báculo en la mano.

—¿Podrás usar el poder semimágico? —preguntó, dudosa—. No has dejado de ser un dragón. ¿Tu poder de dragón no interferirá?

Recordaba el caso de Christian. Un unicornio le había entregado su magia cuando era niño, el mismo día de la conjunción astral; Christian era, por tanto, un mago, pero aquel poder quedaba ahogado por el poder superior del shek.

—Tenemos que intentarlo —musitó Jack—. Espero que el báculo ayude. Tú solo dime qué tengo que hacer.

Victoria se incorporó, resuelta. Tiró un poco más de Christian, con delicadeza, para colocarlo completamente boca arriba, y lo sostuvo con suavidad, pero con firmeza. Lo sintió tan frágil entre sus brazos que se le encogió el corazón. «Dioses, ¿cómo he podido hacerle esto?», se preguntó, horrorizada. Todavía no entendía muy bien cómo y por qué había regresado Jack, todavía estaba segura de que Christian lo había matado. Pero ahora, con Jack a su lado, era incapaz de sentir rencor. Tenía la sensación de haber despertado de una oscura pesadilla, como si nada de lo que había vivido desde la caída de

Jack en los Picos de Fuego hubiera sucedido en realidad. Pero lo recordaba, lo recordaba todo, igual que si lo hubiera visto a través de los ojos de otra persona.

Ahora, la presencia de Jack iluminaba de nuevo su existencia, como un sol hermoso y brillante. Como si él la hubiera llevado de la mano por el camino de vuelta a la vida, desde las tinieblas de un extraño estado entre la muerte y la vigilia.

«Estoy viva», pensó. «Y Jack también lo está. Y he de salvar a Christian, porque...».

Porque su muerte, comprendió de pronto, la sumiría de nuevo en la más honda oscuridad, una oscuridad de la que, esta vez, ni siquiera Jack podría rescatarla. Respiró hondo.

–Coloca una mano sobre la herida –indicó–, pero sin llegar a tocarla. Sujeta el báculo con la otra mano. ¿Sientes la energía que te transmite?

–No –dijo Jack, un poco desconcertado.

Victoria respiró hondo, tratando de tranquilizarse.

–¿No está cálido?

–No más que yo.

Victoria cerró los ojos e intentó ordenar sus pensamientos.

–Vale, tú eres más cálido que el resto de personas. Puede ser que por eso no lo notes. Inténtalo otra vez, concéntrate. Tienes que notar que el báculo irradia energía y calor y te los transmite a través de la mano.

Jack frunció el ceño y cerró los ojos. Sí, ahí estaba. Una pequeña corriente cálida que recorría sus dedos y se desparramaba por sus venas, brazo arriba. Pero aquella calidez quedaba ahogada por el fuego del dragón.

–Por favor... –susurró Victoria.

Jack abrió todavía más los dedos de la mano que mantenía sobre el vientre de Christian. «Cúrate, maldito shek, no me hagas esto ahora...».

Y, de pronto, la herida de Christian empezó a sanar. Con rapidez.

Con demasiada rapidez. Victoria lanzó una exclamación de alegría, pero enseguida se dio cuenta de que algo iba mal: en el centro de la quemadura apareció un punto rojo y brillante. Christian gimió débilmente.

–¡Para! –dijo Victoria, alarmada.

Jack cerró la mano. El punto rojo desapareció.

–Por poco... por poco lo quemas otra vez –murmuró ella temblando, estrechando a Christian entre sus brazos–. ¡El báculo no solo ha canalizado la energía del ambiente, sino también tu propio poder de fuego!

Jack se dejó caer al suelo, agotado.

–Tendrás que intentarlo tú.

Victoria tragó saliva. Contempló unos instantes el rostro de Christian, lo acarició con ternura.

–No puedo dejarle morir –susurró–. No puedo. Aunque te hubiera matado mil veces... no puedo ver cómo se muere y seguir viva después. Si le pasa algo, yo...

No pudo continuar. Jack colocó una mano en su hombro, para reconfortarla.

–Lo sé. Vamos, te ayudaré a levantarlo.

Entre los dos alzaron a Christian y lo llevaron a la habitación más próxima. Lo tendieron en la cama. Victoria seguía mirándolo, insegura.

–No es una herida superficial –dijo–. Aunque le curara la piel, sus órganos han quedado dañados, quemados por el fuego de Domivat. Tendré que transmitirle mucha energía... durante mucho tiempo. No sé si... –vaciló.

Jack le hizo alzar la cabeza para mirarla a los ojos.

–Tu luz está volviendo –dijo–. Es un poco distinta... pero... yo creo que podrás hacerlo, Victoria. Eres su única opción.

Ella asintió. Se tendió en la cama, junto a Christian. Rodeó su cintura con el brazo, con cuidado de no rozarle la herida. Apoyó la cabeza en su hombro. Pero antes de cerrar los ojos, volvió la cabeza hacia Jack.

–¿Estarás aquí cuando despierte?

Él sonrió. Se sentó en el alféizar de la ventana y cruzó los brazos ante el pecho.

–El tiempo que haga falta –respondió en voz baja.

Victoria sonrió a su vez. Sus ojos parecieron iluminarse un poco más.

Y entonces, lentamente, fue deslizándose en el seno de un sueño profundo, reparador, mientras la magia de la Torre de Kazlunn la recorría por dentro y pasaba a través de ella, hacia Christian, como un torrente cálido y renovador que, en esta ocasión, no arrastraba consigo otra cosa más que amor.

Jack se quedó contemplándolos un momento, el shek herido de muerte, con el vientre casi abrasado por la llama de Domivat, en brazos del unicornio que había estado a punto de matarlo y que ahora trataba desesperadamente de salvarle la vida.

«Victoria, Victoria, con lo mucho que lo quieres», pensó, conmovido. «Y por poco lo matas. Por mí».

Sintió que se mareaba. Él sabía hasta dónde llegaba su propio amor por la muchacha. Había luchado por ella, había estado a punto de morir por ella, se había sentido horriblemente vacío en Umadhun, sin ella. Estaba dispuesto a darlo todo por Victoria. Se preguntó, por un momento, qué pasaría si, en lugar de sentir eso por una sola mujer, lo hubiera sentido por dos. Si, por ejemplo, hubiera amado también a Kimara de la misma forma que amaba a Victoria. «Me habría vuelto loco», se dijo.

Y comprendió a Victoria un poco mejor.

«Más vale que salgas de esta, shek», pensó.

«El dragón ha vuelto», dijo Zeshak. Sus palabras arrastraban un matiz tan gélido y letal que cualquier hombre se habría estremecido de terror. Ashran solo entrecerró los ojos.

—Lo sé —dijo—. Confieso que no esperaba que siguiera vivo. Pero eso explica muchas cosas. Explica, por ejemplo, por qué todo ha estado tan tranquilo últimamente. Por qué los Seis no parecieron reaccionar a la pérdida de su héroe.

«Es por la profecía, ¿no es cierto? Los dioses lo protegen».

—También protegen a la criatura que ha estado a punto de matarlo —replicó Ashran, con una enigmática sonrisa—. Aunque te cueste creerlo.

«Después de lo que ha sucedido hoy, pocas cosas pueden sorprenderme. Jamás habría llegado a imaginar que alguien de los nuestros protegería a un dragón».

Habló con profundo disgusto; pero Ashran seguía sonriendo.

—Sois criaturas sorprendentes, los sheks. Igual que lo fueron los dragones. O los unicornios.

Zeshak replegó las alas, molesto.

«¿Te divierte? No tendrás tiempo para reírte cuando se cumpla la profecía».

La sonrisa de Ashran se hizo más amplia.

—Detecto en ti cierto respeto por la profecía. Esto sí que es una novedad.

Zeshak no respondió. Apoyó la cabeza sobre sus anillos y cerró los ojos, profundamente irritado.

—Ah, Zeshak, Zeshak, estás empezando a ponerte nervioso. Ya no puedes controlar la situación. Ya no sabes qué más hacer. Kirtash acabó con la vida de Gerde y yo acepté que se quedara con la Torre de Kazlunn. También permití que el unicornio siguiera con vida, porque Kirtash me lo pidió. Y ahora hemos perdido una torre, un unicornio, una maga y un híbrido de shek. Y seguimos teniendo al dragón.

«Hasta aquí nos ha llevado tu debilidad por ese monstruo».

—Sí, siento debilidad por él, lo confieso. Es único en su especie, y disfruto estudiando su evolución, sus reacciones...

«Es un monstruo. Tan traicionero como su madre».

—Como *una* de sus madres. Zeshak, debiste acabar con la vida de Sheziss cuando tuviste la oportunidad. Te dije que las madres supondrían una molestia.

«No tardaré en corregir esa equivocación. Pero ¿de qué servirá? La tríada se ha reunido de nuevo. La profecía se cumplirá...».

—Sí —cortó Ashran, pensativo; había clavado su mirada de plata en el cielo nocturno que se veía desde la ventana, y donde las tres lunas relucían misteriosamente—. La profecía se cumplirá, dentro de siete días exactamente. Bonito número, ¿no crees?

Zeshak se irguió, como movido por un resorte.

«¿Siete días? ¿Estás seguro?».

—Siete días. Dentro de siete días, el dragón y el unicornio vendrán aquí a presentar batalla. Es la última oportunidad que tenemos de revertir la palabra de los Seis a nuestro favor.

Zeshak estrechó los ojos y siseó por lo bajo.

«¿En qué estás pensando?».

El Nigromante suspiró.

—No me gusta arriesgarlo todo en una sola jugada, Zeshak, pero no me quedará más remedio. Sabes lo que sucederá dentro de siete días, ¿no es cierto? Esa noche... venceremos a la Resistencia y a los héroes de la profecía y obtendremos el poder absoluto sobre Idhún... o seremos derrotados en esta batalla.

«¿Batalla?», repitió Zeshak.

Ashran se volvió hacia él y le dirigió una fría mirada.

—Una batalla más de una guerra eterna, amigo mío. Pero no una batalla cualquiera. Tenemos tanto que ganar... tanto que ganar...

Hubo un breve silencio.

«¿Te enfrentarás al dragón y al unicornio, pues?».

–Y a mi hijo, si sobrevive a las heridas que el unicornio le infligió. Sí, vendrán los tres... y, si las cosas salen como yo espero, uno de ellos morirá.

«¿Solo uno?».

–Me basta con uno. Me basta con uno para derrotar a la profecía y, créeme, ya sé cuál es su punto débil, sé cómo vencerlos.

«El odio no acabó con ellos».

Ashran rió suavemente.

–No, es cierto. Y no será el odio lo que haga que caigan a mis pies. Ellos no lo saben, pero desde que pisaron este mundo los he estado observando, he estado sometiéndolos a pruebas cada vez más duras. Tenía la esperanza de que alguno de ellos muriera antes de llegar hasta aquí, pero hasta yo sé que la profecía acabará por cumplirse y que es inevitable que nos enfrentemos.

«Esas pruebas solo los han hecho más fuertes».

–Y, en cierto sentido, más vulnerables. Porque ahora los conozco. Y sé cómo derrotarlos. Pero ellos siguen sin conocerme a mí.

«Tuvimos tantas oportunidades. Has tenido al unicornio en tus manos en dos ocasiones. Las dos lo dejaste marchar».

Ashran sonrió.

–Veo que te preocupa mucho el asunto de la muchacha. Para tu tranquilidad, te diré que ella forma parte de mi plan. Ahora la necesito viva.

Zeshak no dijo nada, pero lo observó con cierto escepticismo. Ashran volvió a asomarse a la ventana y contempló las lunas en silencio.

–Victoria... –murmuró–. Mi unicornio herido. Pronto volveremos a vernos, sí, y aunque todavía no lo sabes, serás la clave para mi triunfo absoluto sobre Idhún y sobre la profecía.

Algo lo recorría por dentro, algo puro y muy dulce, llenándolo, reparando sus heridas y desterrando la angustia y el dolor.

Era la magia de Victoria.

Y ella...

Ella dormía profundamente entre sus brazos.

Christian la miró, todavía algo confuso. Los dos se hallaban tendidos en una cama, en una de las habitaciones de la Torre de Kazlunn. El escenario le resultó conocido y muy real.

«Estamos vivos», pensó.

Todavía no entendía muy bien qué estaba sucediendo. Pero Victoria estaba allí, abrazada a él, y estaba empleando su magia para sanar la herida que ella misma le había causado. Y su rostro reflejaba paz y felicidad, en una expresión dulce que Christian había llegado a creer que no volvería a ver nunca en ella.

–Victoria –susurró, pero ella no despertó.

–Está en trance –dijo de pronto una voz junto a la ventana.

Christian se volvió hacia allí, alerta. La luz de la tarde recortaba una silueta que conocía bien.

–Jack –murmuró–. Estás vivo. Entonces, no ha sido un sueño.

Él sonrió. Christian apreció que había cambiado. Parecía mayor y más curtido, y el pelo, que se sujetaba con una cinta atada a la frente, le crecía en mechones desordenados, dándole un aspecto indómito y rebelde. Pero su porte transmitía serenidad y seguridad en sí mismo, a la par que una reflexiva cautela que, por alguna razón, a Christian le recordó a la actitud de algunos sheks, incluyéndose a sí mismo.

–Pensé que te había matado.

Jack ladeó la cabeza.

–Hace falta algo más que un híbrido de shek para acabar conmigo –hizo notar; pero no había desafío en sus palabras, sino más bien una especie de burla amistosa.

–¿Dónde has estado todo este tiempo?

–En el infierno –dijo Jack tras un momento de silencio.

Christian lo miró. Los ojos azules del shek se encontraron con los ojos verdes del dragón. Y ambos entendieron muchas cosas.

En aquel momento, Victoria se removió en brazos de Christian, todavía en sueños.

–Va a despertar –dijo Jack con suavidad.

–¿Qué le pasa?

–Nada, solo que ha tenido que sumirse en un sueño profundo para que la magia fluyera mejor.

–Entonces, al recuperarte a ti, ha recuperado su magia.

–Al recuperarnos a los dos –puntualizó Jack–. Por unos momentos pensamos que te perderíamos, pero también tú eres duro de matar.

–¿Cuánto tiempo...?

–Lleváis tres días inconscientes; tú, malherido, y ella, en su trance curativo, ahí, tendida a tu lado. No se ha separado de ti ni un solo momento.

–Pero...

–... pero no creas que durará siempre –cortó Jack, sonriendo–. En cuanto estés mejor, espero que me cedas su compañía durante un largo rato. La he echado mucho de menos, ¿sabes?

Christian sacudió la cabeza y esbozó una cansada sonrisa.

–Has aprendido mucho en el infierno –comentó–. Ya era hora.

–Los tres hemos aprendido, cada uno en nuestro infierno particular. Espero que eso nos sirva para salir adelante –la expresión de su rostro se tornó seria de pronto–. Ashran sabe que estamos aquí.

Christian se puso tenso, pero Jack lo detuvo con un gesto.

–De momento estamos a salvo. Ya te explicaré con detalle cuál es la situación cuando estés un poco mejor, pero ahora tienes que recuperarte del todo o no nos serás de mucha ayuda. Además –añadió sonriendo–, calculo que Victoria no tardará en despertar. Así que mejor os dejo solos para que hagáis las paces.

Christian sonrió de nuevo.

–Jack –lo llamó cuando él estaba ya en la puerta–. Gracias.

Jack hizo un gesto de despedida y salió de la habitación. Victoria despertó apenas unos momentos después. Alzó la mirada, un poco aturdida, y se topó con los ojos de Christian. Sonrió.

–Hola –susurró.

El shek sonrió a su vez. Los ojos de Victoria volvían a ser luminosos, como antaño, y rebosaban amor. Christian le apartó el pelo de la cara con la punta de los dedos, para poder verla mejor.

–Hola –dijo solamente.

Victoria emitió un sonido parecido a un suspiro. Parpadeó varias veces para despejarse un poco.

–¿Cómo te encuentras? –le preguntó entonces.

–Bien –respondió él–, teniendo en cuenta cómo estaba la última vez que te vi.

Ella sonrió. Se incorporó un poco y retiró las sábanas, y luego la camisa de Christian, para examinar su herida. El joven se estremeció cuando los dedos de Victoria rozaron su piel, con infinita ternura.

–La espada te quemó por dentro –dijo ella con suavidad–. He tardado mucho en poder regenerar todo lo que el fuego destruyó. Si no fueras tan frío por naturaleza, habrías ardido al instante.

Los ojos de ambos se encontraron.

–No quería matarte –dijo Victoria–. No quería hacerte daño. Pero sentía como si no tuviera opción, ¿entiendes?

Christian sacudió la cabeza.

–Me clavaste una espada en el vientre –dijo–. Yo te clavé una espada en el corazón. Teniendo eso en cuenta, creo que no he salido muy mal parado.

–Habría muerto antes que matarte –susurró ella–. Pero ya estaba muerta. De alguna manera.

–Lo sé –dijo Christian en voz baja–. Ven aquí.

Ella se acercó más, y Christian vio que lo hacía sin vacilar, sin dudas, sin temor. La miró a los ojos y la vio más madura, más sabia. Los dos sonrieron, casi a la vez. Ambos se sentían profundamente aliviados de que la pesadilla hubiese terminado por fin; tanto, que no se reprocharon el uno al otro el dolor que se habían causado mutuamente. Y deseaban recuperar el tiempo perdido, reconstruir el sentimiento que los había unido, superar la profunda brecha que se había abierto entre ellos en los últimos tiempos... En definitiva, hacer las paces, como había dicho Jack.

Cuando comprendió esto, Christian entendió también que no quería perder el tiempo con palabras.

Y no pudo evitarlo. La besó.

En uno de los pisos superiores de la torre había un mirador. Todos los edificios más emblemáticos de Idhún tenían uno, una amplia terraza con balconada que en realidad servía para que los dragones pudieran posarse en alguna parte cuando llegaban de visita. También la casa de Limbhad contaba con uno de ellos, muy similar al de la Torre de Kazlunn. Jack reprimió un suspiro de nostalgia y se esforzó por centrarse en el presente.

Avanzó con paso resuelto hacia Sheziss, que se había enroscado sobre sí misma junto a la balaustrada. Aquel mirador era uno de los pocos espacios del edificio en los que no se sentía estrecha.

–Saldrá de esta –informó Jack sentándose a su lado, sobre el antepecho.

Sheziss no hizo ningún comentario. Ni siquiera se movió. Seguía con los ojos cerrados, como si todo aquello no le interesara lo más mínimo. Pero Jack la conocía lo bastante bien como para saber que estaba escuchando con atención.

–En cuanto se sienta un poco mejor –prosiguió Jack–, percibirá tu presencia. ¿Vas a mostrarte ante él?

Tras un momento de silencio, Sheziss respondió:

«¿Para qué?».

–Entonces, ¿vas a tomarte la molestia de ocultarte a su vista?

Sheziss alzó la cabeza y lo miró entornando los ojos. Jack sonrió. La había pillado. Si respondía que sí, demostraría que sí le importaba Christian, aunque solo fuera un poco. Si respondía que no, tarde o temprano tendría que enfrentarse a él. Y Christian haría preguntas.

La serpiente esbozó una breve sonrisa.

«¿Por qué no?», respondió. «Llevo mucho tiempo ocultándome».

Jack abrió la boca, pero no le salieron las palabras.

«¿De veras quieres que me vea? O, peor aún... ¿quieres que yo lo vea a él? Podría sentir tentaciones de hacer con él lo que debí hacer hace quince años, y no hice».

–¿El qué?

«Matarlo, para acabar por fin con su penosa existencia».

Jack sintió que se le secaba la boca.

–No puedes estar hablando en serio.

Sheziss volvió a tumbarse y cerró los ojos otra vez.

–Mírame, Sheziss –protestó Jack–. Mírame bien. Maldita sea, después de todo lo que hemos pasado juntos... ¿todavía me consideras un monstruo? Si la respuesta es no, entonces no tienes por qué seguir viendo un monstruo en él también.

Sheziss no se movió. Jack apoyó la espalda contra la balaustrada, con un resoplido exasperado.

«¿Tanto te importa?», dijo ella entonces.

Jack meditó la respuesta.

–Supongo que sí –dijo por fin–. Todo el mundo quiere matarlo: humanos, sheks... simplemente por ser lo que es, y al fin y al cabo él no es más que lo que otros hicieron de él. Y en muchos sentidos es como yo. Somos muy diferentes, sí, pero tan parecidos... que hasta compartimos los mismos sentimientos por la misma chica. Y después de todo lo que me has enseñado, ya no puedo verlo como un enemigo. Porque las cosas podrían haber sido al revés. Los dragones podríamos haber exterminado a los sheks. Él podría haber sido el último shek. Y tal vez a mí me habrían creado y entrenado para matarlo, a él y a cualquiera que lo ocultara o lo protegiera. ¿Cuál es la diferencia? –se incorporó, resuelto–. Maldita sea, todavía lo odio. Pero no puedo evitar pensar que podría haber sido yo. Que nuestros destinos no son tan diferentes.

Sheziss lo observó, pero no dijo nada.

Jack se asomó al mirador. Ante él se abría un mar infinito, y a sus pies, un precipicio de una altura estremecedora. La marea estaba baja, y el agua que batía las rocas parecía encontrarse muy lejos.

Pero Jack no sintió vértigo. Al fin y al cabo, era un dragón.

–¿Cuánto tiempo tenemos? –le preguntó a Sheziss, cambiando de tema.

Ella se alzó con parsimonia y se deslizó junto a él.

«No mucho», respondió. «Esta torre es nuestra, sí, y tanto los magos como los szish que hay en ella son nuestros también. No es mucha gente, los he contado. Cuatro magos y dos docenas de soldados szish. Los magos lucharán a favor de Kirtash porque va a proteger al último unicornio. Los szish me obedecerán a mí, y también a Kirtash, porque somos los sheks más cercanos a ellos, y les enseñaron que así deben comportarse. Pero no son suficientes. Ah, Jack, si Ashran está tardando tanto en atacar es porque tu regreso lo ha cogido por sorpresa. Entregó la Torre de Kazlunn a su hijo, perdonó la vida al último unicornio. Estaba seguro de su victoria. Tiene a toda su gente concentrada en la guerra de Nandelt. Mientras los repliega hacia Kazlunn, nosotros podemos ir a Drackwen a atacarlo para que se cumpla la profecía. Por eso no ha venido a buscarnos aún».

–¿Porque preferirá llamar a los sheks a que defiendan Drackwen, en lugar de atacarnos?

Sheziss asintió.

«En esta torre somos fuertes, Jack. Él es fuerte en su torre. De modo que prefiere quedarse allí y redistribuir a su gente, y examinar cuál es la situación, ahora que has regresado, antes que lanzarse a un ataque a ciegas. Por otro lado, no le conviene que se corra la voz de que has vuelto. Eso les daría alas a los rebeldes de Nandelt, y si las tropas se replegaran hacia Kazlunn, ellos sospecharían algo. Podrían perseguirlos, incluso, y atacarlos por la retaguardia. Así que Ziessel, Eissesh y los suyos se encontrarían en una situación delicada, entre los rebeldes de Nurgon y los renegados de la Torre de Kazlunn», añadió con una larga sonrisa.

–Entiendo.

«Pero ya han pasado tres días. Aunque Ashran no quiera precipitarse, a estas alturas ya habrá actuado, en algún sentido. O, por lo menos, tendrá un plan».

Jack reflexionó.

–Tengo que ponerme en contacto con Alexander –dijo–. Tengo que decirle que estoy bien. Que los tres estamos bien. Si la Resistencia...

Se interrumpió porque Sheziss se irguió, alerta, y entornó los ojos. Jack comprendió lo que sucedía y no hizo ningún comentario cuando ella se deslizó por encima de la balaustrada, desplegó las alas y echó a volar.

Justo acababa de desaparecer hacia el otro extremo de la torre cuando Christian y Victoria salieron al mirador. Ambos tenían bastante buen aspecto, aunque el shek seguía pálido y se apoyaba en Victoria para caminar.

–¿Con quién hablabas? –preguntó la muchacha, sonriente.

–Conmigo mismo –respondió Jack, devolviéndole la sonrisa.

Sintió la mirada inquisitiva de Christian. La sostuvo, sereno. Percibió el ligero desconcierto del shek cuando topó con su barrera mental. Sheziss le había enseñado a dejar la mente en blanco para resistir los sondeos telepáticos de los sheks; por supuesto, cualquier shek podría desbaratar aquellas defensas, podría obligarlo a revelarlo todo, si se lo proponía, pero Jack dudaba de que Christian llegara a tanto. Lo sintió retirarse de su mente.

Ninguno de los dos hizo el menor comentario. Jack seguía sonriendo cortésmente. Christian lo miró con un nuevo respeto y le dirigió su habitual media sonrisa.

Victoria alargó la mano que le quedaba libre, y Jack la cogió de buena gana. Se acercó más a ella y le pasó un brazo por la cintura. Los tres contemplaron juntos la puesta del primero de los soles, que se hundía lentamente en el mar.

–Jack –dijo entonces Victoria–, ¿cómo has llegado hasta aquí? ¿Dónde has estado todo este tiempo?

Daba la sensación de que no terminaba de creérselo. También Christian alzó la cabeza, intrigado.

Jack tardó un poco en contestar.

–La espada no me mató –dijo por fin–. No rozó mi corazón.

Cruzó una mirada con Christian; pero los ojos de hielo del shek seguían siendo impenetrables.

—Pero caíste en... –Victoria se estremeció y desvió la mirada; el simple recuerdo de Jack cayendo en la sima de lava le ponía la piel de gallina y llenaba de angustia su corazón.

Jack se volvió hacia Christian.

—¿No sabes lo que es ese lugar?

El shek negó con la cabeza.

—Nunca imaginé que fuera algo más que una brecha de fuego líquido –respondió con calma–. Es evidente que lo era, porque, de lo contrario, no habrías regresado para contarlo. Y además, entero. Estoy impresionado.

Victoria le dirigió una mirada de reproche. Pero no había burla en las palabras del joven. Jack sonrió.

—Esa brecha de fuego líquido oculta una Puerta interdimensional, Christian. He estado... –dudó un momento antes de añadir–, he estado en otro mundo.

Victoria ahogó una exclamación de sorpresa.

—¡Por eso... por eso sentí que tu vida se apagaba! Por eso tuve la sensación de que ya no existías en nuestro mundo. Te fuiste muy lejos... tan lejos que yo no podía sentirte.

—¿A la Tierra? –quiso saber Christian.

Jack negó con la cabeza. Los ojos del shek lo estudiaron con atención. Se fijó en su indumentaria, en su postura, incluso pareció detectar en él algo invisible que el resto de la gente no percibía. Frunció levemente el ceño.

—Ya veo –dijo con suavidad–. Entonces, es todavía más sorprendente que hayas regresado vivo de allí, Jack.

—No estuve solo –respondió él en voz baja; pero no añadió nada más.

Tanto Christian como Victoria entendieron que no daría más detalles. Victoria se puso de puntillas para besarlo en la mejilla, con cariño.

—Lo importante es que estás de vuelta –dijo en voz baja.

—¿Has regresado desde allí transformado en dragón? –preguntó entonces Christian–. ¿Te ha visto mucha gente? Mi padre no tardará en venir a buscarnos.

Jack lo miró.

—¿Estás con él, o con nosotros?

Christian sacudió la cabeza, sonriendo.

—Deberías saber ya la respuesta.

Jack asintió.

—Estás con ella —comprendió, señalando a Victoria—. Y ahora que he vuelto, ella está otra vez en peligro. De modo que vuelves a dar la espalda a Ashran y a los sheks, y de nuevo podemos considerarte un miembro de la Resistencia. A no ser, claro... que decidas protegerla acabando con mi vida.

Los ojos de Christian relampaguearon un instante.

—¿Sabes lo que estás diciendo? —siseó—. Tu muerte casi la mata. ¿Crees que volvería a pasar por ello otra vez?

Victoria respiró hondo y apoyó la cabeza en el hombro de Christian.

—Estás con ella —asintió Jack, sonriendo—. Si estás con ella, estás conmigo. Los tres juntos. Si cae uno, caemos los tres.

«La Tríada», pensó, recordando las palabras de Ha-Din.

Victoria sacudió la cabeza y se separó de ellos para mirarlos fijamente. Allí, junto a la balaustrada, con el mar y los soles ponientes, les pareció a los dos más hermosa que nunca.

—Estoy con vosotros —anunció ella—. Pase lo que pase, por encima de todo. Y si hemos de luchar, lucharé con vosotros, por vosotros. Por los dos. Lo sabéis, ¿verdad?

Jack esbozó una sonrisa cansada.

—Lo sabemos, Victoria. Y ojalá no hubiera que luchar. Pero nacimos para esta batalla. Nos crearon para esta batalla. Lo queramos o no, tenemos que librarla.

—Y más vale que ganemos esta vez —añadió Christian, sombrío.

XXII
La última batalla

ESTE asedio no tiene sentido –estalló el rey Kevanion–. Podemos pasarnos años sitiando la Fortaleza de Nurgon; mientras ese escudo siga ahí, y mientras ellos tengan el bosque de Awa a sus espaldas, no lograremos conquistarla.

Ziessel no respondió. No lo estaba escuchando. Pese a que el rey de Dingra pensaba que la shek lo veía como a un igual, lo cierto era que ella apenas prestaba atención a sus balbuceos. Los humanos eran una raza estúpida en general, pero algunos se llevaban la palma, y aquel Kevanion era uno de ellos.

Seguía molesta por haber perdido Nurgon, porque aquellos rebeldes la habían derrotado en el río. Pero días atrás había recibido una información a través de la red telepática de los sheks, una información que había mejorado mucho su humor.

–Mis tropas llevan casi tres meses acampadas en torno a Nurgon –seguía lamentándose el rey–. Y en todo ese tiempo, los rebeldes se han estado dedicando a reconstruir la Fortaleza, a hacer crecer el bosque en torno a ellos y a construir más de esas máquinas voladoras. Los pueblos de la zona ya no pueden seguir alimentando a mis soldados. Se ponen nerviosos, empiezan a quejarse...

«Prescinde entonces de los soldados humanos», replicó Ziessel, aburrida. «Los szish no causan problemas».

–Esa no es la cuestión. Aunque los generales consiguieran mantener la disciplina, ¡ya no tengo con qué alimentar a tanta gente! He recibido un mensajero del rey Amrin. Pronto se presentará aquí también con los suyos. Más les valiera quedarse en Vanissar.

«No, es aquí, en Dingra, donde tienen que estar», replicó Ziessel, que sabía, como todos los sheks, que la decisión de Amrin de abandonar Vanissar por fin le había sido dictada por Eissesh, quien a su vez

509

había recibido instrucciones del mismo Zeshak. Alzó la mirada hacia el cielo nocturno. «Dentro de cuatro días exactamente, rey Kevanion», prosiguió con suavidad, «dejarás de preocuparte del avituallamiento de las tropas, de si causan problemas, de si se aburren... Dentro de cuatro días, rey Kevanion, tendrás que ocuparte solamente de conducir a tu ejército hasta la victoria».

–... o hasta el escudo de Awa, ¿no? –replicó Kevanion ácidamente.

«Humanos..., siempre tan obtusos», suspiró Ziessel. «¿De veras crees que te aconsejaría enviar a tus tropas a estrellarse contra el escudo? No, Kevanion. Confía en Ashran, tu señor. Cree en él y en mis palabras. Dentro de cuatro días, cuando las tres lunas se alcen en el firmamento, ya no habrá escudo que proteja el bosque de Awa ni la Fortaleza de Nurgon. Porque, para entonces, Ashran lo habrá destruido».

Victoria se despertó bien entrada la noche, sobresaltada y con el corazón latiéndole con fuerza. Había soñado, de nuevo, que Jack caía a la sima de fuego, con la herida producida por Haiass adornando su pecho como una flor de escarcha. Trató de serenarse. Jack dormía profundamente junto a ella, estaba bien, estaba a salvo. Suspiró. Sabía que aquella imagen seguiría poblando sus pesadillas durante mucho, mucho tiempo, y que el recuerdo de aquellos días oscuros nunca abandonaría del todo su corazón.

Se recostó de nuevo en la cama, acurrucándose junto a él todo lo que pudo, y cerró los ojos un momento. Le resultaba increíble que por fin pudiera descansar en una cama en condiciones, en un cuarto en condiciones. Sonrió para sí. Aunque en la Torre de Kazlunn había habitaciones de sobra, le había parecido espantosa la sola idea de dormir lejos de Jack aquella noche. Abrió los ojos para contemplar al joven bajo la luz de las tres lunas. Se había dormido boca arriba, y en su pecho desnudo se veía claramente la cicatriz de la herida producida por Haiass. Victoria la recorrió con la punta de los dedos, estremeciéndose al notarla tan fría bajo su piel. Sabía que, aunque la espada no hubiera rozado su corazón, aquella era una herida mortal de la que Jack no habría podido recobrarse solo. Alguien lo había curado, alguien le había ayudado a regresar, pero el chico no había querido desvelar su identidad. Y aunque Victoria estaba segura de que ese alguien era una mujer, no le habría preguntado nada al respecto. Si el muchacho sentía la necesidad de callar, ella no iba a forzarlo a revelarlo.

Lo miró intensamente. Jack había cambiado. Ahora era mayor y más maduro, y tenía secretos para ella, cuando antes se lo había confiado todo sin reservas. Pero Victoria sabía que su amor seguía ahí, intacto, más sólido que nunca. Y estaba junto a ella de nuevo. Le parecía un sueño demasiado hermoso para ser real.

Le acarició el pelo y el rostro con cariño. No iba a despertarse, ya que tenía el sueño muy profundo. Lo contempló unos instantes, dormido, y de pronto sintió la urgente necesidad de besarlo, de abrazarlo con todas sus fuerzas y decirle lo mucho que lo amaba. Pero sabía que, por muy dormido que estuviese, aquello sí que lo despertaría. Y sospechaba que Jack no había dormido tan a gusto en mucho, mucho tiempo. Necesitaba descansar. Los tres necesitaban descansar, en realidad.

Sonrió al recordar los momentos que habían pasado juntos aquella noche. Jack había respetado su deseo de ir poco a poco en su relación, de no pasar todavía de los besos y las caricias; pero sus besos habían sido más apasionados que nunca, y sus caricias, mucho más audaces. Enrojeció solo de pensarlo.

Suspiró y se levantó, en silencio. De pronto se sentía cansada, muy cansada. Había acumulado mucha tensión en los últimos tiempos, y ahora sentía que le dolía todo el cuerpo. Lo habría dado todo por un buen baño caliente.

Recordó entonces que Jack le había contado que había unos baños en el sótano de la torre, una piscina tallada en la roca que se llenaba de agua de mar cuando subía la marea. La magia mantenía la roca caliente, y el agua resultaba agradablemente cálida. Victoria sonrió al recordar que Jack le había comentado esto sin mucho interés; él prefería bañarse con agua fría, pero los altos acantilados que rodeaban la torre no eran el lugar más idóneo para tomar un baño. De forma que no le había hecho mucha ilusión tener que utilizar las termas de la torre.

Victoria se levantó en silencio y se puso por encima una suave capa que había encontrado en el armario de una de las habitaciones de la torre. Había descubierto otra llena de ropa femenina, pero no la había tocado, esa no. Aquellas prendas sutiles y delicadas, que insinuaban más de lo que pretendían ocultar, le habían recordado a alguien que ya no estaba allí. Por respeto, Victoria lo había dejado todo como estaba en aquella habitación.

Salió del cuarto con paso ligero; tenía intención de estar de vuelta antes de que Jack despertase. Bajó las escaleras deprisa. En un recodo se encontró con un szish, que la saludó con una inclinación de cabeza. Victoria correspondió al saludo.

Había menos gente en la torre que cuatro días antes, cuando ella había llegado allí para matar a Christian. Ni él ni Jack le habían comentado nada al respecto, pero Victoria sabía que habían hecho una selección entre los szish y los magos que guardaban la torre. Primero había sido Jack, mientras Christian y ella dormían su sueño curativo; se había encargado de deshacerse de todos aquellos que siguieron siendo fieles a Ashran. Victoria sintió un escalofrío. No solo porque Jack había aprendido a matar a sangre fría, sino también porque intuía que un oscuro poder lo respaldaba. De lo contrario, no habría podido controlar él solo a toda la torre.

Después, Christian había hecho una segunda criba. Tampoco había tenido piedad con aquellos en los que intuyó un atisbo de rebelión.

Victoria comprendía que estaban en guerra, y que en la guerra no había lugar para la compasión. Además, ellos dos solo trataban de protegerla. Estaba convencida de que ella misma habría sido capaz de matar a cualquiera que amenazase sus vidas. Pero, aun así, prefería no pensar en ello. Tal vez por eso, Jack y Christian no habían hablado del tema.

No obstante, Victoria se había dado perfecta cuenta de que había menos gente. Y tenía una idea muy clara de lo que había sucedido con ellos.

Se acordó entonces de Yaren, el semimago al que días atrás le había entregado una magia sucia y oscura, preñada de dolor y de angustia. Lo habían buscado por los alrededores de la torre, pero no lo habían encontrado. Victoria lo compadecía, pero a pesar de todo no podía sentirse culpable. Había hecho lo que tenía que hacer, y punto. Sin embargo, no podía dejar de preguntarse dónde estaría Yaren, ni qué haría con aquel don que, al haber sido entregado en el momento inapropiado, se había convertido en una maldición para él.

Llegó por fin al sótano y entró en los baños. El ambiente estaba cargado de vapor de agua, que flotaba sobre la alberca de agua de mar. Victoria se relajó al ver que no había nadie y que la piscina estaba medio llena. Sabía que se vaciaba cuando bajaba la marea.

Se desnudó rápidamente y descendió por la escalera. Solo mojarse un poco y salir, pensó. Pero el agua era cálida y curiosamente aromática, y relajó sus músculos y suavizó su piel. Victoria disfrutó del baño y, cuando salió un rato después, se sentía mucho mejor. Se envolvió en su capa y se sentó en el borde de la alberca. Se asomó para contemplar su reflejo en el agua.

También ella había cambiado. Sus rasgos se habían afilado un poco, definiéndose más y perdiendo los últimos restos de redondez infantil. Sus ojos eran más grandes y hermosos que nunca, y su pelo había crecido, cayendo por su espalda en ondas indomables.

Pero Victoria no se percató de todo esto. Se palpó el cuello con los dedos, donde todavía tenía una marca rosácea, fruto de uno de los ardientes besos de Jack. Parpadeó, perpleja, y movió la cabeza sonriendo, un poco azorada. No cabía duda de que el joven dragón la había echado mucho de menos. «También yo a ti, Jack», pensó. «Tanto que me volví loca. Tanto que estuve a punto de matar a tu asesino. Si él hubiera muerto, yo habría muerto con él; pero eso entonces no me importaba».

Sacudió la cabeza, tratando de apartar aquellos pensamientos de su mente. Se levantó, en busca de su ropa, pero se detuvo un momento, alerta.

La temperatura del ambiente había bajado un poco. Victoria suspiró y se envolvió un poco más en la capa.

–Christian –lo llamó con suavidad.

El joven se dejó ver entre la nube de vapor de agua, apenas una sombra recortada en la pared contra la que estaba apoyado.

–Es de mala educación espiar a una dama cuando se baña –sonrió ella.

–También es muy interesante –replicó él con calma.

Victoria volvió a sentarse en el borde de la alberca y esperó a que él se acercara. Como siempre, sintió un escalofrío cuando lo notó próximo a ella.

Ya estaba casi recuperado de la herida que Victoria le había infligido, pero aún se sentía débil, y por esta razón los tres seguían allí, en la torre. Si habían de enfrentarse a Ashran, había decidido Jack, era mejor que estuvieran todos en perfectas condiciones.

–Tienes mejor aspecto –le dijo ella–. Aunque se te ve un poco pálido.

–Y he perdido reflejos. Me noto torpe y lento –Victoria lo miró, un poco sorprendida; le había parecido que él seguía moviéndose con la agilidad y sutileza que lo caracterizaban–. Pero espero estar en forma pronto.

Ella suspiró. Su rostro se nubló al evocar días pasados.

–No quiero tener que volver a pasar por esto –murmuró.

Christian supo exactamente a qué se refería. No hizo ningún comentario.

–Otra vez tuve ocasión de matarte –prosiguió Victoria–. Tuve tu vida entre mis manos. Sin embargo, retrasé tu ejecución para darte el beso que me habías pedido.

Christian sonrió.

–A pesar de eso, me clavaste la espada.

–Podía habértela clavado en el corazón –hizo notar ella; se estremeció–. Ahora mismo podrías estar muerto.

–¿Acaso no es lo que merezco? –preguntó él con suavidad; Victoria lo miró, muy seria–. Hay tanta gente que me quiere muerto –prosiguió él– que a menudo tengo la sensación de que no tardarán en salirse con la suya.

–Por encima de mi cadáver –replicó ella en voz baja; habló con un helado tono amenazador que hizo que el propio Christian sintiera un escalofrío–. Sé todo lo que has hecho, todo el daño que has causado; sé que muchos de los que te odian tienen motivos justificados para hacerlo –lo miró fijamente–. Pero a pesar de todo yo no puedo dejar de amarte, y actuaré en consecuencia. No voy a permitir que nada ni nadie te haga daño.

Christian no respondió. Tampoco se movió, ni hizo el menor gesto. Sostenía su mirada con seriedad, y sus ojos de hielo no traicionaban sus sentimientos.

–Sin embargo –añadió Victoria–, si vuelves a hacer daño a Jack, pasaré a ser una de esas personas que quieren verte muerto.

Habló con calma, pero sus ojos se oscurecieron un instante, y su voz se volvió un tanto fría e inhumana. Christian comprendió que la oscura criatura sedienta de venganza todavía se agazapaba en algún rincón del alma de Victoria, y que la cólera del unicornio herido, una cólera que podía llegar a ser tan terrible como la de un dios, volvería a aflorar contra cualquiera que le arrebatase a un ser amado.

–Si vuelves a hacer daño a Jack –repitió ella, con suavidad–, yo misma me encargaré de acabar con tu vida. Y en esta ocasión no habrá beso de despedida, ni espada clavada en el vientre. Si vuelves a tocar a Jack, te mataré.

Christian sabía que lo decía en serio. Recordó una noche en Seattle, tiempo atrás, en que él mismo le había puesto a Victoria una daga en la mano, le había sugerido que acabase con su vida, había amenazado con matar a Jack. Entonces, a pesar de todo, ella no había sido capaz de utilizar aquella daga. Christian había contado con ello. No necesitaba someterla a aquella prueba para conocer los sentimientos que ella albergaba en su interior; sabía que eran lo bastante intensos como para detener la mano que había de matarlo.

Entonces él lo sabía, pero Victoria todavía no. La prueba del puñal había estado destinada exclusivamente a ella. A demostrarle lo enamorada que estaba, antes incluso de que la joven fuera consciente de ello.

Pero en aquel momento, en las termas de la Torre de Kazlunn, mucho tiempo después, Christian comprendió que, aunque el amor de Victoria por él era más sólido e intenso que nunca, su odio podía alcanzar las mismas proporciones.

«Si vuelves a tocar a Jack, te mataré», había dicho ella. Parecía una amenaza, pero ni siquiera lo era. Se trataba, simplemente, de un hecho obvio, inevitable, incuestionable.

–Y después morirás conmigo –dijo Christian, sin embargo.

–Y después moriré contigo –asintió Victoria con suavidad.

Hubo un breve silencio.

–No puedo permitirlo –dijo él entonces–. No volveré a hacer daño a Jack.

Ella le sonrió con dulzura. La oscuridad fue, lentamente, desapareciendo de sus ojos.

–No temo a la muerte –prosiguió Christian–. Pero no quiero volver a hacerte sufrir de esa manera. Ya sabes lo mucho que me importas.

–Lo sé –susurró ella–. Y tú sabes que yo siento lo mismo.

Hubo un breve instante de incertidumbre. Entonces, como atraídos por un imán invisible, se acercaron el uno al otro... un poco más. Quedaron un momento en silencio, muy juntos pero sin llegar a rozarse.

–No obstante –añadió Christian, pensativo–, si alguien tiene que matarme, prefiero que seas tú, o incluso Jack. Nadie más.

–Tampoco voy a permitir que Jack te haga daño –dijo Victoria en voz baja, y a Christian le sorprendió detectar la misma fría amenaza en sus palabras.

–Si él me matase... ¿qué harías tú? –tanteó.

Ella no respondió enseguida.

–Eres el otro hombre de mi vida –dijo sencillamente, citando las palabras que el shek le había dirigido tiempo atrás, en el bosque de

Awa–. Perderte a ti supondría para mí lo mismo que perder a Jack. Actuaría de la misma manera. Deberías saberlo ya.

Christian sonrió, pensando que ahora era ella quien le daba lecciones, quien dejaba las cosas claras y establecía las bases de su relación. Siempre había sido al revés.

–Por lo visto, lo mejor para los tres será que nadie pierda a nadie –hizo notar.

Victoria respondió con una risa tan cristalina como los arroyos de las montañas. Lo miró con cariño, y Christian volvió a ver en sus ojos la luz de siempre. Se sintió tan reconfortado que le dirigió una amplia sonrisa. Victoria apoyó la cabeza en su hombro, con un suspiro, y cerró los ojos un instante, dejando que la presencia del muchacho llenase su alma. Christian no se movió.

Contemplaron un rato el agua, en silencio. Entonces, Victoria habló, y su voz sonó ya desprovista de aquel timbre inhumano cuando dijo:

–Quiero preguntarte algo. ¿Qué ha sido de Gerde?

Había oído rumores de que Ashran le había entregado el mando de la torre antes de la llegada de Christian.

–La maté –respondió él simplemente.

Victoria ya lo intuía. Respiró hondo.

–Estaba enamorada de ti.

Christian se encogió de hombros.

–Jamás la correspondí, y ella lo sabía.

–Pero estuviste con ella, ¿verdad? La noche en que... la noche en que Ashran me utilizó –concluyó en voz baja.

Christian la miró.

–Claro que lo suponía –sonrió Victoria ante la muda pregunta de él–. No soy tan ingenua como pareces creer. Dime, ¿no significó nada para ti?

–Sabes que no, Victoria. ¿Por qué me lo preguntas?

–Amas a una mujer y luego la matas. Así... tan simple.

–Nunca la he amado. Y, de todas formas, ella te habría matado si hubiera podido.

–Ya lo sé, pero... a pesar de todo, no soy capaz de odiarla.

–Tampoco yo la odiaba. Simplemente me era indiferente. Y se lo dejé bien claro en todo momento.

–Lo sé –se incorporó para marcharse; al pasar por detrás de él, colocó una mano sobre su hombro y le susurró al oído–. Si tanto te cuesta amar, si para ti no es más que placer, no deberías volver a pasar la noche con una mujer que esté enamorada de ti. Le romperás el corazón.

Christian la cogió por la muñeca y la retuvo a su lado. La miró a los ojos.

–También tú estás enamorada de mí –hizo notar.

–Cierto –sonrió Victoria–. Pero yo no te he invitado a pasar la noche conmigo.

–Todavía no. Sigo esperando.

–¿Me romperías el corazón después?

–Sabes que tú no me eres indiferente. También te lo he dejado claro desde el principio.

Victoria quiso retirarse, pero él no la dejó. La atrajo hacia sí y la besó con suavidad. Victoria fue entonces incómodamente consciente de que debajo de la capa no llevaba nada. Se separó de él, azorada, con el corazón latiéndole con fuerza. Los brazos de Christian la rodearon para retenerla junto a él.

–Acabo de estar con Jack –le advirtió ella; se estremeció y se le escapó un breve gemido cuando los labios de él besaron su cuello, suavemente, pasando también por la marca que Jack le había dejado–. Supongo que, como dices tú... apesto a dragón.

–Lo sé –susurró él en su oído–. Es parte de tu encanto.

Victoria sonrió, a su pesar. Soltó una exclamación de alarma cuando sintió las manos de él explorando su cuerpo, lenta y suavemente.

–¿Qué haces?

Christian se detuvo un momento para clavar en ella la mirada de sus ojos azules.

–Aprovechar mis momentos a solas contigo. Me hundiste a Domivat en el estómago; creo que merezco una compensación.

–¡Qué! –soltó Victoria, sin dar crédito a lo que oía–. ¡Tú por poco matas a Jack! ¡Por no mencionar el hecho de que me entregaste a tu padre para que me torturara!

–Entonces compensémonos mutuamente –replicó Christian, y volvió a la carga–. Te aseguro que no te arrepentirás.

La besó otra vez. Victoria jadeó y lo apartó de sí con suavidad.

–Para, por favor. No lo entiendes.

–Lo entiendo –respondió él, mirándola a los ojos–. Sé que quieres que Jack sea el primero en amarte, cuando llegue el momento.

Victoria se quedó helada.

–No... no lo había decidido todavía.

–Sí que lo habías decidido.

Victoria respiró hondo y apoyó la espalda en la pared. Christian se separó de ella, dejándole el espacio que le había pedido.

–Tienes razón –susurró–. No es que lo hubiera decidido, pero... en el fondo, es lo que desearía. Y no es que te quiera menos que a él. Es solo que...

–... que para esa primera vez prefieres a alguien que pueda darte el cariño, la comprensión y la confianza que necesitas para sentirte segura. Y él no ha dejado de ser tu mejor amigo. Te sentirás más cómoda con él.

Victoria no se sorprendió de que él la entendiera tan bien. Se iba acostumbrando.

–También quiero estar contigo. Y lo deseo tanto que a veces me da miedo. Porque todavía no te conozco tanto como querría. Todavía siento que tengo un largo camino que recorrer contigo.

–Ya lo sé –sonrió Christian–. Esperaré tranquilamente mi turno, ya te dije que no tenía prisa. Además –añadió–, no me siento para nada un segundón. Por ejemplo, sé que fui el primero en besarte. En eso me adelanté a Jack. Y a cualquier otro.

Victoria se quedó de piedra.

–¿Cómo...? –empezó, boquiabierta–. ¿Cómo sabes...?

–¿Que fui el primero en probar el sabor de tus labios? –él la miró intensamente–. Lo sé. ¿O acaso no fue así?

Victoria desvió la mirada, con una tímida sonrisa.

–Sí que fuiste el primero –dijo en voz baja, y el corazón se le aceleró de nuevo al recordar aquella noche, en un parque de Seattle, cuando había acudido al encuentro de su enemigo; cuando había sido incapaz de matarlo y él, a cambio, le había robado un beso. Su primer beso.

–Pero, de todas formas –dijo Christian acercándose de nuevo a ella–, sigo pensando que nada me impide disfrutar un poco de tu compañía. Respetando los límites que tú quieras marcar, por supuesto.

Ella sonrió. Se sonrojó un poco y bajó la cabeza cuando dijo:

–Hay más –susurró; tragó saliva–. Tu presencia... tu contacto... me vuelven loca –confesó–. Si vuelves a acariciarme como lo has hecho antes, perderé el control –añadió, enrojeciendo todavía más.

–Lo sé –respondió él, sonriendo enigmáticamente–. Cuento con ello. Pero yo sí que puedo mantener el control, y ya te he dicho que respetaré tus límites. Llegaré solo hasta donde tú quieras llegar. ¿Te fías de mí?

Ella lo miró largamente.

–¿Puedo fiarme de ti?

–No deberías –replicó él, muy serio–. Pero puedes.

Victoria quedó perdida en su mirada. Dejó que Christian se acercase, que la besara, que la abrazara de nuevo y empezara a acariciarla. Se estremeció entre sus brazos. Cerró los ojos y se dejó llevar. Una parte de ella todavía temía a Christian, al asesino despiadado que la había entregado a Ashran, al shek henchido de odio que había estado a punto de matar a Jack. Pero su corazón le decía a gritos que lo amaba, que necesitaba estar junto a él, tenerlo cerca...

Le sorprendió que sus caricias fueran tan suaves y tan sutiles y que, sin embargo, despertaran en ella tantas nuevas sensaciones. Christian no era cálido, apasionado y entregado como Jack; incluso se mostraba un tanto frío y distante, y solo el brillo en el fondo de sus ojos de hielo delataba el intenso sentimiento que latía en él. Y, sin embargo, sus gestos, calmosos y estudiados, y su roce, suave y delicado, la invitaban a disfrutar de cada caricia, de cada instante, como si fuera único.

–Ya... déjalo –jadeó ella–. No sigas. Yo...

–Lo sé, tranquila –le susurró él al oído–. Tranquila.

La estrechó entre sus brazos. Victoria sentía que le ardía la piel, el corazón le latía tan deprisa que pensaba que se le iba a salir del pecho. Apoyó la cabeza en el hombro de Christian, tragó saliva y trató de calmarse. Apenas percibió que él volvía a cubrirla suavemente con la capa.

–Estoy un poco asustada –le confesó–. Pero una parte de mí está tranquila. No sé muy bien qué me pasa.

Le pareció que él sonreía, aunque, como no lo estaba mirando a la cara, no podía saberlo con seguridad. Aguardó su respuesta; pero Christian no dijo nada. Jugueteaba con un mechón de su cabello y, cuando le oyó respirar profundamente, entendió que él también necesitaba un momento para tranquilizarse. Se sintió sorprendida, turbada y contenta a la vez. Había llegado a pensar que él no había sentido nada.

–Quiero estar contigo –susurró–. Pero...

–Cuando llegue el momento, Victoria –respondió Christian–. No estás preparada aún. Pero no tengas prisa. Las cosas pasan cuando tienen que pasar.

Se quedaron así un momento, abrazados, en silencio.

–También para mí es algo nuevo y extraño –dijo entonces Christian.

Victoria sonrió, un poco perpleja.

–Me estás tomando el pelo.

–En absoluto –se separó un poco de ella, le tomó el rostro con las manos y la miró a los ojos, muy serio–. Me refiero a lo que me sucede por dentro. Nunca había sentido esto por nadie.

Victoria tragó saliva. Dejó que él la besara de nuevo. Disfrutó de aquel beso como si fuera el primero... o el último.

Acabó con tanta brusquedad que Victoria se quedó sin aliento. De pronto, Christian se separó de ella y, antes de que se diera cuenta, le había dado la espalda y escudriñaba las sombras, alerta como un felino.

–¿Qué...?

–Shhhhh.

Victoria calló inmediatamente, comprendiendo que Christian había detectado algún tipo de peligro. Sus dos primeras reacciones se le antojaron a Victoria muy estúpidas segundos después, pero no pudo evitarlo. Lo primero que hizo fue cubrirse aún más con la capa y atarse el cinturón para asegurarla. Lo siguiente, preguntarse, dolida, cómo era posible que Christian hubiera escuchado algo en medio de aquel silencio, y en mitad de aquella situación, hasta qué punto estaba prestando más atención a lo que sucedía a su alrededor que al beso que estaba compartiendo con ella.

Sacudió la cabeza para apartar de su mente aquellos pensamientos y avanzó, decidida, hasta situarse junto a Christian. Miró en torno a sí, inquieta, y pareció oír un leve siseo. Frunció el ceño. Deseó tener el báculo en sus manos, pero se había quedado demasiado lejos, en la habitación, y Victoria dudaba de que su fuerza de voluntad, que era la que llamaba al báculo cuando lo necesitaba, pudiera moverlo a tanta distancia. Adoptó una posición de combate. Sabía pelear cuerpo a cuerpo, y lo haría si era necesario.

Christian había extraído una daga de no se sabía dónde, y Victoria tuvo otro pensamiento absurdo: «¿Va armado incluso cuando está compartiendo un momento íntimo conmigo?».

Entonces, Christian habló en voz alta. Dijo algo en el idioma de los szish, aquel extraño lenguaje de siseos y silbidos. Victoria lo miró, inquieta.

Alguien le respondió desde las sombras en el mismo idioma. Y entonces, lentamente, los hombres-serpiente salieron de sus escondites, emergiendo como sombras de entre las nubes de vapor de agua, cercándolos por todas partes.

Victoria los contó. Eran doce. Los últimos szish que se habían quedado en la torre. Estaban armados y los tenían rodeados.

Los hombres-serpiente estrecharon el círculo. Christian se inclinó un poco hacia delante, en tensión. Victoria se preparó también para pelear, colocándose de espaldas a él.

Hubo un breve momento en que todos se quedaron inmóviles, como si el tiempo se hubiese detenido.

Y entonces los szish atacaron, todos a la vez. Christian avanzó, rápido, letal, con su daga reluciendo en la mano. Victoria se movió hacia un lado y se deslizó hacia el otro, encadenando un par de patadas que acertaron al primer szish, primero en el estómago y después en el mentón. Tuvo que saltar a un lado para que el sable de la criatura no la atravesara de parte a parte, y dejó escapar un grito cuando la hoja del arma raspó la piel de su pierna, abriendo un tajo en ella. Al caer, lanzó una nueva patada, esta vez a la cara del hombre-serpiente. Los dos cayeron al suelo; aprovechando que estaba aturdido, Victoria le arrebató el sable y lo hundió en su pecho, sin dudar. Jadeando, se incorporó con el arma en la mano y miró a su alrededor. Hizo una mueca de dolor al apoyar la pierna; el muslo le sangraba mucho, pero en aquel momento no le prestó atención.

Christian se había deshecho de dos de los hombres-serpiente y ahora peleaba contra el tercero. Victoria alzó el sable. Ahora por lo menos tenía un arma, pero aun así supo que estaban en clara desventaja. Se preguntó por qué Christian no se había transformado en shek todavía.

Vio de pronto una sombra que emergía de entre la niebla para atacar a Christian por la espalda. Victoria reaccionó por puro instinto para salvar la vida del shek; se arrojó sobre el hombre-serpiente e interpuso su arma entre él y el cuerpo de Christian. Los dos aceros chocaron con violencia. Victoria aprovechó el breve momento de vacilación del szish para acabar con su vida, fría y decidida. Christian volvió apenas la cabeza y le dedicó una breve sonrisa de agradecimiento.

Fue entonces cuando una figura bajó por las escaleras con un grito salvaje, enarbolando un arma que parecía envuelta en llamas. Victoria reprimió una sonrisa cuando lo vio situarse junto a Christian, pero no dejó de pelear.

Mientras Jack y Christian luchaban juntos, Victoria se dio cuenta de que las estocadas del szish la empujaban cada vez más hacia la pared. Su técnica con la espada era muy pobre; a la joven no le quedaba otra cosa que defenderse como buenamente podía, y pronto comprendió que estaba perdida sin su báculo. Tardó unas centésimas de segundo más en levantar el sable, pero era demasiado tarde: la hoja del arma del szish ya estaba sobre ella. Victoria cerró los ojos instintivamente...

Y, cuando los abrió, ya no se encontraba allí, sino justo detrás del szish, que acababa de descargar su espada sobre un espacio de aire. Victoria parpadeó, desconcertada, pero no perdió tiempo: sepultó la hoja de su sable en la espalda del hombre-serpiente.

Se volvió justo para ver que había otros tres szish rodeándola. Enarboló su sable, pero en el fondo sabía que era inútil.

En ese momento, una enorme sombra emergió del agua con la rapidez del relámpago, y, de pronto, todos los szish se llevaron las manos a la cabeza y gritaron y sisearon de dolor. Victoria los miró, turbada, sin entender qué estaba pasando. La agonía de los hombres-serpiente duró apenas un par de segundos. Uno tras otro, cayeron al suelo, muertos. Uno de ellos se precipitó de cabeza al agua de la alberca, con un sonoro chapoteo.

Victoria se volvió rápidamente; pero la sombra ya no estaba allí. Cojeando, avanzó hasta el agua y aún llegó a ver una última ondulación en la superficie, y le pareció entrever el lomo escamoso de una enorme serpiente...

Pero desapareció, y la muchacha llegó a pensar que lo había imaginado.

Nada se movió. Victoria, desfallecida, se dejó caer al suelo.

–Bien hecho, Christian –oyó la voz de Jack.

«Claro, ha sido Christian», pensó ella, aturdida. «Ha usado su poder telepático».

Intentó levantarse para reunirse con los dos chicos, pero no fue capaz. Esperó, por tanto, a que ellos emergieran de la nube de vapor de agua y se acercaran a ella.

–¿Estás bien, Victoria? –preguntó Jack, preocupado.

Ella asintió. Se dejó abrazar por él.

Se dio cuenta entonces de que Christian se había detenido al borde de la piscina y escudriñaba las sombras, preocupado.

–¿Qué es, Christian? –preguntó Victoria, inquieta.

–No he sido yo –respondió él con calma–. No puedo llegar a las mentes de los szish bajo forma humana si no los miro a los ojos, y no he podido transformarme en shek porque todavía estoy débil. Ese ataque telepático ha debido de hacerlo otro, probablemente otro shek.

–Eso es absurdo –replicó Jack–. Si hubiera otro shek aquí, nos habría matado, no se habría molestado en salvarnos la vida.

Christian ladeó la cabeza y le dirigió una mirada inquisitiva, pero no dijo nada.

–A veces hacemos cosas que no sabíamos que podíamos hacer –añadió Jack–. Yo, por ejemplo, juraría haber visto a Victoria aparecer y desaparecer como un relámpago hace un momento.

Los ojos de los dos se clavaron en ella. Victoria tragó saliva.

–Habrán sido imaginaciones tuyas...

–No, Victoria, puedes hacerlo –intervino Christian–. Yo también lo he visto. No ahora, sino hace unos días, cuando peleaste contra mí. Tienes el poder de moverte con la luz. Así fue como me venciste el otro día.

Victoria se quedó perpleja. Por alguna razón, ya no le parecía tan descabellado.

–¿Así fue como te vencí? No parece muy noble por mi parte.

–Tampoco lo es lanzar un ataque telepático a criaturas que no poseen el mismo poder y, sin embargo, así es como peleamos los sheks –volvió a girarse hacia las sombras de la alberca, intrigado.

–Aquí todo el mundo pelea como puede –dijo Jack entonces–. Por eso hay que estar prevenido y no bajar la guardia. Y vosotros dos –añadió, señalándolos acusadoramente–, me vais a explicar ahora mismo qué hacíais aquí.

Christian clavó en él una mirada de hielo. Victoria enrojeció. Jack se dio cuenta de que lo habían malinterpretado.

–Es decir –se corrigió, un poco azorado–, imagino perfectamente lo que hacíais aquí. Lo que quiero decir es que lo hagáis en otro lado... quiero decir... que bajasteis la guardia, y yo tengo el sueño muy pesado, y si no llega a ser por... –se interrumpió de pronto–, bueno, que tal vez no me habría despertado, o habría llegado demasiado tarde para ayudaros, y... en fin... que para la próxima vez tengáis más cuidado, ¿vale? Y que, si os quedáis solos, por lo menos tengáis las armas a mano.

Se dio la vuelta bruscamente. Christian y Victoria cruzaron una mirada. Victoria corrió hasta Jack, cojeando. Lo alcanzó al pie de las escaleras, le hizo girarse y lo abrazó con fuerza. Jack sonrió y correspondió a su abrazo.

—Ven, vamos a curarte esa pierna —dijo cogiéndola de la mano—. Sangras mucho.

—No es nada grave, solo es muy aparatoso.

—En cualquier caso, vámonos de aquí. Me pone nervioso este sitio.

Se volvieron hacia Christian, para ver si los seguía. Pero el shek se había acuclillado junto a uno de los cuerpos de los szish.

—Este sigue vivo —anunció con calma.

—¿Vas a...? —empezó Victoria, pero él negó con la cabeza.

—Nos puede proporcionar una información muy valiosa. Quiero saber quién está detrás de esto... y si seguimos estando seguros en esta torre.

Kimara se despertó, sobresaltada. Alguien la sacudía enérgicamente.

—¿Qué...?

No pudo hablar más, porque la persona que estaba junto a ella le tapó la boca y susurró en su oído:

—Sssshhhh, no hagas ruido. Soy Kestra.

Kimara se incorporó, sorprendida.

—¿Se puede saber qué te pasa? —susurró a su vez, irritada.

—Quiero enseñarte algo. Te va a gustar. ¿Vienes?

Ella la miró, un poco desconfiada al principio. Pero a la clara luz de las lunas pudo ver que el gesto de Kestra era sincero. De modo que se levantó, en silencio, y siguió a la joven shiana a través de la gran habitación donde se había habilitado uno de los dormitorios para mujeres. Las dos se movieron con cuidado para no despertar a nadie.

Kestra guió a Kimara hasta el patio. Las lunas daban tanta claridad aquella noche que casi parecía que fuera de día, de modo que las dos tuvieron buen cuidado de moverse pegadas a las paredes. Hasta que Kestra se dejó caer sobre la hierba, junto a una ventana abierta a ras de suelo de la que salía luz.

—¿Qué...? —empezó Kimara, pero Kestra tiró de ella para que se agachara y mirara a través de la abertura.

Kimara se asomó, intrigada. Vio que la ventana daba al sótano, es decir, al taller de Rown y Tanawe. O, por lo menos, lo habría visto si no hubiera sido porque algo atrapó su mirada y le impidió apartar los ojos de allí.

En el centro de la habitación había un soberbio dragón dorado, un dragón dorado que desplegaba las alas y estiraba el cuello como si quisiera ser aún más alto de lo que era. Sus escamas brillaban con luz propia, su cresta se encrespaba sobre su esbelto lomo, y de sus fauces salía un fino hilo de humo. Cuando el dragón se alzó sobre sus patas traseras, Kimara vio que sus ojos eran verdes como esmeraldas. Le dio un vuelco el corazón.

–¡Jack! –gritó.

Su grito retumbó por las paredes y se oyó por todo el sótano. Alarmada, Kestra tiró de ella para apartarla de la ventana. Kimara forcejeó.

–¿Te has vuelto loca? –siseó Kestra–. ¡No deben vernos! ¡Todavía es un secreto!

Kimara comprendió de pronto lo que estaba sucediendo, y volvió a rompérsele el corazón en mil pedazos, como cuando Victoria trajo las noticias de la muerte de Jack.

–Es uno de tus dragones de madera –comprendió–. No es real.

Parecía tan decepcionada que Kestra la miró, sin comprender.

–Pensé que te gustaría –dijo–. ¿Se le parece o no?

–Sí que se le parece –admitió Kimara–. Mucho. Pero es cruel, especialmente para los que lo conocimos. ¿Qué dirán Shail, Aile y Alexander cuando lo vean?

Kestra sonrió.

–Por lo que yo sé, fue idea de ellos. Fue Shail quien dio la descripción de Yandrak. De otro modo, Tanawe no habría podido reconstruir su imagen con tanta fidelidad.

Kimara sacudió la cabeza.

–Me cuesta trabajo creer que hayan sido capaces de algo así.

Kestra la miró, muy seria.

–Aún no lo entiendes, ¿verdad?

–¿El qué?

–Para qué es ese dragón. ¿Qué crees que pasará cuando llegue la última batalla, cuando salgamos de Nurgon para combatir a todas esas serpientes que nos aguardan ahí fuera? ¿Qué piensas que sucederá cuando vayamos a pelear y el último dragón no acuda en nuestro auxilio?

Kimara se dejó caer sobre la hierba, anonadada.

–No lo había pensado. Entonces... ¿se supone que este va a ser Yandrak? ¿Les vamos a decir a todos que es Jack, que ha venido a ayudarnos?

Kestra suspiró.

–Puede parecerte injusto, pero no tenemos otra salida. Ya te lo dije una vez: los dragones están muertos; ahora, solo nosotros podemos combatir en su lugar. Y la gente necesita creer en algo, aunque solo sea una ilusión.

–Pero no es real, Kestra.

–¿Cómo de real quieres que sea? Vuela, igual que un dragón. Echa fuego, igual que un dragón. Parece un dragón, y puede pelear como lo haría un dragón de verdad. ¿Qué es más real: esa maravilla que has visto en ese sótano, o el recuerdo de un dragón que ya no regresará al mundo de los vivos?

»Eso de ahí abajo simboliza nuestra esperanza, nuestro deseo de luchar por nuestro mundo, por lo que consideramos más justo. Cientos de rebeldes pelearán con esperanza cuando lo vean surcar los cielos, será nuestro emblema, nuestro guía en la batalla. ¿Te atreves a decirme que no es real?

Hubo un incómodo silencio.

–Supongo que tienes razón –admitió Kimara de mala gana.

Volvió a asomarse, con precaución. Vio entonces a Rown y Tanawe junto al dragón, que descansaba ahora hecho un ovillo sobre el suelo, con los ojos cerrados. Los dos comentaban algo en voz baja. Tanawe acarició suavemente el lomo del dragón, y el hechizo se deshizo. Y Kimara lo vio como era en realidad, un artefacto de madera cubierto con una piel que imitaba la de los verdaderos dragones.

Una esperanza.

Comprendió que, cuando aquel dragón se elevara sobre los cielos de Nurgon, sería como si el espíritu de Jack volviera a la vida.

Kestra tiró de ella con urgencia.

–Ya lo has visto. Tenemos que volver.

Kimara no se movió. No había apartado los ojos del dragón.

–Enséñame a pilotarlo –dijo de pronto.

Kestra se quedó de piedra.

–¿Cómo has dicho?

–Que quiero aprender a pilotarlo –se volvió hacia ella, y la shiana vio que los ojos de fuego de Kimara ardían con más intensidad que nunca–. Quiero ser yo quien lo haga volar.

Jack comprobó que Victoria se había dormido ya; se levantó de la cama en silencio y fue hasta el mirador. Esperaba encontrarse con Sheziss; quería darle las gracias por haberlos ayudado en los baños, pero fue a Christian a quien vio allí.

Se acercó con cautela. Había pasado mucho tiempo cerca de Sheziss, había aprendido a controlar su odio. En teoría, Christian, al tener también una parte humana, debería inspirarle menos rechazo que la propia Sheziss. Pero prefería no arriesgarse. Recordaba muy bien qué había sucedido la última vez que ellos dos se habían enfrentado, y lo cerca que habían estado de echarlo todo a perder.

El shek se había sentado sobre la balaustrada, con los pies colgando sobre el imponente vacío, y contemplaba las lunas, ensimismado, con una expresión más sombría de lo habitual. Jack saludó, y él correspondió al saludo. Hubo un incómodo silencio.

—Ya no estamos seguros en la torre —dijo Christian entonces.

—Ya lo había notado —asintió Jack; pero se le encogió el corazón. Aunque sabía, después del ataque de aquella noche, que los días de paz se habían terminado, las palabras de Christian se lo habían confirmado. Suspiró. Había sido tan bonito compartir aquellos momentos con Victoria, que le dolía en el alma pensar que pronto tendrían que estar otra vez huyendo, escondiéndose... o salir a luchar, y probablemente a morir.

—Sabrás entonces que tenemos que marcharnos.

—Sí. Supongo que tardaremos varios días en llegar hasta Nurgon, incluso aunque fuéramos volando. Así que, cuanto antes partamos, mejor.

Christian lo miró de una manera extraña.

—No, Jack, no podemos ir a Nurgon. Ya no.

—¿Por qué no? Victoria me dijo que Nurgon está protegido por el escudo de Awa.

—Sí, pero pronto dejará de estarlo.

El corazón de Jack se detuvo un breve instante.

—¿Qué?

—He sondeado la mente del szish que sobrevivió al ataque —explicó Christian a media voz—. Estaba muy deteriorada, pero sí he podido averiguar por qué nos atacaron. Todos los szish han sido movilizados a través de la red telepática de los sheks. Todas las serpientes van a reunirse para la batalla, y la batalla no va a librarse aquí. Y ellos querían marcharse de la torre, querían responder a la llamada y unirse al ejército de Ashran, pero algo los retenía aquí –miró a Jack inquisitivamente, pero el joven no se alteró–. Su única opción era luchar.

–Ya. Y la batalla de la que me hablas es un ataque contra Nurgon, ¿no?

–El ataque definitivo. Dentro de tres días, o de tres noches, para ser exactos, Ashran hará caer el escudo de Awa, y Nurgon estará perdido.

Jack se quedó helado.

–No puede ser. ¡Tenemos que ir a ayudarlos!

Christian lo retuvo por el brazo cuando ya se iba.

–Espera, Jack. No llegaríamos a tiempo y, por otra parte, no podríamos hacer nada para ayudar.

–¿Me estás diciendo que he de quedarme con los brazos cruzados mientras masacran a mis amigos?

–Por supuesto que no. Creo... –dudó un instante, pero finalmente prosiguió–: Creo que nuestra única opción es ir a Drackwen a enfrentarnos a Ashran esa misma noche. Con todos los sheks atacando Nurgon, y mi padre ocupado en hacer caer el escudo, tendremos más oportunidades que en ningún otro momento. Y si lo derrotamos entonces y evitamos que destruya la cúpula feérica... salvaremos Nurgon también.

Jack meditó la propuesta.

–Pero, para llegar a Drackwen a tiempo –objetó–, tendríamos que salir ya. Y no sé si tú estás en condiciones y, por otro lado, Victoria...

Calló, angustiado. Christian le dirigió una breve mirada.

–Si saliésemos ahora, todos nos verían. Pero hay una forma mucho más rápida y discreta de llegar a la Torre de Drackwen.

Jack lo miró, intrigado.

–¿De veras?

Christian asintió.

–Estoy trabajando en ello. Espero poder mostrártelo mañana, como muy tarde.

Jack comprendió que no iba a explicarle más cosas, y no insistió.

–¿Por qué tu padre se centra en Nurgon y se olvida de nosotros ahora? ¿No se supone que somos lo único que podría derrotarlo?

–Ha intentado acabar con nosotros desde que llegamos. No lo ha conseguido. Por otra parte, ahora tiene la oportunidad de aplastar a toda la Resistencia de golpe. Piénsalo, Jack. Si Nurgon cae, si caen todos los rebeldes... estaríamos solos. ¿Qué nos quedaría entonces? No tendríamos ningún sitio adonde ir, ningún lugar donde refugiarnos. Sería cuestión de tiempo que los sheks nos encontraran.

»También puede ser que se trate de una trampa. Y que, si vamos a la Torre de Drackwen esa noche, estemos haciendo exactamente lo que mi padre quiere que hagamos. Y no sería la primera vez. Pero, dime, ¿qué otra opción tenemos?

Jack meditó la respuesta y asintió lentamente.

—Tres días... —murmuró—. Es poco tiempo.

El shek se encogió de hombros.

—Hace casi cinco meses que llegamos a Idhún —hizo notar—. En realidad... ha pasado demasiado tiempo.

—Ya, pero... todo eso de enfrentarnos a Ashran y hacer cumplir la profecía... parecía algo muy abstracto. Antes no teníamos fecha. Ahora la tenemos —hizo una pausa—. No me gustaría decírselo a Victoria todavía —añadió—. Ya sé que tres días es muy poco tiempo, pero... acaba de recuperarnos a los dos, me gustaría que disfrutara al menos de otro día de paz, antes de saber lo que vamos a hacer. No quiero preocuparla tan pronto.

—Me parece bien —asintió Christian, y a Jack le extrañó su respuesta. Él mismo sabía que, si iban a enfrentarse a Ashran, debían estar preparados, y cuanto antes lo supiese Victoria, mejor. Comprendió entonces que, en aquel momento, Christian había hablado con el corazón, y no con la cabeza. Como solía hacer él mismo. Sonrió.

—Te importa de verdad, ¿no es cierto?

—¿A ti qué te parece? —replicó el shek, con calma.

—Ya sé que era una pregunta estúpida —respondió Jack, conciliador—. Es solo que, si te paras a pensarlo... todo esto es una gran locura. Nada parece tener sentido y, sin embargo... todas las piezas encajan.

Christian sacudió la cabeza.

—Todo dejó de tener sentido para mí la primera vez que miré a Victoria a los ojos —dijo en voz baja—. Todavía no sé si las piezas encajan. Estoy intentando averiguarlo.

Jack sonrió de nuevo. Se despidió de Christian con un gesto y dio media vuelta para volver a entrar en la torre. Pero el shek lo detuvo de nuevo.

—Espera, Jack —el joven se volvió hacia él, interrogante; la mirada de hielo de Christian se clavó en él, seria—. Espero que sepas lo que estás haciendo.

—¿Qué quieres decir?

—Lo sabes perfectamente. Hay otro shek en la torre.

Jack no se inmutó.

—Sé lo que estoy haciendo —respondió con calma—. Y no me preguntes más al respecto. No te conviene saber más, al menos por el momento. Créeme.

Christian no dijo nada, pero siguió mirándolo fijamente.

—No puedo contarte más, Christian. ¿Confías en mí?

El shek enarcó una ceja.

—¿Me pides que confíe en un dragón?

—De la misma manera que yo confié en un shek —respondió Jack con suavidad. Era una frase con doble sentido, y no estaba muy seguro de que Christian lo captara. Pero el joven asintió lentamente, comprendiendo.

—Confío en ti —dijo—. Espero que tú tengas claro en quién debes confiar y en quién no.

—Lo tengo claro. Descuida.

Dio media vuelta para marcharse, pero enseguida volvió sobre sus pasos.

—¿Christian? ¿Por qué Ashran va a hacer caer el escudo dentro de tres días? ¿Por qué tres y no cuatro, ni dos, ni diez?

Christian no respondió, pero señaló el cielo con expresión sombría. Jack alzó la mirada y solo vio las tres lunas: la gran Erea, la luna plateada; Ilea, la luna verde, y la pequeña y rojiza Ayea, la luna de las lágrimas. Le parecieron más hermosas y rotundas que nunca, pero no vio nada extraño en ellas. Al principio.

Pero entonces lo entendió y, cuando lo hizo, soltó una maldición por lo bajo.

XXIII
La profecía del Séptimo

NADIE había visto a Alexander desde la tarde anterior. Se había retirado poco después del anochecer, y ya era casi mediodía. Denyal había ido a buscarlo a su cuarto, pero se había encontrado con la puerta cerrada. Desde el otro lado, Alexander le había dicho que se encontraba un poco indispuesto, pero que no tardaría en reintegrarse al quehacer diario de la Fortaleza.

Así que Denyal lo había reemplazado esa mañana. Quedaba todavía mucho que organizar, mucho que reconstruir, mucho que aprender y mucho que enseñar. Aunque en el fondo Denyal supiese que todo era inútil, que la profecía no iba a cumplirse porque el último dragón estaba muerto, la mayoría de la gente que se había unido a ellos todavía esperaba su regreso con fe inquebrantable.

Denyal ya no sabía si creer o no en la profecía. Pero había descubierto que creía en Alexander, que en poco más de tres meses había conseguido más que los Nuevos Dragones en varios años. Con él al mando, pensaba a menudo, tenían más posibilidades de derrotar a Ashran que aguardando el regreso de un dragón dorado a quien casi nadie había visto.

Por eso se sintió inquieto cuando tuvo que sustituir a Alexander aquella mañana. Lo conocía lo suficientemente bien como para saber que no era un hombre que abandonara sus obligaciones por una indisposición cualquiera.

También a Shail le pareció extraño. Pero, a diferencia de Denyal, sospechó inmediatamente qué podía ser aquello que retenía a su amigo en su cuarto. Fue a visitarlo después del tercer amanecer.

La puerta estaba cerrada, pero eso nunca había sido un obstáculo para Shail. La abrió sin problemas, se deslizó en el interior de la habitación y volvió a cerrarla tras de sí, con suavidad.

—¿Alexander? ¿Estás bien?

Un leve gruñido respondió a su pregunta. Shail descubrió a su amigo acurrucado en un rincón, con el rostro oculto entre las manos. Avanzó un poco, pero la voz de Alexander lo detuvo, ronca:

—No te acerques más.

Shail respiró hondo.

—Alexander... ¿cómo es que estás así? ¡Estamos a plena luz del día!

El joven alzó la cabeza, y Shail retrocedió un paso, sin poder evitarlo. El rostro de Alexander era una extraña mezcla de rasgos humanos y bestiales.

El mago se esforzó por dominarse. Lo había visto así ya en otra ocasión, pocos días después de llegar a Nurgon, la última vez que Ilea había salido llena. Calculó los días y descubrió que, efectivamente, faltaba poco para un nuevo plenilunio de la luna mediana. Sin embargo, por lo que él tenía entendido, el influjo que las lunas ejercían sobre Alexander solo se dejaba sentir de noche, y nunca con tanta antelación.

—¿Es por Ilea? —preguntó, preocupado—. No saldrá llena hasta dentro de varios días, creo. No debería afectarte todavía.

—Tres días exactamente —gruñó Alexander—. Pero no es solo por eso. ¿Sabes lo que pasa dentro de tres días, Shail?

—¿Aparte del plenilunio de Ilea, quieres decir? —Shail reflexionó—. No lo tengo muy claro, no sé muy bien en qué día vivo.

—Dentro de tres días, Shail —dijo Alexander, con una voz profunda y gutural—, será la noche de fin de año.

Shail tardó unos segundos en atar cabos.

—La noche de fin de... no. ¡Por todos los dioses!

—Sí —sonrió Alexander, y fue una sonrisa siniestra—. Por todos los dioses, y por todas las diosas y sus condenadas lunas.

Shail se sintió muy débil de pronto. Tuvo que sentarse.

—Por supuesto que dentro de tres días es el plenilunio de Ilea. Y también de Ayea, y de Erea —alzó la cabeza hacia Alexander, muy serio—. ¡Un momento! Si dentro de tres días Erea estará llena, eso significa que ya han pasado... —hizo un rápido cálculo mental— setenta y cuatro días desde su último plenilunio. ¿Estábamos en Idhún ya entonces?

—Sí. Tú debías de estar de camino al Oráculo. A mí me sorprendió en Vanissar.

—¿Qué te pasó esa noche?

Por la mente de Alexander cruzaron, fugaces, escenas de la noche en que Amrin los había traicionado, entregándolos a Eissesh. Se había transformado de golpe, y no sabía lo que había sucedido después. Pero Allegra se lo había contado.

–No quieras saberlo –gruñó.

Sobrevino un tenso silencio.

–Fin de año –murmuró entonces Shail–. Triple Plenilunio.

–No quiero ni pensar lo que puede sucederme esa noche. O lo que puede sucederle a cualquiera que esté cerca de mí.

–Tampoco yo –musitó el mago–. ¿Qué vas a hacer, pues?

–No lo sé. Hablé con Allegra, dijo que buscaría una solución... Pero el tiempo ha transcurrido demasiado deprisa y hemos estado ocupados recuperando Nurgon. Confieso que esto me ha cogido un poco por sorpresa.

–Y Allegra no ha vuelto todavía de Shur-Ikail –asintió Shail–. Alexander, con lo ordenado y disciplinado que eres para otras cosas... –suspiró–. Me sorprende que no tengas más control sobre el calendario lunar.

Alexander desvió la mirada.

–Supongo que, a pesar del tiempo que ha pasado, todavía me cuesta asimilar todo lo que me ha ocurrido. Sobre todo desde que volvimos a Idhún. Todo es tan familiar, y a la vez tan distinto... Intento comportarme como si nada hubiera cambiado, pero en el fondo... somos extraños en nuestra propia tierra. ¿No sientes eso a veces?

–Sí que lo siento –asintió Shail–. Pero entonces me acuerdo de Jack y de Victoria, y no puedo evitar pensar cómo se habrán sentido ellos en un mundo que nunca conocieron.

Hubo un nuevo silencio.

–A veces pienso que el shek tenía razón –dijo entonces Alexander–, y que no debimos haber cruzado la Puerta. Si nos hubiéramos quedado en Limbhad, Jack seguiría vivo. Y tú no habrías perdido tu pierna.

–Entonces hicimos lo que teníamos que hacer. Igual que ahora. ¿Vas a quedarte aquí todo el día? Para muchos de los nuestros, no es una novedad que de vez en cuando seas un poco más feo de lo habitual.

Alexander sonrió, a su pesar.

–No se trata de eso. Es que temo perder el control. Si estoy así ahora, de día... ¿qué sucederá por la noche, cuando salgan las lunas?

Shail no contestó enseguida.

–Voy a buscar a Qaydar –dijo entonces–. Él sabrá qué hacer.

–Shail, no me parece buena idea.

—Sí, sé que Qaydar no confía en ti; pero es un Archimago. Si él no puede ayudarte, nadie más podrá. Lo entiendes, ¿no?

Alexander asintió.

Shail salió de la habitación, cerrando cuidadosamente la puerta tras de sí. Iba tan preocupado que no descubrió la sombra que estaba agazapada en un rincón y que había estado escuchando atentamente toda la conversación, desde el otro lado de la puerta.

«Triple Plenilunio», dijo Sheziss, pensativa.

Se habían encontrado en los baños, ahora desiertos. Jack sabía que nadie los molestaría. Después de la pelea de la noche anterior, Victoria no volvería a bajar allí. Y Christian se había encerrado en uno de los salones superiores y no lo habían visto en todo el día.

Y en cuanto al resto de habitantes de la torre... se habían marchado todos. Victoria había hablado con los magos, les había dicho que podían irse si querían. Ninguno de ellos tenía ya ganas de unirse a Ashran, no después de haber mirado a los ojos al último unicornio. Pero tampoco tenían suficiente valor como para quedarse con la Resistencia.

Solo uno de ellos, un humano, había dicho que quería combatir junto a la dama Lunnaris y defenderla del Nigromante, que antes había sido su señor.

Jack había hablado con él en privado y le había pedido que, si realmente quería hacer algo por ellos, llevara un mensaje a Nurgon de su parte: que contara a Alexander que él y Victoria seguían vivos, que estaban bien; pero, por encima de todo, que avisara a los rebeldes de lo que sucedería en el Triple Plenilunio. Tal vez no les serviría de nada saberlo cuando el escudo de Awa se deshiciera, pero por lo menos tenía que advertirlos.

El mago se marchó después del tercer amanecer. Fue el último en abandonar la torre.

Y ahora estaban ellos tres, Jack, Christian y Victoria, en la enorme y desolada Torre de Kazlunn. Pero Jack se sentía seguro porque sabía que Sheziss andaba cerca. Si se paraba a pensarlo, era absurdo, y su instinto le decía que no debía confiar en un shek. Sin embargo... desde que había llegado a aquel caótico mundo, solo Sheziss le había dado las respuestas a las preguntas que se planteaba su alma.

—Ashran quiere volver a utilizar el poder de los astros —murmuró el joven—. Pero hay algo que no entiendo. Si fue capaz de provocar algo tan grande como una conjunción astral, ¿cómo es que hasta ahora no ha podido con el escudo feérico?

«Si fue capaz de provocar la conjunción astral, no es de extrañar que haya necesitado todos estos años para reponerse. Lo poco que sé de la magia es que no es inagotable. Y, por muy grande que sea el poder de Ashran, abrir la Puerta de Umadhun y provocar la conjunción astral debió de suponer para él un tremendo esfuerzo. Pero ha tenido mucho tiempo para recuperar fuerzas y, por otra parte, ahora ha recibido una nueva fuente de magia».

–Te refieres a la Torre de Drackwen –comprendió Jack–. Desde que renovó la energía de la torre, es más poderoso. Conquistó Kazlunn en apenas unos días, cuando llevaba años intentándolo. Todavía no puede con el escudo de Awa... pero podrá, si suma a su propia magia el poder del Triple Plenilunio.

«Cierto. Y estoy de acuerdo con el híbrido en que esa es la noche en que debéis enfrentaros a él. La noche en la que la profecía se cumplirá, si es que ha de cumplirse».

Jack se irguió.

–Pero faltan apenas dos días y medio para el Triple Plenilunio. No sé si Christian estará en condiciones.

«Dejadlo atrás, entonces», sugirió ella. «Si está débil, no será más que una carga».

–No podemos hacer eso; lo necesitamos para derrotar a Ashran. En contra de lo que opinan la Madre y el Archimago, yo creo que todavía no se ha cumplido la parte de la profecía que hablaba de él.

Sheziss se irguió con brusquedad, interesada.

«¿La profecía hablaba de él? No me lo habías contado».

–Pensé que lo sabías. Por lo visto, «solo un dragón y un unicornio podrán derrotar a Ashran; y un shek les abrirá la Puerta».

«No conocía esa última parte».

–Porque los sacerdotes la mantuvieron en secreto. Tampoco nosotros lo supimos hasta el último momento. Claro que –añadió de pronto– ese shek no tiene por qué ser Christian. Podrías ser tú, Sheziss. Me condujiste hasta la Puerta de regreso a Idhún cuando...

«Silencio, niño», cortó ella. «No me dejas pensar».

Jack enmudeció, un poco molesto. Pero se le fue el enfado cuando vio que Sheziss balanceaba suavemente la cabeza, con los ojos cerrados, sumida en profundas reflexiones. Se dio cuenta de que era algo grave.

Tuvo que esperar aún un buen rato antes de volver a oír la voz de ella en su mente.

«Las profecías son las órdenes de los dioses. Ante la amenaza de Ashran, los Seis ordenaron a los dragones y los unicornios que lucharan contra él. Por eso Ashran los mató a todos. Pero no mató a los sheks».

–Claro que no. Son sus aliados. Además, Ashran no conocía esa parte de la profecía.

Sheziss clavó en él sus ojos irisados.

«¿Estás seguro?».

Jack enmudeció, perplejo.

«Nunca subestimes a tu enemigo, Jack», prosiguió ella. «¿Acaso crees que los Seis tienen autoridad para darle órdenes a un shek?».

–Para eso son dioses, ¿no?

«Jack, Jack, recuerda todo lo que te he enseñado. En una guerra, cada contrincante puede mover sus propias piezas. No las del adversario».

Cuando Jack entendió lo que quería decir, le fallaron las piernas, y tuvo que apoyarse en la pared para no caerse.

–No es posible –musitó.

«Los Oráculos son la voz de los dioses. De todos los dioses, Jack. De los Siete».

Jack tragó saliva y cerró los ojos.

–¿Insinúas que tu dios, el Séptimo, también ha pronunciado su propia profecía? ¿Que la intervención de Christian es obra suya? Pero... ¡eso no tiene sentido! ¿Por qué decir «un shek les abrirá la Puerta»? ¿Por qué no decir «un shek los destruirá»?

«Porque los Seis ya habían pronunciado la primera profecía, y sus palabras no podían deshacerse».

–¿Quieres decir que fue una contraprofecía? ¿O que la profecía nos fue revelada en dos partes?

«Ambas cosas. ¿Por qué crees que los sacerdotes de los sangrecaliente les ocultaron la última parte de la profecía?».

–Porque llegó después –comprendió Jack–. De hecho, si la profecía original hubiese hablado de un dragón, un unicornio y un shek, los propios sacerdotes habrían dudado de su autenticidad. Habrían desconfiado. Y no habrían tenido tanta prisa por salvarnos, a Lunnaris y a mí. ¿Es eso lo que intentas decirme?

«Los planes de los dioses son enrevesados, pero tienen un sentido, aunque nos cueste entenderlo. Solo puedo tratar de adivinar lo que sucedió...»

—Habla, por favor —suplicó Jack, comido por la impaciencia.

«Ashran fue elegido por el Séptimo para ser el general de su nueva batalla, para ser su nuevo sacerdote en Idhún. Pero los Seis vieron el peligro, y ordenaron a sus dragones que atacaran. También los unicornios fueron convocados, unos y otros, a través de la profecía».

Jack se imaginó a cientos de dragones atacando la Torre de Drackwen, cientos de unicornios cercándola.

«No se puede revocar una orden de los dioses. Si dragones y unicornios fueron enviados a la batalla, ni siquiera el Séptimo podía ordenarles que se detuvieran. Solo tenía una opción: destruirlos. Por eso Ashran movió los astros para acabar con ellos, antes de que comenzara la lucha. Y también nos trajo a los sheks de vuelta».

—Dos jugadas en una sola —murmuró Jack.

«Pero Ashran subestimó a los sangrecaliente, porque ellos os salvaron, a ti y a Lunnaris. Comprendió entonces que la profecía se cumpliría de todas formas, que os enfrentaríais a él. No podía acabar con la profecía, pero sí podía tratar de modificarla. Así que rogó a su dios, y sus plegarias fueron escuchadas. El Séptimo formuló su propia profecía. Fue entonces cuando vuestros sacerdotes escucharon un cambio en la voz de los Oráculos, un cambio que no supieron cómo interpretar. Y por eso lo ocultaron».

—La profecía seguía siendo en esencia la misma —entendió Jack—. El Séptimo no podía cambiarla. Pero sí pudo añadir algo más. ¿Pero por qué razón tu dios enviaría a Christian a abrirnos la Puerta? Ashran lo envió para matarnos.

«No te lo tomes en sentido literal. Abrir la Puerta, mostrar el camino... ese híbrido de shek estaba destinado a ser vuestro guía, Jack. Y lo ha sido durante mucho tiempo. Lo sigue siendo».

—Su verdadera misión consiste en conducirnos hasta Ashran —comprendió Jack, con un escalofrío—. ¿Para qué? ¿Para que lo derrotemos?

«¿De verdad crees que es tan sencillo derrotarlo? No, niño, la jugada era perfecta. Os habíais escapado de él, de manera que envió a un shek tras vosotros. Le ordenó que os matara... pero la voz del Séptimo, que sabía que no podría luchar contra la profecía, susurraba en realidad: «Tráelos de vuelta». Ambos esperaban que el instinto fuera más poderoso que la profecía. Sabían que tú y Kirtash os enfrentaríais de forma inevitable. Él estaba más preparado que tú. Contaban con que, a pesar de la profecía, Kirtash te mataría...».

—Estuvo a punto de hacerlo —dijo Jack a media voz, pero Sheziss no había terminado de hablar:

«... mientras que sería incapaz de acabar con la vida del último unicornio del mundo».

Jack se quedó helado.

—¿Quieres decir que Ashran ya sabía que Christian no mataría a Victoria? No tiene sentido. ¡Si lo torturó cuando se enteró de que lo había traicionado!

«¿De veras hizo eso? Bien, ¿estás seguro de que lo castigó por amar al unicornio, y no por perdonarte la vida a ti?».

Jack reflexionó sobre ello.

—¿Cómo sabías que tuvo ocasión de matarme y no lo hizo?

«Es obvio. No estabas preparado para enfrentarte a él entonces. Tuvo que perdonarte la vida en alguna ocasión. De lo contrario, ahora mismo estarías muerto».

Jack giró la cabeza, molesto. Pero recordaba perfectamente la vez que Christian había tenido la oportunidad de matarlos a ambos, en el jardín de Allegra, y no lo había hecho.

«Ashran le había ordenado que os matara a los dos. La profecía le decía que os condujera ante él. Y Kirtash no había hecho ni lo uno ni lo otro. Si te hubiera matado, habría cumplido su misión. Si os hubiera entregado a Ashran, también. Pero sus sentimientos por el unicornio le impidieron obedecer. Dime: ¿surtió efecto el castigo?».

—Supongo que sí. Christian nos traicionó y entregó a Victoria a su padre. Victoria dice que Ashran fortaleció su parte shek entonces. Que estuvo a punto de matarlo en el intento.

«No me sorprende. Los sentimientos humanos de Kirtash lo hacen demasiado débil. Por ellos te perdonó la vida, Jack. Si Kirtash no volvía a ser un shek, habría dejado de serle útil. Así que imagino que lo habría matado, sí».

—Pero es su hijo —susurró Jack.

«¿Crees de veras que un ser capaz de asesinar a todos los unicornios del mundo tendría escrúpulos en matar a un medio shek, por muy hijo suyo que fuera?».

Jack suspiró.

–Supongo que no –murmuró; no dejó de notar, sin embargo, que Sheziss no contaba la extinción de los dragones en la lista de crímenes cometidos por Ashran. «Odio. Instinto», pensó, apenado.

«Piensa, Jack, cuál es el cometido de Kirtash en la profecía. Piensa en lo que le ordenó su padre. Y piensa en lo que le pidió el Séptimo a través del Oráculo».

Jack reflexionó.

«Mata al dragón y al unicornio».

«Tráelos de vuelta».

Lo entendió.

–Tenía que matarme a mí y llevarse a Victoria consigo. Entregarla a Ashran.

«Correcto. Piénsalo, Jack. Esa joven es el último unicornio del mundo. Atesora un increíble poder. Ashran la quiere para él».

–Pero envió a Gerde a matarla.

«¿Gerde? Veo su imagen en tus recuerdos. Un hada. Ni siquiera Ashran es tan estúpido como para pensar que un hada podría derrotaros a vosotros dos, un dragón y un unicornio. Seguramente la envió con otro propósito».

Jack pensó en todo lo que había supuesto para la Resistencia la intervención de Gerde. Victoria le había contado que Gerde le había revelado a Ashran que ella era el unicornio, algo que ni la propia Victoria sabía entonces, algo que Christian había ocultado a su padre. Después, Gerde y sus trasgos habían atacado la mansión de Allegra... mientras Christian era salvajemente torturado por Ashran. Recordó que Victoria tenía un anillo, el anillo de Christian, a través del cual era dolorosamente consciente del sufrimiento del shek en la Torre de Drackwen, un millar de mundos más allá de la Tierra. Recordó que Victoria se había quitado el anillo para poder luchar junto a la Resistencia y defender la mansión. Y que ella siempre había pensado que, al quitarse el anillo, había perdido a Christian, que había vuelto a transformarse en Kirtash.

–Si es verdad que estaban unidos por el anillo –reflexionó Jack–, Ashran recuperó a Kirtash cuando Victoria se lo quitó. Es decir, que envió a Gerde para distraernos. Para obligar a Victoria a luchar, y a abandonar a Christian a su suerte.

«Y si no lo hubiera hecho», añadió el muchacho para sí, «probablemente Christian habría resistido hasta el final. Y entonces Ashran lo habría matado».

Se estremeció.

—Allegra dijo que secuestrar a Victoria había sido idea de Kirtash —murmuró—. Que Ashran habría preferido matarla.

«Tal vez, tal vez. Pero lo ideal para él, Jack, habría sido que murieses tú. Ashran se resistirá hasta el último momento a matar a Victoria».

—¿Por qué?

«Ah, es el sueño de cualquier mago. Nadie ha logrado atrapar jamás a un unicornio. Pero un unicornio oculto en el frágil cuerpo de una jovencita... es mucho más fácil de capturar».

Jack sintió que temblaba de rabia.

—La tuvo en sus manos y le hizo algo... algo terrible, porque no quiere hablar de ello. Nunca me ha contado qué sucedió en verdad cuando estuvo prisionera de Ashran.

Sheziss comprendió al instante.

«La obligó a entregar su magia. Así fue como revivió la Torre de Drackwen. Gracias a la magia robada de Lunnaris. Forzar a un unicornio a entregar su magia... Ah, eso debe de ser lo más espantoso y humillante que podrían hacerle a una de esas criaturas. Imagino que le habrá dejado en el alma una cicatriz de por vida».

—Y además, por poco la mata —masculló Jack, apretando los puños con rabia.

Sheziss lo miró con interés.

«¿De veras? Bueno, eso explica por qué permitió que escapara».

—¿Que permitió que escapara? La rescataron Christian y Shail.

«Piénsalo, Jack. Un unicornio muerto no sirve para nada. Si el hecho de arrebatarle la magia por la fuerza por poco la mata, está claro que pensó que debía tratar de conseguirla de otra forma».

—¿Cómo?

«Haciendo exactamente lo que hizo. Dejando marchar a Kirtash para que se uniese a la Resistencia. Sabía que tarde o temprano te mataría, y entonces Lunnaris sería suya. O de su hijo, más bien, lo cual significa que sería suya de todas formas. Solo Kirtash podía matarte, y si lo hacía, tal vez el unicornio no lo perdonaría. Pero si el amor de Lunnaris por Kirtash lograba derrotar al odio, entonces ella acabaría en brazos de ese medio shek, y no tardaría en unirse a él y a su padre. También podrían haberse matado el uno al otro, es cierto. Pero de todas maneras habría dado igual, porque la profecía no se cumpliría. Al fin y al cabo, tú estabas muerto».

Jack se sentó, tratando de asimilar sus palabras.

—¿Y ahora qué? —musitó.

«Ahora la profecía va a cumplirse. Kirtash os conducirá hasta Ashran. Diría que tú vas a morir, si no fuera porque te aferras tan insistentemente a la vida. Lo que sí sé... es que Ashran está aguardando a Lunnaris con los brazos abiertos. Puede que a estas alturas ya haya encontrado la forma de utilizarla sin matarla. De lo contrario, habría acabado con ella cuando tuvo ocasión».

Jack temblaba violentamente.

—¿Cómo puedes estar tan segura?

«Porque es la única explicación que tiene sentido, Jack. Va a atacar Nurgon con todo lo que tiene. En la noche del Triple Plenilunio. Sabe que aprovecharéis para acudir a él, os está esperando. Sabe que Kirtash le entregará a Victoria. Porque ya lo hizo una vez. También sabe que tú morirás. Porque ya lo hiciste una vez. La profecía de los Seis dice que os enfrentaréis a Ashran. La profecía del Séptimo decía que un shek os entregará a él. Aunque Kirtash no es consciente de ello, en ningún momento dejó de ser un peón. Incluso su amor por Victoria estaba previsto».

—No puede ser —musitó Jack.

«Pero es», dijo ella. «Y lo sabes».

Sí, Jack lo sabía. Todas las piezas encajaban.

Cerró los ojos, mareado. Inspiró hondo. Y tomó una decisión.

—No voy a llevar a Victoria ante Ashran —decidió—. Si hemos de luchar, lo haremos tú y yo, y Christian, pero no ella. No voy a permitirlo.

Sheziss replegó las alas.

«Tú y Kirtash», corrigió. «Yo no voy a acompañaros».

Jack se volvió como si lo hubieran pinchado.

—¿Qué? ¿Qué quieres decir con eso?

«Que no voy a acompañaros».

Jack tardó un poco en asimilar esas palabras. Cuando lo hizo, se sintió traicionado, decepcionado, engañado y furioso, todo a la vez.

«Espero que tú tengas claro en quién debes confiar», le había dicho Christian. ¿Por qué aquel condenado shek siempre tenía razón en todo? El frágil control que ejercía sobre su odio hacia Sheziss se rompió en mil pedazos. Con un rugido de ira, se abalanzó hacia la shek a la vez que dejaba aflorar el espíritu de Yandrak.

Pero no tuvo tiempo de transformarse. Sheziss dejó caer su pesada cola sobre él y, de un poderoso latigazo, lo tumbó en el suelo.

Jack se quedó sin aliento. La frialdad de las escamas de la shek templó un poco su ira. Respiró hondo, varias veces, como Sheziss le había enseñado, y pensó en Ashran.

Ashran. El hombre que había torturado a Victoria y que aún quería utilizarla. El hombre que había enviado a Kirtash a matarlos a ambos.

O a matarlo a él.

Recordó entonces que Sheziss lo odiaba.

–¿Es que ya no quieres vengarte?

«Quiero vengarme», dijo ella con suavidad, apartándose de él. «Pero ya no se trata de una cuestión personal. Zeshak, Ashran... siguen los mandatos de nuestro dios. Su misión es sagrada. Mis hijos murieron porque uno de ellos iba a formar parte de una profecía. Mi dios así lo ordenó. No se trataba de un capricho de Ashran, de un compromiso de Zeshak. Puedo rebelarme contra ellos, contra mi gente... pero no contra mi dios. Lo siento, Jack».

Jack la miró un momento, todavía furioso. Sheziss se había hecho un ovillo y había cerrado los ojos. El joven sabía que era su manera de dar por finalizada la conversación. Trató de serenarse, pero le temblaba la voz cuando dijo:

–Me enseñaste a pelear por mí mismo, y no por los dioses. Me diste razones para luchar, más allá de los dioses, más allá de la profecía. Y lo haré. Si tú no vas a venir, respetaré tu decisión. Pero yo seguiré adelante. Iré con tu hijo a matar al hombre que te hizo tan desgraciada. Y si de paso nos topamos con Zeshak, le clavaré a Domivat en el corazón de tu parte.

Dio media vuelta, sin esperar la reacción de ella. Sabía que no se movería.

El ejército del rey Amrin de Vanissar había llegado el día anterior y había asentado los reales cerca del campamento del ejército del rey Kevanion. Al día siguiente, muy temprano, un mensajero de Amrin había hecho saber a los sitiados que el rey quería entrevistarse con su hermano.

Alexander no estaba de humor para hablar con él. La proximidad del Triple Plenilunio seguía afectándolo, y el Archimago no había podido encontrar la forma de devolverlo a su estado normal.

–Lo único que podré hacer por ti esa noche es encerrarte para que no hagas daño a nadie –gruñó–. Y sellar la puerta con todos los conjuros de cierre que conozco.

No obstante, se había ofrecido a aplicarle un hechizo de camuflaje mágico, para que todos los que lo mirasen viesen en él al príncipe Alsan que conocían.

–¿Por qué no se me había ocurrido a mí antes? –murmuró Shail, perplejo.

Alexander no pudo evitar sonreír.

–Porque estás enamorado. Y desde que estás enamorado, tienes la cabeza llena de pájaros.

Shail había enrojecido, a su pesar.

Pero ahora estaban los dos allí, en las lindes del bosque de Awa, que crecía sobre lo que antes había sido la rica tierra de Nurgon. A los ojos de los demás, Alexander presentaba un aspecto completamente humano; pero en el fondo de su alma, la batalla contra la bestia ya había comenzado.

A su lado, Shail se mostraba intranquilo. Solo él y el Archimago estaban al corriente de lo que estaba sucediendo en realidad, y lo habían acompañado para asegurarse de que el influjo lunar no le causaba ningún problema antes de tiempo.

Ajenos a todo esto, Covan, Denyal y Harel, el silfo, los acompañaban, muy serios.

Ante ellos se hallaba el rey Amrin, custodiado por dos guerreros de confianza, un mago y un sacerdote. Este último llevaba en la pechera de su túnica el símbolo de dos serpientes entrelazadas, y los rostros de los rebeldes se ensombrecieron cuando lo vieron. Aquel era un sacerdote del Séptimo, el dios oscuro. En aquellos quince años de dominio shek, se habían levantado ya bastantes templos en honor del dios de las serpientes aladas; templos que tiempo atrás habrían sido destruidos, como sede de un culto que las dos Iglesias de los Seis prohibían y perseguían.

Alexander reconoció a la quinta persona que escoltaba a su hermano. Se trataba de Mah-Kip, el semiceleste. El joven lo miró fijamente, pero Mah-Kip bajó la vista. Parecía incómodo, y Alexander no podía culparlo. Su ascendencia celeste lo convertía en alguien ajeno a todo tipo de violencia; una guerra no era el lugar más indicado para él.

El rey Amrin dio un paso al frente.

—Hermano —saludó con frialdad.

—Hermano —respondió Alexander; no pudo evitar que la palabra le saliese teñida de un matiz entre amargo y burlón.

—Veo que tienes mejor aspecto que la última vez que te vi —dijo Amrin, tirante.

Alexander no respondió a la provocación. Aquella última vez, Erea había salido llena, y lo había transformado brutalmente en un ser bestial. Estaba claro que Amrin no lo había olvidado. En otras circunstancias, Alexander hasta habría bromeado con ello. Pero faltaban apenas dos días para el Triple Plenilunio, y cualquier cosa relacionada con las lunas y su condición de híbrido le ponía sumamente nervioso.

—¿A qué has venido? —ladró.

—A exigiros que depongáis las armas y juréis lealtad a Ashran.

Alexander dejó escapar una carcajada. Fue su única respuesta.

Amrin sonrió, condescendiente.

—¿Has visto nuestro ejército, Alsan? ¿O acaso los árboles os tapan la vista desde las murallas?

—¿Llamas a eso ejército? Lo único que he visto es un hatajo de traidores aliados con serpientes.

—Cuidado con lo que dices, renegado —siseó el sacerdote.

—Llamo ejército a las fuerzas unidas de Dingra, Drackwen, Vanissar y Shur-Ikail —dijo Amrin—. Acéptalo, hermano. No tenéis ninguna posibilidad.

Alexander resopló. Cada vez le costaba más controlarse.

—¿Has visto tú el escudo feérico que nos protege? ¿O acaso las alas de los sheks os tapan la vista desde el campamento?

Amrin ya no sonreía.

—Alsan —dijo—, si de verdad eres mi hermano, entonces puede que conserves algo del buen juicio que recuerdo que tenías. Te lo advierto: depon las armas. Rendíos. O nadie sobrevivirá cuando ataquemos.

—¿Te preocupas por tu hermano mayor? Qué enternecedor.

Amrin se envaró.

—Tienes dos días para pensarlo, Alsan. Ni uno más.

«Dentro de dos días, no estaré en condiciones de pensar en nada», se dijo Alexander. Se sintió muy cansado de pronto. Miró a su hermano y recordó los tiempos en que ambos eran niños y jugaban juntos. Evocó el dolor que ambos habían sentido por la muerte de su madre, la valerosa reina Gainil, y cómo Amrin, que entonces solo contaba cinco años de edad, se había esforzado por no llorar. Respiró hondo. Le costaba imaginar que aquel chiquillo que se aguantaba las lágrimas era ahora el rey Amrin de Vanissar, el mismo que se había aliado con Ashran, el mismo que lo había entregado a Eissesh.

–Cuando entrenábamos con el maestro Covan –dijo de pronto–, imaginábamos que éramos los más valientes caballeros de la Orden. Soñábamos con luchar por el honor y la justicia, por la gloria de Nurgon, de Vanissar, de Nandelt. Nunca pensé que pelearíamos en la misma batalla... pero en bandos contrarios.

Amrin retrocedió un paso y lo miró como si hubiera recibido una bofetada.

–Tampoco yo pensé que mi hermano nos abandonaría durante quince años –le reprochó– para regresar convertido en algo que no sé si calificar de humano. Pero por aquellas batallas imaginarias, Alsan, por aquellos juegos infantiles, te lo advertiré solo una vez más: deponed las armas. Ashran no será tan clemente como puedo serlo yo.

Alexander negó con la cabeza.

–Suml-ar-Nurgon, hermano –murmuró.

Cruzaron una última mirada. Los rasgos de Amrin se endurecieron.

–Muy bien, *hermano* –pronunció la palabra con desdén–. Tú lo has querido.

Picó espuelas a su caballo y le hizo dar media vuelta. Los rebeldes los vieron marchar, sombríos y meditabundos.

Jack pasó el resto de la tarde deambulando por la torre. Sabía que Christian seguía encerrado en aquella habitación, sabía que Victoria estaba sola. Pero no encontraba el valor necesario para hablar con ella, todavía no. Necesitaba meditar y asimilar las palabras de Sheziss.

Cuando las tres lunas se alzaban ya en el firmamento, Jack recordó que faltaban solo dos noches para el Triple Plenilunio. No podía dejar pasar más tiempo. Fue a buscar a Victoria.

La halló en su cuarto, a oscuras, tendida en la cama, con la cara vuelta hacia la ventana, contemplando las tres lunas.

Se acostó junto a ella. La abrazó por detrás, como solía hacer.

—Siento haber tardado –le susurró al oído–. Tenía cosas que hacer. ¿Te has aburrido mucho?

—No. He estado descansando. Tengo la sensación de que he perdido muchas fuerzas últimamente.

—Y te has quedado muy delgada. Deberías comer un poco más.

—Lo sé. Ya recuperaré peso, tranquilo. De todas formas, creo que eres tú el que no has cenado. Acabo de subir de la cocina; aún quedaba guiso del que hicimos esta mañana, y no has tocado tu parte.

—Bajaré un poco más tarde.

Victoria se volvió para mirarlo. Lo vio muy serio, demasiado serio.

—¿Jack? ¿Qué te pasa?

«Tengo que decirle lo del plenilunio», pensó Jack. Pero ¿qué iba a contarle? ¿Que dos noches después acudirían a enfrentarse a Ashran, porque no tenían más remedio? ¿Que el Séptimo había revertido la profecía a su favor, que Christian la entregaría a su padre una vez más, que era muy posible que él mismo muriese en la batalla?

La estrechó un poco más cerca de sí.

—Victoria, quiero preguntarte algo –le dijo al oído–. Sé que no vas a querer contestarme, pero tengo que preguntártelo de todas formas: ¿qué te pasó en la Torre de Drackwen?

La sintió temblar entre sus brazos.

—Ya sabes que no quiero hablar de ello, Jack.

—Y sé por qué. Piensas que me enfadaré tanto cuando me entere que iré derecho a matar a Christian, a hacérselo pagar. Por haberte entregado a su padre para que te torturara. ¿Cómo has podido perdonarle eso, Victoria?

—Porque lo quiero, Jack. Ya lo sabes.

La abrazó con más fuerza. Le apartó con cuidado el pelo de la frente.

—¿Igual que me quieres a mí?

—Igual que te quiero a ti.

—¿Me perdonarías a mí cualquier cosa, entonces?

Ella sonrió.

—Hay algo, una sola cosa, que no podría perdonarte. Aunque quisiera, no podría. ¿Entiendes?

—Entiendo. Aun así, Victoria, fue horrible lo que Ashran te hizo. ¿No tienes miedo de volver a enfrentarte a él?

—Sí, mucho. Pero ya lo tuve frente a frente hace unas semanas, y no fue tan terrible.

Frunció el ceño, sin embargo. Había algo sepultado en el fondo de su memoria, algo relacionado con la mirada de Ashran, que se negaba a salir a la luz.

–¿Qué? –soltó Jack–. ¿Estuviste con Ashran?

–Fui a buscar a Christian a la Torre de Drackwen. Pero no estaba, de modo que fue su padre quien me recibió y me dijo dónde encontrarlo.

–No me lo puedo creer –murmuró Jack, atónito–. ¿Te presentaste en la Torre de Drackwen, así, sin más? ¿Tú sola? ¿Por qué?

Ella tardó un poco en contestar.

–Entonces no me importaba nada. No tenía miedo de nada. Si Ashran me hubiese matado en aquel momento, me habría hecho un favor.

Jack sintió un escalofrío al oírla hablar así. La besó en la sien, con ternura.

–No digas eso. No vuelvas a decir eso nunca más, ¿me oyes? –le susurró al oído–. Nunca des la espalda a la vida, mi amor. Si por algún motivo yo te abandonara, si caigo en esta lucha... prométeme que seguirás viviendo. Que te quedarás con Christian, si él puede hacerte feliz. Pero nunca, jamás... jamás des la espalda a la vida. Es lo más hermoso que tenemos.

Victoria se volvió hacia él. Jack le tomó el rostro con las manos, la miró largamente. La besó, poniendo en aquel beso todo el amor que sentía. Sabía lo que debía hacer.

–¿Jack? –susurró ella.

Él la miraba intensamente.

–Eres tan bella –sonrió–. Te juro que daría lo que fuera por poder ofrecerte algo más aparte de amor. Aunque solo fuera un mínimo de seguridad.

Ella negó con la cabeza. Se le habían llenado los ojos de lágrimas. Lo abrazó con fuerza.

–No necesito seguridad, Jack. Sé cuidar de mí misma. Me basta con saber que tú estás bien. Y volveré a enfrentarme a Ashran, por mucho que me cueste, para acabar por fin con esta pesadilla. Pelearé, si es necesario, por el bien de los tres.

Jack tragó saliva. No, no podía decírselo. Ella no se lo perdonaría. La abrazó con fuerza, la besó, le dijo al oído lo mucho que la quería. Victoria correspondió a sus besos y caricias, y en un momento dado lo abrazó y le susurró las palabras más hermosas que nadie le había dicho jamás:

—Gracias por seguir existiendo.

Jack sintió que se derretía. Quiso responderle con algo similar, pero no le salió la voz. La besó de nuevo. La quería con locura.

—Qué fácil es ser feliz cuando estás aquí —suspiró Victoria.

—¿Eres feliz?

—¿Ahora mismo? Mucho, Jack. Porque estás aquí, a mi lado. Y también Christian. Vosotros dos sois todo lo que necesito para ser feliz. ¿Lo entiendes?

—Sí —murmuró Jack, sintiéndose muy canalla de pronto.

Se quedaron así un buen rato, el uno junto al otro; mucho tiempo después de que Victoria se hubiese dormido, Jack seguía despierto, pensando.

El semiceleste llegó a las lindes de Awa cuando las tres lunas se mostraban ya en lo alto del cielo. Llevaba el rostro oculto bajo una capucha y se movía de forma furtiva, pero era evidente que no estaba acostumbrado a hacerlo. Las dríades, hadas guardianas que vigilaban los límites del bosque, lo dejaron pasar hasta Nurgon.

Fue Denyal quien lo recibió, aunque el recién llegado pidió hablar con el príncipe Alsan.

—Tardará un poco en llegar —repuso el líder de los Nuevos Dragones, frunciendo el ceño—. Puedes tratar conmigo mientras tanto. ¿Qué es lo que quiere ahora esa rata de Amrin?

Mah-Kip, sin embargo, negó con la cabeza. Parecía desolado.

—No es el rey quien me envía, rebelde. El rey no sabe que estoy aquí. Tampoco Eissesh, pero si lo supiera, no dudo de que me mataría por lo que estoy haciendo.

Denyal se le quedó mirando. Habría desconfiado de cualquier otro hombre, pero no de un semiceleste. Nadie que tuviera algo de sangre de Celestia en sus venas podría engañarlos de una manera tan vil y simular además que se encontraba atormentado por las dudas y la angustia.

—Habla rápido, pues —lo apremió—. Si es cierto que actúas a espaldas del rey, cuanto menos tiempo tardes en volver, menos posibilidades habrá de que noten tu ausencia. A no ser, claro..., que quieras unirte a nosotros.

Mah-Kip se estremeció.

–No puedo unirme a vosotros. No puedo dejar solo al rey bajo la influencia de Eissesh. Vosotros lo veis como a un traidor, lo despreciáis por haberse sometido a los sheks, por luchar contra su propio hermano. Sin embargo, no hay odio ni rencor en el corazón del rey. Solo soledad... y miedo.

–¿Miedo de Eissesh?

El semiceleste negó con la cabeza.

–Miedo de fallarle a su pueblo, de que su amado Vanissar se convierta en otro erial como Shia bajo el hielo de los sheks. Pero no es un desalmado, rebelde. Por eso ha venido a advertiros esta mañana. No era un ultimátum ni un desafío, sino un aviso, un ruego... que no habéis querido escuchar. Lo que no pudo decir él, os lo transmito yo: dentro de dos días, rebelde, el escudo feérico caerá... y vosotros estaréis perdidos.

Denyal se quedó de piedra.

–Mientes.

Mah-Kip esbozó una triste sonrisa.

–Cómo desearía que tuvieras razón –se cubrió de nuevo con la capucha y dio media vuelta para marcharse–. Recuerda mis palabras. Dentro de dos días, la noche de fin de año, Ashran destruirá el escudo feérico de una vez por todas... y su ejército atacará.

Dio unos pasos en dirección al portón. Denyal lo detuvo.

–¡Espera! ¿Por qué se supone que nos dices esto?

–Lo sabes tan bien como yo. Si el escudo cae y las fuerzas de los sheks atacan... será una masacre. Así que te ruego, rebelde, que si no vais a deponer las armas, como sugirió mi rey, por lo menos evacuéis a los niños y a los ancianos, a todos los que no estén dispuestos a morir dentro de dos días, a todos aquellos que os importan.

Mah-Kip se puso en marcha de nuevo. En esta ocasión, Denyal no lo retuvo.

–Os han engañado, semiceleste –logró decir–. El escudo no caerá. Lleva funcionando más de quince años.

–También la Torre de Kazlunn llevaba más de quince años resistiendo –le llegó la voz del semiceleste desde la oscuridad–. Y cayó. Y si el escudo de Awa cae también... ni siquiera el dragón y el unicornio de la profecía lograrán salvaros...

Sus últimas palabras se perdieron en la penumbra de la noche.

Jack dejó a Victoria dormida y se fue a buscar a Christian. Lo halló en la sala donde había estado encerrado todo el día. El shek estaba inclinado junto a una extraña depresión del suelo, que tenía forma hexagonal, y cuyo borde estaba orlado de símbolos que formaban palabras escritas en idhunaico arcano.

—¿Qué es eso? —preguntó Jack, intrigado.

—Una especie de portal. Todas las torres tienen uno; servía a los hechiceros de más rango para teletransportarse de una torre a otra.

Jack se quedó de piedra.

—¿Todas las torres? ¿También la de Drackwen?

El shek asintió.

—¡Eso significa que la gente de Ashran podría entrar a través de él!

—No, porque este no funciona. Los magos de Kazlunn lo desactivaron tiempo atrás, cuando las torres empezaron a caer bajo el poder de los sheks. Sé que el de la Torre de Drackwen, sin embargo, está activo. Cuando el poder de la torre revivió, todos los conjuros que había en ella se renovaron también. Probablemente, Gerde habría querido reactivar también este portal, pero no tuvo tiempo.

—Quieres decir... ¿que si consigues poner eso en marcha, nos conducirá hasta el mismo corazón de la Torre de Drackwen?

—Eso he dicho. Siempre que Ashran no haya inutilizado el suyo, claro.

Jack sintió la boca seca.

—No lo ha hecho, Christian. Estoy seguro de que ya cuenta con ello.

Para su sorpresa, el shek no hizo ningún comentario.

—¿Ya lo sospechabas?

—Sí —admitió Christian—. Todo es demasiado extraño, hay cosas que no tienen sentido. Cada vez estoy más convencido de que se trata de una trampa. Y, sin embargo, de alguna manera sé que no nos queda otra opción. O luchamos la noche del Triple Plenilunio, o ya no lucharemos... porque no habrá más ocasiones.

—Estoy de acuerdo contigo. Yo también creo que debemos luchar —hizo una pausa y prosiguió—: Pero no con Victoria.

Christian se volvió para mirarlo.

—Creo que Ashran quiere utilizarla otra vez.

—¿Otra vez? —repitió Christian con suavidad.

Jack se dio cuenta de que había hablado de más.

—No, ella no me lo ha contado –aclaró–. Pero imagino que eso fue lo que le hizo Ashran, y que por eso no quiere hablar de ello. Le arrebató la magia, ¿verdad? La utilizó para resucitar la Torre de Drackwen.

El shek no dijo nada. Jack empezaba a cansarse de su impasibilidad y su silencio.

—Estuviste allí –lo acusó, sin poderlo evitar.

Hubo un breve silencio.

—Sí, estuve allí –repuso Christian.

—¿Le... le dolió mucho?

Christian respiró hondo.

—Sí –admitió en voz baja–. Muchísimo.

Jack apretó los puños y trató de dominarse.

—¿Cómo fuiste capaz de permitirlo?

—Entonces no me importaba, o al menos eso creía. Pero al final... tampoco yo pude soportarlo. Fue muy valiente –añadió.

Jack se tranquilizó solo un poco.

—Es muy valiente –matizó, con una sonrisa–. Tanto que, a pesar de todo, sería capaz de volver a enfrentarse a él –hizo una pausa; Christian lo miró, adivinando que iba a proponerle algo–. Yo no quiero que vuelva a ponerle las manos encima.

—No lo hará –prometió el shek, y su voz tenía un tono peligroso.

—Pero vas a conducirnos hasta él. A los dos.

—Para luchar.

—¿Cuál es la diferencia? Llevarás a Victoria ante Ashran. Otra vez.

Christian lo miró.

—¿Adónde quieres ir a parar?

—No me fío de la profecía, Christian. ¿Te fías tú?

La pregunta lo cogió un poco por sorpresa. Reflexionó.

—Se supone que creo en la profecía, porque traté de mataros para evitar que se cumpliera. Se supone que no creo, porque intenté evitarla, y eso quiere decir que no pienso que sea inevitable. Y, si no es inevitable, es una posibilidad, no una certeza. Por tanto, no es una profecía.

A Jack le costó un poco seguir el razonamiento del shek.

—Yo no me fío –repitió–. No me fío de que vayamos a salir con vida de esta lucha, y puedo jugarme mi propia vida, pero no la de Victoria. ¿Me explico? Si yo no acabo con la amenaza de Ashran, los sheks terminarán por matarme tarde o temprano. Pero tengo razones para pensar que no tienen nada contra Victoria. No quiero forzar el enfrentamiento y obligar a Ashran a matarla, o entregársela en bandeja para que haga con ella lo que se le antoje.

Christian le dirigió una larga mirada.

–¿Vas a ir a luchar a la Torre de Drackwen? –preguntó–. ¿Tú solo?

Jack dudó.

–Había pensado en pedirte que vinieras conmigo. Pero si caemos los dos, Victoria no lo soportaría. Así que casi será mejor que te la lleves lejos, que la ocultes de Ashran, que la protejas si yo fracasara. Porque, si no vuelvo, por lo menos te tendrá a ti.

–Eso es un suicidio, Jack.

–Ya, pero... no tengo otra opción. No quiero que Victoria vuelva a la Torre de Drackwen. No, después de lo que Ashran le hizo.

Hubo un breve silencio.

–Victoria ya estuvo en la Torre de Drackwen después de eso. Lo sabías, ¿no?

–Sí, me lo ha contado. Fue una locura por su parte. Y tú, ¿cómo dejaste que se encontrara con él?

–Sabía que no le haría daño. Me lo debía. Me prometió que la respetaría...

–... si me matabas –concluyó Jack en voz baja–. ¿Lo hiciste por eso?

–Sabes que no. Lo hice porque no pude controlarme.

Jack no insistió.

–Cuando le arrebató la magia, estuvo a punto de matarla. Quizá no quiera volver a correr ese riesgo.

–No –admitió el shek–. Estaba convencido de que, si tú morías, Victoria se uniría a él... por mí.

–También yo lo pensé.

–Y quizá así habría sido si tú hubieras muerto de cualquier otra forma, Jack. Pero yo te maté, y Victoria no me lo perdonó.

Los dos callaron un momento.

–En cualquier caso –prosiguió Jack–, no voy a dejar que ella vuelva a ese lugar, no mientras Ashran esté allí. ¿Estás de acuerdo?

Christian sonrió.

–Ya es un poco tarde para eso. Deberías haberme escuchado cuando me negué a abrir la Puerta en Limbhad. Si os hubierais quedado en la Tierra, Victoria estaría a salvo.

–Entonces Shail y Alexander estaban con nosotros y sus opiniones parecían las más sensatas. Pero al diablo la sensatez. Mi corazón se niega a poner a Victoria en manos de Ashran.

Christian lo miró, dubitativo.

–¿Crees de verdad que tienes alguna posibilidad contra él? Incluso si yo te acompañase... la profecía hablaba de un unicornio, un dragón y un shek.

–¿Y no crees que Victoria ya ha hecho bastante? La profecía no especificaba la manera en que el unicornio ayudaría a derrotar a Ashran. ¿Acaso no ha conseguido que nosotros nos aliemos? ¿Y si fuera ese su papel en la profecía?

–No podemos saberlo.

–Yo solo sé que Ashran tiene mucho interés en Victoria. Y eso me basta para querer alejarla de él todo lo posible. ¿Me explico?

–Perfectamente –Christian se incorporó, muy serio–. En tal caso, iré contigo a la Torre de Drackwen.

–¿Sin Victoria?

–Sin Victoria. Pero ¿qué será de ella si no volvemos?

Jack sonrió. Pensó en Sheziss; se dijo a sí mismo que, aunque la shek no fuera a acompañarlos, no podía negarle aquello.

–Sé de alguien que cuidará de ella. Y creo que la dejo en buenas manos.

Christian lo miró, con un brillo inquisitivo en sus ojos azules. Después, lentamente, asintió.

–Eso es imposible –dijo Harel moviendo la cabeza–. Nadie puede hacer caer el escudo de Awa. Ni siquiera Ashran.

–¿Cómo puedes estar tan seguro? –preguntó Shail, impaciente–. La magia de Drackwen dobłegó a los hechiceros de la Torre de Kazlunn. ¿Qué te hace pensar que la magia feérica es más poderosa que la de los tres Archimagos juntos?

El silfo hizo vibrar las alas, pero no respondió. A Shail no le extrañó. En todo aquel tiempo, nadie había sido capaz de averiguar cómo funcionaba el escudo feérico. Era algo que las hadas y los silfos mantenían en el más absoluto secreto.

A Shail le había llamado la atención desde el mismo momento en que había oído hablar de él. A simple vista no se apreciaba, pero si uno observaba con atención el bosque desde lejos, preferentemente al filo del tercer atardecer, podía descubrir que una fina cúpula lo cubría, casi como una capa de polvo plateado que relucía tenuemente bajo la luz del ocaso. Shail sabía que el escudo no podía ser traspasado por nadie, excepto por feéricos y por aquellos a quienes estos cedían el paso.

Shail siempre se había preguntado qué magia era aquella. Parecía ser un poder inherente a los feéricos, pero, que él supiera, las habilidades de las hadas tenían que ver fundamentalmente con los árboles y las plantas, no con crear escudos invisibles en el cielo. Como había observado que las dríades se volvían hoscas y hurañas si se les preguntaba mucho al respecto (y no convenía enfadarlas, pues podían ser muy feroces y salvajes si se lo proponían), había dejado de insistir en el tema.

Pero ahora la seguridad de la Resistencia y de todos los refugiados de Nurgon estaba en peligro.

–Hicimos un trato –intervino Denyal, muy serio–. Os entregábamos Nurgon a cambio de protección. Nosotros hemos cumplido nuestra parte. Esos condenados árboles nos rodean por todas partes, Nurgon ya pertenece a Awa. Ahora queremos saber... exigimos saber si esa protección de la que tanto os enorgullecéis vale la pena. Las serpientes aseguran que pueden hacer caer el escudo. Demostradnos que no es cierto. Si es que podéis.

Harel le dirigió una mirada severa, y Shail advirtió un brillo airado en sus ojos dorados. Cruzó una mirada con Zaisei, que se erguía silenciosa a su lado.

–Somos aliados, humano –le espetó el silfo–. Damos por supuesto que sois capaces de confiar en los feéricos de Awa, de la misma forma que nosotros confiamos en los caballeros de Nurgon. ¿Es así?

Había hablado a Denyal, pero en realidad sus palabras iban dirigidas a Covan. El maestro de armas titubeó un momento.

–Harel –dijo por fin–, tú y yo somos más que aliados. Podría decirse que somos amigos. Nos pides confianza. ¿De verdad confías tú en nosotros? Si el escudo fuera tan fiable, ¿por qué ocultas tan celosamente cómo funciona, incluso a tus aliados... a tus amigos?

El silfo no respondió enseguida. Movió lentamente la cabeza, pensando, y su cabello verde, semejante a las ramas de un árbol joven, se agitó en torno a su rostro juvenil, de piel parda y moteada.

–El escudo es infalible –dijo– porque nadie, a excepción de nosotros, sabe cómo funciona. Y es mejor que siga así.

–¿Seguro que no lo sabe nadie más? –gruñó Denyal–. Subestimas a Ashran.

–¿Y qué hay de Gerde? –interrumpió Shail inesperadamente–. ¿Podría saber ella cómo destruirlo?

–Gerde –repitió Harel, y su rostro se contrajo en una mueca de desprecio–. Ella ha vivido mucho tiempo en una torre de hechicería. No conoce los secretos de Awa como el resto de feéricos.

–Pero atravesó el escudo una vez.

–El escudo no impide el paso a los hijos del bosque, mago. Y las serpientes no lo son. Puede que ella sepa cómo funciona el escudo, pero dudo que sepa cómo destruirlo.

–Yo no me arriesgaría –intervino Covan–. Si Ashran cree que puede destruir el escudo, debemos tratar de imaginar cómo podría hacerlo. Harel, tú sabes que tengo razón.

El silfo permaneció en silencio durante un largo rato.

–De acuerdo –dijo por fin–. Seguidme hasta el bosque; os lo mostraré.

Shail lo miró, dubitativo. A pesar de que ya se las arreglaba bien con la muleta, le resultaba muy difícil avanzar a través de la espesura. Si los acompañaba fuera de la Fortaleza, los retrasaría; pero quería ver aquello que Harel tenía que mostrarles.

El silfo comprendió su dilema.

–No te preocupes, mago. Buscaremos un nimen para ti.

Shail asintió, aunque no las tenía todas consigo. Los nimen eran un tipo de insecto acorazado con un vago parecido a una hormiga gigante. Los feéricos los utilizaban a menudo para sus desplazamientos por el bosque, y muchos de los rebeldes de Nurgon habían aprendido a domarlos con el mismo fin. Pero Shail no se había animado nunca a intentarlo. Sintió la mano de Zaisei entrelazándose con la suya; era su manera de decirle que ella seguía allí para ayudarlo si lo necesitaba.

Harel salió de los límites de la Fortaleza y se internó en la espesura. Los tres humanos y la joven celeste se apresuraron a ir tras él. Era muy difícil seguir a un silfo en el bosque, aun cuando no hiciese uso de las alas. Pero iba silbando suavemente, emitiendo un sonido agudo y melódico, y sus compañeros se limitaron a guiarse por su voz.

Shail, como de costumbre, se quedó el último. Él y Zaisei tardaron en reunirse con los demás un poco más allá. Los estaban esperando junto a un grupo de nimen que habían acudido a la llamada de Harel. El silfo les acariciaba la cabeza y les dedicaba palabras de agradecimiento.

Denyal y Covan ayudaron a Shail a montar sobre el lomo del insecto, mientras Harel lo mantenía quieto.

–¿Y ahora qué? –preguntó el mago, una vez arriba.

–Ahora, simplemente, sujétate –sonrió el silfo–. El nimen me seguirá a través del bosque. Solo tienes que dejarte llevar. Es muy sencillo.

Y, en efecto, lo era. Shail tardó un poco en acostumbrarse al movimiento de las seis patas del nimen, pero era cierto que la criatura se movía con suavidad, deslizándose sobre el musgo del bosque en pos de Harel.

Aún tuvieron que avanzar un rato más; finalmente, el silfo se detuvo en un pequeño claro del bosque, iluminado por la luz de las lunas, donde había un templo dedicado a la diosa Wina.

Shail lo contempló, maravillado. Los templos a Wina solían erigirse en lugares muy recónditos, y no era fácil encontrarlos. Pero eran auténticas maravillas de la arquitectura feérica porque, como todos los edificios que ellos construían –por llamarlos de algún modo–, estaban hechos de árboles vivos. En esta ocasión se trataba de un grupo de jóvenes árboles jenai, cuyas ramas rojizas se abrían hacia arriba como abanicos, que el poder feérico estimulaba para que se trenzaran unas con otras, formando paredes de ramas vivas. Los árboles seguía creciendo, y sus puntas más altas continuaban enroscándose sobre sí mismas, creando una especie de cúpula de hojas acampanilladas que se desparramaban sobre el techo del templo.

–Idan-ne –llamó Harel suavemente.

Hubo un movimiento en el interior del templo, y entonces una esbelta figura salió al exterior. Era una dríade, pero no vestía como la mayoría de las guardianas del bosque. Llevaba la túnica verde de las sacerdotisas de Wina.

El hada había salido al exterior sonriente, pero se le había congelado la sonrisa en los labios al ver a los intrusos.

–Humanos, Harel –susurró, perpleja–. ¿Qué significa esto?

–Calma, Idan-ne –trató de tranquilizarla el silfo.

–Que las tres diosas velen tus sueños, hermana –intervino entonces Zaisei, con suavidad.

Idan-ne reparó entonces en la sacerdotisa celeste, y en su túnica verde y plateada, bordada con el signo de la Iglesia de las Tres Lunas: un triángulo invertido. Su semblante se suavizó un poco.

–Y que Wina haga crecer la vida a nuestro alrededor –respondió.

La presencia de Zaisei facilitó las cosas. Y aunque no estaba del todo convencida, finalmente la dríade se avino a mostrarles lo que querían ver. Con el gesto hosco propio de las dríades contrariadas, Idan-ne guió al silfo, a la celeste y a los tres humanos hasta la base de un enorme árbol.

–¿Sabéis qué es esto?

Ellos no encontraron nada de particular en el tronco. Alzaron la mirada, pero el árbol era tan alto que no alcanzaban a distinguir la copa.

Idan-ne movió la cabeza en señal de desaprobación y acarició suavemente la corteza rugosa del árbol.

–Deberíais reconocerla –les reprochó–. Hemos plantado muchas en torno a vuestra Fortaleza de piedra. Las hemos plantado por todo Awa, en realidad. Distribuidas de forma que no llamen mucho la atención, pero que cubran casi toda la superficie de nuestro bosque.

Titubeó un momento. Miró a Harel, suplicante. Pero el silfo asintió, e Idan-ne suspiró.

–Son flores lelebin –confesó por fin, de mala gana–. Son estas flores las que crean el escudo que nos protege.

Shail, Denyal y Covan se quedaron mirándola, incrédulos.

–Las flores azules que se abren por las noches –dijo de pronto Zaisei, cayendo en la cuenta–. Es cierto, se ven desde las almenas de la Fortaleza. Están por todas partes, pero bastante separadas unas de otras. Y son tan grandes que una persona podría caber en el interior del cáliz.

Aquello no era tan extraño, puesto que Awa estaba repleto de flores gigantescas. Pero eran pocas las especies que estaban repartidas por todo el bosque, como las lelebin. Normalmente, las flores de una misma especie tendían a agruparse en racimos o colonias, o a ocupar espacios en las sombras, o junto a los ríos, o encima de otras plantas, allá donde se sintieran más cómodas. Pero las lelebin estaban por todas partes. Por todas partes y, a la vez, tan separadas unas de otras que no podía ser casual, comprendió Shail al instante.

Idan-ne se rió suavemente, dejando ver una hilera de dientecillos blanquísimos que iluminaron su piel pardusca.

—Las flores azules que se abren por las noches —asintió—. Se alimentan de la luz de las lunas. La recogen y la guardan, y luego la transforman en ese escudo que las protege de todo y que no deja entrar a nadie en el bosque, salvo a nosotros, los feéricos. Y solo nosotros sabemos cómo abrir brechas en el escudo para que lo atraviesen nuestros aliados y las personas en las que confiamos.

—¿Cómo? —quiso saber Covan.

El rostro de la sacerdotisa se ensombreció.

—No esperes que conteste a esa pregunta, humano —dijo secamente—. Plantamos las flores lelebin por todo el bosque, las alimentamos con nuestra magia para que crezcan, ellas capturan la luz de las lunas y generan con ella ese escudo que nos protege. Para destruir el escudo habría que destruir todas las lelebin, más o menos a la vez. para destruirlas habría que llegar hasta ellas. Y para llegar hasta ellas... habría que atravesar el escudo. Como veis, es completamente imposible que Ashran pueda acabar con él.

Shail asintió, pensativo.

—¿Y las lunas? —preguntó—. ¿Qué pasa de día, cuando las flores no pueden recoger la luz de las lunas? ¿Qué pasa si las nubes las tapan?

—El escudo sigue funcionando —dijo Harel—. Para que empezara a debilitarse, tendrían que privar de luz a las lelebin durante varias semanas. De momento —añadió, echando un vistazo al cielo—, están muy bien alimentadas. Si Ashran ocultara las lunas ahora mismo, mañana por la noche el escudo seguiría igual de resistente.

—Mañana por la noche hay Triple Plenilunio —añadió Idan-ne, sonriendo—. Las lelebin estarán más hermosas y fuertes que nunca.

Shail, Denyal y Covan cruzaron una mirada.

—El semiceleste nos mintió —dijo Covan simplemente.

Zaisei desvió la mirada. Shail sacudió la cabeza.

—Me resulta muy extraño —dijo—. ¿Por qué mentiría? ¿Para qué? Si el escudo no va a caer mañana por la noche, ¿por qué, pues, elegir el Triple Plenilunio para atacar?

Denyal se encogió de hombros.

—Ese malnacido siempre ha sentido predilección por las conjunciones astrales —gruñó.

Shail frunció el ceño. El tema de la conjunción astral le producía sentimientos contradictorios. Por un lado, recordaba muy bien el horror de la última conjunción de los seis astros, mejor quizá que todos los presentes, y todavía tenía pesadillas al respecto. Por otro, aquel día había encontrado y rescatado a Lunnaris, el último unicornio.

Reprimiendo un suspiro, volvió la mirada hacia las lunas, preguntándose cómo era posible que los astros hubieran podido causar tanta destrucción.

Y, de pronto, se hizo la luz en su mente. Se quedó sin aliento.

–¿Qué? –preguntó Covan al ver su expresión de horror.

Shail tardó un poco en poder hablar. Cuando lo hizo, tuvo que carraspear para aclararse la garganta, porque le falló la voz. Dirigió a sus compañeros una mirada de angustia.

–El semiceleste tenía razón –pudo decir–. Ashran hará caer el escudo mañana por la noche, en el Triple Plenilunio. Utilizará el poder de las lunas, como ya usó el de los seis astros hace más de quince años.

Los cinco, humanos, celeste y feéricos, se le quedaron mirando.

–¿Qué quieres decir? –exigió saber Denyal.

–¿No lo entendéis? Es como otra conjunción. La primera vez, la luz de los soles y las lunas se volvió mortífera para los dragones y los unicornios. Esta vez... –inspiró hondo–, esta vez, la luz de las lunas llenas se volverá letal para las flores lelebin. Abrirán sus pétalos al máximo para captar la luz lunar, pero esta estará teñida del poder maligno de Ashran... y las destruirá por completo.

»Y entonces, el escudo de Awa caerá... la noche del Triple Plenilunio, como dijo el semiceleste.

XXIV

EL JUICIO DE ALEXANDER

NURGON... –murmuró el rey Kevanion, contemplando las almenas de la Fortaleza que asomaban por encima de los árboles de Awa, más allá del escudo feérico–. Cuántos recuerdos. ¿Llegaste a estudiar allí, Amrin?

–Sí –respondió el rey de Vanissar, tenso–. Aunque no llegué a graduarme, porque tenía solo dieciséis años cuando Nurgon cayó.

–Y ahora se levanta de nuevo –asintió Kevanion, pensativo–. Para volver a caer.

Amrin no dijo nada.

El rey de Dingra lo había mandado llamar porque tenía, según había dicho, cosas que discutir con él. Pero no lo había citado en su tienda, sino algo más lejos, en las afueras del campamento. No era buena señal. Significaba, casi con toda probabilidad, que Ziessel quería estar presente.

Sin embargo, Amrin no esperaba encontrar allí también a Eissesh. Ahora, los dos sheks conversaban telepáticamente, el uno frente al otro, las alas replegadas, los cuerpos enroscados, los ojos entornados y las lenguas bífidas produciendo ese siseo que Amrin encontraba tan desagradable. Se trataba de una conversación privada, y aunque no necesitaban alejarse de los dos reyes para intercambiar impresiones en secreto, ellos se habían retirado un tanto.

–Parece que se llevan bien –comentó el rey de Dingra, de buen humor, con un gesto condescendiente hacia las dos serpientes–. Quién sabe si no saldrá de aquí una nueva alianza... de otra naturaleza.

Se rió de su propio chiste, pero Amrin no le vio la gracia. Lo miró, sombrío.

–No deberías tratar a los sheks como si fueran mascotas, Kevanion. Para ellos, *tú* eres la mascota. ¿Todavía no te has dado cuenta?

La sonrisa de Kevanion quedó congelada en sus labios.

–No seas tan engreído –le espetó–. Te recuerdo que todos los sheks sirven a un humano, a uno de los nuestros. ¿Lo harían si nosotros fuéramos animales para ellos?

–Ashran no es, ni será, uno de los nuestros –masculló Amrin.

–Yo, en tu lugar, mediría mis palabras. No estás en una situación muy favorable que digamos.

Amrin frunció el ceño.

–¿Por qué? ¿Qué quieres decir?

El rey de Dingra no tuvo ocasión de responder, porque los sheks se acercaban a ellos de nuevo. Ziessel avanzó primero, con movimientos sinuosos y elegantes.

«Rey Amrin de Vanissar», dijo.

Amrin inclinó la cabeza.

–Ziessel –murmuró.

«Mañana por la noche, cuando las tres lunas se alcen en el cielo, el escudo de Awa caerá, y nosotros atacaremos. Y, cuando lo hagamos, Nurgon caerá también».

Amrin asintió, un poco desconcertado, sin entender por qué Ziessel le repetía cosas que ya sabía.

«Nosotros lo sabemos», prosiguió ella, adivinando sus pensamientos. «Nosotros debemos saberlo. ¿Pero acaso nuestros enemigos lo saben también?».

Amrin creyó comprender. Se puso tenso.

–Lancé un ultimátum a los rebeldes. Les di la oportunidad de rendirse antes de la noche del Plenilunio.

«Lo sé», intervino Eissesh. «Una pérdida de tiempo. Sabes que no se rendirán..., a no ser, claro, que sepan que su protección feérica va a fallarles cuando más la necesiten».

El rey de Vanissar frunció el ceño, intentando entender adónde querían ir a parar los sheks.

–¿Debería, entonces, habérselo dicho para forzar la rendición? –preguntó, confuso–. Imaginé que nuestros planes eran secretos. Nunca supuse que...

«Hiciste bien no revelando lo que va a suceder mañana», cortó Eissesh. «No obstante, hubo alguien que sí lo reveló, un traidor muy cercano a ti».

Amrin retrocedió un paso, como si hubiera recibido una bofetada.

–¿Qué? Eso es imposible. Muy pocos sabemos...

Sintió de pronto un movimiento junto a él, y se volvió, desconcertado. Descubrió allí a Mah-Kip, el semiceleste. Mah-Kip siempre estaba allí, junto a él, pero era tan silencioso que a menudo no reparaba en su presencia. Sin embargo, en aquel momento mantenía la cabeza baja, y temblaba. Amrin lo comprendió todo de golpe.

–No... –susurró.

Su leal consejero alzó la cabeza y clavó en él la mirada de sus ojos de aguamarina, cargados de un intenso sufrimiento.

–Perdonadme, mi rey –susurró.

«Sabes que los traidores han de ser ejecutados, ¿no es cierto, Amrin?», preguntó Eissesh con suavidad.

Amrin alzó la cabeza con brusquedad y dio un paso al frente, dispuesto a enfrentarse al shek.

–Es un hijo de Yohavir –dijo en voz baja–. Nunca ha hecho daño a nadie. No merece ser ejecutado.

Eissesh entornó los ojos.

«Es un traidor», dijo. «¿No es cierto... Amrin?».

El rey temblaba violentamente. Bajó la cabeza, temeroso del poder del shek, y desvió la mirada.

«¿No es cierto?», insistió Eissesh.

Amrin no respondió.

«Me entregaste a tu propio hermano», dijo el shek. «Puedes entregarme a tu consejero, que no es más que un traidor. Por el bien de tu reino, Amrin».

Amrin giró la cabeza con brusquedad y apretó los puños. Se quedó allí, de pie, durante unos segundos que le parecieron una eternidad. No se atrevió a mirar a Mah-Kip cuando dio media vuelta para alejarse de allí a grandes zancadas.

Kevanion le vio marchar. No parecía tener la menor intención de seguirlo.

«Vete», le ordenó Ziessel, aburrida.

El rey de Dingra iba a protestar, pero los ojos de la shek relucieron furiosamente.

–Me aseguraré de que regresa a su campamento –se apresuró a decir Kevanion.

Cuando los dos reyes se hubieron marchado, solo quedaron allí los sheks y, frente a ellos, el semiceleste, que temblaba de terror, con la cabeza baja.

«Y a pesar de todo, no serás capaz de odiarlo», murmuró Ziessel, pensativa.

—Yo hice lo que consideraba más correcto —susurró Mah-Kip—. También mi rey hace lo que cree correcto.

Ziessel le dio la espalda y se separó un poco de ellos. Eissesh bajó la cabeza hasta que sus ojos tornasolados quedaron a la altura de los del consejero, que seguía temblando, aterrorizado.

Fue piadosamente breve. Mah-Kip quedó un momento paralizado, con los ojos abiertos de par en par, mientras la mente de Eissesh hurgaba en su conciencia. Cuando el cuerpo del semiceleste se deslizó hasta el suelo, sin vida, el esbelto cuerpo de Ziessel se estremeció.

«Debería haber imaginado que este nos traería problemas», dijo Eissesh, pensativo. «En cualquier caso, será mejor que nos aseguremos de que esto no volverá a pasar. Ningún celeste va a sernos útil en la guerra, así que los enviaremos a todos a casa. A Celestia, o al lugar de dondequiera que hayan venido.»

«Me parece bien», asintió Ziessel. «Aunque dudo mucho que encuentres a un solo celeste en nuestros ejércitos. Este era un mestizo».

«Celestes, mestizos, qué más da. Solo sé que no quiero a un solo sangrecaliente de piel azul en el campamento. Tendrán un día para abandonarlo, y si no lo hacen...».

«No me gusta tener que matar celestes», dijo ella.

Eissesh se alzó sobre sus anillos.

«No son más que sangrecaliente», dijo con indiferencia.

«Lo sé. Pero son diferentes a los demás. Tienen un alma hermosa».

—Te lo pediré por última vez, Zaisei —dijo Shail, cansado—. Márchate de Nurgon, vete lejos, a Celestia, o al Oráculo, o al nuevo templo que está construyendo el Padre en el corazón del bosque. Pero no te quedes aquí. No quiero que estés aquí cuando el escudo caiga.

La sacerdotisa alzó la cabeza para mirarlo a los ojos, con seriedad. Shail se sintió incómodo.

—No me mires así. No quiero que te pase nada malo, eso es todo.

—Sé que no voy a ser de gran ayuda —dijo ella—. Pero no quiero dejarte atrás. No quiero abandonarte.

—Será solo una separación temporal.

—¿Tú crees? Leo el miedo y las dudas en tu corazón, Shail. Una parte de ti está convencida de que nadie sobrevivirá a la batalla si el escudo cae.

Shail inspiró hondo.

–Es posible –admitió–. Pero mi lugar está aquí, con la Resistencia, luchando por aquello en lo que creo. Y si he de morir en esta batalla, que así sea. Sin embargo, tú...

Zaisei bajó la cabeza.

–Los dioses nos han abandonado. ¿No es cierto, Shail?

Al mago se le rompió el corazón al oírla hablar así. La abrazó con fuerza.

–Quiero creer que no –susurró–. Quiero creer que están de nuestro lado, después de todo. Pero, después de la muerte de Jack... ya no sé qué pensar.

Zaisei se recostó contra él. Estaban los dos sentados al pie de un árbol, en el bosque que había crecido en torno a la Fortaleza. Cerca de ellos correteaba el nimen que había conducido a Shail al corazón del bosque. Seguía siendo una criatura libre, pero, por alguna razón, parecía haberle tomado cariño al mago. Las tres lunas brillaban sobre ellos, y su redondez casi perfecta les recordaba que la noche siguiente asistirían al Triple Plenilunio, uno de los espectáculos más bellos de Idhún, pero que aquel año tenía un significado oscuro y siniestro.

–Estás confuso –murmuró ella–. Tienes dudas.

–Sí, es cierto. Tengo dudas desde que regresé a Idhún. Antes lo tenía todo claro, sabía por qué luchaba y lo que tenía que hacer. Sabía que Jack y Victoria eran el dragón y el unicornio que llevábamos tanto tiempo buscando, y aquello solo podía significar que los dioses estaban con nosotros y que la profecía iba a cumplirse. Incluso el hecho de que Kirtash se hubiera unido a nosotros parecía estar escrito.

»Pero luego volvimos a Idhún... y yo perdí la pierna y volví a encontrarme contigo, Jack y Victoria se fueron por un lado, Kirtash por otro... Todo era tan confuso. Nuestra misión consistía en encontrar a Yandrak y Lunnaris, y mientras los estuvimos buscando todo tenía sentido, pero después...

Calló un momento. Zaisei lo abrazó con fuerza.

–¿Se te ocurrió pensar que tal vez tu misión ya había concluido? –le preguntó con dulzura.

–Sí que lo pensé. Y se lo dije a Victoria muy claro... y fue entonces cuando Jack y ella se marcharon. Desde ese momento, todo ha ido de mal en peor.

–No te atormentes. No fue culpa tuya.

–Sigo sin tener claro si debía seguir protegiéndola o si, como tú dices, ya no hay nada que yo pueda hacer, y mi papel en todo esto ya ha terminado. Después de la muerte de Jack... pensé que ya no había nada que pudiéramos hacer. Y que, si Victoria sobrevivía a su pérdida, nadie evitaría que cayera en manos de Ashran. Ni siquiera yo. Pero luego llegué aquí, a Nurgon, y vi todo lo que Alexander está haciendo. Y que va a seguir luchando a pesar de la desaparición de Jack. Eso solo puede ser una señal de los dioses, ¿verdad?

»Y si es así... ¿por qué cada vez nos lo ponen más difícil? ¿Por qué Ashran puede destruir el escudo, por qué tiene que ser justamente la única noche en la que no podemos contar con Alexander, porque se habrá transformado en una bestia? Ahora todos los indicios señalan en una dirección, Zaisei: hemos perdido. Y tal vez sea mejor poner fin a esta locura, rendirnos, como dijo el rey Amrin, y aceptar que, sin la profecía, no nos queda nada.

Zaisei no respondió. Shail la miró y se dio cuenta de lo mucho que la habían afectado sus palabras. La abrazó.

–Por eso debes marcharte lejos de todo esto –le dijo con cariño–. Los sheks no consideran que Celestia sea una amenaza. Regresa a Rhyrr, allí estarás a salvo. Me gustaría saber... que por lo menos va a salvarse alguien, de entre todas las personas a las que quiero. Me gustaría saber que por lo menos puedo salvarte a ti.

Zaisei parpadeó para contener las lágrimas.

–No puedo marcharme sin ti –susurró.

Shail la miró.

–Tal vez en otras circunstancias –dijo–, me marcharía contigo. Sé que Alexander puede arreglárselas solo..., o podría, de no ser por lo que se avecina. No puedo dejarlo en este estado. Es mi amigo, ¿entiendes? Y mañana por la noche se va a convertir en una especie de bestia salvaje que habrá que controlar, mientras Ashran derriba el escudo y los sheks nos atacan con todo lo que tienen. No, Zaisei, no puedo marcharme.

De pronto, una sombra planeó sobre ellos y cayó en picado un poco más allá, estrellándose en las copas de los árboles cercanos. Zaisei se levantó de un salto y estuvo a punto de chocar contra Kestra, que corría hacia allí.

–¿Qué...? –empezó Shail, tanteando a su alrededor en busca de su bastón.

Kestra murmuró una disculpa y salió disparada. Zaisei ayudó a Shail a ponerse en pie. Les pareció oír a lo lejos la voz de Kimara.

–Vamos a ver qué andan tramando esas dos –gruñó el mago, frunciendo el ceño.

Avanzaron por el bosque hasta encontrarse con Kestra, que estaba al pie de un árbol, mirando hacia arriba. La pareja siguió la dirección de su mirada y vieron uno de los dragones de madera enredado en las ramas de un árbol. El hechizo de ilusión había desaparecido y ya no parecía un dragón de verdad. Además, Shail apreció que era uno de los pequeños, de los que usaban los pilotos para prácticas.

Una de las ramas se partió, y el artefacto cayó unos metros más. Por fortuna, otra rama detuvo su caída, pero aún estaba muy alto.

–¿Qué es lo que pasa? –quiso saber Shail.

Kestra se volvió hacia ellos.

–¡Kimara está dentro! –dijo–. Mira que le advertí que no volara tan bajo...

Shail y Zaisei cruzaron una mirada.

–Déjame a mí –dijo la sacerdotisa.

Entonó una suave melodía y se elevó unos metros en el aire, hasta situarse junto al dragón accidentado.

Desde el suelo, Kestra la observó con interés. Sabía que todos los celestes nacían con el don de la levitación, que era tan propio de ellos como lo era la telepatía en los varu, pero nunca había visto a ninguno utilizándolo.

Vio a Zaisei flotar hasta la escotilla, la oyó gritar el nombre de Kimara. Lo que se dijeron las dos ya no lo escuchó, porque un crujido ahogó sus voces.

–¡Cuidado! –alertó–. ¡La rama se rompe!

Zaisei dejó escapar un grito cuando una de las ramas se quebró definitivamente, y el dragón se precipitó hacia el suelo.

Shail estaba preparado. Pronunció con voz potente las palabras de un hechizo, y el dragón se detuvo de pronto en el aire para posarse después en el suelo con suavidad. Shail cojeó hasta él.

–¡Kimara! –la llamó, mientras Zaisei flotaba mansamente hasta el suelo y aterrizaba junto a él–. Kimara, ¿estás bien?

La escotilla se abrió de súbito y por la abertura asomó la cabeza adornada con trenzas de la semiyan.

–Ya sé qué he hecho mal –le dijo a Kestra–. La próxima vez...

–Por todos los dioses, ¿a qué estáis jugando? –cortó Shail, exasperado pero a la vez aliviado de que la joven estuviera ilesa.

Ninguna de las dos tuvo ocasión de responder. En aquel momento, alguien irrumpió en el claro, una sombra ligera que se movía con la rapidez de un rayo de luna por entre los árboles, y Shail reconoció a una de las dríades, las hadas guardianas. Por un momento temió que fueran a castigarlos por haber destrozado el árbol; pero, a pesar de que el hada no pudo evitar mirar al árbol con horror, y a ellos con profundo desagrado, eran otros los asuntos que la traían allí.

–¿Eres Shail, el mago? Me envían a decirte que te necesitan en la Fortaleza. Es urgente. Es a causa del príncipe Alsan.

Shail comprendió sin necesidad de más palabras. Asintió; se volvió hacia las dos jóvenes antes de emprender la marcha.

–Hablaremos después –dijo–. Puede que lo de Alexander lleve un poco de tiempo...

Calló al sorprender en el rostro de Kestra una expresión de odio tan intensa que lo dejó desconcertado por un momento. Pero no había tiempo para hacer averiguaciones, de manera que siguió a la dríade hasta la Fortaleza, preguntándose qué había dicho para provocar esa reacción en la muchacha shiana.

Christian respiró hondo, se apartó el pelo de la frente y se retiró un poco para examinar de lejos los símbolos, escritos en idhunaico arcano, que bordeaban el portal.

Conocía el idhunaico arcano. La noche de la conjunción astral que había estado a punto de exterminar a los dragones y a los unicornios, uno de ellos lo había rozado con su cuerno, transformándolo en mago, poco antes de que Ashran lo reclamase para sí. Christian no tenía muchos recuerdos de aquellos días, pero sospechaba que a su padre, que tenía intención de entregarle un poder mucho mayor, no le había hecho mucha gracia descubrir vestigios de magia en su interior. Sin embargo, después de transformarlo en híbrido, había tratado de enseñarle, de aprovechar la magia que latía en él. Christian había aprendido con asombrosa facilidad todo lo relativo a la teoría mágica, incluyendo el lenguaje arcano. Pero los hechizos que otros magos lograban realizar correctamente no funcionaban de la misma forma cuando él los ponía en práctica. Había tratado de explicar a sus maestros que la magia se congelaba cuando trataba de utilizarla, que no fluía con facilidad. Pero ellos no lo entendían.

Obviamente, ninguno de ellos era un shek.

Christian frunció el ceño y volvió a inclinarse sobre los símbolos. Colocó las palmas de las manos sobre los dos que debían abrir el portal. Sabía lo que debía hacer, las palabras que debía pronunciar. Las instrucciones estaban muy claras. Pero la magia seguía sin fluir.

Cerró los ojos y pensó en Victoria. Dejó que lo que sentía por ella calentara su corazón, dejó que sus sentimientos lo llenaran por dentro. «Más humano», pensó. Notó que la magia fluía mejor.

Era un juego peligroso. Si ahogaba de aquella manera su parte shek, correría el riesgo de matarla definitivamente. Y el hecho de soportar la presencia de Jack en la torre no mejoraba las cosas.

Pero creía haber encontrado un equilibrio para su alma doble, y esperaba no solo sobrevivir manteniendo vivas ambas partes, sino también beneficiarse de cada una de ellas cuando más le conviniera.

Los símbolos se iluminaron tenuemente. Christian sonrió para sí. Lo estaba consiguiendo.

Se retiró para dejar que el portal fuera abriéndose poco a poco. Era solo una prueba, pretendía cerrarlo de inmediato y reabrirlo solo cuando él y Jack estuvieran dispuestos a cruzarlo, la noche del Triple Plenilunio.

Pero no tuvo tiempo.

Una alta figura se materializó de pronto en el centro del hexágono, y Christian, sorprendido, retrocedió de un salto.

–¿No esperabas verme tan pronto... hijo? –sonrió Ashran.

Christian descubrió entonces que no era el verdadero Ashran, sino una imagen de él. Comprendió que el portal entre ambas torres no estaba del todo abierto, y por esta razón su padre no había logrado pasar.

–Has vuelto a traicionarme –susurró Ashran.

–Solo te traicioné una vez –repuso él, con calma–. No he vuelto a ser tu siervo desde entonces, aunque pensaras lo contrario.

–He sido generoso, Kirtash, muy generoso. Y no debería darte esta última oportunidad, pero lo haré. Si no vas a matar al dragón, tráelo hasta mí, mañana por la noche, durante el Triple Plenilunio. Tráelos a los dos, al dragón y al unicornio, y haremos que la profecía se cumpla; me enfrentaré a ellos y los derrotaré yo mismo. Condúcelos hasta mí, Kirtash... como está escrito que harás.

»¿O es que acaso vas a rebelarte también contra tu dios... y contra tu propia naturaleza?

La imagen de Ashran se desvaneció lentamente en el aire, pero sus palabras aún flotaron un instante en la habitación antes de disiparse por completo.

Christian se quedó allí, temblando, incapaz de moverse.

—¡Sujétalo! —gritó Qaydar—. ¡No lo dejes escapar!

La criatura aulló de nuevo y se revolvió en la prisión mágica que Shail le había preparado. Covan lanzó una exclamación de alarma cuando los lazos invisibles se soltaron, y el ser que había sido Alexander se abalanzó sobre ellos, furioso y muy, muy hambriento.

Shail no pudo retroceder a tiempo. Trastabilló y cayó de espaldas, enredado en la muleta. El maestro de armas se interpuso entre él y la criatura, enarbolando su espada. No tuvo ocasión de emplearla, porque la magia del Archimago atrapó de nuevo a la bestia en sus hilos invisibles. Alexander se debatió, aullando, pero no se soltó. Covan respiró, aliviado. Shail alcanzó su bastón y trató de ponerse en pie.

—Hemos de hacer algo —murmuró el joven mago, contemplando a lo que había sido su amigo—. No puede quedarse así.

Qaydar frunció el ceño y movió la cabeza.

—No puedo extraer de su cuerpo el alma de la bestia —dijo—. Ya forma parte de él. Aunque encontrara la forma de hacerlo, si llevara a cabo el conjuro, él moriría también.

—El alma de una bestia —murmuró Covan, anonadado—. No es posible. No pueden haberle hecho esto.

Shail lo miró y recordó que el viejo maestro de armas había conocido a Alexander cuando era el príncipe Alsan de Vanissar, apenas un niño que soñaba con ser caballero.

—No puedo devolverle a su estado original —prosiguió el Archimago—. Si ahora está así, no quiero ni imaginar qué sucederá mañana por la noche, en el Triple Plenilunio. Por el bien de la rebelión, y por la seguridad de todos los refugiados de Nurgon y de Awa, el príncipe Alsan debe ser ejecutado.

—¡No! —se opuso Shail—. No voy a permitirlo. Yo cuidaré de él, lo controlaré para que no haga daño a nadie.

—También yo me ofrezco voluntario —gruñó Covan.

El Archimago les dirigió una breve mirada.

—Si el semiceleste tenía razón, y mañana va a tener lugar la batalla definitiva —dijo—, os necesitaremos a ambos. Un mago y un caballero de Nurgon son dos piezas muy valiosas en un ejército hoy en día. No puedo permitir que pierdan el tiempo cuidando de un engendro híbrido.

–Este engendro híbrido es mi amigo –replicó Shail, temblando de ira–, y el único que fue capaz de salvar al último dragón de la conjunción astral, y traerlo de vuelta. Debería ser tratado como un héroe, y no como un despojo.

Qaydar no tuvo ocasión de responder. Súbitamente, la puerta se abrió, y la alta figura de Denyal, el líder de los Nuevos Dragones, apareció en el umbral, pálido y muy serio. Shail se quedó perplejo un momento. Estaba convencido de que había insonorizado perfectamente la habitación, para que nadie pudiera escuchar los aullidos de Alexander desde fuera. Se preguntó si Qaydar había sido lo bastante rastrero como para deshacer su hechizo, pero entonces vio una sombra detrás de Denyal.

Kestra.

Recordó que ella estaba presente cuando la dríade los había avisado en el bosque. Pero ¿por qué había ido la joven shiana a llamar a Denyal?

Shail encontró la respuesta en el rostro de Kestra, en su expresión de odio al mirar a Alexander; y, al alzar la vista hacia Denyal para mirarlo a los ojos y ver el gesto horrorizado de él, comprendió que Qaydar tenía un nuevo aliado y que, a partir de aquella noche, Alexander ya no estaría en condiciones de liderar a los rebeldes nunca más.

Jack se despertó cuando el primero de los soles ya emergía por el horizonte. Volvió la cabeza para echar un vistazo por la ventana. Sería un bonito día, pensó; por desgracia, era el día de fin de año, el último día antes del Triple Plenilunio, antes de que se cumpliera la profecía, para bien o para mal. Respiró hondo y giró la cabeza para contemplar a Victoria, que dormía entre sus brazos. ¿Por qué no sería así siempre? No pudo evitar pensar que tal vez fuera aquella la última vez que la miraba bajo la luz del amanecer. La abrazó con fuerza.

Victoria se despertó entonces, y Jack hizo todo lo posible por desterrar las dudas y las preocupaciones de su mente. Aquella misma noche viajaría a Drackwen con Christian; quizá no regresaran vivos de aquel viaje, y quería aprovechar al máximo el que tal vez fuera el último día que pasaba con ella.

Había hablado con Sheziss, y la serpiente se había mostrado de acuerdo en cuidar de la joven cuando ellos dos no estuvieran. Jack sospechaba que Sheziss sentía curiosidad por Victoria. Y aunque todavía le dolía que la shek se hubiese retirado de la lucha en el último momento, el chico sabía que dejaba a su amiga en buenas manos.

El día pasó demasiado rápido para Jack. En toda aquella jornada, no se apartó de Victoria ni un solo instante. Hablaron mucho, recorrieron la torre juntos, compartieron risas, y palabras dulces, y besos y caricias..., que para Jack tenían un significado especial, pues tal vez fueran los últimos momentos íntimos que pasaba con Victoria. La muchacha, alarmada, lo había apartado de sí en un arrebato pasional de él especialmente intenso.

—Jack, ¿qué te pasa? —le preguntó, preocupada—. ¿Estás bien?

Él la miró un momento, pero no tardó en abrazarla, con todas sus fuerzas, para que ella no leyera la verdad en sus ojos.

—Estoy bien —susurró con voz ronca—. Lo siento, no quería asustarte. Es que te he echado mucho de menos todo este tiempo. Todavía estoy celebrando que estamos juntos otra vez.

Se sintió muy miserable en cuanto hubo pronunciado estas palabras. Porque aquella misma noche tenía intención de dejarla sola de nuevo, tal vez para siempre.

Recordó entonces, de pronto, que también Christian partiría hacia la Torre de Drackwen, y tendría que separarse de Victoria. Echó un vistazo por la ventana y se dio cuenta de que el primero de los soles empezaba a declinar. Suspiró con resignación. Las jornadas eran largas en Idhún, pero aquella le había parecido muy corta, demasiado corta...

... y, sin embargo, sabía que tenía que concluir ya. Sintió un horrible vacío en el estómago. Tragó saliva y volvió a abrazar a Victoria con todas sus fuerzas.

—Pase lo que pase —susurró—, no olvides nunca que te quiero.

Victoria se separó de él y lo miró a los ojos.

—Jack, ¿qué es lo que pasa? ¿Qué me estás ocultando?

Pero él sacudió la cabeza y retrocedió, mordiéndose el labio inferior.

—Tengo que irme —dijo simplemente—. No lo olvides, Victoria. Te quiero.

—Y yo a ti también, Jack. Pero...

Jack no esperó a que ella terminara la frase. Hizo un gesto de despedida y se marchó.

Subió al mirador y trató de serenarse. Contempló el crepúsculo del primero de los soles, preguntándose cuánto tiempo tardaría Christian en acudir junto a Victoria para despedirse también.

Victoria se quedó quieta junto a la ventana, temblando. Hacía ya varios días que sospechaba que algo no marchaba bien. Pero había recuperado a Jack y a Christian, y no quería permitir que nada empañara su recién adquirida felicidad.

Y, no obstante... sabía perfectamente que aquella calma aparente no era más que una ilusión.

No se volvió al percibir tras ella la presencia de Christian. Lo estaba esperando.

—¿Qué está pasando, Christian?

Sintió el rostro de él muy cerca, sus labios casi rozando la piel de su cuello, justo debajo de la oreja. Sonrió, y cerró los ojos para disfrutar de la sensación.

—Se avecina una gran batalla —susurró él en su oído.

Victoria reprimió un escalofrío.

—La batalla en la que tenemos que luchar nosotros tres, ¿no es cierto? ¿Por qué Jack no me ha dicho nada?

—Teme por ti. Igual que yo.

—Pues no debéis hacerlo. He de luchar junto a vosotros, ya lo sabéis.

—Lo sé. Pero yo no quiero llevarte a la Torre de Drackwen de nuevo, ¿entiendes?

Victoria se volvió hacia él para mirarlo a los ojos. Sus dedos buscaron los de él para entrelazarse con ellos.

—Entiendo —dijo en voz baja—. Pero no va a ser como entonces, Christian. Esta vez es distinto.

—¿Cómo sabes que es distinto?

—Lo sé. Me basta con mirarte a los ojos para saber que no vas a volver a traicionarme.

Los ojos azules de Christian se estrecharon un momento.

—Hay muchas maneras de traicionar —dijo él simplemente—. Y a veces, aunque no lo quiera, no puedo evitar hacerte daño... simplemente siendo lo que soy.

Victoria respiró hondo.

—Christian, ¿qué está pasando? —repitió.

El shek desvió la mirada hacia el horizonte.

–Te lo contaré cuando se ponga el último de los soles. ¿Esperarás?

–Si te quedas a mi lado, sí.

–Me quedaré a tu lado –prometió él–. En estos momentos, es el único sitio en el que querría estar.

Victoria sonrió. Se acercó un poco más a él, y así se quedaron los dos, muy juntos, contemplando el atardecer. Victoria tenía la sensación de que aquel era un momento solemne, tremendamente importante. Y deseaba disfrutar de la presencia de Christian, pero le inquietaba lo que quiera que él tuviera que decirle. Sabía que era algo grave.

Sintió el brazo del joven rodeando suavemente su cintura. Suspiró, cerró los ojos y se recostó contra él.

Shail hundió el rostro entre las manos, agotado.

Había sido un día muy largo. Alexander había recuperado su aspecto semihumano con la salida del primero de los soles, lo cual le había permitido asistir, aunque fuertemente encadenado, al debate que se originó en torno a él y a su futuro.

Los rebeldes se habían reunido en lo que había sido el vestíbulo de la Fortaleza, que era el lugar que utilizaban habitualmente para celebrar consejos y tomar decisiones. Lo que se discutía aquel día no eran los planes de batalla para aquella noche. Llevaban mucho tiempo preparándose para aquel momento y, si bien la noticia de la caída inminente del escudo había supuesto un duro golpe para ellos, habían previsto aquella situación y sabían lo que tenían que hacer.

No obstante, nadie había pensado en que, la noche de la batalla, Alexander no solo no podría guiarlos, sino que además supondría un grave peligro para todos ellos.

–Sé que es una decisión difícil para muchos de nosotros –dijo Qaydar–, pero Alsan ya no es el príncipe que conocimos. Hasta ahora ha sido capaz de dominar a la bestia que han implantado en él, pero... ¿qué sucederá esta noche? Es mejor librarnos de la amenaza antes de que sea demasiado tarde.

–Nuestra magia puede mantenerlo controlado, Archimago –intervino Shail, exasperado–. Y, en tal caso, no sería ya una amenaza.

–En otras circunstancias, estaría de acuerdo con tu propuesta. Pero esta noche no podemos permitirnos el lujo de malgastar nuestra magia en controlar a una bestia. Esta noche, si el escudo cae, todos debemos concentrarnos en luchar y en defender nuestro último bastión. No podemos entretenernos con nada más.

–Será solo una noche –intervino Covan–. Si no resistimos una noche, no resistiremos ninguna. Y si somos capaces de rechazar a nuestros enemigos hasta que salga el sol, y a la vez mantener controlado a Alsan, no solo habremos ganado tiempo, sino que además recuperaremos a uno de los mejores caballeros con que la Orden ha contado jamás. Porque no debemos olvidar que fue el príncipe Alsan de Vanissar quien salvó al último dragón del mundo, que fue él quien reconquistó Nurgon, que estamos aquí por él. Si no somos capaces de esperarlo una noche, si lo perdemos... perderemos a la única persona capaz de guiarnos hasta la victoria.

Hubo un murmullo de asentimiento. No obstante, muchos miraron de reojo a Denyal.

El líder de los Nuevos Dragones estaba pálido y, aunque tenía los ojos clavados en Alexander, parecía no verlo. El joven, encadenado en un rincón, apenas prestaba atención a lo que sucedía a su alrededor. Su rostro estaba todavía desfigurado por los rasgos de la bestia, pero era capaz de pensar y hablar con claridad. Sin embargo, había dejado caer la cabeza hacia adelante, de forma que el cabello gris le tapaba la cara, y se había quedado inmóvil, ajeno a todo.

Denyal había apoyado a Qaydar en su propuesta de ejecutar a Alexander. Apreciaba de veras a su príncipe, pero se sentía responsable de la seguridad de su gente. Y a pesar de que, como había sugerido Mah-Kip, había evacuado a los más débiles al corazón del bosque, incluyendo a su sobrino Rawel, todavía se sentía inquieto.

–Es cierto –dijo entonces, con voz ronca–. Si no fuera por el príncipe Alsan, no estaríamos aquí. No estaríamos atrapados en Nurgon, rodeados por todas las fuerzas del Nigromante dispuestas a caer sobre nosotros en cuanto se alcen las lunas. Si no fuera por el príncipe Alsan, no estaríamos a las puertas de la muerte.

Reinó el silencio en la sala.

–¡Somos la Resistencia! –gritó entonces Shail, desafiante–. Estamos aquí para luchar contra Ashran hasta el final, y lucharemos mientras quede uno de nosotros en pie. Yo estoy exactamente en el lugar en el que quería estar. Si no fuera así, habría partido esta mañana con los refugiados al corazón del bosque –hizo una brevísima pausa, recordando a Zaisei, que se había marchado también–. Pero tú, Denyal, todavía estás a tiempo de unirte a ellos.

Denyal avanzó un paso, temblando de ira.

–¡Mide tus palabras, mago! Nosotros somos los Nuevos Dragones. Plantamos cara a los sheks mientras vosotros explorabais otro mundo. Llevamos muchos años jugándonos la vida contra la gente de Ashran. No te atrevas a dudar de nuestra valentía.

–Si eso es cierto –replicó Shail con sequedad–, entonces también vosotros estáis en el lugar en el que deberíais estar: en primera línea de la guerra contra Ashran. En el lugar a donde os ha conducido Alexander, a quien ahora quieres condenar a muerte.

Entonces habían empezado a discutir. Algunos apoyaban a Shail, otros consideraban que ya tenían suficiente con enfrentarse a la amenaza de Ashran, y no querían albergar otro peligro dentro de los muros de la Fortaleza. Se habían palpado los nervios y el miedo en el ambiente, meditó el joven mago, sombrío. Aquella noche, las tres lunas saldrían llenas y, si Mah-Kip estaba en lo cierto, no tendrían más remedio que luchar.

–¡Todavía no se han puesto los soles! –había dicho entonces Shail–. Tenemos todo un día por delante. Os ruego a todos que aplacéis la decisión hasta el crepúsculo. Concededme este día para tratar de encontrar la manera de ayudar a Alexander.

El Archimago lo miró largamente.

–Tu amigo ha sido sometido a un conjuro de nigromancia del más alto nivel, un conjuro que, pese a haber sido realizado de forma defectuosa, ni siquiera yo he sabido revertir. ¿Qué crees que vas a poder hacer tú, joven hechicero, en menos de un día?

–Todo lo que esté en mi mano –respondió Shail–. Y eso es mucho más de lo que habéis hecho vosotros.

Denyal negó con la cabeza.

–Vamos a necesitar cada segundo de este día, y hasta la última persona de esta Fortaleza, para preparar la batalla de esta noche. No podemos prescindir de ti.

–No puedes obligarme –repuso el mago con suavidad–. No puedes pedirme que prepare una batalla cuando mi mejor amigo está en peligro de muerte. He pedido solo un día para tratar de ayudarlo y, si no se me concede, no obtendréis mi colaboración, ni ahora, ni esta noche, ni nunca.

–Ni ahora, ni esta noche, ni nunca –repitió entonces una voz ronca, sobresaltándolos–. Ya no hay esperanza para Idhún.

Era Alexander quien había hablado. Respiraba entrecortadamente, y sus ojos relucían con un brillo amarillento por entre los mechones de su cabello gris. Tenía un aspecto siniestro y amenazador, y hasta los más poderosos guerreros retrocedieron un paso.

–¡El último dragón está muerto! –aulló Alexander, y su rostro se metamorfoseó de nuevo, asemejándose cada vez más a las facciones de una bestia–. Esta noche, cuando las tres lunas se alcen en el cielo, Ashran atacará y vencerá. Porque el último dragón cayó en los Picos de Fuego, y con él murió toda esperanza.

Sobrevino un silencio sepulcral. Algunos de los asistentes a la reunión ya conocían los detalles de la muerte de Jack, pero lo habían mantenido en secreto y, por ello, las palabras de Alexander cayeron sobre el resto como un jarro de agua fría. Y todos callaron, mientras el joven híbrido se reía, con una risa sarcástica que en el fondo ocultaba una tristeza devastadora.

–Huid, rebeldes –gruñó, enseñando los colmillos–. Matad al viejo Alexander, que os ha traído hasta aquí, y huid ahora que aún podéis; ocultaos en el corazón del bosque, en los confines de Idhún, porque pronto ya no quedará en el mundo un solo rincón que las serpientes no hayan conquistado. Porque los dioses nos han abandonado, nos abandonaron hace mucho tiempo, pero no quise creerlo, ni siquiera cuando permitieron que Yandrak fuera asesinado...

Sus últimas palabras terminaron en un escalofriante aullido.

–Ya lo habéis oído –dijo Qaydar–. Se ha vuelto loco y...

No pudo terminar de hablar. Porque justamente entonces, un poderoso rugido se desparramó sobre los cielos de la Fortaleza, y una flecha dorada hendió el cielo en dirección a los soles nacientes.

Se oyeron siseos y silbidos furiosos, y varios de los sheks que sobrevolaban la base rebelde se abalanzaron hacia la criatura que surcaba el cielo, locos de odio; pero el escudo feérico los retuvo lejos de ella.

Los rebeldes contemplaron, sin aliento, al magnífico dragón dorado que planeaba por encima de sus cabezas. Lo vieron posarse sobre la muralla más alta y lanzar al viento un grito de libertad.

A Shail le había dado un vuelco el corazón; pero casi enseguida comprendió que se trataba del dragón dorado en que habían estado trabajando Rown y Tanawe. Una mirada de reojo a la maga le bastó para confirmar lo que ya sospechaba.

Pero Alexander no se percató del engaño. Había caído de rodillas y había alzado la cabeza hacia el dragón. Un velo de lágrimas nublaba sus ojos. Shail vio, sobrecogido, cómo poco a poco iba recuperando su fisonomía humana. Cuando el dragón alzó el vuelo de nuevo y se perdió por el horizonte, Alexander se desplomó en el suelo, sin sentido.

Shail se apresuró a avanzar hasta él. Temblaba con violencia, y el mago maldijo en silencio el poder de las lunas.

—¡El último dragón ha regresado! —gritó alguien.

Varios más corearon hurras y alabanzas a Yandrak. Incluso los pocos que conocían la existencia del dragón dorado artificial parecían emocionados ante su súbita aparición. Nadie, ni siquiera Qaydar, osó revelar la verdad y destruir la ilusión de los rebeldes.

En medio de la euforia general, Denyal se acercó a Shail y Alexander y contempló unos instantes al híbrido inconsciente.

—No tiene muy buen aspecto —opinó.

—Lo sé —murmuró Shail—. Pero, a pesar de todo, debo intentar frenar la influencia de las lunas sobre él.

Denyal asintió.

—Tienes todo el día. Si al atardecer sigue igual, tendremos que tomar medidas —hizo una pausa y continuó—: Comprende que no tenga ganas de que mi gente esté en el mismo recinto que él cuando salgan llenas las tres lunas.

—Lo entiendo. Gracias, Denyal.

Covan se acercó para ayudarlo a trasladar a Alexander de nuevo hasta su cuarto. También se aproximó Kestra, pero no hizo nada por ayudar. Se quedó mirándolos, pensativa.

—No vais a conseguirlo —les dijo—. Esta noche, durante el Triple Plenilunio, nos matará a todos.

Shail quiso replicar, pero ella le dio la espalda y se fue corriendo. El mago frunció el ceño, irritado.

—De verdad, no la entiendo. ¿Por qué se comporta así?

—Shia —dijo entonces Alexander, con un hilo de voz—. Ahora la recuerdo. Alae de Shia...

—¿Alae de Shia? —repitió Shail—. ¿No era ese el nombre de la princesa desaparecida?

—En efecto —asintió Covan, pesaroso, mientras se cargaba al hombro a Alexander—. Pero no es algo de lo que debamos hablar aquí.

Echó a andar, con Alexander a cuestas, y Shail lo siguió.

–Pero... Alae... eso fue hace ya varios años. Cuando los sheks destruyeron Shia, asesinaron a los reyes, pero había quien juraba que la princesa Alae, la heredera del trono, seguía viva, y fue llevada prisionera a la Torre de Drackwen... Nunca más se la volvió a ver. O, al menos, eso es lo que me han contado.

–Kestra... –musitó Alexander.

–¿Kestra es Alae? –dijo Shail, perplejo–. No es posible. Han pasado quince años y Alae ya era una jovencita cuando eso sucedió.

–Baja la voz –cortó Covan, molesto–. Kestra no es Alae. Es su hermana pequeña, la princesa Reesa –respiró hondo y añadió, en voz más baja todavía–: Las saqué a las dos del palacio cuando atacaron los sheks. Reesa tenía poco más de seis años entonces; Alae ya había cumplido los quince y estudiaba en la Academia de Nurgon. Juré al rey que las protegería con mi vida, y pude ocultarlas durante unos años, evitando a los sheks en las montañas..., pero topamos con una patrulla de szish y, a pesar de todo, no pude impedir que se las llevaran a las dos –suspiró, desolado–. Habría muerto antes que dejarlas marchar.

»No había vuelto a saber de ellas. Por lo que sé, Alae está muerta. Y pensé que Reesa lo estaba también hasta que la vi con vosotros. No sé qué le pasó en la Torre de Drackwen ni cómo escapó de allí, pero... no me sorprende que quiera olvidar quién fue.

Shail no dijo nada, aunque la historia le hizo meditar. Era extraño pensar que Reesa, una de las princesas de Shia, fuera ahora una intrépida piloto de dragones artificiales. Rememoró de golpe que Kestra había estado presente en la reunión todo el tiempo, así como el resto de pilotos de dragones. ¿Quién había hecho volar al dorado, entonces? Cayó en la cuenta de que Kimara no había asistido a la discusión, pese a que sentía cierta simpatía por Alexander, y no pudo disimular una sonrisa.

A medida que fue transcurriendo el día, sin embargo, la débil esperanza que le había proporcionado Denyal fue desvaneciéndose poco a poco. Todos los magos estaban muy ocupados preparándose para la batalla, y ninguno de ellos quiso ayudarlo, a excepción de Yber, un gigante que había llegado hacía poco a la Fortaleza.

Yber había sido uno de los pocos gigantes agraciados con el don de la magia. La conjunción astral lo había sorprendido en la Torre de Kazlunn, donde había permanecido quince años encerrado con el resto de los magos. Incluso había participado, meses atrás, en el asedio a la Torre de Drackwen, cuando Ashran había secuestrado a Victoria. Él y los otros tres magos gigantes de la torre se habían unido a la batalla. Pero, tras la caída de la Torre de Kazlunn, los demás habían muerto, abatidos por los sheks, y ahora solo quedaba Yber. El único gigante mago de Idhún.

Yber sabía lo que era perder una batalla, y no tenía especial interés en unirse a otra. Pero había acudido a Nurgon, después de vagar un tiempo por las montañas de Nanhai, porque había llegado a sus oídos el rumor de que el último unicornio había estado allí. No había logrado ver a Victoria, pero sí ayudar a Shail a salvar a Alexander.

—Encadenar a la bestia en su interior —estaba diciendo el gigante, con su atronadora voz—. Este conjuro debería funcionar. ¿Por qué no lo hace?

Shail volvió a la realidad y observó, desolado, cómo Alexander se retorcía, aullando, entre los poderosos brazos de Yber. El primero de los soles ya se hundía en el horizonte, y la bestia se volvía cada vez más poderosa en su interior. Se le estaba acabando el tiempo. «Si Allegra estuviera aquí», pensó. Pero el hada se había marchado a Shur-Ikail, para enfrentarse a Gerde, y todavía no había vuelto.

—La bestia es más fuerte que nuestra magia, Yber —dijo—. Pero no lo será por mucho tiempo —se levantó, decidido—. Voy a imprimirle más fuerza al conjuro.

El gigante lo miró, muy serio.

—¿Más fuerza? Ya has empleado toda la magia posible, Shail. Sabes lo que puede pasar si sobrepasas el límite.

Shail asintió. Lo sabía, era una de las primeras cosas que los magos enseñaban a sus aprendices en las torres. Cada hechizo, cada conjuro, cada invocación, podía realizarse con una cantidad mínima de magia en cada caso, pero también con un máximo. Si el mago sobrepasaba aquella cantidad máxima, si le daba al hechizo mayor fuerza de la que se requería para realizarlo, su cuerpo buscaría la energía extra en otra parte... y utilizaría la que el propio mago necesitaba para subsistir.

—Lo sé, pero es nuestra única oportunidad. He de intentarlo.

—Puedo aportar mi magia también...

—No. Necesito que lo mantengas quieto. Así, el conjuro será más efectivo.

Yber calló un momento. Luego dijo:

—Espero que sepas lo que estás haciendo.

Shail no respondió. Se situó ante Alexander, que aún se debatía en el fuerte abrazo del gigante. Respiró hondo y se concentró, tratando de no escuchar los gruñidos y aullidos de la bestia. Dejó que la magia fluyera desde lo más hondo de su ser y se acumulara en las puntas de los dedos. Después, fue pronunciando las palabras del conjuro.

Al principio, todo fue bien. La magia hacía retroceder el alma de la bestia hasta el más recóndito rincón del cuerpo de Alexander, sellando sus vías de escape, acorralándola poco a poco... Pero, cuando el espíritu animal se vio sin salida, se revolvió contra la magia de Shail, con violencia, y el mago supo, como todas las veces que lo había intentado, que su poder no bastaba para resistir la fuerza de la bestia.

Hizo un sobreesfuerzo. Se obligó a sí mismo a aportar más magia de la que debía. Su propia energía vital.

Yber no se movió, ni dijo nada, mientras Shail llevaba a cabo su hechizo hasta el agotamiento. Se limitó a sujetar a Alexander y a observar el sacrificio del mago, preguntándose si saldría bien.

Cuando Shail, con un jadeo, se tambaleó y estuvo a punto de caer al suelo, el alma de la bestia aulló, triunfante, y se preparó para desbaratar la magia de Shail. El joven hechicero se apoyó en su bastón y se esforzó por cerrar el hechizo. Solo un poco más...

De pronto, cuando Shail estaba ya a punto de perder el sentido, una potente voz pronunció las palabras del mismo hechizo que él estaba utilizando. Y un poderoso torrente de energía se unió a la suya, empujando hacia atrás al espíritu de la bestia y sellándolo en un rincón del ser de Alexander. Shail apenas pudo alzar la cabeza y ver los rasgos del Archimago antes de murmurar:

—Gracias...

Y desmayarse.

Fue Yber quien lo recogió con una sola de sus enormes manazas. Ya no sujetaba a Alexander, porque ya no hacía falta: el joven mostraba un aspecto completamente humano.

—¿Shail? —murmuró, un poco aturdido.

Qaydar le dirigió una mirada penetrante.

—Te acaba de salvar la vida, joven príncipe —dijo—. Hemos logrado retener a la bestia por un tiempo, pero de ti depende aguantar hasta el amanecer. Si lo haces, y si los sheks no nos matan primero, estarás a salvo.

Alexander lo miró un momento, serio. Después, lentamente, asintió.

Cuando el tercero de los soles terminó de desaparecer por el horizonte, Christian habló:

—¿Sabes lo que pasa esta noche?

—Las tres lunas van a salir llenas —respondió ella—. Las he estado observando todas las noches.

El shek asintió.

—Las tres lunas van a salir llenas —repitió—. Esto solo ocurre una vez al año, cada doscientos treinta y un días.

—Debe de ser un espectáculo muy hermoso —dijo ella—. ¿Podremos verlo juntos?

Christian la miró, muy serio.

—También la conjunción de los seis astros es un espectáculo muy hermoso —dijo, sin contestar a la pregunta—. Y, sin embargo, tiene un poder extraordinario, un poder capaz de hacer cosas como exterminar a dos de las razas más poderosas de Idhún en apenas unos días.

Victoria desvió la mirada.

—Ya entiendo. Va a pasar algo horrible esta noche, ¿verdad?

—Sí. Y vamos a intentar evitarlo.

Ella alzó la cabeza, decidida.

—Si es hoy cuando hemos de luchar contra Ashran, estoy dispuesta.

Christian no dijo nada. Seguía mirándola fijamente, y Victoria descubrió que aquel brillo de emoción que se ocultaba en sus ojos de hielo era un poco más intenso de lo habitual. Comprendió sin necesidad de palabras.

—No —dijo, temblando y retrocediendo un paso—. No vais a dejarme atrás.

—Está decidido, Victoria. No vas a venir con nosotros. No queremos que sufras ningún daño.

—¿Está decidido, dices? —estalló ella—. ¿Acaso me habéis consultado? A estas alturas, ¿crees que me importa sufrir daños?

Christian avanzó hacia ella. Victoria siguió retrocediendo. La estrella de su frente se encendió, como una advertencia.

—Es por tu bien, Victoria.

—¡Deja ya de protegerme y piensa un poco en ti mismo, maldita sea! —le gritó ella—. ¡Soy una guerrera de la Resistencia! ¡No puedes dejarme atrás, no puedes prescindir de mi poder en una batalla como esta!

—Lo sé. Es lo que me dice la razón. Pero, sabes... el corazón me dice otra cosa.

582

Ella se revolvió y lo miró, temblando.

–También a mí, Christian. También a mí. ¿No me dijiste una vez que tengo derecho a elegir?

–Esta noche, no.

Victoria se dio la vuelta, pero se topó con los hipnóticos ojos de él. Instintivamente, viajó con la luz, apenas unos metros más allá. Trató de alcanzar la puerta...

Pero el shek la atrapó antes de que lo consiguiera. La obligó a volverse hacia él, casi con violencia.

–No, Christian... no me hagas esto. No podéis dejarme atrás.

–No me lo hagas más difícil, Victoria –replicó él, tenso.

–Quiero estar a vuestro lado, quiero tener una oportunidad de luchar por vosotros –insistió la joven–. Sé tan bien como tú lo que Ashran es capaz de hacer. No puedo permitir que vayáis a su encuentro...

–Entonces, me comprendes mejor de lo que piensas –respondió Christian, con una amarga sonrisa–. Y ahora mírame, Victoria.

Ella giró la cabeza y cerró los ojos.

–Victoria...

Negó con la cabeza. Pero entonces sintió que él se acercaba todavía más, sintió su mano sujetando su barbilla y obligándola a girar la cara hacia él. Mantuvo los ojos obstinadamente cerrados.

Debió haber imaginado que Christian haría algo así, se dijo cuando, de pronto, sintió los labios de él sobre los suyos. Pero no fue capaz de pensar en nada más, porque el beso de Christian la pilló por sorpresa y, como todos los suyos, la hizo sentirse extrañamente débil. Cuando él se separó de ella y la hizo alzar la cabeza, ella ya no tuvo fuerzas para cerrar los ojos. Todo lo que deseaba era perderse en su mirada de hielo y acompañarlo adondequiera que él la llevase.

Su mente opuso resistencia, sin embargo.

«No puedes volver a hacerme esto, Christian», pensó.

«Es necesario», repuso él.

«No, no lo es. Una vez me dijiste que me respetabas como a una igual. ¿Por qué no me dejas luchar a tu lado?».

«Moriría por ti; pero no estoy dispuesto a permitir que tú mueras por mí. Mucho menos por Jack», añadió, socarrón. «Puedes llamarme cobarde, si quieres; pero no soportaría perderte. Y no me atrevo a correr el riesgo».

La mente del shek iba, poco a poco, sumiéndola en un sueño profundo, del que no despertaría hasta que él no se lo permitiera. Hizo un último esfuerzo por liberarse de él, pero supo que no lo conseguiría. Y entonces empleó sus últimos instantes de lucidez para mandar un último mensaje.

«Volved... oh, por lo que más queráis, volved... Vuelve vivo, Christian, y tráeme a Jack de regreso también. Tampoco yo soportaría perderos... a ninguno de los dos».

Cuando ella cayó, inerte, en sus brazos, Christian respiró hondo y cerró los ojos. Había sido mucho más difícil de lo que había imaginado.

La depositó sobre la cama, con cuidado, y la besó de nuevo, quizá por última vez.

—Hay muchas formas de traicionar... —murmuró; alzó la cabeza y dijo a las sombras—: Lo siento, padre. No voy a entregártela otra vez. Nunca más.

Dio media vuelta y, sin atreverse a dirigir una última mirada a la muchacha dormida, salió de la habitación.

Se reunió con Jack en la sala del portal cuando la primera de las lunas, absoluta y perfectamente redonda, empezaba ya a asomar por el horizonte.

Los dos chicos cruzaron una mirada.

—No despertará hasta el amanecer —informó Christian—. Para entonces, si todo ha ido bien, ya estaremos de vuelta. Y si no... no volveremos nunca más.

Jack volvió la cabeza hacia la puerta. Ansiaba correr junto a Victoria y abrazarla y besarla por última vez. Trató de controlarse.

—¿Crees que... hacemos bien?

Christian lo miró con una expresión más sombría de lo habitual en él.

—Antes no estaba seguro —dijo—, pero ahora sí sé que hacemos lo correcto. Tenías razón: mi padre quiere que le lleve a Victoria otra vez.

»Si cruzamos este portal, es muy probable que, en lugar de entregarle a ella, te esté entregando a ti. Lo sabes, ¿verdad?

—Lo sé. Pero correré el riesgo. Si yo muero, ella estará relativamente a salvo. Y si salgo vivo de esta, será porque habremos vencido. Es la única salida, ¿verdad?

–No veo ninguna otra, Jack. Y odio tener que decirlo. Porque eso significa que, a pesar de todo, no teníamos ningún poder de decisión en todo este asunto de la profecía.

Jack alzó la cabeza para mirarlo con seriedad.

–Peones de los dioses –murmuró–. Eso es lo que somos.

Christian sacudió la cabeza.

–Tal vez no –dijo–. Porque Victoria se va a quedar aquí. Podrán jugar con nuestra voluntad y con nuestro futuro, pero no con los de ella.

Jack asintió. Desenvainó a Domivat, que llameó en la semioscuridad. Christian retrocedió un paso, alejándose del fuego, y extrajo a Haiass de su vaina, dejando que su suave brillo glacial iluminara su rostro. Los dos se miraron de nuevo.

–Intenta no meter la pata, ¿de acuerdo? –murmuró Christian.

–Intenta tú no traicionarme –gruñó Jack.

Christian le dirigió una enigmática mirada.

–Puede que ya lo esté haciendo –dijo, y, dando un paso al frente, entró en el hexágono y desapareció en un destello de luz azulada.

Inquieto, Jack lo siguió.

El portal se los tragó a ambos y los envió al corazón de la Torre de Drackwen, mientras, varios pisos más abajo, un unicornio dormía profundamente, y un shek velaba su sueño desde las sombras.

XXV

TRIPLE PLENILUNIO

A LEXANDER salió al patio y contempló las tres lunas llenas sobre él. Sintió que la bestia se removía en su interior, pero logró controlarla. «Bien», se dijo. La magia del Archimago funcionaba todavía. Rezó a los dioses para que aguantara hasta el amanecer.

Al alzar la mirada, vio dos figuras en las almenas. Reconoció a Covan y a Shail. Trepó por la escalera y se reunió con ellos en lo alto de la muralla.

El maestro de armas le dirigió una mirada preocupada, pero Alexander se limitó a preguntar con frialdad:

–¿Cómo están las cosas?

Shail sonrió con cansancio. Aún estaba terminando de recuperarse del hechizo con el que había tratado de encadenar el alma de la bestia que latía en Alexander.

–Harel asegura que el escudo aguantará –dijo–. Pero, si no lo hace, si Ashran encuentra la forma de destruirlo... en fin, «que se atrevan esas serpientes a poner un solo pie en Awa; las estaremos esperando». Esas han sido sus palabras textuales.

Alexander sonrió a su vez. La ferocidad de los feéricos defendiendo su territorio era legendaria.

–Bien. Que se ocupen ellos del bosque. Nosotros nos encargaremos de defender la Fortaleza.

Covan movió la cabeza, preocupado.

–Sé que llevamos mucho tiempo preparando las defensas de Nurgon, pero, aun así, no sé si aguantarían el ataque de ese ejército que nos aguarda ahí fuera.

Los tres contemplaron el campamento enemigo asentado más allá de las murallas, más allá del bosque. Cualquiera podía percibir que la actividad que reinaba en él no era propia de una noche como las demás. Las serpientes y sus aliados se preparaban para la batalla.

–Odio tener que esperarlos –gruñó Alexander.

–Pero no tenemos otra opción –replicó el maestro de armas–. Si el escudo deja de funcionar, seguiremos teniendo los muros de Nurgon. Puede que los feéricos peleen bien en el bosque, pero yo prefiero luchar en campo abierto.

Alexander asintió, pensativo, y paseó la mirada por los alrededores de la Fortaleza. Había un trecho en torno a las murallas donde no crecían los árboles, por expreso deseo de los rebeldes, que habían pedido a los feéricos un espacio para maniobrar. Harel había respetado su demanda, pero Covan se había quejado en más de una ocasión de que aquel espacio le parecía muy reducido.

–Están todos preparados –prosiguió Covan–. Los guerreros, los mercenarios, los pilotos de dragones, los arqueros, el Archimago y sus hechiceros, las ballestas, las catapultas y demás maquinaria y, por supuesto, nosotros, los caballeros de Nurgon. Si el escudo cayese, nos volcaríamos todos a defender la Fortaleza. Todos sabemos lo que hay que hacer y, sin embargo...

Alzó la mirada hacia el cielo, surcado por docenas de sheks.

–Han venido más –asintió Shail–. Están preparándose para atacar. No lo harían si no supieran que van a poder traspasar el escudo.

Covan apretó los puños.

–¿Cuánto tiempo podremos resistir? –murmuró.

–Tal vez más del que piensas –dijo de pronto Alexander.

Había clavado la vista en el horizonte, más allá del campamento enemigo, y sonreía enigmáticamente. Se volvió hacia sus compañeros.

–Bajad y decid a todos que voy a hacer una incursión en territorio enemigo –anunció–. Será peligrosa, por supuesto, pero mientras el escudo aguante, siempre podremos retirarnos si las cosas se ponen mal. Quien quiera unirse a nosotros, que lo haga. Cuantos más seamos, mejor.

Los otros tardaron un poco en asimilar sus palabras.

–¿Te has vuelto loco? –estalló Covan–. ¡Eso es un suicidio!

–Tal vez –sonrió Alexander–. Pero creo que seré de más utilidad ahí fuera que entre los muros de este castillo, y, por otra parte, mucha gente agradecerá perderme de vista esta noche.

Ashran había salido a la gran terraza que se abría a un costado de la Torre de Drackwen, casi en su cúspide. La balaustrada se había derrumbado muchas décadas atrás, pero el Nigromante no se percató de ello. Solo tenía ojos para las tres lunas que brillaban en el firmamento.

—Resulta irónico —murmuró para sí mismo— que los astros de los que los Seis están tan orgullosos vayan a precipitar su caída. La conjunción me dio poder para destruir a los dragones y los unicornios... y después de quince años, este Triple Plenilunio me otorgará el dominio de todo Idhún. El Triple Plenilunio y...

No terminó la frase, pero acarició los restos de la balaustrada, con suavidad. La piedra respondió a su contacto con una leve vibración.

—... el poder del último unicornio —susurró; alzó la cabeza hacia el cielo, y sus iris plateados relucieron de forma extraña bajo la luz de las tres lunas—. Señoras —las saludó con una fría sonrisa—, no podéis ocultaros de mí esta noche. Entregadme vuestro poder, y contemplad la caída de Nurgon, del bosque de Awa y de los últimos rebeldes. Y... oh, sí —añadió, súbitamente animado—, también seréis testigos del final de vuestra ridícula profecía. Porque ellos... acaban de llegar —concluyó, volviéndose hacia Zeshak, que lo aguardaba a sus espaldas—. Habrá que recibirlos como se merecen, ¿no es cierto?

Jack dio un traspié, mareado, y casi tropezó con Christian.

«¡Ten más cuidado!», susurró este en su mente, molesto.

«Lo siento», pensó Jack automáticamente. Christian lo miró, alzando una ceja. Se había dado cuenta de que el dragón parecía ya acostumbrado a responder con pensamientos a la conversación de un telépata. Muy pocos humanos, incluso aquellos que convivían con sheks, renunciaban a la voz cuando trataban con ellos, quizá porque escucharse a sí mismos les hacía sentirse más seguros. Jack se encogió de hombros, pero no respondió a la muda pregunta de Christian. Sheziss le había enseñado a ser silencioso, y... ¿quién necesitaba hablar, teniendo al lado a alguien que captaba sus pensamientos, si los formulaba con suficiente intensidad?

Los dos miraron a su alrededor. Estaban en una sala muy parecida a la que acababan de abandonar, pero mucho más maltratada por el tiempo. La habitación estaba silenciosa, oscura, vacía.

«¿Crees que no nos esperaban?», pensó Jack, inquieto.

«No tendremos tanta suerte», replicó el shek. Se volvió sobre sus talones para examinar el hexágono en el que acababan de materializarse. Sus largos dedos recorrieron ágilmente los signos grabados en su contorno, acariciando unos e ignorando otros, mientras susurraba unas palabras en idioma arcano. Algunos de los signos se fueron iluminando, hasta que todo el hexágono emitió un suave resplandor y, finalmente, se apagó.

Jack observó todo el proceso en silencio. Nunca antes había visto a Christian utilizar la magia que sabía que poseía. Se quedó mirándolo, sin una palabra.

«He cerrado el portal», explicó el shek. «Para que Victoria no nos siga».

–Pero... –se le escapó a Jack; enmudeció inmediatamente.

«Pero la has dejado dormida, ¿no?».

«Despertará al amanecer. Si algo malo nos sucediera, y ella se diera cuenta...».

No terminó la frase, pero Jack comprendió. No dejó de notar, sin embargo, que ahora estaba atrapado en la torre, a merced de Christian, que era el único de los dos que sabía cómo abrir el portal de nuevo. Respiró hondo y trató de apartar aquellos pensamientos de su mente.

Siguió al shek hasta la puerta. Salieron de la habitación, con precaución, y recorrieron el pasillo en silencio. Christian parecía saber exactamente adónde se dirigía, y Jack fue tras él con decisión.

La Torre de Drackwen se le antojó muy similar a la de Kazlunn. Sin embargo, se notaba que había permanecido mucho tiempo abandonada. Las grietas empezaban a marcar los muros de piedra, desnudos de los tapices que adornaban las paredes de Kazlunn. Ninguna lámpara iluminaba los pasillos ni las estancias de los niveles superiores de la torre.

Y, no obstante, cada piedra parecía vibrar con una misteriosa y cálida energía. Sin saber muy bien por qué, Jack no pudo evitar acordarse de Victoria.

Y recordó entonces que tendría que haberle dicho algo que no le había dicho. Se le escapó un leve suspiro, que le valió una de las miradas de hielo de Christian.

«Lo siento», se disculpó por segunda vez. Respiró hondo varias veces, como Sheziss le había enseñado, para calmarse y concentrarse en la situación. Con todo, no pudo reprimir un último pensamiento para Victoria: «Ojalá pudieras escucharme ahora», le dijo en silencio.

«Quería que supieras... que ya he tomado mi decisión. Que quiero seguir contigo, pase lo que pase, con el shek o sin él. Que el amor que siento por ti es mucho más importante para mí que el odio que él me inspira. Ojalá tenga ocasión de mirarte a los ojos una vez más, y de decirte todo esto...».

Reprimió de golpe aquellos pensamientos, y miró a Christian, inquieto, preguntándose si su mente de shek los había captado. Pero él no dio muestras de haberlo hecho, y ni siquiera se volvió para mirarlo.

Siguieron avanzando hasta alcanzar la escalera de caracol. «Arriba», indicó Christian solamente. Jack respiró hondo y lo siguió.

Se deslizaron escaleras arriba, en silencio, como sombras. Se mantenían en tensión, pero controlando el poder que latía en su interior, y por esta razón el brillo de Haiass y Domivat era apenas un suave resplandor mortecino en la semioscuridad. Seguían sin topar con nadie.

Christian se detuvo en un recodo de la escalera. De allí partían seis pasillos, cada uno en una dirección distinta. El shek señaló el más amplio con un gesto, y Jack comprendió que la enorme puerta que veía al fondo era la puerta tras la que se ocultaba Ashran.

«No parece vigilada», pensó.

«No lo está», replicó Christian. «Quiere que entremos».

Cruzaron una mirada. El odio palpitó un instante en sus corazones, y los dos se esforzaron por controlarlo. No era el mejor momento para ponerse a pelear, por mucho que su instinto se lo exigiese a gritos.

«Es una trampa», pensó Jack.

«Sí», asintió el shek. «Pero si de verdad tus dioses tienen interés en derrotar a Ashran, nos echarán una mano, espero. Todo lo que hemos hecho hasta ahora, todo lo que hemos sufrido, incluso nuestra propia existencia... tenía como único objetivo este mismo momento. Naciste para estar aquí ahora, Jack. ¿Lo entiendes? Si esto no sale bien, ya no sé qué más podemos hacer».

«Lo sé», dijo Jack. «Y estoy preparado. Pero ¿por qué será que siento que nos falta algo?».

Christian lo miró, pero no dijo nada.

«Y, a pesar de todo», prosiguió Jack, «no habría querido verla aquí, por nada del mundo».

El shek no hizo ningún comentario al respecto.

«He visto esa sala», explicó. «Es grande, pero no lo bastante como para que varios sheks puedan luchar con comodidad. Ahí, detrás de esa puerta, está mi padre... y posiblemente, también Zeshak y algún que otro szish, pero nadie más. Los szish no son importantes. Olvídate de ellos. En cuanto atravieses el umbral, transfórmate y ve directo a Ashran. Si no está Zeshak, lucharé contigo. Si se halla en la habitación, yo me ocuparé de él».

Jack lo miró, dudoso.

«Si hay otro shek en la habitación, mi instinto me llevará de cabeza a él».

«Entonces, procura controlarlo».

El muchacho asintió, y recordó todo lo que Sheziss le había enseñado. Odiaba a Zeshak por instinto, como habría odiado a cualquier otro shek. Odiaba a Ashran por motivos personales. Se centró en ese pensamiento.

Christian reanudó la marcha. Jack lo siguió. Apenas había dado unos pasos cuando percibió la presencia del shek detrás de la puerta. Cruzó una mirada con Christian, y entendió que él también lo había notado. Zeshak, el rey de los sheks, se hallaba allí también.

Se detuvieron a escasos metros de la puerta.

«Ahora», dijo Christian.

La puerta se abrió de par en par. Los dos jóvenes cruzaron el umbral a la vez.

Entraron en una amplia sala de paredes redondeadas y altos techos, cuyo fondo se abría a una enorme terraza bañada por la luz de las lunas. Jack percibió la presencia de Zeshak espiándolos desde un rincón, oyó el siseo de odio que le dedicó el rey de los sheks. Pero en aquellos momentos solo tenía ojos para el hombre que los aguardaba en mitad de la sala, contemplándolos con una media sonrisa. Era apenas una alta sombra recortada contra la clara luz lunar, pero sus ojos relucían extrañamente en la penumbra, y Jack sintió que un profundo escalofrío de terror recorría todo su ser al sentirse el blanco de aquella mirada.

«¡Jack!», oyó la llamada de Christian en su mente, apenas unos segundos después de darse cuenta de que su cuerpo no le obedecía, de que, por alguna razón, la llama del dragón parecía haberse apagado en su interior... de que, por más que lo intentara, no lograría transformarse, no en presencia de Ashran. No necesitó mirar a Christian para comprender que a él le sucedía lo mismo. «¿Qué está pasando?», se preguntó, horrorizado.

La mirada plateada de Ashran seguía quemándolo como un hierro al rojo.

–¿Qué es esto? –dijo entonces el Nigromante, con suavidad–. ¿Dónde está el unicornio?

Christian pudo decir, con esfuerzo:

–Lejos de ti, padre.

Ashran rió suavemente.

–Mis pobres niños. Qué equivocados estáis. La habéis traído con vosotros. Porque ella está donde vosotros estéis. ¿O acaso pensabais que podríais romper tan fácilmente el vínculo que os une a los tres?

Jack logró liberarse del embrujo que le producía la mirada de Ashran; alzó a Domivat y corrió hacia él, con un grito. Pero chocó contra algo invisible, y la violencia del golpe lo dejó sin aliento durante un instante. Cayó al suelo y, antes de que pudiera comprender qué estaba pasando, oyó la suave risa de Ashran junto a su oído:

–De modo que tú eres el último dragón. Tenía ganas de conocerte. ¿De verdad creías que podías vencerme sin el unicornio? ¿Vencerme... a mí?

Lo último que vio Jack, antes de perder el conocimiento, fueron unos hipnóticos ojos plateados; y se sintió de pronto tan pequeño y frágil como un gorrión en mitad de un furioso huracán...

«Tú... ¿Quién eres tú?».

En sus sueños relucían unos iris plateados, una mirada que ocultaba mucho más de lo que pretendía mostrar, unos ojos que irradiaban un poder oscuro, letal, disimulado bajo un disfraz argénteo...

«Sabes quién soy yo», respondió la voz en sus sueños. «Sabes por qué no puedes enfrentarte a mí».

Victoria ahogó un grito y despertó de golpe, con el corazón latiéndole con fuerza. Había tenido una pesadilla...

Trató de serenarse, pero no lo consiguió. Le costó un poco poner orden a sus caóticos pensamientos. Respiró hondo y se volvió hacia la ventana. Todavía era de noche, pero había tanta luz que casi parecía de día.

Y lo recordó todo de repente.

Las tres lunas. Triple Plenilunio. Ashran. Jack y Christian se habían ido.

La mirada de los ojos plateados de Ashran.

Se levantó de un salto y se precipitó fuera de la habitación. Halló enseguida la estancia desde donde Jack y Christian se habían marchado. Su instinto le dijo que aquel lugar era el último en el que ellos dos habían estado, y trató de descifrar los símbolos del hexágono. No le costó trabajo; no en vano había aprendido con Shail a leer y escribir idhunaico arcano, y supo enseguida qué debía hacer para abrir el Portal. Sin embargo, no lo consiguió, aunque empleó la magia del Báculo de Ayshel. Respiró hondo y trató de calmarse. Comprendió que el Portal no se abriría para ella; Christian se habría asegurado de que Victoria no fuese tras ellos.

Recorrió la torre de arriba abajo, con el corazón latiéndole con fuerza. Sabía que los dos chicos se habían marchado, sabía también adónde se habían dirigido. Pero la Torre de Drackwen estaba muy lejos y, para cuando ella lograra alcanzarla, ya sería demasiado tarde. Su única esperanza residía en la presencia que palpitaba, silenciosa, en algún lugar de la torre.

Llegó hasta las termas, donde, días atrás, habían luchado contra los szish. Donde, días atrás, había compartido aquellos momentos íntimos y especiales con Christian. Evitó pensar en ello. Debía mantener la cabeza fría.

Pero resultaba difícil, cuando eran Jack y Christian quienes estaban en peligro, ellos quienes habían acudido al encuentro de Ashran, sin tener ni idea de lo que iban a encontrar detrás de su mirada de plata.

Victoria lo había descubierto tiempo atrás, en la Torre de Drackwen, al mirarlo a los ojos. O tal vez, simplemente, lo había intuido, sin llegar a tenerlo completamente claro. No obstante, aquella noche había soñado con el poder que se adivinaba tras aquellos iris plateados, y había comprendido su significado.

Todavía temblaba de terror cuando se detuvo al borde de la piscina de agua cálida.

—Por favor, muéstrate —pidió en voz alta.

Esperó, pero solo obtuvo el silencio por respuesta.

—Te lo ruego —insistió—. Sé que estás aquí, seas quien seas. Déjate ver.

No sabía qué encontraría allí. Pero sí había sabido todo aquel tiempo que había alguien más en la Torre de Kazlunn, una cuarta persona que había permanecido oculta. Alguien que había venido con Jack, que lo había traído de vuelta del mundo de los muertos.

Percibió entonces un rizo en la superficie del agua. Descubrió el cuerpo sinuoso de un shek, y el corazón le latió un poco más deprisa. Pero enseguida entendió que aquella serpiente no era Christian.

Sin embargo, un ramalazo de nostalgia la invadió cuando ella emergió del agua, con todas las escamas chorreando, y se mostró ante Victoria, inmensa, misteriosa y letal. Había en aquella shek algo que le evocaba a Christian, tal vez su mirada, tal vez su propia esencia... Victoria no fue capaz de sentir miedo. Cuando Sheziss bajó la cabeza hasta ella para contemplarla, con curiosidad, la joven comprendió, de pronto, quién era ella. La observó, maravillada, tratando de asimilar lo que había descubierto, esforzándose por encontrarle un sentido al hecho de que aquella serpiente estuviera allí por Jack, y no por Christian.

Sheziss no dijo nada. Siguió mirándola, desde todos los ángulos. Victoria soportó aquel examen con paciencia. Estaba profundamente preocupada por Jack y por Christian, pero no quería precipitarse.

«Así que eres tú la chica unicornio», dijo Sheziss. «Tenía ganas de verte de cerca».

Victoria respiró hondo.

–Gracias por ayudar a Jack –le dijo con suavidad–. Fuiste tú quien le salvó la vida, ¿verdad?

«Y todavía me pregunto por qué», respondió ella, con un poco de amargura.

–Gracias de todas formas. Me siento en deuda contigo.

Sheziss entornó los ojos, pero no dijo nada.

–No voy a preguntarte por qué lo hiciste –prosiguió Victoria–, por qué extraña razón decidiste ayudar a un dragón. Pero necesito saber si estarías dispuesta a hacerlo nuevamente.

«¿Sabiendo lo que sé ahora?». Sheziss sacudió la cabeza.

–Sabes adónde han ido. Los dejaste marchar.

«No había nada que yo pudiera hacer».

–Puedes llevarme junto a ellos.

Sheziss no respondió. Victoria avanzó un paso hacia ella.

–¿Le salvaste la vida para dejarlo morir ahora?

«Entonces las cosas eran distintas. Entonces había una oportunidad de derrotar a Ashran. Ahora no la hay».

–La habrá –replicó Victoria suavemente– si yo voy a su encuentro.

«¿Estás segura de eso?».

Victoria vaciló; recordó lo que había visto en sus sueños, y desvió la mirada, temblando.

–No –admitió en voz baja–. Pero no tengo otra salida. Tengo que ir con ellos, cueste lo que cueste.

«Sabes que es eso lo que quiere Ashran, ¿verdad?».

–Sí, lo sé. Pero ¿qué otra cosa puedo hacer? No puedo darles la espalda. Me necesitan.

«No puedes hacer nada por ellos ahora».

–Eso no lo sé. Y, de todas formas, ¿qué sentido tendría mi vida si los pierdo?

«Eres el último unicornio del mundo. Tienes mucho por hacer».

–Precisamente porque soy el último, mi simple existencia no tiene ningún sentido sin ellos. El tiempo de los unicornios ya pasó. Debería haber muerto con todos los otros unicornios, el día de la conjunción astral. Pero sobreviví, y sigo viva ahora que todos los demás han muerto. Lo único que me mantiene con vida es la certeza de que hay alguien más como yo. Otras dos personas que son como yo, aunque sean a la vez tan diferentes de mí.

«Lo sé, chica unicornio. Pero nada de eso me concierne a mí, y menos ahora, que he renunciado a cumplir mi venganza».

–Pero yo no te estoy hablando de odio ni de venganza. Te hablo de amor. Si ayudaste a Jack para vengarte de Ashran, si era el odio lo que te movía, y ahora ese odio ya no tiene sentido... ¿le darías una oportunidad al amor?

«Experimenté amor hace mucho tiempo», respondió Sheziss. «Pero llegó, y se acabó».

Victoria alzó la cabeza para mirarla a los ojos. Percibía la respiración de la enorme serpiente, la leve vibración de su cuerpo anillado, oía con claridad el siseo de su lengua bífida, pero ni siquiera le tembló la voz cuando dijo:

–Sé quién eres.

La serpiente entornó los ojos.

«¿Jack te lo ha contado?».

–No –sonrió Victoria–. Lo sé, simplemente. Quiero tanto a Christian que me duele el corazón solo de pensar en él. No sé si es instinto... pero tienes algo que me recuerda mucho a él. Te habría reconocido entre todos los sheks de Idhún, estoy segura. Sé que eres su madre.

Sheziss se retiró un poco, molesta.

«Lo que salió de mi huevo no se parecía en nada a esa criatura a la que tú llamas Christian», dijo con cierto desprecio.

Victoria cerró los ojos un momento.

–Los humanos lo odian y lo temen porque es un asesino –dijo a media voz–. Los sheks lo odian y lo desprecian porque su alma está contaminada de humanidad. Pero yo lo amo por ser como es, por ser lo que es. Y sé que, en el fondo de tu corazón, sabes que sigue siendo tu hijo.

Sheziss no respondió. Empezó a hundirse en el agua, lentamente, dando a entender que la conversación había finalizado.

–Jack y Christian –insistió Victoria–. Tienes que apreciar a Jack aunque solo sea un poco, por encima del odio y del instinto, porque, de lo contrario, no lo habrías traído hasta aquí, no te habrías quedado para cuidar de mí. Y tienes que apreciar a Christian, aunque solo sea un poco, simplemente porque sigue siendo tu hijo.

«También es el hijo de Ashran y Zeshak», murmuró ella. «Que cuiden ellos de él».

–Lo matarán –dijo Victoria–. Sabes que lo harán. Jack y Christian siguen vivos, lo sé. Pero no tienen ninguna oportunidad contra Ashran. La única razón por la cual no los han matado aún es que Ashran me está esperando. Si les doy la espalda, si huyo, los estaré condenando a muerte.

»No te pido que luches a mi lado. Tan solo ayúdame a llegar hasta ellos. Por favor.

Hubo un breve silencio, un silencio que a Victoria le pareció eterno.

«Te llevaré», dijo entonces Sheziss. «Al fin y al cabo, la profecía ha de cumplirse».

–Sí –asintió Victoria con suavidad–. La profecía ha de cumplirse.

Sheziss se hundió de nuevo en las oscuras aguas, creando un remolino en la superficie de la alberca. Victoria esperó a que desapareciera por completo, y entonces dio media vuelta y echó a correr escaleras arriba. Fue hasta su habitación para prepararse. Cogió algo de ropa de abrigo, se ajustó el báculo a la espalda y, como una exhalación, volvió a descender hasta la puerta principal. Cuando franqueó la entrada de la Torre de Kazlunn, vio que Sheziss ya la aguardaba fuera. No se detuvo a pensar en que dejaba sola la torre, ni se planteó qué sucedería si ella no regresaba. Tenía que acudir en busca de Jack y de Christian, tenía que luchar en la Torre de Drackwen; no había otra salida.

Cuando la shek se elevó en el aire, batiendo sus poderosas alas bajo la luz de las lunas, llevando sobre su lomo al último unicornio del mundo, iban en realidad al encuentro de un destino que, como el mecanismo de un reloj, estaba a punto de cumplirse, lenta pero inexorablemente. La pieza que faltaba sobre el tablero iba a ocupar su lugar.

Ni Sheziss ni Victoria, volando en la noche del Triple Plenilunio en dirección a la Torre de Drackwen, ni tampoco Jack y Christian, atrapados bajo el poder de Ashran el Nigromante, fueron conscientes de ello; pero, en algún lugar, lejos de su comprensión y sus sentidos, siete dioses contenían el aliento.

Alexander detuvo su caballo en las lindes del bosque, ante dos dríades que lo miraban con cara de pocos amigos.

–¿Adónde se supone que vas? –le espetó una de ellas, enseñando sus pequeños dientes con gesto feroz.

–Mis compañeros y yo vamos a atacar el campamento de los sheks.

Las hadas estrecharon los ojos y lo observaron, desconfiadas.

–¿Vosotros y quién más?

–Ya lo veremos –sonrió Alexander.

–No se puede salir del bosque sin permiso de Harel.

–Yo no necesito permiso de nadie. Soy el príncipe Alsan de Vanissar. Harel de Awa es mi aliado, no mi superior.

Una de las dríades rechinó los dientes. La otra murmuró:

–He oído hablar de este humano. Es el hombre bestia. Me han dicho que esta noche es muy peligroso. Dejémoslo marchar, y si ha de causar daños, que sea en la parte de las serpientes.

La dríade se apartó, de mala gana.

–Informaremos a Harel de esto –le advirtió.

Alexander se mostró conforme; espoleó su caballo y avanzó hacia la última fila de árboles.

Sus compañeros lo siguieron. Eran apenas treinta y cuatro. En la Fortaleza y sus alrededores se habían establecido cerca de doscientas personas, pero la mayoría de ellas había preferido quedarse allí con Denyal, Tanawe y el Archimago.

Aquellos treinta y cuatro, en cambio, habían optado por seguir a Alexander en su incursión suicida. La mayoría eran jóvenes que, después de varios meses de estar encerrados en la Fortaleza, ansiaban entrar en combate. Pero también estaba Covan, y Shail, y otro caballero de Nurgon que se había unido a última hora. Habían avanzado por el bosque joven, guiados por Alexander, hacia el sur. Y ahora estaban allí, en silencio, aguardando... ¿el qué?

Shail observó a su amigo, inquieto. Lo había seguido hasta allí, a pesar de que todavía se sentía débil, porque confiaba en él, pero estaba empezando a dudar que hubiera sido buena idea. Calmó a su nimen, que empezaba a chasquear las pinzas de la boca, nervioso.

La mayor parte de los voluntarios del grupo montaban en nimen también. Los caballeros de Nurgon, en cambio, seguían montando a caballo; y cuidaban extraordinariamente bien de sus monturas, porque solo había cuatro caballos en la Fortaleza, y no tenían posibilidad de obtener más, a no ser que los robasen del campamento enemigo. Porque, si bien los szish combatían casi siempre a pie, las tropas de Vanissar y Dingra contaban con un buen número de jinetes en sus filas.

Observó con atención el campamento enemigo. Las tropas de los szish ya estaban listas para entrar en combate, y esperaban ante el bosque, en perfecta formación, un poco más hacia el norte, justo en el lugar donde, detrás de los árboles, se alzaba la Fortaleza. Aguardaban con paciencia, sabiendo de antemano que el escudo no tardaría en caer. Y, cuando lo hiciera, no tendrían más que avanzar en línea recta hasta los muros de Nurgon. Incluso habían preparado ya los arietes y las escalas.

—Desde luego, no se molestan en ocultar sus intenciones —murmuró alguien.

—Eso es porque ya sabían que nosotros estamos al corriente de su intención de atacar esta noche.

—Pero ¿cómo lo sabían? —se preguntó Shail.

—Tal vez ellos mismos enviaron al semiceleste para advertirnos... o para amedrentarnos —dijo Covan, pero Alexander negó con la cabeza.

—No lo creo. Estoy seguro de que Mah-Kip actuaba de buena fe.

—Pues, entonces... ¿cómo lo sabían?

Alexander se encogió de hombros.

—Son sheks —dijo solamente, como si eso lo explicara todo.

No parecía prestar atención al ejército de szish, sin embargo. Su mirada estaba clavada en la retaguardia del campamento, donde los soldados humanos estaban acabando de avituallarse. Por lo visto, y a diferencia de los hombres-serpiente, no confiaban mucho en que el escudo fuera a caer aquella noche. En el sector donde estaba acampado el ejército de Dingra había bastante animación.

—El rey Kevanion todavía está en el campamento —murmuró Alexander—. Seguramente está terminando de armarse.

Covan lo miró. No le gustó el brillo salvaje que alimentaba las pupilas de su antiguo discípulo.

—¿En qué estás pensando?

Alexander sacudió la cabeza.

—Os he traído a este lugar porque, si hemos de atacar el campamento, tiene que ser desde aquí. El grueso del ejército szish se ha reunido en la linde del bosque, más hacia el norte. Rodearemos el campamento por el sur y atacaremos por detrás.

—¿A las tropas de Dingra?

—No. Al sector de los raheldanos. A las catapultas.

Covan asintió enseguida, con un brillo de entendimiento en los ojos.

—Los raheldanos han movido todos sus carros hacia la primera línea de batalla. Los usarán para abrirse paso por el bosque. Pero han dejado las catapultas en la retaguardia. Las movilizarán cuando hayan abierto espacio suficiente entre los árboles como para que puedan cruzar el bosque con comodidad.

Alexander sonrió como un tiburón.

—Eso si para entonces queda algo que movilizar.

Raheld era un reino de artesanos, y su ejército no valía gran cosa. Pero fabricaban armas de muy buena calidad, y algunas de ellas requerían ser manejadas por técnicos raheldanos. Como los carros de combate acorazados que habían llegado apenas unos días antes, y que ahora aguardaban un poco más lejos, al frente del ejército szish, a que el escudo feérico les dejara vía libre para penetrar, como pudieran, por los estrechos senderos de la espesura.

Y como las catapultas, que esperaban, silenciosas, al fondo del campamento.

—El ejército de Dingra está muy cerca —objetó Covan—. Atraeremos su atención.

Alexander sonrió de nuevo.

—Mejor aún.

Los otros lo miraron, inquietos. Sospechaban que había algo más detrás de aquello, algo más que destruir catapultas. Covan temía que Alexander deseara en realidad encontrar al rey Kevanion y vengar con su muerte la caída de la Orden de Nurgon. Pero parecía tan sereno y tan seguro que no tuvo más remedio que darle un voto de confianza.

Seguían siendo treinta y cuatro personas que iban a hacer una incursión en un campamento de unos cuantos miles de soldados. Pero contaban con el factor sorpresa.

Alexander repartió instrucciones muy precisas. Cuando se hubo asegurado de que todo el mundo había entendido lo que quería hacer, se volvió hacia Shail.

–Quédate en la retaguardia –le dijo–. Cuando veas que todos están ocupados con nosotros, acércate a las catapultas y préndeles fuego. Pero no gastes toda tu energía mágica en hechizos de ataque. Que te quede suficiente para hacer una teletransportación de emergencia.

–No puedo teletransportaros a todos.

–A todos, no. Solo a aquellos que estén malheridos y no puedan moverse. O, en el peor de los casos... a los supervivientes.

Shail asintió.

Alexander dio una última mirada circular; después alzó la cabeza hacia las lunas y sonrió.

–Es la hora –dijo solamente.

–El unicornio viene hacia aquí –anunció Ashran; volvió la cabeza hacia el exterior, y las tres lunas se reflejaron en sus ojos plateados–. Por desgracia, no viene lo bastante deprisa –se volvió hacia Zeshak–. Quizá no ha captado la gravedad de la situación.

La serpiente entornó los ojos. Había aprisionado a Christian entre sus anillos; el joven no podía moverse, y le costaba esfuerzo respirar. A los pies de Ashran, Jack no se encontraba en mejor situación. El Nigromante lo había agarrado por la nuca, como si fuera un cachorro extraviado, y las yemas de sus dedos se clavaban en su piel como una garra de hielo. Jack se sentía tan débil que apenas podía moverse. Se había revuelto contra Ashran, furioso, con las escasas fuerzas que le restaban. El Nigromante no solo no había soltado su presa, sino que le había transmitido algo a través de sus dedos, como una especie de descarga eléctrica que había atravesado la piel del chico y lo había sacudido por dentro, produciéndole un insoportable y agónico dolor. Con un grito, Jack había sentido cómo su cuerpo se retorcía y se arqueaba bajo el oscuro poder del Nigromante; su vista se había nublado, todos sus nervios habían respondido a aquella tortura. Pero el muchacho había luchado, una y otra vez, hasta que, exhausto, se había dejado caer a los pies de su enemigo, demasiado débil como para

601

resistirse. La mano de Ashran seguía sujetando su nuca, como un férreo collar, pero, si Jack no se movía, el dolor no lo atormentaba. Aprendió a quedarse quieto y a esperar.

Respirando con dificultad, se arriesgó a mirar a Christian, atrapado por el pesado cuerpo de serpiente de Zeshak. El joven no había luchado, como Jack. Había comprendido al instante que no valía la pena; que sin Haiass, que había quedado abandonada en un rincón, y sin su capacidad de transformación, que le había sido arrebatada inexplicablemente, no podría liberarse del asfixiante y mortífero abrazo del shek.

Jack aguardó durante un buen rato que su compañero de infortunio estableciera contacto telepático con él. Mantuvo su mente alerta; pero no recibió ningún mensaje de Christian, ni siquiera una señal de que él estaba receptivo y listo para actuar si era necesario. Se preguntó, inquieto, si Zeshak había bloqueado su mente, si tenía poder para aislarlo de aquella manera.

En cualquier caso, las cosas estaban muy mal. Todavía se sentía furioso por la facilidad con que Ashran los había atrapado. «¿Y todo para esto?», se preguntó con amargura. «Yandrak sobrevivió a la conjunción astral, viajó hasta otro mundo, se reencarnó en un bebé humano... que creció durante trece años, que perdió a sus padres entonces, que comenzó a entrenarse, que luchó, y sufrió, y maduró, y aprendió a ser dragón, y murió para todos, comprendió muchas cosas, y regresó a casa, y llegó a su destino, y todo ello porque supuestamente había una profecía que debía cumplirse... ¿Y todo eso para llegar hasta aquí, para caer bajo el poder de Ashran a la primera de cambio? ¿Dónde está la profecía ahora? ¿Qué dicen los Oráculos a esto?».

Todo aquello le parecía una broma de los dioses. Y una broma de muy mal gusto.

Se había preguntado por qué seguían vivos todavía, por qué Ashran no los había matado aún, al menos a él. Entonces fue cuando se dio cuenta de que Ashran y Zeshak parecían estar aguardando algo, y comprendió el qué... o a quién.

Estaban esperando a Victoria. Tenían la total seguridad de que acudiría a la torre, que se las arreglaría para llegar, no importaba cómo, simplemente porque Jack y Christian estaban allí, en peligro, sufriendo.

«Pero no tiene sentido», pensó Jack. «Ashran sabe que la profecía habla de ella también. Sabe que, si ella viene, la profecía puede cumplirse. ¿Por qué no evitarla ahora, cuando todavía está a tiempo?».

Además, había sentido desde el principio la mirada de hielo de Zeshak clavada en él. El shek deseaba matarlo, lo deseaba con toda su alma, pero Ashran había dicho que esperara... y el poderoso rey de las serpientes luchaba por dominar su instinto, cuya llamada se volvía más y más urgente a cada instante.

–Lo sé, Zeshak –dijo Ashran, respondiendo a un mudo comentario telepático de él–. Pero no todo termina en la profecía, créeme. No nos estamos jugando tanto como piensas. Controla tu odio, al menos un rato más, y después todo habrá acabado –se volvió hacia él–. ¿Acaso no confías en mí, que os traje de vuelta a casa, que os he entregado el gobierno de Idhún... que he acabado con la amenaza de los dragones?

Zeshak entornó los ojos.

–Sigue confiando en mí, pues –sonrió Ashran–. No te arrepentirás.

Jack recordó entonces que la profecía no aseguraba que fueran a vencer. Simplemente decía que un dragón y un unicornio se enfrentarían a Ashran, que solo ellos tendrían alguna posibilidad de derrotarlo. Aun así...

«A menos», pensó, «que ya sepa que no vamos a vencer». Sheziss le había dicho que la profecía había sido modificada para que Christian pudiera estar incluido en ella. Si esto era así, si el Séptimo estaba detrás de todo aquello, si la profecía acababa por favorecerlo a él, no era de extrañar que aquellos dos esperaran con tanto interés a Victoria. Independientemente de que Ashran tuviera intención de utilizar el poder del último unicornio.

Jack dejó caer la cabeza, mareado y derrotado. «No entiendo nada», pensó.

Y fue entonces cuando Ashran dijo que Victoria estaba en camino, pero que iba demasiado lenta. Jack trató de levantar la cabeza, preguntándose qué significaba aquello. Ellos habían dejado a Victoria en la Torre de Kazlunn. Christian había cerrado el Portal, por lo que la chica no podría seguirlos a través de él. Si tenía que acudir hasta allí caminando, tardaría varios días en llegar. A no ser, claro... que Ashran hubiera reabierto el Portal.

Pero, por lo que Jack sabía, Ashran no podía abrir desde allí el Portal de la Torre de Kazlunn. De lo contrario, la habría conquistado mucho tiempo atrás, habría podido atacarlos aquellos días que habían permanecido los tres allí encerrados. Si no había entendido mal, el Portal tenía una doble entrada, una en cada torre. Uno podía abrir y cerrar la entrada de la torre de partida, pero no la de la torre de destino. Christian había podido abrir y cerrar tras de sí el Portal de la Torre de Kazlunn; pero no el de la Torre de Drackwen, que ya estaba abierto... porque Ashran lo había dejado abierto para ellos. De la misma manera, Ashran podía abrir y cerrar el Portal de la Torre de Drackwen, pero no el de Kazlunn.

Christian había sellado el Portal de la Torre de Kazlunn de forma que Victoria no pudiera traspasarlo. Probablemente, Ashran sí podría, pensó Jack... si estuviera en el lugar adecuado. Pero no lo estaba. Así que, aunque quisiera, Ashran no podía franquear a Victoria la entrada a su torre. Christian ya se había encargado de eso.

Entonces, ¿cómo pretendía Ashran que Victoria llegara tan pronto? ¿Y por qué tenía tanta prisa? Tal vez el hechizo que mantenía presos a Jack y a Christian tuviera un tiempo limitado... Se aferró a esa esperanza.

Zeshak habló entonces, pero Jack no captó sus pensamientos, que había enfocado solamente a Ashran. Sabía que había hablado, porque miró fijamente al Nigromante, y este asintió, conforme.

—El anillo, sí. Lo había olvidado. Vale la pena intentarlo.

Los ojos de Zeshak brillaron malévolos cuando contrajo sus anillos en torno al esbelto cuerpo de Christian. El muchacho abrió los ojos súbitamente, jadeó, y su rostro se crispó en una mueca de dolor. Se oyó un crujido desagradable.

Lejos de allí, Victoria gimió sobre el lomo de Sheziss. Respiró hondo y se llevó a los labios la piedra de Shiskatchegg, que relucía, de nuevo, con un resplandor rojizo.

—Voy, Christian —susurró—. No tardaré. Aguanta.

Apretó los dientes, intentando olvidar la angustia que le producía la certeza de saber que Jack y Christian estaban sufriendo. Momentos antes, también había sentido la agonía de Jack. No tenía nada parecido a un anillo mágico que la uniera a él, pero sentía su sufrimiento muy dentro, en el fondo de su corazón. Tragando saliva, se inclinó sobre el ondulante lomo de Sheziss.

—¿No puedes ir más deprisa? —chilló, para hacerse oír por encima del sonido del viento que silbaba en sus oídos.

«Sabes que no», replicó la shek.

Victoria respiró hondo.

–Tiene que haber algo que yo pueda hacer –murmuró para sí misma.

Sintió, nuevamente, que Ashran volvía a hacer daño a Jack y a Christian, allá, en la Torre de Drackwen. Dejó escapar un quejido de angustia, pero se sobrepuso. Y, cuando alzó la cabeza, el viento despejó el cabello de su cara, y la luz de las tres lunas reflejó la expresión de su rostro. A simple vista, Victoria estaba serena e impasible; pero sus ojos emanaban, de nuevo, aquella terrible oscuridad que delataba la cólera y el dolor del unicornio herido.

–No me importa quién o qué seas, Ashran –susurró a la noche–. Te juro que no volverás a hacerles daño. A ninguno de los dos.

El báculo brilló misteriosamente, captando toda la luz de las tres lunas llenas. Victoria sabía lo que tenía que hacer. Respiró hondo, cerró los ojos y se concentró.

Reinaba una gran agitación en el campamento.

Por fin, después de varios meses acampados en las lindes del bosque de Awa, las tropas iban a entrar en batalla. Y ahora ajustaban sus armaduras, afilaban sus armas y limpiaban sus escudos, de buen humor.

Todos sabían que el escudo feérico seguía ahí, impidiéndoles el paso. Pero los sheks habían dicho que aquella noche, durante el Triple Plenilunio, Ashran lo destruiría por fin, y ellos tendrían vía libre para penetrar en el bosque. Al principio, los soldados humanos habían recibido la noticia con cierto escepticismo. Pero, cuando las lunas se alzaron en lo alto, los szish ya aguardaban en los límites de la floresta, con fe inquebrantable, a que su señor hiciera caer el escudo, como había prometido. Los humanos se apresuraron a prepararse también, porque si de verdad podrían atacar Nurgon por fin, habrían quedado como estúpidos ante los szish, que, una vez más, habían sido más rápidos que ellos. En cualquier caso, entrarían en acción, y eso los hacía sentirse optimistas e impacientes a la vez.

Tal vez por eso, los guardias no estaban tan atentos como de costumbre. Tal vez fuera esta la razón de que no vieran a las sombras que se deslizaron por entre las tiendas exteriores, hasta que fue demasiado tarde.

Alexander había enviado a dos guerreros por delante, y fueron estos los que se encargaron de deshacerse de los soldados que vigilaban el campamento. Fueron de uno en uno, rápidos y letales. Uno de los soldados que cayó bajo sus cuchillos era una mujer, pero eso no los detuvo; pues, en Idhún, muchas mujeres peleaban igual que los hombres, y tener compasión hacia ellas suponía, en muchas ocasiones, firmar la propia sentencia de muerte.

Entonces, cuando ya no quedaba nadie para dar la alarma, Alexander entró al galope en el campamento, seguido de los suyos, con Sumlaris desenvainada, lanzando un escalofriante grito de guerra que sonó como un aullido.

Los soldados de Dingra tardaron un poco en darse cuenta de lo que estaba sucediendo, y para entonces, para algunos de ellos ya fue demasiado tarde. Como un vendaval, Alexander galopaba entre las tiendas, hundiendo a Sumlaris en todos los cuerpos que encontraba por el camino. Los que sobrevivieron a la batalla, contarían más adelante que la furia de su enemigo, sus ojos encendidos con una salvaje luz amarillenta y el brillo sobrenatural de su espada legendaria todavía poblaban sus peores pesadillas.

Tras él, los rebeldes se lanzaron al ataque. Muchos portaban antorchas encendidas, e iban incendiando todas las tiendas a su paso.

Por fin, los soldados reaccionaron. Y pronto, aquel sector del campamento fue un auténtico caos. Gritos, humo, ruido y, sobre todo, la canción del acero, una canción de sangre y de muerte.

Shail lo observaba todo desde la retaguardia, montado en su nimen. Cuando le pareció que los soldados de Dingra estaban ya bastante entretenidos, espoleó a su montura para que se deslizara por los límites del campamento... hacia las catapultas.

Los nimen eran insectos rápidos y muy silenciosos. Shail sabía que no habría pasado desapercibido de acudir hasta allí montado a caballo; pero el nimen lo llevó obedientemente hasta su destino sin que nadie lo advirtiera.

Las catapultas sí estaban vigiladas. Los soldados que las guardaban observaban con preocupación lo que sucedía un poco más allá, en el campamento de sus aliados, pero no abandonaron su puesto. Oculto detrás de un carro, Shail decidió pasar a la acción. Se concentró y lanzó un conjuro de ataque contra la catapulta más cercana. El fuego que generó su magia la hizo estallar en llamas; luego saltó a la catapulta contigua, y de esta a la de más allá; así hasta incendiar todo aquel sector.

Los guardias saltaron, desconcertados. Primero miraron a todas partes, buscando al autor del desastre, pero enseguida reaccionaron y trataron de apagar el fuego.

Shail sabía que era cuestión de tiempo que alguien escuchara sus gritos de alarma, de forma que se retiró discretamente de allí, en dirección al lugar donde sus compañeros estaban librando una batalla encarnizada.

Se aproximó con cautela, pero no pudo mantenerse al margen. El batallón más rezagado del ejército szish no había tardado en acudir en ayuda de los guardias humanos, y las cosas se habían puesto muy mal para los rebeldes. Mientras estaba todavía preguntándose cómo podría ayudar, alguien lo vio y corrió hacia él con una maza en alto. Shail hizo retroceder a su nimen, tropezó contra una tienda y tuvo el tiempo justo de pronunciar un hechizo básico de ataque que lanzó hacia atrás a su atacante. Cuando quiso darse cuenta, estaba en mitad de la lucha, espadas, mazas, dagas y martillos que bailaban su macabra danza de sangre, cuerpos caídos que entorpecían su paso, cuerpos vivos que chocaban unos con otros, y todo era tan confuso que no sabía quiénes eran sus enemigos y quiénes sus aliados.

–¡Shail! –gritó alguien.

El mago se giró rápidamente y buscó con la mirada a la persona que lo había llamado, pero todo era muy confuso. Vio a Alexander un poco más allá, aún a lomos de su caballo, descargando a Sumlaris a diestro y siniestro, pero pronto lo perdió de vista. Volvió a oír la voz que lo llamaba, pero esta calló inmediatamente, y el joven no llegó a saber a quién pertenecía.

Oyó un siseo tras él y se volvió con rapidez, justo a tiempo de ver a un szish saltando sobre él. No tuvo tiempo de defenderse, pero, por fortuna, no le hizo falta: una pesada maza cayó silbando desde la oscuridad, se oyó un ruido desagradable y el hombre-serpiente se desplomó en el suelo como un fardo.

–¿Estás bien, chico? –le preguntó la voz de Covan.

–Sí –murmuró Shail, haciendo caso omiso de la sangre que había salpicado sus ropas–. Gracias.

–¿Qué ha pasado con las catapultas?

–Las he incendiado todas. ¿Dónde está Alexander?

–No tengo ni idea –gritó el maestro de armas, para hacerse oír en medio del tumulto–. Pero debemos marcharnos ya. Hemos perdido demasiada gente.

–¡Suml-ar-Nurgon! –se oyó a lo lejos–. ¡Por la Resistencia!

Covan y Shail cruzaron una mirada.

—Es él –dijo Covan; espoleó su caballo y se lanzó al galope.

Shail trató de seguirlo, pero dos soldados de Dingra se cruzaron en su camino. El mago lanzó un silbido por lo bajo, y su nimen arrojó sobre ellos una sustancia pegajosa. Lo hacían siempre que estaban furiosos o asustados, para confundir a los posibles depredadores, pero los nimen medio amaestrados de los feéricos solo atacaban cuando sus jinetes lo ordenaban.

—¡Aaaaj! –exclamó uno de los soldados, tratando de limpiarse la cara–. ¿Qué diablos...?

Shail ya estaba empleando su magia de nuevo. Utilizó un conjuro de aire para lanzarlos hacia atrás con la fuerza de un torbellino. Junto con ellos, volaron varios más.

Alexander, por su parte, se había ido acercando cada vez más a la tienda del rey Kevanion. Era fácil de distinguir, porque portaba el estandarte de Dingra más alto que ninguna. Vio al rey peleando a pie contra los rebeldes, y una llama de ira se encendió en su corazón.

«Este es Kevanion», pensó. «El rey de Dingra. El que fue caballero de Nurgon y acabó vendiendo a los líderes de la Orden y entregándolos a los sheks. El que provocó la caída de la Fortaleza y ha ayudado a exterminar a los caballeros de Nurgon, uno por uno».

Pero entonces oyó la voz de Shail, que lo llamaba. Se esforzó por dominarse y volvió grupas; su venganza contra Kevanion podía esperar.

Regresó en busca de sus amigos. No fue sencillo abrirse paso por el campamento, menos ahora que los szish también peleaban; un hombre-serpiente se interpuso en su camino y le lanzó una estocada que por poco dio en el blanco. Alexander hizo retroceder a su caballo; el filo del arma del szish se hundió en el costado del animal, que relinchó y se encabritó, alzándose de manos. El szish retrocedió, pero, cuando el caballo cayó de nuevo sobre sus cuatro patas, con él bajó también el filo de Sumlaris, la Imbatible. El szish apenas tuvo tiempo de emitir un último siseo antes de que la espada legendaria acabara con su vida.

Alexander limpió la espada en el pantalón y dio una mirada circular, inquieto.

Para cuando logró localizar a Covan y Shail, estos tenían ya graves problemas. Ellos dos y un joven cazador shiano, que luchaba valientemente a lomos de un nimen, estaban rodeados por los soldados de Dingra, humanos y szish. Shail conjuró un hechizo de fuego y lo arrojó contra sus enemigos. Tres de ellos, dos humanos y un szish, estallaron en llamas. Alexander trató de hacerse oír por encima de sus gritos de miedo y de dolor.

—¡Shail! ¿Estáis bien?

—¡Bendita sea Irial, muchacho! —gritó Covan. ¡Vámonos de aquí!

—¡Todavía no! —rugió Alexander—. ¡Esperemos un poco más!

—¿A qué quieres esperar? ¡Si seguimos aquí, pronto se nos echarán todos encima!

Shail hizo girar a su montura en redondo, mientras calculaba la magia que le quedaba, preguntándose si podría crear un globo de protección sobre sus compañeros, y si después de eso sería capaz de teletransportarlos a todos a un lugar seguro.

Alexander lanzó un aullido y descargó a Sumlaris de arriba abajo, sobre un soldado szish que se le había acercado demasiado. La hoja legendaria atravesó limpiamente el metal y se hundió en la carne escamosa del hombre-serpiente.

—¡Alsan! —gritó Covan.

Alexander se volvió con violencia y clavó la mirada en el horizonte, como si hubiera escuchado algo que solo él podía oír. Sonrió.

—Ya vienen —dijo simplemente.

Momentos después, como una tromba de furia desatada, trescientos bárbaros Shur-Ikaili irrumpieron en el campamento, lanzando gritos de guerra y blandiendo sus espadas y sus mazas, ávidos de sangre. Los guiaban los Señores de los Nueve Clanes, al mando de los cuales estaba Hor-Dulkar. Junto a él, a derecha e izquierda, cabalgaban dos mujeres. Una de ellas era Uk-Rhiz, cuyos ojos relucían con fiereza en un rostro embadurnado de pinturas de guerra; la otra era Aile Alhenai, la hechicera feérica, que cabalgaba con el cabello al viento, envuelta en magia protectora que la hacía relucir en la penumbra con un brillo sobrenatural que desafiaba al de las tres lunas.

Alexander se abrió paso a través de las tropas enemigas, con un aullido de júbilo, en dirección a la cabeza del grupo de bárbaros. Por el camino acabó con la vida de varios soldados más. Sintió que una flecha hendía el aire cerca de él y se echó sobre las crines de su caballo, pero el dardo se hundió profundamente en su hombro. Sin embargo, Alexander no lo notó. La sangre de la bestia comenzaba a aflorar a sus venas, estimulada por el delirio del combate.

Shail lo vio marchar y quiso seguirlo, pero se dio cuenta de que él, Covan y el shiano estaban rodeados por todas partes. Trató de calmar al nimen, que chasqueaba sus apéndices bucales, nervioso, y hacía vibrar las antenas, orientadas en dirección al bosque al que ansiaba volver.

El mago comprendió que no tenía otra opción: Alexander estaba ahora lejos de su alcance y no podría incluirlo en el hechizo de teletransportación. Creó una campana de protección en torno a él y sus compañeros.

—¡Bien hecho! —dijo Covan.

Shail miró a su alrededor, en busca de más aliados que pudieran ampararse en su magia. Por alguna razón, levantó la vista al cielo... y no le gustó lo que vio.

La mayoría de las serpientes que sobrevolaban la zona habían hecho caso omiso a la escaramuza que se producía en tierra. No se trataba solo de que confiaran a los szish la resolución del problema, sino que, además, estaban ocupadas en otros asuntos.

Habían formado un inmenso círculo en el aire, y sus cuerpos ondulantes emitían una especie de resplandor intermitente, de color blanco-azulado, frío, como una luz vista desde el otro lado de una pared de hielo. Estaban preparando algo importante, y Shail sospechó que no le gustarían los resultados de aquel extraño ritual.

Pero había tres sheks que no formaban parte del círculo, que se ocupaban de vigilar que todo marchara bien... y que, obviamente, habían visto a la columna de bárbaros irrumpir en el campamento. Shail oyó sus chillidos de ira cuando se lanzaron en picado sobre ellos...

Y en aquel mismo momento, un poderoso bramido desafió a la voz de las serpientes. Y dos grandes dragones se elevaron en el cielo desde las entrañas del bosque de Awa. A la clara luz de las lunas, todos pudieron ver que uno de ellos era rojo... y el otro, dorado.

Fagnor y el falso Yandrak.

Se oyeron gritos de júbilo y murmullos inquietos. Los que daban vítores eran los rebeldes, porque Yandrak, el dragón dorado, el dragón de la profecía, había regresado para ayudarlos. Y eran sus enemigos, especialmente los soldados humanos de Dingra y Vanissar, los que se sentían preocupados... ya que, según sus informes, el último dragón estaba muerto.

Los dos dragones se precipitaron contra el círculo de sheks, rompiéndolo y generando en ellos silbidos de ira y de intenso odio. Pero no se quedaron a luchar. Descendieron en picado, perfectamente sincronizados, hacia los tres sheks que amenazaban a los bárbaros.

—¡Están locas! —casi gritó Shail—. ¡Las van a matar!

Un poco más lejos, Alexander también las había visto. Había logrado llegar hasta los líderes de los bárbaros, y Hor-Dulkar, ya cubierto de sangre enemiga, lo había saludado con un gruñido, sin dejar de descargar su enorme hacha de guerra contra todo lo que siseara.

–¡Tenemos que ir hacia el bosque! –le había gritado, para hacerse oír por encima del caos–. ¡Hacia el bosque!

Después, había espoleado su caballo para abrir camino en aquella dirección. Una mujer bárbara había sido la primera en seguirlo, dejando escapar un grito de guerra que fue coreado por un sector de los Shur-Ikaili. Casi inmediatamente, Alexander había oído en alguna parte la voz de Allegra pronunciando las palabras de un conjuro...

... y, de pronto, un viento huracanado había barrido la tierra ante ellos. Muchas de las tiendas habían salido volando. Algunas seguían en llamas y se habían precipitado sobre los soldados enemigos, envolviéndolos en un abrazo ardiente y letal. Los que habían resistido el envite no habían podido, sin embargo, mantener el equilibrio y habían caído al suelo, a pesar de las armaduras. El polvo arrastrado por el vendaval había cegado a la mayoría.

–¡Al bosque! ¡Al bosque! –seguía gritando Alexander.

Un caballero le había salido al paso.

–¡No pasarás por aquí, renegado!

Cubría su rostro con un yelmo, pero la armadura era muy cara, y llevaba en la pechera el escudo de la casa real de Dingra.

–¡Rey Kevanion, traidor! –gruñó Alexander, enarbolando a Sumlaris con siniestra determinación.

Apenas habían llegado a chocar las espadas, cuando oyeron un silbido sobre sus cabezas. Vieron entonces a los sheks que se abalanzaban sobre ellos, y a los dos dragones que los seguían; y fueron testigos de cómo las serpientes, enloquecidas por el odio, se olvidaban de los insignificantes humanos que atravesaban el campamento, y se volvían hacia los dragones enseñando los colmillos, con los ojos relucientes de ira.

El rey de Dingra se había quedado paralizado de estupor, con la vista clavada en el dragón dorado que surcaba el cielo. Alexander aprovechó aquel momento de distracción para descargar su espada contra él; pero alguien lanzó un grito de alarma, y el rey reaccionó con suficiente rapidez como para interponer su arma entre él y Alexander, en el último momento. Lo rechazó, no sin esfuerzo, y le hizo retroceder.

En ese instante, Hor-Dulkar y sus bárbaros dieron alcance a Alexander. Alguien que huía de ellos chocó contra el caballo del joven, haciéndolo tropezar. Para cuando Alexander consiguió recuperar el equilibrio, Kevanion ya se había marchado. Oyó su voz un poco más lejos, lo vio combatiendo contra un grupo de bárbaros que lo había cercado.

—Si sales de esta, seré yo quien acabe contigo, Kevanion de Dingra —prometió.

Alzó la mirada y vio cómo Fagnor y el falso Yandrak daban media vuelta y emprendían la huida hacia el bosque. El dragón rojo ejecutó la maniobra a la perfección, pero el dorado fue un poco más lento. Con un silbido de triunfo, uno de los sheks lo atrapó entre sus anillos.

Fagnor llegó al rescate, exhalando una llamarada contra la cara de la serpiente, que chilló, aterrada, y soltó a su presa.

Alexander se deshizo de otros dos soldados que trataron de derribarlo, y alzó de nuevo la cabeza. Contempló a los dos dragones huir hacia el bosque, con todo un ejército de sheks persiguiéndolos. Respiró, aliviado, cuando los vio atravesar el escudo justo encima de la Fortaleza de Nurgon. La primera serpiente logró cruzar tras ellos, antes de que la cúpula protectora se cerrase de nuevo, pero fue recibida por una lluvia de proyectiles de fuego lanzados desde el interior del castillo.

Alexander no se quedó a ver el final de la serpiente. Oyó la voz de Shail, que lo llamaba, y espoleó su caballo en esa dirección.

Alguien había abatido a su nimen, y Shail no se encontraba en situación de echar a correr, precisamente. Trató de ponerse en pie, pero apenas lo consiguió, cuando oyó un golpe y un grito tras él, y luego el sonido sordo de una caída. Al volverse vio a uno de los soldados szish yaciendo en el suelo, cubierto de sangre, y al guerrero bárbaro que lo había abatido como de pasada, y que se alejaba cabalgando a toda velocidad. No tuvo tiempo de reaccionar, porque el siguiente bárbaro que pasó al galope junto a él lo cogió del brazo y tiró de él hacia arriba. Shail sintió que se le desencajaba el hombro y lanzó un grito de dolor; pero al instante siguiente se vio sobre la grupa del caballo del bárbaro, a salvo.

—¿Estás bien? —dijo una voz conocida cerca de él.

Se dio la vuelta, sin dejar de sujetarse a la cintura del bárbaro, y vio que junto a él cabalgaba Allegra. Asintió sonriendo, contento de volver a verla.

Alexander llegó al galope desde la vanguardia. Asintió al ver que Shail estaba a salvo, y volvió a gritar:

—¡Al bosque! ¡Al bosque!

Pronto, lo que quedaba del grupo de incursores y el grueso del ejército Shur-Ikaili penetraron en la espesura, atravesando el escudo por el hueco que las dríades guardianas, que los esperaban en la última fila de árboles, habían abierto para ellos.

—Ya basta, Zeshak —dijo Ashran—. No lo mates antes de tiempo.

El shek aflojó su letal abrazo. Jack no tenía fuerzas para moverse, pero desde donde estaba podía ver claramente a Christian, atrapado entre los anillos de la serpiente. Estaba convencido de que ya le había roto un par de costillas. Con esfuerzo, Jack recordó que aquel era Zeshak, el rey de los sheks. El que, según Sheziss, era el padre de Christian... o del shek que habitaba en Christian. Se le hizo extraño pensar que él lo sabía, pero Christian no. ¿Querría saberlo? ¿Le interesaría enterarse de que aquella serpiente que lo estaba maltratando era su «otro» padre? Cerró los ojos, agotado.

—Ya está —dijo entonces el Nigromante—. El unicornio no tardará en llegar.

El shek se volvió hacia él, y debió de preguntarle algo, porque Ashran respondió:

—No, tengo tiempo suficiente para hacerlo mientras tanto. Sujeta tú al dragón —añadió, y alzó a Jack por el cuello de la camisa como si fuera una marioneta.

Zeshak lanzó la cabeza hacia él, mostrándole los colmillos, con un siseo amenazante.

—Controla tu odio, Zeshak —dijo Ashran con frialdad—. El dragón no debe morir... todavía.

Tiró a Jack contra el shek, que lo atrapó limpiamente con un pliegue de su cola. Jack jadeó, horrorizado, y trató de librarse, pero no tenía fuerzas. Se sentía un muñeco de goma a merced de la enorme serpiente. Era como si sus más horribles pesadillas se hubieran hecho realidad.

Porque el dragón estaba encadenado en su interior; Jack lo sentía rugir y luchar por liberarse, sin resultado. Y lo único con lo que podía contar en aquel momento eran su alma y su cuerpo humanos, un cuerpo débil y un alma que se estremecía de terror ante el poder del rey de las serpientes. Sintió los letales anillos de Zeshak aprisionando su cuerpo.

–No lo mates –le recordó Ashran, sombrío–. Todavía lo necesitamos.

Después les dio la espalda y salió a la terraza, y su alta figura quedó bañada por la clara luz de las tres lunas. Cuando alzó los brazos hacia el Triple Plenilunio y todo su cuerpo empezó a irradiar un extraño resplandor sobrenatural, Jack entendió de golpe lo que estaba haciendo.

Todavía tenía intención de utilizar el poder de las lunas para deshacer la cúpula feérica que protegía el bosque de Awa y la Fortaleza de Nurgon. Y, cuando eso sucediera, los rebeldes, con Alexander a la cabeza, quedarían a merced de las tropas de los sheks.

Jack cerró los ojos, maldiciéndose en silencio por haber creído en la profecía. Estaba claro que todo aquello no había servido de nada. Ashran seguía siendo demasiado poderoso como para enfrentarse a él... y ahora Victoria caería también en sus manos.

Se revolvió, furioso. Las escamas de Zeshak se clavaron dolorosamente en su piel, pero no le importó.

–¡Christian! –lo llamó con voz ronca–. ¡Despierta! ¡Tenemos que hacer algo!

No pudo seguir hablando, porque el rey de los sheks lo aprisionó todavía más en su abrazo, y Jack dejó escapar un grito de dolor.

Entonces le llegó, por fin, muy débil, el mensaje telepático de Christian:

«No hay nada que nosotros podamos hacer. Victoria ya sabe lo que está pasando y viene hacia aquí. Lleva puesto a Shiskatchegg».

Jack movió la cabeza lo justo como para observar a Christian, que se había dejado caer, derrotado; el cabello castaño claro le cubría los ojos, pero Jack no recordaba haberlo visto nunca tan hundido y destrozado.

«Si viene», pensó, «caerá directamente en las garras de Ashran. Él la está esperando».

«Ya lo sabe», replicó Christian. «Pero ¿de verdad piensas que eso la detendrá?».

«Es una locura... Todo esto es una locura...».

Percibió que Christian lo miraba de reojo, por debajo del cabello que le caía sobre la cara. Sus ojos azules brillaron un instante, con un último destello de rabia.

«No deberíamos haber partido sin ella. Si hubiésemos peleado los tres juntos, tal vez...».

–¿Tal vez qué? –gritó Jack con amargura–. ¡Nos habrían matado a los tres de golpe! ¿Qué sentido tiene todo esto, eh? Si Victoria...

No pudo terminar la frase porque algo se introdujo en su mente, algo hiriente que atravesó su cerebro como millones de agujas de hielo. Jack gritó y, cuando el dolor cesó, se desplomó sobre el cuerpo de Zeshak. Había perdido el conocimiento.

Christian lo contempló, sin una palabra.

«Podrías haber matado al dragón, engendro», susurró Zeshak en su mente. «Has tenido tantas oportunidades y, sin embargo, le has perdonado la vida, una y otra vez. ¿Es que acaso no sientes el odio?».

–También tú podrías matar al dragón ahora –replicó Christian– y, sin embargo, lo mantienes con vida, a pesar de que deseas aplastarlo; lo deseas con toda tu alma. Pero Ashran te ha ordenado que lo mantengas con vida, y eso estás haciendo. Obedeces la orden de un humano. Yo, en cambio, escuché la petición de un unicornio.

Zeshak entornó los ojos. No respondió enseguida, pero, cuando lo hizo, su voz telepática resonó en la mente de Christian teñida de tristeza y resignación.

«No sabes nada, Kirtash. Nada. No hables de cosas que no comprendes».

Christian no respondió. En otras circunstancias, tal vez habría tratado de interpretar el significado de aquellas palabras, pero en aquel momento se sentía demasiado exhausto y desalentado. Al cabo de unos instantes, Zeshak habló de nuevo en su mente, con suavidad:

«Ni siquiera los unicornios lograron eliminar el odio que corría por nuestras venas, ese odio que debería ser en ti más intenso que cualquier clase de amor. Dime, ¿qué clase de shek eres tú?».

–También a mí me gustaría saberlo –murmuró Christian, alzando la cabeza para mirarlo directamente a los ojos.

«Viajar con la luz», pensó Victoria.

Nunca lo había hecho a tanta distancia, y tampoco estaba segura de que la luz de las lunas bastara para lo que ella pretendía. Pero las lunas estaban llenas, y su claridad iluminaba el mundo casi tanto como si fuese de día, y el Báculo de Ayshel seguía transmitiéndole un aporte extra de energía que la recorría por dentro como un torrente de aguas desbordadas. Volvió a recordar la sonrisa de Jack, la mirada de Christian, y decidió arriesgarse, porque no tenía otra alternativa. Necesitaba llegar hasta ellos de inmediato... y solo la luz corría tan deprisa como los hechizos de teletransportación de los magos.

Puso en juego todo su poder de unicornio y, simplemente, se desplazó...

La Torre de Drackwen apareció súbitamente ante ellas. Sheziss dejó escapar un siseo sorprendido. Victoria respiró hondo. Había salido bien y, por si fuera poco, había arrastrado a Sheziss con ella. Todavía le costaba creerlo.

Solo había un par de sheks guardando la torre, y Victoria se preguntó por qué. No sabía que, en aquellos mismos momentos, la mayor parte de las serpientes aladas de Idhún sobrevolaban los cielos de Nurgon, aguardando el instante en que el escudo feérico caería y la Resistencia quedaría a su merced.

Sintió que el cuerpo de Sheziss se ponía en tensión.

–Nos dejarán pasar –murmuró–. Ashran me está esperando.

«A ti, sí», respondió la shek. «Pero no a mí».

Victoria comprendió.

–Déjame todo lo cerca que puedas y luego márchate.

Sheziss hizo un giro brusco y planeó hacia la torre. Cruzó como una flecha entre los dos sheks que, suspendidos en el aire, las observaban con recelo. Las dejaron pasar: sin duda sabían ya que la muchacha que acudía con tantas prisas a la torre, montada sobre el lomo de una shek renegada, era el unicornio que Ashran estaba esperando. Pero Victoria fue consciente de las miradas de odio que dirigieron a Sheziss, y supo que, en cuanto ella desmontara, su compañera estaría en grave peligro.

–Sheziss, no te acerques tanto...

«Tranquila, chica unicornio. No son más que dos jovenzuelos. Podré con ellos».

–¿Y qué harás después?

Los ojos de Sheziss brillaron malévolamente bajo la luz de las lunas.

«Ya que estoy tan cerca», dijo, «puede que haga cumplir mi venganza».

–Hay algo que has de saber con respecto a Ashran, Sheziss –dijo entonces Victoria, con suavidad–. No debes enfrentarte a él. No puedes vencerlo.

Sheziss leyó la verdad en la mente de Victoria, y calló, sorprendida, tratando de asimilar aquella información.

Pero su destino estaba ya muy cerca, y debían tomar una decisión.

–Christian y Jack están aquí –añadió Victoria, y el corazón le latió un poco más deprisa–. Déjame donde puedas, Sheziss. Sabré cómo llegar hasta ellos.

Sobrevolaron el mirador, pero la shek no trató de aterrizar allí. Una extraña luz sobrenatural cubría el lugar; desde las tres lunas parecía descender una especie de triple rayo luminoso que confluía en una alta y solitaria figura, de pie junto a lo que quedaba de la balaustrada. Victoria percibió que Sheziss vacilaba, tal vez porque había captado que aquella luz era energía pura que las desintegraría si se atrevían a rozarla, o tal vez por lo que ella le había transmitido acerca del Nigromante.

–¿Qué está haciendo? –se preguntó Victoria.

Sheziss lo sabía, pero no respondió. Batió las alas con más fuerza y se impulsó hacia arriba, en busca de un lugar donde dejar a Victoria. La joven notó que los dos sheks las seguían.

Sheziss se detuvo junto a un pequeño balcón, y giró su largo cuerpo ondulante para dejar a Victoria cerca de la baranda. La muchacha se apresuró a descender de un salto, y miró a la shek, inquieta.

«No te preocupes por mí», dijo la serpiente. «Preocúpate más bien por ti misma. Si te he traído hasta aquí, y Ashran quería que acudieses a él, tal vez yo sea también una pieza más en este juego de guerra. Sus planes se están cumpliendo... y sus planes te conciernen a ti, y no a mí. Ve y haz lo que tengas que hacer».

Victoria asintió. Miró de nuevo a la shek.

–Gracias por todo, Sheziss –murmuró.

«Tu dragón me dijo lo mismo, hace tiempo. Pero no he hecho nada por vosotros. Actúo por mí misma... para vengar a mis hijos».

Y, con un chillido de ira, se volvió hacia los dos sheks, que ya se abalanzaban sobre ella, las fauces abiertas, los colmillos destilando veneno.

Victoria no se quedó a ver la batalla. Porque, en algún lugar de aquella torre, Jack y Christian permanecían prisioneros, estaban sufriendo, y la joven sufría con ellos. Dio media vuelta y, con el báculo palpitando siniestramente sobre ella, se internó en la Torre de Drackwen, en busca de Ashran el Nigromante y los dos chicos a los que amaba.

Alexander atravesó al galope la explanada que separaba la Fortaleza del bosque que la rodeaba. Se detuvo junto al cadáver del shek que sus compañeros acababan de abatir desde el castillo.

Denyal y el Archimago lo estaban esperando allí.

–¿Te has vuelto loco? –le gritó Denyal–. ¿Qué pretendías con esa acción suicida?

–Desde luego, no precisamente suicidarme –replicó Alexander con frialdad–. Lamento no haberte dado esa satisfacción porque, como ves, he regresado vivo... y con refuerzos.

Denyal dirigió una mirada al ejército Shur-Ikaili que se amontonaba en la explanada.

–¿Cuánta gente te llevaste?

–Treinta y cuatro voluntarios.

–Pues entre toda esta gente solo cuento a quince de los nuestros, príncipe Alsan –replicó Denyal conteniendo la ira; y, por primera vez desde que lo conocía, pronunció la palabra «príncipe» con un matiz de desprecio–. Te has dejado a diecinueve en el camino.

–Sé contar –fue la respuesta de Alexander–. Esos diecinueve eran voluntarios y salieron a pelear porque así lo quisieron, Denyal. Y no han caído en vano. Mi acción suicida, como tú la llamas, tenía por objetivo abrir paso a nuestros aliados, los Nueve Clanes de Shur-Ikail. Cerca de trescientos de los mejores guerreros de Idhún.

Denyal lo miró fijamente, pero no dijo nada. Alexander sostuvo su mirada.

En aquel momento llegaron dos jinetes al trote. El Archimago frunció levemente el ceño al reconocer a Allegra.

–Aile –dijo, sin embargo–. Llegas justo a tiempo.

Pero desvió su atención hacia el otro jinete. Se trataba de Hor-Dulkar, el Señor de los Nueve Clanes.

Alexander hizo las presentaciones. Dejó a los cuatro poniéndose al día y, todavía sin descabalgar, entró al paso en el patio de la Fortaleza.

Como había supuesto, encontró allí a Kestra y Kimara, junto a Fagnor, que yacía en el suelo. Del dragón dorado no había ni rastro, pero aquello no era de extrañar. Para mucha gente seguía siendo un secreto que aquel Yandrak era falso, por lo que los constructores de dragones lo mantenían oculto en el rincón del bosque, no lejos de la Fortaleza, en donde Kimara lo había hecho aterrizar.

Tanawe, Rown y dos operarios más estaban poniendo a Fagnor a punto de nuevo. Tanawe gruñía en voz baja, malhumorada, mientras trataba de encajar de nuevo una de las alas del dragón artificial.

Alexander se reunió con ellas.

—¡Habéis sacado los dragones antes de tiempo! —les recriminó con ferocidad—. ¿En qué estabais pensando? ¿Qué pretendíais con eso?

Kestra clavó en él una mirada incendiaria.

—Salvarte el cuello, príncipe de Vanissar. De no ser por nosotras, serías ahora una papilla de carne y veneno de shek.

—Pediste voluntarios, ¿no? —respondió Kimara, sombría—. Nosotras somos voluntarias. Yo, al menos, ya me he cansado de estar encerrada aquí, no cuando hay ahí fuera tantas serpientes que matar.

Alexander la miró, un poco sorprendido. Sabía que Kimara tenía un espíritu indomable, pero siempre se había sentido fuera de lugar en la Fortaleza, estudiando magia, y se había encerrado en sí misma. Además, la muerte de Jack la había afectado mucho. Por lo visto, ya había asimilado todo aquello, porque ahora latía en sus ojos rojizos una nueva emoción, un odio profundo que se reavivaba cada vez que veía a una serpiente alada cruzando los cielos sobre Nurgon.

Movió la cabeza, preocupado.

—Tenemos pocos dragones —replicó, con más suavidad—. Tanawe os habrá dicho lo mismo que yo. Los dragones son muy valiosos. No podéis ponerlos en peligro sin más. El enemigo...

—¡No me hables del enemigo, bestia inmunda! —estalló de pronto Kestra—. ¡Tú eres el enemigo! ¡Eres uno de ellos! Te volverás contra nosotros aunque no lo quieras, sí, porque he visto lo que sois capaces de hacer las criaturas como tú. ¡Mira las lunas y júrame por lo que sea más sagrado para ti que no sientes nada cuando las ves!

Su voz quedó ahogada en un sollozo. Alexander no fue capaz de contestar. No por el súbito arrebato de Kestra, sino porque había alzado la cabeza para contemplar las lunas y había visto algo aterrador.

Siguiendo la dirección de su mirada, todos los presentes levantaron la cabeza.

Y se quedaron sin aliento.

Los sheks habían vuelto a formar un enorme círculo sobre ellos, y los sobrevolaban como aves carroñeras. Sus cuerpos, fluidos, sinuosos, emitían un suave brillo gélido.

Pero no fue eso lo que más preocupó a los rebeldes.

Porque, en el centro del círculo de sheks, las tres lunas relucían en la noche, y una extraña espiral de tinieblas giraba en cada una de ellas.

–¿Qué diablos...? –empezó Alexander, pero no pudo seguir.

Shail llegó jadeante, apoyándose en su bastón.

–¿Has visto eso? –exclamó, con urgencia, señalando al cielo–. ¡Tenemos que detenerlo!

–¿Por qué?

–¡El escudo, Alexander, el escudo!

Los dos amigos cruzaron una mirada. Entonces Alexander dio media vuelta, bruscamente, y vociferó:

–¡A las armas! ¡A las armas! ¡Arqueros, arponeros y ballesteros, a las almenas! ¡Preparad las catapultas! ¡Todos a la Fortaleza!

Siguió gritando instrucciones, y pronto todo Nurgon bullía de actividad. Pero Shail no podía dejar de mirar al cielo. Sentía que la luz que emitían las lunas había dejado de ser dulce y hermosa para convertirse en algo frío y oscuro.

En todos los rincones del bosque, las flores lelebin se estremecieron y empezaron a languidecer.

Primero se arrugaron las puntas de los pétalos; luego, los estambres se marchitaron y se deshicieron, cubiertos de una extraña escarcha. Algunas de las flores se cerraron sobre sí mismas, pero ya era demasiado tarde.

Mientras las lunas seguían arrojando sobre el bosque aquella espiral de tinieblas, las lelebin se secaron, una tras otra, y murieron.

El escudo empezó a fallar en distintos puntos del bosque.

Y cuando la última flor lelebin hubo caído sobre su tallo, las serpientes atacaron.

Ashran bajó los brazos y rió suavemente.

–La cúpula feérica ya no protege el bosque de Awa –anunció, entrando de nuevo en la sala; su cuerpo todavía despedía un suave halo luminoso–. Nurgon no tardará en caer bajo el poder de los sheks.

Zeshak entornó los ojos.

«Ya era hora», comentó, y todos pudieron captar aquel pensamiento.

Jack cerró los ojos, aún aturdido. Podía imaginar a Shail, Alexander y los demás luchando inútilmente contra el ejército de Ashran, el bosque de Awa incendiado, los rebeldes huyendo para salvar sus vidas... Pero ya no había ningún lugar donde pudieran guarecerse. Sería una masacre.

«Hemos fracasado», pensó Jack, anonadado. «Y de qué manera».

–Tengo otra buena noticia –dijo Ashran–. El unicornio ya está aquí.

No había terminado de hablar cuando la puerta estalló en pedazos, con violencia. Jack trató de levantar la cabeza, pero no fue capaz, porque la mano de Ashran había vuelto a sujetarlo férreamente por la nuca. Zeshak lo soltó de golpe, y Jack pudo respirar por fin... Pero el alivio no duró mucho. Ashran tiró de él como si fuera una marioneta, y el muchacho no encontró fuerzas para moverse. Por otro lado, acababa de entrar alguien en la sala, una figura que se movía con seguridad y energía y que parecía muy, muy enfadada. A Jack se le había nublado la vista, pero, a pesar de todo, reconoció a Victoria. La habría reconocido en cualquier parte.

Se preguntó, confuso, cómo diablos había llegado ella allí en tan poco tiempo. ¿Se las habría arreglado para abrir el Portal entre las torres, aquel portal que, según Christian, estaba cerrado?

La muchacha se había detenido a escasos metros de Ashran y Zeshak, pero todavía parecía amenazadora, con el extremo del báculo palpitando como una pequeña supernova. Sin embargo, por muy furiosa que estuviese, había visto enseguida que Christian estaba a merced de Zeshak, que podía aplastarlo en cualquier momento; y que Jack temblaba a los pies de Ashran, cuyos dedos todavía rodeaban su cuello. Un movimiento en falso, y todo habría acabado para cualquiera de los dos... o para ambos.

–Volvemos a encontrarnos –dijo Ashran con suavidad–. La tercera vez en poco tiempo, mi admirada joven. No importa lo que pueda llegar a hacerte; no importa que te extraiga hasta la última gota de energía o que arrebate la vida de tu dragón, tú siempre vuelves, una y otra vez, a presentar batalla... como ahora, ¿no es cierto?

Victoria enarboló el báculo y se lanzó contra él con un grito, con la muerte brillando en sus grandes ojos oscuros. Pero se detuvo en seco. El extremo de su báculo lanzó un último destello, como un breve latido, y luego se estabilizó.

Ashran había arrastrado a Jack hasta colocarlo frente a sí. Su mano se había cerrado en torno a la nuca del muchacho, y tiraba de él hacia atrás, obligándolo a alzar la cabeza y a mirar a Victoria a los ojos.

–¿A qué... esperas? –jadeó Jack.

Pero ella permaneció inmóvil, como petrificada, observándolo fijamente.

–Un dilema interesante –sonrió Ashran–. ¿Me atacarás, Victoria? Leo el odio y la furia en tu mirada. Eres más poderosa que nunca, y yo tengo en mis manos a dos seres que te importan mucho. Me odias con todo tu ser y, aunque una parte de ti me teme, no la estás escuchando ahora. Si me atacaras en este momento, con toda tu rabia y desesperación, con ese báculo rebosante de magia, podrías llegar a hacerme daño. Pero... ¿te llevarás al dragón por delante?

Victoria no respondió. Seguía con los ojos fijos en Jack, con el rostro impenetrable. Sin embargo, el brillo de su mirada delataba la angustia que sentía.

–Vamos... Victoria –pudo decir Jack–. Atácalo...

Su última palabra terminó en un grito de agonía. Ashran había clavado los dedos en su carne, transmitiéndole una magia brutal que, de nuevo, pareció quemarlo por dentro.

–No recuerdo haber pedido tu opinión –dijo el Nigromante con indiferencia.

Tiró de él y lo levantó como si fuera tan ligero como una pluma. Las palabras salieron de los labios de Victoria sin que ella pudiera detenerlas:

–No le hagas daño.

Ashran se volvió para mirarla.

–Si intentas algo, mataré a tu dragón antes de que logres tocarme. Y, aun en el caso de que lo consiguieras... Zeshak aplastaría a Kirtash como a un insecto antes de que tuvierais tiempo de reaccionar.

Victoria se volvió lentamente hacia la enorme serpiente, que aún aprisionaba a Christian entre sus anillos. Como respondiendo a una orden silenciosa, Zeshak oprimió a Christian un poco más. El joven apretó los dientes, esforzándose por no gritar de dolor. Pero Victoria vio su gesto crispado, el sufrimiento que brillaba en sus ojos de hielo.

–No le hagas daño –dijo, y era una petición, pero también una amenaza.

Cerró los ojos un instante y respiró hondo.

–¿Qué quieres que haga? Si me rindo y dejo el báculo en el suelo, los matarás igualmente, ¿verdad?

–Tal vez sí, o tal vez no. Los Seis os protegen, Victoria, y eso, aunque vosotros no lo sepáis, os convierte en tres elementos muy difíciles de matar. Podría acabar con la vida de este dragón y de este shek con suma facilidad. Pero... ¿qué harías tú entonces? No descansarías hasta acabar conmigo, y terminarías por conseguirlo. No, Victoria. He aprendido que, si es cierto que vosotros tenéis poder para destruirme, solo en vosotros mismos está la clave para vuestra propia destrucción. Al principio pensé que vuestro punto débil era el odio que los dos chicos sentían el uno por el otro. Y me aproveché de ello... Pero cuando el dragón regresó, me di cuenta de que había en vosotros algo aún más poderoso que el odio... Y ese punto fuerte era también vuestro punto débil.

»¿Sabes para qué has venido aquí esta noche, Victoria? Has venido para tomar una decisión. Has venido para elegir.

XXVI
LA ELECCIÓN DE VICTORIA

CUANDO los sheks atacaron la Fortaleza, los rebeldes los estaban esperando. Había arponeros, arqueros y ballesteros en las almenas, sobre las murallas y las torres, y recibieron a sus atacantes con una lluvia de dardos de fuego. En el patio se alineaban los artefactos de guerra diseñados por Rown, Tanawe y Qaydar. Habían dispuesto las catapultas de cara a los muros, y las dispararían en cuanto las tropas de a pie invadieran la explanada. Se trataba de las catapultas mejoradas de Qaydar, que disparaban proyectiles de energía mágica y, sin embargo, no servían con los sheks. Por eso habían fabricado un nuevo tipo de máquina de guerra que lanzaba los proyectiles en vertical, hacia arriba. Por supuesto, era necesaria la intervención de la magia para que no les cayeran encima después. Lo habían probado ya varias veces, y funcionaba: las máquinas, que Rown llamaba «Lanzadoras», disparaban hacia las alturas proyectiles inflamables; inmediatamente después, un mago arrojaba su magia contra ellos, y los hacía estallar en el cielo. Nunca se había visto nada parecido en Idhún, y por eso las Lanzadoras cogieron a los sheks por sorpresa.

Junto con las Lanzadoras, los rebeldes disponían también de otro tipo de artefactos semejantes, que llamaban Lanzarredes, y que disparaban al cielo enormes redes fabricadas con los hilos pegajosos que habían suministrado las hadas del bosque de Awa.

Y, por supuesto, estaban los dragones.

Aparte de Fagnor y el dragón dorado, los rebeldes contaban con nueve dragones más. Todos ellos eran Escupefuegos, puesto que Qaydar había hallado por fin el modo de hacerlos inmunes a las llamas, y todos ellos estaban pilotados. Muchos de los pilotos habían aprendido hacía muy poco tiempo a manejar un dragón. Kimara era la adquisición más reciente; Tanawe se había negado al principio a dejarla pilotar, y mucho menos el dragón dorado.

–Eres una maga, Kimara –le espetó–. Tu vida es demasiado valiosa como para que la arriesgues a bordo de un dragón.

–Solo soy una aprendiza –había protestado ella–. Aquí no sirvo de nada, no sé usar mi poder todavía para luchar contra los sheks. Pero Kestra me ha enseñado a pilotar dragones.

–Por el amor de Irial, si solo llevas tres días pilotando –se impacientó Tanawe–. ¿Cómo pretendes que crea que estás preparada, y mucho menos para llevar el dragón dorado?

Kimara no había discutido. Sin embargo, el día anterior, durante el juicio de Alexander, se las había arreglado para llegar hasta el dragón dorado y elevarlo en el aire con el fin de que todos pudieran ver que Yandrak había regresado.

Con ello había salvado la vida de Alexander. Kimara no conocía tan bien al joven príncipe como para apreciarlo de veras, pero sabía que había sido un buen amigo de Jack, y eso le bastaba. Por supuesto, después había recibido una buena reprimenda por parte de los líderes de los Nuevos Dragones, pero incluso ellos tenían que reconocer que su acción había devuelto la esperanza a la gente de Nurgon.

Y después, aquella misma noche, Kimara había vuelto a sacar al dragón. Tanawe no se explicaba cómo era posible que hubiese burlado su vigilancia. Ahora no tenía más remedio que rendirse a la evidencia: aquel dragón *era* de Kimara, de la misma forma que el destino de Kestra parecía unido a Fagnor. Así, incluso después de haberse extinguido, los dragones seguían ejerciendo un misterioso influjo sobre los mortales, seguían rigiendo sus destinos de alguna manera. Tanawe amaba a los dragones, los había contemplado durante horas sobre los cielos de Awinor, cuando era joven, y sabía que no sería tan sencillo hacerlos desaparecer de la faz de Idhún.

Por eso, al final había defendido la petición de Kimara de pilotar al dorado en aquella batalla. Aunque fuera muy consciente de que, probablemente, ni la joven ni el dragón sobrevivirían a aquella noche.

–Los dragones artificiales están vacíos por dentro –le dijo a Denyal cuando este se opuso a la idea–. No tienen espíritu. Sin embargo, cuando un piloto los hace volar, él es su espíritu, su alma. Sin el piloto, la magia del dragón no funcionaría. Su cuerpo de dragón estaría muerto.

»Kimara es el espíritu de Yandrak, Denyal. Voló a lomos del verdadero Yandrak en el desierto, y una parte de la esencia del último dragón sigue junto a ella.

Denyal no había discutido más. En materia de dragones, su hermana tenía la última palabra.

Por eso aquella noche, cuando los sheks se abatieron sobre Nurgon y los once dragones se elevaron en el aire, Kimara estaba al mando de uno de ellos. Muchos se volvieron para mirar al magnífico dragón dorado que surcaba el cielo, y lanzaron vítores en su honor.

Pronto, el firmamento sobre Nurgon se había convertido en un infierno de fuego, en el que once dragones maniobraban entre el humo, arrojando su propia llama contra los sheks, aprisionándolos con sus garras de madera y metal y, sobre todo, tratando de crear el caos en sus organizadas mentes.

Shail y Allegra contemplaban el cielo desde el patio. Cada uno estaba a cargo de una Lanzadora. Yber, el gigante hechicero, también se encontraba con ellos. Pero él no necesitaba ninguna máquina. Arrojaba los proyectiles directamente con su enorme manaza, y los hacía llegar casi tan lejos como los artefactos. Él mismo se encargaba de prenderles fuego con su magia cuando llegaban a la altura precisa.

–Once –murmuró Shail–. No podrán contra tantos sheks. Es un suicidio.

–Pero es lo único que tenemos, Shail –replicó Allegra, arrojando su magia contra uno de los proyectiles disparados por la Lanzadora; el objeto estalló en el cielo, justo bajo el vientre de un shek, que chilló de dolor–. De todas formas, hay algo que me preocupa, aparte de la proporción de enemigos que nos atacan.

–¿De qué se trata?

–Mira los sheks. Míralos con atención. ¿No notas algo extraño en ellos?

Shail los observó un momento y vio enseguida lo que quería decir Allegra. Aquel extraño brillo blanco-azulado seguía reverberando en sus escamas. Al mago le recordó a la suave luz gélida de Haiass.

–Es hielo –adivinó–. Van a usar su poder sobre el hielo, de alguna manera.

Allegra asintió.

—El fuego que les estamos arrojando les impide utilizar ese poder. Pero no tardarán en hacerlo. Es la única forma que tienen de atacar al bosque.

Shail lanzó su magia contra un proyectil arrojado por su Lanzadora. Tuvo la satisfacción de ver cómo perforaba el ala de uno de los sheks.

—Tienes razón —admitió, frunciendo el ceño—. No lo había pensado, pero no pueden atacar el bosque con fuego. Es un elemento que odian y que no saben controlar.

—El bosque es demasiado húmedo como para que puedan hacerle daño las llamas —sonrió Allegra—. De modo que, aunque no tuvieran reparos en usar el fuego, no les serviría para nada. Pero el hielo... ah, el hielo cubre la tierra con una capa de escarcha, pudre las raíces y congela las ramas, y sume al bosque en un invierno involuntario. El hielo sí puede hacernos daño, Shail. Y es por eso por lo que nosotros hemos de pelear con el fuego. Y hemos de ser nosotros, porque Harel no lo hará. Las hadas tememos al fuego casi tanto como los sheks.

Harel no estaba allí. Había corrido a buscar a Itan-ne en cuanto las flores lelebin empezaron a morir. Ahora dirigía la defensa del bosque, pero había dejado claro que no quería a ningún humano fuera de la Fortaleza.

—Nosotros sabemos pelear en el bosque, no como vosotros —había dicho—. Solo nos estorbaríais. Limitaos a defender vuestro castillo y dejadnos a nosotros el resto.

Pero no había sido tan sencillo encerrar a los trescientos bárbaros Shur-Ikaili entre los muros de la Fortaleza. Un buen grupo de ellos había decidido hacer otra incursión, por su cuenta y riesgo, en el campamento enemigo. Los restantes estaban allí, repartidos entre el patio y las almenas del castillo, sin mucho que hacer. Aunque la mayoría de ellos manejaba bien el arco, no poseían la disciplina de los arqueros entrenados bajo el mando de Denyal y Covan. Algunos de ellos disparaban flechas incendiarias desde las almenas, pero los demás seguían allí, en el patio, haciendo resonar sus armas, esperando el momento en que las tropas enemigas alcanzarían los muros del castillo.

Porque lo harían, no cabía duda. Las dríades podían muy bien guardar el bosque profundo, pero este comenzaba más allá del río. La floresta que rodeaba Nurgon era joven y no muy tupida en comparación. Los feéricos serían capaces de retener a los szish y sus aliados durante un tiempo, pero, llegado el momento, no tendrían más remedio que volver a cruzar el río y replegarse hacia el interior de Awa.

Y, cuando eso ocurriera, los rebeldes estarían solos para defender su Fortaleza.

–Fuego contra el hielo –murmuró Allegra, arrojando un nuevo proyectil incendiario–. No bastará con esto, no bastará con esto. Son demasiados. Para acabar con todos ellos, habría que incendiar el cielo.

Shail no respondió. Se concentró en la lucha que, sobre ellos, empezaba a ser encarnizada.

Arriba, en las murallas, Alexander daba saltos de almena en almena, poseído por una salvaje alegría. Gritaba órdenes a los hombres apostados allí, y su voz era cada vez más profunda y gutural, hasta el punto de que había momentos en los que se asemejaba a un gruñido. El conjuro del Archimago empezaba a perder fuerza; la bestia se desataba lentamente en su interior, pero, por suerte o por desgracia para él, todo el mundo estaba demasiado ocupado con los sheks como para darse cuenta.

Las enormes serpientes aladas bajaban en picado y trataban de alcanzar a los rebeldes situados en las almenas. Pero, cada vez que descendían, eran recibidas por una lluvia de fuego que las obligaba a remontar otra vez. Y al mismo tiempo, la presencia de los dragones artificiales ofuscaba sus sentidos y las empujaba a buscarlos entre el humo para matarlos.

Nurgon peleaba con todas sus fuerzas, y los sheks estaban encontrando muchos problemas para llegar hasta ellos; pero las serpientes eran numerosas, y los rebeldes eran muy pocos en comparación. Los sheks no parecían preocupados. ¿Por qué iban a estarlo? Los rebeldes no tardarían en cansarse, y entonces la Fortaleza sería suya.

Cuando Shail vio al primer dragón precipitarse destrozado sobre el bosque, perseguido por tres sheks, se preguntó cuánto más podrían resistir.

No muy lejos de allí, en las lindes del bosque de Awa, los hombres-serpiente y sus aliados buscaban senderos abiertos entre la maleza.

Habían enviado los carros raheldanos por delante: enormes vehículos blindados, propulsados con un engranaje de pedales, cadenas y platos dentados, que avanzaban pesadamente, abriendo paso entre la espesura. Tras ellos marchaban los ejércitos de Drackwen, Dingra y

Vanissar, en perfecta formación. Atravesaban el bosque en cinco columnas, lideradas por el rey Amrin, el rey Kevanion y tres generales szish. Cada uno de ellos caminaba tras un carro raheldano y tenía a su lado a un hechicero. Los cinco caminos que estaban abriendo desde las lindes del bosque tenían como objetivo la Fortaleza. Si lograban tomar Nurgon y destruir a los rebeldes y sus dragones artificiales, habría un obstáculo menos entre ellos y el reino de los feéricos.

Las dríades, al principio, los dejaron pasar. Ocultas entre la maleza, sobre las ramas de los árboles, los espiaban atentamente, con sus enormes ojos negros brillando de odio y de cólera.

Los soldados avanzaban con decisión, pero no podían evitar sentirse inquietos. Percibían que docenas de ojos los observaban desde las sombras del bosque, sombras que ni siquiera el brillo de las lunas lograba disipar. Los humanos miraban a todas partes, recelosos y en guardia. Los szish, en cambio, sabían dónde se ocultaban las hadas. Aunque la piel feérica, en unos casos verdosa, en otros moteada, en otros de la textura de la corteza de los árboles, las hacía parecer invisibles en su elemento, los hombres-serpiente percibían el calor que desprendían sus cuerpos de sangre caliente. Sin embargo, avanzaban en silencio, las armas a punto, registrando en su memoria los lugares desde donde los acechaban los feéricos.

Cuando la retaguardia de las cinco columnas se hubo internado en el bosque, las hadas atacaron.

Cayeron sobre sus enemigos todas a la vez, y por un instante estos tuvieron la sensación de que todo el bosque se precipitaba sobre ellos. Las dríades se arrojaron sobre los soldados, enarbolando sus lanzas de madera dura, protegidas por sus armaduras de hojas secas y cortezas, tan resistentes como el mismo metal, con sus pequeños rostros parduscos contraídos en una mueca feroz y con sus pies descalzos corriendo tan veloces como la brisa entre la hierba, lanzando gritos de guerra que sonaban como la llamada de un ave nocturna. Los silfos atacaron desde los árboles, haciendo vibrar sus alas, disparando dardos que arrojaban sobre sus enemigos mediante arcos, ballestas y cerbatanas. Pequeñas hadas y duendes, no más grandes que una mano, salieron de la maleza, volando a lomos de insectos de alas parecidas a las de las libélulas, y arrojaron sobre sus enemigos proyectiles de semillas y pequeños frutos, redondos y duros como piedras del río. A simple vista, aquellas semillas parecían inofensivas; pero se colaron por el interior de las armaduras y llegaron a rozar la piel de algunos soldados, que pronto comprobaron, con horror, sus propiedades urticantes. Más de uno no pudo soportar el terrible escozor y trató de quitarse la armadura para rascarse, distracción que pagó con la vida.

Los invasores, por su parte, reaccionaron deprisa. Cargaron las ballestas y dispararon contra todo lo que se movía en la espesura, que no era poco. También desde los carros acorazados se arrojaron flechas que abatieron a un gran número de feéricos. Los hechiceros pusieron en juego su magia.

Pronto, el bosque se convirtió en un extraño campo de batalla de madera y metal, de carne y escamas, de sangre y de savia.

Victoria alzó la mirada hacia Ashran. No latía ningún tipo de emoción en su rostro, pero sus pupilas eran una espiral de tinieblas.

–Podría mataros a los tres –prosiguió el Nigromante.

–¿Y qué te detiene? –murmuró ella con suavidad–. Ya sabes que no somos rivales para ti. Ni siquiera luchando los tres unidos podríamos derrotarte.

Ashran sonrió. No fue una sonrisa agradable.

–No estáis aquí para derrotarme *a mí*. Pero hay una parte de mí que sí puede ser derrotada, y era esa vuestra misión. ¿Por qué he corrido el riesgo de enfrentarme a vosotros, pues? ¿Por qué me he tomado la molestia de esperar que llegaras hasta mí? ¿Lo sabes tú, Victoria?

–Porque hay algo que puedes ganar –susurró ella–. Y es algo tan valioso que no te importa correr el riesgo.

Ashran sonrió de nuevo.

–También tú puedes ganar algo. Puedes ganar a uno de los dos. Este es el trato: elige a uno de los dos, al dragón o al shek, y a ese le perdonaré la vida. Os permitiré marchar a los dos, a la Tierra, si así lo deseáis, y cerraré la Puerta tras vosotros... para siempre. Si queréis olvidarlo todo, lo haréis. Los sheks se ocuparán de ello. Piénsalo, Victoria. Paz, serenidad, una vida larga y feliz al lado de tu amado, del elegido de tu corazón... y no tendrás que luchar nunca más. Escaparás por fin de esta pesadilla.

Jack frunció el ceño. ¿Había oído bien? No era posible que Ashran le estuviera planteando aquello a Victoria. No tenía más que matarlos a todos, y acabaría con la amenaza de la profecía. ¿Qué se proponía ahora? Miró a Christian de reojo, y vio que el rostro de él estaba mucho más sombrío de lo habitual. La conducta de Ashran era inexplicable, era absurda, pero Christian parecía intuir que tenía razones para hacer lo que hacía... y trataba de desentrañarlas.

—Si elijo a uno... —decía entonces Victoria, a media voz–, ¿qué sucederá con el otro?

—Que será ejecutado en el acto, mi pequeña unicornio. Mi generosidad tiene un límite, como comprenderás. Así que tú misma decidirás quién quieres que viva y quién ha de morir. Espero que entiendas que no os puedo dejar con vida a los tres.

Jack se quedó sin aliento mientras escuchaba, horrorizado, cada palabra de Ashran. No le preocupó tanto la posibilidad de morir como el hecho de que el Nigromante dejaba aquella decisión en manos de Victoria. «¿Cómo se puede ser tan desalmado?», se preguntó.

Se revolvió, furioso.

—¡Victoria, no le escuches! ¡Está tratando de engañarte! ¡No...!

Su última frase terminó en un grito de agonía. Cayó de nuevo de rodillas ante Ashran, atrapado en su oscura magia. Victoria se estremeció imperceptiblemente.

Con la mano que le quedaba libre, Ashran hizo un gesto que a la muchacha le resultó vagamente familiar. Entonces, una enorme brecha brillante se abrió en el aire, un poco más lejos, dejando entrever un suave cielo estrellado un poco más allá.

—¿Sabes qué es esto? –preguntó Ashran.

—Limbhad –susurró ella, con la voz teñida de añoranza.

—Limbhad –asintió Ashran–. Un lugar donde no se me permite entrar... pero a ti sí. Elige a uno de los dos, Yandrak, Kirtash... me da igual. Podrás llevártelo a través de esa Puerta, de vuelta a casa. Podrás emplear tu poder para curarlo, podrás olvidar todo lo que has sufrido aquí. La Puerta se cerrará tras vosotros para siempre, y no regresaréis jamás. Tendrás que dejar atrás al otro, pero... ¿acaso no es mejor lo que te ofrezco que lo que tienes ahora? ¿No será mejor para todos? Te doy la oportunidad de ser feliz, y yo me veré libre por fin de la posibilidad de que se cumpla esa incómoda profecía...

Victoria se volvió de nuevo hacia Ashran.

—¿Qué pasará si no elijo? –quiso saber.

—Que morirán los dos.

Victoria tembló un momento. A pesar de que parecía estar serena, todos podían intuir el dolor y la angustia que la devoraban por dentro.

–¿Cómo sé que no vas a engañarme?

–Porque la Puerta está abierta ante ti, Victoria. Sabes que es real, sabes lo que hay al otro lado. No es una trampa.

»Y porque tienes el báculo en las manos. Porque podría obligarte a deponer las armas. Una sola palabra mía, y Zeshak torturará a Kirtash hasta que exhale su último aliento. Un solo gesto mío, y lo mismo ocurrirá con Yandrak. Podría haber hecho eso, y me entregarías el báculo sin dudarlo, ¿verdad? Pero no, sigues ahí, armada ante mí. ¿No es esa una prueba de mi buena fe?

Victoria frunció el ceño. También ella sospechaba que Ashran tramaba algo.

–Elige, Victoria. Y date prisa, porque mi paciencia también tiene un límite.

Hubo un largo silencio, cargado de tensión.

–No puedes pedirme que condene a muerte a uno de los dos –susurró ella por fin.

–Intentaré ayudarte. Comprendo que debe de ser difícil para ti.

Victoria no respondió ni se movió. Aguardó a que Ashran siguiera hablando.

–Puedes elegir a Yandrak –dijo, y la muchacha miró a Jack, con los ojos cargados de tanto amor y ternura que al chico se le escapó un pequeño suspiro–. Compartís un mismo destino, habéis pasado por cosas semejantes, cruzasteis juntos la Puerta a la Tierra. Estabais destinados el uno al otro desde que nacisteis. Él es la persona en quien más confías, el compañero de tu vida, es noble, leal y valiente, y su corazón te pertenece por completo. Regresó de la muerte solo para estar contigo, para salvarte la vida. Es el último de los dragones, una criatura extraordinaria. Sabes que serás feliz a su lado, sabes que puede ser el padre de tus hijos, sabes que no te abandonará.

»Eso significa condenar a Kirtash, pero ya estuviste a punto de matarlo una vez, ya sabes lo que es odiarlo, y, al fin y al cabo, no es más que una serpiente que te ha hecho mucho daño, que no puede garantizarte felicidad ni estabilidad, que te ha traicionado en varias ocasiones y que podría volver a hacerlo. Hay muchos otros sheks en el mundo, y este no es el mejor de todos ellos. Nadie lamentará su muerte. Con el tiempo, acabarás por olvidarlo.

Jack escuchaba todo esto sin poder creer lo que estaba oyendo. Pero el rostro de Victoria permanecía impasible, y tampoco Christian daba muestras de que le importaran aquellas palabras. Daba la sensación de que se había rendido a lo inevitable, perdida ya toda esperanza. Victoria se volvió para mirarlo, y aquella mirada fue como un grito silencioso que tratara de atravesar el miedo, el odio y la ansiedad que nublaban los sentidos de los tres jóvenes, para llegar hasta el corazón del shek y devolverle con su cálido aliento el brillo que sus ojos de hielo habían perdido.

—Pero también —añadió Ashran, como si le hubiera leído el pensamiento— podría ser Kirtash el elegido de tu corazón. Kirtash, que lo ha dado todo por ti, que ha luchado contra los suyos, contra su instinto, contra su padre... por ti. Kirtash, cuya mirada te persigue en sueños, cuya presencia te hace sentir cosas que jamás antes habías experimentado... cuya sombra cubre tu espalda, vayas a donde vayas. Podríais iniciar una vida juntos en la Tierra, los dos solos. O podríais quedaros aquí y heredar mi imperio, los dos, como ya te propuse hace tiempo. Sabes que su corazón y su lealtad te pertenecen. Sabes lo mucho que vale y que, a pesar de ser un híbrido, es también una criatura extraordinaria. Sabes que luchará y morirá por ti, hasta el último aliento. Después de todo lo que ha sufrido por tu causa, ¿serías capaz de darle la espalda?

»Eso supondría matar al dragón, pero, de todas formas, ya conoces la experiencia de perderlo, y de hecho debería estar muerto. Creíste una vez que lo habías perdido, sobreviviste a esa pérdida; puedes hacerlo otra vez. Por otra parte, esta criatura no puede comprenderte. Por mucho que se esfuerce, no puede, ni podrá, aceptar tu relación con Kirtash. Te ha hecho sentir culpable desde el mismo instante en que descubriste tus sentimientos hacia los dos, te ha hecho sentir mezquina y egoísta, precisamente él, que pretendía tenerte solo para sí mismo, que pretendía que fueras suya, y solamente suya, obligándote a renunciar a una parte de tu alma. ¿Acaso es eso amor? ¿Acaso no ha sido más generoso contigo el shek, el asesino, que el dragón, el héroe de la profecía, tu mejor amigo? Y tú, ¿lo amas de verdad? ¿O es solo cariño lo que sientes por él? ¿No será que, tal vez, os han hecho creer que el destino os obliga a estar juntos, sin que vosotros tengáis nada que decir al respecto?

Victoria sacudió la cabeza, confusa, y por un instante vieron en su rostro un rastro del sufrimiento que la corroía por dentro. Alzó la cabeza para mirar a Jack. Lo contempló un momento, respirando con dificultad a los pies de Ashran, el pelo rubio revuelto y húmedo de sudor, la frente despejada y, sobre todo, aquellos ojos verdes cuya mirada iluminaba su corazón desde el primer instante en que se habían cruzado con los suyos. Victoria vio que el joven estaba herido y agotado, y reprimió el impulso de correr hacia él, abrazarlo, mecerlo en sus brazos y calmar su dolor. Apretó los dientes y se giró hacia Christian. Tragó saliva al verlo tan frágil, atrapado entre los anillos del cuerpo de serpiente de Zeshak. Él sintió su mirada y alzó la cabeza, apenas un poco. Pero Victoria pudo ver sus ojos, que, como de costumbre, le tapaba parcialmente el cabello castaño claro, aquella mirada que una tarde, en una estación de metro, se le había clavado en el alma como un puñal de hielo, y que ya jamás podría olvidar. Christian entornó los ojos un momento, y Victoria tuvo que cerrar los suyos porque no soportaba verlo en aquella situación. Los volvió a abrir inmediatamente, porque tampoco quería perderlo de vista ni un solo instante, no fuera que Zeshak lo aplastara sin que ella pudiera hacer nada. De nuevo, sus miradas se encontraron. «Dime algo, por favor», le rogó ella. Pero la voz telepática de Christian permaneció muda.

Victoria suspiró y se volvió otra vez hacia Jack; luego, de nuevo hacia Christian... y Jack casi pudo escuchar el suave chasquido que hizo su corazón al romperse en mil pedazos. Tembló un momento, pero no de miedo ni de dolor, sino de ira.

–Eres... diabólico –dijo, furioso–. ¿No puedes dejar de hacerla sufrir? ¿Por qué le haces esto?

Ashran le dirigió una mirada inescrutable.

–Porque es necesario, dragón. Pero ¿qué es lo que te molesta tanto? ¿Acaso no es esto lo que querías? ¿No estabas deseando que ella eligiera a uno de los dos?

–¡No de esta manera! –casi gritó Jack.

–¿Y qué diferencia hay?

Jack no supo qué responder. Seguía temblando de rabia y de impotencia, sintiéndose cobaya en un extraño experimento que no terminaba de comprender, pero que era tan cruel e inhumano que le producía un horror indescriptible. Volvió a mirar a Ashran, y le sorprendió ver que él no estaba disfrutando con aquella situación, con la angustia de Victoria y la incertidumbre de los dos chicos. Solo observaba a la chica con curiosidad, esperando su reacción, como un niño que le arranca las alas a una mosca solo para ver qué pasa.

La muchacha se había dejado caer al suelo, demasiado débil como para sostenerse en pie, y había enterrado la cabeza entre las manos, presa de violentos escalofríos. Entonces Jack fue consciente, por primera vez, de que su propia vida estaba en manos de Victoria. La suya y la de Christian.

Se quedó sin aliento. Incluso aunque Ashran mantuviera su promesa de dejar marchar a Victoria y a su elegido, lo que le había propuesto era demasiado atroz. Por un momento le atenazó el miedo de que ella eligiese a Christian, de verlos marchar en dirección a Limbhad, de quedar a merced de Ashran y de Zeshak, que estaba deseando matarlo desde que había puesto los pies en aquella habitación. Pero inmediatamente se reprendió a sí mismo por aquellos pensamientos. Tampoco el shek merecía morir, aunque fuera un asesino; al menos, no de aquella manera, condenado a muerte por la mujer a la que amaba, y por la que lo había dado todo. Lo miró de reojo. Christian seguía quieto, con el semblante inexpresivo, como si aquello no fuera con él. «¿Y si ya supiera que Victoria no lo va a elegir a él?», se preguntó Jack de pronto. «¿La conoce hasta ese punto? ¿Supone, entonces, que ella... me va a elegir a mí?». Se preguntó si Ashran estaba al tanto también. Alzó la cabeza para mirarlo, y comprendió de pronto que sí. El Nigromante había demostrado conocerlos muy bien... demasiado bien. Sabía cuál era la relación entre los tres, conocía a la perfección las dudas que albergaba el corazón de Victoria, las había expresado con mucha más claridad de la que ella habría sido capaz. Debía de saber, por tanto...

–Piensa que no se trata de condenar a uno a muerte –trató de ayudarla Ashran, con suavidad–. Ya están condenados los dos. Lo estaban desde el mismo momento en que pisaron el umbral de esta habitación. Se trata de salvar la vida de uno de ellos. Piensa, Victoria, si pudieras elegir... ¿a quién salvarías?

¿A quién amaba Victoria de verdad?, se preguntó Jack. ¿Lo sabía Ashran? ¿Lo sabía Christian? ¿Y la propia Victoria? «Yo no lo sé», pensó el muchacho, abatido y confuso.

La joven seguía encogida sobre sí misma, temblando. Y Jack se sintió culpable por todas aquellas veces que le había exigido que tomase una decisión. Bien, ahora tenía que hacerlo, pero, por alguna razón, Jack lo habría dado todo para que ella no tuviese que elegir. Y no se trataba de que su propia vida estuviese en peligro. Desde el mismo momento en que habían atravesado el Portal de la Torre de Kazlunn, había estado dispuesto a morir. Era, simplemente... que, fuera cual fuese el resultado, sería tremendamente injusto para uno de los dos.

–¡Harel ha caído! ¡Harel ha caído! ¡Las dríades han sido derrotadas y se repliegan al interior del bosque!

La noticia llegó de labios de un silfo que había logrado, a duras penas, atravesar la explanada hasta las puertas de la Fortaleza. Covan recibió la noticia de la muerte de Harel con resignado pesar, pero no perdió tiempo. Sabía que los szish no tardarían en llegar a Nurgon y atacar sus murallas. El área de bosque que separaba la Fortaleza del campo abierto era muy pequeña, y relativamente fácil de atravesar, comparada con el denso bosque de Awa. Así que mientras, arriba en las murallas, Alexander dirigía a los arqueros, el maestro de armas volvió a recorrer el patio una vez más, asegurándose de que todas las catapultas estaban donde debían estar, de que había ballesteros situados en todas las poternas y de que el portón principal estaba bien asegurado. Tanawe lo ayudó en esta tarea, fortaleciendo los sellos mágicos que los hechiceros habían aplicado a la puerta.

Mientras, en el cielo, la batalla arreciaba. Ya habían caído tres dragones. Dos de ellos se habían estrellado en algún lugar del bosque, y al otro lo había hecho pedazos, literalmente, el letal abrazo de una serpiente alada. Un cuarto estaba a punto de seguir sus pasos. Se trataba de un dragón negro de diseño especialmente elegante, que aleteaba desesperado entre los anillos de un shek, justo sobre el patio de la Fortaleza. Los rebeldes hicieron funcionar las Lanzadoras a toda prisa, disparando proyectiles incendiarios a la serpiente. Esta siseó, furiosa, y, en respuesta, arrojó el dragón contra los humanos del patio y sus molestas máquinas.

Alguien lanzó la voz de alarma, y todos se apresuraron a ponerse a cubierto. Yber cargó con Shail y llegó junto a la muralla en dos zancadas, justo antes de que el dragón se estrellase pesadamente contra el suelo, destrozando de paso un par de Lanzadoras y una catapulta. Tanawe gimió, y Denyal soltó una sonora maldición. Corrieron a socorrer al piloto caído... pero era demasiado tarde.

Justo en aquel instante, se oyó una voz desde lo alto de la muralla:
–¡Llegan los szish!

Los momentos siguientes fueron confusos. Los arqueros dispararon contra los atacantes, a una voz de Alexander. Las catapultas, preparadas desde hacía horas, arrojaron sus proyectiles por encima de las murallas. La magia de los hechiceros situados sobre las murallas los guió directamente a los carros raheldanos. Después de un par de descargas, uno de ellos estalló en llamas.

En las almenas, Alexander clavó la mirada en una figura familiar. Reconoció al instante a su hermano Amrin porque llevaba puesta la armadura que había sido de su padre, el rey Brun. El joven dejó escapar un suave gruñido. Tenía sentimientos encontrados con respecto a su hermano. Por un lado, se sentía traicionado, lo odiaba por haberle dado la espalda. Por otro, sabía que posiblemente él habría hecho lo mismo en su lugar.

—Alsan —dijo entonces una voz tras él.

Se volvió y vio a Qaydar, que se erguía junto a las almenas, muy serio.

—Tenemos que marcharnos de aquí —le dijo—, o moriremos todos.

Alexander enseñó los dientes.

—Aún podemos resistir un poco más —dijo, y sus ojos relucieron salvajemente bajo las lunas.

—¿Hasta cuándo? Sé realista: sin la cúpula feérica sobre nosotros, no tenemos nada que hacer.

En aquel momento, los muros de la Fortaleza se estremecieron violentamente: los hechiceros szish estaban tratando de echar abajo la puerta principal.

Alexander hizo rechinar los dientes.

—Me niego a dejar Nurgon en manos de las serpientes.

—Pero no tenemos otra opción. ¡Escúchame, maldita sea! No tenemos escudo, y estamos nosotros solos peleando contra todas estas serpientes. ¡Solos! ¿Entiendes? Todo Idhún ha caído ya en manos de Ashran. Con el dragón y el unicornio teníamos alguna oportunidad, pero ahora Yandrak está muerto, y Lunnaris vaga por quién sabe dónde. Hemos perdido, ¿entiendes? ¡Hemos perdido!

Alexander le respondió con un escalofriante gruñido y, con los nervios desatados, se arrojó sobre él. Pero algo le hizo detenerse y retroceder, con un aullido de dolor.

—Recuerda que soy un Archimago —dijo Qaydar con frialdad—. No creas que te será fácil tocarme, bestia.

Alexander sacudió la cabeza y trató de controlarse. El Archimago le dirigió una última mirada severa.

–¿Qué es más importante para ti? ¿Tu orgullo, o la vida de toda esta gente? ¿Prefieres perder a tus amigos antes que perder un castillo? Piénsalo, príncipe. Pero piénsalo pronto, porque las serpientes están a punto de hacernos pedazos.

Alexander le dio la espalda, temblando. En aquel momento, los arqueros disparaban otra vez. Muchos soldados enemigos cayeron abatidos por las flechas, pero la mayoría siguió avanzando. Ya habían lanzado ganchos contra las almenas y escalaban por las cuerdas. En el muro oeste, cuyas almenas se habían desmoronado como consecuencia del coletazo de una serpiente, habían apoyado una escala por la que ya trepaban las fuerzas enemigas. Alexander se volvió con violencia y gritó a su gente que corrieran a defender aquel flanco... Pero tenían muchas bajas, eran pocos y los sheks volaban cada vez más bajo.

Después, bajó la vista al patio. Vio los restos del dragón que acababa de caer, las catapultas destrozadas, vio a Shail y a Allegra tratando de hacer funcionar una Lanzadora que se había atascado. Se fijó en el bastón de Shail, recordó que su amigo había perdido una pierna, que Jack había perdido la vida, que él mismo había perdido parte de su humanidad. Y se preguntó si valía la pena seguir perdiendo, solo para salvaguardar a cualquier precio una esperanza que era ya tan débil como la llama de una vela bajo un furioso vendaval.

Alzó la mirada al cielo y vio que ya solo les quedaban seis dragones. Buscó a Fagnor y lo descubrió, más alto que ninguno, vomitando fuego despiadadamente contra los sheks. Un poco más abajo volaba el dragón dorado, pilotado por Kimara; tenía un ala torcida, y se escoraba hacia la derecha. Maniobraba con mucha dificultad. Alexander entendió que si el dragón seguía en aquel infierno repleto de serpientes, acabaría por ser destrozado... y la semiyan que iba dentro, también. Y entendió que no sería capaz de ver morir a aquel Yandrak. Sería casi como si matasen a Jack por segunda vez.

Y tomó una decisión.

Momentos más tarde, los rebeldes abandonaban la Fortaleza por un túnel que los llevaría directamente al río. Una vez lo cruzaran, podrían refugiarse en el bosque profundo y tendrían más posibilidades de sobrevivir. Las Lanzadoras siguieron funcionando para protegerlos en su huida, pero los encargados de dispararlas no fueron los últimos en marcharse. Cuando los szish lograron echar abajo la puerta y coronar las murallas de Nurgon, se encontraron con un numeroso grupo de bárbaros que se había negado a huir en pos de Alexander y los demás. Los dirigía Hor-Dulkar, el Señor de los Nueve Clanes.

Muchos vacilaron al ver al imponente bárbaro lanzarse sobre ellos enarbolando su enorme hacha de guerra. Su grito salvaje resonó por toda la Fortaleza.

La última batalla de Nurgon fue brutal y encarnizada. Los bárbaros cayeron, abatidos por los szish y sus aliados. Hor-Dulkar peleó hasta el último aliento, y se llevó por delante a un gran número de enemigos. Antes de sucumbir, con la sangre repleta de veneno szish, tuvo la satisfacción de acabar con la vida de uno de los generales del ejército de Drackwen, y de hundir el filo de su hacha en su piel escamosa.

Por fin, la Fortaleza quedó en manos de las serpientes.

Y cuando el fuego dejó de estallar en el cielo, los sheks sisearon, triunfantes, y batieron las alas en dirección al inmenso bosque que se abría ante ellos, llevando consigo su mortífero aliento gélido.

Victoria alzó la cabeza. Su rostro estaba pálido, y su semblante, puro y frío como el de una diosa de mármol, no traicionaba sus sentimientos. Sus grandes ojos castaños quedaban nublados por aquella espiral de oscuridad que ocultaba la luz de su alma.

–Ya he tomado una decisión –anunció con voz neutra. Ashran sonrió. A Jack se le encogió el corazón.

«No puede decidir», pensó. «No puede condenar a muerte a uno de nosotros. Ni siquiera a ese maldito shek. Ella, no».

Pero todo indicaba que lo había hecho. Victoria se levantó, resuelta, sacudió la cabeza para echarse el cabello hacia atrás y clavó en Ashran una mirada fría y altiva.

–Bien –dijo el Nigromante solamente.

Jack quiso llamar a Victoria, quiso pronunciar su nombre, pero no le salió la voz.

–He tomado una decisión –repitió ella, con suavidad–. Sé a quién voy a salvar. Pero antes de que se ejecute la sentencia... me gustaría despedirme.

La sonrisa de Ashran se hizo más amplia.

–Cómo no. Pero deja el báculo en el suelo, mi pequeña unicornio. Como prueba de buena fe.

Victoria obedeció, como un autómata. Después, se fue derecha a Christian.

Jack sintió que su corazón quedaba ahogado por un océano de sentimientos contradictorios.

Victoria iba a despedirse de Christian.

«Me ha elegido a mí».

«Ha condenado a Christian a muerte».

No era posible; no, Victoria no podía hacer eso. Pero Jack contempló cómo ella se acercaba en silencio al shek, y cómo Zeshak, sin soltar su presa, se retiraba un poco para dejarles intimidad. Vio cómo la joven tomaba el rostro de él entre las manos, con infinito cariño, y depositaba un suave beso en sus labios.

Christian no reaccionó. Parecía completamente ido. Pero, cuando Victoria lo abrazó con fuerza, Jack le vio cerrar un momento los ojos, para disfrutar de ese último abrazo. «Victoria, no puedes estar haciéndole esto», pensó. Pero ¿qué otra opción tenía? ¿Condenar a Jack?

Desvió la mirada, incómodo, sintiéndose extrañamente culpable de la elección de Victoria.

Ella estrechaba a Christian entre sus brazos, consciente de que aquella era la única opción posible. Volvió a besarlo y a abrazarlo, deseando que aquel instante durase toda la eternidad.

–Christian –le dijo al oído, acariciando con ternura su suave cabello castaño–. Ya sabes que te quiero, ¿verdad? Sabes que no tengo otra salida.

El joven asintió, casi imperceptiblemente.

–Bien –musitó ella; entonces se inclinó todavía más para susurrarle algo al oído, algo que solo oyera él; y con cada palabra que pronunció Victoria, el semblante de Christian se transformó, pasando de la comprensión al asombro, a la incredulidad y al más puro horror.

–Victoria... –murmuró con voz ronca.

Ella se separó de él con suavidad.

–¡Victoria, no! –gritó Christian; se debatió furiosamente entre los anillos de Zeshak, pero este no lo dejó marchar–. ¡Victoria, no lo hagas!

Jack lo miró, un poco perplejo. No era propio de Christian suplicar por su vida de aquella manera, aunque no podía culparlo. Al fin y al cabo, también era en parte humano.

¿O es que había algo más?

Christian siguió llamando a Victoria, desesperado, pero ella no lo escuchó. Y Jack no entendió qué estaba pasando hasta que ella se plantó ante él y lo miró con aquellos ojos que le daban escalofríos.

Y lo besó, con tanto amor y dulzura que Jack se quedó sin aliento. Apenas pudo recuperarse, porque ella lo abrazó entonces con todas sus fuerzas y le susurró al oído:

–Jack... Sabes que te quiero, ¿verdad? Y que no tengo otra opción.

Jack se quedó de piedra.

–Victoria –pudo decir–. Te estás... ¿despidiendo de mí?

–Sí, Jack –suspiró ella, y su voz sonó como un sollozo ahogado–. Para siempre.

«¿Ha elegido a Christian?», se preguntó Jack, confuso; pero no se atrevió a formular la pregunta en voz alta. Ella volvió a besarlo y a abrazarlo, y entonces le dijo al oído tres palabras que le hicieron comprender, de pronto, lo que estaba pasando, y llenaron de angustia su corazón:

–Cuida de Christian.

–¿Qué...?

Pero ella ya se había separado de él. Ashran lo arrojó hacia Zeshak, que lo atrapó con su larga cola, como había hecho antes. Esta vez le fue un poco más difícil, porque Christian pataleaba y luchaba con todas sus fuerzas por liberarse. Jack también se debatió, sin suerte. Entre las ondas del largo cuerpo de serpiente de Zeshak vio, anonadado, cómo Victoria se situaba al lado de Ashran, y cómo este colocaba la mano sobre la cabeza de ella, anunciando:

–Zeshak, la dama Lunnaris ya ha elegido.

Un poco de mala gana, Zeshak hizo restallar su cola como un látigo, y soltó a los dos muchachos. Christian se lanzó hacia Victoria, pero Zeshak lo golpeó con la cola, con desprecio, como quien barre la basura fuera del umbral de casa, y le hizo precipitarse al interior de la Puerta interdimensional. Con un grito, Christian desapareció en la oscuridad. Jack se quedó un momento mirando a Victoria.

–Victoria –susurró, desolado–. ¿Qué has hecho?

Pero ella giró la cabeza bruscamente, y un par de lágrimas rodaron por su mejillas.

–Zeshak –insistió el Nigromante.

El cuerpo del shek vibró de ira, sus ojos se estrecharon. Alzó la cola sobre Jack y por un momento pareció que iba a aplastarlo como a una cucaracha; pero en el último instante se sobrepuso a su odio y lo empujó hacia la brecha que lo conduciría hasta Limbhad... hasta la libertad.

Jack trató de resistirse, pero no tenía nada que hacer contra Zeshak.

Aún tuvo tiempo de gritar por última vez el nombre de Victoria, antes de desaparecer también.

La Puerta se cerró tras ellos.

Hubo un momento de silencio, solo roto por el leve suspiro de alivio de Victoria.

—Están a salvo —dijo entonces la muchacha—. Los dos.

—Sí —asintió Ashran—. Aunque te cueste creerlo, yo suelo cumplir mis promesas.

Ella se volvió para mirarlo.

—¿Ya sabías a quién iba a elegir?

—Sí, lo sabía. Contaba con ello. No era tan difícil de adivinar que preferirías morir antes que sentenciar a uno de ellos. Ese es tu punto débil, Victoria.

—O mi punto fuerte. Porque los he salvado a los dos.

—En cualquier caso... ahora me perteneces. He soñado con este momento desde que escapaste de mí, moribunda, en este mismo lugar, hace varios meses.

—¿Por qué soy tan importante? ¿Por qué tienes tanto interés en mi poder... precisamente tú?

—Precisamente yo —sonrió Ashran—, que puedo hacer cosas como mover los astros. Precisamente yo, a quien tanto temen los Seis. Precisamente yo, a quien incluso los sheks obedecen... ¿Nunca lo has pensado? El único poder que no poseo, el único que me está vedado, es el que tienes tú. El don de entregar la magia. De consagrar a más hechiceros.

Victoria desvió la mirada.

—No pareces sorprendida —sonrió Ashran.

—Lo sospechaba desde hace tiempo —respondió Victoria.

—Eso hace aún más noble tu sacrificio. Sabías ya lo que te iba a pasar cuando decidiste que, si uno de los tres tenía que morir, serías tú. ¿Estás dispuesta?

Victoria alzó la cabeza.

—No tengo otra salida, ¿verdad?

—No, no la tienes —concedió Ashran—. Ya he descubierto que la única forma de obtener tu poder es que me lo entregues por ti misma. Voluntariamente. Y no me refiero al poder que entregas a aquellos a los que transformas en magos. Hablo de tu propio poder. Del poder del unicornio.

»Si me lo entregas, Victoria, Yandrak y Kirtash estarán a salvo, por la sencilla razón de que no me interesa que regresen; así que mantendré la Puerta cerrada... y, por otra parte, sabes que morirás en el proceso. De modo que la profecía no se cumplirá, y no tendré ya motivos para matar al último dragón, y tampoco a mi propio hijo. Aprenderán a llevarse bien en la Tierra, no tienen otro remedio. Es tu última voluntad, ¿no es cierto?

Victoria esbozó una sonrisa cansada.

–Sí, es cierto. Te entregaré lo que pides, Ashran. Pero has de saber que si en alguna ocasión te vuelves contra ellos, si les haces daño, mi poder se volverá contra ti, aunque yo ya no esté.

Ashran se volvió hacia ella.

–¿Te atreves a amenazarme?

–Tengo un poder que tú no tienes.

–Por poco tiempo.

En los ojos de Victoria brilló un destello de tristeza.

–Por poco tiempo –asintió.

Tras una breve vacilación, se transformó lentamente en unicornio. Ashran la observó con interés, sin un solo rastro de emoción en sus ojos plateados. Zeshak también la contemplaba, sombrío, con los ojos entornados.

–Estoy lista –anunció ella con suavidad.

–Bien –asintió Ashran–. Pero no lo haremos aquí –echó un vistazo hacia las tres lunas, que aún brillaban, llenas, en el cielo, como tres ojos que lo contemplaran acusadoramente–. Ven conmigo.

Se dio la vuelta y salió de la sala, y el unicornio lo siguió, trotando dócilmente, con la cabeza inclinada bajo el peso de su largo cuerno.

Alexander se volvió un momento hacia la sombra de la Fortaleza que acababa de abandonar, y la contempló con melancolía. Tantos meses trabajando en su reconstrucción, tanto esfuerzo, tantas ilusiones... para que ahora cayera en manos de las serpientes... por segunda vez.

Sus compañeros corrían hacia el interior del bosque; alguien lo empujó sin darse cuenta, pero él no reaccionó. Seguía sin poder alejarse de la orilla del río. Sabía que, en cuanto lo hiciera, daría la espalda a Nurgon para siempre.

Apretó los puños, con rabia. Todo era culpa de aquel maldito Ashran y de su condenado hijo. Gruñó, furioso, y la bestia que había en él se liberó un poco más.

–Alexander –dijo junto a él la voz de Shail.

El joven se volvió hacia él.

–Tenemos que irnos –dijo el mago.

Alexander asintió, no sin esfuerzo. Respiró hondo y se volvió hacia el bosque.

Esta vez fue Shail el que no se movió. Se había quedado mirando al cielo y a los sheks que sobrevolaban el bosque.

–¿Hasta dónde crees que llegarán? –preguntó, preocupado.

Alexander trató de volver a la realidad. Lo miró y adivinó en qué estaba pensando.

–El bosque protegerá a los refugiados –lo tranquilizó–. Además, es posible que a estas alturas Zaisei ya haya llegado al templo del Padre. Si los dioses existen de verdad, los protegerán. Al menos a ellos... porque, tal y como están las cosas, me parece que los Seis ya han perdido muchos creyentes, así que lo menos que pueden hacer es cuidar a los pocos idhunitas que siguen teniendo fe en ellos.

–¡Dejaos de cháchara! –dijo entonces una voz femenina–. ¡No tardarán en venir tras nosotros!

Era una de las mujeres bárbaras; ni Shail ni Alexander conocían su nombre, pero sabían que era la líder de un clan. Cargaba a hombros a un herido. No se detuvo a esperarlos, sin embargo. Siguió caminando hacia el corazón del bosque, y los dos jóvenes la siguieron.

Pronto les salió al paso un grupo de feéricos.

–Deprisa, deprisa –dijeron–. Los que no quieran quedarse a luchar, que lleven a los heridos a lo más profundo del bosque. Allí trataremos de cuidar de ellos. Los que quieran defender la margen del río, que nos sigan; los llevaremos hasta lugares un poco más despejados, donde podrán pelear con más comodidad.

La seguridad de las hadas les dio confianza. Allí, al otro lado del río, se extendía el reino feérico. Y nadie podía derrotar a las hadas en su territorio.

–Yo me quedo –anunció Alexander.

Shail iba a hablar cuando, de pronto, algo pasó silbando sobre ellos, algo grande y pesado. Lo reconocieron de inmediato: era Fagnor.

El enorme dragón artificial sobrevoló las copas de los árboles más altos. Un shek lo perseguía, y su escalofriante siseo les heló la sangre en las venas. Tras él volaba el dragón dorado de Kimara, tratando de distraerlo y de apartarlo de la cola de su compañera. Los perdieron de vista un momento, y casi enseguida oyeron el ruido de una aparatosa caída: el dragón de Kestra se había estrellado en el bosque. De nuevo, el shek los sobrevoló; pero en esta ocasión perseguía al dragón dorado, que trataba de escapar.

Shail lanzó un grito de advertencia y arrojó, casi sin pensarlo, un conjuro de fuego contra la serpiente alada. Le dio en un ala, y el shek chilló, furioso. Se volvió violentamente hacia ellos.

–¡Has descubierto nuestra posición! –dijo Alexander.

Shail no estaba en condiciones de responder. Había quedado agotado tras aquella irreflexiva explosión de magia.

El shek ya se abalanzaba sobre ellos, y los rebeldes se dispersaron. Alexander dio un salto y se internó en el bosque, hacia el lugar donde había caído el dragón de Kestra. Shail sintió que tiraban de él para ocultarlo en alguna parte.

El shek descendió entre los árboles, pero no fue capaz de llegar hasta ellos porque la maleza era demasiado intrincada. Un aire helado recorrió aquella zona del bosque, y permaneció allí incluso después de que la serpiente hubiese remontado el vuelo.

Cuando el peligro inmediato hubo pasado, los rebeldes prosiguieron su camino, unos en pos de los feéricos que defenderían sus fronteras, otros hacia lo más profundo del bosque.

–Deberías irte con ellos, mago –le dijo un silfo–. No estás en condiciones de pelear.

Shail negó con la cabeza, agotado y tiritando de frío.

–No –decidió–. Tengo que ir a buscar a Alexander. Tengo... tengo un mal presentimiento.

Esta vez fue Christian quien tropezó con Jack. Los dos rodaron por la hierba.

–¿Qué...? –empezó Jack, aturdido. Se incorporó un poco y apretó los dientes para no gritar de dolor. Estaba física y psicológicamente destrozado.

Christian ya se había puesto en pie, pero se tambaleaba un poco. Respiraba pesadamente. Los dos miraron a su alrededor.

Se encontraban en una explanada que ambos conocían muy bien, bajo un suave cielo estrellado. Sin lunas.

–Limbhad –murmuraron a la vez.

Cruzaron una mirada. Christian fue el primero en reaccionar.

–¡Victoria! –dijo solamente, y Jack entendió sin necesidad de más palabras.

–¡Tenemos que volver!

–Pero ¿cómo? Ashran ha cerrado la Puerta tras nosotros.

–¡Pues ábrela! ¿A qué esperas?

–Ya te dije que no puedo; ya no tengo poder para abrirla.

–¡Pero va a matar a Victoria! –gritó Jack, hecho un manojo de nervios.

–¡Ya lo sé, no hace falta que me grites! –gritó Christian a su vez–. ¿Crees que no me he dado cuenta? ¡Entiendo las cosas más deprisa que tú!

–¡Deja de hacerte el listo! ¡Planeaste tú el asalto, y mira lo que ha pasado! ¡Tu inteligencia superior nos ha llevado directamente al desastre!

–¡No me grites! –vociferó Christian perdiendo la calma–. ¡Lo de acudir a la Torre sin Victoria fue idea tuya!

–¡Se supone que la habías dormido!

–¡Y lo hice! ¡No tendría que haber despertado hasta el amanecer! ¿Cómo iba a saber que encontraría la manera de seguirnos?

–¡Porque no cerraste bien el Portal, pedazo de inútil! O eso... ¡o nos has traicionado otra vez!

–¿Qué...?

–Estás vivo y a salvo, ¿no? ¡Y pensar que Victoria ha dado su vida por ti, gusano traidor!

Christian no siguió discutiendo. Se transformó violentamente en shek y se arrojó sobre él.

La metamorfosis de Jack también fue casi instantánea. A pesar de lo dolorido que se sentía, expandir su alma en el interior del cuerpo de Yandrak le sentó de maravilla. Inspiró hondo y vomitó una llamada contra el shek, que chilló de ira y trató de esquivarla.

Pronto, las dos criaturas estaban enzarzadas en una terrible pelea, luchando por matarse el uno al otro, por conjurar así su rabia, su dolor, su impotencia.

Duró apenas unos minutos. De pronto, Jack sintió que el letal abrazo de la serpiente se aflojaba un poco. Se la sacudió de encima, con un rugido de triunfo, creyendo que por fin había matado al shek. Pero entonces vio que él no estaba muerto; sus ojos irisados lo miraban con cansancio.

«No quiero seguir con esto», dijo en su mente.

Jack se desembarazó de él. Respiró hondo varias veces, cerró los ojos y trató de calmarse. Cuando los abrió, Christian volvía a ser otra vez humano. Le dirigió una mirada sombría.

–No quiero seguir con esto –repitió, esta vez en voz alta.

Dio media vuelta y echó a andar hacia la casa. Jack se dio cuenta de que cojeaba, pero, aun así, su paso era ligero. Volvió a transformarse él también, y corrió tras él como pudo. Se sentía como si lo hubiera atropellado un autobús.

–¿Adónde vas?

–A intentar contactar con el Alma.

Jack asintió, pero no dijo nada más.

Entraron en la casa, y un aluvión de recuerdos inundó el corazón de Jack. Se esforzó por reprimirlos y parpadeó para contener las lágrimas. Llevaba mucho tiempo soñando con regresar a Limbhad, pero ahora sentía que sin Victoria aquel lugar no era más que una cárcel fría y oscura, una prisión sin paredes, pero una prisión al fin y al cabo.

Ninguno de los dos dijo una palabra hasta que entraron en la biblioteca. Allí, al fondo, seguía estando la mesa sobre la cual flotaba la esfera en la que se manifestaba el Alma.

Christian se detuvo en seco.

–Habla tú con ella –dijo con brusquedad–. Todavía no estoy seguro de caerle bien.

Por toda respuesta, Jack colocó las palmas de las manos sobre la mesa y llamó en silencio al espíritu de Limbhad. Ella acudió enseguida a su llamada, y Jack percibió que se alegraba de verlo de nuevo. Sonrió.

«Alma, queremos ir a Idhún», le dijo.

La respuesta fue negativa.

Los dedos de Jack se crisparon sobre la mesa.

«Christian es un mago», insistió. «No es gran cosa como mago, pero creo que podría llegar a combinar su poder con el tuyo para llevarnos a los dos».

La respuesta siguió siendo negativa. La Puerta está cerrada, explicó el Alma.

Jack apretó los dientes y golpeó la mesa con los puños.

–¡Victoria está en peligro, maldita sea! –gritó–. ¡Tenemos que volver, no me importa cómo!

Sintió la mano de Christian sobre su hombro. Se desasió con violencia y se volvió bruscamente hacia él. En sus ojos brillaba la ira del dragón, que por fin había sido liberado de las cadenas que Ashran le había impuesto.

También en los ojos del shek se apreció un destello de helada cólera; pero Christian retrocedió un paso y alzó las manos.

–No quiero pelear contra ti –dijo con frialdad–. Así no ayudaremos a Victoria, y por otra parte... –vaciló.

Jack se tranquilizó un poco.

–... te pidió que cuidaras de mí –completó a media voz.

Christian esbozó una media sonrisa, triste y cansada.

–Fue lo último que me dijo.

–A mí... me dijo que cuidara de ti –sacudió la cabeza–. ¡Espera, hablamos de ella como si estuviera muerta! ¡Y no lo está! No lo está, ¿verdad? –preguntó, con una nota de pánico en su voz.

Christian negó con la cabeza.

–Todavía no.

Jack respiró hondo. El vínculo que lo unía a Victoria le decía si ella estaba bien o estaba en peligro; era una intuición, un sentimiento. Pero ese vínculo se rompía cuando estaban demasiado lejos, cuando se encontraban en mundos diferentes. Como cuando él había viajado a Umadhun.

En cambio, el poder de Shiskatchegg, el Ojo de la Serpiente, podía superar cualquier barrera espacio-temporal.

Jack se dejó caer sobre una de las sillas y enterró el rostro entre las manos, destrozado.

Había un enorme hexágono dibujado en el suelo, parecido al que servía de Portal entre las torres de hechicería. Pero los símbolos grabados en sus bordes eran diferentes, por lo que estaba claro que su propósito era otro muy distinto.

–Un hexágono de poder –le explicó Ashran al unicornio.

Ella alzó hacia él su clara mirada.

–¿Un hexágono? –repitió–. ¿Y dónde está el séptimo punto?

–El séptimo punto, querida, es su centro –respondió Ashran con una sonrisa–. El séptimo punto eres tú.

Ella entendió sin necesidad de más palabras. Tembló un momento, de miedo y de angustia, pero enseguida levantó la cabeza y avanzó hasta situarse en el centro.

La habitación estaba a oscuras. Tan solo había dos fuentes de luz, aparte del brillo sutil del cuerno del unicornio: la suave luminiscencia azulada que emanaba del hexágono y una tenue aura plateada que envolvía el cuerpo de Ashran. Victoria lo miró, reparando en ello por primera vez.

—Es el poder de las lunas —le explicó el Nigromante—. El poder robado a las Damas de la Noche, que hoy nos muestran su rostro en todo su esplendor. Por eso tenías que venir ahora, Lunnaris. Es irónico... Eres la criatura más querida y mimada por las diosas y, sin embargo, lo que voy a hacer esta noche contigo no habría sido posible sin el poder arrebatado al Triple Plenilunio.

Victoria bajó delicadamente la cabeza, pero no dijo nada. Dobló las patas delanteras y se echó en el suelo, en el centro del hexágono luminoso.

Ashran la miró un momento.

—Si haces esto por mí —le dijo con suavidad—, ellos dos estarán a salvo. Te lo prometo.

El unicornio cerró los ojos.

—Haz lo que tengas que hacer —dijo, e inclinó la testuz hacia él; su cuerno perlino palpitó un momento en la semioscuridad. Ashran sonrió.

Las tropas de los sheks no tardaron en cruzar el río, en persecución de los rebeldes. Los szish trataron de mantener el orden en sus filas, pero muchos soldados humanos, enardecidos por la batalla y la victoria, penetraron en el bosque sin control.

El rey Kevanion fue uno de ellos. Amrin lo detuvo cuando ya estaba a punto de internarse en la espesura, con la espada desenvainada.

—¡Espera! No creo que sea buena idea entrar en Awa antes de que los sheks lo hayan destruido.

Kevanion se rió. No fue una risa agradable.

—¡Cobarde! —le espetó—. ¿De qué tienes miedo? ¿Acaso tu hermano mayor todavía te impone respeto?

El semblante de Amrin se ensombreció.

—No, no es él quien me preocupa. Awa es el corazón de Derbhad. Los feéricos no nos dejarán pasar tan fácilmente.

—Hadas que pelean con espadas de madera y armaduras de hojas secas. Estoy temblando de miedo.

—Esas hadas han resistido a los sheks durante quince años, Kevanion. Eso es más de lo que hemos conseguido tú y yo.

—¡Nosotros hemos conseguido mucho más! ¡Estamos en el bando de los vencedores! Escúchame bien, Amrin. Tu hermano ha sido derrotado, huye de nosotros y ahora es vulnerable. Si lo dejamos escapar, puede que no tengamos otra oportunidad. Y cuando acabemos con él, la rebelión habrá terminado. ¿Acaso no quieres que se acabe esta guerra?

Amrin no dijo nada. Kevanion le dirigió una última mirada desdeñosa, reunió a un grupo de soldados en torno a sí y, emitiendo un grito de guerra, se internó en el bosque.

El rey de Vanissar no se movió. Sintió entonces una fría presencia junto a él, y se volvió. Era un hombre-serpiente. Amrin lo conocía. Se llamaba Usseth y era uno de los generales del ejército de los szish.

—¿Qué ordenan tus amos? —preguntó el rey suavemente.

—Hemosss de dar caza a los rebeldesss, majesssstad. Pero no de esssa forma —añadió, señalando el lugar por donde Kevanion se había marchado.

—Lo suponía —asintió Amrin—. Bien, traed uno de los carros para abrir camino entre la maleza. Reunid un grupo de cincuenta personas. No creo que el bosque nos deje entrar en grupos más numerosos —añadió, echando una mirada pensativa a la amenazadora sombra de Awa.

Usseth asintió y corrió a obedecer la orden.

Momentos después, el rey y el general se adentraban en la maleza, tras uno de los carros acorazados, capitaneando una pequeña tropa compuesta por humanos y szish. Caminaban con precaución, pues ya habían visto lo que las hadas eran capaces de hacer.

Según avanzaban, el bosque se tornaba cada vez más oscuro. Las frondosas ramas de los árboles impedían que pasara la luz de las lunas, y las enredaderas tejían un techo vegetal sobre sus cabezas. Los troncos eran cada vez más anchos, tanto que algunos de ellos no habrían podido abarcarlos diez hombres con los brazos. Las plantas crecían salvajes e indómitas, y las flores los envolvían con su perfume embriagador.

El carro avanzaba, despejando la maleza. Pero llegó un momento en que los troncos estaban tan juntos que le impidieron continuar. El carro se detuvo con un chirrido. La compuerta superior se abrió, y del interior emergió uno de los tripulantes, un oficial del gremio de constructores de carros de Thalis.

—No vamos a poder pasar por aquí, majestad —dijo—. Tardaríamos toda la noche en talar uno solo de estos árboles.

Amrin respiró hondo.

—Bien. Volved atrás, pues. Continuaremos nosotros.

Se oyó un murmullo inquieto entre la tropa. El oficial dejó caer la compuerta; enseguida, los raheldanos pedalearon de nuevo en el interior del carro y este, con un chirrido, volvió a ponerse en marcha. Momentos después, los soldados de a pie se quedaron solos.

—¡En marcha! —dijo Amrin simplemente.

Rodearon los árboles, pasando por el único hueco que había, en fila de a uno. Cuando estuvieron todos, prosiguieron la marcha, en silencio.

Entonces, una risa burlona y cantarina se oyó en algún lugar del bosque, una risa femenina, juguetona, pero que les puso los pelos y las escamas de punta. Los soldados alzaron sus armas y miraron en torno a sí, desconfiados. Pero no vieron a nadie.

Amrin se volvió hacia el szish que tenía más cerca.

—¿Y bien? ¿Dónde están?

Pero el hombre-serpiente negó con la cabeza. En esta ocasión, ni siquiera podían percibir el calor de los cuerpos de sus enemigos.

—¿Qué clase de magia es esta? —se preguntó Amrin.

Tiritó. La humedad de Awa se colaba por debajo de sus ropas y le helaba los huesos, y la atmósfera era cada vez más inquietante.

Se oyó entonces un siniestro crujido. Todos dieron un respingo y se giraron, sobresaltados. Y descubrieron que los árboles se habían movido un poco, cerrándoles el paso, como una muralla vegetal. Algunos se precipitaron sobre los troncos, golpeándolos con las espadas. El mago que acompañaba al grupo lanzó un conjuro de fuego, pero la madera estaba tan húmeda que no prendió.

—Dejadlo essssstar —dijo Usseth—. No conssseguiréisss que nosss permitan ssalir.

—Eso solo nos deja un camino —hizo notar el rey.

Armándose de valor, la compañía siguió avanzando.

A partir de entonces, Amrin empezó a tener la sensación de que el propio bosque los iba guiando en una dirección determinada, cerrando caminos aquí, abriéndolos allá. Sabía que debía de ser una trampa, pero de todas formas no podía hacer nada al respecto, así que siguieron adelante.

Desembocaron por fin en un inmenso claro iluminado por las lunas. Aliviados, los soldados se precipitaron en él.

—¡Esssperad! —trató de detenerlos Usseth—. ¡Esss...!

No llegó a terminar la frase. De repente, alguien disparó una flecha desde la maleza, una flecha que se clavó en su garganta y la atravesó de parte a parte. El general szish cayó al suelo entre gorgoteos agónicos.

Hubo un instante de silencio incrédulo. Todos se agruparon en el claro y espiaron a las sombras, nerviosos. Pero los atacantes permanecían a cubierto.

De nuevo se oyó la risa burlona. Amrin parpadeó, soñoliento. De pronto, todo le parecía extrañamente irreal, los contornos de los árboles estaban borrosos, y la luz de las lunas tenía una tonalidad turbadora y fantástica. Una rara debilidad se apoderó de su cuerpo; se veía incapaz de sostener la espada y, a la vez, se sentía ligero, muy ligero, como si estuviera viviendo dentro de un misterioso sueño. Se volvió para mirar a sus hombres, y se dio cuenta de que todos pestañeaban con expresión estúpida. «¿Qué está pasando aquí?», se preguntó, confuso. Las risas cantarinas de las hadas todavía resonaban en su cabeza.

Fue un szish el primero en darse cuenta.

—¡Un círculo de ssssetasss! —siseó—. ¡Hay que ssssalir de aquí!

La tropa se esforzó por volver a la realidad. Amrin descubrió que, efectivamente, el claro estaba bordeado por unos extraños hongos que despedían una suave luminiscencia verdosa. «¿Cómo diablos no los hemos visto antes?», se preguntó.

Todos lucharon por vencer el sopor y trataron de avanzar para salir del círculo.

Y entonces, los feéricos atacaron. Todo tipo de dardos, flechas y proyectiles vegetales cayeron sobre ellos desde los árboles. Muchos de los soldados no llegaron a salir del círculo de setas.

Amrin fue uno de los que lograron alcanzar la espesura. Hostigado por los feéricos, el grupo se dispersó y se internó aún más en el bosque de Awa.

Pronto, aquello se convirtió en un auténtico infierno. Todas las tropas de los szish se dispersaron, a pesar de su intención inicial de avanzar en grupos compactos. Algunos de esos grupos fueron a parar a mágicos y engañosos círculos de setas, como el que había disgregado a la patrulla del rey Kevanion. Otros habían sido atacados desde la espesura por feéricos tan difíciles de distinguir entre el follaje que parecían invisibles. Otros habían acabado en terrenos que resultaban trampas mortíferas, como laberintos de zarzas envenenadas, cenagales traicioneros que podían tragarse a una persona en apenas unos minutos, o letales jardines de plantas carnívoras y hiedras que se enredaban en torno al cuello de los soldados y los oprimían hasta asfixiarlos. El bosque entero atacaba a los intrusos, y los feéricos no tenían más que estimularlo y acudir a rematar el trabajo. De manera que, cuando un soldado aterrorizado lograba escapar de una planta hostil o de un terreno cenagoso y se detenía a descansar en un claro que parecía más o menos tranquilo, pronto era atacado por guerreros feéricos.

Luchaban de forma caótica, nada que ver con la organización y disciplina szish. Las armas que portaban no llevaban ni una pizca de metal, estaban hechas íntegramente con elementos del bosque y, sin embargo, eran tan mortíferas como las que fabricaban los herreros humanos y szish. Lanzas de madera dura, látigos de zarzas y extraños frutos explosivos que, una vez arrojados contra su objetivo, estallaban en miles de semillas que se hundían dolorosamente en la carne del enemigo... para germinar instantáneamente, generando plantas que hundían sus raíces en las entrañas del aterrado soldado, que todavía estaba vivo para ver cómo aquellos vegetales lo devoraban por dentro.

Awa no necesitaba ser defendido, porque se defendía solo. Y, sin embargo, los feéricos pronto descubrieron que había algo a lo que ni siquiera su amado bosque podía hacer frente.

Si bien había sectores de la floresta en los que las hadas masacraban a los intrusos, y además disfrutaban con ello, otros lugares se habían convertido en auténticas tumbas de frío y silencio.

Porque los sheks estaban sobrevolando Awa, una y otra vez, casi rozando las copas de los árboles, y allá por donde pasaban, la temperatura descendía súbitamente y la humedad del bosque se convertía en una helada capa de escarcha.

Nunca antes había llegado el invierno al bosque de Awa. Pronto, las plantas empezaron a morir de frío bajo el hielo de los sheks. Y en los lugares donde el bosque se congelaba, los feéricos eran vulnerables. Sus ropas de hierbas y hojas no los protegían del intenso frío. Sus pieles verduscas, pardas o moteadas ya no se mimetizaban contra la escarcha blanco-azulada que cubría los troncos de los árboles. Las mismas plantas, encogidas sobre sí mismas en un forzado letargo, ya no reaccionaban para tender trampas a los enemigos. Y allí donde el invierno azotaba el bosque, la gente de Ashran masacraba feéricos, de la misma forma que ellos aniquilaban a los humanos en las zonas verdes.

Zaisei corría todo lo deprisa que podía en dirección al corazón del bosque.

Llevaban un día entero marchando. Desde que el semiceleste les había advertido de que el escudo caería con el Triple Plenilunio, muchos de los habitantes de la Fortaleza habían optado por huir.

Zaisei todavía sentía el corazón encogido al pensar que había dejado atrás a Shail. Pero su sentido común le decía que ella no podía ayudar en la batalla que había de librarse aquella noche. Había comprendido que no era más que un estorbo. Por otra parte, Tanawe, la maga constructora de dragones, le había pedido que cuidara de su hijo Rawel. Y eso era una responsabilidad. Era otra manera de ser útil a la Resistencia, a la rebelión. Porque no se trataba solo de cuidar de Rawel, sino de los otros niños que iban en el grupo.

Habían marchado durante todo el día, y se habían parado a descansar con la salida de las lunas. Pero un rato más tarde, los feéricos del grupo se pusieron en pie y gritaron, alarmados.

Las flores lelebin estaban muriendo. Todas las flores lelebin del bosque se estaban marchitando.

De modo que Ashran lo había conseguido. Había hecho caer el escudo de Awa.

En unos instantes, se había acabado el descanso. El grupo se había puesto en pie y corría en dirección a lo más profundo del bosque, al nuevo Oráculo que el Padre estaba erigiendo allí en honor a la tríada solar. «No llegaremos a tiempo», se decía Zaisei, desalentada, mirando las caritas de los niños, el gesto desalentado de las gentes que no habían querido o no habían podido luchar. «Los sheks nos alcanzarán antes de que lleguemos al templo».

Sus sospechas se vieron confirmadas cuando, horas más tarde, la temperatura empezó a bajar. Tiritando, los refugiados siguieron adelante, los más fuertes cargando con aquellos a los que el agotamiento había vencido, sintiendo que el invierno los perseguía y no tardaría en alcanzarlos.

Momentos después, alguien tropezó y cayó cuan largo era. Mientras sus compañeros lo ayudaban a levantarse, Zaisei echó la vista atrás...

... y vio a siete sheks que sobrevolaban el bosque, y que no tardarían en darles alcance. «Padre Yohavir, Señor de los Vientos», suplicó. «Impídeles volar en tu seno. Madre Wina, savia de la tierra. Mantén verde tu reino. Protégenos de su mirada de hielo».

Le llegó de pronto el recuerdo de la voz de Shail, de las palabras que él había pronunciado tiempo atrás: «Los dioses nos abandonaron hace mucho tiempo, y lo sabes».

–Padre Yohavir, madre Wina... –susurró.

Cerró los ojos un momento y se aferró a su plegaria como a un talismán salvador.

Cuando volvió a abrir los ojos, los sheks habían dado media vuelta y se alejaban de nuevo hacia el oeste.

Y el frío se marchó con ellos.

Ziessel sabía que los rebeldes seguirían presentando batalla mientras tuvieran un lugar al que continuar retrocediendo. Se había cansado de aquel juego. Tardarían varias horas en congelar todo el bosque, y sus lindes ya eran un reino de hielo y escarcha... Pero su corazón todavía latía. De modo que llamó telepáticamente a seis sheks más, y los siete habían emprendido el vuelo hacia el este, sobrevolando las copas más altas, dejando tras ellos un rastro de árboles congelados, para atacar Awa desde su mismo centro. Además, sospechaba que era allí, en lo más recóndito de la espesura, donde los rebeldes del bosque tenían su base.

Sintió de pronto una llamada telepática en su mente. Era Zeshak.

«Ziessel», le dijo, y ella supo que aquel mensaje era privado. Se preguntó qué tendría que decirle el rey de los sheks, solamente a ella, en mitad de una batalla importante. Le transmitió su asentimiento, dándole a entender que estaba receptiva.

«Ziessel», repitió él. «Ven aquí. Inmediatamente».

Otra criatura habría preguntado los motivos, pero Ziessel era una shek. De modo que dio media vuelta y orientó su vuelo a la Torre de Drackwen, sin discutir y sin hacer preguntas. Sabía que Zeshak no le ordenaría retirarse del combate sin un motivo de peso.

Una breve orden telepática hizo que sus compañeros la siguieran en su nueva ruta.

Ziessel no había pedido explicaciones, pero Zeshak se las dio:

«Ashran ha dejado escapar al último dragón».

Ziessel emitió un suave siseo de ira. Sus compañeros de vuelo la miraron, intrigados, pero no dijeron nada. Sabían que estaba manteniendo contacto telepático con otro shek, y que era una conversación privada. Los ojos irisados de los sheks se volvían de un tono distinto, un poco más azulado, cuando hablaban entre sí por telepatía. Era una diferencia muy sutil para cualquiera que no fuera un shek, pero para ellos resultaba muy evidente.

«¿Nos ha traicionado?», le preguntó ella a su señor.

«No lo pienses siquiera», replicó él, y a Ziessel le pareció detectar una sombra de temor en su mente. Supuso que serían imaginaciones suyas. No era posible que Zeshak tuviera miedo de un humano, ni siquiera de uno como Ashran el Nigromante. «No, no lo pienses siquiera», insistió el rey de los sheks. «Hemos derrotado a la profecía. El unicornio ya está en manos de Ashran. Él acabará con ella de un momento a otro. Pero a cambio ha dejado marchar al dragón. A otro mundo, lejos de nuestro alcance».

Ziessel se estremeció de ira.

«Debería haber sido al revés. Era el dragón el que debía morir».

«Ella eligió», respondió Zeshak simplemente.

Ziessel se preguntó por qué le estaba contando Zeshak todo aquello. Él percibió la duda en su mente.

«No puedo dejar escapar al último dragón. No puedo. Pero, si le dejo volver, la profecía puede cumplirse, porque el unicornio sigue vivo todavía».

«Espera entonces a que muera el unicornio», sugirió ella, aunque la idea de que el último dragón pudiera estar al alcance de un shek, tan cerca, hacía que el odio volviera a burbujear en su interior, más intenso que nunca.

«No puedo esperar. No puedo esperar. La libertad de nuestro pueblo depende de que muera ese dragón de una vez por todas. Y el odio... el odio es demasiado intenso...».

Ziessel no dijo nada, pero aceleró el vuelo. Sintió que Zeshak se retiraba de su mente, pero ella permaneció alerta, receptiva, aguardando noticias. Sospechaba que algo no iba bien.

–Otra vez igual –dijo Jack, y su voz sonó ahogada–. No hace tanto tiempo que te llevaste a Victoria a Idhún para entregarla a Ashran, y yo me quedé aquí atrapado, sin poder hacer nada. Fue la noche más larga y horrible de mi vida.

Christian lo miró, pero no dijo nada.

–Ahora, al menos –añadió, alzando la cabeza–, puedo saber si sigue viva. No vas a engañarme al respecto, ¿verdad?

Christian se encogió de hombros.

–¿Para qué?

–Dime entonces qué le pasa. Si está bien... si está herida...

–Está bien, de momento –respondió el shek, cerrando los ojos para concentrarse en las sensaciones que le transmitía el anillo–. Por un lado está serena, porque sabe que estamos a salvo, y eso la hace feliz. Pero, por otro lado... tiene miedo de lo que va a hacerle Ashran.

A Jack no le gustó el tono en que pronunció la última frase.

–¿Qué va a hacerle Ashran? ¿Va a... matarla?

Christian lo miró largamente.

–Me temo que... algo peor.

Jack se levantó de un salto y lo agarró por el cuello de la camisa.

–¿Qué va a hacerle Ashran? ¡Dímelo!

Christian se lo quitó de encima y le dirigió una mirada de advertencia.

–No estoy seguro –dijo–. Son solo suposiciones, pero...

–¿Qué?

–Creo que sabía cuál iba a ser la elección de Victoria. La puso en esa situación para obligarla a entregarse a él voluntariamente. Sabía que lo haría... para salvarnos la vida.

Jack desvió la mirada.

–¿Y...?

–Si quisiera matarla solamente, lo habría hecho ya, no se habría tomado tantas molestias. Creo que quiere algo de ella.

–¿Volver a extraerle su magia?

Christian lo miró con gravedad.

–¿Para qué extraerle magia, cuando puede conseguir la fuente de esa magia?

Jack lo miró un momento.

–No te estás refiriendo al Báculo de Ayshel –dedujo–. Pero no puedes estar hablando de... oh, no –lo miró, horrorizado–. No puedes estar hablando en serio.

Christian asintió. Sobrevino un tenso e incrédulo silencio.

–Por todos los... –murmuró Jack, pero se le quebró la voz.

–Ella lo sabía. Sabía lo que Ashran le pediría a cambio de nuestra vida, mucho más que su propia vida, mucho más que su esencia. Jack, ¿tienes idea de lo que Victoria está a punto de entregar... por nosotros?

Volvió la cabeza con brusquedad; pero Jack ya había visto las lágrimas brillando en sus ojos.

–No podemos permitírselo, Christian –murmuró–. Jamás... jamás imaginé que llegaría tan lejos.

Christian no reaccionó. Jack sacudió la cabeza, destrozado. Alzó la mirada hacia su compañero.

–¿Y tú? –le preguntó–. ¿Sabías ya cuál iba a ser la elección de Victoria?

–Debería haberlo sabido –respondió el shek en voz baja–. Siempre he tenido muy claro lo importantes que somos para ella, los dos. Así que debería haber deducido lo que Ashran entendió con tanta claridad. Pero... bueno, el corazón me jugó una mala pasada –alzó la cabeza para mirarlo–. Por un momento estuve convencido de que ella iba a elegirte a ti.

Jack iba a replicar, pero entonces el Alma los llamó a los dos, con urgencia. Se volvieron hacia la esfera.

–¿Qué?

El mensaje del Alma fue muy claro.

La Puerta a Idhún podía abrirse de nuevo. Sin ninguna razón aparente, alguien la había desbloqueado. Ambos cruzaron una mirada.

–Es una trampa –dijo Christian.

–Me da igual –replicó Jack.

No tardaron ni dos minutos en dejar atrás Limbhad y regresar a Idhún, en busca de Victoria, deseando llegar a tiempo... Porque, si no lo hacían, el sacrificio de ella habría sido en vano.

XXVII

EL CIELO EN LLAMAS

ALEXANDER avanzaba por la espesura en una dirección muy concreta. El bosque se oscurecía por momentos, pero él no necesitaba ver para encontrar la dirección correcta. Sus sentidos estaban cada vez más desarrollados, y ellos lo llevaban, sin posibilidad de error, hacia su objetivo.

No tardó en encontrarlo, y se acercó a él dando grandes zancadas, saltando por encima de los matorrales de bayas.

Fagnor se había estrellado allí mismo. Había quedado enredado en las ramas de un gran árbol, pero estas se habían quebrado bajo su peso, o tal vez había sido Kestra, tratando de salir, quien lo había hecho precipitarse contra el suelo.

Y allí estaba el dragón, hecho un amasijo de astillas, hundido entre las raíces del árbol sobre el que había caído. Su magia se había desvanecido, y ahora ya no tenía aspecto de dragón, sino que se veía claramente que no era más que un artefacto, una ilusión.

Alexander detectó a Kestra intentando salir por la escotilla. Parecía atrapada. Corrió junto a ella.

La joven se volvió hacia él.

–¡No te acerques más! –le dijo cuando Alexander ya trepaba por el ala para aproximarse.

Alexander se detuvo.

–¿No quieres que te ayude a salir?

–Sé salir yo sola, gracias.

Se impulsó con los brazos, intentando desatascarse, pero no pudo reprimir un grito de dolor.

–¿Tienes algo roto?

–Creo que... una pierna... o las dos. ¡No te acerques! –repitió, al ver que él tenía intención de seguir avanzando.

—Tengo que sacarte de ahí —gruñó Alexander, y trepó hasta llegar junto a ella.

Kestra lo miró con desconfianza y una pizca de odio latiendo en sus ojos oscuros. Alexander hizo como que no se daba cuenta, y echó un vistazo a la situación.

Era peor de lo que había imaginado.

Por dentro, Fagnor estaba hecho pedazos, y las astillas de madera habían destrozado el cuerpo de Kestra. Efectivamente, parecía que el golpe le había quebrado las piernas; pero, aunque no fuera así, de todas formas le habría sido imposible salir del dragón por sí misma, porque una enorme astilla se le había clavado en el vientre, atravesándola de parte a parte.

—Por todos los dioses —murmuró Alexander—. ¿Por qué no me lo has dicho antes?

—No lo había visto —dijo ella, pero le temblaba la voz; Alexander entendió que sí lo había visto, pero simplemente no había querido verlo.

—Voy a buscar ayuda.

—¡No! —lo detuvo ella—. No... no me dejes sola.

De pronto parecía una niña asustada. Todo su aplomo y determinación se habían esfumado.

—No te preocupes —la tranquilizó Alexander.

Echó la cabeza atrás y dejó escapar un prolongado aullido. Se volvió entonces hacia Kestra, que lo miraba con los ojos muy abiertos.

—Esto alertará a Shail y a los feéricos. Sabrán dónde encontrarnos. Claro que también puede que atraiga a los szish, pero no tengo ningún inconveniente en recibirlos —gruñó, enseñando los dientes.

—Tú conociste a mi hermana, ¿verdad? —dijo ella inesperadamente.

—No hables, Kestra. Tienes que...

—¡Dímelo! Necesito saberlo.

Alexander la miró, muy serio.

—Si eres quien me han dicho que eres, me parece que sí.

Ella desvió la mirada.

—¿Qué importa mi nombre? —dijo con esfuerzo.

—Importa. Si eres Reesa de Shia y tu hermana era la princesa heredera Alae, puede que coincidiéramos en la Academia. Aunque, para hacer honor a la verdad, apenas la recuerdo.

Ella tembló al escuchar aquellos nombres, que le traían tantos recuerdos del pasado.

–Eso fue hace mucho tiempo –murmuró–. Antes de que los sheks destruyeran mi tierra y mataran a mi familia. Antes de que nos capturaran los szish.

–¿Cuánto tiempo hace de eso?

–No recuerdo. Estuvimos varios años con el maestro Covan en las montañas, aprendiendo a luchar, a defendernos. Nos ocultábamos en los senderos, entre los riscos, en las cavernas... Éramos dos chicas shianas sin más, como tantas otras, gente sin hogar y sin ningún lugar adonde ir. Pero entonces, hace cuatro años...

–No sigas, Kestra. Reserva fuerzas.

–Hace cuatro años –repitió ella, haciendo un esfuerzo–, nos capturaron los szish en las montañas. Nos reconocieron: éramos las hijas del rey rebelde. Nos llevaron ante Ashran para interrogarnos.

»Estuvimos presas mucho tiempo... mucho tiempo... en la Torre de Drackwen. A pesar de todo, Alae nunca perdió la esperanza. En nuestra celda había una ventana, demasiado estrecha para escapar por ahí, pero lo bastante ancha como para ver un pedazo de cielo. Y Alae... Alae se pasaba las horas muertas mirando por la ventana, soñando con el dragón de la profecía, que vendría a rescatarnos –clavó en él sus ojos cansados–. Pero el dragón nunca vino. Igual que no ha venido hoy en la batalla, ¿verdad?

Alexander no supo qué responder.

–Se llevaron a mi hermana –continuó Kestra–. Tardé mucho tiempo en volver a verla. Llegué a pensar que estaba muerta. Pero entonces, un día... vinieron a buscarme a mí. Iban a trasladarnos a otro sitio, un castillo en otra parte, porque a Ashran le estorbábamos en Drackwen. Fue entonces cuando vi a Alae por última vez. No era... no era ella.

Alexander sintió como si una garra helada le oprimiese el corazón.

–¿Quién era, pues?

–Las lunas estaban llenas –dijo ella, como si no lo hubiera oído–. Las tres. Como esta noche. A Alae... la tenían encadenada. Eran necesarias varias personas para controlarla, incluyendo uno de los magos de Ashran. Se había vuelto loca. Y se había vuelto... diferente. Parecía una enorme bestia, gruñía y chillaba, y tenía colmillos, y garras, y una larga cola, y le había crecido pelo por todo el cuerpo, pelo de rayas, ¿sabes? Pero yo supe que era ella porque me miró...

Cerró los ojos un momento. Alexander la abrazó con cuidado, y Kestra apoyó la cabeza en su pecho.

–Me miró y pareció enloquecer de nuevo. Y entonces ya nada pudo controlarla. Se abalanzó sobre mí...

Sus últimas palabras fueron apenas susurros. Le contó a Alexander cómo solo la intervención de la gente de Ashran había evitado que su propia hermana la hiciese pedazos; cómo había escapado de la Torre de Drackwen, aprovechando el caos que Alae había creado. Con una híbrida furiosa descontrolada, nadie se iba a preocupar de la fuga de una adolescente delgaducha...

Alexander cerró los ojos, agotado.

–La conociste, ¿verdad? –preguntó Kestra por fin–. Porque ella era como tú. Le hicieron lo mismo que a ti.

–Sí –asintió Alexander con gravedad–. La conocí.

–¿Y sigue...?

–No, Kestra. Murió hace dos años.

La joven asintió, como si se esperara esa respuesta.

–¿Y el mago que le hizo eso...?

–También está muerto. Tu hermana ya puede descansar en paz.

Kestra dejó escapar un suave suspiro.

Alexander no le dijo que Elrion, el mago que los había fusionado a ambos con los espíritus de sendas bestias, había muerto a manos de Kirtash... el mismo que había matado a la propia Alae, la mujer-tigre, momentos antes, cuando trataba de escapar.

–Intentó matarme –musitó ella; su voz era cada vez más débil–. Mi propia hermana. Solo porque las lunas la volvieron loca. Y a ti... te ocurrirá lo mismo. A cada instante que pasa, te vuelves menos humano, aunque aún no te des cuenta. Mientras hablamos... la bestia que hay en ti se libera de sus cadenas. Si para entonces no he muerto, me matarás.

–No digas eso. Tú eres fuerte, Kestra, muy fuerte. Resistirás.

–No soy tan fuerte –suspiró la joven–. Yo... pensaba que lo era. Pensaba que no estaba hecha para esperar, simplemente, como hacía Alae. Yo sabía que el dragón no vendría, así que... cuando conocí a Denyal y a Tanawe y los demás, decidí que yo sería el dragón. O uno de ellos. Y cada vez que volaba con Fagnor... pensaba... pensaba en Alae, y que si seguía viva en algún lugar... tal vez me viera volar y recuperara la esperanza...

Kestra no pudo seguir hablando. Alexander quiso abrazarla con más fuerza, pero no se atrevió, por miedo a hacerle daño. La mancha oscura que destacaba sobre su vientre seguía extendiéndose, y el joven aulló de nuevo, llamando a la ayuda que no llegaba. Sintió que Kestra se estremecía entre sus brazos.

—Vas a matarme, ¿verdad? —susurró.

—Claro que no —gruñó él; pero en su interior empezaba a latir una sensación que, por desgracia, conocía muy bien: el ansia de caza, de carne. La reprimió.

—Lo siento por Fagnor —musitó ella—. Ya nadie va a hacerlo volar.

Alexander no respondió.

Se quedaron un rato así, en silencio, hasta que Alexander dijo:

—¿Sabes? Lo cierto es que al final el dragón sí fue a rescatar a Alae. Fue Jack quien abrió la puerta de su prisión... de nuestra prisión. Puede que ella no lo reconociera, porque entonces no era más que un chico humano oculto bajo un hechizo ilusorio que le hacía parecer un szish... pero era un dragón, y fue él... quien abrió la puerta. Escapamos juntos y...

Se interrumpió. Nada más salir de aquella celda, Alae, la mujer-tigre, la antigua princesa de Shia, se había topado con el gélido filo de Haiass. Se preguntó si debía contárselo a Kestra. Se dio cuenta entonces de que ella no decía nada, de que ya no se movía. Se separó un poco y la miró a los ojos; pero aquellos ojos ya no le devolvieron la mirada. El corazón de Kestra había dejado de latir.

Alexander apretó los dientes, con rabia, y después echó la cabeza atrás y aulló, aulló por Reesa, princesa de Shia, la mejor piloto de dragones, y la más valiente.

Christian y Jack aparecieron de nuevo en la sala donde Ashran había obligado a Victoria a elegir entre los dos. Pero ni la muchacha ni el Nigromante se hallaban allí.

Era Zeshak quien los esperaba. Zeshak, el rey de los sheks, más enorme y mortífero que nunca, con las alas desplegadas al máximo, casi rozando el techo, las fauces abiertas y los ojos rezumando un odio tan antiguo como irrevocable. Ignorando a Christian, centró su mirada en Jack; y este comprendió que el shek había abierto la Puerta porque no soportaba la idea de dejar escapar al último dragón, porque ansiaba pelear contra él y matarlo... porque había sucumbido al odio que corría por sus venas, y aquella era la única forma que tenía de saciarlo.

Jack esbozó una sonrisa sardónica.

—Gracias por traernos de vuelta, Zeshak —lo saludó.

El shek no respondió. Con un chillido de ira, se lanzó hacia él, rápido como el rayo.

Jack saltó hacia un lado y rodó por el suelo, hacia el lugar donde había quedado abandonada Domivat, la espada de fuego. En cuanto pudo sostenerla, se sintió mucho mejor. La blandió ante el shek, vio reflejado su llameante filo en los ojos irisados de la criatura. Los dos se estudiaron mutuamente, con cautela. Jack entrecerró los ojos, como Sheziss le había enseñado, para evitar así que el shek penetrara en su mente.

Sentía que el dragón bramaba en su interior, que ya era libre para dejarle el control de su cuerpo y transformarse, si así lo deseaba. El odio se había despertado, burbujeante, como un volcán a punto de entrar en erupción.

«¡No te entretengas!», dijo la voz de Christian en su mente. «¡Tenemos que rescatar a Victoria!».

Jack vio, por el rabillo del ojo, el suave brillo helado de Haiass. Le costó centrarse en la situación y olvidar que tenía un shek delante, un shek al que debía matar.

Empezó a retroceder, poco a poco, sin dejar de interponer a Domivat entre Zeshak y él.

El shek no se lo permitió. Con un siseo enfurecido, se arrojó sobre él, sin importarle ya la espada de fuego. Jack intentó rechazarlo.

Con un suspiro exasperado, Christian dejó a Haiass a un lado; sospechaba que una espada de hielo no le haría ningún daño a un shek. De modo que inició su propia metamorfosis, y atacó a Zeshak por detrás. El señor de los sheks se volvió hacia él, enfurecido.

Perplejo, Jack vio cómo se enfrentaban, abriendo las alas y dedicándose siseos de advertencia. «Christian, es tu padre», pensó, pero no lo dijo en voz alta. De todas formas, Christian estaba demasiado ocupado como para mantener contacto telepático con él, de forma que no lo captó.

Jack decidió transformarse él también, pero no tuvo tiempo de hacerlo; porque la puerta que llevaba a la terraza seguía abierta de par en par, y por ella se coló, de pronto, un relámpago oscuro, veloz como una flecha plateada hendiendo la penumbra, y cayó por sorpresa sobre Zeshak, con un chillido de ira.

Jack dio un par de pasos atrás; también Christian retrocedió, sorprendido, haciendo ondular su largo cuerpo de serpiente. Contempló unos instantes cómo Zeshak se enzarzaba en una pelea sin cuartel contra una hembra shek en cuyos ojos brillaba un odio no tan ancestral como el que profesaban a los dragones, pero sí igual de poderoso.

Se embistieron una vez más y después retrocedieron un tanto para estudiar a su rival.

–¡Sheziss! –murmuró Jack, desconcertado. ¿Cómo había llegado ella hasta allí?

«Lárgate, niño», oyó la voz de ella en su mente. «Zeshak es mío».

El rey de los sheks debió de contestarle algo, porque los ojos tornasolados de Sheziss relucieron nuevamente; pero era una conversación privada, y ni Jack ni Christian estaban invitados.

–Todo tuyo –murmuró Jack sonriendo; se volvió hacia Christian y le gritó–: ¡Vámonos, Christian!

El shek volvió a la realidad y recuperó su forma humana. Jack ya corría hacia la puerta, haciendo una breve parada en el rincón donde había quedado el Báculo de Ayshel, para recogerlo. Zeshak se giró como un rayo y se lanzó hacia él; pero Sheziss cayó sobre la serpiente alada, silbando furiosamente, y Zeshak no tuvo más remedio que defenderse.

Ya en la puerta, Christian se volvió una vez más para contemplar a los dos sheks que trataban de matarse el uno al otro. Había algo en ellos que lo sobrecogía y lo atraía al mismo tiempo. En aquel momento, la hembra hizo retroceder a Zeshak hasta la terraza, y después se detuvo a mirarlo.

Los ojos de Christian se toparon con los de aquella hembra que, por alguna razón desconocida para él, los estaba ayudando. Sintió que algo se removía en su interior, algo parecido a una extraña añoranza.

La shek entornó los ojos y le dedicó un siseo furioso. Christian retrocedió, alerta. La hembra abrió un poco más las alas y puso el cuerpo en tensión, preparada para atacar. Christian alzó a Haiass, dispuesto a defenderse.

El tiempo pareció congelarse en el instante previo al ataque de la serpiente, y en aquel segundo en el que Christian adivinó su propia muerte entre sus letales colmillos, los dos corazones, el de la shek y el del híbrido, palpitaron a la vez.

Y entonces ella pareció cambiar de idea, porque entornó los ojos, le dirigió un último siseo de advertencia y le dio la espalda bruscamente, dando a entender que le dejaba marchar. Aún confuso, Christian dio media vuelta y echó a correr por el pasillo, en pos de Jack. Todavía pudo ver que Zeshak volvía a abalanzarse sobre la hembra shek y reanudaba la batalla que habían comenzado, y que no tenía nada que ver con dioses, héroes ni profecías; era un asunto personal, adivinó Christian, y muy, muy grave... al menos para ella.

No le dio más vueltas, aunque la mirada de aquella hembra shek y su extraña actitud hacia él le habían llegado muy hondo.

Pronto, sin embargo, solo pudo pensar otra vez en Victoria.

Qaydar y Allegra se habían dado cuenta de que las serpientes aladas eran el auténtico peligro para Awa. Habían cruzado el río con el primer grupo de refugiados, pero se habían quedado para defender las fronteras. Y habían decidido unirse a los feéricos que, en lo alto de los árboles más elevados del bosque, trataban de ahuyentar a los sheks.

No disponían de muchos medios para alcanzarlos en el aire. Sus lanzas y flechas no llegaban hasta ellos, y, si lo hacían, apenas arañaban la superficie de las escamas de las serpientes. Y aunque los rebeldes humanos los instaban a disparar flechas con puntas de fuego, los feéricos eran incapaces de hacerlo.

Pero consiguieron atrapar a un shek con las redes que lanzaban desde las copas de los árboles, y otro de ellos fue capturado por una planta carnívora gigante antes de que lograran congelarla por completo. Y, por supuesto, todos los magos rebeldes arrojaban su magia contra los atacantes alados.

–Cuanto más tiempo los retengamos aquí –dijo Allegra–, más oportunidades daremos a los heridos de llegar al corazón del bosque. Tal vez estén a salvo allí.

Pero Qaydar movió la cabeza.

–A estas alturas, dudo que exista un solo lugar en Idhún en el que estar a salvo –dijo con amargura.

Allegra no supo qué responder.

Estaban situados en una de las enormes flores de uno de los árboles más altos de aquel sector del bosque. El cáliz de la flor constituía un excelente refugio y los ocultaba a la percepción de los sheks. Desde allí lanzaban todo tipo de conjuros de ataque, tratando de alejar a las serpientes del bosque. Otros magos se habían unido también a la batalla aérea. En una flor cercana se ocultaba Tanawe, cuya magia era especialmente feroz cuando se trataba de defender a uno de sus preciados dragones, aunque ya solo quedaran tres en el aire. Y la forma en que se curvaba hacia abajo otra de las flores indicaba que era el refugio de Yber, el único mago gigante de Idhún.

Allegra alzó la mirada al cielo. Lo vio cubierto de sheks, y se sintió atenazada por el desaliento. Se preguntó, una vez más, qué habría sido de Victoria, y si estaría bien. Lo último que sabía de ella era que había ido a matar a Kirtash, el asesino de Jack. Por un instante, deseó que hubiera cambiado de idea. El shek todavía la amaba y, a pesar de que había acabado con el último dragón, a pesar de todos los crímenes que había cometido, era la única persona en Idhún capaz de poner a salvo a Victoria, de alejarla de aquella locura, de curar el dolor de su alma. El hada respiró hondo. Tal vez Kirtash mereciera la muerte; pero, viendo toda aquella destrucción, Allegra deseó que Victoria le hubiera perdonado la vida y que estuvieran los dos juntos, lejos de aquella pesadilla.

Un grito de Tanawe interrumpió sus pensamientos:

–¡Atención, el dorado!

Allegra se irguió de inmediato y se asomó por el borde del cáliz de la flor, justo para ver al dragón dorado planeando peligrosamente por encima de los árboles. Tenía a tres sheks en la cola.

–¿No estaba Kimara a bordo de ese dragón? –dijo el Archimago.

Allegra asintió, y Qaydar dejó escapar una maldición. Quedaban muy pocos magos en Idhún, y, que él supiera, hasta el momento Kimara era la única nueva hechicera consagrada por Lunnaris, el último unicornio. Había que preservarla con vida a toda costa. Con voz potente y terrible, pronunció las palabras de un hechizo de fuego y lo arrojó contra las serpientes que perseguían al dragón artificial. Allegra vio, no sin satisfacción, cómo las tres estallaban en llamas y se precipitaban sobre el bosque, emitiendo chillidos agónicos. Miró a Qaydar, pensativa. Era un hechicero poderoso, no cabía duda. En el pasado, los Archimagos eran respetados por los mismísimos dragones. Pero a veces daba la sensación de que Qaydar no sabía muy bien cómo utilizar aquel poder. Había pasado largas décadas dedicado al estudio de los más complicados hechizos y conjuros, de las formas más sutiles e intrincadas de la magia, pero se había limitado a la teoría, no a ponerlas en práctica. Allegra ya se había dado cuenta de que Qaydar se sentía un poco perdido en el mundo real, tratando con gente de verdad. Y, sin embargo, el poder estaba ahí.

–Archimago –dijo suavemente–, tú conoces todas las formas y variantes de la magia. Hasta ahora hemos utilizado siempre una magia simple, tosca y violenta para luchar contra los sheks, pero está claro que eso no sirve.

Qaydar se volvió hacia ella.

–¿Qué quieres decir? El fuego les hace daño, ya lo has visto.

–Sí –asintió Allegra–. Pero son demasiados. El hechizo sencillo de fuego solo puede alcanzar a uno cada vez, dos o tres como mucho. Necesitaríamos destruirlos a todos al mismo tiempo.

–¿Con fuego? Imposible.

–Pocas cosas hay imposibles para los que dominan los misterios de la magia, ¿no es cierto?

«Para acabar con todos ellos habría que incendiar el cielo», le había dicho a Shail. Respiró hondo. Si fuera posible...

Observó, con el corazón encogido, cómo el dragón de Kimara se precipitaba sobre los árboles, un poco más allá, sin control. Oyó la exclamación de angustia de Tanawe. Y no pudo evitar recordar los tiempos de la conjunción astral. Los dragones artificiales que habían fabricado durante todos aquellos meses estaban ahora cayendo como moscas, igual que en su día habían caído todos los dragones del mundo bajo el poder de Ashran el Nigromante. Igual que había caído Jack bajo el poder de Kirtash, su hijo. Un shek.

«Nadie más», se dijo el hada.

Y luego, en voz alta, añadió lentamente:

–Archimago, hemos de prender fuego al cielo.

Todo había sido muy breve. Demasiado breve, quizá.

Victoria había esperado un largo y complicado ritual; tal vez, incluso, con la asistencia de varios magos. Aunque, pensándolo bien, ningún mago en Idhún, probablemente ni siquiera Gerde, sería capaz de contemplar aquella agonía. Tal vez por eso seguían estando Ashran y ella solos en la habitación.

Tampoco el ritual fue largo ni complicado. Al fin y al cabo, Ashran no era un mago corriente. Se limitó a pasar los dedos por encima de la cabeza del unicornio, varias veces, como tejiendo sobre ella una red de hilos invisibles. Lentamente, sus dedos comenzaron a emitir una extraña luz fría y pálida, hasta trasformarse en garras brillantes. Victoria intentó tranquilizarse, pero no pudo. Tenía miedo, mucho miedo. Temblaba violentamente y le costaba estarse quieta, por lo que cerró los ojos para no ver aquellas garras de luz.

Entonces, de pronto, percibió una cálida presencia en su corazón, que hasta entonces había sentido frío, apagado y solo. «¿Jack?», pensó. «¿Jack está aquí?».

Demasiado tarde. Las garras luminosas hendieron su frente, como dagas de hielo, y giraron...

El unicornio no pudo resistirlo por más tiempo. Gritó.

Nadie en Idhún había oído nunca gritar así a un unicornio. Era un sonido estremecedor, que no se parecía a ningún otro, que atenazaba el alma y que sumía a quien lo escuchaba en una honda tristeza.

Jack y Christian lo oyeron cuando ya subían las escaleras a la carrera. Se detuvieron en seco, horrorizados. Fueron incapaces de moverse mientras el lamento del unicornio recorrió la Torre de Drackwen hasta los cimientos.

También los dos sheks que peleaban más abajo lo escucharon e interrumpieron su lucha, conmovidos y sacudidos por el espanto. Cuando el grito se apagó, poco a poco, como la luz de una vela que se extingue, Sheziss musitó:

«Chica unicornio».

Se alzó sobre sí misma, aún temblando, y dirigió a Zeshak una mirada colérica.

«¿Cómo has podido permitir esto? ¿Cómo pudiste permitir... lo de nuestros hijos?».

«Él tiene el poder y el derecho de hacer todo esto», replicó el shek; pero seguía conmocionado. «No sabes a quién te enfrentas».

«Lo sé», respondió Sheziss. «Ella misma me lo transmitió. Lo más bello que quedaba sobre el mundo... y tú has dejado que él lo destruya».

«Puede crear muchas otras cosas bellas. Cosas nuestras. Y un mundo seguro para todos nosotros. ¿Qué otra opción teníamos? ¿Seguir temiendo y odiando a los dragones, condenados al exilio y al exterminio? ¿Permanecer eternamente en la oscuridad?».

«Ella era la luz», respondió Sheziss. «Ella era la luz, y el futuro. Igual que nuestros hijos».

Furiosa y todavía conmocionada, se lanzó sobre Zeshak, dispuesta, más que nunca, a ejecutar su venganza.

En la escalera, Christian y Jack cruzaron una mirada. No hubo necesidad de palabras. Echaron a correr de nuevo, desesperados. Habían olvidado su dolor y su debilidad. Solo permanecía en su alma el eco del grito del unicornio, el grito de muerte de Victoria.

Su instinto los guió directamente al lugar donde Ashran acababa de realizar su conjuro. Jack golpeó la puerta con su espada, con una furia sin límites, y el fuego de Domivat la hizo estallar en llamas. Los dos se precipitaron al interior.

Kimara miró a su alrededor, aturdida y tiritando de frío. Le parecía un milagro que siguiera viva.

Continuaba en el interior de su dragón artificial. Este no se había estrellado contra el suelo, a pesar de haber caído desde una altura considerable. Sin embargo, estaba claro que el artefacto había sufrido graves daños. Su magia había dejado de funcionar.

Se incorporó poco a poco, pero el dragón se bamboleó peligrosamente. Se quedó quieta y echó un vistazo a través de la ventana frontal. Solo vio ramas congeladas. Con infinitas precauciones, y aún muerta de frío, logró alcanzar la escotilla superior y se asomó al exterior.

Se encontró con que el dragón artificial estaba colgado de las ramas de un enorme árbol. Todo el paisaje estaba cubierto de escarcha.

Se arriesgó a mirar hacia abajo. Prefirió no haberlo hecho. Estaba tan alta que apenas veía el suelo. Se aferró a la escotilla, lamentando no ser más que una aprendiza sin nivel suficiente como para conocer los hechizos de levitación.

Se volvió lentamente para calcular la distancia que la separaba del tronco, y si podría llegar a salvo hasta una rama... y se topó con una carita sucia y húmeda que la miraba con una ferocidad inusitada brillando en sus negros ojos feéricos.

—¡Fuera de mi árbol! —gritó la dríade.

—Lo siento —murmuró Kimara, un poco perpleja—. No tenía intención de caer aquí. ¡Ha sido un accidente!

—¡Siempre es un accidente! ¡Los humanos destrozan los bosques y luego siempre dicen que fue un accidente!

—¡Un momento! Primero, yo no soy del todo humana, soy semiyan, y debo decirte que no sé cómo tratan los bosques los humanos, puesto que en mi tierra no hay muchos humanos, y bosques, todavía menos. Y segundo, ¡estamos en mitad de una batalla! Que sepas que me he jugado la vida luchando contra los sheks que están congelando tu bosque, y que sin duda han causado más destrozos que yo.

Entonces, la dríade se echó a llorar, y Kimara se dio cuenta de que no era más que una niña. La miró con atención. El hada se había acurrucado sobre la rama y se abrazaba al tronco cubierto de escarcha, acariciándolo con cariño. La semiyan entendió que no soportaba ver a su árbol sufriendo.

–Siento lo de tu árbol. Pero... ¿qué tal si me ayudas a bajar de aquí?

La dríade la miró de nuevo, dubitativa.

Entonces se oyó un grito desde abajo:

–¡Kimara! ¿Estás ahí?

La dríade entrecerró los ojos y se ocultó entre las ramas; pero la escarcha que cubría las hojas impedía que estas ocultaran con eficacia su cuerpo verdoso. Kimara no le estaba prestando atención.

–Gracias a los dioses –susurró la joven, sonriendo.

Había reconocido la voz. Era la de Shail.

Ziessel y sus compañeros llegaron de nuevo a las lindes del bosque. La shek mantenía abierto el vínculo de comunicación con su señor, estaba alerta y sabía que algo no marchaba bien. Los sheks que seguían combatiendo contra los rebeldes y congelando el bosque se detuvieron un momento para mirarla. Ella los llamó, se hizo eco de la convocatoria de Zeshak. Los sheks intercambiaron rápidos mensajes telepáticos, y en pocos segundos ya habían decidido quiénes acompañarían a Ziessel a la Torre de Drackwen y quiénes mantendrían el asedio al bosque de Awa. De modo que un buen número de serpientes aladas se unieron al grupo de Ziessel, y pronto se perdieron en el horizonte.

Ocultos entre las copas de los árboles, los magos los vieron marchar.

–¿Adónde van? –murmuró el Archimago.

Allegra frunció el ceño.

–Al oeste –respondió–. A la Torre de Kazlunn, con Gerde. O a la Torre de Drackwen... con Ashran.

–¿Y para qué iba a necesitar Ashran a los sheks precisamente ahora?

Los dos hechiceros cruzaron una mirada.

–Es imposible –dijo Qaydar, adivinando los pensamientos de Allegra.

–Tampoco yo quiero hacerme ilusiones. Pero ¿y si...?

–El dragón está muerto, Aile. Ya lo sabes.

–Pero Victoria no. Y tal vez... tal vez...

–Hace casi dos meses que no sabemos nada de ella. Tal vez haya muerto también.

—Pero quizá exista una mínima posibilidad. Y solo por eso debemos hacerlo.

Qaydar sostuvo la mirada de los ojos negros de Allegra. Sabía de qué estaba hablando.

Llevaban un rato discutiéndolo, mientras trataban de alejar a los sheks del bosque desde la flor en la que se habían refugiado. El Archimago había llegado a la conclusión de que sí había una manera de incendiar el cielo, como proponía Allegra. Pero era muy arriesgada.

—Yo estoy dispuesta —dijo ella—. Si eres capaz de generar tanto fuego, yo soy capaz de dispersarlo.

—¿Capaz? Soy un Archimago, Aile. Puedo hacer eso y mucho más. Pero tú... tú eres un hada. ¿Sabrás manejar el fuego?

—Si es necesario que sepa, sabré.

Qaydar dudó un momento, pero por fin asintió.

—Bien —dijo—. Te explicaré cómo vamos a hacerlo.

Más tarde, Jack recordaría aquel momento de forma confusa. Se acordaría vagamente de haber gritado el nombre de Victoria mientras entraba en aquella habitación en penumbra; de haber visto enseguida el hexágono que iluminaba la estancia, y en cuyo centro estaba ella.

Eso sí que lo recordaría con claridad. La imagen de Victoria, yaciendo en el centro del hexágono, se le quedaría grabada a fuego en el corazón y, mucho tiempo después, todavía lo visitaría en sus peores pesadillas.

La imagen de un unicornio moribundo, tendido en el suelo, con un extraño y horrible agujero negro en la frente.

Incluso así, sin el cuerno, que ahora lucía mágicamente en una de las manos de Ashran, el unicornio seguía sin parecer un caballo. Era demasiado bello y delicado, sus crines demasiado suaves, su piel demasiado pura, y sus ojos demasiado grandes, hermosos y expresivos. Alzó la cabeza con dificultad, con tal gesto de dolor y desconsuelo que a los dos chicos se les rompió el corazón.

—Victoria... —musitó Jack, aterrado.

Enseguida se dieron cuenta de que no sobreviviría mucho tiempo. Apenas tenía fuerzas para moverse, y el tenue brillo sobrenatural de su piel se apagaba poco a poco.

Christian reaccionó antes que Jack. Se volvió hacia su padre, con los ojos húmedos. Dejó escapar un grito de rabia y de odio y se transformó violentamente en shek. Jack no tardó en seguir su ejemplo.

Ya no les importaba nada, ni los dioses, ni la profecía, ni el hecho de que Ashran los había derrotado con insultante facilidad en su anterior enfrentamiento. Estaban ciegos de ira y solo tenían un objetivo: acabar con la vida del hombre que se hacía llamar Ashran el Nigromante, vengar a Victoria y evitar que aquel monstruo le hiciera aún más daño del que ya le había causado. Por una vez, un dragón y un shek peleaban juntos, porque habían encontrado alguien a quien odiar todavía más de lo que se odiaban entre ellos. Apenas cabían en la habitación, pero se las arreglaron para llegar hasta Ashran, que sonreía de forma siniestra.

–¡Shek! –dijo solamente.

Y Christian se detuvo en seco y cayó pesadamente al suelo, detenido por una barrera invisible. Trató de moverse, pero no fue capaz.

Jack apenas se percató de esta circunstancia. Él sí podía moverse, sí podía luchar. Se sentía henchido de una nueva fuerza, maravillosa y viva, que quedaba, no obstante, teñida por la oscuridad de su odio. Comprendió, de pronto, que Ashran no tenía poder sobre él. Y exhaló sobre el hechicero una intensa bocanada de fuego. Christian logró estirar la cola en el último momento para proteger con ella a Victoria.

Jack, exhausto, se detuvo y miró a su alrededor... Pero Ashran había desaparecido.

Lo vio de pronto junto al cuerpo de serpiente de Christian, que seguía en el suelo, retorcido sobre sí mismo. Aún sonreía.

–El shek no te ayudará en la lucha, dragón –dijo–. No podría hacerlo aunque quisiera, porque ya cumplió su misión, que era conduciros ante mí, para que yo pudiera conseguir el cuerno del último unicornio que queda en el mundo.

Levantó en alto el cuerno de Victoria, de Lunnaris, y Jack vio, impotente, cómo el objeto se desvanecía en el aire.

–¿Qué has hecho con él? –gritó.

–Ponerlo a salvo –sonrió Ashran–. Lejos de tu alcance.

Jack se giró de nuevo hacia Christian, desesperado. Pero el shek no se movió.

–Ya te he dicho que no te ayudará –le recordó Ashran–. Es un shek, un instrumento del Séptimo, y no puede escapar a su esencia. Ha de obedecer a su dios, lo quiera o no.

Cada palabra que Ashran pronunció penetró en la cabeza de Jack como un rayo de luz cegadora. Anonadado, contempló de nuevo al Nigromante, y lo vio diferente, mucho más seguro de sí mismo, emanando un halo de oscuro poder. Y no se debía al cuerno que le había arrebatado a Victoria, ni tampoco al poder del Triple Plenilunio. Jack tuvo que bajar la cabeza porque descubrió que no era ya capaz de mirarlo a los ojos. Los iris artificiales de Ashran habían desaparecido; ahora se veía claramente qué era lo que había estado ocultando aquella mirada plateada: unos ojos que sugerían una naturaleza inmortal, una fuerza tan intensa que ni siquiera un dragón podía resistirse a ella.

«No es posible», pensó, anonadado. «Tenemos que enfrentarnos contra... ¿un dios?».

–¡Alsan de Vanissar! ¡Alsan de Vanissar! ¡Da la cara, cobarde! ¡Sal a pelear!

Kevanion se detuvo en medio del bosque y escudriñó las sombras a su alrededor. Estaba furioso porque había perdido de vista a sus hombres en una emboscada de los feéricos. Había visto cómo sus soldados caían uno tras otro, y, aunque se había vengado con creces, segando la vida de cuantas hadas, silfos y duendes se habían cruzado en su camino, todavía no estaba satisfecho. Limpió su espada, bañada en sangre, mientras seguía buscando a Alexander con la mirada. Él era el culpable de todo, se decía. El culpable de haber arrastrado a Nandelt a la guerra cuando ya hacía años que estaba establecido el sistema de gobierno de los sheks; el culpable de haber resucitado la Orden de Nurgon, de haber reconstruido la Fortaleza, símbolo de una institución caduca que ya no tenía razón de ser en Idhún; el culpable, en definitiva, de haber creado todo aquel caos. Kevanion lo había tenido frente a sí en aquella descarada incursión que habían hecho en su campamento, apenas unas horas antes. No se le volvería a escapar.

Las voces de las hadas, susurrantes y amenazadoras, le advertían desde algún lugar de la espesura que no siguiera profanando el bosque; pero el rey de Dingra no las escuchaba.

–¡Alsan! –gritó de nuevo.

Distinguió una figura entre los árboles, una figura humana. Corrió hacia allí.

La silueta lo estaba esperando en un claro del bosque. La luz de las lunas iluminó los rasgos de Covan, el maestro de armas de la Fortaleza.

–Kevanion –lo saludó con una torva sonrisa–. Qué sorpresa. Me temo que no soy Alsan, pero me encantará batirme contra ti. Estoy deseando hacerte probar el filo de mi espada, ¡traidor!

Kevanion se había puesto en guardia nada más reconocerlo, y los aceros de ambos guerreros chocaron con violencia.

La lucha fue breve, pero intensa. Poseído por una furia asesina, el rey de Dingra asestaba mandobles violentos y certeros, pero Covan era más rápido y gozaba de más experiencia. Ambos tenían una edad similar, habían estudiado juntos en Nurgon, habían tenido los mismos maestros. Sin embargo, Covan había pasado toda su vida perfeccionando su técnica, mientras que Kevanion había estado ocupado dirigiendo un reino... o creyendo que lo dirigía, jugando a ser rey bajo la atenta mirada de Ziessel.

Cuando la hoja de la espada de Covan se hundió en el cuerpo del rey de Dingra, los ojos del maestro de armas relucieron un breve instante.

–Suml-ar-Nurgon –dijo solamente.

Sacó su arma del cuerpo inerte de su enemigo y, cuando la estaba limpiando, oyó con claridad un escalofriante aullido que le puso la piel de gallina.

Jack retrocedió un paso. Sintió entonces el cuerpo de Victoria muy cerca de él, el cuerpo del unicornio al que Ashran le había extirpado el cuerno. Pero si el Séptimo dios quería arrebatar el cuerno del último unicornio... ¿quién podía impedírselo?

Los otros Seis, se dijo Jack. ¿Dónde estaban los Seis? ¿Seguían en Erea, contemplando desde allí cómo el Séptimo provocaba una conjunción astral, exterminaba a dragones y unicornios, hacía regresar a los sheks y, en definitiva, conquistaba Idhún? ¿Qué habían hecho ellos al respecto?

«Formular una estúpida profecía», pensó, furioso.

La profecía.

Y entonces lo comprendió.

Christian no podía moverse porque era un shek, una criatura del Séptimo. Tenía que obedecerlo, lo quisiera o no. Pero él, Jack, no lo era. Ashran no tenía poder sobre él. Los Seis dioses estaban allí, con él, en aquella habitación. De alguna manera.

Volvió a atacar, pero en esta ocasión no utilizó el fuego. Se arrojó sobre Ashran, con las fauces y las garras por delante, buscando destrozar el cuerpo en el cual se ocultaba el dios de los sheks. Un frágil cuerpo humano... que tal vez sí fuera vulnerable. Se aferró a esa esperanza.

Ashran lo detuvo con un solo gesto de su mano. Lanzó contra él algo que Jack no vio, pero que lo arrojó violentamente hacia atrás y lo hizo estrellarse contra la pared. El dragón sacudió la cabeza para despejarse y volvió a la carga. Una y otra vez.

Guiados por el aullido, Shail y Kimara llegaron al lugar donde se había estrellado Fagnor.

Y se toparon con una escena sobrecogedora.

El dragón artificial estaba hecho pedazos entre las raíces del árbol. El cuerpo de Kestra sobresalía apenas por la abertura superior; parecía que la joven estaba inconsciente, tal vez malherida, tal vez muerta.

Y junto a ella se erguía una enorme bestia que recordaba a un lobo, pero que también tenía un vago parecido con un hombre.

—Alexander, no —susurró Shail, aterrado.

El ser se volvió hacia ellos, enseñando los colmillos. Sus ojos relucían con un brillo de locura asesina; su espeso pelaje grisáceo se encrespaba sobre los músculos tensos.

—¡A cubierto! —gritó Shail, justo antes de que la bestia se abalanzara sobre él.

Kimara dio un salto hacia un lado y rodó por el suelo.

El ser que había sido Alexander chocó contra la barrera mágica levantada por Shail en el último segundo. Cayó al suelo y volvió a intentarlo..., pero de nuevo le fue imposible acercarse al mago.

Los dos se miraron un momento. Shail buscó en los ojos de la bestia el brillo inteligente y sereno de la mirada de Alexander, o al menos una chispa de reconocimiento, pero no encontró nada de eso. La criatura gruñó de nuevo y saltó... hacia lo más profundo de la espesura, lejos de Shail y Kimara.

—Que Aldun nos proteja —susurró Kimara—. ¿Qué era eso?

Shail no respondió, al menos al principio. Se había quedado de pie, apoyado en su bastón, contemplando el lugar por donde había desaparecido la bestia.

–*Eso* era mi amigo –murmuró por fin, a media voz; sacudió la cabeza–. ¡Tengo que detenerlo!

Se puso en marcha de nuevo, caminando todo lo rápido que podía; sabía que no podría alcanzar a Alexander, no con una sola pierna... Pero tenía que intentarlo.

Kimara también echó a correr, pero en dirección a Fagnor, para ver si Kestra estaba bien. No tardó en descubrir lo que había sucedido.

Durante un rato se quedó allí, temblando, sin saber qué hacer, con los ojos llenos de lágrimas... hasta que sintió una presencia tras ella y se volvió, lentamente.

Se trataba de un mago humano. Kimara lo contempló con cautela. Era un mago, de eso no tenía duda. No llevaba las túnicas propias de los magos, pero seguía portando sus amuletos. Sin embargo, la joven estaba segura de no haberlo visto nunca en Nurgon.

Parecía agotado tras un largo viaje. Y desesperado.

–Alsan de Vanissar –pudo decir–. Tengo que encontrar a Alsan.

En aquel momento, un nuevo aullido resonó por la espesura.

–Me temo que él no está en condiciones de recibirte ahora, mago –murmuró Kimara.

El hechicero dio un puñetazo al tronco del árbol, impaciente.

–Tengo que hablar con él. Traigo un mensaje urgente desde la Torre de Kazlunn. Un mensaje de un muchacho llamado Jack.

El corazón de Kimara se olvidó de latir por un breve instante.

El poder de Ashran lo golpeaba, lo hería, lo dañaba, pero no lo mataba, comprobó Jack, sorprendido. Algo lo protegía, y ese algo, sospechó, eran los Seis dioses que, supuestamente, lo habían convocado a aquella batalla. En cualquier caso, no bastaba para derrotar a Ashran, ni siquiera para llegar hasta él.

–No puedes matarme –rugió el dragón, cuando se levantó por enésima vez.

–Todavía no –respondió Ashran con indiferencia–. Pero no importa. No necesito esperar a que mueras de agotamiento. El unicornio morirá antes que tú y, cuando lo haga, ya no tendrás energía para seguir luchando.

Horrorizado, Jack se dio la vuelta hacia Victoria, y se dio cuenta de que tenía razón. El unicornio no tenía ya fuerzas para levantar la cabeza. Respiraba con dificultad, y su hermosa piel perlina se estaba volviendo de un mustio color grisáceo. El dragón entendió, de pronto, que en el momento en que ella muriera, todas sus fuerzas lo abandonarían porque, con dioses o sin ellos, aquella lucha no tendría sentido sin Victoria.

Ashran golpeó de nuevo, aprovechando el breve momento de desconcierto de Jack. No necesitaba tocarlo para hacerle daño, ni siquiera precisaba lanzar ningún conjuro ni utilizar la energía mágica como hacían los hechiceros. Alzaba la mano... y Jack sentía como si algo enorme e invisible machacara sus huesos, una y otra vez. Se dejó caer pesadamente al suelo, muy cerca de Victoria. Inconscientemente, alargó un ala para cubrir el cuerpo del unicornio, como ya había hecho en una ocasión, muchos años atrás. Oyó la suave risa de Ashran, pero no le prestó atención.

–Lo siento –le susurró a Victoria–. No he podido salvarte, pero... te quiero, te quiero con toda mi alma.

Ella no tuvo fuerzas para responder. Cerró los ojos y dejó caer la cabeza, y Jack temió que se hubiera ido para siempre. Con un soberano esfuerzo, se puso en pie para enfrentarse a Ashran otra vez. Había decidido que, mientras palpitase en Victoria un hálito de vida, él seguiría luchando...

El rey Amrin de Vanissar avanzaba abriéndose paso por la espesura, con la espada desenvainada, muy desorientado. Hacía rato que había perdido de vista a su gente. Había peleado contra hadas y silfos, contra guerreros rebeldes y solitarios luchadores bárbaros, pero empezaba a temer que Awa no se conquistaría por tierra. Nuevamente, la clave estaba en los sheks y en el conjuro de hielo que estaban arrojando sobre el bosque. De modo que tal vez lo más sensato fuera replegarse y salir de allí... si es que lograba encontrar la salida.

Por un momento, echó de menos a Eissesh. Había vivido muchos años sometido al poder del shek y siempre lo había odiado, pero ahora se daba cuenta de que le resultaba cómodo no tener que tomar decisiones, hacer simplemente lo que Eissesh le ordenaba que hiciera. Alzó la cabeza para contemplar el cielo, surcado de serpientes aladas. Cualquiera de ellas podía ser Eissesh. Desde tan lejos, no era capaz de asegurarlo.

Cuando bajó de nuevo la mirada, se encontró con que algo lo estaba mirando a él. Algo enorme, terrorífico y letal, algo cuyos ojos relucían siniestramente bajo la luz de las lunas.

A Amrin se le heló la sangre en las venas.

–¿Al... san? –pudo decir.

La criatura gruñó, enseñando dos impresionantes hileras de dientes.

Shail corría como podía por el bosque, cojeando... hasta que su bastón tropezó con una raíz... y el mago cayó al suelo cuan largo era.

Se quedó allí un momento, temblando de rabia y de impotencia, maldiciendo el día en que un shek le había arrebatado la pierna, sintiéndose torpe e inútil. Ni siquiera su magia podía servirle en esta ocasión, porque solo podía teletransportarse a lugares que hubiera visto con antelación, y el conjuro de levitación apenas duraba unos minutos, no lo suficiente como para alcanzar a Alexander.

Fue entonces cuando oyó el grito de horror del rey Amrin. Se incorporó, alerta.

–Hechicero... –susurró de pronto una voz junto a él, sobresaltándolo.

Shail se volvió. A su lado había cuatro silfos, que lo observaban con gravedad. Parecían cansados y estaban heridos, y sus armas, manchadas de sangre.

–Hay algo en el bosque –dijo uno de ellos–. No podemos controlarlo. No podemos detenerlo. Necesitamos de tu magia.

–No puedo andar –dijo Shail.

–Nosotros te llevaremos.

Se oyó entonces otra voz pidiendo auxilio: la de Denyal, el líder de los Nuevos Dragones.

Solo obtuvo el gruñido de la bestia como respuesta.

Ziessel y sus compañeros sobrevolaban ya el corazón de Dingra cuando le llegó la voz telepática de Zeshak:

«Os he fallado, Ziessel».

Ziessel siseó suavemente, pero no dijo nada. Su mente había acompañado a su rey mientras luchaba contra el dragón y, después, cuando se presentó Sheziss de improviso para enfrentarse a él. Había acelerado el vuelo, había instado a su grupo a imprimir más velocidad al movimiento de sus alas, pero sabía que no llegarían a tiempo, que estaban demasiado lejos.

«He sucumbido al odio», prosiguió Zeshak, «y ahora el dragón va a enfrentarse a Ashran. Puede que se cumpla la profecía. Puede que seamos derrotados. Si yo caigo, Ziessel, tú tomarás mi relevo. Quiero que seas la nueva reina de los sheks. Quiero que busques al último dragón, si sobrevive a esta batalla, y que acabes con su vida para que los sheks sean libres. Y una vez hayas hecho esto... guiarás a nuestro pueblo hasta un lugar donde puedan establecerse en paz. Sé que es una gran responsabilidad, Ziessel, pero también sé que tú puedes triunfar donde yo he fracasado».

Ziessel escuchó, anonadada.

«Así se hará, mi señor», pudo murmurar. Apenas fue consciente del mensaje que transmitió Zeshak a las mentes de todos los sheks de Idhún: «Ziessel es nuestra nueva reina. Seguid a Ziessel. Ziessel es la nueva heredera de Shaksiss, Ziessel es la señora de todos los sheks. Seguid a Ziessel. Seguid a Ziessel».

Ella no prestó atención. Solo estaba pendiente del tono de la voz de Zeshak, que era cada vez más débil... hasta que se apagó por completo.

La alta figura del Nigromante se alzaba ante él, más poderosa y amenazadora que nunca. Jack desvió la vista para no tener que mirarlo a los ojos. Lo atacó otra vez, y otra vez cayó al suelo, jadeante.

–¿No vas a rendirte? –preguntó Ashran.

Volvió entonces la cabeza hacia Victoria, alzó la mano, y Jack entendió enseguida qué era lo que se proponía.

–¡No! –pudo gritar, antes de ponerse en pie, con sus últimas fuerzas.

Pero Ashran no tuvo tiempo de ejecutar a Victoria. Algo hendió su espalda, algo gélido y cortante, y, cuando volvió la cabeza, se topó con unos ojos azules, no menos fríos que el filo de la espada que lo atravesaba.

–Tienes poder sobre el shek que hay en mí, padre –dijo Christian–. Pero has olvidado que también soy humano en parte.

Ashran entrecerró los ojos y alzó la mano. Le bastó aquel gesto para lanzar a Christian hacia atrás, lejos de sí. El muchacho cayó al suelo, con un grito, y Jack se dio cuenta de que el poder del Nigromante le había hecho daño de verdad. Por un instante, temió que estuviera muerto, pero le pareció que lo veía estremecerse. No recuperó la consciencia, sin embargo.

Jack comprobó, horrorizado, que la espada de hielo no había matado a Ashran. El Nigromante se volvió hacia ellos, todavía con el arma clavada en su cuerpo, y con los ojos relucientes de ira. Jack actuó por instinto: vomitó su fuego sobre él.

Tuvo la satisfacción de oírle gritar. Cuando las llamas se disolvieron, vio, sin embargo, que solo las manos de Ashran ardían; por lo demás, el resto de su piel estaba intacto. Jack dejó escapar un rugido de frustración. Apenas le quedaba ya fuego, y estaba completamente agotado. Haciendo un último esfuerzo, volvió a arrojarse sobre su enemigo. Lo derribó de un zarpazo o, al menos, eso le pareció. Porque enseguida vio que ya no estaba donde se suponía que debía estar, sino que lo tenía a su derecha, peligrosamente cerca de él.

–Ya hemos jugado bastante –dijo.

Jack se dio cuenta de que no podría moverse más. Volvió la cabeza hacia Victoria... y descubrió, sorprendido, que el unicornio ya no estaba allí.

Ashran también la buscó con la mirada... y la vio justo junto a él.

Solo que ya no era un unicornio. Volvía a ser Victoria, una muchacha humana, aunque aquel agujero de tinieblas todavía desfiguraba su rostro, marcando el lugar donde se había alzado su largo cuerno espiralado.

Jack la miró, sobrecogido. Apenas podía tenerse en pie, pero se sostenía sobre el Báculo de Ayshel, que había llegado misteriosamente a sus manos. Y había algo en sus ojos que daba escalofríos.

–Dijiste que no sufrirían daño –le dijo a Ashran, muy seria–. Ese era el trato.

El Nigromante no tuvo ocasión de responder. Victoria alzó el Báculo y, con un movimiento rápido y certero, hundió su extremo en el pecho de Ashran, que lanzó un grito y alargó la mano hacia la muchacha, tratando de aferrarla; pero ella dio un paso atrás, apartándose de su alcance. Los dedos del Nigromante no llegaron a rozarla, sino que se enredaron en la cadena de su colgante, la Lágrima de Unicornio, y se la arrancaron del cuello. Victoria no pareció darse cuenta. La Lágrima de Unicornio cayó al suelo, y el cristal se hizo pedazos contra las baldosas de piedra.

La energía del báculo se expandió por el cuerpo del Nigromante, convulsionándolo. También pareció reactivar el poder de Haiass, que arrojó sobre Ashran un destello de luz gélida, y una capa de escarcha empezó a cubrir su espalda.

«Mi turno», pensó Jack, agotado.

Inspiró hondo y arrojó sobre Ashran sus últimas llamaradas de fuego de dragón.

El Nigromante volvió a gritar, y en esta ocasión fue un agónico grito de muerte.

«Ya está», se dijo Jack. «Hemos vencido».

Los silfos depositaron a Shail en un claro del bosque, y después se elevaron un poco en el aire, cargando sus arcos y preparando sus lanzas, listos para entrar en acción.

También Shail estaba preparado. O, al menos... eso era lo que pensaba, antes de ver la escena que lo aguardaba allí.

La criatura que antes había sido Alexander se alzaba, imponente y terrorífica, bajo las tres lunas. Frente a ella estaba Denyal, temblando, tratando de mantenerla alejado con su espada. Era evidente que la bestia ya había logrado alcanzarlo, porque tenía el brazo izquierdo destrozado.

A los pies de la criatura yacía un cuerpo ensangrentado.

El cuerpo del rey Amrin de Vanissar.

–Por todos los dioses –susurró Shail, horrorizado–. Alexander, ¿qué has hecho?

La bestia había detectado su presencia, y se volvió hacia ellos con un gruñido aterrador. Para cuando saltó hacia ellos, Shail, todavía conmocionado, ya tenía preparado el hechizo paralizador, y gritó las palabras en idhunaico arcano. Le tembló un poco la voz, pero la urgencia, el miedo y la desesperación le dieron al hechizo la fuerza necesaria.

La magia golpeó a la criatura, pero, para horror de Shail, no la hizo detenerse. Volvió a repetir el hechizo, y esta vez consiguió aturdirla un poco.

Los silfos aleteaban sobre la bestia, atacándola con todo lo que tenían, pero las lanzas no hendían su piel, y las flechas apenas parecían molestarlo más que picaduras de insectos. Aquello que antes había sido Alexander volvió a saltar sobre Shail, y el joven hechicero vio la muerte y la locura brillando en sus ojos. Tenía que probar con un hechizo letal, o la bestia lo mataría a él.

Con un nudo en la garganta, pronunció un conjuro de ataque y lanzó la energía mágica hacia la bestia, con toda la violencia de la que fue capaz. La criatura cayó hacia atrás, con un agónico gemido. Se levantó de nuevo. Estaba furiosa.

–¡No me obligues a matarte! –gritó Shail–. ¡Alexander! ¡Alsan! ¡Escúchame!

La bestia gruñía. Nada en su actitud indicaba que hubiera escuchado las palabras del mago.

En aquel momento, llegó alguien más al claro. La bestia se volvió hacia él.

–¡Covan! –exclamó Shail al reconocerlo–. ¡Márchate! ¡Aléjate de él!

El maestro de armas se había quedado contemplando a la criatura, horrorizado. La bestia, con un gruñido, se arrojó sobre él. Covan interpuso su espada entre ambos. Shail supo que solo tendría una oportunidad.

«Por lo que más quieras, mago», se dijo a sí mismo, «pon en juego hasta la última gota de tu magia, o estaremos perdidos».

–¡Covan! –le gritó al caballero–. ¡Que no se mueva!

Covan acababa de hundir la espada en el pecho de la bestia y había comprobado, con estupor, que con ello solo había logrado enfurecerla todavía más. Y, para colmo, se había quedado sin el arma. Retrocedió lentamente, sin apartar la vista de la criatura.

Shail pronunció entonces las palabras del conjuro que mantenía quieta a la bestia en el interior de su amigo. La magia brotó, pura y vibrante, y se transformó, a través de las palabras arcanas, en el hechizo que el mago deseaba.

La bestia se quedó sin aliento, como si acabara de recibir un fuerte golpe en la espalda, y dejó escapar un gañido. Sacudió la cabeza y se volvió hacia Shail, que se había dejado caer al suelo, agotado.

El mago sintió que la criatura se acercaba, pero no tenía fuerzas para escapar. Alzó la cabeza.

Y descubrió por fin los rasgos de Alexander en aquel rostro animal. Seguía sin ser del todo humano, pero su mirada era inteligente, racional, y parecía aturdido y preocupado.

–¿Shail? –gruñó–. ¿Qué ha pasado?

El joven hechicero sacudió la cabeza, incapaz de hablar. Alexander miró entonces a su alrededor. Vio a Covan, que lo observaba con profundo espanto. Vio a Denyal, que, demasiado débil como para tenerse en pie y apoyado contra el tronco de un árbol, se sujetaba la profunda herida que quedaba del brazo que la bestia le había arrancado de un mordisco, o de un zarpazo.

Y vio en el suelo el cuerpo sin vida de su hermano.

—No puede ser —susurró, aterrado.

Se volvió hacia Shail, con violencia, esperando una explicación. El mago no tuvo fuerzas para hablar, pero Alexander leyó la verdad en su expresión.

—No puede ser —repitió—. ¡No! —gritó, y la palabra terminó en una especie de aullido.

Los miró a todos, alternativamente, como un animal acorralado, torturado por el horror y por la culpa.

Y entonces dio media vuelta y echó a correr, internándose en la espesura.

—¡Alexander! —lo llamó Shail. Trató de ponerse en pie, pero no tuvo fuerzas. Soltó una maldición por lo bajo.

En aquel momento irrumpieron dos personas en el claro.

—¡Shail! ¡Shail! ¿Eres tú?

Era la voz de Kimara. Shail quiso responder, pero ella ya lo había visto, y no le dio tiempo.

—¡Shail! —dijo ella atropelladamente, hablando tan deprisa que apenas pudieron entenderla—. ¡EstemagovienedeKazlunn! ¡Dicequetraeunmensajede Jack! ¡ÉlyVictoriaestánbienyteníanpensadoenfrentarseaAshranestamismanoche! —inspiró hondo y trató de calmarse un poco para decir—: ¡Jack está vivo!

Shail no contestó. Hundió el rostro entre las manos y sus hombros se convulsionaron en un sollozo silencioso.

—Estoy preparada —dijo Allegra.

—También yo —respondió Qaydar; la miró a los ojos, muy serio—. ¿Sabes lo que estás a punto de hacer?

—Sí —sonrió ella.

Hubo un breve silencio.

—Debería impedírtelo, Aile Alhenai.

—Lo sé. Pero no lo harás, Qaydar el Archimago. No lo harás porque sabes que es la única solución posible.

Qaydar no respondió.

—Si no salgo de esta —prosiguió la maga—, quiero que me jures por lo que sea más sagrado para ti que respetarás a Victoria.

El Archimago alzó la cabeza. Sus ojos relucieron un breve instante.

—Ella es el último unicornio. La última esperanza de la Orden Mágica. Si sigue viva...

–... si sigue viva debe poder entregar la magia a quien ella quiera. Lo primero que nos enseñan cuando entramos en la escuela de hechicería, Qaydar, es que los unicornios deben ser libres...

–... para que la magia sea libre –completó Qaydar–. Lo sé, Aile.

–Júramelo, Qaydar. Quiero estar segura de que estamos creando un mundo mejor para ella. Un mundo donde el último unicornio pueda ser libre para otorgar su don.

–Lo juro, Aile –dijo Qaydar tras una breve pausa.

El hada asintió y sonrió con dulzura. Después usó el conjuro de levitación para elevarse varias decenas de metros por encima de la flor que les servía de refugio. Se concentró, tratando de ignorar a las serpientes que la habían detectado y se abalanzaban sobre ella, siseando de furia. Y se quedó allí unos segundos, suspendida en el aire, sobre las copas de los árboles de Awa, con los cabellos flotando en torno a ella.

Abrió los brazos. Extendió los dedos y los separó al máximo.

No vio la violenta columna de fuego que generó Qaydar momentos después, y que dirigió hacia ella. No quiso verla, no quiso mirarla, porque los feéricos temían al fuego casi tanto como los sheks, y sabía que eso le haría perder concentración. Pero estaba ahí, la percibía.

Cuando las llamas alcanzaron su cuerpo, Allegra echó la cabeza hacia atrás y gritó las palabras del conjuro.

Y el fuego se expandió a través de ella, recorrió sus brazos, sus manos y sus dedos y, amplificado por la fuerza de su magia, se extendió de forma semejante a las ondas de un estanque cuando se tira una piedra, cada vez más lejos, cada vez más lejos...

El anillo de fuego siguió expandiéndose hasta cubrir todo el cielo como una inmensa cúpula incandescente.

Los sheks que estaban más cerca de Allegra ardieron en llamas de forma instantánea. Los que vieron venir el fuego dieron media vuelta y trataron de escapar...

La mayoría de ellos no lo logró, y murieron, entre chillidos y siseos aterrorizados, mientras sus cuerpos de hielo se deshacían entre las llamas como gotas de escarcha.

Y el incendio del cielo siguió extendiéndose y dispersándose, mientras el cuerpo de Allegra, la hechicera feérica, la Señora de la Torre de Derbhad, se consumía entre las llamas y alimentaba, a su vez, la desgracia y caída de los sheks.

Jack y Victoria contemplaron, exhaustos, cómo el cuerpo de Ashran se consumía envuelto en un manto de fuego, hielo y luz. Cuando sus últimos rescoldos se desvanecieron en el aire, una sombra se alzó sobre ellos, una sombra que parecía hecha de nada y hecha de todo, el frío más inhumano, la oscuridad más desoladora. La sombra pareció observarlos un momento, y no habrían sabido decir si les transmitía el odio más exacerbado o se reía de ellos. En cualquier caso, no era una sensación agradable. Victoria dejó escapar un pequeño grito de terror.

Entonces, la sombra se desvaneció.

Hubo un momento de silencio, mientras ambos recuperaban la voz.

—Oh, ¿qué hemos hecho? —musitó entonces Victoria.

Tembló un instante, y cayó al suelo como una hoja en otoño. Jack la recogió con una garra y la miró, ansioso. Victoria sonrió débilmente, pero en su rostro había una profunda huella de miedo.

—Hemos derrotado a Ashran —dijo Jack.

—Hemos... hemos liberado al dios oscuro en el mundo, Jack —musitó ella.

Él se quedó helado.

—¿Qué?

—Nadie... nadie puede vencerlo, no nosotros —dijo Victoria con esfuerzo—. Y ahora... si no tiene cuerpo... ¿cómo vamos a detenerlo?

Jack calló, horrorizado. Victoria le sonrió de nuevo. Jack bebió de aquella sonrisa, tratando de no fijarse en el horrible agujero de su frente.

—Pero... lo importante... —prosiguió ella— es que estáis vivos... los dos.

Sonrió otra vez... y perdió el sentido.

Ziessel sentía que le iba a estallar la cabeza. No dejaba de recibir mensajes telepáticos de los sheks, de muchos sheks, mensajes de alarma, de horror, de muerte..., mensajes caóticos que le costaba trabajo asimilar.

«Zeshak ha caído».

«Ashran ha caído».

«El cielo arde en llamas».

«Estamos siendo derrotados».

«¿Qué hacemos? ¿Qué hacemos?».

«Estamos muriendo, estamos muriendo».

«El fuego...».

«Nosotros...».

«No...».

Ziessel chilló, tratando de ordenar toda la información. Deseó con todas sus fuerzas que las voces se callaran... y entonces lo hicieron.

Aunque no fue exactamente así. Las voces seguían sonando, pero hubo otra, helada, oscura y autoritaria, que sonó por encima de todas ellas, una voz que no podía ser ignorada.

«Ziessel», susurró la voz.

«¿Quién eres?», preguntó ella, estremeciéndose de terror, sin saber por qué.

«Ya sabes quién soy», fue la respuesta. Y Ziessel lo supo.

«Ashran», comprendió, anonadada. «No. Ashran. Sí eres Ashran, pero eres...».

«Mucho más».

Ziessel calló. Estaba tan confusa que no se le ocurría nada que decir. Entonces, los siseos de los sheks que la acompañaban en su vuelo hacia Drackwen la alertaron de que algo sucedía. Se volvió y vio que, en la línea del horizonte, el cielo estaba ardiendo. Y no era el primer amanecer. Dejó escapar un suave siseo de terror cuando comprendió que las llamas se expandían hacia ellos con tanta rapidez que no tardarían en alcanzarlos.

«Escúchame, Ziessel», dijo la voz. «Hemos perdido esta batalla, una batalla más, pero no la guerra. No voy a permitir que sucumbáis entre las llamas. Tenéis que marcharos de aquí».

«¿Adónde? ¿A Umadhun?».

«No, Ziessel. Tú tienes la clave. Eres la nueva reina de los sheks. Tienes un poder que Zeshak poseía, porque yo se lo otorgué. El mismo poder que poseía su hijo... el hijo de Ashran... hasta que yo se lo arrebaté. Zeshak te ha elegido como sucesora... y yo te entrego sus mismos poderes.»

Ziessel comprendió. Y en su helado corazón de shek se encendió una luz de esperanza.

De pronto se oyó un sonido estruendoso... y, sin ninguna razón aparente, todas las paredes empezaron a resquebrajarse. El suelo tembló.

«La torre se hunde», pensó Jack. «Tengo que sacarla de aquí».

Miró a su alrededor. Aquella habitación no tenía ventanas. Comprendió que la mejor forma de salir de allí era volando, y recordó la sala que se abría a la terraza, donde había dejado luchando a Zeshak y a Sheziss. Con un poco de suerte... la Puerta a Limbhad seguiría abierta.

Se transformó de nuevo en humano. Ser dragón le consumía muchas energías, y las iba a necesitar para el vuelo. Cargó con Victoria, recogió a Domivat y el Báculo de Ayshel y fue hasta donde estaba Christian.

El shek estaba malherido, pero seguía vivo. Jack lo sacudió sin contemplaciones.

−¡Despierta! ¡Esto se viene abajo!

Christian no reaccionó. Jack estuvo tentado de dejarlo allí, pero finalmente optó por acercar a Domivat a su rostro inerte. El calor del fuego alertó todos sus sentidos de shek y le hizo incorporarse y retroceder por instinto.

−¡Tenemos que irnos! −le urgió Jack−. ¡Recoge a Haiass y levántate, aunque sea lo último que hagas!

Christian lo miró, aún un poco aturdido, pero se levantó, vacilante. Estuvo a punto de caer, y Jack tuvo que sostenerlo. El shek logró llegar hasta su espada. No se fijó en el montón de cenizas que era todo lo que quedaba de Ashran. Como un autómata, se arrastró detrás de Jack y de Victoria, fuera de la habitación.

Aquel tramo de escaleras fue el más largo de sus vidas. Jack avanzaba delante, cojeando, cargando con Victoria. Christian los seguía, apoyándose en la pared, demasiado débil como para mantenerse en pie por sí mismo, mientras la Torre de Drackwen temblaba, como sacudida por un seísmo, y todo a su alrededor parecía venirse abajo.

Cruzaron la última puerta momentos antes de que el arco de la entrada se derrumbase sobre ellos. Christian saltó hacia adelante para esquivar los bloques de piedra, pero las piernas le fallaron y cayó al suelo.

Un cuerpo frenó su caída. Un cuerpo enorme y escamoso.

Christian se incorporó a duras penas y retrocedió, receloso.

Pero aquel shek estaba muerto, al igual que el que yacía junto a él. Las dos grandes serpientes aladas habían sucumbido juntas, luchando el uno contra la otra, en un último abrazo de amor y de muerte.

Christian los contempló, anonadado. Algo le oprimía el alma y, por alguna razón, el shek que habitaba en su interior derramaba lágrimas amargas. Alzó la cabeza y vio a Jack, y le sorprendió ver que él también lloraba. Supo, de alguna forma, que no lloraba la muerte del rey de los sheks, sino la de la hembra que lo había matado y había muerto con él.

—Se llamaba Sheziss —le dijo Jack, limpiándose las lágrimas con el dorso de la mano—. Era...

—No lo digas —cortó Christian, con esfuerzo—. Sé lo que vas a decir... pero no lo digas. Ahora no.

Jack asintió. Se sobrepuso y avanzó, cojeando, hacia la terraza. Christian vaciló un momento, pero finalmente lo siguió. Se reunió fuera con Jack. Los dos advirtieron, sorprendidos, que en la línea del horizonte, hacia el este, el cielo parecía envuelto en llamas, llamas que se expandían rápidamente hacia ellos.

—¿Qué diablos...? —empezó Jack, pero no pudo seguir porque la torre tembló una vez más, y el techo de la estancia que acababan de abandonar se derrumbó tras ellos. Jack se volvió con brusquedad.

—¡Sheziss! —gritó.

Se topó con la mirada cansada de Christian.

—Debes de ser —comentó, con sus últimas fuerzas— el primer dragón que ha llorado la muerte de un shek... desde el principio de los tiempos.

También sus ojos estaban húmedos. Jack no supo qué responder.

La mirada de Christian se nubló entonces. Jack alargó el brazo rápidamente, y pudo cogerlo antes de que cayera al suelo. Había perdido el sentido otra vez.

Jack maldijo en voz baja. Se transformó en dragón para poder cargar con los dos, con Christian y con Victoria, y desplegó las alas...

Se volvió una vez más, sin embargo. Algo le impedía abandonar la torre, y no era solo el hecho de que Sheziss había muerto allí.

«El cuerno de Victoria», pensó.

No sabía si, recuperando el cuerno, los magos podrían volver a insertarlo en su lugar. Tampoco sabía si seguía allí, en la torre, o Ashran lo había enviado a otro lugar. Pero, en cualquier caso...

Una última sacudida de la torre le hizo decidirse. No había tiempo para buscarlo. El suelo de la terraza se hundió bajo sus pies.

«Pero no podemos pasar», dijo Ziessel, angustiada. «No podemos pasar».

«Podéis pasar», respondió la voz. «Podéis pasar, porque ahora yo estoy aquí para romper el sello. Antes estaba encarcelado en un cuerpo, tenía muchos límites..., ahora ya no los tengo. Y mientras esto siga así,

Ziessel, mientras sea libre, antes de que ellos vengan, puedo romper ese sello».

Ziessel seguía volando en círculos, indecisa. El fuego se acercaba rápidamente desde la línea del alba.

«No podemos pasar», susurró.

«Podéis pasar», repitió la voz. «Pero tiene que haber alguien que cruce primero, que se sacrifique por los demás. Créeme, Ziessel. El sacrificio no será en vano. Id, marchaos y aguardad mi señal. Os estaré esperando».

Ziessel dio un par de vueltas más. Después se armó de valor y, con un chillido, cruzó...

Jack se elevó en el aire en el último momento, llevando consigo a Christian y Victoria. Oyó un crujido tras él, y se volvió justo a tiempo para ver que una parte del muro se derrumbaba sobre ellos. Con sus últimas fuerzas, el dragón batió las alas con desesperación, esquivando los grandes bloques de piedra que amenazaban con aplastarlos a los tres. Voló hacia las tres lunas, alejándose de aquel lugar maldito; pero no se atrevió a elevarse mucho, porque el fuego que venía de oriente seguía incendiando el cielo a su paso.

Entonces vio, clavada en el firmamento, desafiando a las llamas, una enorme espiral luminosa que rotaba sobre sí misma, como una galaxia en miniatura. «¿Qué es eso?», pensó. «Parece... una Puerta».

¿La Puerta a Umadhun? ¿Regresaban los sheks a su dimensión, ahora que Ashran había sido destruido? Pero... ¿no estaba la Puerta a Umadhun en los Picos de Fuego? ¿O es que había otra Puerta?

La espiral comenzó a girar más deprisa, y Jack vio que un shek se precipitaba hacia su centro, huyendo del fuego, con un chillido de ira y terror. Su cuerpo se desintegró en el acto. Jack jadeó, sorprendido.

Entonces, la espiral mostró una imagen; fue solo un momento, pero quedó grabada en la retina de Jack y en su corazón. Un paisaje estrellado, iluminado por una sola luna.

La imagen desapareció tan súbitamente que Jack pensó que lo había imaginado.

Vio que otros sheks, cerca de una veintena, seguían al primero y penetraban a través de la espiral. A Jack le pareció que, en esta ocasión, pasaban ilesos.

Un estallido a su espalda le hizo olvidarse del fenómeno; volvió la cabeza y vio que la Torre de Drackwen estaba ardiendo en llamas, y su calor se expandía con mucha rapidez. Comprendió que todavía estaban en peligro.

Luchó por volar más deprisa, mientras, a sus espaldas, la Torre de Drackwen ardía en un infierno de llamas. Encogió las garras para estrechar contra él los cuerpos de Christian y Victoria, en un esfuerzo por protegerlos a ambos.

Pero las fuerzas lo abandonaban y la conciencia se le escapaba lentamente. Y, cuando se precipitó sobre las copas muertas de Alis Lithban, solo tuvo tiempo de rotar sobre sí mismo para caer de espaldas y evitar el choque a los dos frágiles cuerpos que protegía. Sintió que se quebraba un ala, y rugió de dolor. Pero Christian y Victoria rebotaron con suavidad sobre su cuerpo, sin hacerse daño. Los notó resbalar sobre su pecho, y alargó una garra para sujetarlos, pero se le escurrieron y cayeron al suelo.

«Victoria», pensó el dragón, aún aturdido por el golpe. La sintió fría junto a su cuerpo. Demasiado fría.

«Victoria, no».

Quiso abrazarla para transmitirle parte de su calor, pero era demasiado grande. Se metamorfoseó de nuevo en humano. La atrajo hacia sí, con torpeza, y la abrazó con todas sus fuerzas.

Ella no reaccionó.

Demasiado fría.

Jack percibió que Christian se arrastraba con esfuerzo hacia ellos y alargaba el brazo para rodear la cintura de Victoria. Jack quiso impedírselo, pero solo tuvo fuerzas para pensar: «Vete. Estás frío», antes de perder el sentido definitivamente.

XXVIII
Convalecencia

F RÍA –dijo Shail, con un estremecimiento–. Tan fría. Y con aquella horrible cosa en la frente...
Se le quebró la voz. Zaisei lo abrazó, intentando consolarlo. Él correspondió a su abrazo.

Estaban asomados a uno de los balcones de la Torre de Kazlunn, apoyados en la balaustrada, apenas tres pisos por debajo de aquella terraza donde Jack había mantenido conversaciones con Sheziss acerca de los dioses, el destino y las profecías; donde, días atrás, Victoria había reiterado su propósito de luchar por Jack y por Christian. Por los dos.

Pero ni Shail ni Zaisei sabían nada de todo esto, porque incluso en aquellos momentos, casi dos semanas después de la batalla de Awa, lo que había sucedido entre los tres jóvenes seguía siendo un misterio para todo el mundo.

Zaisei había llegado a la torre apenas unas horas antes. Los que quedaban de la Resistencia, de los Nuevos Dragones, de la Orden Mágica... los que quedaban, en definitiva, de aquellos que se habían opuesto a Ashran, estaban reuniéndose en aquella torre con forma de cuerno de unicornio, que volvía a pertenecer, una vez más, a los hechiceros que rendían culto a los Seis. Habían vencido, sí. Pero aquella victoria les sabía muy amarga, especialmente a aquellos que habían perdido a alguien querido.

–¿Cómo supisteis que estaban en Drackwen? –susurró Zaisei–. ¿Cómo supisteis que Jack estaba vivo?

–Llegó un mensajero enviado por él. Un mago de los que antes habían servido a Ashran. Desgraciadamente, llegó demasiado tarde... para muchas cosas. Y sin embargo...

Sin embargo, había gente que se había dado cuenta de que los sheks empezaban a huir, antes incluso de que Allegra llevara a término su

695

portentoso plan de prenderle fuego al cielo, entregando su vida en el intento. Si Jack y Victoria tenían previsto enfrentarse a Ashran aquella noche, existía una mínima posibilidad de que hubieran salido vencedores.

En medio del caos, de la incredulidad, de la desconfianza y de la alegría desbordada ante la retirada de los sheks, Qaydar había mantenido la cabeza fría y había reclutado a un grupo de magos para que lo acompañasen a la Torre de Drackwen, en busca de Jack y de Victoria.

–Al principio no supe si ir o no con ellos –le explicó a Zaisei–. No quería dejar a Alexander suelto por el bosque... Pero las dríades me dijeron que se había marchado de Awa y que iba en dirección al norte. Quizá hice mal, pero... en aquel momento sentí que tenía que ir a buscar a Jack y a Victoria, que habían estado solos demasiado tiempo. Necesitaba saber si seguían vivos...

Calló un momento. Zaisei esperó, pacientemente, a que continuara hablando.

–Los encontramos a los tres en Alis Lithban –prosiguió el mago–. No muy lejos de la Torre de Drackwen, que se había derrumbado sin que supiéramos por qué –hizo una pausa–. Jamás podré olvidar ese momento.

Respiró hondo, perdido en sus recuerdos.

Jack, Christian y Victoria.

Los tres, sucios, heridos, pálidos e inconscientes, yacían en el suelo, muy juntos. Victoria estaba entre los dos chicos, que la abrazaban con gesto protector. El rostro de la muchacha reposaba sobre el pecho de Jack, que, tendido boca arriba, rodeaba con el brazo los hombros de ella. Al otro lado, Christian, encogido sobre sí mismo, se había abrazado a la cintura de Victoria como si temiera que ella fuera a desaparecer en cualquier momento.

Shail se había quedado contemplándolos un momento, conmovido. A aquellas alturas, ya sabían todos que Ashran, el Nigromante, había sido destruido, y que eran ellos, la tríada, los héroes de la profecía, quienes lo habían logrado. Acababan de salvar a Idhún y, sin embargo, parecían tan frágiles...

El Archimago había tratado de separar a Christian de Victoria, pero Shail lo había detenido con su bastón y lo había mirado a los ojos, muy serio. Y Qaydar los había dejado juntos.

Los magos habían despertado primero a Jack. El muchacho parpadeó, aturdido, y lo primero que hizo fue girar la cabeza hacia Victoria. Pero solo vio una maraña de pelo castaño oscuro. Alzó un poco la mano para enredar los dedos entre sus cabellos.

Después, los magos habían despertado a Christian. El joven jadeó y abrió al máximo sus ojos azules, como si acabara de regresar de una pesadilla. Se incorporó de un salto, sobresaltando a los hechiceros. Cuando ellos intentaron apartarlo de Victoria, se debatió con la furia de un felino salvaje.

Shail les había pedido que lo dejaran en paz. Christian lo había mirado como si no lo reconociera. A pesar de que parecía más despierto que Jack, aún estaba confuso y actuaba por instinto. Como si tuviera miedo de perderla, se había arrastrado de nuevo hasta Victoria, temblando.

Shail también temblaba. La muchacha tenía la cara oculta en el hombro de Jack, y no podía ver su expresión. Pero los magos la sacudían y ella no despertaba.

Uno de ellos se había atrevido por fin a volverle la cabeza. Cuando la luz de las lunas iluminó su rostro, Shail había dejado escapar una pequeña exclamación de horror.

La muchacha estaba pálida, muy pálida, tanto que su semblante parecía de porcelana. Y en el centro de su frente, entre los dos ojos, había un espantoso agujero.

No era un agujero físico ni una herida de la que brotara sangre. Era un círculo oscuro donde no había nada, una especie de cerco de tinieblas, un orificio de oscuridad.

Y no se trataba simplemente de que no hubiera nada, sino que estaba claro que ahí faltaba algo, algo que debería estar y no estaba, como el dedo amputado en una mano de cuatro dedos, como el agua que falta en un pozo vacío. Y en lugar de ese «algo» había ese extraño agujero, esa «nada» que era mucho más que «nada»: era la expresión de un ser, un cuerpo, un alma incompletos.

–Le habían arrebatado el cuerno –explicó Shail, a media voz.

–Dioses... –susurró Zaisei, aterrada.

–Alguien dijo que estaba muerta. No recuerdo quién fue; tal vez Yber, tal vez el Archimago, o quizá algún otro hechicero –alzó la cabeza para mirar a Zaisei a los ojos–. Pero yo supe que no lo estaba. Por la forma en que ellos la abrazaban. Jack y Christian se habían aferrado a Victoria como si trataran de protegerla de cualquier mal, incluyendo nuestras insistentes miradas. Ellos sabían que estaba viva. Y por eso yo lo supe también.

—Y la trajisteis aquí.

Shail suspiró.

—Es obvio, ¿no? La Torre de Kazlunn, el gran cuerno de unicornio. Quizá pensamos que aquí podríamos atenderla mejor, o tal vez quisimos devolverle lo que había perdido —movió la cabeza, preocupado—. En cualquier caso, está claro que no lo conseguimos. Lleva todo este tiempo sin reaccionar, debatiéndose entre la vida y la muerte. Cualquier otro unicornio habría expirado ya, y no me cabe duda de que su alma de unicornio está fatalmente herida y tal vez no pueda recuperarse. Pero su alma humana sigue luchando por vivir... por mantener con vida ese cuerpo que las sustenta a las dos.

—¿Qué sucederá si su alma de unicornio abandona su cuerpo? —preguntó Zaisei en voz baja.

—Que arrastrará consigo a su alma humana, y Victoria morirá.

Hubo un largo silencio. Entonces, Zaisei preguntó:

—¿Fue Ashran quien le arrebató el cuerno? ¿Cómo pudo hacerlo?

—Todavía no lo sé. Y Jack no quiere hablar de ello.

—Jack... ¿está bien?

—Jack está bien. Agotado, pero bien. Sus heridas sanan rápido, y también las del shek.

Pronunció las últimas palabras con un tono de incertidumbre.

—El shek está aquí —susurró Zaisei en voz baja.

—Lo trajimos con nosotros, sí. Y no creas que fue fácil tomar la decisión. Todavía no sé a qué atenerme con respecto a él. Vi con mis propios ojos cómo mataba a Jack... Pero ahora, Jack está vivo y Ashran está muerto. Y Jack dice que mató a Gerde también y recuperó la Torre de Kazlunn. No entiendo a qué juega ese chico, no sé dónde están sus lealtades ni qué quiere exactamente, pero hace mucho tiempo que ya no dudo de sus sentimientos por Victoria. Es por eso por lo que decidimos traerlo, para que esté cerca de ella. Cualquier cosa que ayude a que vuelva con nosotros será bienvenida. Después... ya veremos.

—¿Dónde está ahora? ¿Se lleva bien con Jack?

—Va y viene, es difícil controlarlo. Pero nunca se aleja demasiado de la habitación de Victoria. Creo que está sinceramente preocupado por ella, y en cuanto a Jack... no sé si se llevan bien o no. Podría decirse que se toleran. O que están demasiado cansados como para ponerse a pelear. Le pedí a Jack que tuviera un ojo puesto en él, por si acaso, pero es pedirle demasiado, dadas las circunstancias. No quiere separarse de Victoria ni un solo segundo.

Zaisei desvió la mirada.

–La Madre quería hablar con el shek –dijo.

–¿Con Christian? ¿Para qué? Un momento –se detuvo, perplejo–. ¿La Madre está aquí?

–Sí, y también el Padre. No quería decírtelo, para no preocuparte más. Hemos llegado todos juntos, y ahora mismo deben de estar entrevistándose con Qaydar.

–¿Han venido por Victoria?

Zaisei vaciló.

–En parte. Pero hay algo más. Los Oráculos... parecen haberse vuelto locos.

Shail la miró, sorprendido.

–¿Los Oráculos? ¿Está ya operativo el Oráculo de Awa?

–Pensábamos que no, pero... las voces han hablado. Las voces del Oráculo de Gantadd, y las del Oráculo de Awa. Hablan tanto... tan alto y tan deprisa que es difícil entender lo que dicen, o al menos eso nos han comunicado los Oyentes.

Shail asintió. En cada uno de los templos principales de las Iglesias había una Sala del Oráculo, una estancia abovedada iluminada tenuemente con suaves luces de colores misteriosos y cambiantes. En cada una de esas salas resonaban voces. Shail no sabía cómo conseguían los sacerdotes que la voz de los Oráculos se escuchase en los edificios que construían para tal fin, porque era un secreto celosamente guardado. Pero lo cierto era que sonaban voces, o retazos de voces, susurrantes, etéreas, enigmáticas, tan lejanas que apenas podían escucharse; y en las ocasiones en que se oían con más claridad, su mensaje resultaba difícil de interpretar. Para eso estaban los Oyentes: sacerdotes y sacerdotisas entrenados para escuchar la voz de los Oráculos, para anotar las palabras que lograran descifrar y separar el susurro incoherente de los verdaderos mensajes divinos. Los Oyentes permanecían en la sala noche y día, en todo momento, escuchando la voz de los dioses. Cuando el mensaje era tan claro que no había dudas al respecto, cuando todos los Oyentes en los tres Oráculos anotaban palabras semejantes, entonces se formulaba una profecía... como la que ataba el destino de Jack y Victoria, y más tarde de Christian, a la vida y la muerte de Ashran el Nigromante.

–¿Quieres decir que...?

–... que los Oráculos nos hablan a gritos, Shail, y eso no ha sucedido nunca en toda nuestra historia. Las voces resuenan con tanta fuerza que los Oyentes no las soportan. Por primera vez desde que se crearon los Oráculos, no hay nadie escuchándolos... Tres de los Oyentes se quedaron sordos, y dos más se volvieron locos. Y el sexto está tan aterrorizado que no quiere volver a acercarse a la sala.

–Por todos los... –susurró Shail.

–El Padre dice –prosiguió Zaisei– que no es que nos hablen a gritos; es que los dioses están mucho más cerca de nosotros de lo que jamás han estado, y por eso oímos sus voces con tanta claridad. Shail, ¿qué está ocurriendo? ¿Acaso los dioses nos premian por haber derrotado a Ashran y a los sheks? Si es así, ¿por qué sus voces parecen tan terribles?

Shail negó con la cabeza.

–No lo sé, Zaisei, pero no me gusta nada. En cualquier caso –añadió, mirándola muy serio–, si los Venerables han venido a consultar a Qaydar, están hablando con la persona equivocada. Si alguien puede contarnos qué sucede con los dioses, esos son Jack y Christian... y Victoria, en el caso de que estuviera en condiciones de hablar. Porque fueron ellos quienes hicieron cumplir la profecía.

Zaisei asintió, pensativa.

–¿Es por eso por lo que Gaedalu quiere hablar con Christian? –quiso saber Shail.

–Creo que no. Pero, de todas formas, lo que dices parece tener sentido –alzó la cabeza, decidida–. ¿Dónde puedo encontrar a Jack?

Shail esbozó una sonrisa cansada.

–Con Victoria. ¿Dónde si no?

–Llévame con él.

Minutos después, ambos entraban en la habitación donde Victoria se debatía entre la vida y la muerte. Había varios féericos con ella, un par de magos, algunas sacerdotisas de Wina, y todos ellos parecían estar realizando un ritual con la joven. La muchacha, ajena a todo, yacía sobre la cama, pálida, con aquel agujero de tinieblas en la frente. Solo observándola con mucha atención se podía advertir que su pecho subía y bajaba muy lentamente, en una respiración tan débil que era apenas un hálito de vida.

Junto a ella, ignorando a los feéricos y su ritual curativo, estaba Jack, sentado en una silla, con el rostro entre las manos, los hombros hundidos y gesto cansado. Alzó la cabeza al oírlos entrar, y Shail lo vio mucho más serio y más maduro que nunca. Su palidez y sus ojeras denotaban que llevaba tiempo sin dormir.

Pero Zaisei detectó algo más. Aparte del dolor, la angustia, el miedo y la incertidumbre propios de quien está a punto de perder a un ser amado, el corazón de Jack rebosaba sentimiento de culpa. La celeste comprendió al instante que, por alguna razón, Jack se sentía responsable del estado de Victoria. Sin embargo, no hizo ninguna pregunta. Los celestes leían con facilidad el corazón de otras personas, pero sabían que debían guardarse ese conocimiento para preservar su intimidad. Y el sufrimiento de Jack era demasiado intenso y profundo como para obligarle a compartirlo, si él no quería.

Shail dejó caer una mano sobre el hombro del muchacho, tratando de brindarle apoyo.

–¿Cómo está?

–Igual –murmuró Jack–. Por lo menos, no está peor. Por lo menos sigue aquí, su corazón continúa latiendo...

Shail respiró hondo. También a él le costaba mirar a la cara a Victoria, su pequeña Victoria. La había conocido cuando apenas era una niña, la había visto crecer y convertirse en mujer... para luego permitir que Ashran le arrebatara algo tan preciado para ella. «¿Dónde estaba yo mientras tanto?», se preguntó con amargura. Shail había perdido una pierna... pero Victoria había perdido su cuerno, la esencia misma del unicornio que habitaba en ella. Alexander había perdido una parte muy importante de su humanidad; aunque regresara siendo más o menos el de siempre, nada volvería a ser como siempre para él, no después de haber asesinado a su propio hermano. Y Allegra... Allegra había entregado su propia vida. ¿También Jack había perdido la vida? Shail lo miró con cierta aprensión. Le había visto morir. Nadie habría podido sobrevivir a una herida como aquella, a una caída como aquella. ¿Era realmente Jack?

Lo observó atentamente, y vio que sus ojos verdes, aunque cansados, no se apartaban de Victoria. Y ya no tuvo más dudas. Solo Jack era capaz de mirar a Victoria de aquella manera.

Oprimió suavemente su hombro.

–Si tienes un momento... a Zaisei le gustaría hablar contigo.

Jack se volvió para mirarla. Pareció reparar en ella por primera vez.

–Ah, hola –murmuró–. Me alegro de volver a verte.

–También yo –sonrió la celeste–. Todos te dábamos por muerto; es un milagro que estés bien.

Jack ladeó la cabeza, incómodo, pero no dijo nada. Shail sabía de antemano que no les iba a contar cómo había regresado del reino de la muerte. No se lo había contado a nadie, excepto, probablemente, a Victoria... y tal vez a Christian.

«Si Alexander estuviera aquí», pensó, «quizá sí se sinceraría con él».

–¿Tienes un momento? –insistió el mago.

Jack miró a Victoria, dubitativo, pero finalmente asintió. Se incorporó con gesto resuelto, acarició con suavidad la fría y pálida mejilla de ella y salió de la habitación, en pos de Shail y Zaisei. Al llegar al pasillo, se recostó contra la pared, junto a la puerta, dando a entender que no pensaba ir más lejos.

Tras una breve vacilación, Zaisei le contó todo lo referente a la nueva voz de los Oráculos. Shail observó atentamente a Jack mientras tanto, y comprobó que el rostro del muchacho se ensombrecía por momentos. No lo consideró una buena señal.

Cuando Zaisei terminó de hablar, Jack se incorporó, decidido.

–Reunid a los Venerables y a los magos de más rango. También quiero que Covan y Denyal estén presentes.

–No están en la torre –dijo Shail–. Han ido a cazar sheks.

Jack estrechó los ojos en una mueca de rabia.

–Ellos se lo pierden –dijo, sombrío.

Dio media vuelta y se alejó pasillo abajo.

–¿Adónde vas?

–A buscar a Christian –fue la respuesta–. También él debe estar presente.

–¿No prefieres que lo busquemos nosotros?

–No lo encontraréis.

Cuando lo perdieron de vista, Shail y Zaisei cruzaron una mirada.

–Ha cambiado mucho –comentó el mago, preocupado.

–Todos hemos cambiado –dijo Zaisei con suavidad.

Tomó su mano, y Shail se la estrechó con cariño. Y así, cogidos de la mano, fueron a cumplir el encargo de Jack.

Caía ya el primero de los soles cuando se reunieron todos en uno de los salones de la Torre de Kazlunn. La Madre no estaba muy dispuesta a compartir con todos la información sobre los Oráculos, pero Ha-Din y Jack insistieron en que se hiciera pública. Cuando los pensamientos de Gaedalu y la voz de Ha-Din terminaron de contar lo que estaba sucediendo, Jack se puso en pie, apoyó las manos sobre la mesa y les dirigió a todos una intensa mirada. Sus ojos se detuvieron un momento en Kimara, quien, a pesar de no ser una hechicera de alto rango, estaba presente en la reunión, a petición del propio Jack.

El encuentro de ambos, varios días atrás, había sido sincero y emotivo. Kimara había llegado a la Torre de Kazlunn poco después de que Jack despertara de su inconsciencia. Los dos se habían mirado un momento y se habían fundido en un cálido abrazo. Jack había comprendido entonces, mejor que nunca, que quería a la semiyan como a una amiga, como a una hermana tal vez, pero nada más. Dejó que ella llorase largo rato sobre su hombro, feliz de haberlo recuperado. La abrazó para consolarla y, cuando la joven se separó de él y se secó los ojos para mirarlo de nuevo, le sonrió con cariño. Kimara había entendido que él no la amaba. Pero la alegría de saber que seguía vivo, cuando llevaba tanto tiempo llorando su muerte, compensaba cualquier desengaño que pudiera llevarse al respecto.

Ahora estaba allí, en la Torre de Kazlunn, a la espera de lo que sucediese con Victoria. En teoría debía proseguir con sus estudios de magia; pero todos los hechiceros estaban demasiado preocupados por encontrar el modo de salvar al último unicornio, así que de momento no tenía mucho que hacer. A veces echaba de menos los dragones artificiales de Tanawe, y recordaba a Kestra, y se prometía a sí misma que, aunque su futuro estuviera ligado a la magia, volvería a pilotar dragones.

–Lo que voy a contaros –empezó Jack– es difícil de comprender y, sobre todo, de asimilar. No os pido que me creáis inmediatamente. No os pido, tampoco, que encontréis un sentido a todo esto. Solo necesito que recordéis bien mis palabras, y que os toméis tiempo para pensar en ellas.

Algunos fruncieron el ceño al oír hablar con tanta autoridad a un muchacho tan joven; pero había algo en la voz de Jack, o tal vez en su expresión, serena y decidida, o quizá en la mirada de sus ojos verdes, que inspiraba respeto.

Jack respiró hondo y entonces relató todo lo que había aprendido de Sheziss: la historia de la creación y destrucción de Umadhun, de

703

la lucha eterna de los siete dioses, del sentido de la existencia de los dragones y los sheks, de cómo no podían escapar del odio hasta que una de las dos razas fuera aniquilada por completo. Les habló de la profecía, de la voz del Séptimo incluyendo a Christian en ella, de cómo habían tratado de forzar las cosas para revertirla a su favor. Les contó que habían ido a enfrentarse a Ashran..., pero no entró en detalles. Concluyó con la muerte del Nigromante y la oscura sombra que habían liberado sin pretenderlo.

Y lo que eso significaba.

Sobrevino un silencio tenso, incrédulo.

«¿Sabes que todo eso que acabas de contar va en contra de nuestras creencias?», dijo entonces Gaedalu.

Pero Jack negó con la cabeza.

—Al contrario. Le da a todo un sentido nuevo, un significado aterrador, es verdad... pero coincide con muchas de las cosas que enseñan los sacerdotes.

—¿Insinúas, entonces, que Ashran no era del todo humano? —dijo Qaydar—. ¿Que Ashran era el Séptimo dios, el creador de los sheks, la sombra maligna que amenaza desde siempre la paz de Idhún?

—Yo diría que todos amenazan la paz de Idhún —replicó Jack, sombrío—. El Séptimo y los otros Seis. Pero sí, Ashran era el Séptimo dios, o más bien podríamos decir que el Séptimo dios habitaba en el interior de Ashran.

—¡El chico miente! —exclamó alguien—. ¡No se puede derrotar a un dios!

—No lo derrotamos, es lo que intento deciros. Tan solo destruimos su envoltura carnal, su identidad en este mundo, por así decirlo. ¿No lo entendéis? Volvió al mundo para proseguir su guerra contra los Seis, oculto bajo la piel de un humano, Ashran el Nigromante. Un humano con poderes similares a los de un dios, un dios limitado por las imperfecciones de un cuerpo humano. Mientras estuvo aquí, pudo gobernar Idhún a su antojo... y los Seis no podían intervenir. Por eso nos enviaron a nosotros... a través de la profecía... para destruir ese cuerpo humano, liberar al Séptimo y obligarle a dar la cara. Y cuando eso sucediera... los Seis podrían volver a enfrentarse a él en su propio plano.

Ha-Din había enterrado la cara entre las manos, intentando asimilar toda aquella información. Alzó la cabeza para mirar a Jack.

–¿Dices que los Seis se enfrentarán al Séptimo? Eso es una buena noticia, pues. Desterrarán el mal de nuestro mundo, como ya hicieron en tiempos remotos.

Jack negó con la cabeza.

–Ya nos han contado lo terribles y abrumadoras que son sus voces. Solo sus voces. ¿De veras queréis ver a los dioses entre nosotros? Yo, personalmente, no tengo ganas de conocerlos.

»Sí, los Seis vendrán para luchar contra el Séptimo... y nos destruirán a todos en el intento.

Hubo un breve instante de silencio, y después la sala estalló en comentarios, exclamaciones, discusiones y voces indignadas. Todos hablaban a la vez, tratando de encontrar un significado a todo lo que Jack había dicho.

El muchacho no les prestó atención. Alzó la cabeza para mirar a la sombra que se alzaba junto a la puerta, en un rincón en penumbra, apoyado contra la pared con aspecto engañosamente calmoso. No se había movido en todo aquel tiempo, pero, al sentir la mirada de Jack, se incorporó y, sin una palabra, salió de la habitación, sigiloso como un felino.

Jack suspiró y se abrió paso entre la gente para tratar de llegar a la salida. Shail lo detuvo y lo miró, muy serio.

–¿Estás seguro de todo lo que nos has contado?

Jack esbozó una sonrisa cansada.

–Sí, Shail –respondió–. Lo siento.

El mago palideció, pero no dijo nada.

Jack los dejó a todos discutiendo y salió al pasillo. Como suponía, Christian se había marchado ya.

Salió al mirador, al mismo donde, tiempo atrás, había conversado a menudo con Sheziss. Ahora que la shek no estaba, que no volvería a ovillarse sobre aquellas baldosas nunca más, Jack sentía que la echaba de menos. De modo que se quedó allí un rato, rindiendo homenaje a su memoria, recordando a la que había sido, en muchos sentidos, su maestra, y le había enseñado a ser dragón... y también un poco shek.

Alzó la cabeza cuando sintió la sombra de Christian junto a él. Los dos cruzaron una mirada.

–Me temo que les costará bastante asimilarlo –comentó Jack.

Christian entornó los ojos.

–¿Y a ti? –le preguntó en voz baja–. ¿Cuánto te costó asimilarlo?

Jack no respondió enseguida.

–Más de lo que crees –murmuró.

–Fue ella quien te enseñó todo esto, ¿verdad? Cosas que solo saben los sheks.

Jack asintió.

–Pero ni siquiera ella sabía nada acerca de la verdadera identidad de Ashran. Era algo que solo reveló a Zeshak. ¿No?

Christian lo miró.

–Tampoco yo lo sabía, si es eso lo que estás insinuando.

–Ya suponía que no.

Hubo un breve silencio.

–Pudo haberme matado –murmuró entonces Jack–. Ashran, quiero decir. Pudo haber matado al último dragón del mundo y haber vencido con ello en la guerra contra los Seis. ¿No era eso más importante que obtener el poder de consagrar más magos? ¿Qué se nos escapa?

–No lo sé –dijo Christian–. No me pidas que trate de encontrar un sentido a todo esto. Hace ya tiempo que renuncié a hacerlo.

–Tal vez tengas razón, y después de todo… no podamos llegar a entender los motivos y la forma de actuar de Ashran. Al fin y al cabo… se supone que era un dios.

–Y, sin embargo –replicó Christian–, estoy seguro de que hubo un tiempo en que Ashran no fue más que un hombre.

Jack se volvió para mirarlo.

–¿Te gustaría averiguarlo? ¿Te gustaría saber de quién eres hijo en realidad? ¿De Ashran, de Zeshak… del Séptimo?

–Demasiados padres para mi gusto –murmuró Christian–. Me parece que prefiero seguir siendo lo que soy, y no simplemente el hijo de alguien. Aunque confieso que a veces ya no sé muy bien quién soy.

–Se me hace raro oírte hablar así.

Christian clavó en él su mirada de hielo.

–¿Por qué? Piénsalo, Jack. Los dos teníamos un propósito en esta vida, una misión. Yo fracasé en la mía. Tú la llevaste a cabo. Pero en estos momentos, ambos estamos en la misma situación. ¿Qué hemos de hacer ahora? ¿Cuál es nuestra función, el sentido de nuestra existencia?

Jack se encogió de hombros.

–¿Vivir, tal vez? No podemos enfrentarnos a los dioses, Christian. Eso resulta una tarea demasiado grande, incluso para nosotros. Y yo estoy cansado de luchar. No quiero seguir peleando en esta guerra sin sentido.

–Pero nos crearon para luchar, para odiar. ¿Acaso existe algo más?

Jack lo miró, y el fuego del dragón ardió por un instante tras sus ojos verdes.

–Podemos amar –dijo solamente.

Una chispa cálida brilló en los ojos de hielo de Christian. Volvió la cabeza bruscamente, y Jack entrevió, por un instante, el intenso sufrimiento que le causaba la situación de Victoria. Tal vez el shek se sintiera tan culpable como él, pensó.

Christian se acodó sobre la barandilla y echó un vistazo a las tres lunas que presidían el firmamento.

–Me gustaba más esta torre cuando estaba medio vacía –comentó–. Cuando solo estábamos nosotros tres.

Permanecieron en silencio un rato más, hasta que Jack dijo:

–No voy a dejar que se muera.

–Tampoco yo –dijo Christian–. Pero no sé qué podemos hacer.

Jack respiró hondo.

–Todos están trabajando en ello. Magos y sacerdotes de todas las razas la someten todos los días a distintos rituales y hechizos para mantenerla con vida. Pero me parece que, sin el cuerno, no hay nada que hacer. Por eso Qaydar está investigando si existe algún modo de devolvérselo, o de generar uno nuevo. Si al menos supiéramos qué hizo Ashran con él...

Christian no dijo nada.

–Aunque recuperásemos su cuerno, no sé si podrían volver a implantárselo de nuevo. Y, a pesar de todo, estaría dispuesto a correr el riesgo, a volver a buscarlo. Pero no quiero separarme de ella ni un solo momento –continuó Jack.

Christian lo miró.

–¿Tampoco para ir a buscar a tu amigo Alexander?

El rostro de Jack se crispó en una mueca de rabia.

–No en estas circunstancias. No con Victoria en este estado.

Hubo un largo silencio.

–¿Insinúas, pues, que he de ir yo a buscar su cuerno?

—Es solo una sugerencia —Jack alzó la cabeza para mirarlo, muy serio—. Porque tendrás que marcharte de aquí tarde o temprano. Antes de que las cosas se desquicien.

No añadió nada más, pero ambos sabían a qué se refería.

Tras la caída de Ashran, los sheks no se habían marchado, lo cual supuso una tremenda desilusión para la gran mayoría de los idhunitas. Muchos habían muerto en el hechizo de fuego conjurado por Qaydar y Allegra; otros habían cruzado de nuevo la Sima para refugiarse en Umadhun. Y algunos habían escapado a otro lugar a través de una Puerta interdimensional. Ahora, Jack estaba seguro de que no lo había imaginado, porque muchas otras personas los habían visto también.

Pero aún quedaban sheks en Idhún, más de los que muchos quisieran. La mayoría se habían refugiado en las montañas y en los territorios menos poblados, y otros, simplemente, se negaban a aceptar lo evidente. Era el caso de Sussh, el shek que gobernaba Kash-Tar, y que todavía seguía imponiendo su ley a los habitantes del desierto. Se había visto obligado a replegarse y apenas podía controlar la mitad del territorio que antes había sido suyo, pero seguía ahí.

Algo parecido sucedía con los szish. Muchos de ellos habían cerrado filas en torno a los sheks que quedaban en Idhún, y aquellos que se habían quedado solos, o bien eran asesinados por los rebeldes, o conseguían llegar hasta alguna zona de influencia shek, donde se sentían seguros y a salvo.

El hecho de que todavía quedaran serpientes en Idhún había planteado muchos interrogantes. Todo el mundo había dado por sentado que la caída de Ashran supondría una nueva expulsión de los sheks. Algunas personas le habían insinuado a Jack que se encargara él mismo de desterrar de Idhún a lo que quedaba del ejército de los sheks o, al menos, de darle muerte, ya que ese era su deber como dragón. Pero Jack no tenía ningún interés en salir a cazar serpientes. Todos lo atribuían a que estaba demasiado cansado, o a que su preocupación por Victoria le impedía dejarse llevar por su instinto, pero daban por hecho que, cuando todo se normalizara, el último dragón se encargaría de exterminar a los sheks que se ocultaban en los rincones más inaccesibles del continente.

Otros habían empezado a decir que los sheks no se habían ido porque el heredero de Ashran aún estaba vivo. Jack había oído los rumores, y estaba seguro de que Christian los conocía también.

Cada vez más personas estaban convencidas de que había que sacrificar al hijo del Nigromante para que las serpientes fueran expulsadas de Idhún. Y algunas de esas personas habitaban en la Torre de Kazlunn.

–Es cuestión de tiempo que alguien trate de matarte, Christian –dijo Jack con suavidad.

–Que lo intenten –sonrió él.

Jack se volvió para mirarlo, muy serio.

–No deberías tomártelo tan a la ligera. No eres invencible.

Christian le devolvió la mirada.

–¿Ah, no? ¿Acaso conoces a alguien que tenga poder para herirme?

Estaban jugando a un juego peligroso, y ambos lo sabían. Pero se entregaron a él sin pensar en las consecuencias, porque necesitaban conjurar su angustia y su dolor.

–Yo mismo –replicó Jack, respondiendo a la provocación; entornó los ojos y clavó en Christian una mirada siniestra–. ¿Es cierto que, si mueres, las serpientes volverán al lugar del que vinieron?

El shek esbozó una media sonrisa torva.

–¿Te atreves a intentar comprobarlo?

El rostro de Jack se ensombreció.

–¿Por quién me tomas? Soy perfectamente capaz de matarte, shek. Ya lo sabes.

–Te recuerdo que fui yo quien te mató a ti la última vez.

–Entonces, ha llegado la hora de mi revancha, ¿no te parece?

Jack desenvainó a Domivat. A pesar de que se hallaba, en teoría, a salvo, entre amigos, nunca se separaba de ella. Habiendo pasado tanto tiempo huyendo, luchando, de sobresalto en sobresalto, ocultándose de tantos enemigos que querían matarlo, el muchacho se había acostumbrado a ir armado siempre. Y era una costumbre muy difícil de quitar.

Christian, por su parte, no tardó en sacar a Haiass de su vaina. Y, con un grito de ira, los dos se lanzaron el uno contra el otro, y de nuevo, como tantas otras veces, el fuego y el hielo se enfrentaron en una pelea a muerte.

El ruido de las espadas pronto alertó a otros habitantes de la torre. Alguien salió corriendo a la terraza, gritando, pero ellos estaban demasiado concentrados en lo que hacían como para prestarle atención. Sin embargo, Christian lo vio por el rabillo del ojo y comprendió que no tardarían en ser interrumpidos, de modo que arrojó a Haiass a un lado y se transformó en shek. Alzó el vuelo, se detuvo en el aire, unos metros por encima de Jack, y le dedicó un furioso siseo, enseñándole los colmillos. Jack aceptó el desafío y se metamorfoseó a su vez para acudir a su encuentro. Momentos después, las dos formidables criaturas peleaban, en un caos de rugidos y silbidos, de alas y escamas, de garras y colmillos, suspendidas en el cielo sobre la Torre de Kazlunn. Muchos se asomaron a las ventanas y a los balcones para verlos, sin saber qué hacer. Todos comprendieron, de alguna manera, que aquel era un dragón de verdad, que era Yandrak, el último dragón, y le lanzaron vítores y palabras de aliento. Pero muy pocos intuyeron que el shek contra el que peleaba era Kirtash, el hijo del Nigromante; y los que lo hicieron tampoco fueron capaces de interpretar lo que estaban viendo.

Kimara se reunió con Shail y con Zaisei en el mirador.

–¡Tenemos que hacer algo! –les urgió–. ¡Lo va a matar!

Pero Shail contemplaba la escena con el ceño fruncido. Solo parecía estar ligeramente preocupado.

–¡Lo va a matar, Shail! –gritó Kimara–. ¡Como la última vez!

El mago negó con la cabeza.

–No, no es como la última vez. ¿No te das cuenta? El dragón no está utilizando su fuego. La serpiente no ha tratado de morderlo. No quieren matarse.

Kimara se volvió hacia él, con violencia.

–¿Que no quieren matarse? ¿Cómo puedes estar tan seguro? ¿Cómo sabes que el shek no lo morderá cuando se le presente la oportunidad? ¿Cómo puedes confiar en él?

Shail no pudo contestar, porque en aquel momento las dos criaturas cayeron al mar, enredados el uno en el otro, sin posibilidad de mover las alas. La marea estaba subiendo, y el choque contra la formidable ola que se elevaba hacia las lunas fue brutal. De todas las gargantas salió un grito de alarma.

Entonces, el shek salió a la superficie. Batió las alas con fuerza y, cuando emergió un poco más, todos vieron que arrastraba tras de sí el pesado cuerpo del dragón. Aprovechando que la ola estaba a punto de chocar contra el acantilado, la serpiente remontó el vuelo hasta dejarse caer en tierra firme. El dragón aterrizó pesadamente a su lado.

Kimara dio media vuelta y salió corriendo del mirador.

Jack abrió los ojos lentamente. Volvía a ser humano. Y Christian, a su lado, también. Los dos estaban empapados y exhaustos, pero se sentían mucho mejor.

—¿Lo ves? —dijo Christian con esfuerzo—. No puedes vencerme.

Jack sonrió.

—Tampoco tú puedes vencerme a mí.

Callaron un momento. Oyeron entonces los gritos procedentes de la torre.

—Creo que esto no ha sido muy sensato —murmuró Jack, tratando de incorporarse—. Ahora pensarán que has intentado matarme otra vez.

Christian ya se había puesto en pie y estaba echando un vistazo calculador a la gente que se acercaba desde la torre.

—¿Y qué te hace pensar que no lo he intentado? —dijo, con peligrosa suavidad.

Jack se volvió para mirarlo, sombrío; pero enseguida sonrió.

—No vas a engañarme. No has usado tu veneno.

Christian se encogió de hombros.

—Sé por experiencia que si te mueres tendré muchos problemas. Así que de momento me conviene que sigas con vida.

—¡Jack! —sonó de pronto una voz en la lejanía—. Jack, ¿estás bien?

Jack se volvió al reconocer la voz de Kimara, que llegaba corriendo, preocupada por el resultado de la pelea que acababa de presenciar.

—Supongo que habrá que darles una explicación, ¿no crees? —comentó, preocupado.

No obtuvo respuesta. Al volverse, descubrió que el shek, como de costumbre, se había marchado sin decir nada.

Regresó junto a Victoria, y estuvo a su lado varias horas más, sin apartar los ojos de ella, esperando detectar algún cambio. Pero la muchacha seguía sin reaccionar.

Al cabo de un rato, alguien le anunció que Covan había vuelto.

Con un suspiro, Jack salió de la habitación donde velaba a Victoria, y fue a su encuentro.

Había conocido a Covan apenas unos días atrás, pero ya habían hecho buenas migas. El viejo maestro de armas le recordaba mucho a Alexander, había algo familiar en él que hacía que Jack se sintiera a gusto en su presencia. Y, sin embargo, había cosas en las que no estaban de acuerdo.

Una vez acabada la amenaza de Ashran, Covan se había propuesto resucitar la antigua Orden de caballería de Nurgon. Reconstruirían la Fortaleza, esta vez con más medios, y comenzarían a entrenar de nuevo a jóvenes caballeros. Ya le había dicho a Jack que contaba con él, pero el muchacho aún no había tomado una decisión al respecto. Antaño había apoyado y admirado los principios de la Orden, que eran también los de Alsan, pero ahora veía las cosas desde un punto de vista diferente. Los caballeros consideraban que era su deber exterminar a todas las serpientes sin distinción. Solo la firme oposición de Jack y Shail había logrado que tolerasen la presencia de Christian en la torre. Pero Jack no podía hacer nada para evitar que, de vez en cuando, algunos guerreros y magos, liderados por Covan, saliesen a cazar sheks. Y aunque lo comprendía en el fondo y su instinto de dragón lo apremiaba a unirse a ellos, Jack nunca había tomado parte en aquellas expediciones.

En aquella ocasión salió al encuentro de Covan porque sabía que el grupo de cazadores había vuelto de una ronda por el norte de Nandelt que les había llevado varios días.

—¿Hay noticias de Alexander? —le preguntó al maestro de armas, después de intercambiar con él un amistoso saludo.

Covan negó con la cabeza.

—Nada. Estoy empezando a pensar que ha intentado franquear el Anillo de Hielo para llegar a Nanhai. Y... no sé, Jack. Es un viaje muy peligroso para cualquier hombre, aunque se trate de alguien como él.

Jack no dijo nada.

Covan procedió a contarle las novedades. Le dijo que había pasado por Shur-Ikail, que los bárbaros estaban aún reponiéndose de la batalla de Awa y que, cuando terminaran de reunirse todos, tendrían que elegir a un nuevo Señor de los Nueve Clanes.

También le contó que habían acorralado a una hembra shek cerca de las fuentes del río Adir.

—Se nos escapó, la condenada —gruñó Covan—. Pero estuvimos muy cerca de acabar con ella.

—No entres en detalles —le cortó Jack, con cierta dureza.

Covan lo miró, ceñudo.

—Pensaba que a los dragones os gustaba matar sheks.

—Sí —replicó Jack—, y, créeme, no es algo de lo que me sienta orgulloso.

Se despidió con un gesto y dio media vuelta para regresar a la habitación de Victoria.

Estaba subiendo ya las escaleras cuando alguien le salió al encuentro: una figura nerviosa, de cabello blanco y azulado y ojos rojizos que chispeaban con urgencia.

–¡Jack! Te estaba buscando.

–¿Qué pasa, Kimara? –preguntó él, tratando de calmarla; parecía muy preocupada.

–Tienes que venir... Victoria... rápido...

Jack se irguió como si hubiese recibido una descarga eléctrica.

–¿Qué le pasa? –preguntó, con una nota de pánico en la voz. Se maldijo a sí mismo por haberla dejado sola, aunque fuera solo un instante, y echó a correr escaleras arriba a grandes zancadas. Kimara lo alcanzó.

–El shek está con ella –explicó.

–¿Christian está con ella? –Jack se relajó; parecía ser una de las pocas personas de la torre que sabía que Victoria estaría segura si el hijo del Nigromante la velaba.

–Leestáechandounconjurooalgoparecido –Kimara estaba tan nerviosa que habló atropelladamente, como solían hacer los yan–. Suena extrañoseráunmaleficio...

–Calma, calma. No va a hacerle daño.

Los ojos de Kimara relucieron de furia.

–¿Cómo puedes hablar así? ¡Ese malnacido estuvo a punto de matarte!

Jack respiró hondo. Miró a Kimara. Todavía se le hacía raro verla con la túnica de aprendiz que le habían proporcionado los magos.

–Iré a ver –le dijo para tranquilizarla.

–Voy contigo.

–Pero en silencio. No debemos interrumpirlos.

Kimara lo miró sin comprender, pero no preguntó nada más.

Subieron varios pisos más hasta la habitación de Victoria. Jack retuvo a Kimara en el pasillo y le impidió asomarse. Se pegaron a la pared y escucharon.

La voz del shek llegó hasta ellos, apenas un suave susurro, en un canto que parecía estar destinado solo a los oídos de Victoria, y cuyas palabras Kimara no podía comprender. Pero para Jack estaban llenas de significado, y sonrió.

–No es un maleficio –le susurró a Kimara.

–Entonces, ¿qué es? –preguntó ella en el mismo tono.

La sonrisa de Jack se hizo más amplia.

–Es una canción de amor.

Kimara lo miró, perpleja.

–No es posible.

–Míralos –la invitó Jack.

Se asomaron con precaución, para no ser descubiertos, y contemplaron la escena, sintiéndose algo culpables, sabiendo que estaban espiando un momento íntimo. Pero Victoria no estaba en condiciones de reprochárselo, y Christian parecía tener ojos solo para ella. La joven seguía pálida, yerta, con aquel horrible agujero de nada en su frente, sin ser capaz de moverse ni de reaccionar. Christian la acunaba entre sus brazos con infinita ternura, mientras le cantaba al oído las palabras de la canción que había compuesto para ella tiempo atrás.

Nobody could reach me,
Nobody could defeat me,
Standing alone in my kingdom of ice.
Frost and darkness, poison and silence,
And I liked it, my lady of light.

But I'd never seen a soul like yours,
Shining like nothing I knew before,
A new star warming my life,
So precious, so brilliant, so painful,
And I needed it, my lady of light.

So I looked for you, babe,
And the moon showed me your face,
The waters whispered your name,
The winds brought me your smell.

What can I do, oh, what can I do?
If you're the only one
I should not look?

You could have anyother face,
Anyother name, anyother smell.
You could be anyone else,
But you, oh, you, why you?

I tried to keep you out of my way,
Tried to defeat this damned fate,
But no ice can freeze your smile,
And I like you, my lady of light,
And I need you, my lady of light.

What can I do, oh, what can I do?
If you're the only one
I should not look?

You could have anyother face,
Anyother name, anyother smell.
You could be anyone else,
But you, oh, you, why you?

La voz de Christian se extinguió. Sin embargo, él siguió allí, junto a Victoria, abrazándola. Jack se preguntó de pronto qué pasaría con el shek si Victoria moría, qué haría, adónde iría, qué le quedaría. No encontró respuesta a aquellas preguntas.

Movió la cabeza, preocupado, e hizo ademán de marcharse. Kimara lo retuvo y le dirigió una mirada de urgencia. Jack le respondió con gestos que los dejara solos.

Kimara no lo siguió cuando él se alejó de allí. Sacudió la cabeza, se sentó al pie de la escalera y aguardó a que Christian saliera de la habitación.

Al shek no le hizo mucha gracia encontrársela allí. Kimara se levantó, muy seria. Los dos cruzaron una mirada tensa y cautelosa.

—Quiero que sepas —dijo ella entonces— que no me fío de ti.

Christian esbozó una breve sonrisa.

—Haces bien —dijo solamente.

Kimara entrecerró los ojos.

—Me parece que no me has entendido. No se trata de que seas un shek, o el hijo del Nigromante. Todo eso no me importa. Pero has estado a punto de matar a Jack en varias ocasiones, y no dudo de que algún día te saldrás con la tuya.

Christian ladeó la cabeza.

–¿Y...?

Kimara rechinó los dientes. Le desconcertaba la impasibilidad de él. Y la sacaba de sus casillas.

–Que no voy a permitirlo –murmuró.

Y, rápida como el rayo, se lanzó sobre él, extrayendo una daga de una de las amplias mangas de su túnica. Kimara había crecido en el desierto, sabía luchar y solía ser letal cuando se lo proponía, pero no tenía nada que hacer contra Christian, quien, como de costumbre, fue más rápido. La sujetó por las muñecas y la acorraló contra la pared.

–Yo, en tu lugar, no volvería a hacer eso –dijo con calma.

Kimara cometió el error de mirarlo a los ojos, y un terror irracional la paralizó de pronto. Aquella mirada de hielo evocaba cosas oscuras, cosas que de ningún modo quería conocer. Deseó con todas sus fuerzas que él dejara de observarla de esa manera, pero no fue capaz de moverse siquiera.

Entonces, Christian se apartó de ella. Kimara gimió y se dejó caer de rodillas sobre el suelo, temblando.

–Lo que suceda entre Jack y yo es cosa nuestra, Kimara –dijo Christian suavemente–. Te aconsejo que no te involucres, porque podrías salir malparada –hizo una pausa y continuó–: He visto que la luz de Victoria brilla en tu interior. Te ha entregado el don de la magia. Agradéceselo, porque esta es la razón por la que hoy te he perdonado la vida.

Kimara no respondió; se quedó quieta, temblando, y cuando Christian se hubo marchado, alzó la cabeza y sus ojos rojos brillaron de cólera.

–No me importa que sientas algo por Victoria, serpiente –siseó–. Mataste a Jack, y no te lo voy a perdonar. Juro que llegará el día en que acabaré contigo... con mis propias manos.

A partir de aquel día, Jack se atrevió a dejar sola a Victoria más a menudo. No porque no estuviera preocupado por ella, sino porque, simplemente, había entendido que Christian no se acercaría mientras él estuviera junto a la muchacha. Y, después de todo lo que había sucedido, Jack sentía que el shek también tenía derecho a pasar algunos momentos con Victoria. Tanto si ella se recuperaba como si no... era importante que los tuviera a ambos a su lado.

De modo que de vez en cuando echaba a volar y se alejaba de la torre, y aprovechaba aquellos momentos para despejarse un poco y pensar. Intentaba darle vueltas al problema de la guerra entre los dioses, de lo que sucedería cuando las seis divinidades regresaran definitivamente a Idhún; pero, a pesar de las advertencias de los Oráculos, sentía que aquello era algo lejano y muy irreal. Al menos, mientras Victoria siguiera en aquel estado, mientras hubiera tantas posibilidades de perderla para siempre.

A veces se posaba cerca de alguna ciudad, en algún lugar alejado de la mirada de la gente, se transformaba de nuevo en humano y deambulaba por las calles, las plazas y los mercados. Nadie sabía quién era, nadie lo reconocía bajo su aspecto de muchacho. Así, Jack podía distraerse un poco y estirar las piernas, pero, sobre todo, enterarse de lo que pasaba en Nandelt.

En cierta ocasión, recorriendo el mercado de Kes, se quedó parado ante un puesto en el que relucían diversas joyas y abalorios.

–¿Pensando en algo especial para tu chica, joven amigo? –preguntó el comerciante, sonriendo.

Jack volvió a la realidad y trató de negar con la cabeza. Pero lo cierto era que se había quedado mirando un colgante con forma de lágrima de cristal. El vendedor detectó su interés.

–Una Lágrima de Unicornio –sonrió–. A los magos les encantan estos cristales.

–Lo sé –asintió Jack–. Mi... –dudó antes de proseguir–, mi novia tenía uno como este. Pero creo que lo ha perdido.

No era capaz de recordar cómo, dónde ni cuándo había perdido Victoria la Lágrima de Unicornio que le había regalado Shail tanto tiempo atrás. Pero sí sabía que ya no la llevaba puesta. Se había dado cuenta días atrás, cuando la contemplaba, tratando de grabar en su memoria cada pequeño rasgo de su rostro, para no olvidarlo nunca, por si llegara el momento en que tuviera que despedirse de ella para siempre.

El vendedor sonrió y desenganchó la cadena del soporte del que colgaba, para tendérsela a su posible cliente con gesto hábil y experto; no en vano procedía de Nanetten, el reino de los comerciantes.

Jack retrocedió un paso.

–No... no tengo dinero para pagarla –dijo.

—Nadie tiene en estos días —respondió el vendedor, dirigiéndole una mirada suspicaz—. Hemos pasado una etapa de guerra, las cosas ya no son como eran. No es una novedad. Pero tal vez tengas algo que quieras dar a cambio de esto. Un trueque, ¿eh? ¿Tienes algo para ofrecerme?

—Me temo que no —murmuró Jack, y se dio cuenta entonces de lo precario de su situación; su única posesión era Domivat, y, desde luego, no pensaba dársela. También tenía el colgante hexagonal que pendía de su cuello. No sabía si era o no valioso, pero tampoco quería deshacerse de él. Había sido un regalo de Victoria.

—Es muy barato —insistió el vendedor—. Antes estos colgantes se vendían mucho, pero los magos escasean cada vez más, y a nadie le interesan las Lágrimas de Unicornio. En Nolir están dejando de fabricarlas, por lo que puede que esta que ves sea una de las últimas.

Jack miró de nuevo el colgante. El cristal era muy hermoso, centelleaba bajo la triple luz de los soles, que arrancaban una mágica irisación de sus múltiples facetas. Era mucho más bonito que el que había tenido Victoria.

«Tengo que regalárselo», pensó. Y se le ocurrió una idea. Pidió al vendedor que se lo guardara durante un rato, asegurándole que no tardaría en volver; y, cuando lo hizo, traía algo entre las manos.

—¿Qué es eso? —quiso saber el comerciante, receloso.

Jack se lo tendió. Era una especie de lámina dura, de color dorado. Antes de que el vendedor pudiera adivinar qué era, Jack dijo con suavidad:

—Es una escama de dragón.

El vendedor lanzó una exclamación ahogada y se la arrebató de las manos.

—¿Es de oro?

—No lo creo —respondió el chico—. Es dorada, simplemente. Pero es auténtica.

Se habían acercado algunos curiosos para tratar de averiguar qué estaba pasando.

—Ya no quedan dragones, muchacho. Estás tratando de engañarme.

—Eso no es del todo exacto. Queda un dragón, uno solo, y es un dragón dorado. Todos saben que es el dragón de la profecía, que derrotó a Ashran y que ahora vive en la Torre de Kazlunn.

Habló con orgullo, y enseguida se arrepintió de no haberse mordido la lengua. Sin embargo, todos los presentes estaban demasiado maravillados con la escama como para escucharlo. Pronto, se armó un pequeño revuelo en aquel sector del mercado. Todos querían ver la escama de dragón, tocarla si era posible. Jack no esperó a averiguar si el comerciante aceptaba el trueque. Se perdió entre la multitud, llevándose consigo la Lágrima de Unicornio, sabiendo que, aunque la escama no valiese nada en sí misma, como símbolo no tenía precio. Si era listo, el comerciante podía sacar grandes beneficios de ella.

Regresó deprisa a la Torre de Kazlunn, y llegó cuando ya se ponía el segundo sol. Tuvo que esperar un poco para ver a Victoria, puesto que en aquellos momentos estaba siendo sometida a un ritual que tenía por objeto devolverle parte de la energía perdida. Contempló desde la puerta, inquieto, cómo los celestes que realizaban el ritual hacían levitar el cuerpo inerte de Victoria varios metros por encima del suelo. Pero, finalmente, la depositaron de nuevo sobre la cama, con suavidad, y salieron en silencio de la habitación.

Jack se sentó junto a la muchacha exánime. La contempló un momento, intensamente, y después le retiró el pelo a un lado para poder colgarle la cadena en torno al cuello.

–De momento es solo una lágrima –le dijo con ternura–, pero espero que algún día pueda traerte un cuerno. O algo que pueda sustituirlo.

Se dio cuenta entonces de que el Báculo de Ayshel reposaba en un rincón de la habitación, y frunció el ceño. Lo recogió para colocarlo sobre la cama, junto a Victoria, y rodeó la vara con el brazo de ella.

Todavía no sabían si eso surtiría efecto. Pero Jack había recordado, días atrás, que Shail les había contado una vez que el Báculo de Ayshel actuaba como el cuerno de un unicornio; de modo que procuraba dejarlo siempre junto a Victoria, por si podía hacerle algún bien, o devolverle la vida que se le estaba escapando poco a poco. Sin embargo, el que el báculo estuviera ahí dificultaba la tarea de los curanderos y de los magos y sacerdotes que sometían a la joven a sus rituales vivificadores, por lo que, cuando Jack no estaba cerca, siempre pedían a un semimago que lo retirara. El semimago era siempre el mismo, un anciano celeste que siempre se olvidaba de colocarlo de nuevo en su sitio.

Jack suspiró y se recostó en la cama junto a ella. Todavía faltaba un rato para la hora de la cena...

Se despertó horas más tarde, cuando ya era noche cerrada. Se dio cuenta entonces de que se había quedado dormido.

Pero también percibió una presencia en la habitación. Una sombra fría y sutil. Su instinto se disparó, como tantas otras veces. Trató de controlarlo.

—¿Christian? —murmuró con esfuerzo.

—Creo que estoy perdiendo facultades —respondió él desde algún rincón en sombras.

—Soy un dragón, ya lo sabes. Me entran tendencias asesinas cada vez que estás cerca —añadió, burlón.

—A eso me refiero —dijo de pronto la voz del shek, muy cerca de él, sobresaltándolo—. Deberías haberme detectado mucho antes.

Jack se apartó, molesto, y se volvió hacia él. La tenue luz del Báculo de Ayshel iluminó su rostro, serio y sombrío, un rostro en el que se apreciaban huellas de un hondo sufrimiento.

—Has venido a estar con ella, ¿no? —murmuró el muchacho—. Más vale que os deje solos, pues.

Pero Christian negó con la cabeza.

—No, dragón; he venido a verte a ti.

Jack se incorporó, alerta, preparado para entrar en acción si el shek traía intenciones poco claras. Pero Christian se limitó a dirigirle una mirada sombría.

—Voy a marcharme —dijo solamente.

Jack respiró hondo. Se puso en pie para quedar a su altura.

—Has entrado en razón, ¿eh? ¿O es que alguien te ha amenazado abiertamente?

Christian ladeó la cabeza.

—Más de uno, en realidad. Pero eso no me preocupa. Es otro el motivo por el que tengo que irme.

Dirigió una intensa mirada a Victoria. Jack comprendió que se resistía a dejarla; que, aunque no estuviese día y noche junto a ella, tampoco quería marcharse muy lejos.

—Debe de ser grave —comentó, y entonces lo entendió—. Te está pasando de nuevo, ¿verdad? Te estás volviendo humano otra vez.

Christian respiró hondo.

—Me temo que sí. Demasiadas emociones, demasiada gente... Siento que me ahogo aquí. He de alejarme un tiempo para tratar de recuperarme –lo miró con cierta curiosidad–. ¿Por qué a ti no te pasa? ¿Por qué no tienes problemas en ser más o menos humano?

Jack se encogió de hombros.

—Sí tengo problemas, pero de otro tipo. Si trato de reprimir el odio porque estás por aquí, me cuesta más transformarme en dragón. Como al principio, cuando llegamos a Idhún. De todas formas, creo que mi alma humana y mi espíritu de dragón están muy unidos. Más que en tu caso, supongo.

—Tu cuerpo humano nació ya siendo también dragón –dijo Christian, pensativo–. Tal vez sea esa la diferencia entre tú y yo.

—En cualquier caso, si has de marcharte solo, me queda decirte que vuelvas cuando puedas –dijo Jack–. Ella te echará de menos, tanto si despierta como si no lo hace.

Christian asintió. Hubo un incómodo silencio.

—Si vuelves siendo más shek de lo que eres ahora –dijo entonces Jack–, el odio nos cegará otra vez, volverán las peleas, los problemas. ¿Cómo vamos a estar los dos con Victoria?

Era una pregunta que llevaba tiempo rondándole por la cabeza. Christian le respondió con su habitual media sonrisa.

—Yo no voy a estar con ella. No *puedo* estar con ella, aunque lo desee. Necesito... necesito estar solo cada cierto tiempo. ¿Lo entiendes?

Jack frunció el ceño.

—Creo que sí.

—Pero eso no implica que vaya a renunciar a Victoria. No voy a dejar de verla. No voy a dejar de amarla. Y no voy a dejar de visitarla de vez en cuando, no mientras ella siga sintiendo algo por mí. Y lo que ocurra entre ella y yo solo nos atañe a nosotros dos. ¿Me he explicado?

Se había puesto a la defensiva, con un tono áspero que no era habitual en él. Jack entornó los ojos.

—No hace falta ser tan agresivo. Lo he entendido, ¿vale? Si Victoria está de acuerdo, por mí... por mí, bien. No me entrometeré en vuestros asuntos.

Le costó pronunciar aquellas palabras, pero, cuando lo hizo, de pronto se dio cuenta de algo.

—Pero tú... pasarías con ella muchísimo menos tiempo que yo. Entonces salgo ganando yo, ¿no?

–Creo que todos saldríamos ganando. Aunque ahora te cueste trabajo verlo así. Al fin y al cabo, ella pudo elegir, recuérdalo. Uno de nosotros podría haber sido el elegido. Y el otro podría estar muerto. Pero estamos vivos los dos porque ella se sacrificó para que viviéramos... los dos. No lo olvides nunca, Jack. Nunca.

Jack quiso replicar, pero un súbito sonido en el pasillo lo alertó, y se volvió hacia la puerta. Segundos después llegó Shail, con una luz.

–Ah, Jack, eres tú. Me pareció oír voces, y pensé... ¿Quién estaba contigo? –añadió, asomándose a la habitación.

Jack se volvió hacia la ventana... Pero Christian había vuelto a desaparecer.

«Buen viaje, shek», pensó.

Christian no regresó aquella noche a despedirse de Victoria, y de hecho nadie volvió a verlo en la torre en todo el día siguiente. Jack estaba convencido de que ya se había ido...

Pero el shek reapareció al filo del tercer crepúsculo.

En aquellos momentos, Victoria estaba siendo sometida a un nuevo ritual, esta vez llevado a cabo por un grupo de varu. La habían bajado a las termas y la habían introducido en el agua tibia. El cuerpo de la joven flotaba misteriosamente en el agua, boca arriba, y los seis varu, de pie en torno a ella, con el agua hasta el pecho, entonaban una enigmática melodía sin palabras.

Había dos varu más en la puerta de los baños; estaban allí para evitar que entrara nadie que pudiera interrumpir el ritual, pero Christian no les prestó atención. Por supuesto, no pudieron detenerlo.

Entró con paso seguro y se detuvo al borde de la piscina. Los demás varu lo miraron, desconcertados.

«Salid de aquí», les ordenó él telepáticamente. «Quiero estar a solas con ella».

Alguno trató de oponerse, pero la mente de Christian era demasiado poderosa. Se apresuraron a salir del agua, temerosos del shek, y pronto dejaron a Victoria sola, flotando sobre las aguas.

Christian descendió por las escaleras, se introdujo en el agua y caminó hasta ella. El cuerpo de la chica seguía flotando, envuelto en una túnica blanca que, no obstante, no la arrastraba hasta el fondo de la piscina, sino que ondeaba a su alrededor, mansa y dulcemente. El shek la contempló un momento, con expresión indescifrable. Entonces la cogió por la cintura, con delicadeza, y se dirigió de nuevo hacia las escaleras, caminando de espaldas y tirando de ella poco a poco.

La sacó del agua y se sentó en el borde de la alberca, sosteniéndola entre sus brazos. Estaban los dos empapados, pero Victoria no reaccionó. Christian la sujetó suave pero firmemente por el talle, se inclinó sobre ella y le susurró al oído:

–He de marcharme, Victoria.

Hizo una pausa. Tal vez esperara algún tipo de gesto por parte de ella, aunque sabía perfectamente que no se produciría. Entornó los ojos y pasó los dedos sobre el agujero de la frente de la muchacha. Notó una sensación de frío... demasiado frío, incluso para él. «Ojalá pudiera devolverte lo que te falta», pensó.

–He de marcharme –repitió en voz baja–, pero te juro que volveré en cuanto me sea posible. Y también... si te pasara algo... –se le quebró la voz; trató de sobreponerse–, cualquier cosa... yo lo sabría, porque llevas puesto mi anillo. No lo olvides, criatura. Aunque me vaya... estoy contigo. Estoy contigo.

Se acercó más a ella, tanto que sus labios casi rozaban su oreja, y siguió hablándole al oído. Y permaneció así un rato más, sosteniéndola entre sus brazos, susurrándole en voz baja palabras que solo ella podía escuchar. Hasta que se incorporó y clavó su mirada de hielo en la figura que lo observaba desde la puerta.

«Me han avisado de que habías interrumpido el ritual», dijo Gaedalu. «Lo primero que he pensado es que se trataba de un error. Suponía que ni siquiera tú serías tan osado».

Christian no respondió. Se levantó lentamente, con Victoria en brazos. Bajo la atenta mirada de Gaedalu, la dejó de nuevo en el agua. El poder de los varu reverberaba todavía en el ambiente, y el cuerpo de la joven volvió a flotar sobre la superficie de la alberca.

El joven salió entonces de la piscina y se dirigió a la puerta. Se detuvo ante Gaedalu, que lo miraba con profundo disgusto.

«Aún no sé cuál es tu papel en todo esto», dijo la varu. «Ayudaste a derrotar a Ashran, pero, si es cierto que con ello solo conseguiste desatar un mal mayor en nuestro mundo, entonces sigues siendo un enemigo para nosotros».

Christian no respondió.

«¿De qué lado estás?», insistió ella. «¿Lucharías a nuestro lado... contra tu dios?».

«No me interesan vuestras guerras ni vuestras intrigas, Madre», contestó él con calma. «Haré lo que tenga que hacer. Eso es todo».

«Como has hecho siempre, ¿no es cierto?», replicó Gaedalu con amargura. «Como en el otro mundo. Cuando te dedicabas a asesinar a los nuestros».

Christian no vio necesidad de responder.

«Y a mi hija Deeva», susurró ella.

Christian la miró, sin que ningún rastro de emoción asomase a su rostro.

«Hace ya varios días que Ashran cayó, y la Puerta al otro mundo vuelve a estar abierta. Los magos exiliados deberían regresar. Pero no ha vuelto nadie aún. ¿Debemos aguardar más... o los mataste a todos? ¿Mataste también a Deeva?».

El shek alzó la cabeza y frunció levemente el ceño, reflexionando.

«Recuerdo a Deeva», dijo entonces.

No añadió nada más, pero no fue necesario. La madre tembló, se llevó una mano al pecho, se apoyó en la pared porque le fallaron las piernas. Dejó caer la cabeza... y lloró.

Christian no tenía nada más que decir, de modo que siguió su camino. Pero sintió que Gaedalu lo seguía, y se volvió para mirarla.

«Monstruo», dijo ella, con los ojos cargados de odio. «Algunos te considerarán un héroe, otros dirán que tu corazón no puede ser tan negro, si fuiste capaz de enamorar a un unicornio. Pero yo sé que eres un monstruo. Es lo que siempre has sido, y lo que siempre serás».

–Soy lo que soy –respondió Christian con calma, y esta vez habló en voz alta–. Y soy un shek. Siempre hemos sido monstruos para vosotros. Por eso nos desterrasteis y tratasteis de exterminarnos, y por eso ahora seguís aniquilándonos, a pesar de que ya hemos sido derrotados. Pero no me quejo. Así es el mundo.

«¡También se supone que eres en parte humano!», casi gritó Gaedalu, y su voz telepática estaba teñida de ira y dolor.

–Demasiado humano a veces –murmuró él–, pero no lo bastante como para sentir remordimientos. Y créeme, a veces me gustaría. Me gustaría poder pedir perdón, pero no lo siento en realidad. En aquel entonces, hice lo que tenía que hacer. No hay más.

Se dio la vuelta para marcharse, pero su mente percibió aún un último mensaje telepático de la Madre: «Sé que no tengo poder para dañarte, shek. Pero no tardaré en encontrar la manera de hacértelo pagar. Y no descansaré hasta verte muerto...».

Jack fue el primero en detectar que Christian se había ido por fin, pero los demás tardaron un poco más en darse cuenta. No era de extrañar, puesto que el shek era difícil de ver, incluso cuando estaba en la torre. Shail, inquieto, fue a hablar con Jack sobre el tema, y el chico le confirmó lo que ya sospechaba.

El mago se quedó callado un momento. Luego dijo:

—No sé si alegrarme o no de que se haya marchado. Por un lado, sé que estaba aquí por Victoria, para cuidarla, para velarla. Por otro... sigo sin fiarme de él, Jack. Vi cómo te clavaba esa espada en el pecho y te arrojaba a un río de lava. Ya no sé qué pensar.

—Haces bien en no confiar en él, en realidad —murmuró Jack—. Sigue siendo leal a Victoria, pero todo lo demás le es indiferente. Todos vosotros le sois indiferentes, y es una criatura poderosa... y peligrosa. Por eso es mejor que os mantengáis alejados de él.

Shail lo miró.

—¿No crees que pueda ser peligroso para ti?

—Lo es, pero por otros motivos. No puede evitar odiarme, sentir algo hacia mí, aunque sean deseos de matarme, y por eso... me respeta. Pero a vosotros no, y ahí está el peligro. ¿Me explico?

Shail no dijo nada.

—También yo —dijo Jack de pronto, en voz baja— siento a veces que me sois indiferentes. Que no me importa nada nadie, a excepción de Victoria y de Christian. En ocasiones tengo la impresión de que ellos son las únicas personas reales de mi entorno. A todos los demás... es como si os viera borrosos, como si no estuvierais realmente ahí —alzó la cabeza para mirarlo—. Pero sois mis amigos, ¿no? ¿Qué ha cambiado en todo este tiempo?

Shail tardó un poco en responder.

—Que eres un dragón, Jack —dijo entonces, suavemente—. Ya no te sientes humano. Todo eso que me has dicho antes de Christian... podrías aplicártelo a ti mismo también.

Jack bajó la cabeza y meditó sobre las palabras del mago.

—Es... como si fuera un niño que hubiera permanecido largo tiempo lejos de casa —murmuró—. Como si hubiera regresado, al cabo de los años, y hubiera descubierto que todo es muchísimo más pequeño de lo que recordaba. Y que las cosas que antes me daban miedo o consideraba muy grandes e importantes, ya no son más que menudencias.

Shail inclinó la cabeza.

–Ya veo –dijo–. Sospechábamos que te pasaría, que os pasaría a ti y a Victoria tarde o temprano. Pero era necesario que perdierais una parte de vuestra humanidad para poder enfrentaros a Ashran. O, al menos, eso pensábamos... Si hubiéramos sabido que... Pero quién iba a imaginar...

–Habría sucedido de todos modos –dijo Jack–. No teníamos otra opción que luchar contra él. Y él lo sabía.

Shail frunció el ceño.

–Eso es lo que me extraña. ¿Realmente Ashran quería evitar el cumplimiento de la profecía? Me da la sensación de que tuvo ocasiones de sobra.

–Sí, pero quería arrebatarle el cuerno a Victoria; supongo que por eso lo arriesgó todo.

–¿Quitarle el cuerno para luego ser derrotado? –Shail negó con la cabeza–. Me extraña que no lo tuviera previsto.

Jack desvió la mirada, y el mago no insistió. Cualquier referencia al cuerno de Victoria los ponía muy tristes a los dos.

–Me tuvo en sus manos, Shail –dijo Jack en voz baja–. Pudo haberme matado y, sin embargo, le pareció más importante... lo que Victoria pudiera entregarle... que acabar con la vida del último de los dragones. ¿Tiene sentido eso?

Shail negó con la cabeza, pero no respondió. Los dos permanecieron un rato en silencio, sumidos en sombríos pensamientos.

–Ahora que el shek no está –dijo entonces con suavidad– y que sé que puedes arreglártelas solo, creo que ya puedo marcharme tranquilo de la torre.

Jack alzó la cabeza.

–¿Tú también te vas?

Shail asintió.

–A buscar a Alexander. No he querido hacerlo hasta ahora por no dejar sola a Victoria, pero... me temo que no hay nada que yo pueda hacer por ella. Y no hace mucho, juré a varias personas que me encargaría de evitar que Alexander fuera un peligro para nadie. Así que ya ves, me siento responsable.

–Lo entiendo –asintió Jack; hizo una pausa y continuó–: Me alegra saber que alguien va a ir a buscarlo, y más si eres tú. Eso me deja más tranquilo.

Shail sonrió.

–Y a mí me alegra y me reconforta saber que sigues siendo en parte humano y puedes preocuparte por algunos humanos; por lo menos, por aquellos más cercanos a ti.

Jack desvió la mirada, recordando las palabras de Sheziss sobre los dragones: «Cuidaban de los sangrecaliente porque eran sus aliados o, mejor dicho, sus vasallos. Podían llegar a sentir algo de cariño por aquellos que tenían más próximos, los habrían defendido, tal vez. Pero no los amaban». Sintió un escalofrío. «No quiero perder mi humanidad», pensó. «No podría tratar a Shail o Alexander como a mis inferiores. ¡Son mis maestros! Me han enseñado gran parte de lo que sé». Pero no podía evitar recordar que la noticia de la muerte de Allegra lo había dejado un tanto frío. Lo había atribuido al hecho de que no había llegado a intimar demasiado con la maga feérica, y que el dolor que sentía por el sacrificio de Victoria y sus consecuencias le impedía pensar en nada más. Quería creer que se trataba de eso.

–Pero siento cariño por algunas personas –dijo de pronto–. Por ti, y por Alexander, y por Kimara, por ejemplo.

–Eres en parte humano. No lo olvides.

«¿Y Christian?», se preguntó Jack entonces. El shek tenía que guardar un cuidadoso equilibrio entre las dos partes de su alma híbrida. ¿Podía él tener amigos? ¿Llegar a sentir cariño por alguien? Estaba claro que Gerde no había llegado a conseguir tanto de él. Se cuestionó, de pronto, si lo esperaba alguien en el lugar hacia el que había partido, pero no pudo llegar a ninguna conclusión. A pesar de conocer ya bastante bien a los sheks, Christian seguía siendo, en muchos aspectos, un completo misterio para él.

Shail echó un vistazo a los soles, que ya empezaban a declinar.

–Me marcharé mañana, con el primer amanecer –dijo; respiró hondo–. Espero tener suerte, y de paso... intentaré averiguar más cosas sobre lo que está pasando. Sobre los lugares donde todavía quedan serpientes y cómo está Nandelt ahora que han sido derrotadas. También... –titubeó– me gustaría encontrar respuestas a los problemas que nos planteaste el otro día. Si es cierto que se acercan los dioses, y qué sucederá en el caso de que regresen. Si es verdad que la sombra del Séptimo anda suelta por Idhún, dónde se encuentra, qué está haciendo y si podemos detenerla. Qué o quién fue exactamente Ashran: si fue un hombre poseído por un dios, o fue simplemente un disfraz de carne sin otro espíritu que el del Séptimo, o si te equivocas con respecto a él y no fue más que uno de los Archimagos perdidos, uno especialmente poderoso y retorcido. Tal vez así podamos entender un poco mejor qué ha sucedido... y qué está sucediendo. Porque me da la sensación de que todo está muy tranquilo... demasiado tranquilo.

–Son muchas las cosas que quieres investigar –sonrió Jack–. Ojalá pudiera acompañarte.

–No; tú has de quedarte aquí, cuidando de Victoria. También yo me sentiré mejor si sé que estás a su lado.

Jack asintió.

–No me alejaré de ella, tranquilo. Por nada del mundo.

Shail sonrió, hizo un gesto de despedida y salió de la habitación.

Jack se quedó un momento en silencio, mirando a Victoria, su pálido semblante, oscurecido por el agujero de tinieblas que marcaba el lugar donde la estrella de su frente había brillado tiempo atrás, con una luz pura y cristalina. Rozó los labios yertos de ella con la yema de los dedos y evocó, una vez más, todos los momentos que habían pasado juntos. La alzó con cuidado para abrazarla, la meció suavemente entre sus brazos.

–Pequeña, mi pequeña... –susurró.

No pudo decir nada más. Hundió el rostro en el suave cabello oscuro de ella... y lloró.

EPÍLOGO

ESPÍRITU

EL alma volaba, ligera, entre las hojas de los árboles, entre las ramas y las flores, movida por la brisa, en un eterno mundo verde en el que no existían el dolor, la pena, el odio ni el sufrimiento. Había sido así siempre o, al menos, eso le parecía, a pesar de que hacía poco tiempo que estaba allí. Y recorría los rincones más hermosos del bosque de Awa sin ser consciente de los seres vivos que los habitaban, o tal vez percibiéndolos simplemente como un bello cuadro, o como destellos en una noche estrellada. De modo que aquella alma feérica flotaba, feliz y en paz, entre las almas de otros muchos de su raza que habían muerto antes que ella, y que ya no tenían rostro ni nombre, porque habían dejado muy atrás todas aquellas cosas materiales, cuando la Voz la llamó.

El alma quiso resistirse. No deseaba regresar, de ningún modo. El mundo era algo incómodo y pesado, sujeto a las leyes de lo material, y en absoluto tan hermoso y agradable como la dimensión en la que se movía. Pero la Voz insistía, y la arrastró con ella, separándola de las demás...

Habría gritado, de haber tenido boca para gritar.

Pronto, no obstante, la tuvo de nuevo. Sintió que la oprimían otra vez los límites de un cuerpo, se expandió rápidamente por cada célula, mientras su corazón volvía a latir y de nuevo bombeaba sangre a través de sus venas. Trató de abrir la boca para gritar, pero no fue capaz. Tampoco pudo abrir los ojos; al menos, no enseguida.

Su alma terminó de acomodarse... y fue entonces cuando descubrió, con desagrado, que ya había un inquilino en aquel cuerpo.

«¿Quién eres?», quiso preguntar.

«Soy yo, hija de Wina», dijo la Voz. «Pero ahora, también soy tú».

El cuerpo sufrió un espasmo. El hada abrió los ojos súbitamente e inhaló aire. Le dolieron los pulmones, pero ignoró el dolor y se incorporó, sobresaltada, intentando asimilar la idea de que momentos antes estaba muerta, pero ahora estaba viva de nuevo. Se miró las manos, y las vio tan suaves y perfectas como siempre. Se tocó el pelo. «Soy yo», pensó. «Pero no soy yo. No del todo».

«Eres yo», dijo la Voz. «Pero también soy tú. Te he devuelto a la vida para que seamos uno solo».

El hada se estremeció de terror, pero la Voz siguió hablando mientras, poco a poco, su esencia, la esencia del Séptimo, iba tomando posesión de su alma.

«Aquí estaremos seguros», dijo la Voz, pero en su lugar fue la voz de ella la que dijo en voz alta:

—Aquí estaré segura.

Se levantó poco a poco. Hacía tiempo que no caminaba. ¿Cuánto? ¿Días? ¿Meses? ¿Años? Pero su cuerpo estaba bien, no se había corrompido, había estado aguardando, en perfectas condiciones, a que regresara para habitarlo de nuevo. Comprendió que Ashran lo había mantenido así, en previsión de lo que pudiera suceder.

Alzó los brazos por encima de la cabeza. Se había acabado la paz, era cierto, pero sentirse viva de nuevo era algo maravilloso. Gritó. Le sentó bien escuchar su propia voz.

Volvía a ser ella misma y, a la vez, no lo era. Sabía que un nuevo poder oscuro habitaba en su cuerpo, pero no lo consideró algo extraño, ni una intrusión. Era parte de sí misma, con sus conocimientos, con sus recuerdos. No obstante, también los propios recuerdos del hada seguían intactos y, cuando empezó a rememorar el pasado, el odio y el rencor inundaron su alma.

Pero no el miedo. Había dejado de sentir miedo, porque aquellas criaturas que la habían dañado tiempo atrás no podían ya tocarla.

—Sé quién soy —dijo en voz alta.

Cerró los ojos un momento. Aquella esencia oscura era parte de sí misma, más que nunca. Y era inmortal e indestructible. Sonrió. Jamás se había sentido tan bien en su vida.

Miró a su alrededor, con curiosidad, y descubrió que estaba en una especie de sótano abandonado. Lo reconoció: era el sótano de la Torre de Drackwen. Parte del techo se había derrumbado sobre ella, pero algún tipo de conjuro de protección había mantenido intacto el altar de piedra donde había sido depositado su cuerpo, tiempo atrás. Se estremeció de placer. Estaba maravillosamente viva. Y sentía que podía hacer lo que quisiera, porque el mundo entero le pertenecía.

Su mirada se detuvo sobre un objeto que descansaba muy cerca de ella, en una hornacina excavada en la pared. Alargó la mano para cogerlo, pero se detuvo un momento, indecisa. Sin embargo, enseguida empezó a recordar los detalles.

–Fue ella quien me lo entregó. Por lo tanto, me pertenece.

Sus largos y finos dedos se cerraron en torno al cuerno de unicornio, lo cogieron con delicadeza, lo sacaron del lugar donde había estado guardado hasta entonces. El cuerno apenas emitió una leve vibración, pero se rindió a ella. Puede que aquel cuerpo no fuera el mismo al que había sido entregado, puede que su alma tampoco fuera exactamente la misma..., pero la poderosa esencia que lo alentaba no había cambiado.

El hada sonrió, acariciando el cuerno de unicornio con las yemas de los dedos, y esbozó una aviesa y encantadora sonrisa.

–Sé quién soy –repitió–. Soy Gerde. Y soy una diosa.

AGRADECIMIENTOS

Desearía dedicar un recuerdo especial a algunas personas que han contribuido, de una manera o de otra, a la creación de *Tríada*.

A Andrés y Sergio, nuevamente, por leer el original, por ayudarme con sus comentarios y consejos y por soportarme en mis etapas de idhunitis aguda.

A Guillermo, experto en asuntos feéricos, por ilustrarme sobre las costumbres bélicas de las hadas y contribuir, con sus ideas y comentarios, a dar forma a la batalla del bosque de Awa.

A todos los lectores de *Memorias de Idhún*, especialmente a aquellos a los que esta historia les ha llegado al corazón, y así me lo han hecho saber. Gracias a todos por vuestros ánimos y vuestras palabras de aliento. Gracias, también, a los autodenominados «frikifans», que contagian la «idhunitis» por dondequiera que pasan. Ya sabéis que no me olvido de vosotros.

Gracias, en definitiva, a todos aquellos que cruzaron la Puerta a Idhún y, al igual que yo, todavía de vez en cuando sienten ganas de regresar.

ÍNDICE

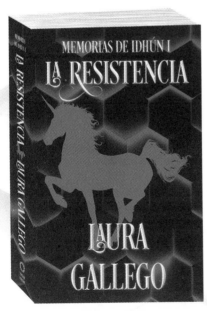

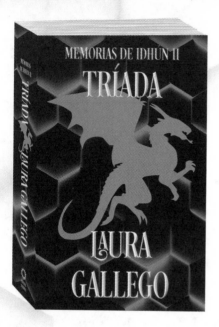

Memorias de Idhún II: Tríada

Desde la distancia, las chicas del colegio de Victoria presencian con envidia la conversación que su compañera mantiene con un guapo desconocido. Jamás sabrán que estos dos viejos amigos llevan años sin verse o que se conocieron luchando por acabar con la tiranía en un mundo remoto. Si disfrutaste con las aventuras de Jack, Victoria y Kirtash, no puedes perderte la continuación del primer libro y el inicio de su viaje por el mundo de Idhún.

Memorias de Idhún III: Panteón

Se anuncian tiempos de paz, pero no todo es como aparenta ser... ¿Podrán afrontar Jack y Victoria los peligros que les acechan, y caminar definitivamente hacia la paz? Una dura pugna entre las fuerzas del bien y del mal. Si te gustaron *La Resistencia* y *Tríada*, no te puedes perder el desenlace de la trilogía...